大象学术译丛

大象学术译丛

主　编

陈　恒

王渊伟

罗马文学史

A History of Roman Literature

[美] 哈罗德·N.福勒（Harold N. Fowler） 著

黄公夏 译

大象出版社

图书在版编目(CIP)数据

罗马文学史/(美)福勒(Fowler,H.N.)著;黄公夏
译.—郑州:大象出版社,2013.1
(大象学术译丛/陈恒、王秦伟主编)
ISBN 978-7-5347-6796-8
Ⅰ.①罗… Ⅱ.①福… ②黄… Ⅲ.①文学史
—古罗马 Ⅳ.①I546.092
中国版本图书馆 CIP 数据核字(2012)第 134090 号

大象学术译丛
罗马文学史
[美]哈罗德·N.福勒 著
黄公夏 译

出 版 人	王刘纯
责任编辑	刘东蓬
责任校对	毛 路　李婧慧　马 宁
书籍设计	付铱铱
监　　制	杨吉哲

出版发行　大象出版社(郑州市开元路18号　邮政编码450044)
　　　　　发行科　0371-63863551　总编室　0371-63863572
网　　址　www.daxiang.cn
印　　刷　河南新华印刷集团有限公司
经　　销　各地新华书店经销
开　　本　787×1092　1/16
印　　张　23
字　　数　374 千字
版　　次　2013 年 1 月第 1 版　2013 年 1 月第 1 次印刷
定　　价　58.00 元
若发现印、装质量问题,影响阅读,请与承印厂联系调换。
印厂地址　郑州市经五路12号
邮政编码　450002　　　电话　(0371)65957860-351

大象学术译丛弁言

20世纪80年代以后，西方学术界对学术史、科学史、考古史、宗教史、性别史、哲学史、艺术史、人类学、语言学、民俗学等学科的研究特别繁荣；研究的方法、手段、内容也发生了极大的变化，这一切对我们相关学科都有着重大的借鉴意义。但囿于种种原因，国内人文社会科学各科的发展并不平衡，也缺少全面且系统的学术出版，不同学科的读者出于深化各自专业研究的需要，对各类人文社会科学知识的渴求也越来越迫切，需求量也越来越大。近年来，我们与国外学术界的交往日渐增强，能够翻译各类专业书籍的译者队伍也日益扩大。为此，我们组织翻译出版一套"大象学术译丛"，进一步繁荣我们的学术事业：一来可以为人文社会科学研究者提供具体的研究途径；二来为各门人文社会科学的未来发展打下坚实的基础；三来也满足不同学科读者的实际阅读需要。

"大象学术译丛"以整理西学经典著作为主，但并不忽略西方学术界的最新研究成果，目的是为中国学术界奉献一套国内一流人文社会科学译丛。我们既定的编辑出版方针是"定评的著作，合适的译者"，以期得到时间的检验。在此，我们恳请各位专家学者，为中国学术研究长远发展和学术进步计，能抽出宝贵的时间鼎力襄助；同时，我们也希望本译丛的刊行，能为推动我国学术研究和学术薪火的绵延传承略尽微薄之力。

编者

序

鉴于本书的主要目的是成为学校及学院所使用的课本,我加入了许多有关各作者生平的信息和细节。这些信息和细节就其本身的价值而言并非必需,但可以帮助学生将新知和过往所学联系起来,对记忆应有裨益;另外作者的详细生平可显出此人的某些具体个性,学生可将他们的个性气质作为背景,来学习这些作者的文学和思辨成果。

除极少例外,拉丁作品的节选都以英译方式给出。我也考虑过给出拉丁原文是否适当,但认为大部分年轻读者都无法阅读这些原文节选,所以还不如采用不完美的译文。何况大多重要作品的原文在学校中都不难获取,像克鲁特威尔(Cruttwell)和班顿(Banton)所著《罗马文学选集》(*Specimens of Roman Literature*)、提勒尔(Tyrrell)所著《拉丁诗选》(*Anthology of Latin Poetry*)和古德曼(Gudeman)所著《帝国时期的拉丁文学》(*Latin Literature of the Empire*)这样的选编类书籍也很容易找到。对于没有标明其译者的一切译文,文责在我。除若干场合下用了其他韵格,我在进行翻译时都以无韵诗来代替拉丁的六步体;但《埃涅阿斯纪》(*Aeneid*)的节选采用了康宁顿(Conington)所译的韵文版本。

在撰写罗马喜剧的起源时,我没有提及萨图拉(satura)喜剧。乔治·L. 亨德利克森(George L. Hendrickson)教授指出(见 *American Journal of Philology*, vol. xv, pp. 1—30),萨图拉喜剧并不曾真实存在,而是后来的罗马文学史所杜撰。盖因亚里士多德所记述的希腊喜剧起源于萨提尔戏(satyr-drama),而罗马作家在撰写自己的喜剧起源时又对亚里士多德亦步亦趋。

现存文学作品和它们的著者在本书中所占的篇幅自然较多,不过我也为失存作品和其作者投入了一些笔墨。这样做,并非是要读者将记忆力浪费于无用的琐碎之物,而有其他意图。一方面是希望本书能够成为一个参考的索引,另一方面是希望通过提及这些失传作品和其作者,令读者意识到这一事实:他们的作品虽然失传,但还有不连贯的残篇保留下来,使我们得以窥见一斑。有不少这类作家在其所处时代是相当重要的,对文学进程所造成的影响也并不小。在罗马文学所造就的全部浩瀚卷籍当中只有一小部分——当然幸运的是在很大程度上这是最好的一部分——至今仍存,现代读者必须牢记所失去的有多少,才能理清罗马文学不断传承的脉络。

公元3、4和5世纪的文学史比早期写得简略。由于这段时期的文学对后来的欧洲文明十分重要,尽管本书篇幅非常有限,仍要对此作一概述。

我希望参考书目对读者确有价值。这份书目绝对称不上详尽,但或许能为那些无法使用图书馆的人提供查找的方向。年代表的主要目的是让读者能在任何特定年代迅速找出当时的作家和他们的事迹,而非成为用来查找信息的列表。在索引中可找到本书提及的一切拉丁作家,另有若干主题以及其他较为重要的历史人物。

除罗马作家的作品以外,我还查阅了参考书目中的"一般著作"和大量其他书籍及文章。对我帮助最大的是托伊费尔(Teuffel)所著《罗马文学史》(*History of Roman Literature*)、萨卡斯(Schanz)所著《罗马文学史》(*Römische Litteraturgeschichte*)和马卡尔(Mackail)令人钦佩的著作《拉丁文学》(*Latin Literature*)。

我要将极大的谢意献给我的同侪萨缪伊尔·巴尔·普拉特纳(Samuel Ball Platner)教授。他阅读了此书的初稿并给我许多有价值的意见。另外还要感谢佩林(Perrin)教授,他不仅为我阅读了初稿也通览了校订稿,还提出了不少值得采纳的修改建议。

哈罗德·N.福勒(HAROLD N. FOWLER)
克利夫兰,俄亥俄

第二版序

第二版基本没有变化,与第一版主要区别在参考书目部分,我希望这些改动能多少令此书不至于过时。在文本当中只进行了若干微小的更正。

哈罗德·N. 福勒

目　录

卷一
共和国时期
1

第一章　介绍——早期罗马文学——悲剧
2

第二章　喜剧
18

第三章　早期散文——小西庇阿文人圈——卢齐利乌斯
37

第四章　卢克莱修
54

第五章　卡图卢斯——其他次要诗人
65

第六章　西塞罗
75

第七章　恺撒——萨卢斯特——其他散文作家
95

卷二
奥古斯都时代
109

第八章　文学的襄助者们——维吉尔
110

第九章　贺拉斯
130

第十章　提布卢斯——普罗佩提乌斯——其他次要诗人
145

第十一章　奥维德
160

第十二章　李维——奥古斯都时代的其他散文作家
174

卷三
后奥古斯都帝国时代
187

第十三章　从提比略到韦斯巴芗
188

第十四章　弗拉维王朝列帝——白银时代
214

第十五章　内尔瓦和图拉真
230

第十六章　图拉真以后列帝——苏埃托尼乌斯——其他作家
245

第十七章　文学的创新
255

第十八章　早期基督教著者
264

第十九章　3世纪的非基督教文学
273

第二十章　4世纪和5世纪
281

第二十一章　结语
301

附录一
参考书目
306

附录二
年代表
323

索引
334

卷一

共和国时期

第一章 介绍——早期罗马文学——悲剧

罗马文学的重要性——罗马人的务实——拉丁语——罗马人创作的政治目的——罗马文学的时代划分——罗马本土文学的萌芽——阿庇乌斯·克劳狄乌斯·凯库斯——对希腊文学的模仿——卢西乌斯·李维乌斯·安得罗尼库斯,约公元前284年至约前204年——奈乌斯·奈维乌斯,约公元前270年至前199年——昆图斯·恩尼乌斯,公元前239年至前169年——他的悲剧——编年记——马库斯·帕库维乌斯,公元前220年至约前130年——卢西乌斯·阿克齐乌斯,公元前170年至前100年后——悲剧的式微——罗马剧场、演员和戏装

罗马文学的重要性

罗马文学,与伟大的希腊经典相比,诚然少了希腊人蔚为特质的秀异创格和精致之美,仍无愧为世上最伟大的文学之一,其本身固然具有相当不凡的价值,可对我们而言,这种价值还不足以体现罗马文学的重大意义。首先,若没有罗马文学通过拉丁译文和改编文为我们保存了诸多重要的希腊文学残篇,这些文字必然无法留传。其次,因为罗马曾统治着几近全部已知世界,这导致拉丁语成为所有语言中传播最广的语言,也使得拉丁文学遍传千里,影响着欧洲大陆文学的发展。

对政治和军事的注重

罗马人是一个务实的民族,没有诗气纵横的想象天赋,但有着伟大的才能,善于匡正国纲、整肃军务,可以把任何决心变为现实。他们同一些亲缘部族从北方踏入亚平宁半岛,并在台伯河[1](Tiber)畔的一片土地上开始定居,在那里要面临伊特鲁里亚人[2](Etruscan)和其他毗邻势力的威胁。迫于此,罗马人从发端那刻起就要坚城垒壁、凭垣聚扎。这种环境,使得罗马自然且必

---

* 本译本中所有脚注均为中译者所加,英文版原注改为尾注。

[1] 台伯河,仅次于波河的意大利第二长河,全长四百零五千米,流经罗马,入海口在奥斯蒂亚(Ostia)。

[2] 伊特鲁里亚人,意大利伊特鲁里亚(Etruria)地区古民族,居住于亚平宁山脉以西及南台伯河与阿尔诺(Arno)河之间的地带。公元前6世纪其文明达到顶峰,后其诸多文化特点被罗马人吸收。

然要在早期发展出城邦政体,也使罗马人把心智聚焦于政治组织方面,同时外敌的威胁迫使罗马人注重军队的组建和维持。因此,从他们的城市在台伯河边落地生根那刻起,罗马人便将其主要精力投诸政治及战争。这对他们的语言和文学的影响显而易见:他们的语言——拉丁语——和希腊语特征相似,都是印欧语系的分支(英语和其他大多重要的欧洲语种也均出自这一语系);可当希腊语不断演变得更多样、更精巧、更灵活时,拉丁语却岿然而刚硬,更适用于法律和命令而非轻柔典雅的表述。环境的因素,同时无疑也有罗马人思想中天生气质的因素,倾向于将他们打造成政治的、军事的和务实的而非艺术的民族。

罗马人的务实

拉丁语

正如从前文便可推断的那样,罗马文学往往不是文学才华的自发流露,而是获取某个现实结果或目的的工具。几乎自始至终,罗马文人的写作总有其政治企图,而且政治事件对文学的影响最为显著。纵使那些一眼看来同政治毫无瓜葛的罗马文学作品也仍然有某种政治上的意图。戏剧创作是为了让公共节庆更有光彩,好让提供这些节日休闲的官员们通过皆大欢喜的娱乐赚取人民的好感,以便谋取更高的官职;历史创作是为将来所需提供关于正确方法的教导,或为增添当时领袖的声望而回顾其祖先的伟业;史诗和抒情诗创作是为了歌颂罗马的显赫人物,或至少给予罗马堪与希腊比肩的同类文学,以证明罗马具有成为万邦之首的权力。

罗马人创作的政治目的

罗马文学的发展同政治事件休戚相关,其三个主要时代的划分与罗马政史的分段相吻合。第一时代又称为共和时代,自罗马文学的开端——第一次布匿战争[1](The First Punic War)(公元前 240 年)之后——至亚克兴战役[2](Battle of Actium)(公元前 31 年)为止。第二时代又称为奥古斯都时代,自公

---

[1] 第一次布匿战争(前264—前241),亦称第一次迦太基战争(The First Carthaginian War)。是罗马共和国同迦太基帝国之间进行的三次战争中的第一次,其焦点是争夺科西嘉和西西里两岛屿的控制权。起因为西西里岛西岸的两个主要城市墨西拿(Messana)和叙拉古(Syracus)之间发生争执,迦太基通过出面调停在岛上获得立足点,遂使罗马出兵墨西拿,想逼退迦太基。双方经多年陆海交战后,最终以迦太基的失败告终。

[2] 亚克兴战役(前31.9.2),发生于希腊阿卡纳尼亚(Acarnania)北部和爱奥尼亚(Ionian)海的亚克兴海湾,是罗马内战的决定性战役。在之前的陆战中获胜的屋大维(即后来的奥古斯都)经此战击败了马库斯·安东尼(Marcus Antonius)的舰队,标志着罗马内战的终结和帝国的开端。

元前31年至公元14年为止,在这个时代中,罗马的共和政体变为服务寡头政治的工具。共和时代末段和整个奥古斯都时代构成了罗马文学的"黄金时期",即公元前81年至公元14年。第三时代又称为帝国时代,自公元14年至中世纪的开始为止。这一时代的第一阶段被称为"白银时期",即公元14年至117年。第一时代中,罗马人学习并模仿希腊文学,将自己的语言发展到适合精巧的文学加工的程度,有一部分最伟大的罗马文学作品诞生于这个时代的后半段,尤其是散文。第二时代中,罗马诗学攀到了顶峰,给这个时代带来辉煌的有贺拉斯和维吉尔。第三时代是个衰退的过程,有时急遽,间或迟滞,其间名著甚少,很多作品的文学价值颇微。在整个第一、第二时代,乃至第三时代的大部分时期,拉丁文学几乎完全是在罗马城创作的,受这个城市演变的影响,也映射着城市居民的情感。借此,称之为罗马文学而非拉丁文学是恰切的,因为令我们油然起兴的是这个台伯河畔城市的文学以及标志着这个城市的文明,而非用拉丁语写就的作品。

罗马本土文学的萌芽　在罗马,一个有着希腊血统的外来者奠定了真正意义上的文学的起点,他会采取模仿希腊作品的形式自然不奇怪。但哪怕第一位职业作家是纯正的罗马人,这一点无疑也不会改变,因为罗马曾在某些时段与亚平宁半岛居住的希腊人来往甚密,而至臻完善的希腊文学出现在罗马人面前时,又如何不激起钦羡和模仿的冲动。不过罗马确实存在过本地化的早期文学元素,若希腊化影响不曾强烈到妨碍其发展的程度,也有可能演进出一种本地化的文学。罗马早期婚礼和收获节上的叨唠歌(nag songs)、献给神祇的吟诵赞美诗,还有粗陋的大众演出都可能发展成本地化的戏剧。这些歌曲和演出的台词,至少大部分是有韵律的,然除极少以外,都要到很久以后才见诸书面。可罗马人倒是在公元前6世纪就接触到书面写作之艺术了,传授这些东西的还是希腊人。可以确定,在某个久远的年代,亚平宁半岛海岸线上的希腊殖民者们就开启了同罗马的贸易往来,而公元前6世纪,也就是罗马建城两个世纪的时候,希腊人的书面写作已是信手拈来。

阿庇乌斯·克劳狄乌斯·凯库斯　从久远的年代开始,罗马人就保留有官员名录、奇迹和预兆的记录、《年表圣历录》(dies fasti)(即关于何日进行公众事务方合法的日程表,由祭司编写)以及其他简单的记录。据传《十二铜表法》写于公元前451年至450年，这对罗马散文有一定影响，因为这是第一次用拉丁文写连贯散文的尝试。其他法律或许还有条约也无疑很早就用拉丁文写成并保存。葬礼演说需要些雄辩术的要领，但大概不需细致的准备，而且可确定这些演说在罗马早期无须写成书面。已知罗马最早的书面演说是年迈的阿庇乌斯·克劳狄乌斯·凯库斯[1](Appius Claudius Caecus)于公元前280年敦促必须拒绝皮洛士[2](Pyrrhus)提出的和平条件时所作的演讲。这篇演讲在其去世后两个世纪内都被罗马人传阅。现在还有一些言论或箴言集被归于克劳狄乌斯的名下，他对于更加完善地使用罗马人从希腊人那里得来的那部分拉丁语以及为拉丁单词的拼写制定规范有着积极的兴趣。

而这一切源自希腊的文学还是远不如罗马本地化文学元素来得丰富，若希腊文学的光环不曾照耀罗马，从这些胚芽中还是可能诞生出罗马自我的文学。但史实并非如此，这些本地化文学的萌芽便这样无疾而终了，仅仅显示出罗马人也具有一定的原创性，并能帮助我们理解罗马文学有别于它的希腊原型的一些别致之处。罗马文学归根到底是模仿性的，其始创者是一个希腊人，名为安得罗尼库斯，在公元前272年塔伦特姆[3](Tarentum)陷落后被带

---

[1] 阿庇乌斯·克劳狄乌斯·凯库斯(前340—前273)，又称失明的克劳狄，主持修建了罗马第一条官道阿庇亚大道(Appian way)。
[2] 皮洛士(前318—前272)，伊庇鲁、莫罗索、马其顿国王，公元前280年应亚平宁半岛南部希腊城邦的要求带领军队进入意大利与罗马作战。因为希腊城邦塔伦特姆认为，罗马人违反了他们同亚历山大订下的船只不得进入希腊城邦海峡的协定。
[3] 塔伦特姆，也译作他林敦，今意大利东南部普利亚(Puglia)区城市塔兰托(Taranto)，据传由公元前8世纪的希腊殖民者所建，后成为大希腊城邦(意大利南部希腊殖民地)中最著名的城市。公元前272年该城臣服于罗马，第二次布匿战争曾被汉尼拔占领，公元前209年又被罗马夺回并劫掠。在6至10世纪，哥特人、拜占庭人、伦巴底人和阿拉伯人曾各自反复占领过此地。

卢西乌斯·李维乌斯·安得罗尼库斯　到罗马，成为马库斯·李维乌斯·萨利纳托尔[1]（Marcus Livius Salinator）的奴隶[一说其只是属于李维家族，并不是此人的专属奴隶——中译者注]，教授其子嗣希腊文和拉丁文。后来他获得了自由身，改名为卢西乌斯·李维乌斯·安得罗尼库斯（Lucius Livius Andronicus）并继续从事教育工作。由于当时欠缺可以用来作为教文的拉丁文本，他酝酿并着手进行了将荷马史诗《奥德赛》翻译成拉丁文的工作，这便成了拉丁文学的始祖。他对《奥德赛》所进行的翻译粗略而不完美，荷马的六步体（hexameter）韵格并没有在拉丁译文中得以重现，而是被安得罗尼库斯改成了本地化的拉丁萨图努斯（Saturnian）诗体[2]（见原文第7页，即本书边码7以下部分，以下同），或许他觉得这种形式比起更为庄重的六步体更适合拉丁这种语言。第一次布匿战争后，安得罗尼库斯在公元前240年的罗马节[3]（Ludi Romani）上发表了他所翻译的一部希腊悲剧和一部希腊喜剧。在这些和他以后的戏剧翻译中，原文的短长格（iambic）和长短格（trochaic）格律得以保留。他的译作中只有小部分残篇留传至今，几乎无法体现出什么货真价实的文学内涵。但这缔造了一个开端，而远在他去世的公元前204年以前，他所开拓的道路便有了追随者的身影。

---

[1] 马库斯·李维乌斯·萨利纳托尔（前254—前204），公元前219年同马其顿的保卢斯之父卢西乌斯·埃米利乌斯·保卢斯（Lucius Aemilius Paulus）共同当选执政官，并在不久后爆发的第二次伊利里亚战争（The Second Illyrian War）中与保卢斯共同指挥作战，获得大胜凯旋，但旋即被指控将战利品分发给士兵，在忧愁中离开罗马隐居。但公元前210年，当时的执政官将他唤回，以协助处理共和国所遇到的危机，并在公元前207年和政敌盖尤斯·克劳狄乌斯·尼禄（Gaius Claudius Nero）一起再度当选执政官，参与第二次布匿战争，共同击败哈斯德鲁巴（Hasdrubal）并凯旋。公元前207年当选独裁官，次年任伊特鲁里亚总督，有二军团调度。次年入山南高卢支援对马戈（Mago）的作战，成功将其封锁在利古里亚（Liguria）境内。公元前204年，与尼禄一同当选监察官，两人相互讦评。其间他推行盐税一则，故得名Salinator，后为家族继承。

[2] 萨图努斯诗体，通称古代拉丁诗体，其格律范式今已难考证，确系萨图努斯体的诗文现仅存一百三十二行，大部分来自安得罗尼库斯所译《奥德赛》和恩尼乌斯所著的第一次布匿战争史诗。自拉丁诗歌采用六步体和其他希腊格律后，萨图努斯体即不复使用，但从恩尼乌斯的六步体以及维吉尔对他的仿文中仍可看出些许萨图努斯体的特征。

[3] 罗马节，为纪念罗马主神朱庇特（Jupiter Optimus Maximus）而设，起初为凯旋式的附属，最早出现于约公元前366年，在9月12日至14日举行，后延长为自5日至19日。恺撒死后，最终将起始日定为4日，多设一天以纪念他，因为恺撒死后被尊为神："神圣的尤利乌斯"。

第一章　介绍——早期罗马文学——悲剧　　　　　　　　　　7

奈维乌斯是出生于坎帕尼亚[1]（Campania）平原上某个拉丁城镇的自由民，也是第一个具有亮点的拉丁本土诗人。他是第一次布匿战争中的士兵，在战争结束后，依然年轻的他来到罗马，并投身于诗歌创作。这个男人的精神桀骜不驯，在自己的喜剧和韵文当中抨击起彼时的罗马至高权威——尤其是梅特卢斯[2]（Metelli）家族——毫不瞻前顾后。虽保全了自己很多年，最终还是被梅特卢斯家族投入监狱并流放，于公元前199年在流放中辞世，是年约七十高龄。他有为数甚多的生动作品，既有悲剧也有喜剧，大部分源自对希腊戏剧的翻译和借鉴，亦有扎根于罗马神话的剧本。这些剧本被称为紫纹戏剧[3]（fabulae praetextae），这得名于其中人物皆身穿罗马服装。其中的一部剧本《罗穆洛斯》（*Romulus*）[若《狼》（*Lupus*）这一剧本不是《罗穆洛斯》的另一个名称，则实际上为两部]戏剧化地表现了罗穆洛斯和雷穆斯的传说；另一部剧本《克拉斯蒂迪姆》（*Clastidium*）则记述了公元前222年马库斯·克劳狄乌斯·马塞卢斯[4]（Marcus Claudius Marcellus）和奈乌斯·科涅利乌斯·西庇阿[5]（Gnaeus Cornelius Scipio）征服因祖布里亚人[6]（Insubrian）的战争。他在晚年转向史诗创作，用萨图努斯诗体写就了第一次布匿战争史，并用埃涅

奈乌斯·奈维乌斯（Gnaeus Naevius）

---

[1] 坎帕尼亚，意大利南部一区，濒临第勒尼安（Tyrrhenian）海，在加里利亚诺（Garigliano）河和玻利卡斯特罗（Policastro）湾之间，下有五省，共一万三千六百平方千米。早期为希腊殖民者和伊特鲁里亚人定居，公元前6世纪建区，公元前4世纪末完成罗马化，成为罗马的一个地区。帝国衰落后被哥特人、拜占庭人和伦巴底人先后占领。
[2] 梅特卢斯家族，乃凯基里亚氏族（Caecilia Gens）的一支，在第一次布匿战争期间初见史载，有诸多成员得选执政官。奈维乌斯在其讽刺诗《道罗马的梅特卢斯家族如何成为执政官》（*Fato Metelli Romae fiunt Consules*）中称其是凭运气而非才能当选。此后该家族成为罗马屈指可数的名门，他们以坚定支持权贵阶级（Optimates）而出名。
[3] 紫纹戏剧，Fabulae 指戏剧、故事，Praetextae 指罗马16岁以上公民和公职官才可穿的带有紫色宽条纹的长袍（toga）。
[4] 马库斯·克劳狄乌斯·马塞卢斯（约前268—前208），公元前222年的罗马执政官，叙拉古城的征服者。
[5] 奈乌斯·科涅利乌斯·西庇阿（？—前211），全名奈乌斯·科涅利乌斯·西庇阿·卡尔乌斯（Gnaeus Cornelius Scipio Calvus）。公元前222年的罗马执政官。
[6] 因祖布里亚人，公元前4至5世纪居住在阿尔卑斯湖至米兰一带区域的一个凯尔特民族，据传米兰即为他们所建立。

阿斯[1]（Aeneas）自特洛伊陷落后辗转来到亚平宁创建罗马城的传说作为楔子。人们对这部诗歌的称颂十分长久，维吉尔还在《埃涅阿斯纪》[2]（*Aeneid*）中模仿了其中的一部分。奈维乌斯也写其他各种主题的杂咏诗（Satires），虽非全部，也有部分用了萨图努斯体的韵格。在他全部的创作中，只有微不足道的小量残篇留存，可这些残篇就能展现出奈维乌斯作为诗人的真切力量，以及拉丁语开始萌发出文学载体所应具有的特质。他的墓志铭被奥卢斯·格利乌斯[3]（Aulus Gellius）保存下来，从中我们不仅能窥见萨图努斯体那僵硬和单调的韵律，也能多少看到奈维乌斯——很可能是他自己写就了这段墓志铭——对自我的伟大那充满自豪的确认：

> *Immórtalés mortáles sí forét fas flére*
> *Flerént divaé Caménae Naéviúm poétam.*
> *Itáque póstquam est Òrci tráditús thesaúro*
> *Oblíti súnt Romái loquiér linguá Latína.*
> 若不朽之神可为凡人哭泣，
> 缪斯女神会为诗人奈维乌斯而垂泪。
> 当欧库斯[4]（Orcus）收他为自己的珍宝，
> 罗马人便忘了用拉丁语说话的学问。

奈维乌斯有权自豪。他让文学在罗马成为一股真正的力量，足以对抗这个城市里的显赫人物，他发明了由罗马式角色来演绎的戏剧，他创作了第一部属于罗马的史诗。在这些功绩以外，他还为那依旧生涩的拉丁语言注入了丰

---

[1] 埃涅阿斯，特洛伊和罗马神话中的英雄人物，由女神阿佛洛狄忒（Aphrodite）和特洛伊王安喀塞斯（Anchises）所生，经历了特洛伊战争并幸存。通常认为他是劫后余生的特洛伊人的领袖，因此编撰罗马神话的人们采用了这一传说，视他为罗马人的先祖。
[2] 《埃涅阿斯纪》，又译作《埃涅伊德》，创作于约公元前29年至前19年，共12卷，记述埃涅阿斯离开特洛伊并辗转来到亚平宁建立拉维尼乌姆（Lavinium）的传说。
[3] 奥卢斯·格利乌斯（约125—约189），拉丁作者和语法学家，著有《雅典之夜》（*Noctes Atticae*）。
[4] 欧库斯，罗马神话中的冥界之神。

饶和雅致。不过,纵使才华洋溢如奈维乌斯者,还是在每个方面都被后来者所超越。

昆图斯·恩尼乌斯(Quintus Ennius)是一位在才能的多样性和影响力上都令人惊异的诗人。他生于公元前239年的卡拉布里亚[1](Calabria)城市鲁迪埃(Rudiae)。在公元前204年于萨丁尼亚[2](Sardinia)的军旅生涯中结识了马库斯·波西乌斯·加图[3](Marcus Porcius Cato),并由后者带到罗马定居。在罗马,恩尼乌斯教授希腊语并为罗马的演出翻译希腊剧本。渐渐有一些十分显赫的罗马人同他结交,其中包括大西庇阿[4](Scipio Africanus the Elder),后来又作为马库斯·弗拉维乌斯·诺比利奥[5](Marcus Fulvius Nobilior)的随从前往埃托利亚[6](Aetolia),并于公元前184年获得完全的罗马公民权。公元前169年因痛风逝世。

昆图斯·
恩尼乌斯

恩尼乌斯的著作为数众多且形式丰富。其中有悲剧、喜剧,一部堪称伟大的史诗,一篇关于自然哲学的韵律式论述,一部欧伊迈罗斯[7](Euhemerus)作品的翻译——他在其中解释了诸神的本质,宣称他们不过是古时的伟人,一部关于食品和烹饪的诗歌,一系列的格言(precepts)和机智短诗(epigrams)

他的戏剧
创作

---

[1] 卡拉布里亚,意大利南部地区,因其形状被称为意大利的靴和脚趾。
[2] 萨丁尼亚,亦译撒丁,在意大利以西,西地中海诸岛中面积仅次于西西里岛的第二大岛。
[3] 马库斯·波西乌斯·加图(前234—前149),别名监察官加图(Cato the Censor)或大加图(Cato the Elder),是罗马第一位重要的拉丁散文作家,也是政治人物和演说家。与恩尼乌斯结识时,大加图正担任萨丁尼亚行政长官。他是罗马共和国传统的最大捍卫者,全力维护古风,同希腊化影响做斗争。"迦太基必须毁灭"是他的名言。他对大西庇阿进行控诉并成功将后者放逐。大加图对拉丁文学影响甚大,其著作包括唯一留存至今的《农书》(De Agri Cultura)和失传的七卷《史源》(Origines)、《格言集》(Praecepta)及医学、司法和军事著述。他至少发表了150篇演说。
[4] 大西庇阿(前236—前184/183),古罗马将军,在第二次布匿战争最后的札马(Zama)战役中战胜迦太基名将汉尼拔、征服非洲的迦太基而声名大噪,其别名 Africanus(非洲的)即因此而得(201)。公元前199年,大西庇阿就任监察官(Censor)成为首席元老,但在晚年因受大加图所领导的政敌攻讦而被流放,并于抑郁中去世。
[5] 马库斯·弗拉维乌斯·诺比利奥,生卒年不可考,公元前159年的罗马执政官,成功击败了埃托利亚联盟(Aetolian League)并获得凯旋的荣誉。他是恩尼乌斯的监护人,其子昆图斯为恩尼乌斯取得了罗马公民资格。
[6] 埃托利亚,亦作 Aitolia,古希腊地区,在古希腊传说中极负盛名。
[7] 欧伊迈罗斯,亦作 Euemeros 或 Evemerus,生卒年不可考,创作时期为公元前300年左右。希腊神话研究者,其主要著作为《圣史》(Sacred History)。

（这是最早尝试挽歌对句体的拉丁文学作品），以及杂咏诗。其中最为重要的作品是悲剧和不朽史诗《编年记》(Annales)。

其悲剧一如奈维乌斯，译自希腊名作和稍逊一筹但同样风行的后来剧作。从二十二部残留至今的悲剧标题和些许片段中可以明断，恩尼乌斯的翻译严丝合缝者有之，奔放不拘者亦有之，乃至于允许自己从希腊原作的框架中解脱出来，或多或少地修改下剧情。可是其剧作中绝大部分的剧情创造、角色刻画和诗化想象仍皆源于那些被他以拉丁语形式来表现的希腊戏剧家的作品。属于恩尼乌斯自己的则是纯熟的拉丁语运用和以非同希腊诗歌辞藻的另一种语言来镂刻希腊诗歌内涵的才能，外加使罗马观众从希腊悲剧中感受更多魅力所需的改动。虽则无可能从残篇中辨识出恩尼乌斯做了哪些改动，但这些悲剧在他过身后许久亦延续不衰的人气，证明这些改动是遂其所愿，令观众欣喜的。恩尼乌斯有两部紫纹戏剧的标题是我们所知的，分别为：《萨宾妇女》[1]（Sabine Women），戏剧化地描述了罗马人劫掠萨宾人的传说；《安布腊基亚》(Ambracia)，颂贺诺比利奥（Marcus Fulvius Nobilior）对安布腊基亚[2]（Ambracia)的征服。他的喜剧不算多产也非特别成功。

恩尼乌斯最重要的作品当属十八卷不朽史诗《编年记》，诗中叙述了自埃涅阿斯抵达意大利到作者所处年代间罗马的传说和真实历史。与其悲剧相同，这部作品兴许追随着奈维乌斯所指明的方向，但《编年记》所立下的里程碑远超奈维乌斯笔下的布匿战争。单调又缺乏修饰的萨图努斯格律（Saturnian metre）纵蒙最为工巧的手笔也无法获得伟大史诗所应有的高贵尊严或是抑扬顿挫。有鉴于此，恩尼乌斯放弃了本地的拉丁格律，模仿荷马用六步体韵格作诗。这项工作殊为不易，希腊语已有的韵体法则无法不经改动就套用在

---

[1] 萨宾妇女，传说罗马建城伊始缺少妇女，便利用计谋去强夺萨宾人的女性，李维对此有详细和富有想象力的叙述："于是那些导致了战争的萨宾女人，在悲痛中抛弃了女性的恐惧。她们冲进战场，披头散发，衣衫凌乱；她们迎着往来的投枪，毫无惧色；她们来回奔走，在交战的两军之间呼喊，想要制止战斗，想要恳求这一边的父亲和那一边的丈夫冷静下来，不要让双手沾上自己亲人的鲜血而遭致诅咒，不要让自己的后代背负弒父的罪名。"见 Titus Livius, Editor Ernest Rhys, Translator Rev. Canon Roberts, The History of Rome, 1. 13, 1912.

[2] 安布腊基亚，为今日希腊伊庇鲁斯（Ipiros）地区城市阿尔塔（Arta）之旧址。

拉丁语当中，但恩尼乌斯经过一些特别的调整，确立了拉丁语的六步格体，同时建筑起拉丁语韵律学的大部分构架。《编年记》仅有约六百行留存，其中许多失去了上下文背景，纵使如此，我们从中也可见恩尼乌斯那丰沛的诗化想象力、用词的精湛技巧和措辞的卓伟贵质。一句"那时军号挟着塔啦坦塔啦般骇人嗥叫而鸣响"（At tuba terribili sonitu taratantara dixit）令他操纵自己的词汇将意欲表现的声音加以表现的能力跃然纸上（在这个例子中所表达的是军号的声音）。这一才能在许多罗马诗人中都能寻到，但没有比恩尼乌斯使用得更频繁的了。

哪怕维吉尔以后，哪怕《埃涅阿斯纪》立刻取而代之成为最伟大的罗马史诗，《编年记》还是不断被阅读、尊崇。一些恩尼乌斯的诗文，仿佛呼吸着真正罗马精神的空气——倨傲于战、正义于公。例如：

古老习俗和伟人令罗马共和国强盛[2]（Moribus antiquis res stat Romana virisque）；

又

无人可用剑征服者亦无人可用收买征服[3]（Quem nemo ferro potuit superare nec auro）；

又

但可开战无须商谈[4]（Nec cauponantes bellum sed belligerentes）。

现存残篇中有数处似为维吉尔《埃涅阿斯纪》部分段落的灵感来源，无疑维吉尔发现模仿恩尼乌斯是确有价值的。

也许我们能从《编年记》的某个段落中管窥恩尼乌斯的人格，按照语法学家卢西乌斯·埃利乌斯·斯提洛[1]（Lucius Aelius Stilo）的权威认可，此段据说[5]应是恩尼乌斯描述他自己的：

---

[1] 卢西乌斯·埃利乌斯·斯提洛（约前154—前74），全名卢西乌斯·埃利乌斯·普雷科宁努斯·斯提洛（Lucius Aelius Praeconinus Stilo），古罗马首位系统致力于拉丁语法和文学、罗马和意大利古文物研究的学者，也是评论家和教育家。其学生包括瓦罗和西塞罗。见本书原文第44页的原文注释。

一个有着那般天性的人，从未有过行恶之念，不管是出于疏忽或恶意；一个博学、忠实和愉悦的人，善辩、知足且快乐，诙谐、措词切时而达意，谦恭、寡言、广识古僻的学问；一个老人，年迈使其睿于今古伦常以及前世浩瀚的神人法典；一个知道何时开口、何时缄言的人。

> 悲剧但非史诗创作的延续

　　恩尼乌斯是罗马首位称得上伟大的史诗作家。自他后史诗创作受到忽视，直至百年以后才得以重拾。然而另一个恩尼乌斯主擅的领域——悲剧——却被持久地耕耘着，在城市重大节日和其他公众场合上创作悲剧已经成为习常，对新剧本的需求也因此修亘不止。不过随着角斗士表演愈发频繁和壮观，悲剧的人气遂跌落，虽然其创作乃至演出始终不息。不息如斯，罗马悲剧的发展还是限于寥寥数代人，有资可考的职业悲剧作家屈指可数，这些作家的作品也大多失存，除非恰巧见诸后世作家的引文。鉴于此，继续叙述罗马悲剧的历程是最合宜的，哪怕要牺牲按年代顺序进行的严密性。

> 马库斯·帕库维乌斯

　　恩尼乌斯的后续者是他的侄子、悲剧作家马库斯·帕库维乌斯（Marcus Pacuvius），生于公元前220年的布伦迪休姆[1]（Brundusium），大部分生涯在罗马度过。进入晚年后他回到意大利南部，公元前130年左右卒于塔伦特姆。除了是悲剧作家，他还是一位画家，这或许是其剧作相对稀少的原因。我们获知属于他的有十二部悲剧的题目[2]，以及一部紫纹戏剧《保卢斯》（Paulus），颂扬卢西乌斯·埃米利乌斯·保卢斯[3]（Lucius Aemilius Paulus）在彼得那

---

[1]　布伦迪休姆，卡拉布里亚区的亚得里亚（Adriatic）海岸城市，今布林迪西（Brindisi）。公元前266年成为古罗马城镇。
[2]　这些悲剧译自或改编自索福克勒斯（Sophocles）和其他希腊作家的剧本。
[3]　卢西乌斯·埃米利乌斯·保卢斯（约前229—前160），Paulus亦作Paullus，罗马将军，公元前182年任执政官时在彼得那战役中彻底击败马其顿国王佩尔修斯（Perseus），又得别名马其顿的保卢斯（Paulus Macedonicus）。同为此名的罗马名人较多，需注意区别。其父亦同名，即公元前219年萨拉纳托尔的执政官同僚。

战役[1]（Battle of Pydna）（公元前168年）中对佩尔修斯[2]（Perseus）的胜利。这些剧本全部失传，现存的残篇（约四百行）[3]无法令人满足。西塞罗认为帕库维乌斯是最伟大[4]的罗马悲剧作家，贺拉斯称其为"博学"。这些雅名可能源自帕库维乌斯对语言的审慎使用和关于希腊冷僻神话的学识。现存残篇表现出比恩尼乌斯更为轻快和优雅的风格，以及用词的从容裕然。部分所用词汇未见他章，似为帕库维乌斯生造，至少是没有成为常用词汇。关于其纯粹的戏剧才能我们难以评说，但文学才华仅从区区残稿中便可显见。鉴于此，我们或可相信，西塞罗对他的褒评在某种程度上有其道理。

最后一位具有重要地位，或许是最杰出的悲剧作家，便是在公元前170年生于年翁布里亚[5]（Umbria）皮萨鲁姆[6]（Pisaurum）城的卢西乌斯·阿克齐乌斯[7]（Lucius Accius）。他最早的悲剧作品完成于公元前140年，此时帕库维乌斯正在创作最后的几部作品之一。阿克齐乌斯颇为长寿，卒年不可考[8]。西塞罗青年时期与他往来颇深，还惯于听他叙说早年生涯的故事。罗马悲剧的生命之短暂，罗马文学的发展之湍急，也许可从西塞罗这位拉丁散文大家同阿克齐乌斯的相识中窥见一斑。而后者的出生仅在安得罗尼库斯去世后的第三十四个年头。

阿克齐乌斯的作品中有七百行左右留传于世，还有约五十部只能确定标题。残篇的大部分是散乱的，但有一小部分具足够的篇幅，从中我们得以鉴赏诗人那鲜活及雅致的风格和生动的想象力。同其前辈类似，阿克齐乌斯写各种小诗，对发展拉丁语言兴趣盎然。一些革新，包括字母表的某些更改要归于

---

[1] 彼得那战役，第三次马其顿战争（前171—前168）的决定性战役，保卢斯引诱马其顿国王佩尔修斯的长矛军队同罗马的短剑军队近身作战，从而彻底击溃马其顿军队，消灭了马其顿王国，把它分成四个共和国。
[2] 佩尔修斯（约前212—约前165），马其顿末代国王，在第三次马其顿战争中被罗马战败而灭国。
[3] 最新研究统计约为四百四十行。
[4] 此处"最伟大"是指到西塞罗的时代为止。
[5] 翁布里亚，古罗马一地区，相当于现意大利中部包括佩鲁贾和特尔尼（Terni）两省的区域。
[6] 皮萨鲁姆，今意大利北部马尔凯（Marche）区城市，皮萨鲁姆为拉丁称法，现名佩萨罗（Pesaro）。
[7] Accius 亦作 Attius。
[8] 可能是公元前86年左右。

他的名下，不过这些更改并未被后人沿用。除了希腊悲剧翻译，他也撰写过至少两部紫纹戏剧，《布鲁图》(*Brutus*)以戏剧手法描述了布鲁图[1](Brutus)驱逐塔奎尼乌斯(Tarquinius)的传说；《德齐乌斯》[2](*Decius*)则颂扬了普布利乌斯·德齐乌斯·穆斯[3](Publius Decius Mus)在公元前295年森提乌姆战役[4](Battle of Sentinum)中的牺牲。即使在普通悲剧——哪怕这些剧本的大多数都只是自由随性的翻译——中他也会不时脱离希腊原稿到能够显示自我创造力的程度。篇幅较长的残稿之一[6]是一个从未见过船只的牧羊人对驶来的阿尔戈船[5](Argo)所做的描述。这也许能对阿克齐乌斯的叙述技巧作一些昭示：

> 好一个庞然大物在滑翔，带着巨大声响和喘息自深渊咆哮而来，滚着身前的浪头，烈然把旋池激起。它滑翔着前冲，将海洋碾碎轰至身后。这一刻你能想象龟裂的云层在翻卷，或是风和飓在横扫一面破碎的峻岩，或是涡行的旋风升起于海浪交相撞击之际；又能想象大海掀起混沌的土团，或是特里同[6](Triton)用三叉戟毁灭了海底的宫殿，在惊涛骇浪中，一个磐石般的庞然大物从深渊升向天界。

罗马悲剧伴随着阿克齐乌斯达到了巅峰。同时代还有盖尤斯·提丢斯[7]

---

[1] 布鲁图，全名卢西乌斯·朱尼乌斯·布鲁图(Lucius Junius Brutus)，生卒年不可考，大致在公元前6世纪后期。据传公元前509年他把罗马最后一个国王、伊特鲁里亚的暴君高傲的塔奎尼乌斯(Lucius Tarquinius)驱逐，并建立起罗马共和体制。

[2] 本书原名为 *Aeneadae*，这是《德齐乌斯》的另一个名称。

[3] 普布利乌斯·德齐乌斯·穆斯，生不详，卒于公元前295年，四度就任罗马执政官（前312，前308，前297，前295）。

[4] 森提乌姆战役，第三次萨谟奈战争(Third Samnite War)的决定性战役，交战双方为罗马和萨谟奈(Samnite)、伊特鲁里亚(Etruria)、翁布里亚(Umbria)及高卢(Gaul)联盟。罗马的胜利使其统一了意大利中部地区。德齐乌斯为这次战役中两名罗马指挥官之一，他面对高卢人，在战局不利时冲入敌阵被杀，但罗马人的士气大受鼓舞并最终取胜。

[5] 阿戈尔船，希腊神话中伊阿宋(Jason)和五十位英雄去取金羊毛时所乘的快船。

[6] 特里同，希腊神话中海神波塞冬(Poseidon)和安菲特里特(Amphitrite)之子，半神半人，居住在海底的一座黄金宫殿里。有时也泛指腰部以上是人，尾部是鱼的传说生物。

[7] 盖尤斯·提丢斯，公元前2世纪左右的演说家和悲剧作家。

(Gaius Titius)和盖尤斯·尤利乌斯·恺撒·斯特拉博[1]（Gaius Julius Caesar Strabo）（卒于公元前87年），两人都是演说家和悲剧诗人，他们的作品仅余只鳞片甲。随后，悲剧写作成为文学界人士的消遣，或是文人向朋友提供的娱乐，其中部分剧作也确实被搬上了舞台。奥古斯都大帝尝试过写《埃阿斯》[2]（Ajax）不过没有完成，奥维德写了《美狄亚》（Medea），瓦里乌斯[3]（Varius）（约公元前74年至前14年）因其《塞埃斯提兹》[4]（Thyestes）闻名，但上述作品除了曾经存在过的痕迹外什么都没有留下。小西尼加（Seneca the Younger）（约公元4年至65年）的悲剧更像文学练习而不是舞台创作。一边是散文文学尤其是雄辩术的兴起，一边是角斗表演的越发壮观，令悲剧不再是罗马文学中的活跃分支。

　　进入喜剧部分之前，试着描绘一下罗马剧场和表演方式未尝不可。在安得罗尼库斯的早年还没有固定的剧场建筑，观众需站立着观看演出，但随时间流逝，观众有了安坐欣赏的种种便利，公元前55年，第一座石制剧场终于建成。石制剧场是希腊很久以来就一直使用的，也渐渐地进入罗马帝国的各大城市。罗马的剧场同希腊的有些不同，不过基本外形是一致的。罗马的舞台约0.9—1.2米高，长和宽都足够同时容纳数名——一般来说不超过四或五名——演员、一或两名伴奏者、人数不定的合唱班以及表演所需数量的编外演员。编外演员的数量有时很庞大，如国王和他们的随从一起出现，或将军带着军队、俘虏群上台。舞台后是一个建筑物，通常有三层楼高；代表一座宫殿。中间有一扇门通往皇室包间，两边各有一扇门通往客室。在舞台的两端各有

---

[1] 盖尤斯·尤利乌斯·恺撒·斯特拉博（约前130—前87），罗马作家、政治家，属于后来的独裁者恺撒的家族。
[2] 埃阿斯，希腊语作Aias。
[3] 瓦里乌斯，全名卢西乌斯·瓦里乌斯·鲁夫斯（Lucius Varius Rufus），奥古斯都时代的罗马诗人，维吉尔和贺拉斯的友人。贺拉斯称其为史诗大家，是唯一能用诗来称颂阿格里帕（Marcus Vipsanius Agrippa）成就的诗人。维吉尔则说自己的作品没有哪一部比得上瓦里乌斯或辛那（Gaius Helvius Cinna）。其作品除了《塞埃斯提兹》还有史诗《论死亡》（De Morte）。
[4] 《塞埃斯提兹》，罗马悲剧。一部存放在巴黎的手稿中提到，此戏剧是为公元前29年奥古斯都举办的一次庆典所写，这次庆典是为了纪念奥古斯都在亚克兴战役中的胜利。瓦里乌斯因此得到了罗马皇帝上百万塞斯特瑞斯（Sesterces）的奖赏。

一道门扉,右边的通向广场,另一边通往乡野或港口。剧幕的更迭通过改换部分装饰来完成,不是很完美。在喜剧中,背景不表现宫殿,而是一处民居或有楼房的街景。

专座区和阶梯座席

舞台前方是个半圆形的专座区[1](orchestra/arena),专为显要人物备座。这个半圆是平坦的,以舞台前沿为其直径。从这个半圆的外弧开始渐渐升高,形成阶梯座席(cavea),其中座位以半圆形层层排列,上升的角度足够任何一排观众能够不被前排遮挡。这种剧场没有屋顶,不过在帝国奢靡之风盛行的时期,甚至在共和制崩溃之前,都会用油布或丝布来给观众遮阴。

面具和戏装

罗马戏剧早期的演员不戴面具,不过在共和国消亡以前这种工具得以采用。面具在那时的大型剧场有其用途,能提升演员的音量,且不必介怀演员的脸部表情被遮挡,毕竟原本仅有一小部分观众能看到,这个影响可以忽略不计。面具制作得很精致,也针对不同的角色。戏装采取传统样式,国王着长袍,左手执权杖,所有悲剧角色着厚底靴来显得比合唱者更高大,所有喜剧角色着无跟鞋。至少按规矩,演员都是奴隶,但他们的收入非常可观,成功的演员要赎身获得自由几乎毫不费力。

对话和歌曲

罗马悲剧的对话部分跟他们的希腊元祖相同,以简单的格律进行,大部分是长短格或短长格,合唱班经训练的歌手会在幕间献唱,不过在演出进行中很少出现。合唱的曲目用比对话更加华美的格律写成,用长笛来伴奏。在罗马喜剧中没有合唱班,但有一部分内容以独唱或二重唱演绎,这部分称为唱白(cantica),喜剧的对话部分则称为话白(diverbia)。

戏剧演出的壮观场景

戏剧在罗马的各种场合上演,譬如人民需要娱乐时,民政官们[2](aediles)、其他官员和公众人物争相炫耀自己的财富和争夺民心时。因此我们绝对可以想见,在罗马共和国的晚期,当一部戏剧演出时,无论演员、合唱班还是编外演员都会穿着最奢华的戏装,无所不用其极地使表演更壮观夺目,此时观

---

[1] 这个区域罗马人称为orchestra,指给元老院成员所留的特别席位,也叫arena,指圆形剧场(amphitheatre)的中央部分。

[2] 民政官,拉丁语作aedilis,aediles为拉丁语复数格。古罗马官职,设立于公元前494年,自公元前366年起贵族和平民可轮流当选。其职责为公用设施维护、市场供给管理、粮食供销管理等。

众在场景和表演的刺激下,绝不会放过每一个机会向他们所中意的演员喝彩,向无法给他们带来乐趣的演员喝倒彩。

尾　注

1 虽然这部作品以及若干语法学著述可能为后期另一个恩尼乌斯所作,这位大诗人的作品依旧非常多样。

2 Ancient customs and men cause the Roman republic to prosper. [此处译文根据著者原文译出,基于对拉丁文本的不同解读,也有译作"罗马建立于古老习俗和英雄之上"。——中译者注]

3 Whom no one with the sword could overcome nor by bribing.

4 这行诗的上下文值得译出,"I do not ask gold for myself, and do not you offer me a ransom: not waging the war like hucksters, but like soldiers, with the sword, not with gold, let us strive for our lives. Let us try by our valor whether our mistress Fortune wishes you or me to rule." [在这里附上因上下文关系而略有不同的中译文:"我不为自己求金子,你不可供我赎金:像个战士而非商贩,让我们开战;凭着短剑而非黄金,让我们死斗。依靠我们的勇猛来试试,到底命运女神希望由你还是我来行统治。"——中译者注]

5 Aulus Gellius, xii, 4. [指他的作品《雅典之夜》(*Noctes Atticae*),其中包含大量其他散失著作的片段,也有文中所指这段《编年记》的残篇。——中译者注]

6 引自 Cicero, *De Deor. Nat.* II, 35, 89。

第二章 喜　　剧

舶来的喜剧——普劳图斯，约公元前254年至前184年——罗马喜剧的情节和人物——普劳图斯的现存剧本——普劳图斯作品的原创程度——斯塔提乌斯·凯基利乌斯，生不详，约公元前165年卒——其他喜剧作家——泰伦斯，约公元前190年至前159年——泰伦斯的剧本——普劳图斯与泰伦斯之比较——图庇利乌斯，公元前103年卒——托加戏剧——提提尼乌斯，约公元前150年（可能）——提图斯·昆克提乌斯·阿塔，公元前77年卒——卢西乌斯·阿弗拉尼乌斯，约公元前150年生——费斯切尼乌姆曲——阿特拉戏剧——庞培尼乌斯和诺维乌斯，约公元前90年——默剧——德齐穆斯·拉贝里乌斯和普布利留斯·西鲁斯，约公元前50年

舶来的喜剧　　喜剧如同悲剧，并非罗马本土诞生的文学。可以确证，早至安得罗尼库斯以前就曾有过即兴的多多少少具有戏剧特征的对白，随后会就这些对白做一些介绍。可它们同罗马喜剧的诞生并无任何关联。罗马喜剧是模仿亚历山大大帝以来时期存在于雅典的新阿提卡喜剧[1]（Attic Comedy）而生的，公元前320年左右至公元前280年左右为新阿提卡喜剧鼎盛时期。其剧作的希腊原文无一遗存，但仍有残篇可以补充我们对其拉丁模仿品的认知。新期的诗人

---

[1] 阿提卡喜剧，即希腊喜剧的别称，又叫雅典喜剧。通常采用阿提卡语写成。阿提卡语是阿提卡地区（包括雅典）所用方言，是整个古代希腊最重要的方言，也是现在我们所研究的古希腊语的标准形式。按照亚历山大时期语法学家的归类，阿提卡喜剧分三个阶段，分别是旧期（archoia）、中期（mese）和新期（nea），本章所指的是新期，又叫希腊新喜剧。阿提卡喜剧的整个历史大约从公元前510年起至公元前260年。

第二章 喜 剧

们,包括米南德[1](Menander)、菲莱蒙[2](Philemon)和狄菲洛斯[3](Diphilus),纷纷避开历史和政治题材,将喜剧创作专注于人的生活,从琐碎的阴谋、有趣的情景、意外的窘境中寻找亮点来补偿普遍贫乏的剧情。这类喜剧在罗马被称为披衫戏剧[4](fabula palliata),因其演员着希腊服装披衫(pallium)得名。另一种喜剧被称为托加戏剧[5](fabula togata),其演员着罗马托加(toga),表现罗马的人物和场景,不过常借用希腊作品的情节。这类喜剧只有极少现存残篇,并且估计从来都不如披衫戏剧受欢迎。

安得罗尼库斯、恩尼乌斯和帕库维乌斯都在罗马创作过喜剧,其他悲剧作家也一样,不过这些作品仅余零碎残篇。有三位作家将全部精力投入喜剧创作,分别是普劳图斯(Plautus)、凯基利乌斯(Caecilius)和泰伦斯(Terence),我们对罗马喜剧的绝大部分认识皆来自其中最年长的普劳图斯和最年幼的泰伦斯的现存剧本。

提图斯·马可齐乌斯·普劳图斯(Titus Maccius Plautus)(平足)[6]在公元前254年左右生于翁布里亚(Umbria)的一座小镇萨尔西纳[7](Sarsina)。他在儿时便前往罗马,可能通过侍者或演员随从的工作赚取了很多钱财,足够

提图斯·马可齐乌斯·普劳图斯

---

[1] 米南德(约前342—约前292),雅典剧作家,有古评论家称其为希腊新喜剧的最重要诗人。其许多作品经罗马作家普劳图斯和泰伦斯改编,从而影响了文艺复兴时期以来欧洲喜剧的发展。唯一留存的完整剧本为《恨世者》(*Dyscolus*),写于公元前316年,并获得希腊酒神节的优胜。

[2] 菲莱蒙(约前368—约前264),米南德同时代的阿提卡新喜剧诗人,生于西西里,后成为雅典公民,并在亚历山大城工作过一段时间。其作品有九十七部喜剧,其中六十个剧名保存在希腊文片段和拉丁文改编本中。

[3] 狄菲洛斯,生于公元前4世纪,卒不可考。现代风尚喜剧的鼻祖,擅长写实主义的阿提卡新喜剧。其已知约六十部作品现存于希腊文残篇和罗马戏剧作家改编的拉丁译本中。见普劳图斯的《卡西娜》(*Casina*)、《网绳》(*Rudens*)和泰伦斯的《两兄弟》(*Adelphi*)。

[4] 披衫戏剧,由希腊新喜剧翻译或改编而成的罗马喜剧,这一名称来自希腊语披衫一词。披衫戏剧经罗马戏剧大师如普劳图斯、泰伦斯等人的改编已拥有不少罗马特色,也因此得以留传下来。

[5] 托加戏剧,常常借用希腊喜剧情节但使用罗马人物和场景的罗马喜剧,其名称来自罗马托加,这是罗马成年人的正式服装,也是官服。托加戏剧和紫纹戏剧的差别在于:紫纹戏剧更严肃并且是悲剧,其角色都是伟大人物,故其托加镶有紫色条纹——这是只有具名望和身份的罗马人才能使用的装饰;而托加戏剧中的角色往往是小人物,故只穿一般的托加。

[6] Plautus在拉丁语中意为"平坦的",在翁布里亚方言中则意为"平足"。

[7] 萨尔西纳,古罗马时属于翁布里亚地区,现位于意大利北部艾米利亚-罗马涅(Emilia-Romagna)区弗利(Forli)省境内。

离开这座城市在其他地方从事贸易。但生意失败,资产丧尽,于是他又回到罗马为一个磨坊主工作,并在这期间写成最初的三部剧本,其剧本在大约公元前224年年初见于世人。更具体的生平我们不得而知。普劳图斯逝于公元前184年,享年七十岁左右。故此,他是比安得罗尼库斯和奈维乌斯年轻的同时代人,但长于恩尼乌斯和帕库维乌斯。

罗马喜剧的情节和人物

普劳图斯的剧本有二十部外加大量其他残篇留存,加上那些被误归于他的名下的,据说总共写成一百三十部。在情节方面,与泰伦斯的剧本相似,通常构建在一桩情爱纠葛之上:男人正值英年、家世良好,姑娘身份堪虞、家世卑微。青年有其仆人或门客相帮,但其父不允许他跟那女子发生任何往来。姑娘的母亲或女主人通常站在恋人一边,但往往是靠金钱才收买过来的,而这笔钱得由青年和其仆人从父亲那弄来。有时上述角色会有多个,这就有了两对痴情的恋人,两个暴躁的父亲,两个狡黠的奴隶,等等。其他典型角色有皮条客、门客、自命不凡的士兵,以及其他用来逗乐、给很多笑话当靶子的人物。最终,恋人通常皆大欢喜地成双结对,那姑娘其实有着良好的身世,剧中某个老者往往就是她失散多年的父亲。其他剧情也时而采用,如《安菲特律翁》(*Amphitruo*)取材于神话传说:朱庇特(Jupiter)假扮安菲特律翁[1](Amphitryon)去见他的妻子阿尔克墨涅(Alcmene)。[2]闹不清台上到底是货真价实的丈夫还是神的冒牌货就是这部戏的喜点。有一些剧本中的爱情主线没那么明显,但作为普遍现象,罗马喜剧植根于爱情故事。当然,还存在其他种种情节,从普劳图斯现存剧本的内容扼要中便可见到。

普劳图斯的现存剧本

"神人之父"跟一个凡人夸张戏谑地混淆在一起,放进殊为敏感的场景之中,使《安菲特律翁》成为一部十足的闹剧,充斥着粗俗趣味和娱乐场面,这也

---

[1] 安菲特律翁,是希腊神话中梯林斯(Tiryns)王阿尔凯奥斯(Alcaeus)之子,意外杀死叔父迈锡尼国王埃列特律翁(Electryon),同埃列特律翁的女儿阿尔克墨涅逃到底比斯(Thebes),后为报阿尔克墨涅兄弟的仇,打败了塔弗斯人(Taphian),并同阿尔克墨涅成婚。
[2] 乃这个神话中最有名的部分。有次安菲特律翁出征,宙斯变成他的模样见他妻子阿尔克墨涅并使她怀孕,而真的丈夫回来后又使她怀孕,导致她生了双生子,伊菲克勒斯(Iphicles)是安菲特律翁的儿子,赫拉克勒斯(Heracles)是宙斯的儿子。普劳图斯改编时把宙斯换成了罗马的主神朱庇特。

许是最好笑的拉丁喜剧了。在《驴的喜剧》[1]（Asinaria）、《卡西娜》[2]和《商人》[3]（Mercator）里，父子争夺着同一个女人的爱情。这三部喜剧中《卡西娜》最不正经，其他两部欠乐趣，不过都同普劳图斯所有的喜剧一样充斥着动物的本能、言辞的把戏和机智的对话。《一坛金子》[4]（Aulularia）的情节趣味性虽差，对主角——老吝啬鬼犹克里奥（Euclio）栩栩如生的刻画却使其留名于世。《囚者》[5]（Captivi）是他最好的作品之一，主题是关于主人和奴隶的友情。剧中没有女性角色，令其他剧作显得可鄙的粗鲁和低俗在这部喜

---

[1] 《驴的喜剧》，改编自德谟菲卢斯（Demophilus）的同名剧 Onogros（又 Onagos）。德迈涅图斯（Demaenetus）想帮他的儿子阿戈里普斯（Argyripus）从一个老鸨那赎下妓女菲腊埃涅姆（Philaenium），但家中有个凶暴的夫人埃忒墨纳（Artemona）把钱管得死死的。于是借助奴隶们的诡计，他把别人付给埃忒墨纳管家的几头驴钱弄到手，并同儿子一起跟菲腊埃涅姆饮酒作乐。可这女人的另一个追求者向埃忒墨纳告了密，她出现在宴会上，并把丈夫给休了。剧中第四百九十五行台词"人对他人来说都是狼（homo homini lupus）"非常出名。

[2] 《卡西娜》，改编自狄菲洛斯的阿提卡新喜剧。卡西娜是一个被遗弃的女奴隶，婴儿时就被一户雅典人捡来并养大。家中的父亲和儿子双双爱上了她，父亲要把她嫁给自己的执事官，儿子则要将她嫁给自己的随从查里努斯（Chalinus），其实都是为自己能得到她。儿子的母亲察觉到丈夫的盘算，就为儿子出谋划策。最后双方用抽签来决定，父亲赢了，但婚礼上，那个执事官被骗了，穿着婚纱来的居然是查里努斯，还把执事官和父亲都揍了一顿。最终卡西娜的身世真相大白，其实她是雅典的自由民而非奴隶，并和儿子成婚。

[3] 《商人》，改编自菲莱蒙的喜剧。一个青年被父亲派往异乡从事生意，跟罗德斯岛（Rhodes）上的一位女性互生爱慕，遂带她一起回到雅典，假称是送给母亲的奴隶。但他的父亲居然也爱上了这个姑娘，于是发生了一系列尴尬纠结的情形。

[4] 《一坛金子》，可能改编自米南德的喜剧。其序幕是家神（lar familiaris）作的独白。犹克里奥是个老吝啬鬼，他在家中找到一坛金子，可害怕金子被抢走，就一直藏着并假装贫穷。他的女儿法埃德莉娅（Phaedria）被一个名曰莱科德尼德斯（Lyconides）的青年所吸引。莱科德尼德斯想要娶她，可他的叔叔梅伽铎卢斯（Megadorus）却向犹克里奥提亲，希望自己能娶她。犹克里奥怀疑这是为占有那坛金子的诡计，就把藏匿财宝的地点换了一个又一个。莱科德尼德斯的一个奴隶发现了这一秘密，并挖出了金子。于是犹克里奥彻底疯狂。其结局部分缺失。老吝啬鬼的形象对后世文学影响很深，不少类似的人物均有犹克里奥的影子。

[5] 《囚者》，同样改编自已经缺失的希腊喜剧。其角色的高贵和主题的庄严与普劳图斯的其他剧作大相径庭。埃托利亚人赫格伊奥（Hegio）有两个儿子，其中之一年幼时被家中的奴隶绑走而不知下落，另一个成了伯罗奔尼撒的伊利斯（Elis）人的俘虏。赫格伊奥为了赎回被俘的儿子，买来两个在战争中被俘的伊利斯人菲洛克拉特斯（Philocrates）和泰尼达卢斯（Tyndarus），后者是前者的奴隶。赫格伊奥命其中一人去伊利斯安排交换，另一人留作人质。本来留作人质的是菲洛克拉特斯，但泰尼达卢斯出于对主人的忠诚偷偷互换了身份。这件事恰巧被一个从前的伊利斯战俘发觉，赫格伊奥便把泰尼达卢斯戴上镣铐，送到采石场做苦役。此时菲洛克拉特斯带着赫格伊奥被俘的儿子及偷走另一个儿子的奴隶一同回来了。讽刺的是，经奴隶的叙述，赫格伊奥被偷的儿子偏巧被卖给了菲洛克拉特斯的父亲，也就是被送到采石场的泰尼达卢斯。

剧中也完全不存在。《三个银币》[1]（*Trinummus*）虽以婚嫁为结尾，同样是以友情为主线而非爱情，而且以毫不粗鄙的方式，描绘了那个令人向往的朋友间情比金坚的过往图景。《库尔库利奥》[2]（*Curculio*）的乐趣则在于这位门客的机智，能成功用其家主对手的钱来获得那个姑娘。《厄芘狄库斯》[3]（*Epidicus*）、《凶宅》[4]（*Mostellaria*）和《波斯人》[5]（*Persa*）也因有门客和随从的诡计而显得有趣。《匣子》[6]（*Cistellaria*）仅存部分剧稿，包含爱情元素，但

---

[1]《三个银币》，改编自菲莱蒙的喜剧。查米德斯（Charmides）是个富裕的雅典人，在他离开雅典后，声色犬马的儿子勒斯伯尼库斯（Lesbonicus）花光了家中钱财，还抵押了房产。外出前，查米德斯委托友人卡利克勒斯（Callicles）照顾儿子和女儿，并告诉他家中某处藏着一笔财宝。因此，卡利克勒斯担心这批宝贝，就自己出钱买下了房产。勒斯伯尼库斯有个朋友莱西特勒斯（Lysiteles），想帮他缓解财务上的窘境，提出不用嫁妆就娶他的妹妹。勒斯伯尼库斯虽然赞成这桩婚事，却不愿接受这个会使他家族蒙羞的安排，卡利克勒斯知道可以用那笔财宝中的部分来支付嫁妆，这就皆大欢喜，但苦于不能让勒斯伯尼库斯发现，又要把一切布置停当。他的办法是用"三个银币"雇一个"奉承者"（sycophant），也就是能为钱做任何事情的人，给勒斯伯尼库斯送一千个金币和一封伪装成他父亲写的信笺，声称这笔钱要用来做嫁妆。奇巧的是，查米德斯此时回来了，并在家门口遇到了正在敲门的送信人。最终真相大白，查米德斯感谢了卡利克勒斯，将女儿和一大笔嫁妆送给莱西特勒斯，并原谅了悔恨的儿子。

[2]《库尔库利奥》，菲德罗穆斯（Phaedromus）爱上了奴隶出身的女孩普拉内西姆（Planesium），但没钱将她从妓院主卡帕铎克斯（Cappadox）那里赎出。他的一个门客库尔库利奥，从自负的士兵昔拉庞提格努斯（Therapontigonus）身上偷走一枚印章指环。那士兵在钱庄里存着一笔钱，打算自己买下普拉内西姆。靠着带印章的指环，他用士兵的钱为主人赎下了女孩。昔拉庞提格努斯欲要发作，但通过指环上的信息，最终发觉普拉内西姆是他的妹妹，也是自由民。这样一来，他要回了不该支付的钱，而菲德罗穆斯也顺利与女孩结婚。

[3]《厄芘狄库斯》，厄芘狄库斯是个奴隶，他对其老迈的主人施以小计，多次骗得钱财。第一次买下一个弹竖琴为生的姑娘，因为主人的儿子迷上了她；第二次是赎下了一个作俘虏的姑娘，因为主人的儿子带着她从战场上生还，并移情于她。虽然诡计被揭穿，但这个俘虏却是老人失散的女儿，因此厄芘狄库斯被宽恕，并得到了自由。

[4]《凶宅》，可能改编自菲莱蒙的喜剧。其情节主要建立于奴隶特拉尼奥（Tranio）厚颜又多端的谎言上。菲洛拉齐斯（Philolaches）趁父亲在海外，从高利贷者那里借了一笔钱，从妓院主手中买下一个他所爱的姑娘并给她自由，还带她到父亲的房子中居住生活。父亲意外地回来了，特拉尼奥为了阻止其父进入老宅发现真相，谎称这屋子因闹鬼而弃置了。当高利贷者出现索债，特拉尼奥又对其父说菲洛拉齐斯借钱是为了买下邻居西谟（Simo）的房子，且利用谎言让西谟答应他们去看房。虽然谎言终被揭穿，但菲洛拉齐斯的父亲还是释怀了。

[5]《波斯人》，门客萨图里奥（Saturio）假扮波斯人将自己的女儿装扮成阿拉伯俘虏卖给一个妓院主，目的是骗一顿好饭。

[6]《匣子》，改编自米南德的戏谑诗《早餐》（*Synaristosai*）。剧情方面，是一只匣子揭示了一个名为塞莱尼乌姆（Selenium）的女孩出身的故事。她是被妓女养大的弃婴，又成了青年埃克西马库斯（Alcesimarchus）的情人。最终她被证明是公民德米弗（Demipho）的女儿，并嫁给了自己的爱人。

主要亮点是父亲同失散多年的女儿的相认过程。《钱夹》[1](*Vidularia*)同上,仅余部分,以父亲和儿子的相认为结局。《吹牛军人》[2](*Miles Gloriosus*)这部戏的情节非常普通,与众不同的是对那个吹牛皮成性的士兵略微夸张和滑稽的刻画。同样的,《普修多卢斯》[3](*Pseudolus*)也是一个人物肖像作品,其中做了伪证的中间人巴利奥(Ballio)是个重要的角色。《巴克齐斯》[4](*Bacchides*)情节更纷繁离奇,行文也更精彩,但所描绘的是淫乱的女性和不忠的男性。《斯提库斯》[5](*Stichus*)情节很简单,但有几个动人的场面:两个女人,虽然丈夫消失多年,一直忠诚守候,并等来了带着大笔财富回到家中的丈夫作为回报。《小迦太基人》[6](*Poenulus*)的价值主要在于其中用迦太基语

---

[1] 《钱夹》,仅余少量残篇,情节方面可能类似《网绳》。
[2] 《吹牛军人》,可能改编自米南德的《以弗所人》(*Ephesios*),但不能确定。自命不凡的军官皮尔戈波利尼斯(Pyrgopolynices)趁着情人珀莱希柯尔(Pleusicles)在瑙帕克特斯(Naupactus)的机会,带着女孩菲洛科玛休姆(Philocomasium)从雅典前往以弗所。珀莱希柯尔的奴隶想要通风报信但被海盗抓住,并作为礼物送给了正在以弗所的皮尔戈波利尼斯。于是奴隶给珀莱希柯尔写了封信,后者来到以弗所跟老友相聚,住在这个军官的隔壁。凭着奴隶的才智和主人的好意,珀莱希柯尔同菲洛科玛休姆借着墙洞见了面,并且放出话来,女孩的孪生姐妹也来到以弗所,这样就能解释为何菲洛科玛休姆时而出现在这幢房子,时而又在那边。皮尔戈波利尼斯受骗以为珀莱希柯尔主人家有个年轻的太太想他想到发疯,便放走菲洛科玛休姆,趁夜进入隔壁的房子,被当成淫乱者揍了一顿狠揍。与此同时两位女性则乘着船,前往雅典去了。吹牛军人堪称罗马喜剧中的标志性人物,成为伊丽莎白时期英国文学众多人物的原型。
[3] 《普修多卢斯》,一个马其顿军官从妓院里用二十米纳(mina,复数 minae)买下女孩菲尼基(Phoenicium),已付十五米纳,付清余款后方能带走她。雅典青年卡利铎卢斯(Calidorus)深爱这个姑娘。他父亲的奴隶普修多卢斯设计截下并骗取了军官的信和己付凭单,欺骗妓院主巴利奥,把姑娘带给了卡利铎卢斯。
[4] 《巴克齐斯》,改编自米南德的喜剧《双重欺骗》(*Dis exapaton*),开场部分失传,但基本情节很清楚。青年皮斯托克勒(Pistoclerus)在雅典替朋友墨涅西洛库斯(Mnesilochus)找寻一名萨摩斯(Samos)的妓女巴克齐斯(Bacchis)。他找到了妓女并与她同名的妹妹,并迷恋上了另一个巴克齐斯。墨涅西洛库斯回来后,因见到朋友跟"巴克齐斯"做爱而大惊失色。不过误会很快澄清,结局也是皆大欢喜。
[5] 《斯提库斯》,安提珀(Antipho)的两个女儿嫁给了两兄弟,他们为从事生意已离家三年有余,杳无音信。安提珀敦促女儿改嫁,但她们坚决要等待自己的丈夫。结果丈夫们带着很多财物归来,家中一片欢乐。
[6] 《小迦太基人》,这部喜剧因含有迦太基语对白而有特殊价值。迦太基人汉诺(Hanno)的两个女儿在孩提时被偷走,并被一个妓院主带到希腊的西锡安(Sicyon)。汉诺的侄子阿格莱斯托克尔(Agorastocles)也在小时便被偷走并带到西锡安,由一户富裕的公民抚养。他爱上了两姐妹中年长的那个,却不知道他们的血缘关系。为了给心上人自由,他和他的奴隶谋划了搞垮妓院主的计划。此时汉诺在各地搜寻自己的女儿们,也来到了西锡安,他找到了女儿和侄子,将女儿救出,并把大女儿许给了心上人阿格莱斯托克尔。

写成的段落,数百年来这都是语言学家所热衷的研究对象。《莽撞的人》[1]（*Truculentus*）情节单薄,但场景有技巧也很成功,讲到一个乡间人因进入城市改变了淳朴的作风,学会了城市的体面。《孪生兄弟》[2]（*Menaechmi*）中,一对孪生兄弟在埃皮达努斯[3]（Epidamnum）因外表相似而闹出许多笑话。这是莎士比亚喜剧《错中错》（*Comedy of Errors*）和其他很多类似情节剧本的源头。《网绳》[4]（*Rudens*）的主题为一个失散多年的女儿同父亲的再会,以及同她所爱之人的结合,虽然跟其他剧本颇雷同,但这部戏有着特别吸引人的地方,那就是跃然纸上的对自然的钟爱以及贯穿剧本的清爽海风和户外风情。

普劳图斯作品的原创程度

很难界定上述剧作中究竟有多少内容属于普劳图斯。有时几乎所有的细节都是希腊式的,也许那样的剧本仅仅是意译,只为罗马人理解的方便而作必须的改动。而有些剧本,例如《斯提库斯》,我们所见到的内容是由松散堆砌起来的场景所构成,明显是偏向罗马式口味更甚希腊式审美——前者对热闹的舞台效果和舞台穿插表演殊为在意,后者则惯于看重情节是否出彩。基于同样理由,某些拉丁剧本是由两部希腊剧本的内容筛选组合而成,以期造就一

---

[1]《莽撞的人》,一个贪婪的妓女无耻榨取三个情人,其中一个是放荡的雅典青年,一个是自负的士兵,还有一个是乡村来的青年,这个青年的奴隶便是标题所指"莽撞的人",因其举止非常鲁莽无礼。

[2]《孪生兄弟》,一个叙拉古商人有对极难分辨的孪生儿子。其中一个叫梅奈齐慕斯（Menaechmus）,在七岁时就被偷走。另一个叫索西克勒斯（Sosicles）,为怀念其兄而改名为梅奈齐慕斯。他长大后出发去寻找兄弟,最终来到兄弟所在的地方埃皮达努斯。可接下来种种夸张的误会不断发生——他接连遇上失散兄弟的情人、妻子和岳父。兄弟的妻子和岳父认定他疯了,但总算两兄弟相见,问题得以解决。

[3] 埃皮达努斯,原文的 Epidamnum 似为 Epidamnus 之误。该城为科尔丘拉（Corcyra）之殖民城,由希腊人于公元前625年左右建立。据修昔底德的《历史》所记载,该城为科尔丘拉同科林斯之间纷争的起因,而这一纷争便导致了伯罗奔尼撒战争。现为阿尔巴尼亚最大海港都拉斯（Durres）。

[4]《网绳》,改编自狄菲洛斯的作品,是普劳图斯最佳剧作之一,情节曲折,人物有趣,对白生动。其场景在昔兰尼（Cyrene）维纳斯神庙附近的海边岩壁上,周遭还有老雅典人戴漠涅（Daemones）的乡间住所。他的女儿帕莱斯塔（Palaestra）小时被偷走,落到了普兰尼妓院主拉勃拉克斯（Labrax）手里。雅典青年波勒斯蒂普斯（Plesidippus）爱上了这个姑娘,并支付了部分赎金。但拉勃拉克斯想要获得更多,偷偷带着女孩逃往西里。此时大角星（Arcturus）降下一场暴雨摧毁了船只,帕莱斯塔和船上其他女性都乘小船到了陆地,并被维纳斯的修女们悉心照料。拉勃拉克斯也被冲到岸上,发现这些姑娘后想要把她们从神庙带走。戴漠涅保护这些姑娘,此时波勒斯蒂普斯也赶到了,将拉勃拉克斯驱走。拉勃拉克斯的一只箱子被一个渔夫用渔网（"网绳"即渔网的拉绳）拉到,其中有个属于帕莱斯塔的小饰品,这揭示了帕莱斯塔的身世,原来她是戴漠涅的女儿。结局是欢乐的相认,还有帕莱斯塔同波勒斯蒂普斯的成婚。

第二章 喜　剧

部表演成分比两部原作中任何一部都丰富的作品。可见，这位拉丁剧作家各个作品的重要性差异较大。然而，其中有大量段落包含罗马式生活的外延，这必然在相当程度上来自罗马作家的原创；还有许多剧本所用的拉丁词汇断然不能来自纯粹的翻译；另有不少地方展现了罗马式而非希腊式的精神。因此在原创性方面，我们必须把相当大的比重归给普劳图斯本人，何况其作品的韵格范式当然完全是他个人的成果。

下面一段引文，不管是否源自希腊原文，其非凡的生动性无疑有普劳图斯的部分功劳：[1]

　　斯基帕尼奥[1]（Sceparnio）：且慢，噢，帕莱蒙[2]（Palaemon），尼普顿[3]（Neptune）神圣的伙伴帕莱蒙，帮助过赫丘利斯[4]（Hercules）完成苦差的帕莱蒙，我见着什么了？

　　戴漠涅（Daemones）：你见着什么了？

　　斯基帕尼奥：我见着两个平民女人兀自坐在一艘小船里。这些被推来扯去的可怜人儿啊！啊！啊！那妙极了！海潮把小船从岩壁那儿推向岸边了。不会有船手干得比这更漂亮了。我想我从未见过更大的浪头。如果能逃过那些巨浪，她们是安全的。现在，现在正是千钧一发的时刻！哦！有一个被掀下了水，不过她在水浅的地方，游出来并不难。嘿！你见着海水是怎么将另一个也卷下船的吗？她又浮上来了，她朝这来了，她安全了！

（旁注：二位遭遇船难的女性）

另一段[2]可以昭示普劳图斯笔下对白的风格。其对话是在男孩派格涅姆（Paegnium）和女仆索佛科莉狄斯卡（Sophoclidisca）之间发生的。

---

[1] 斯基帕尼奥，戴漠涅的奴隶，性格冒失且放肆，举手投足俨然跟他主人没有身份上的差异。
[2] 帕莱蒙，希腊神话中的海神。因伊诺（Ino）惹怒了赫拉（Hera），她的丈夫阿塔玛斯（Athamas）被赫拉变疯并杀死自己的一个儿子勒阿科斯（Learchus）。伊诺就和另一个儿子墨利凯尔特斯（Melicertes）投入大海，双双被奉为海神：伊诺成为琉科忒亚（Leucothea），墨利凯尔特斯即成为帕莱蒙。
[3] 尼普顿，古罗马宗教中原来的淡水之神，但到公元前399年就同波塞冬（Poseidon）混同，成为海神。
[4] 赫丘利斯，罗马神话人物，即希腊神话中的赫拉克勒斯。

戏谑的斗嘴

索佛科莉狄斯卡(以下简称"索"):派格涅姆,我亲爱的男孩,好男孩,你好吗?健康吗?

派格涅姆(以下简称"派"):索佛科莉狄斯卡,诸神保佑,我很好!

索:你觉得我好吗?

派:那得看诸神的选择,但若给你应得的,他们将讨厌和伤害你。

索:停止你的坏话。

派:当我指你应得的,我说的可是好话,不是坏话。

索:你在干什么呀?

派:我站在你的对面,看着你这个坏女人。

索:我可确实没见过比你更坏的男孩了。

派:我做了什么坏事,或是对谁说了什么坏话了?

索:对任何人,只要你有机会。

派:从来没人这么以为。

索:但很多人的确这么以为。

派:哈!

索:呸!

派:当你看待别人的时候,用的是自己的眼光。

索:妓院主的女仆就是我这样,我承认。

派:我听得可够多了。

索:你又怎么样?你会像我一样承认自己究竟是什么吗?

派:如果我是,我就承认。可我不是。

索:我走,我受不了你。

派:那你马上就走吧。

索:告诉我,你要去哪儿?

派:你要去哪儿?

索:你说,我问在先。

派:可你会知道在后。

第二章 喜　剧

索：我不会去离这儿太远的地方。

派：我也不会走得太远。

索：那究竟是哪儿,淘气鬼?

派：除非我先得到你的回答,你永远也不会得到我的回答。

索：我断言你永远也不会知道,除非我先知道。

派：真的?

索：真的。

派：你真坏。

索：你真淘气。

派：我有权如此。

索：那我同样有权。

派：你在说什么呀?你当真不讲出究竟去哪儿吗?你这可怜虫。

索：你呢?你坚持要隐瞒你想去的地方吗?你这小无赖。

派：够了,你在鹦鹉学舌。现在就走吧,因为事情就这样了。我没兴趣知道。再见。

斯塔提乌斯·凯基利乌斯(Statius Caecilius)的出身是因祖布里亚人(Insubrian),可能在公元前200年左右以被俘的奴隶身份前往罗马。在那里成为喜剧作家后,被主人赋予自由身,跟恩尼乌斯居于同所宅邸。他辞世于公元前165年左右。已知是他所写的作品大约有四十部,但残余片段过少,无法提供足够信息来了解他的风格、才能或剧本的内容。鉴于许多残篇的已知剧名跟米南德的剧作相同,可以肯定凯基利乌斯所创作的是基于希腊新喜剧(Greek new comedy)的拉丁式剧本。他看起来比普劳图斯要大大忠实于希腊原著,其苦心花在高雅格调更甚于精彩对白之上。其他同时期的喜剧作家有特拉贝

斯塔提乌斯·凯基利乌斯

其他喜剧作家

亚[1]（Trabea）、阿提利乌斯（Atilius）、阿奎利乌斯[2]（Aquilius）、李锡尼·因布雷斯[3]（Licinius Imbrex）和卢斯齐乌斯·拉努维努斯[4]（Luscius Lanuvinus），这些作家的作品现存极少，在这里提及只是为了说明普劳图斯和泰伦斯之间还有其他的罗马喜剧作家存在。但看来其中没有任何一个拥有普劳图斯的创格和睿智，或是泰伦斯的典雅和润饰。

普布利乌斯·特伦提乌斯·阿弗尔

泰伦斯来自英文译名 Terence，拉丁名为普布利乌斯·特伦提乌斯·阿弗尔（Publius Terentius Afer）[因原文均以 Terence 称之，故译文作泰伦斯。但英译名和拉丁译名之间的区别，还请读者注意区分。类似的人名还有李维乌斯——李维、安东尼乌斯——安东尼等，在出现时会予以注明——中译者注]，生于迦太基，后作为奴隶被带到罗马。因为他的出生介于第二次和第三次布匿战争之间，此时罗马在非洲没有战事，故不可能是一个俘虏。他是元老特伦提乌斯·卢卡努斯（Terentius Lucanus）的奴隶，从主人那里得到良好的教育并获得自由，也因此得名。他的别名阿弗尔则源自他在非洲出生。小西庇阿[5]（Scipio Africanus the Younger）和他的朋友莱利乌斯[6]（Laelius）以及其他最显赫和有教养的罗

---

[1] 特拉贝亚，全名昆图斯·特拉贝亚（Quintus Trabea），大约生活于公元前3世纪至2世纪。文学评论家塞狄吉图斯（Volcatius Sedigitus）将他列在罗马喜剧作家中的第八位，而凯基利乌斯居首。瓦罗（Varro）称赞他与阿提利乌斯和凯基利乌斯均善于描写细腻的情感。在西塞罗的作品中有六行引文可能系他所作（Cic. Tuscul Quaest. iv. 31, de Fin. ii. 4, ad Fam. ix. 21）。

[2] 阿奎利乌斯，大约活动于公元前160年，著有《维奥蒂亚》（Boeotia）。

[3] 李锡尼·因布雷斯，大约生活于公元前3世纪至2世纪，著有《尼埃拉》（Neaera），其中的寥寥数句保留在《雅典之夜》中。

[4] 卢斯齐乌斯·拉努维努斯，大约生活于公元前2世纪前期，虽然作品缺失，但他对泰伦斯的批评值得留意。他认为泰伦斯是用二流的希腊素材"拼凑"出自己的作品，这对戏剧创作是有害的。

[5] 小西庇阿（前185/184—前129），全名普布利乌斯·科涅利乌斯·西庇阿·埃米利安努斯（Publius Cornelius Scipio Aemilianus）。他是监察官、执政官马其顿的保卢斯（Lucius Aemilius Paulus Macedonicus）的次子，后成为大西庇阿的养子。公元前148年在小于法定年龄五岁的情况下当选执政官，接管非洲战事，并于公元前146年攻破迦太基城使其沦为废墟。公元前142年当选为监察官。公元前134年第二次当选执政官，主持在西班牙同塞尔伊比利亚人（Celtiberian）的战争，并攻克其首府努曼提亚（Numantia），确立了罗马在西班牙的统治。

[6] 莱利乌斯，又称小莱利乌斯。全名盖尤斯·莱利乌斯·萨皮恩斯（Gaius Laelius Sapiens）——萨皮恩斯为别名，即智者之意。他父亲同大西庇阿的关系如同他跟小西庇阿的关系一样亲密。在西塞罗的对谈体作品如《论老年》（De Senectute）、《论友谊》（De Amicitia）和《论共和国》（De Republica）中，他作为谈话者出现。他虽有一定的军事才能，但更是一名政治家，而哲学家的气质最甚，对斯多亚哲学非常入迷，也深谙占星术。

马人都与他关系密切。甚至有观点认为部分泰伦斯的剧作其实是小西庇阿所写,还有人认为莱利乌斯才是真实作者。这证明泰伦斯同小西庇阿、莱利乌斯和一些人确实往来甚密,也间接确认了泰伦斯所处的具体年代。若他比小西庇阿年长很多,这样的疑惑是不可能存在的;若他与小西庇阿同龄,也就是出生于公元前185年,那么写成其第一部剧作《安德罗斯女子》[1](Andria)的时候(公元前166年)才十九岁。所以他大概比小西庇阿要年长几岁,应出生在公元前190年左右。完成六部喜剧创作之后,他于公元前160年前往希腊游学,在次年辞世于前往希腊或返回罗马的途中。他在罗马最有学识的阶层中受欢迎的程度证明他有良好的教养和悦人的风度。在苏埃托尼乌斯[2](Suetonius)的描述中,他有普通的身高,修长的身形,深色的肌肤,还有个后来嫁给罗马骑士的女儿,死时留下了大约二十英亩的地产。泰伦斯的六部剧作都完整地保留到现在,包括首次演出的年代和日期。

《安德罗斯女子》创作于公元前166年的主母节[3](Ludi Megalenses),改编自米南德的同名剧,并添加了米南德另一剧作《别林索斯女子》(Perinthia)的部分内容。青年潘菲卢斯(Pamphilus)同一位来自安德罗斯(Andros)的女子坠入爱河,但他的父亲西谟(Simo)为他和邻居克莱门斯(Chremes)的女儿安排好了婚事。潘菲卢斯和他所爱的人最终结合了,另一个青年跟邻居的女儿结了婚。

《岳母》(Hecyra)创作于公元前165年的戏剧赛会,改编自希腊剧作家卡利斯托的阿波罗多罗斯[4](Apollodorus of Carystus)的作品。青年潘菲卢斯

---

[1] 作为泰伦斯的处女剧作,有两句台词经常被引用:人们因这些(悲伤的起因)哭泣(hinc illae lacrimae),爱人的争吵让爱重生(amantium irae amoris integratiost)。
[2] 苏埃托尼乌斯(约70—135),古罗马传记作家、文物收藏家,著作包括《名人传》(De viris illustribus)和《诸恺撒生平》(De vita Caesarum)(又名《罗马十二帝王传》、《十二恺撒生平录》)。
[3] 主母节,起源于公元前204年,是奉祀大地女神赛比利(Cybele)的庆祝节,自公元前194年左右固定下来,每年4月4日至10日举行。最早的戏剧赛会(Ludi Scenici)在该节日成为习俗之时成为了其中的组成部分。在节日的第三日,一整天都要进行戏剧演出。
[4] 卡利斯托的阿波罗多罗斯,最有名的希腊新喜剧作家之一,活跃时期在公元前300年至前260年。一生创作喜剧四十七部,获奖五次。《岳母》改编自他的剧本κυρα,在情节上同米南德的《仲裁官》(Epitrepontes)也颇为相似。

同菲露蒙娜(Philumena)才结婚不久,但并不爱她[1]。他前往外地照看一些产业,此间菲露蒙娜回到他岳母那生活。潘菲卢斯回到家时,发现菲露蒙娜在他外出时生了一个孩子。这孩子最终证明是他的,他同妻子也和好了[2]。这部戏剧并不成功,与其受欢迎程度相应,是现存拉丁喜剧中最无趣的一部[3]。

《自责者》　《自责者》(Heauton-Timorumenos)创作于公元前163年的主母节,改编自米南德的同名剧。因为儿子克里尼阿斯(Clinias)爱上了安提菲拉(Antiphila),严厉的父亲墨涅德摩斯(Menedemus)将他赶去异国军队服役[4]。随之而来的后悔使他自责不已,并将自己的烦恼倾诉给朋友克莱门斯(Chremes)听[5]。后者的儿子柯利堤弗(Clitipho)正迷恋着巴克齐斯[6]。当克里尼阿斯从战争中生还,他和柯利堤弗谎称克里尼阿斯爱上了巴克齐斯,而安提菲拉是她的仆人,借此说服克莱门斯让安提菲拉和巴克齐斯在家中生活。最终大家发现安提菲拉其实是克莱门斯的女儿,于是她和克里尼阿斯终成眷属,柯利堤弗则抛弃了奢靡成性的巴克齐斯。这出喜剧有个滑稽的奴隶西鲁斯(Syrus),他帮助两位青年弄来所需的钱财[7]。克莱门斯的性格刻画也很丰富,但整出戏的演出效果较弱。

《阉奴》　《阉奴》(Eunuchus)创作于公元前161年的主母节,改编自米南德的同名剧(Eunuch),并添加了米南德另一剧作《阿谀者》(Flatterer)的部分内容。其剧情复杂且趣致,含有爱情元素。爱情的男女主角是法尔德里亚(Phaedria)和泰依丝(Thais),有个士兵是男主角的情敌。被泰依丝父母抚养成人

---

[1] 潘菲卢斯所爱的是妓女巴克齐斯(Bacchis)。
[2] 这个孩子确实是两人结婚前怀上的,那时菲露蒙娜被一个黑衣人所引诱。可实际上这个黑衣人正是潘菲卢斯本人。
[3] 头两次演出(前165,前160)没有吸引多少观众,第三次表演(前160)还算成功,但始终没有获得观众广泛的喜爱。
[4] 因为安提菲拉的母亲是个身份卑微的柯林斯人。
[5] 克莱门斯不赞同朋友的做法,说:"我是一个人,我不把任何人当成异类(homo sum; humani nil a me alienum puto)。"
[6] 这是瞒着他父亲的,并且巴克齐斯是个妓女,花钱无度。
[7] 主要是从克莱门斯那骗得钱财供巴克齐斯挥霍。

的养女帕菲拉(Pamphila)同法尔德里亚的哥哥克里阿(Chaerea)之间也互生爱恋。为了接近帕菲拉,克里阿假扮成阉奴。最终,帕菲拉的哥哥克莱门斯出现,声明她有着自由民的身份,并正式认同她跟克里阿的婚事。剧中人物刻画得很饱满,克里阿或许是最生动的一个,其表演非常诙谐。

《福尔弥昂》[1](*Phormio*)首次献演于公元前161年的罗马节,改编自阿波罗多罗斯的希腊剧[2]。克莱门斯和德米弗(Demipho)这对兄弟外出远游,留下他们的两个儿子法尔德里亚和安尼提弗(Antipho)给一名叫做盖塔(Geta)的奴隶照料。安尼提弗娶了来自莱斯沃斯[3](Lesbos)的贫穷女孩法尼乌姆(Phanium),法尔德里亚则同一名女奴坠入爱河,她的主人将其卖给了妓院,但只要法尔德里亚能在一天内交出三十米纳,就把女孩给他。两位父亲回到家中,门客福尔弥昂(Phormio)——此剧名便来自他——要设法给法尔德里

《福尔弥昂》

---

[1] 译者认为原作者对此剧的介绍不够详尽,尤其不足以理解后文中的那段节选,故将更完整的剧情整理如下:克莱门斯和德米弗是两位雅典老公民,也是兄弟。克莱门斯的妻子奈乌希斯忒腊塔(Nausistrata)是个富家女子,在莱斯沃斯境内的利姆诺斯(Lemnos)岛有大片地产。克莱门斯去那儿收租时用斯提尔弗(Stilpho)的假名秘密地和当地的一个贫穷女子结婚,产下一女,即法尼乌姆。在雅典,他跟妻子奈乌希斯忒腊塔又生有一子法尔德里亚。他的兄弟德米弗则有个儿子安尼提弗。法尼乌姆已经十五岁了,两位老人私下商定将她带到雅典,许配给安尼提弗,为此,克莱门斯动身去了利姆诺斯,而德米弗则因要事不得不动身去西里西亚(Cilicia)。离开时他们将儿子都托付给德米弗的仆人盖塔照料。没过多久,法尔德里亚爱上了一个卖艺女子,但没有钱把她买下来。另一方面,克莱门斯在利姆诺斯的妻女却来到了雅典,徒劳地寻找并不存在的斯提尔弗。法尼乌姆的母亲旋即去世,安尼提弗无意中遇见这个沉浸在丧母悲伤中的少女,爱上了她,并且想娶她,就找门客福尔弥昂商量。福尔弥昂想出一个计划:根据雅典的一条法律,女性成为孤儿后最近的亲属有义务娶她或给她一笔钱,这门客假称自己是法尼乌姆的朋友,并坚称安尼提弗是她最近的亲属,因此必须娶她。安尼提弗被召上法庭,按着事先的计划让自己被宣判,随后马上同法尼乌姆结婚。不日之后,两位老人在同一天回到雅典,都非常恼怒,一个发现儿子娶了个一文不名的女子,另一个则因为失掉了让自己的女儿嫁个好人家的机会。与此同时,法尔德里亚陷入绝望:若不能一天内筹得三十米纳,那名卖艺女就会被其他人买走。盖塔和福尔弥昂想出主意,让盖塔对德米弗谎称福尔弥昂可以把不受认同的媳妇法尼乌姆娶走,但必须得到三十米纳的好处。德米弗从克莱门斯那借来三十米纳给福尔弥昂,后者将钱交给法尔德里亚,从掮客多利奥(Dorio)手中买下了他的情人。就在这节骨眼上,法尼乌姆的身份被揭出,两个老人因为安尼提弗正娶了那个他们所希望的对象而非常高兴。不过他们坚要从福尔弥昂手中拿回三十米纳,不惜采用威胁甚至暴力。而福尔弥昂恰巧得知了克莱门斯在利姆诺斯干的好事,便将整个实情透露给他的妻子,奈乌希斯忒腊塔狠狠谴责了丈夫的所为,整出戏在她对福尔弥昂的感谢中落幕。
[2] 改编自卡利斯托的阿波罗多罗斯的另一剧本 Επιδικαζομενος。
[3] 莱斯沃斯,希腊第三大岛,希腊位于爱琴海上最大的岛屿,位于爱琴海东北,是爱琴海早期居民点之一。该岛的著名女诗人莎孚(Sappho)在作品中常常表现出对女性的爱慕,被后世解读为同性之爱,女同性恋(Lesbian)一词即由此出。

亚弄到那笔钱,还想为法尼乌姆和安尼提弗的婚姻获得父亲的认同。他对德米弗撒谎说自己需要三十米纳来娶法尼乌姆,从而得到了这笔钱,正于此刻,大家发现法尼乌姆是克莱门斯的女儿,她同安尼提弗的婚姻便也皆大欢喜了。此剧情节的铺陈非常到位,两位老人和他们的儿子也刻画得相当细致。

《两兄弟》

《两兄弟》(Adelphoe)来自米南德的同名剧,外加狄菲洛斯某剧作中的部分内容。此剧初演于公元前160年埃米利乌斯·保卢斯[指马其顿的保卢斯——中译者注]的葬礼上。剧情大致如下:得米亚(Demea)有两个儿子,把其中一名叫做埃斯齐努斯(Aeschinus)的送给了自己的哥哥弥西奥(Micio),另一个叫做泰瑟丰(Ctesipho)的则留在自己身边。弥西奥是个单身汉,对埃斯齐努斯的溺爱无以复加,而得米亚对泰瑟丰十分严格,但两种教育的结果却别无二致。泰瑟丰迷上了一个弹奏竖琴的艺伶,埃斯齐努斯为了让哥哥高兴,将她从她主人那带走。埃斯齐努斯自己则同一个贫穷寡妇的女儿产生了感情,虽然贫穷,这女子却有良好的阿提卡血统,埃斯齐努斯承诺要娶她。最终这桩婚事成功了,泰瑟丰得到了他所爱的艺伶,弥西奥也被说服同那贫穷的寡妇结婚。

泰伦斯与普劳图斯之比较

泰伦斯剧本的创作风格在开明、工巧和唯美方面远甚于普劳图斯,但其原创性、机智和活力就要相形见绌。在普劳图斯创作的时期,希腊文明对罗马人已不陌生,但还未像后来那样得到充分彻底的领悟,况且他不是为某个阶层创作,而是为大众创作。因此普劳图斯的语言是平凡的罗马人口中日常生活的语言,他的机智是为碌碌常人所欢欣雀跃的机智,他的剧作有凡人所喜闻乐见的大量表演成分。普劳图斯借希腊剧本,为普通罗马人量体裁衣。而泰伦斯的立场是不同的,在他的年月,罗马已有一个高度受教化的阶层,他们对希腊文学颇为精通,钦佩并喜爱希腊文明,但这丝毫无损他们的爱国情怀。这些人希望将希腊最好的一切引入罗马。在文学所涉及的范围内,他们希望尽可能地让拉丁文学和希腊文学一致,于是鼓励模仿而不是原创,推崇语言的纯正和风雅而不是思想和表达的活力。这样一群人生活在泰伦斯周围,他们的品味对其造成的影响比其他一切都要来得深刻。泰伦斯的剧本极少显示出为罗马观众而写的初衷(当然,除了一点,那就是都用拉丁语写成),那语言的精雕细

第二章 喜　剧

镂、幽默的内敛含蓄、细节的润泽卓秀，分明是为希腊式的审美而就。比起普劳图斯，泰伦斯的韵格变化相形见少，实际上任何一种形式的变化都要来得少，因为泰伦斯把戏剧表现力搭建在充分的典雅之上，而非变化。他是最早在格式体裁的雕琢上尝试与希腊人比肩的拉丁作家，而且鲜见同样成功的后例。

泰伦斯的风格特征在翻译过程中痛失良多，不过从《福尔弥昂》的这段小场景中还是能随处领略到那平和亲切的氛围、浑然天成的行文和恰到好处的幽默。且看德米弗是如何央求克莱门斯的妻子奈乌希斯忒腊塔去说服法尼乌姆嫁给福尔弥昂的：[3]

> **德米弗（以下简称"德"）**：来吧，奈乌希斯忒腊塔，凭您一以贯之的人格和魅力，让她跟我们好好相处，让她心甘情愿地去做她该做的事情吧[1]。
>
> **奈乌希斯忒腊塔（以下简称"奈"）**：我会的。
>
> **德**：那么这一次您用您的善举帮助了我，正如不久之前您用您的钱财帮助了我[2]。
>
> **奈**：我乐意如此，并且我发誓，若不是我丈夫的错，我所能尽的力量还可以更多。
>
> **德**：为什么会这样？
>
> **奈**：因为，我发誓，他对我父亲勤勉所得的家产实在经营得漫不经心，从这些田地里所得的收益每年才两个塔伦特[3]。这真是个好例子，一个男人能比另一个高明得多。
>
> **德**：两个塔伦特，我没听错？
>
> **奈**：千真万确，两个塔伦特，况且我父亲那时农作物的卖价比现在可低得多。
>
> **德**：喷！

---

[1] 即指法尼乌姆这个"身份卑微"的女性应嫁给门客福尔弥昂，而非他的儿子。
[2] 指从克莱门斯那借走的三十米纳。
[3] 实际上，克莱门斯是偷偷用那些钱抚养他在利姆诺斯的情人以及女儿法尼乌姆。

奈：如何！您吃惊了吗？

德：啊，可不是——

奈：我若是男子，便可让您见识——

德：我深信不疑。

奈：何谓经营的手段——

德：我求您忍耐，不要同她起争端，免得她让您难堪；您是明白的，她多年轻。

奈：我会接受您的建议；且慢，我的丈夫从您家走出来了。

<small>29</small>

<small>图庇利乌斯</small>

<small>托加戏剧、提提尼乌斯、阿塔、阿弗拉尼乌斯</small>

普劳图斯和泰伦斯的喜剧为后世举不胜举的戏剧所师承，希腊喜剧也借此留传到我们这个时代。泰伦斯之后亦有师从希腊的拉丁喜剧作家，其中最常被提及的是逝于公元前103年的图庇利乌斯[1]（Turpilius），不过这些作家的作品一则无关轻重，二则留存甚少。至于托加戏剧，也就是穿罗马服装表演的罗马喜剧，则鲜有探讨的价值。这种剧式从未达到广泛的流行，也仅在一个相对较短的时期内存续。提提尼乌斯[2]（Titinius），估计创作时期略晚于泰伦斯，为这类喜剧开了先河，他仅有一百八十行左右的片段和十五个剧名为我们所知，从中无法获悉他的作品水准。提图斯·昆克提乌斯·阿塔[3]（Titus Quinctius Atta）留下了十一个剧名和约二十五行残篇，除了卒于公元前77年以外，我们对他一无所知。卢西乌斯·阿弗拉尼乌斯（Lucius Afranius）是最后也最重要的托加戏剧作家，可能生于公元前150年前后，保存至今的四十二个剧名以及超过四百行的残篇证明他曾经有过创作。这些剧本的场景设在意大利的小镇上，人物大部分属于社会下层，从这一点来看阿弗拉尼乌斯与提提尼

---

[1] 图庇利乌斯，全名塞克斯都·图庇利乌斯（Sextus Turpilius），他的剧作有十三或十四部，只余标题和少量残篇。塞狄吉图斯将他排在罗马剧作家的第七位。

[2] 提提尼乌斯，创作时期为公元前2世纪，应比凯基利乌斯年幼，但年长于泰伦斯，为已知最早的托加戏剧作家。他的行文颇为古朴，保留下来的有十五部作品标题和不少残篇，主要存于语法学家诺尼乌斯·马塞卢斯（Nonius Marcellus）的作品当中。

[3] 提图斯·昆克提乌斯·阿塔，可能去世于公元前78年。阿塔这个名字或许源自他脚上的缺陷。据贺拉斯的记述，他的作品在当时很受欢迎。

乌斯及阿塔差别不大,但罗马地方色彩要明显比后两者少,所以更近似于泰伦斯所耕耘的披衫戏剧。

另有几种戏剧值得作简单介绍,虽然保存下来的文字稀少,文学价值也不突出。费斯切尼乌姆曲(Fescennine Verse),因伊特鲁里亚的城镇费斯切尼乌姆(Fescennium)得名,在乡村节日和婚礼上吟唱,内容包括乡民之间的戏谑和嘲讽。这种形式一直都没有走上舞台,渐渐地失掉了戏剧的质感,最终沦为单纯的婚礼歌谣。阿特拉戏剧(Fabulae Atellanae),因坎帕尼亚(Campania)平原上的奥斯坎(Oscan)城镇阿特拉[1](Atella)得名,具有一定的情节性,靠或多或少的戏剧单元来铺陈。剧中人物是脸谱式的——马齐库斯(Maccus),蠢蛋;帕帕普斯(Pappus),老人;布科科(Bucco),话痨和骗子;多斯西努斯(Dossenus),聪明和自负的人;等等——表演就整体而言是通俗的滑稽戏,有些类似现代的《庞奇和朱迪》[2](Punch and Judy)。这种戏剧在公元前211年坎帕尼亚被征服后传到罗马,成为罗马有良好家世的年轻人的消遣。在随后的某个时期开始,悲剧结束后表演一小段阿特拉戏剧就成了一种习惯。从此其表演者成为正式的演员,阿特拉戏剧也成为一种正式的文学,主要作家有来自波诺尼亚[3](Bononia)的卢西乌斯·庞培尼乌斯[4](Lucius Pomponius)和

---

[1] 阿特拉,最早见载于史是在第二次布匿战争时期。当罗马人惨败于坎尼战役(Battle of Cannae)后,该城投靠汉尼拔,故罗马人在公元前210年攻陷此城,处决了城中的显赫人物,将其余幸存者贬为奴隶或流放。

[2] 《庞奇和朱迪》,一出提线傀儡和布袋傀儡的木偶剧,最早起源于16世纪的意大利。剧中的庞奇(全名Punchinello)是木偶剧中最受欢迎的人物,钩鼻驼背,性格蛮横,形象来源于罗马小丑和滑稽的乡巴佬。朱迪(原名Joan)是他的妻子,爱唠叨,爱抱怨,常被庞奇殴打甚至杀死。这种戏剧的语言粗俗且刻薄,最早在1827年由J. P. Collier写成书并付印。

[3] 波诺尼亚,今意大利北部城市博洛尼亚(Bologna)。原为伊特鲁里亚人所建城市费尔西纳(Felsina),公元前4世纪被高卢的博伊(Boii)人占领,约公元前190年成为罗马的殖民地和自治市,即用此名。

[4] 卢西乌斯·庞培尼乌斯,最杰出的阿特拉戏剧作家,与诺维乌斯同为最早的该剧种作家。提到他的语法学家不少,尤其是波瑟(Bothe)为我们保存了他的一些剧作片段(*Poetae Scenici Latin*. vol. v., *Fragm.* vol. ii. pp. 103—124)。

默剧

诺维乌斯[1](Novius),均活跃于苏拉[2](Sulla)的时代,即公元前 90 年前后,他们的作品留存极少。阿特拉戏剧在舞台上持续到帝国时期开始,不过其中文字的重要性日渐衰微,表演则成为单纯的动作和手势。另一种滑稽戏是默剧(Mime),自亚平宁半岛上的希腊城邦和西西里传入罗马。这种戏剧的连贯情节比喜剧少,其人物角色更受欢迎。默剧无疑是跟喜剧同时传入罗马的,却直到西塞罗时代才称得上是一个文学分支,成为悲剧表演的余兴节目,在帝国时期方开始独立演出。默剧的主要作家有属于罗马骑士阶层的德齐穆斯·拉贝里乌斯[3](Decimus Laberius)(公元前 105 年至前 43 年)和来自安条克[4](Antioch)的奴隶普布利留斯·西鲁斯(Publilius Syrus),这两人均属于恺撒时期,即公元前 1 世纪中叶。现存的默剧剧本为零,对其失传也不必懊恼过甚,因为此类剧本的幽默大多粗俗,情节大多下流,文学价值大多低微。但是,有一些拉贝里乌斯的默剧残篇有令人刮目相看的才华,还有普布利留斯所写剧本中有为数众多、足以编撰成语录的明智箴言和聪慧警语,其中部分保存至今。

尾　注

1 *Rudens*,160—173.
2 *Persa*,204—224.
3 *Phormio*,784 以降,引自 M. H. Morgan 的英译。

---

[1] 诺维乌斯,全名昆图斯·诺维乌斯(Quintus Novius)。语法学家尤其是诺尼乌斯·马塞卢斯常提到他的作品,波瑟则保存了他的剧名列表和若干残篇(*Poet. Lat. Scenic. Fragmenta*, vol. ii. P. 41)。

[2] 苏拉(前138—前78),全名卢西乌斯·科涅利乌斯·苏拉(Lucius Cornelius Sulla),贵族出身的罗马将军、独裁者,致力于推行宪政改革。曾占领雅典,大败米特拉达梯六世(Mithradates VI)。但就是在同米特拉达梯六世作战期间,罗马被平民派所掌握,对他实行清洗,遂导致内战爆发。在内战中苏拉获得胜利,独揽无限期的独裁大权,在公元前79 年宣布退位,着手撰写回忆录。

[3] 德齐穆斯·拉贝里乌斯,他本属骑士阶级,因从事默剧创作而失去此身份。他为人机智,善于讽刺。恺撒在公元前46 年命他参加一次公开的戏剧赛会,与普布利留斯·西鲁斯一较高低,并出演他本人创作的默剧。拉贝里乌斯借机在序幕中陈言自己一生所受的鄙夷,还大胆讽刺了独裁者。最终恺撒判西鲁斯获胜,但为他恢复了骑士地位。

[4] 安条克,古代叙利亚人口众多的大城,现位于土耳其中南部,濒临奥龙特斯河(Orontes River)河口。原亚历山大大帝的将领,即后来的塞琉古一世(Seleucus I Nicator)建立了该城,在公元前64 年之前一直是塞琉古王国的中心,后被罗马兼并,成为叙利亚行省首府,在规模和重要性方面居罗马第三,仅次于罗马和亚历山大城。后亦是早期基督教中心之一。

第三章　早期散文——小西庇阿文人圈——卢齐利乌斯

希腊对罗马散文的影响——法比乌斯·皮克托,公元前216年——辛齐乌斯·阿利门图斯,公元前210年——加图,公元前234年至前149年——加图的作品——雄辩家——法学家——拉丁编年史家——小西庇阿,公元前185年至前129年——小西庇阿文人圈——卢齐利乌斯,公元前180年(可能)至前126年——杂咏诗——卢齐利乌斯的杂咏诗——早于西塞罗时期五十年的文学——诗歌——历史——学术著作——一般作家[这两个条目应指属于原文44页的一条原文注释,在原文中是脚注,故插入在此——中译者注]——法学家——雄辩术:向赫伦尼乌斯讲授演说术——这一时期散文的巨大发展

悲剧和喜剧的轨迹,诞生、顶点、衰落,从李维乌斯·安得罗尼库斯第一部作品问世到阿克齐乌斯的逝世,仅仅经历了一个半世纪的短暂时期。所以将罗马戏剧文学从头至尾作不分割的叙述是可取的,而散文文学需分段进行描述,因为跟戏剧文学相比,散文文学虽早期发展不迅猛,生命力则持久得多,也更真切地表现了罗马人这个民族的天赋。

严格意义上的罗马本土散文文学是有其雏形的:《十二铜表法》,各形各色的名单和记录,公开与私人场合的演说。这些基因注定了罗马散文的使命——历史、法理和雄辩。但罗马散文,免不了与罗马诗歌同样地,从罗马人开始注意文字的文学效果之刻起,就被希腊文学所浸淫。对南部意大利的征服为罗马带来了同大希腊[1](Magna Graecia)城邦之间前所未有的亲密接触,也为罗马带来了安得罗尼库斯;第一部模仿希腊的拉丁戏剧诞生于第一次

希腊对罗马散文的影响

---

[1] 大希腊,古意大利南部沿海希腊殖民城市的统称。埃维亚人(Euboean)建立了最早的殖民地皮特库萨(Pithecussae)和库迈(Cumae)。随后斯巴达人移居塔伦特姆、亚该亚人(Achaean)移居梅塔蓬图姆(Metapontum)、锡巴里斯(Sybaris)和克罗顿(Croton),洛克里人移居伊皮兹斐利(Epizephyrii)的洛克里,哈尔基季基人(Chalcidian)移居雷吉翁(Rhegium)。大希腊是希腊文化的重要中心。

昆图斯·法比乌斯·皮克托

布匿战争[1]（The First Punic War）爆发后一年；第一批散文作家出现在同一时期或稍晚时期。他们当中一部分人觉得拉丁语作为散文文学的载体远不够完善，便用希腊语写作，为启迪异邦人和受过教育的罗马人而记载罗马历史。其中就有昆图斯·法比乌斯·皮克托（Quintus Fabius Pictor），他是在罗马威望素著的人物，于公元前216年，也就是坎尼战役（Battle of Cannae）结束之年被派去德尔菲（Delphi）求过神谕。他用希腊语写了一部从埃涅阿斯到他那个时代的罗马史，这和他同时代的恩尼乌斯（Quintus Ennius）用拉丁语所撰的《编年记》（Annales）选择的主题是一致的。这部作品旋即被译成拉丁语，并一直是后世历史学家引证索据的重要对象之一，包括李维（Livy）。

卢西乌斯·辛齐乌斯·阿利门图斯

卢西乌斯·辛齐乌斯·阿利门图斯（Lucius Cincius Alimentus），一位在第二次布匿战争时指挥罗马军队的行政官[2]（praetor），以希腊散文的形式写了一部罗马史。同执此道的还有大西庇阿的儿子普布利乌斯·科涅利乌斯·西庇阿（Publius Cornelius Scipio）、奥卢斯·波斯图米乌斯·阿尔比努斯（Aulus Postumius Albinus）和盖尤斯·阿齐利乌斯（Gaius Acilius），他们的写作时间大约在公元前2世纪中叶。因为用希腊语，其作品对拉丁文学没什么直接关联，不过显示出希腊化影响在第二次布匿战争后对有教养的罗马人有多么巨大。这种影响不仅限于文学，而且波及到服装、举止、思考方式——概言之，生活的方方面面——尤其是在上流社会当中。那时希腊人已不再是马拉松

希腊化影响

---

[1] 第一次布匿战争（前264—前241），罗马共和国和迦太基帝国之间三次战争中的第一次，起因是西西里岛上的墨西拿（Messana）城和叙拉古（Syracus）城发生争执，迦太基人出面调停，因此在岛上占有一席之地，为罗马所难容，故出兵墨西拿欲使迦太基撤退。双方交战至公元前241年，罗马人建立起一支有二百余艘战舰的大舰队，控制了海上航路，遂获全胜，确立了在西西里和科西嘉这两个战略岛屿的统治权。

[2] 行政官，古罗马官职，权力视情况而定，颇为宽泛，基本可视同执政官的分身。有时负责司法，尤其在外省；有时掌管城市行政；有时统帅军队。后经若干演变，也有各种细分，例如外事行政官（Praetor Peregrinus）和城市行政官（Praetor Urbanus），数量亦多有增加。

〔1〕（Marathon）和温泉关〔2〕（Thermopylae）时代坚韧的城邦战士，而是文化、修养、学术方面的佼佼者，在禀性中已然有随之纷至沓来的柔弱、奢侈和不忠。其本质的良莠不齐，导致罗马人绝不会全都指望能从与希腊文明的接触中获益，于是在罗马自然而然地出现了一个抵制一切希腊事物、诉求保全古罗马质朴本色的派别，这个派别的领袖便是加图（Cato）。

马库斯·波西乌斯·加图（Marcus Porcius Cato）在公元前234年生于图斯库卢姆〔3〕（Tusculum），卒于公元前149年。他的一生都积极从事公共事务，曾在公元前204年当选度支官〔4〕（quaestor），公元前199年当选民政官（aedile），公元前195年当选执政官（consul），公元前184年当选监察官（censor）[从度支官到监察官，这是沿罗马共和国权力阶梯攀升的典型——中译者注]。在任何职务上都展现出他正直、高效、执著、真诚——虽然有些狭隘——的国家至上精神。尽管晚年也研习了希腊语和希腊文学，但他坚信希腊艺术、文学、哲学和生活方式会带来坏影响。在给儿子的一纸家书中，他写道："我要谈谈希腊人，给他们应得的评价，我的儿马库斯，并告诉你我在雅典所发现的真相：读读他们的文学确实很好，但完整深入地学习极不可取。我希望你深知，那个民族是最没有价值和无可救药的。"[1]

加图站在那些盛行的文学趋向的对立面——这种盛行是不可避免的——尽管如此他还是那个时代最高产的文人之一。积极活跃的政治生涯带给他无数在元老院或民众面前公开演讲的机会，况且他还经常出席审判，为自己或别

> 马库斯·波西乌斯·加图

> 作为雄辩家的加图

---

〔1〕 马拉松，指马拉松战役（Battle of Marathon），发生于公元前490年9月。是时波斯首度进犯希腊，雅典军队约一万人在米太亚得（Miltiades）的率领下于阿提卡东北部的马拉松平原予以反击，以中央诱敌、两翼包抄的战术打败一万五千人的波斯军队，消灭六千四百人，自身损失仅一百九十二人。
〔2〕 温泉关，指发生在希腊中部东海岸卡利兹罗蒙（Kallidhromon）山和马利亚科斯（Maliakos）湾之间狭窄通道温泉关的一场著名阻击战，其时间可能是公元前480年8月，交战双方为南下的波斯军队和进行阻击的希腊军队，由斯巴达国王莱奥尼达斯（Leonidas）率领。希腊人守关三天，后因叛徒给波斯人指路，遭侧面进攻而败退。此战因斯巴达人的勇猛顽强而载入历史，常见于文学作品。
〔3〕 图斯库卢姆，意大利拉丁姆（Latium）地区的古代城市，在罗马东南二十四千米处，今弗拉斯卡蒂（Frascati）。
〔4〕 度支官，古罗马最低级的正式官职，在传统中其职责为司库。公元前509年共和制确立后，两名执政官各自任命一名度支官监督公库，也兼顾司法。自公元前447年起，度支官由部落议会（Comitia Tribuna）每年选举产生。

人的官司做辩护人。在西塞罗时代,他的演说词还有一百五十篇在世,至少部分一直到很久以后都被人所阅读和推崇。大约八十部不完整的残稿留到现代,有些是政治性的,有些是法律性的。这些文字展现出强健和精练的表达力、冷酷和刻板的幽默感以及直接和自由的演说风格,但与优雅无缘。

《史源》　　加图最重要的作品是《史源》(Origines),共七卷,堪称最早用拉丁散文写成的罗马史。就风格和手法而言,这部作品非常欠缺协调性,某些事件的叙述是扼要的编年体方式,某些地方则投入大量篇幅和细节。有一卷——整本书的书名便来自它——叙述了意大利各城市的起源和早期历史。这本书涵盖了罗马和亚平宁半岛从最古老时期一直到加图所处时代的一切,而在后期部分加图苦心孤诣地为自己的言行增添尽可能多——但不至于名不副实——的显赫光环,甚至在叙述中插入大段他曾在各种场合发表过的个人演说。另外以写给儿子的家书的形式,加图撰写了关于农业、养生、雄辩和战争术的论文。他还以韵文写过一系列的行为规范,并编集了一套智慧警言录。

论著文　　在所有作品中唯一现存的是一篇论著文《农书》(On Agriculture)。作为
《农书》一名在图斯库卢姆这个小镇出生并成长的人,加图对早期罗马人的质朴美德满怀景仰,对自身所处时代亲眼所见的风气十分鄙夷,这风气便是轻忽农业,热衷商业和理财。"靠生意敛财也许更好,如果它不是如此有害;靠放贷发家也许更好,如果它不是如此可鄙。我们的祖先早有规矩,并写成神圣的法律:偷窃罚双倍,放贷罚四倍。可见他们认为作为公民,放贷者比窃贼要远不合格。当他们赞扬一个好人,则说他是个好农民,出色的垦荒者,他们觉得这种夸奖才是极致的称赞。现在呢,我明白商人的孜孜以利确是积极和勤奋,可正如我刚才说的,他要面临危难和毁灭。最勇敢和最精力充沛的战士都来自农民,他们所坚持的道路是最虔诚和可靠的,是最不易遭致嫉妒的,从事这一行业的人也最少被恶念所侵蚀。"[2] 在此书其他部分,加图以短促、扼要的句子给出农民应遵循的一些实用规则。"诸事应尽早。这是务农的法则,若一事延误,你将事事延误。"这种简短、锐利的语句是加图的殊色。他摈弃一切文学加工,似乎要证明绝大部分其他罗马作家所致力的典雅表现艺术是可抛可唾的。

第三章　早期散文——小西庇阿文人圈——卢齐利乌斯　　41

加图是他那个时代最著名的雄辩家之一,但其竞争者众多,包括一些最知名的罗马人。那些演说家的才能大多来自天赋,其雄辩术源自公共生活的历练,其震撼效果基本依靠演说者的威望或其成就的伟大。他们的演说词已缺失,流传至今的是他们的声望,这些仅能告诉我们,在第二次布匿战争期间和以后,罗马人的雄辩术在壮大和发展,并成就了公元前2世纪后半期的格拉古兄弟[1](Gracchi)的不朽辩才,也成就了下一个世纪中西塞罗的非凡创作。加图时代的演说家当中值得一提的有:昆图斯·法比乌斯·马克西穆斯·昆克塔托[2](Quintus Fabius Maximus Cunctator),他曾压制过汉尼拔的兵锋,五度就任包括执政官、监察官和独裁官在内的重大官职;昆图斯·凯基利乌斯·梅特卢斯[3](Quintus Caecilius Metellus),公元前206年的执政官;马库斯·科涅利乌斯·克塞古斯[4](Marcus Cornelius Cethegus)(卒于公元前196

其他雄辩家

---

[1] 格拉古兄弟,指提比略·塞普罗尼乌斯·格拉古(Tiberius Sempronius Gracchus,约前169至164—前133.6)和他的弟弟盖尤斯·赛普罗尼乌斯·格拉古(Gaius Sempronius Gracchus,约前160至153—前121),他们是标志着罗马共和国走向末路的里程碑式人物。概言之,他们均出身贵族世家,都当选过保民官,兄长竭力推行农业和土地分配改革,弟弟则继承了兄长的遗志。此改革的目的在于增加自耕农——罗马军团主要兵源——的数量,控制越发严重的土地兼并。这一改革虽得到许多元老院成员的支持,却不可避免地与既得利益阶层发生矛盾,因此举步维艰,而提比略·格拉古的处置手段也谈不上圆滑老练,故虽然他的部分目标得以实现,却酿成了动乱,自己也在动乱中身亡。而其弟坚持正义的固执和欠缺手腕的幼稚如出一辙,最终诉求于非法的集结示威,并效仿过去罗马平民与贵族发生争执时的做法,退到阿文蒂尼(Aventine)山里。这一举动导致执政官组织部队进山屠戮,令盖尤斯·格拉古自杀。但他所推行的多数立法却跟他哥哥一样行之未废,而且他在兄长的理念的基础上进行了拓展,推行了许多确有意义的政略和法令,罗马共和国时代最后一个世纪中人们所提出的各项改革,几乎都是从他的政治思想中衍生出来的,兄弟二人的志向也得到很多人的怀念和尊敬。
[2] 昆图斯·法比乌斯·马克西穆斯·昆克塔托,卒于公元前203年。第二次布匿战争初期罗马接连惨败,元气大伤,法比乌斯临危受命当选独裁官,以拖延战略和游击战术消耗汉尼拔的兵力,为罗马赢得恢复力量的时间。在第五次担任执政官的公元前209年,他还攻克了汉尼拔坚守三年的塔伦特姆(Tarentum)。法比乌斯主义(Fabianism,又称费边主义)即衍生自他凡事先谋后动、谨慎为先的理念。
[3] 昆图斯·凯基利乌斯·梅特卢斯,名门梅特卢斯家族成员,在西塞罗所列的罗马雄辩家名录中有突出地位,为其父亲葬礼所发表的演说殊有美誉。他还活跃于对抗汉尼拔的作战当中,据史载,他对战争的终结并不乐见,因为担心罗马人会失去被战争所迫出的活力。
[4] 马库斯·科涅利乌斯·克塞古斯,他的口才获得的评价极高,恩尼乌斯称他为"说服力之精髓"(Suadae medulla),贺拉斯有两次奉他为拉丁词汇权威。另外,他还曾与行政官昆提利乌斯·瓦鲁斯(Quintilius Varus)一起,在山南高卢(Cisalpine Gaul)击败汉尼拔的兄长马戈(Mago)。

年);普布利乌斯·李锡尼·克拉苏[1](Publius Licinius Crassus)(卒于公元前183年);大西庇阿(卒于公元前183年)。

37
法学家　　在加图时代,法理学领域的建树颇多。普布利乌斯·埃利乌斯[2](Publius Aelius)(公元前201年执政官,卒于公元前174年)和他的弟弟塞克斯都[3](Sextus)(公元前198年执政官)发表了法理学方面最为系统性的著述,名曰《埃利乌斯法典》[4](*Tripartita*)[原文 *Tripertita* 应为谬——中译者注],在几百年来都受人尊崇,被视为伟大的罗马法系的发端。西庇阿·纳西卡[5](Scipio Nasica)(公元前191年执政官)、卢西乌斯·阿齐利乌斯[6](Lucius Acilius)、昆图斯·法比乌斯·拉贝奥[7](Quintus Fabius Labeo)(公元前183年执政官)和加图之子(生于约公元前192年,卒于公元前152年)都是卓越的法学家,他们对《十二铜表法》的解读、对各类案例的睿识,都为后世学者所提及和赞扬。他们的原作都失传,但有关罗马法的后来著述中包含

---

[1] 普布利乌斯·李锡尼·克拉苏,别名"天才"(Dives),是个先天才能和后天努力都极为突出的人物,文武双全,精通民法和教法。在公元前212年,尽管初出茅庐,就击败资历比他深得多的对手成为大祭司(pontifex maximus),并于公元前210年获选执政官,只是因为同僚去世,故遵循惯例没有就任。到公元前205年终于成为执政官,负责将汉尼拔压制在意大利最南端的布鲁蒂(Bruttii)区内,并成功挽救了若干城市,但他和军队都被一场疫病所困。他的葬礼非常壮观,持续了三天,有一百二十名角斗士进行表演。

[2] 全名普布利乌斯·埃利乌斯·帕特乌斯(Publius Aelius Paetus)。

[3] 全名塞克斯都·埃利乌斯·帕特乌斯(Sextus Aelius Paetus)。

[4] 《埃利乌斯法典》,可能是最早关于《十二铜表法》的评注型著作,包括《十二铜表法》原文、解释和案例。

[5] 西庇阿·纳西卡,全名普布利乌斯·科涅利乌斯·西庇阿·纳西卡(Publius Cornelius Scipio Nasica),意为"尖鼻子的西庇阿"。在公元前200年他即成为处置韦努西亚(Venusia)殖民分配的三人仲裁组(triumvirs)成员,后也多次参与类似的三人仲裁组。在担任执政官之年他打败了博伊人并获得凯旋。最后见于史载是公元前171年,他被西班牙人指名担任诉讼人,以指控压迫他们的罗马统治者。据称国家曾送给他一所靠近神圣大道(Via Sacra)的房子,以方便找他咨询法律事宜。他被认为是造成提比略·格拉古之死的动乱的主谋。

[6] 卢西乌斯·阿齐利乌斯,亦名卢西乌斯·阿提利乌斯(Lucius Atilius)或普布利乌斯·阿提利乌斯(Publius Atilius)。他是最早被人民称为"智者"(Sapiens)的罗马人,此后该称谓经常用于明断的法官。他的作品包括对《十二铜表法》的注疏。

[7] 昆图斯·法比乌斯·拉贝奥,他在公元前189年担任行政官期间曾出海至克里特(Crete),通过交涉解救了四千多名沦为奴隶的罗马人,并依据条约去销毁安条克三世大帝(Antiochus III the Great)的战船。西塞罗曾记载一桩逸事,称拉贝奥被指名为仲裁人决断诺拉(Nola)和奈阿波利斯(Neapolis)两城间关于土地的纠纷,他施以小计,为罗马公民争取到不少的耕地。

第三章　早期散文——小西庇阿文人圈——卢齐利乌斯

着这些研究的成果。

那些此前用希腊语写作的编年史作者，例如法比乌斯·皮克托（Fabius Pictor），在公元前2世纪下半期就有了追随者，其差别在于他们改用拉丁语写作，而采用的基本观点和方法以及部分史据，还是来自早期的希腊历史学家，如埃福罗斯[1]（Ephorus）和提麦奥斯[2]（Timaeus）。其中最早的一位拉丁编年史作家是卢西乌斯·卡西乌斯·赫米纳[3]（Lucius Cassius Hemina），写了一部至他本人时代为止的罗马史。公元前133年的执政官卢西乌斯·卡尔普尼乌斯·皮索·弗鲁基[4]（Lucius Calpurnius Piso Frugi）比前者略胜一筹。他写的编年史所涵盖的时间范围与赫米纳相同，据称其笔法毫无艺术性，甚至有些粗糙，这种欠优雅的写作风格似乎也是那个年代另一些编年史作家的共同特征。很显然，罗马人至此还没有精通如何写出具艺术气息的散文。可毕竟在这个时代，罗马人在希腊导师的指引下，比以往更专注地致力于语法和修辞、语言的纯粹以及表达的造诣。

有一个人曾是罗马顶尖文人圈的核心，这便是小西庇阿，他生活于公元前185年至公元前129年。他是公元前168年在彼得那获得大胜的名将卢西乌斯·埃米利乌斯·保卢斯之子，是消灭了最后一个能够给予罗马军团实质性抵抗的外族势力的人物，也是老西庇阿之子的养子。他本人即是优秀的战士，

拉丁编年史家

小西庇阿

---

[1] 埃福罗斯（约前405—前330），古希腊历史学家，第一部通史的作者，被誉为当时最好的史学家。据传说，他是可与柏拉图媲美的伊索克拉底（Isocrates）的学生。其主要著作《历史》（*Historiai*）全由儿子德谟菲卢斯（Demophilus）编辑整理及补写第三十卷。他的《历史》是首部分卷进行的史书，每卷有序，且神话和历史通常分得很明确，对太过详尽的远古历史抱着审慎的怀疑。

[2] 提麦奥斯（约前356—约前260），希腊历史学家，被叙拉古暴君阿加索克利斯（Agathocles）逐出西西里后前往雅典研究修辞学，居住五十年。著有三十八卷的史书，记载公元前289年至阿加索克利斯去世为止的历史。

[3] 卢西乌斯·卡西乌斯·赫米纳，他的出身原为贵族，在公元前146年即迦太基城被彻底毁灭之时仍健在。其文风朴实乃至冰冷，内容取自权威的前人记述，包括加图的《史源》。提及或参考他的历史学家不多，但语法学家则不少。

[4] 卢西乌斯·卡尔普尼乌斯·皮索·弗鲁基，是皮索家族中冠有别名弗鲁基（意为荣耀的人）这一支的成员，其世系难考。公元前149年他动议了第一部旨在惩处在行省中滥用权力之行为的法令，在担任执政官时镇压过奴隶的起义。他一直是贵族阶级的支持者，强烈反对盖尤斯·格拉古的改革。他可能是第一个尝试理性解析神话传说的罗马史学家。

在非洲以区区军事保民官[1](tribunus militum)的身份便挽救过罗马大军,随后当选执政官,获指挥权,率领军队将迦太基占领并夷为平地(公元前146年),结束了第三次布匿战争[2](The Third Punic War)。[3]照常理,他应在统治层发挥能量,尤其在那个急需最好的公民来挑大梁的时期。但看来小西庇阿深知,这个已经不再有外来威胁的国家,内部有着根深蒂固、不可救药的顽疾。他动用自己的影响力在任何力所能及的场合来改善状况,但没有为纠正统治层的胡作非为做过任何系统性的尝试,而这种妄为部分地导致了格拉古兄弟时代(公元前133年至前121年)翻天覆地的混乱。既然不愿成为党阀首领,他所担当的职务多少离贵族和平民的阵营都较远,得以将自己的威望和雄辩用于他所认同的事业,并借此保全了独立和善断的名节。他的爱国精神毋庸置疑,声望也决不比任何一个罗马人差。

小西庇阿文人圈

小西庇阿受过良好的教育,文学和思辨是他闲暇时的追求。除了发表过备受钦佩的演说以外,他不从事文学创作,但乐于身处鸿儒之中,从与他们的交谈中获益,用自己的社会地位和影响力给他们支持。比他稍年长的朋友、公元前140年的执政官盖尤斯·莱利乌斯(Gaius Laelius),与他的文学品位相近,但也不发表除了演说以外的其他文学作品。在公元前167年至公元前150年这段时间,成百上千在本国地位显赫的希腊人被当作人质扣留在意大

---

[1] 军事保民官,军事官衔的一种,在共和国时期由部落议会选举产生,每年选出二十四人,均为三十岁不到希望进入元老院的青年,并将他们平均分派到两位执政官所指挥的四个军团中担任指挥官。

[2] 第三次布匿战争,前两次布匿战争使迦太基一蹶不振,但公元前2世纪间其商业发展迅速,使得罗马人尤其是贸易阶层嫉妒。公元前150年迦太基人武装反抗罗马盟友马锡尼萨(Masinissa)的侵犯,因此正式破坏与罗马订立的条约,遭到罗马大兵临城下。虽然迦太基人同意献出人质并解除武装,但罗马人进一步要求他们必须迁移到不能进行海上贸易的内陆,这使战争爆发。迦太基人在绝望中的抗争可歌可泣,罗马人围城两年不克,直到小西庇阿获得胜利方结束了这场战争。

[3] 他在执政官马尼利乌斯(Manilius)麾下军团服役,当执政官有勇无谋地让部队陷入危机时,他站出来挽救过局势。其能力获得士兵的无上尊敬,很多人写信到罗马称只有他能征服迦太基;同时他的正直也赢得了敌人的信任,迦太基人只愿意相信他做出的承诺。就连十分苛责的加图也称赞"仅他拥有智慧,其余人俱是空壳"。故他在公元前147年以不到执政官法定年龄的三十七岁当选,也理所当然地被指派到非洲去结束战事。

利。其中有历史学家波利比奥斯[1](Polybius),在罗马得到一所住处,并成为小西庇阿和莱利乌斯身边的文学圈子的一员;斯多亚(Stoic)哲学家、后来成为该学派领袖的帕奈提奥斯[2](Panaetius),是另一个属于小西庇阿圈的希腊人。帕奈提奥斯对罗马哲学的影响极其深远,波利比奥斯对罗马历史撰述的影响也不遑多让。小西庇阿身边同样有拉丁作家。其中有:泰伦斯(见原文第 24 页)——最具工巧的喜剧作家;赫米纳和皮索——编年史家;盖尤斯·法尼乌斯(Gaius Fannius)——莱利乌斯的侄子,公元前 122 年的执政官,成就杰出的演说家,另著罗马史一部;塞普罗尼乌斯·阿瑟利奥[3](Sempronius Asellio)——著有那一时代到至少公元前 91 年为止的罗马史;卢西乌斯·弗里乌斯·费卢斯[4](Lucius Furius Philus)——公元前 136 年的执政

---

[1] 波利比奥斯(约前 200—约前 118),又作波里比阿,希腊政治学家和历史学家。在马其顿战争期间公开支持罗马,公元前 168 年被送往罗马做人质,结识了小西庇阿,并随他一同去西班牙和非洲,更随从小西庇阿参加了摧毁迦太基的战役(前 146)。波利比奥斯以四十卷的《通史》(The Histories)叙述自汉尼拔西班牙战役到彼得那战役的五十三年间(前 220—前 168)罗马获得世界主宰权的经过,并因这本书而名垂千古。他本人富有政治军事经验,而且遍游地中海世界,也亲身参与过不少重大事件。他在《通史》的开篇这样写道:若使以前记述岁月之流转的史学家们,忘了去称赞普遍含义上的历史,那我便或许有必要来予以补充,并推荐每一个人去学习它,接受它,把它当成一份宝贵的馈赠,因为,论到纠正不当行为的良药,还没有什么比了解过去的更为有效。所有的历史学者,可说无一例外地,并且毫不犹豫地,从一切言辞的开始到结束,都极其强调两点:一是学习历史是最好的针对从政生涯的学习和训练;二是牢记过往之人的悲剧和灾祸是最确实也唯一的帮助你度过无常之命运的方法。显然,不会有人——至少不是我——会觉得他为今日的职责是重复前人所善于描述并且经常描述的东西。我所选取的内容出人意表,这足以使任何人,不管长幼,都有仔细阅读我的历史体系的兴趣。在不到五十三年的时间内,罗马是通过何种方法,利用何种政治体系,成功地君临几乎整个人类世界的呢?究竟有谁会懒惰、低劣到对这一历史上独一无二的事例了无兴趣呢?又究竟有谁,能够对其他事物报以巨大的热情,却对这一比起任何领域都更为显赫的知识了无学习之欲呢?[中译者译自 W. R. Paton 的英译本]
[2] 帕奈提奥斯,斯多亚哲学在罗马的创始人,师从塞琉西亚的第欧根尼(Diogenes of Seleucia)和塔尔苏斯的安提帕特(Antipater of Tarsus),继承安提帕特成为斯多亚学派首脑后,在雅典度过一生。他的著作较少,所写五篇论文也都缺失,其中《论适度》(On the Appropriate)成为西塞罗《论责任》(De Officiis)前两卷参照的范本。
[3] 塞普罗尼乌斯·阿瑟利奥,全名普布利乌斯·塞普罗尼乌斯·阿瑟利奥(Publius Sempronius Asellio),曾作为军事保民官参加小西庇阿在努曼提亚(Numantia)的战事,并撰史记录自己的经历。此书自布匿战争发端开始,详尽叙述了格拉古兄弟时代的世事沉浮,但其标题和卷数均不详。
[4] 卢西乌斯·弗里乌斯·费卢斯,他喜爱且谙熟希腊文学艺术,西塞罗在《论共和国》中让他作为谈话者出现,且称他"最节制、最谦逊"(moderatissimus et continentissimus)。他的名字卢西乌斯常被误作普布利乌斯。

官,演说家和法学家;等等。在这些人中,最具独创才能的是罗马杂咏诗(satire,拉丁语 satura)之父盖尤斯·卢齐利乌斯(Gaius Lucilius)。

盖尤斯·卢齐利乌斯

卢齐利乌斯生于大约公元前 180 年,出生地是坎帕尼亚平原的苏埃萨奥伦卡[1](Suessa Aurunca)。他是富裕的骑士阶层家庭一员,在前往罗马生活时,已从商业及政治的纷扰中解脱,投身于社会交际和文学。他作为富足的单身者而终其一生,并不漠然于金钱所能带来的享乐,也不至放纵失节。他的大部分人生都在罗马城中度过,但随小西庇阿去过西班牙的战场,并在公元前126 年去了西西里,因非罗马公民都必须离开罗马;直到公元前 124 年方返程,于公元前 103 年卒于奈阿波利斯(Naples)[奈阿波利斯为原文那不勒斯(Naples)的古称,似更恰当——中译者注]。

杂咏诗

杂咏诗这个称法可能源自杂锦拼盘(lanx satura),一种盛满各种水果的盆子,恩尼乌斯借用这个词的含义(见原文第 8 页),形容包罗万象的诗歌。按此定义,除去他的戏剧和史诗,或许恩尼乌斯的所有诗歌都能归于杂咏诗这类。而卢齐利乌斯绝对是头一位赋予杂咏诗特定内涵的作家,杂咏诗也自此有了属于自己的特色。他以诗为体,锻造出攻击其时代的个人、团体和习俗的尖锐武器,沉淀出针对邻国衰亡的幽默评论,编织出关于其个人的诸多信息。自卢齐利乌斯起,杂咏诗兼具了锋利与诙谐、酸涩与悦耳。这种表形为对话、叨谈或书信的诗体不属希腊式而是他的创造,因此在所有罗马诗人中他确实最具独创性。

卢齐利乌斯的《杂咏诗》

卢齐利乌斯的《杂咏诗》有三十卷,每卷均含数首。其主题纷杂不一——某人的错误和缺陷,文学作品的瑕疵,对希腊举止和穿着的可笑模仿,希腊神话的荒诞不经,奢华晚宴的愚蠢,诗人去西西里的旅途,拉丁语法,拉丁词汇的正确拼写,以及小西庇阿去埃及和亚细亚的旅途。《杂咏诗》可视为完整的自传,为读者清晰地呈上了作者的人格、生活方式、各种观点等一切。当中大部分用后世所有罗马杂咏诗人所沿用的六步体写成,但也有一部分采用短长格(iambic)六步音(senarii)和长短格(trochaic)七步音(septenarii),或挽歌对句

---

[1] 苏埃萨奥伦卡,今意大利坎帕尼亚区城镇和主教区塞萨奥伦卡(Sessa Aurunca),仍有遗迹存在。

(elegiacs)。[3] 这些诗不是一蹴而就,而经许多年断断续续写成,因为卢齐利乌斯不是专职诗人,仅在兴之所致时歌以咏之。他的表达方式是非传统的,类似于谈话——事实上他就将诗称为谈话(sermones),自由地使用对白,而不在追求文学完美性方面费心。贺拉斯纵然模仿了卢齐利乌斯的杂咏诗,也抱怨这位诗人过于漫不经心了。但是他的诗歌所拥有的平和自然的风骨,定然更多地来源于技巧上的刻意而非润饰上的疏漏。

这些作品的现存残篇总共多达一千一百行以上,只是绝大部分较短且不完整。其中一篇[4]似乎是卢齐利乌斯欣然接受了一个晚宴的邀请,因为有"融洽的谈话,精心烹制和调味的食物";另一篇[5]中,他谴责奢侈会导致攫取的贪欲:"因为若对一个人来说是足够的便令他觉得足够,那它就足够了。现在,既非如此,要指望什么样的财富方能满足我的灵魂?"还有一段[6],他描绘了一个无畜产、无奴隶也无仆从的吝啬鬼成天护着装有他全部财产的钱袋:"他佩着钱袋吃、睡、浴,这人一切的希望全归其钱袋所有。在他的臂上,紧紧系着那个钱袋。"有一段是其残篇中较长的[7],阐述了何为美德(virtus):

> 美德,阿尔比努斯(Albinus),时刻为围绕和支撑我们生活的一切事物付出真正的代价;美德时刻明白每一件事会给人带来什么;美德时刻明白什么对人是正确、有用、可敬,什么是好、什么是坏,什么是无用、低贱、可鄙;美德永远明白追寻万物的局限和方法;美德永远给财富带来真正的价值;美德永远给荣誉赋予实至名归的内在;美德永远是恶人和恶习的敌人,又永远守护、珍视着善人和良知,给他们赐福,如友人一样陪伴他们;另外,美德永远将祖国的利益奉在首位,家人次之,自己最后。

其他残篇有针对个人的人身攻击,但我们所引述的上文可以展现这位杰出的杂咏诗创始人所拥有的奔放的言辞、成熟的心智和严肃的追求。

卢齐利乌斯属于一个变革多舛的时期。在孩提时代,他目睹了罗马在东方的强势,步入中年之前,他见证了迦太基的毁灭,随后他经历了公元前133年提比略·格拉古被杀以及公元前121年其弟盖尤斯身亡前后那段混沌的年月,在他辞世前执政官职位又落入盖尤斯·马略[1](Gaius Marius)之手。一直到马略和苏拉的争斗结束,罗马方得安宁,随后罗马文学进入了黄金时代。不过在西塞罗时期之前的五十年内,罗马的种种环境是不利于一切文学创作的。卢齐利乌斯、阿克齐乌斯、阿弗拉尼乌斯和其他几位诗人一直活到公元前2世纪末,但诗歌并没有展现出什么新的生命力。奈乌斯·马提乌斯(Gnaeus Matius)翻译了《伊利亚特》,莱维乌斯·梅利苏斯[2](Laevius Melissus)对一些主题更轻松的希腊诗歌进行了一定的模仿。霍斯提乌斯[3](Hostius)记述伊斯特拉(Istrian)战争的史诗,以及安提乌姆[4](Antium)的奥卢斯·弗里乌斯(Aulus Furius)[又称弗里乌斯·安提阿斯(Furius Antias)]关于某个未知主题的史诗已失传无踪。在此详细介绍那些各色作者偶尔所写的情歌和机智短诗同样也不值得。除了卢齐利乌斯和已作介绍的剧作家,这个时期并没有值得一提的诗人。

早于西塞罗时期五十年的文学

历史　　在历史著述方面,这段时期的成果则更伟大且重要。科利乌斯·安提帕特[5](Coelius Antipater)模仿了法尼乌斯和阿瑟利奥,他所著的第二次布

---

[1] 盖尤斯·马略(约前157—前86.1.13),战功和政绩都非常卓越的罗马将军,极有雄心,但出身卑微,缺乏良好的教育,因此无法融入贵族社会。他同苏拉之间的争斗所引发的罗马共和国晚期内战给罗马带来了非常惨重的灾乱。

[2] 莱维乌斯·梅利苏斯,有关此诗人的一切记载皆存疑问,甚至包括他的姓名。一般认可的是他属于公元前2世纪至前1世纪期间,所创作的诗歌是一种略显生涩的欲情诗(erotopaegnia),比较简单,但可算是罗马抒情诗的先驱。

[3] 霍斯提乌斯,他的诗作名为《战争史》(Bellum Histricum),以叙事六步体写成。该诗记述的是公元前178年的伊利里亚战争,因发生在伊利里亚人所居住的伊斯特拉(Istria)半岛,故又名伊斯特拉战争。李维在其《建城以来史》的第四十一卷援引了他的内容。有的学者大胆推测,他是恺撒时期的人物,即普罗佩提乌斯(Propertius)笔下辛西亚(Cynthia)的原型赫斯提亚(Hostia)的父亲。

[4] 安提乌姆,现意大利拉齐奥地区罗马省城市安齐奥(Anzio)。传说由奥德修斯(Odysseus)之子安提亚斯(Anteias)和女巫喀耳刻(Circe)建立,公元前5世纪是沃尔西(Volsci)人的要塞,其历史比罗马城还要古老。在公元前338年为罗马所征服。

[5] 科利乌斯·安提帕特,全名卢西乌斯·科利乌斯·安提帕特(Lucius Coelius Antipater)。他是盖尤斯·格拉古同时代的人,除从事历史创作外也是雄辩家和法学家。他是首位尝试以华美的文笔而非前人枯燥的编年体来撰写罗马史的拉丁文人。他的创作参考了西兰努斯·卡拉提努斯(Silenus Calatinus)所著希腊史,偶尔也借鉴加图的《史源》。瓦勒里乌斯·马克西穆斯(Valerius Maximus)称其为"真正的罗马历史权威"(certus Romanae historiae auctor),皇帝哈德良也对他评价很高。有一部分他的残稿经诺尼乌斯(Nonius)和萨卢斯特(Sallust)保存下来。

匿战争史有相当的价值；昆图斯·克劳狄乌斯·夸迪伽里乌斯[1]（Quintus Claudius Quadrigarius）又继承了他的事业，写下一部至少二十三卷直至公元前82年的罗马史。另一个更多产但可信度略低的历史学家是瓦勒里乌斯·安提阿斯（Valerius Antias），著有一部至少达七十五卷的编年史。他的生卒年不详，但大概生活于公元前1世纪前叶。还有两位在这一时期后段涌现的历史学家：卢西乌斯·科涅利乌斯·锡塞纳（Lucius Cornelius Sisenna）（公元前119年至67年），其笔下的史书是关于自身所处时代的，行文颇有古风；盖尤斯·李锡尼·马科[2]（Gaius Licinius Macer），其编年史从罗马最早的年代开始，也许直至他死去的那一年（公元前66年）。独裁官苏拉（公元前138年至78年）写了具有相当历史价值的回忆录。盖尤斯·塞普罗尼乌斯·图狄塔努斯[3]（Gaius Sempronius Tuditanus）（公元前129年执政官）不仅是编年史家，还是古文物家。[8]

在法律方面占重要地位的作家有普布利乌斯·穆齐乌斯·斯凯沃拉[4]（Publius Mucius Scaevola）（公元前133年执政官）和他的弟弟普布利乌斯·李锡尼·克拉苏·穆齐安努斯[5]（Publius Licinius Crassus Mucianus）（公元

法学家

---

[1] 昆图斯·克劳狄乌斯·夸迪伽里乌斯，他的作品有时被称为《编年记》（*Annales*），有时是《历史》（*Historiae*），有时是《罗马纪事》（*Rerum Romanarum Libri*），自高卢人攻陷罗马开始，至苏拉之死结束。他的记载有一些夸大，跟同代史学家瓦勒里乌斯·安提阿斯的记载存在出入。

[2] 盖尤斯·李锡尼·马科（约前110—前66），亦为雄辩家，可能担任过公元前78年度支官和公元前73年的平民保民官（tribune of the plebs）。他遭西塞罗指控后以自杀挽救家族声誉。他的《罗马纪事》（*Rerum Romanarum Libri*）自罗马建城开始，至少有二十一卷，李维及狄奥尼修斯（Dionysius）常对此书赞誉有加。

[3] 盖尤斯·塞普罗尼乌斯·图狄塔努斯，他曾从三人仲裁组手中接管根据格拉古的农业法而进行的公共耕地分配事宜，但察觉到此事之艰难，以伊利里亚战争迫在眉睫为理由离开了罗马城，后在战场胜利获得凯旋之荣。他除了历史外也擅长雄辩。另外，他也是后来闻名天下的雄辩家霍滕西乌斯（Hortensius）的祖父。

[4] 普布利乌斯·穆齐乌斯·斯凯沃拉，他被誉为罗马民法（Jus Civile）的创始人之一，在公元前131年还当选大祭司之职。普卢塔克称提比略·格拉古就其意欲推行的农业法向他请教过。当提比略意图违反旧习，谋求保民官连任时，正是他"呼吁执政官保卫这个国家，推翻那个暴君"。他对大祭司所应熟习的祭司法（Jus Pontificium）十分精通，以博闻强记著称。

[5] 普布利乌斯·李锡尼·克拉苏·穆齐安努斯，他被别名为"天才"（Dives）的公元前205年执政官普布利乌斯·李锡尼·克拉苏之子（与父同名）收为养子，所以也继承了这一别名。据塞普罗尼乌斯·阿瑟利奥所称，他拥有五样东西，即最富有、最高贵、最雄辩、最擅法和大祭司头衔。作为雄辩家，他不算最杰出，但非常勤奋，掌握多种希腊方言。他的法学著作既没有传下来也没有被后世提及。

前131年执政官），不过他们都逊于昆图斯·穆齐乌斯·斯凯沃拉[1]（Quintus Mucius Scaevola，公元前95年执政官），后者对罗马法的系统性构建成为后世相关著作的基石。昆图斯·斯凯沃拉同时也是个杰出的雄辩家。

雄辩术 从第三次布匿战争到苏拉独裁的这段时期——事实上，是直到西塞罗之死——在罗马凡公众人物几乎个个都是雄辩家，并有许多人将其演讲书面发表。在格拉古兄弟所处时代，罗马或许拥有一批比任何其他时期都更优秀的演说人，而这些人中间，在震撼、壮丽、修辞方面都无人可及的便是伟大但失败的政治家和爱国者盖尤斯·格拉古（公元前154年至前121年），他在修辞和雄辩方面远胜同为杰出雄辩家的哥哥提比略（公元前163年至前133年）。自格拉古兄弟之后最杰出的演说家是马库斯·安东尼乌斯[2]（Marcus Antonius）（公元前143年至前87年）和卢西乌斯·李锡尼（Lucius Licinius）（公元前140年至前91年）[即卢西乌斯·李锡尼·克拉苏（Lucius Licinius Crassus），公元前95年执政官。在原书的索引中，此人同出现在66、70、72页的卢西乌斯·克拉苏分成了两个人，这是错误的，其实是同一人——中译者注]，前者以表达的活力和生动见长，后者以行文的机趣、优雅和多变著称。这些演说家不仅有天赋的口舌之才，而且得益于希腊修辞学教条式的严格训练。

缺失之作 在本章所有曾提及的作品当中，只有加图的论文《农书》这一部是完整留传到现世的，也只有卢齐利乌斯的杂咏诗有为数众多的残篇。其他作品及其

---

[1] 昆图斯·穆齐乌斯·斯凯沃拉，他是普布利乌斯·斯凯沃拉之子，在西塞罗笔下成为子承父业的典范。在他担当执政官时颁布了穆齐乌斯·李锡尼公民法（Lex Mucia Licinia de Civitate），该法可能为导致意大利诸城邦要求罗马公民权而爆发的同盟者战争（Social War）之部分成因。他后来担任亚细亚行省总督，以其人格和美德深受敬仰，希腊人和亚细亚人还设立了一个穆齐乌斯节（dies Mucia）来纪念他。公元前82年他死于马略党徒之手，据此可推断他应是苏拉一派的人物，或是被误认如此。他因杰出的行政、司法和雄辩才能而获得称道，也因无瑕的品行和超然的公正而闻名后世。西塞罗称他是最具辩才的法学家，又是最精通法学的雄辩家。他是首个科学和系统地研究民法的罗马人，完成了十八卷的《民法要旨》（Jus civile primus）以及其他作品。他作为一个典范人物的名望要大于作为法学家的名望，尽管后者也十分突出。

[2] 马库斯·安东尼乌斯，在公元前104年担任西利西亚总督负责清剿海盗，成就斐然，两年后获得凯旋。公元前99年任执政官，公元前97年任监察官，在同盟者战争中指挥过部分罗马军队，在第一次罗马内战中支持苏拉，因此马略在公元前87年获得罗马城控制权时将他处死。据当时受命杀害他的士兵几乎被他的滔滔不绝所喝止。西塞罗将他列为罗马最杰出的雄辩家之一，让他成为《论雄辩术》（De Oratore）中的谈话者之一。他著有一部失传的作品《论言谈的法则》（De Ratione Dicendi）。

第三章 早期散文——小西庇阿文人圈——卢齐利乌斯

作者除了标题及名字以外留下的痕迹甚微。不过有一部叫做《向赫伦尼乌斯讲授演说术》(*Rhetoric Addressed to Herennius*)的作品，因为被错误地当成西塞罗的作品而保存完整，现归于一个一切信息不明的科尼菲齐乌斯(Cornificius)名下。这篇论文的基要大致跟西塞罗年轻时的随笔《论演说的编排》(*On Invention*)相同，显然是对西塞罗的文章进行再加工的产物，除此以外无甚新意。

这段前西塞罗时期的重要性无法以其现存作品来衡量，而必须要以后世作家对其作品和作者提及的次数和给予的评价来判断。如是显然，诗歌的发展很有限，各种散文创作则以惊人的速度大跨步前进。于是西塞罗时期成为拉丁散文最鼎盛的阶段便是唯一自然的结果，而诗歌成就的顶峰则要留待奥古斯都时期。可且将笔锋一转，哪怕奥古斯都时期也只能平视而不能俯视与西塞罗同代的两位不朽诗人：卢克莱修(Lucretius)和卡图卢斯(Catullus)。

尾　注

1 引自 Pliny, *N. H.* xxix, 7, 14。

2 *De Re Rustica*, i.

3 简述一下罗马诗人最常用的一些音步和韵体对读者或有助益。这些常用格律，除了萨图努斯体(见原文第7页)以外，均是在希腊格律的基础上修改而来。用得最频繁的是短长格(iambus, ˘ˉ)、长短格(trochee, ˉ˘)、长长格(spondee, ˉˉ)、长短短格(dactyl, ˉ˘˘)、短短长格(anapaest, ˘˘ˉ)和长短短长格(choriambus, ˉ˘˘ˉ)。长短短格六步体共六个音步，每一步或为长短短格，或为长长格，但第六步总是长长格，第五步几乎总是长短短格。在卢齐利乌斯的诗中有这种格律的实例，其格律保留在以下翻译中：

　　他天生高位；这一切非吾辈所能拥有(Maior erat natu; non omnia possumus omnes.)。[为略显出原文韵格，中译文将长音节换为仄音，短音节换为平音，所以上述句子的平仄是：平平平 | 平仄 | , | 仄平仄 | 平仄仄 | 仄平 | 仄平，经转换后大致贴合原格律，下同——中译者注]

　　短长格六步音即六个短长格直接组成[没有上例中对各音步编排的复杂规定，所以直接用六步音而非六步体称之——中译者注]，例如：

　　于众生者中我们探一具尸首(Hominem ínter vivos quaéritamus mórtuom. Plautus, *Menaechmi*, 240)。

这种格律在戏剧对白中经常出现。它比英语无韵诗(blank verse)要长一个音步。另外长短格七步音也是戏剧所常用的格律,包含七个长短格外加一个长音节。下面这句英文诗是个实例:

莫将此人自蕨上抬;落于此则躺于此(Do not lift him from the bracken; leave him lying where he fell)。

挽歌对句(elegiac distich)由一个六步体后接一个所谓的五步体(pentameter)构成[原作者写得比较简略,确切地说,是长短短格六步体和长短短格五步体——中译者注],这种五步体也有六个音步,或长短短格,或长长格,但第三、第六音步的后半部分皆去除。柯尔律治(Coleridge)以这种格律作诗来介绍了这种格律:

在那六步体中升起喷泉若白银水柱(In the hexameter rises the fountain's silvery column)。

在这五步体中合节拍落归无迹(In the pentameter aye falling in melody back)。

在短长格和长短格韵体中,其他韵格的音步常用来替换短长格和长短格,但律体节奏不变。

还有一些其他韵体将在书中出现时予以介绍。

4 iv, Frg. 8, Muller.

5 v, Frg. 33, Muller.

6 vi, Frg. 16, Muller.

7 libr. incert., Frg. 1, Muller.

8 卢西乌斯·埃利乌斯·普雷科宁努斯·斯提洛(Lucius Aelius Praeconinus Stilo),拉努维乌姆(Lanuvium)人,斯多亚派哲学家和修辞学家,是首位长期致力于拉丁文学和修辞学教育并将历史学方法融入拉丁语言学习的人。他出生于公元前154年左右,一直生活到公元前1世纪。来自意大利中南部城镇索拉(Sora)的昆图斯·瓦勒里乌斯·索拉努斯(Quintus Valerius Soranus)与他同代,也进行拉丁文学的创作,对其作品的研究成果已成为罗马古代研究的一部分。沃卡西乌斯·塞狄吉图斯(Volcacius Sedigitus)在公元前90年左右写了一篇关于拉丁文学史的教诲诗,对他个人我们一无所知。除了这些人以外,还有其他作家写下了为数众多的关于语法、哲学、古物、农业等主题的其他作品,那些作者的名字大部分都无从考证,但他们的作品成为了瓦罗(Varro)和其他作家汲取知识的源泉。

还有众多显赫的罗马人在文学进程中发挥了作用。普布利乌斯·鲁提利乌斯·鲁夫斯(Publius Rutilius Rufus)(生于大约公元前158年,公元前105年执政官,卒于大约公元前75年)研习了斯多亚派哲学,发表过拉丁文的演讲、法理文章以及自传,还用希腊语写成一部历史。昆图斯·卢塔提乌斯·卡图卢斯(Quintus Lutatius Catulus)(生于大约公元前152年,公元前102年执政官,卒于公元前81年)发表过演说和机智短诗。在这个时期的所有书信中则当属格拉古兄弟之母科涅利亚(Cornelia)的手札最令人钦佩感怀。

第四章 卢克莱修

西塞罗时期——卢克莱修,公元前99年(可能)至前55年(可能)——哲学在罗马的状况——卢克莱修的诗作——其诗作的意图、内容和风格

在苏拉独裁期间的公元前81年,西塞罗以演说家的身份初试锋芒,从那时起直至他去世的公元前43年,罗马文人中几无可与他在讲坛上一较高下者。这将近四十年在文学纪元中被称为西塞罗时代便成唯一实至名归的选择。这段时期在政治和对外事务方面的动荡堪称剧烈,苏拉的独裁看似平息了倾轧,实质上唯一的后果是巩固了元老院那被滥用的权力;意大利不断增长的奴隶数量,使乡村自由民持续拥入罗马,壮大着城市暴民的规模;奴隶们起而造反;各行省因地方官员的盘剥怨声载道;西利西亚[1](Cilician)的海盗愈加猖獗,变得难以应付;米特拉达梯(Mithridates)在东方挑起战事,让罗马颇

---

[1] 西利西亚,安纳托利亚南部古地名,北、西两面以托罗斯山脉(Taurus Mountains)为界,东至前托罗斯山脉,南靠地中海。该地自公元前14世纪就有人居住,曾先后归属西台、迈锡尼、亚述和波斯,公元前1世纪成为罗马的一个行省。

第四章 卢克莱修

费一番周折方予平定;在罗马内部,喀提林[1](Catiline)的叛国阴谋和庞培同恺撒的明争暗斗则昭示着共和国的末路近在眼前。

而这个时期的罗马又是少有的奢华时代。尽管纷扰频频,财富的积累没有停止,对文艺的兴趣也广泛风行,伴随着庸俗的浮夸和喧嚷,罗马人坚实地培育着自己的文化和高雅。自这一时期伊始,拉丁语已成为散文和韵文表达的良好载体,尽管其根深蒂固的刻板和精确总是更适合命令、演说、法理和历史的需要而非更轻灵多变的诗歌。在这一时期的诗人当中,有些继承了恩尼乌斯的体系,有些模仿了亚历山大大帝时期的希腊诗歌,其标志性特征为神话的大量引用、行文的优雅高贵以及内容的空泛无物。在后一种流派里,卡图卢

18 财富与文明、文学的进程

---

[1] 喀提林(前108—前62),全名卢西乌斯·瑟吉乌斯·喀提林(Lucius Sergius Catiline),贵族出身但家道中落,是苏拉的狂热支持者,曾亲手杀害自己的胞兄昆图斯·凯基利乌斯(Quintus Caecilius),将西塞罗的同乡、受人尊敬的格拉提狄安努斯(Marcus Marus Gratidianus)折磨并斩首,带着他的首级在城中招摇。他还有诸多恶行,被怀疑同维斯塔贞女有染,曾为娶漂亮富有的奥勒利亚·欧瑞斯提拉(Aurelia Orestilla)而将发妻和亲子赶走。但在政途上他颇为顺畅,公元前68年担任行政官,次年为非洲行省的仲裁官(governor),但在公元前65年谋求执政官时因受指控而错失机会,尽管这项指控没有成立。同年另一名参选者卢西乌斯·奥特罗尼乌斯(Lucius Autronius)被判行贿罪也未能成功,故二人合谋,拉拢奈乌斯·卡尔普尼乌斯·皮索(Gnaius Calpurnius Piso)谋杀新任执政官,但因故未能执行。这桩阴谋的风声随后便传得满城风雨,有人还怀疑后来三巨头成员、当时的民政官克拉苏和恺撒均与此大有连连。不过,因为一个保民官的阻挠,罪首始终没被处罚。于是,喀提林愈发大胆,认为只要给法官和诉讼人足够的贿赂就能解决一切,开始更系统地谋划,拉拢更多支持者,主要是失意贵族、负债者等不满分子,包括十多名元老院成员。公元前64年,西塞罗和盖尤斯·安东尼乌斯均当选次年执政官,使喀提林一党大为失望,更积极地暗中准备钱财、招兵买马,意图寻机于城中各处放火,乘乱诛杀异己。同时,喀提林在公元前63年再度参选执政官。有一名党徒与一位高尚的女性交往时,同她分享了所有的秘密。这位女性警告了西塞罗,最后劝说该党徒回头是岸。故而一系列防范措施得以建立,最终在当年10月21日,喀提林受到全面公开的指控,被揭露将于六日后发动武装叛乱和一举杀尽共和国政治领袖的叛国阴谋,执政官获得了临时的生杀大权。在政治上山穷水尽的喀提林一面佯装顺服,一面于11月6日召集党徒,分派到意大利各个地区发动突然叛乱,并安排人手刺杀西塞罗,但这些计划也很快泄露了出去,西塞罗当着他的面发表了第一篇闻名的反喀提林演说。毫不死心的喀提林在11月8日深夜逃离罗马去纠集他的叛军,次日,西塞罗即发表了第二篇反喀提林演说,向伊特鲁利亚、坎帕尼亚等危险地区派位高权重的官员,命监察官火速征兵,决定由同僚安东尼乌斯领军征讨,他自己坐镇城内,还保证退出叛乱的将不予追究,能提供有益信息的将获厚赏。城内的喀提林党羽很快被清除。喀提林最终集合起两个军团逾二万人的叛军,公元前62年年初与讨伐的罗马军团交战,在战场上展现了不凡的才能和勇气,双方均损失惨重,最后喀提林自知必败,兀自冲入重围战死,据称有三千人模仿了他的行动。这场动乱的原因是多方面的。苏拉和马略的内战以后,有许多士兵已经习惯劫掠,嗜血成性,而被没收财产和剥夺地位的贵族也比比皆是,这些人都十分愿意支持一个无所顾忌的行动者。另外,元老院则整日陷于琐碎之事,对共和国的社稷福祉漠不关心。喀提林的阴谋没有成功,实是罗马共和国之大幸,而非不可动摇的必然。

斯是唯一堪称伟大的诗人，以其诗人的天赋，为其诗节注入了热情和能量。卢克莱修(Lucretius)则因循恩尼乌斯的技巧传统，成为前一诗派屈指可数的代表人物。

卢克莱修生平　　卢克莱修的生平极为不详，杰罗姆[1](Jerome)在公元前95年曾说："提图斯·卢克莱修，诗者，既生，遂因爱生痴，醒时撰书数，西塞罗改之，后自毙，年四十有四。"[1] 多纳图斯[2](Donatus)在《维吉尔生平》(Life of Virgil)[2]中写道，卢克莱修死于维吉尔步入十五岁的那一天，即公元前55年10月15日。但这跟杰罗姆的记述不合。西塞罗在公元前54年2月[3]所写的一封信里提到卢克莱修的诗作，但只字未提修改或编辑一事。这是有关卢克莱修或其作品唯一的同时代引证。鉴于他的那篇伟大诗作再没有完成，西塞罗写那封信时卢克莱修也许已经过世。所以他死于公元前55年是可靠的说法。至于其出生时间确实无法肯定，但公元前99年可能是不太离谱的答案。杰罗姆宣称卢克莱修因发疯自杀并非无稽之谈，从作品中可以推断作者具有灼热和强烈的性情，这多少使人们相信他的人生确曾深陷情感挣扎。对他的交际和日常生活我们一无所知，其诗[3]是献给梅米乌斯的，普遍认为此人即公元前57年

---

[1] 杰罗姆(约347—419)，史称圣杰罗姆(Saint Jerome)，全名尤西比乌斯·赫罗尼姆斯(Eusebius Hieronymus)。他是早期基督教中学识最渊博的人物，曾将希伯来文的《旧约》和希腊文的《新约》译成拉丁文，后称《通俗拉丁本圣经》(Vulgate)。

[2] 多纳图斯，全名埃利乌斯·多纳图斯(Aelius Donatus)，公元4世纪的罗马语法学家和修辞学家，圣杰罗姆的导师。他最著名的作品是一部系统的拉丁语法，在中世纪作为学校教材而普遍使用。他还著有对泰伦斯及其剧作的介绍和评述。另外，在西维鲁斯(Severus)为维吉尔所作的评注中，有约四十处引用了某个多纳图斯的文字，并称他为"研究《埃涅阿斯纪》的学者"，应该就是此人，虽然原作失存不可确认。

[3] 指《物性论》(De Rerum Natura)。

第四章　卢克莱修

比希尼亚[1]（Bithynia）的总督[2]（propraetor）盖尤斯·梅米乌斯[3]（Gaius Memmius）。

卢克莱修的唯一作品是分为六卷的六步体教诲诗《物性论》（*De Rerum Natura*），阐述了伊壁鸠鲁学说。罗马人在那时已将希腊哲学引入教育很久，尤其是斯多亚学派和伊壁鸠鲁学派。斯多亚学派哲学由小西庇阿的朋友、公元前2世纪哲学界泰斗帕奈提奥斯传入罗马，与罗马人的天性十分契合，因为斯多亚教义认为美德是至高之善，是唯一值得的追求；人生中世俗的快乐什么也不是，倒要扰乱哲人的安宁。而伊壁鸠鲁主义却把快乐奉为圭臬，故在私利和物欲的信奉者当中大行其道。然而，其更高一层的含义甚少有人体察。早在公元前161年，元老院就曾表决通过，将哲学家和修辞学家逐出罗马。六年后，三位著名的哲学家——斯多亚学派的第欧根尼（Diogenes）、逍遥学派（Peripatetic）的克里托劳斯[4]（Critolaus）和雅典学园[5]（Academic school）派的

罗马人所了解的哲学

---

[1] 比希尼亚，安纳托利亚西北部的古代地区，最早由希腊人定居，公元前2000年被色雷斯部落占领。公元前6世纪以来这些部落脱离了波斯的统治，也不曾屈服于亚历山大大帝，一直到公元前3世纪自己形成了一个王国。他们最后一代国王尼科梅达斯四世（Nicomedes IV）在公元前74年将王国让予罗马人。

[2] 总督（propraetor/proconsul），在罗马官职制度中，罗马以外的其他地区主管通常由曾经担任过执政官或行政官的人来担任，这些人依旧被罗马人称为前执政官（proconsul）和前行政官（propraetor）。通常前执政官执掌的行省靠近边界或易于叛乱，他们也手握兵权。前行政官则执掌较为平和安宁的省份，但有时也会例外。译文中权用总督指代，在正文中会标明是前行政官还是前执政官。

[3] 盖尤斯·梅米乌斯，全名卢西乌斯·盖尤斯·梅米乌斯（Lucius Gaius Memmius），公元前66年平民保民官，曾拒绝给同米特拉达梯作战的卢西乌斯·卢库卢斯（Lucius Lucullus）举行凯旋仪式。他个性放荡，写艳情诗，向盖尤斯·庞培（Gnaius Pompey）的妻子示好，还染指马库斯·卢库卢斯（Marcus Lucullus）的妻子。西塞罗斥责他为另一个特洛伊的帕里斯（Paris）。不过他的文学和雄辩造诣皆出众。

[4] 克里托劳斯，活动时期为公元前2世纪的希腊哲学家，吕西亚（Lycia）的法赛利斯（Phaselis）人，师从并继承凯奥斯的阿里斯顿（Ariston of Ceos）的逍遥学派领袖地位，在雅典同时具有哲学家、雄辩家和政治家的斐然声望。他部分受斯多亚学派影响，将乐趣宣布为一种罪恶，认为灵魂之美胜于肉体之美。

[5] 雅典学园，也称希腊学园，由柏拉图在公元前387年左右创立，得名于其所坐落的奉献给传说中的英雄阿卡德谟斯（Academus）的花园学府。该学园崇奉缪斯诸女神，园长由选举产生，终身任职。大多数学者以柏拉图著作为准绳。这个学园一直持续了九个世纪，直到公元529年被查士丁尼（Justinian）皇帝勒令关闭为止。其主要学说为柏拉图哲学，分旧期（至公元前250年）、中期（以阿凯西劳斯为起点，至公元前150年）和新期（由卡涅阿德斯开创）。学园领袖除柏拉图和卡涅阿德斯外还有斯珀西波斯（Speusippus）、色诺克拉底（Xenocrates）、阿凯西劳斯（Arcesilaus）等。

卡涅阿德斯[1](Carneades)——来到罗马[2],造成莫大的轰动,元老院不得不从速将他们请走。希腊哲学在卢克莱修时代的罗马人眼中不是天外之物,但对伊壁鸠鲁主义学说进行系统说明的,在《物性论》之前还未尝有过。

以韵文创作的目的

这部诗歌的宗旨是借助伊壁鸠鲁学说教人从迷信和对死亡的恐惧中解脱出来。这一目标的意义是深远的,卢克莱修所投入的热情也是彻底的。他之所以采用诗歌形式,正是为了使表达更生动,以求获得更大的感染力。这一想法,连同诗人对主题之困难和对自己能力之惶恐,都清晰地表现在以下这段文字当中:

> 来,听我把余下的话说得明白
> 我知这学问艰深,可被赞美的
> 巨大希望,像使人发疯的魔杖
> 照我的心捶打
> 在我胸膛注入缪斯甜美的关爱
> 给我一身赐福,令我神清气爽
> 漫步在皮埃里迪斯[3](Pierides)的处女地上
> 这儿未见人迹
> 多美妙——饮尝新发现的泉眼
> 多美妙——折下初遇见的花朵
> 那花朵所制成的花冠由我独占
> 这缪斯为凡人
> 第一次量身定做的王冠属于我

---

[1] 卡涅阿德斯(约前214—约前129),昔兰尼(Cyrene)的希腊哲学家,反对斯多亚学派和伊壁鸠鲁学派,支持阿凯西劳斯的观点,认为真理的可靠标准并不存在,所以在关乎知识的争论中应不下判断,不站在任何一方,或然性是日常生活的一个充分的准则。

[2] 在公元前155年,雅典人派遣他们前往罗马,是要求赦免因奥罗普斯(Oropus)被毁而被罗马人索要的五百塔伦特赔款,他们也不负众望,达成了这一目标。这三人在罗马所引起的反响不限于民众,连小西庇阿和莱利乌斯这样的杰出人物都兴味盎然。因那些哲学观念同罗马传统伦理道德有些出入,故加图敦促元老院尽快将他们送走。

[3] 皮埃里迪斯,缪斯的别称。因最早崇拜缪斯的地区为皮埃里亚(Pieria),故经常称其为皮埃里迪斯。

第四章 卢克莱修

　　这缘于我传授的知识那么可贵
　　让灵魂自由地挣脱迷信的纠结
　　那晦涩的内容
　　让我用那般晶莹的诗句来表达
　　教所有人感受缪斯柔美的抚爱
　　这就仿佛要给病孩苦口的良药
　　便会在杯沿上
　　涂抹蜜糖般甜美的金黄的汁液
　　无邪的孩童也许被蒙蔽了嘴唇
　　并将好似蜜汁的苦药吞下腹去
　　欺骗却非戕害
　　凭机智让孩子恢复身体的强健
　　既然大半主题让常人觉得灰暗
　　令人群裹足犹豫不敢上前细观
　　那我愿为你们
　　用甜美婉转的韵律来装点打扮
　　再抹上一层缪斯那可人的蜜液[4]

此诗的编排如下：第一卷铺陈德谟克里特(Democritus)创立、伊壁鸠鲁学派主张的原子(atomic)理论，即组成世界的是原子和虚无，前者是趋于无穷小的物质微粒，后者是什么也不存在的空间；这一卷还否定了其他希腊哲学家，如赫拉克利特(Heraclitus)、恩培多克勒[1](Empedocles)和安纳克萨哥拉[2]

---

[1] 恩培多克勒(约前490—前430)，希腊哲学家、政治家、诗人、宗教导师和生理学家。据说他自封为神，投入埃特纳(Etna)山的火山口自杀，以使信徒相信他的神性。在同时代人眼中他确实超凡过人，亚里士多德曾称他为修辞学的发明者，盖伦(Galen)视他为意大利医学的奠基人，卢克莱修也欣赏他的六步体诗歌。他认为一切物质由四种主要成分(火、空气、水、土)构成，一切事物不生不灭，变化缘于基本成分比例的改变，而使基本成分结合或分散的力量是爱和争斗。他对灵魂转生也坚信不疑。
[2] 安纳克萨哥拉(约前500—约前428)，希腊自然哲学家，因创立宇宙论和发现日月蚀的真正原因而闻名。他曾断言太阳是一块比伯罗奔尼撒地区略大的灼热石块，而被指控为不敬神明。

(Anaxagoras)的理论。第二卷解释原子组合成世上万物的过程，即自天外而降，从直线运动中脱离，在相互间的接触中组合；此外还介绍了原子虽数量无穷但类别有限。第三卷讲述生命的本质——思想和灵魂——是物质的、可朽的，会随肉体的消亡而消亡，宗教和对死亡的恐惧——在卢克莱修眼里属于宗教的副产品——受到了抨击。因为既然灵魂随肉体腐朽，死亡就毫不可怕，在死后人不会有丁点儿空虚，不会有任何烦恼，而会成为未出生时的状态，又好似被封印在无梦的长眠之中：

> 死对我们无关痛痒，不足挂齿，
> 当灵魂终会消亡的本质被昭示。[5]

第四卷演示了我们周围物体上分离出的微小映像如何施加于我们的感官，造成了感觉。譬如，视觉产生于所见物体分离出的微小映像对我们眼睛的冲击。这一卷对梦境和爱情也作了解释。第五卷描述了地球、太阳、月亮和星辰的起源，解释了生命的起源，呈现了自蛮荒时代起人类文明的进程。某些段落所表达的观点，类似适者生存的当代进化学说。这一卷还指出，既然这个宇宙不是被创造出的，而是原子组合的自然结果，终有一天也会因原子分散而消弭。第六卷谈论各种奇观异象，例如雷鸣、闪电、地震、飓风和火山喷发。这一卷中止于修昔底德[1]（Thucydides）对雅典大瘟疫所作的叙述。

伦理观　　因为全诗的目标是通过展示包括灵魂在内的万物生息不受神的干涉来教人摆脱宗教和对死亡的恐惧，其对道德的论述是不尽系统化的。但卢克莱修加入了伊壁鸠鲁学说的伦理观，认为快乐是大善，是"生活的向导"，[6]不过他心中的快乐并非通常所指的肉体之欢，而是属于哲学家的安宁祥和：

> 嗳，人们的思想烂透！心中无光！

---

[1] 修昔底德（约前460—约前404），古希腊最伟大的历史学家，《伯罗奔尼撒战争史》（*The History of the Peloponnesian War*）的作者，与希罗多德（Herodotus）并称真正的历史学奠基人。《伯罗奔尼撒战争史》对雅典瘟疫的记录是最早的有关疫病的文字史料。

第四章　卢克莱修

> 阴惨度日，疑惧不休
> 不论多少年月都如此煎熬！你难道
> 不曾见到自然她一无所求
> 除了让痛苦远离形体躯窍
> 让她速速摆脱恐慌和烦恼
> 从精神的欢悦中怡享乐道[7]

在第五卷开始部分对伊壁鸠鲁的华丽褒美中，他再次提到这点，认为生活可以没有麦谷和美酒，

> 但活着不能没有纯粹的心灵。[8]

除伊壁鸠鲁外，受卢克莱修称赞的希腊哲学家只有德谟克里特和恩培多克勒。前者是伊壁鸠鲁原子论的奠基人，后者有一部跟卢克莱修同名的诗作，可能被卢克莱修加以模仿借鉴。不管怎么说，恩培多克勒这样一位思想至高至臻，诗韵庄严神圣的人物，令卢克莱修心生敬意是很自然的。卢克莱修对希腊文学名篇的掌握，对奈维乌斯、恩尼乌斯、帕库维乌斯、卢齐利乌斯和阿克齐乌斯作品的理解，可以显见于他对这些作品所做的援引或模仿。但他并不仅仅拘泥于书本，从许多段落中可以见识到他入微的观察力和热爱自然的个性，例如描写风与河流的咆哮，[9] 军队的作息和机动，[10] 西西里岛上令人惊叹的风貌，[11] 山谷的回音，[12] 或是小憩于河边草地上某株成荫树下的愉悦。[13]

　　全诗的开篇是一段献给维纳斯的祷词，的确不负其盛名。下面是最初的几行：

> 给罗马一族带来血脉的女神，
> 　　给万物和众神至高美满的维纳斯，
> 向您致敬！穹顶星光所笼罩的一切——

> 谷穗遍野的富饶大地，白帆点点的繁荣海道
> 都因您而至福至幸！您之所至
> 土壤丰沃，鲜花缀生。您之所向
> 乌云退散，风暴逃奔，
> 陆地和大洋处处是安乐的天伦。[14]

另一个著名的段落在第二卷开头，被译成了如下的英文六步体诗句：[因能力所限，中译无法体现格律——中译者注]

> 这是如此悠然，当大海汹涌风暴肆虐，
> 远在岸边看人苦苦挣扎；
> 不因旁人的苦难幸灾乐祸，
> 只因置身祸外的美妙立场。
> 同样欢悦的是，眺望平原上两军对峙
> 带着武装投身激战，自己却安然无虑；
> 可更幸福绝伦，是永远占据着，
> 自身智慧结成的贤能所造就的超然；
> 从那俯视芸芸众生，左奔右突
> 好似人生的迷途者，不得法的可怜虫；
> 从那审视阴谋诡计，勾心斗角；
> 洞察数不尽的纷争，昼夜间波澜不息，
> 只为那财富和权柄苦心劳力。[15]

对于用韵文来讲述这一命题的艰难，卢克莱修非常明白，但对自己的能力充满自信，他的作品也说明这种自信来之有据。可纵是他也无法在细述伊壁鸠鲁哲学的同时一直将诗体本身维持在一流，这使得此诗的水平存在起伏。有些部分所达到的高度使任何其他拉丁诗人都难望项背，有些冗长的段落则乏味单调。不过即使是这样的段落，其韵体依旧严整庄重，其语言依旧精挑细作，

其主题依旧连贯清晰。在更为生动的段落里,卢克莱修仿佛得到天启,他的灵感推着诗行愈行愈健,直到若决堤般不可阻挡。静态的厚重、动态的迅猛和结合而成的冲力是他的诗歌最显著的特征;在细节上的特征则有频繁多样的类韵〔1〕(assonance),如头韵(alliteration)、反复、同一词根的多词连用等,还有馥丽的直喻,偶用的第二人称表达。这些综合起来,造就了隽永而凛然的高贵风骨。

在关于宇宙形成,尤其是关于生命、人类和文明进程的探讨中,卢克莱修所得出的结论与现代科学不无相似,但其方法却非科学。无疑,他的论证是从客观事实归纳到理论,再从理论推导一般客观事实,但这论证方法跟现代科学的同类方法不尽相同。像其他古代哲学家那样,卢克莱修一旦接纳了能解释某种现象的理论,就由此及彼将它套用到一切现象的分析和理解当中。颇有趣的是,继承了德谟克里特和伊壁鸠鲁理论的卢克莱修在一定程度上预见了现代原子论、物种进化论、适者生存论以及人类从野蛮进化到文明的连续过程,只是其结论并非基于现代科学研究所倚靠的漫长积累,而是源于抽象概念的形而上推理,并用他的诗才在其中注入了鲜明生动的活力和几乎无法质疑的力量。

现代科学的雏形

作为诗人,卢克莱修是伟大的,这一点早就一直为苛求的读者们所认可,但他从不受广泛的喜爱。其主题过于艰深,行文过于肃穆,不合大众的口味。也许正因如此,《物性论》仅有一份复本流传下来,所有现存手稿均出于此。

尾　注

1 这段杰罗姆的记述来自尤西比乌斯(Eusebius)的通史(Chronicle),称此年为亚伯拉罕降生后一千九百二十二年,即公元前95年。
2 *Vita Vergilii*,2.
3 *Ad Quintum Fratrem*,II,xi,4.
4 Book i,921—947.

〔1〕 这里所指的是广义上的类韵,即同一句诗文中的单词有部分或全部具有一个相同或相近的发音单元,不管是元音还是辅音,也不管是在单词的哪一位置。

5 iii,830 以降。

6 Book ii,172.

7 ii,14 以降。

8 v,18.

9 Book i,271—294.

10 ii,323—332 and ii,40—43.

11 i,716—725.

12 ii,573—579.

13 ii,29—33.

14 i,1—9,引自 Goldwin Smith 的英译。

15 Book ii,1—13,引自 C. S. Calverley 的英译。

第五章　卡图卢斯——其他次要诗人

卡图卢斯,约公元前85年至前54年——他的生平——诗集的分卷——长诗——短诗——次要诗人——奈乌斯·马提乌斯——莱维乌斯——苏埃乌斯——盖尤斯·李锡尼·卡尔乌斯,公元前87年至前47年——盖尤斯·赫尔维乌斯·辛那——瓦罗·阿塔齐努斯,公元前82年至前37年后——普布利乌斯·瓦勒里乌斯·加图——马库斯·弗里乌斯·毕巴库卢斯——盖尤斯·梅米乌斯,公元前57年的总督——提西达斯——昆图斯·科尼菲齐乌斯——科涅利乌斯·内波斯——马库斯·图利乌斯·西塞罗——昆图斯·西塞罗

西塞罗时期最伟大的抒情诗人是盖尤斯·瓦勒里乌斯·卡图卢斯。其确切的生卒日期不可考,根据杰罗姆的说法,他生于公元前87年,死于公元前57年,享年三十岁。但他有一部诗作[1]涉及庞培的第二次执政官任期(公元前55年),还有另两部[2]提到恺撒在不列颠的征伐(公元前55年)。因此他死于公元前57年的说法显然是不正确的。鉴于其诗作未曾包含任何晚于公元前55年或54年的事件,那么推测他死于这两年或稍晚的时期便较为合理。加上他英年早逝这点广为人知,其出生可推定为公元前85年,或之后的一两年。他生于维罗纳(Verona),家庭富有,属较高的阶层。来到罗马时他尚未成年,可一俟穿上了成年托加[1](toga virilis)——也就是十七岁——便开始写情诗了。当时的罗马是富丽堂皇的世界之都,希腊文化在此有坚实的根基,伴着一切其思想之活力与一切其罪恶。卡图卢斯的父亲是尤利乌斯·恺撒的朋友,凭着这一家族人脉,将年轻的卡图卢斯引入罗马贵族圈,而他本人的个性特质也无疑能助他在罗马城的风流才子中声名鹊起。

大约公元前61年,卡图卢斯开始了那段疯狂的恋爱,钟情于那个在华丽

---

[1] 成年托加,绝大部分罗马人到达法定成年年龄后都要在正式场合穿着的一种纯白的托加,这个年龄可以是十周岁到二十周岁中的任何一年,大多在十四周岁至十八周岁。

和放荡两方面都堪称女人中的女人，于卡图卢斯诗中以莱斯比亚（Lesbia）之名长存不朽的异性。她的真名叫克洛狄亚（Clodia），与卡图卢斯相识之际已是昆图斯·凯基利乌斯·梅特卢斯·塞勒[1]（Quintus Caecilius Metellus Celer）的妻子。她曾似乎一度回应了年轻仰慕者的追求，但在丈夫于公元前59年死后便马上被卡图卢斯斥为不贞[2]。公元前57年春，卡图卢斯作为总督盖尤斯·梅米乌斯的下属前往比希尼亚，自那时起他同克洛狄亚的关系可能走到了尽头。公元前56年春，卡图卢斯在凭吊了逝于特洛阿德[3]（Troad）的兄长墓地后回到罗马，此后他的诗仍有部分关乎爱情，但不再有曾经写给莱斯比亚的诗所具有的灼热。人生的最后一段时期中，卡图卢斯的诗作虽对个人事件还有涉指，却更多地因政治事件起兴，而非情爱。

其诗集的分卷

卡图卢斯流传至今的作品构成了一本二千二百八十行的诗集。它们未按年代排序，而以内容和风格进行编排。开始的六十篇是采用各类抒情韵体[4]（lyric metre）的短诗，讲述诗人的爱情、友人和仇敌以及个人经历，随后是七首以亚历山大里亚诗为摹本的长诗，余下均为挽歌对句体的短诗。这种编排方式无疑是某些编集者而非卡图卢斯本人的手笔，但确令此诗集具有了艺术上的整体感，这是按年代排序所不能及的。在其他作家的援引中也可以找到属于卡图卢斯而未收入这一诗集的零星诗作，但数量稀少，所以他的作品应几乎悉数收入这本现存的诗集了。

在长诗中，卡图卢斯向世人证明他是个登峰造极的语言和诗律大师，是个技巧纯熟的希腊亚历山大里亚诗的模仿者，而这种诗在当时的罗马文学青年

---

[1] 昆图斯·凯基利乌斯·梅特卢斯·塞勒，公元前66年在亚细亚担任庞培军中副将，因作战英勇获得名望，三年后成为行政官，同当时的执政官西塞罗一起对抗喀提林的叛乱。公元前60年出任执政官。他是贵族阶级坚决的拥护者和领袖之一，一直同属于平民派系的庞培和恺撒争斗不息，但才干和威望均不及后两人。其辩才为西塞罗所欣赏。
[2] 梅特卢斯的死十分突然，故有人怀疑是被其妻克洛狄亚毒杀。而因克洛狄亚的放荡，两人的婚姻生活的确极为不幸。
[3] 特洛阿德，又称特洛阿斯（Troas），古代地区之名，指特洛伊的土地，主要包括小亚细亚向北伸入爱琴海的部分，南起埃德雷米特（Edremit）湾，北至马尔马拉（Marmara）海，东起伊达（Ida）山脉，西至爱琴海。
[4] 抒情韵体，常用于比一般挽歌对句和六步体诗要短的诗篇，是一系列韵体的泛指，例如常见的十一音节体（hendecasyllabic），固定格式为两个长短格、一个长短短格再加一个长短格。希腊女诗人莎孚（Shappo）曾大量使用这类韵体。

中是最为风尚的。第一首是祝婚歌[1]（epithalamium），为曼利乌斯·托奎图斯（Manlius Torquatus）和维尼亚·奥仑库莱亚（Vinia Arunculeia）[应为Aurunculeia——中译者注]的婚礼所作，采用短句式的抒情韵体。照习俗，这种歌应在迎送新娘前往新宅邸的途中，由少女合唱第一部分，青年男子合唱余下的第二部分。此类诗歌在希腊和罗马都是传统的一部分，其主题和大体范式没有太多独创性，但这首诗在卡图卢斯的所有长诗中却最引人入胜，因其格律瑰丽华美，诗文婉约迷人。第二首亦为新婚喜歌，采用六步体格律，显然非为特殊场合而特别创制。青年男子齐唱后，少女以合唱相应和，呼唤婚嫁之神许门[2]（Hymenaeus）之名，并有暗喻来指代新娘从少女到人妻的转变。少女的唱词将新娘比作生长在隐世花园中的草木之蕊，青年男子的唱词将她比作缱绻缠绕榆树的蔓藤。

  第三首长诗，也就是整本诗集的第六十三首，是现存唯一用复杂且艰深的加利短长格[3]（galliambic）韵体写成的拉丁诗。此诗描述了青年阿提斯（Attis）在疯狂中自残身体并献身于女神赛比利[4]（Cybebe）的故事，对他在痛苦中渴念故土、伙伴和过往快乐的绝望有令人击节的刻画，另外对有关赛比利女神的狂热崇拜也有生动至极的描写。卡图卢斯诗集中最长的一首是以六步体写成的，讲述珀琉斯[5]（Peleus）同海之女神忒提斯[6]（Thetis）的结合。该

---

[1] 祝婚歌，在婚礼上为新娘和新郎唱的歌或诗篇。在古希腊即是一种传统，但语言大多很下流。后经过不断演变，也一直没有特定的格律。莎孚的作品残篇中有现存最早的祝婚歌，卡图卢斯是最早的拉丁祝婚歌作者。
[2] 许门，亦作Hymen，希腊神话中的婚姻之神，通常人们认为他是阿波罗和卡利俄珀之子。据雅典传说，他是翩翩美少年，从一群海盗手中救出几个姑娘，跟其中一个相爱成婚，生活美满，故后人均向他祈求幸福的婚姻。古希腊祝婚歌中常有叠句（O Hymenaeus Hymen）。
[3] 加利短长格，仅用于歌颂赛比利的诗体，该女神的祭司被称为加利（galli），故此得名。其格律的确切规范现不易考证，大致为短长或短短长音步的重复。
[4] 赛比利，又名Cybele、阿格迪斯蒂斯（Agdistis）等，通称众神之母。是古代东方、希腊、罗马等地所崇奉的神灵，具体名称因地区而易，但基本属性不变。她是众神、人类和牲畜的共同母系祖先，对自然十分慈爱。其祭司称为加利，须自阉方可任职。但关于该神具体的考证比较困难，内容繁杂，多出入。
[5] 珀琉斯，希腊神话中密耳弥冬人（Myrmidons）的国王，他同忒提斯所生之子即特洛伊战争中希腊人最伟大的战士阿基利斯（Achilles）。
[6] 忒提斯，希腊神话中的海仙女，宙斯和波塞冬都曾爱恋她，但正义女神忒弥斯（Themis）泄露天机，称忒提斯注定要生一个比父亲更强大的儿子，于是两位神祇便将她许配给珀琉斯。忒提斯不愿嫁给凡人，将自己变成各种形状以拒绝珀琉斯的接近，但珀琉斯凭智慧和半人半马怪（centaur）的帮助捉住了她。

其他长诗

诗从任何角度看都无法归入抒情诗之列,而属短叙事诗[1](epyllion),又称小史诗。此诗虽不乏精美超凡的段落,可没体现出多少卡图卢斯独有的诗歌才华,从整体而言是他最失败的作品。接下来是《柏勒尼克的头发》(*The Lock of Berenice*),译自亚历山大里亚诗人卡利马科斯[2](Callimachus)的同名作。该诗情节为:王后柏勒尼克遵循誓言,在丈夫从战场平安归来后,将一绺青丝割下献给神明作还愿的祭品,可这绺头发从神庙中消失了,占星家科农(Conon)发现它成了天上一个新的星座。头发在诗中也有台词,讲述如何渴望回到原来的地方,即王后的额头。本诗序章部分有对雄辩家霍滕西乌斯·贺塔卢斯(Hortensius Hortalus)的倾谈,卡图卢斯在其中用优美的诗文悼念了兄长的死去:

  嗳,你的声音是否沉寂永恒?
    嗳,远比生命珍贵的兄弟,是否我
  再不能见你?可我真的会
    爱你永远,一如往昔;
    我的歌声将离不开悲泣之弦
  和着你死去的悲伤,如缠乱的树干下
    最深的阴暗中,
  忧郁的夜莺的调令,
    她为你而悼的啜泣传遍每片树林。³

《柏勒尼克的头发》之后是一篇与门进行的对话,暗指了若干不检点的故事。最后一首长诗是挽歌(elegy),献给诗人死去的兄长,也掺杂着对其友人马库

---

[1] 短叙事诗,古希腊用长短短格六步体写成的诗体,其特征为:以爱情作主题,有神话比喻,还有至少一个主分支剧情。公元前3世纪的忒奥克里托斯(Theocritus)可算此类诗的先驱,奥维德的《变形记》(*Metamorphoses*)也可见此类诗的痕迹。

[2] 卡利马科斯(约前305—约前240),亚历山大里亚诗派中最有代表性的希腊诗人,也是学者,担任过亚历山大皇家图书馆的编目人。他最著名的作品为《起源》(*Aetia*),此外还有宫廷诗《柏勒尼克的头发》、《抑扬格诗集》(*Iambi*)、《颂歌》(*Hymns*)以及现存约六十首的《机智短诗集》(*Epigrams*)。

第五章 卡图卢斯——其他次要诗人

斯·阿利乌斯(Marcus Allius)和其爱人莱斯比亚的称颂。这首诗以时常偏题为特色,而这与本诗的基本格调一样都是对亚历山大里亚风格的模仿。

上述七首诗有许多优美的段落,但主要展现的是卡图卢斯作为亚历山大里亚体模仿者的博学、工巧和造诣。其本人的真正才华要从短诗中寻找,因为那些诗触及诗人的内心,有着火热的辞藻和表达,没有任何翻译能不折损那尖刻疾猛的谩骂,能不委屈那澎湃沸腾的痴情。十一音节体[1](hendecasyllable)[原文不尽严密,请注意译注——中译者注]是他最爱用的韵体之一,这种韵体吐音极快,有助于烘托出才思俊敏、激情澎湃的气势;同时他又大量采用弱后缀[2](diminutive suffix)营造出轻快、优雅甚至略显戏谑的效果。某些针对憎恨或鄙视之人的诗节堪称下流粗俗,但这要怪罪年少轻狂而非诗人本身。大体上,情感是卡图卢斯要在诗中表达的主要命题,从激烈的爱直到狂暴的恨;也有不少诗中流淌着一半杂咏诗的戏谑之血。卡图卢斯诗歌的造诣也许能不无局限地用某些短诗的译文来体现。首先,从下面这段可一窥他对莱斯比亚的痴情绝恋以及某种轻杂咏式的幽默:

> 我的莱斯比亚,让我们同生同爱,
> 若老者吹起灰白的胡须责怪,
> 且视他们不值一哂。
> 恒星西沉下坠,
> 次日或许再来。
> 如我们擦起丁点星火,
> 夜晚将无尽无眠。
> 来把我吻上一千遍,

---
[1] 十一音节体,此处原文不尽严密。卡图卢斯所用的十一音节体应为 hendecasyllabic,格式为长长格、长短短格、长短格、长短格、长短格的十一音节编排。莎孚也用这一韵体,但略有不同。而原文中的 hendecasyllable 是常见于意大利诗歌的一种韵体,重音往往在第六和第十音节,在但丁的《神曲》中可以见到这类韵体。
[2] 弱后缀,在原词含义中加上"小"、"弱"、"幼"等含义的词后缀,例如 libellus(小册子),来自 liber(书)。

又一百遍,再一千遍;
于是我要你吻我另一百遍。
当我们的吻有了
很多的一千遍,
多到层层叠叠,粘绕难折,
便无法计算,也无须烦恼,
人们因得晓那可怕的数目,
生恨于罪恶的妒火中烧。[4]

另一首知名且十分动人的诗歌是为麻雀所作的哀悼:

让哀悼充满这爱的圣殿;
哭泣吧,地上的人和天上的神!
我的爱人丢了欢乐,
她心中的麻雀已亡——
时常夸赞它如夸赞自己珍贵的明眸,
懂得这小可爱如母亲懂得亲生女儿。
那只永远在身旁蹦跃、喊喳耳语
从不离膝下的麻雀,
如今振翅飞往那阴暗的地界,
没有旅者曾从那里返还。
诅咒你,地狱的穴主!
向吞噬一切美好的黑暗,
最珍贵的鸟儿一去不返;
再一次领受我的咒怨。
哭泣带来的红肿有多厉害,看,
我那可人儿的双眼,这全是你的错。[5]

第五章 卡图卢斯——其他次要诗人

像大多数受过教育的罗马人一样,卡图卢斯深爱家乡。当他回到坐落在锡尔莫[1](Sirmio)半岛上的故土后,因这份欢乐而起兴,创作了一首迷人的小诗:

> 所有地峡和岛屿中的明珠,
> 　生自淡水或咸水,镜湖或深海的瑰宝;
> 我是带着多大的欢乐
> 　靠近你,锡尔莫!噢!我是醒着,
> 还是再一次梦见用这双眼看着你
> 然后眼睁睁梦断在色雷斯高原[2]?
> 　这悠闲对我是甜美中的甜美,
> 当思绪不再被重压,当——
> 苦难之旅终结——我们重返旧巢,
> 　偎于故土的梦所编织的枕上!
> 这憧憬令我们在流离中振作。
> 　向你欢呼,噢——美丽的锡尔莫!
> 多么喜悦,重见这里的故土神灵!
> 多么喜悦,重见这里的黄金水面!
> 来大吼吧,吼出家乡所有的欢笑!⁶

关于西塞罗时期的其他略不出名的诗人不需做什么介绍,他们的作品除去一些不连贯的片段都已失传,现存的一些被归到这个时期的其他诗作又是佚名。默剧作家德齐穆斯·拉贝里乌斯和普布利留斯·西鲁斯在前面章节作了介绍(原文第 30 页)。奈乌斯·马提乌斯(Gnaeus Matius)模仿了赫隆达

马提乌斯、莱维乌斯、苏埃乌斯

---

[1] 锡尔莫,大约相当于现意大利伦巴底(Lombardy)区布雷西亚省的小镇锡尔莫内(Sirmione),该地区在公元前 1 世纪时属于加尔达(Garda)地区,整个加尔达地区都是当时维罗纳的富有阶层度假疗养的好去处。
[2] 指他在公元前 57 年前往比希尼亚一事。比希尼亚远古时为色雷斯人所居地区。

斯[1]（Herondas）及其他亚历山大里亚诗人曾创作过的摹拟短长诗剧[2]（mimiambics），其特点为灵动的日常生活写照，韵格则为残短长格三段式[3]（choliambic），相当于最后一个音步改为长长格（spondee）的短长格三段式[4]（iambic trimetre），另外他还对荷马《伊利亚特》（Iliad）作过意译；莱维乌斯［莱维乌斯·梅利苏斯，见原文第43页译注——中译者注］写过欲情诗（Erotopaegnia）；苏埃乌斯（Sueius）工于田园诗，其中两首得留其名，谓《莫雷图姆》（Moretum）和《普利》（Pulli），另作编年记一本。

卡尔乌斯和辛那　　卡图卢斯的两位友人盖尤斯·李锡尼·卡尔乌斯和盖尤斯·赫尔维乌斯·辛那是那段时期更值得书写的人物。卡尔乌斯在世于公元前87年至前47年，是杰出的演说家和政治家，并在闲暇时孜孜于诗歌创作。其诗作包括祝婚歌、挽歌、机智短诗和至少一部神话题材的小史诗《伊俄》（Io）。辛那可能跟卡图卢斯一样生于意大利北部，关于他的生平，除了跟卡图卢斯皆为梅米乌斯在比希尼亚的随同官员以外一无所知。他的主要作品是一首名为《锡迈拿》（Smyrna）的诗歌，尽管篇幅有限，却占去他九年的时间来创作。这首诗的主题是少女锡迈拿（Smyrna）对其父亲的禁忌之爱和两人之子阿多尼斯（Adonis）的降生，因极尽艰深晦涩而几乎无解读的可能，在这一点上跟亚历山大里亚诗人利科夫隆[5]（Lycophron）的《亚历山大》（Alexandra）颇为类似。卡图卢斯十分欣赏这部作品，这说明他那个时代的新一代罗马诗人对能成功地模仿亚历山大里亚诗派是多么地钦佩有加，哪怕其模仿的对象是糟糕中的糟糕、错误中的错误[6]。

---

[1]　赫隆达斯，公元前3世纪的希腊诗人，模拟短长诗剧作者，可能是爱琴海科斯（Cos）岛人。

[2]　模拟短长诗剧，是一种诗体短剧，所描绘的是社会下层生活，同雅典新喜剧类似。其格律以短长格为主，不太追求完美，有丰富的普通日常语言，例如咒骂毒誓和俗语。人物性格突出，场景以趣巧取胜。

[3]　残短长格三段式，又名短长格跛足体（lame iambic），前两个单元同短长格三段式，最后一个单元为ˇ－－－。

[4]　短长格三段式，由三个短长格单元组成，每个单元的基本型为 x－ˇ－，其中 x 可长可短。

[5]　利科夫隆，公元前3世纪末期的希腊诗人和语法学家，曾受托勒密二世之托在亚历山大城图书馆负责整理喜剧作品。他的《亚历山大》共一千四百七十四行短长格诗句，完整地保存到现代。其内容为卡桑德拉（Cassandra）所作的与特洛伊和希腊英雄们有关的预言，最后还提到亚历山大大帝。此剧的晦涩渊深登峰造极，内容深奥，用词怪异，文体造作。

[6]　指模仿利科夫隆的艰深晦涩这一点，而非剧情中的不伦。《亚历山大》本身也没有类似的情节。

第五章 卡图卢斯——其他次要诗人

有一位诗人,同时继承了恩尼乌斯所开创的本国渊源也借鉴了亚历山大里亚流派,他就是生于公元前 82 年纳尔榜南西斯高卢[1](Gallia Narbonensis)的阿塔克斯(Atax),被称为瓦罗·阿塔齐努斯(Varro Atacinus)[意为阿塔克斯的瓦罗——中译者注]的普布利乌斯·特伦提乌斯·瓦罗(Publius Terentius Varro)。他以一部六步体诗篇记述了恺撒同塞卡尼[2](Sequani)人的战事,还创作了一些大体同卢齐利乌斯相近的杂咏诗。据说从三十五岁那年起他转而研习希腊诗歌,并可能是自那时开始对亚历山大里亚史诗作家——罗德斯的阿波罗尼奥斯[3](Apollonius Rhodius)的作品《阿戈尔船英雄记》(Argonautica)进行拉丁语六步体翻译。他大约在公元前 37 年后写下了其他的一系列作品,包括一部可能名为《地理》(Chorographia)的风物志类型的诗歌,以及一系列亚历山大里亚风格的挽歌体诗作。从数量稀少的残篇来看,他的诗才非寻常可及。

瓦罗·阿塔齐努斯

在以亚历山大里亚作品为灵感源泉的这一派诗人当中,语法学家和教师普布利乌斯·瓦勒里乌斯·加图[4](Publius Valerius Cato)当属翘楚。弗里乌斯·毕巴库卢斯(Furius Bibaculus)是这么评价他的:"文法学者加图,说拉丁语的塞壬,在读诗和写诗方面,若他称第二,无人可堪第一。"加图凭其名望,引其同好,对希腊范式加以细致攀摹,将拉丁文格予以完善,可能还创造了新的拉丁韵体。他本人的作品包括语法方面的论文、诗歌和对卢齐利乌斯作品的修缮。在维吉尔手稿中的一首诗《愤怒》(Dirae),实际上是两部诗《愤怒》和《利狄亚》(Lydia)的内容组合而成,也不无阙疑地归在加图名下。前者

瓦勒里乌斯·加图

其他诗人

---

[1] 纳尔榜南西斯高卢,古罗马行省,位于阿尔卑斯山脉、地中海及塞文山脉(Cevennes)之间,现法国东南部。罗马人自公元前 118 年开始在此处建立殖民地,起初称为山北高卢,在奥古斯都时代改名纳尔榜南西斯高卢。
[2] 塞卡尼,居住在高卢的塞尔特民族。公元前 1 世纪时占据着索恩(Saone)河、罗纳河和莱茵河之间的地区,是恺撒在讨伐高卢的过程中征服的部落之一。
[3] 罗德斯的阿波罗尼奥斯(约前 295—?),古希腊诗人、语法学家,卡利马科斯的学生,担任过亚历山大图书馆的馆长。《阿戈尔船英雄记》为其最知名的作品,也是史诗中的名篇。
[4] 普布利乌斯·瓦勒里乌斯·加图,据自称,他幼年丧父,被苏拉剥夺了遗产。后为很多名人担当诗学导师,一度致富,但随后又陷入债务,不得不以宅邸相抵,于一陋居中困度余生。毕库卢斯还称全盛时的加图是"唯一的大师,顶尖的语法学者,最好的诗人"(unicum magistrum, summum grammaticum, optimum poetam),这与他之后的落寞形成鲜明的对照。

是诗人对一个名叫利科古斯(Lycurgus)的老兵的咒骂,因为他夺走了诗人的财产和深爱的女子利狄亚;后者是对不得不留在故土的利狄亚所作的悯人告别。在西塞罗时期,还有些其他诗人:马库斯·弗里乌斯·毕巴库卢斯(Marcus Furius Bibaculus)——作杂咏诗、盖尤斯·梅米乌斯——公元前57年的比希尼亚总督、提西达斯(Ticidas)、昆图斯·科尼菲齐乌斯[1](Quintus Cornificius)和科涅利乌斯·内波斯(Cornelius Nepos)。他们都属于模仿亚历山大里亚诗的新学派。在介绍散文的章节我们会再次提及内波斯,因他和上述其他文人一样,仅偶尔写诗,擅长于别的领域。西塞罗和其兄昆图斯亦属此类。

这些作品稀少的诗人对我们虽不重要,但仍作一概述。这是为突出一个事实,即西塞罗时期有许多青年涉足诗歌。经过他们辛劳的付出,希腊诗人尤其是亚历山大大帝时期那多样的风格和韵体得以为罗马人所熟知,这为奥古斯都时代的贺拉斯(Horace)、维吉尔和奥维德(Ovid)的到来奠下了根基。

尾 注

1 *c*. cxii,1.2.
2 *cc*. xi and xxix.
3 引自 Theodore Martin 的英译。
4 *c*. v.
5 *c*. iii. 为 Goldwin Smith 的英译,引自 *Bay-Leaves*。
6 *c*. xxxi. 引自 C. S. Calverley 的英译。

---

[1] 昆图斯·科尼菲齐乌斯,最早见史载于公元前50年与喀提林的女儿订婚一事。在恺撒和庞培内战期间他是恺撒手下的度支官,并将伊利里亚置于恺撒的控制之下。公元前45年恺撒任命他为叙利亚仲裁官,但好景不长,恺撒被刺后他陷入新的内战当中,于公元前42年左右败给提图斯·塞克斯提(Titus Sextius),并死于战场。西塞罗对他的文学修养有很高的评价。他的肖像曾出现在罗马古币上。

第六章　西塞罗

西塞罗，公元前 106 年至前 43 年——他的重要地位——他的生平——他文学创作的各个阶段——雄辩辞——哲学著作——书信——他的人格

马库斯·图利乌斯·西塞罗（Marcus Tullius Cicero），雄辩家、政治家、哲学家，这个文学纪元以他为名，因为他是这个时期的伟大旗帜和标杆。通过他，拉丁散文达到了前无古人后无来者的至高境界。来自意大利北部寒荒之地和后世的那些更冷峻及苛刻的灵魂也许觉得他的修辞术繁冗失节；修习过希腊哲学的学者们也许拒不承认他是个有独立体系的思想家。尽管如此，他谈吐的力量、阐论的明澈、措词的优雅，是任谁都无法不赞叹的。拉丁语，这个荣光之都的语言，是因他成为意大利全境的主要方言，是凭他在数百年间通行世界。

西塞罗的重要地位

若要写下西塞罗的生平中已知的一切，这便是要写下他活在人世这段时期内罗马所发生的一切。既为文学史，不得不退求简章。西塞罗出生于拉丁姆（Latium）东部山脉中的小镇阿皮努姆[1]（Arpinum），其出生日是公元前 106 年的 1 月 3 日。这个镇上曾诞生过马略（Marius），他的名望无疑燃起了西塞罗年轻的幻想，也给了他勃勃的雄心。西塞罗的父亲决心尽一切可能给他最好的教育，便送他去罗马。在那儿他结识了两位卓越的雄辩家马库斯·安东尼乌斯（Marcus Antonius）和卢西乌斯·克拉苏（Lucius Crassus）以及年迈的

教育及早期生涯

---

[1] 阿皮努姆，为现意大利中部拉齐奥区城镇阿皮诺（Arpino）原址，还保有沃尔西人所建巨大石砌城墙的遗迹。

马库斯·阿克齐乌斯(Marcus Accius)和希腊诗人阿基亚斯[1](Archias)。由于法学知识是雄辩家的必修课,他跟随法学家和占卜官(Augur)昆图斯·斯凯沃拉(见原文第44页)进行学习。他对哲学也有兴趣,教授他哲学的有伊壁鸠鲁学派学者费德鲁斯[2](Phaedrus)、科利托马克[3](Clitomachus)的门生同时也是雅典新学园派学者斐洛[4](Philo)及斯多亚学派学者狄奥多托斯[5](Diodotus)。他的修辞学得益于罗德斯的莫洛[6](Molo)和修辞学家马库斯·安东尼乌斯·尼弗[7](Marcus Antonius Gnipho)及两位演员罗西乌

---

[1] 阿基亚斯,全名奥卢斯·李锡尼·阿基亚斯(Aulus Licinius Archias),大约公元前120年生于叙利亚安条克城的希腊诗人,关于他的唯一记载是西塞罗为他所做的一篇辩护演说。他来到罗马的年份是公元前102年,并得到当时罗马杰出人物马略、霍滕西乌斯、西塞罗、卡图卢斯等人友好的接待。不久之后,他伴随卢库卢斯前往西西里。他与罗马诸多上层家族交往密切,在小亚细亚和希腊各地都颇有名气。公元前61年,或许因他的赞助者的敌对派系所挑问,他被指控不正当地获得公民权,经西塞罗的辩护而无恙。据载,他尤其擅长即兴诗,有丰富的语言才能也熟悉各种思想流派。他应写过颂扬卢库卢斯和记录辛布里克(Cimbric)战争的诗歌,可能也计划写诗赞美西塞罗,但未动笔。

[2] 费德鲁斯在当时是伊壁鸠鲁学派的领袖,这一头衔一直保持到公元前70年。西塞罗称他写过至少两篇论文,且在《论神性》中对这两篇论ำ有借鉴颇多。

[3] 科利托马克(前187—前109),又为Cleitomachus,迦太基人,原名哈斯德鲁巴(Hasdrubal),公元前146年来到雅典,师从卡涅阿德斯,并在公元前129年继承了后者的雅典学园领袖之位。他同其导师一样是怀疑论者,作品据说有四百卷之多,主要为记录其导师的哲学思想,但无一幸存。西塞罗对他的作品研究甚详,十分钦佩他的勤勉和哲学才能。

[4] 斐洛,又称新学园派的斐洛或拉里萨的斐洛(Philo of Larissa),继承了其导师科利托马克雅典新学园派领袖之位,在雅典被米特拉达梯征服后前往罗马定居并教授哲学和修辞学,西塞罗便是他的听众之一。阿什凯隆的安条克(Antiochus of Ascalon)是他的学生,但与他存在分歧。

[5] 狄奥多托斯,西塞罗在幼年就认识他,一直十分尊敬和爱戴他,曾让他长年居住于自己在罗马的宅邸内。他对西塞罗的教导主要在辩证法方面。他晚年时不幸失明,但依旧坚持文学创作和传授几何学。他死于公元前59年,为友人留下了大约十万塞斯特瑞斯的遗产。

[6] 莫洛,全名阿波罗尼奥斯·莫洛(Apollonius Molo),又称阿拉邦达(Alabanda)的阿波罗尼奥斯,后离开故乡前往罗德斯定居,也曾前往罗马传授修辞学。西塞罗曾在公元前88年于罗马听他授课,公元前81年,莫洛作为罗德斯的大使前往罗马,西塞罗又一次听他讲学。四年后西塞罗到达罗德斯,从而有机会深入了解莫洛如何将修辞学实际用于法庭。

[7] 马库斯·安东尼乌斯·尼弗(前114—前64),生于高卢的自由民,在亚历山大城学习。他天赋出众,记忆力惊人,对希腊和罗马文学无所不知,且性格温厚。他离开亚历山大城后先是教育幼年的恺撒,后自立学校。

斯[1]（Roscius）、伊索普斯[2]（Aesopus）。通过几次演说——尤其是为昆克提乌斯（Quinctius）辩护[3]（公元前81年）和为阿米利亚的罗西乌斯[4]（Roscius of Ameria）辩护（公元前80年）的案子——他获得了作为一名辩护人所能获得的极大名声。可此时他的健康出现问题，另外也希望进一步完善自己所受的教育，于是离开罗马，在希腊和亚细亚度过两年光阴（公元前79年至前77年）。在雅典，他跟随新学园派的安条克[5]（Antiochus）、伊壁鸠鲁学派的芝诺[6]（Zeno）以及自己过去的导师费德鲁斯学习，另有德米特里[7]（Demetrius）教授他雄辩术。在亚细亚他熟习了华丽的本地雄辩学风格，又来到罗德斯，以前曾教导过他的莫洛再一次为他授课，专注于磨炼抑制他从亚细亚雄辩家那沾染的雍容之气。同时他还结识了著名的斯多亚学派学者波塞多尼奥斯[8]（Posidonius）。

公元前77年，西塞罗回归罗马继续从事他的演说生涯。不久后他同特伦提亚[9]（Terentia）——一位出身高贵的女士结为夫妇并共同生活了三十二

他的政治生涯

---

[1] 罗西乌斯，全名昆图斯·罗西乌斯·加卢斯（Quintus Roscius Gallus），出生于所罗尼乌姆（Solonium）的罗马喜剧演员，奴隶出身，但独裁者苏拉因他的舞台声望而解除他的奴隶契约并授予他骑士阶级身份。由于名气极大，所以这个名字后来成为成功演员的一种荣誉称号。西塞罗曾在他的一次诉讼中为他做过一次辩护演说。

[2] 伊索普斯，全名克劳狄乌斯·伊索普斯（Claudius Aesopus），古罗马最杰出的悲剧演员之一，曾指导西塞罗朗诵。据普卢塔克传记，他曾在扮演复仇的阿特柔斯（Atreus）时完全忘我，将另一个演员杀死。

[3] 诉讼人普布利乌斯·昆克提乌斯的兄长盖尤斯·昆克提乌斯和塞克斯图斯·奈维乌斯曾在纳尔榜南西斯高卢合伙经营，后来盖尤斯去世，其弟作为继承人，与奈维乌斯发生财产分割上的纠纷。西塞罗应演员罗西乌斯的恳求出面为普布利乌斯辩护，而他的对手则是大名鼎鼎的霍滕西乌斯。

[4] 阿米利亚的罗西乌斯，全名塞克斯都·罗西乌斯（Sextus Roscius），在公元前80年被指控弑父，西塞罗成功为他辩护，还敢于反控一名当时独裁者苏拉的手下，称他有贪污罪且涉及此案。

[5] 安条克（约前120—前68），即阿什凯隆的安条克（Antiochus of Ascalon），希腊哲学家，继拉里萨的斐洛之后成为雅典学园的主人。

[6] 芝诺，指西顿的芝诺（Zeno of Sidon），是被称为"学园暴君"的雅典的阿波罗多罗斯的学生，在公元前100年左右继承了后者的伊壁鸠鲁学派领袖之位。

[7] 德米特里，叙利亚出身、在雅典从事教学的修辞学家。其他信息不详。

[8] 波塞多尼奥斯（前135—前51），帕奈提奥斯的学生，当时斯多亚学派最博学的人。游学多处后，在罗德斯定居教学。

[9] 特伦提亚，这位女性命途多舛，她同母异父的姐妹法比亚（Fabia）是维斯塔贞女，却被指控同西塞罗的仇敌喀提林有染，虽然最终被无罪开释。她本人十分坚强和理智，但同西塞罗的婚姻并不美满。西塞罗一直抱怨她没有管理好家产，从而使自己陷入债务，对待她越发刻薄无情，直到离婚。

年之久。公元前75年，他出任西西里岛利利巴厄姆[1]（Lilybaeum）城的度支官，在此职位上殊获好评，并于公元前69年当选民政官，公元前66年出任行政官。到了公元前63年，他终于成为执政官，与安东尼乌斯[2]（Antonius）共事。自此西塞罗当可名副其实地宣称，他以一介新人[3]（novus homo）之身，没有任何家族传统或威望的助力，却在所有罗马共和国的重要官职上皆以法定最低的年龄当选。在他的执政官任期内，发生了喀提林的叛国阴谋，哪怕众口一词纷纷暗示此事牵涉的罗马头面人物甚多，还包括克拉苏和恺撒，西塞罗依然用无情的铁腕将其镇压。密谋者未在合法审判中被处决，元老院敕令西塞罗以执政官的身份为保护共和国安危采取必要的措施，于是西塞罗下令将他们处死。攻讦喀提林的四篇演讲亦发表于这一年。

公元前60年，前三头（first triumvirate）确立。西塞罗的威望对三巨头的政治计划形成了障碍，于是他们唆使西塞罗的政敌、过继到平民家庭为子的保

---

[1] 利利巴厄姆，在西西里最西面的海岸城市，现马尔萨拉（Marsala）。公元前396年由迦太基人所建，一直是坚城要塞。
[2] 安东尼乌斯，指盖尤斯·安东尼乌斯·希布里达（Gaius Antonius Hybrida），杰出雄辩家马库斯·安东尼乌斯的次子，最初作为独裁者苏拉的骑兵副将在米特拉达梯战争中赢得功绩。在希腊期间因纵兵抢掠屠杀而获得了Hybrida（半兽）的别名。据说他本来秘密支持喀提林，但西塞罗承诺给他富饶的马其顿行省，将他拉拢了过来。在击毙喀提林的战斗中，本应指挥的安东尼乌斯称病，让其副官马库斯·佩特鲁斯（Marcus Petreius）代行指挥。
[3] 新人，在古罗马，这个称谓专指某个家族中第一位元老院成员，尤其指第一位执政官。原本元老院和执政官资格均为贵族把持，后向平民开放，以平民身份加入的均为新人。但随着这些平民家族的贵族化，新人也越来越罕见。西塞罗称他作为新人当选执政官"在人们记忆所及的范围内几乎是头一次"，在他之前最后一位新人出现在三十多年以前。

第六章　西塞罗

民官普布利乌斯·克洛狄乌斯·普尔刻〔1〕(Publius Clodius Pulcher)去动议一项法令,内容为任何不经法律程序便处死罗马公民的人皆应被流放。西塞罗心知难以自保,就逃离罗马,而他的流放令也旋即下达。西塞罗的流放期自公元前58年4月到前57年8月,随后他被召回,并得到了非常体面的欢迎。

公元前53年,由于占卜官小克拉苏〔2〕(Crassus the younger)身故,西塞罗被推选填补这一空缺。在公元前51年至前50年这两年,他再度离别罗马,于西利西亚担任总督。当他返回时,恺撒和庞培的争斗已然明朗化。西塞罗从未加入任何党阀之争,他是个纯粹的爱国者,为祖国过去的辉煌而自豪,毅然决然于自己应尽的职责,可现在却不得不面对一个事实,即争斗的两派都因私心野望起而寻事,却非公正无偏的爱国之情使然,要加入任何一边都是难

他的末年

---

〔1〕 普布利乌斯·克洛狄乌斯·普尔刻,本是历史极久的贵族克劳狄家族后裔,最早见史于公元前70年,当时他在卢库卢斯的亚洲军团中担任军官,因不满卢库卢斯对他的忽略,便鼓动士兵哗变。在经历被海盗俘虏的耻辱后,于公元前65年投入国内纷争,起诉喀提林在非洲的统治不端,但没有成功。可他自己在次年作为总督卢西乌斯·穆雷纳(Lucius Murena)的随从来到山南高卢后却无所不用其极地敛财。他的贪婪和挥霍令他在回到罗马后同样肆无忌惮,并成为西塞罗经常攻讦的对象。但两人依旧处于反对喀提林的同一阵线。直到公元前62年发生了那起著名的渎神案,克洛狄乌斯在善德女神(Bona Dea)的祭祀中伪装成女乐手混入祭祀场地——担任大祭司的恺撒家中,试图接近恺撒的妻子——据称同他有染的庞培亚(Pompeia),因嗓音被发现,不过及时逃脱了。后来他还当选了公元前61年的度支官,但在行省分配完还未动身时因此事被指控。在法庭上西塞罗对他提出了最严厉的质疑并推翻了他的关键说辞,要不是凭贿赂他必然会被定罪。由此他便同西塞罗结下了仇怨。两年后他当选保民官,通过若干立法拉拢了许多人气,如发放免费赈济粮,并帮助当年的执政官获得他们想要的省份,以此换取他们的支持。准备就绪后,他便以这条法律动议开始对西塞罗的报复。西塞罗主动离开后他还不依不饶,通过两项法律,禁止罗马周围约六百五十千米内任何人接纳西塞罗,且此禁令永久生效,除非被西塞罗不经法律程序处死的人复活。又放火烧毁西塞罗在罗马帕拉蒂尼山(Palatine)的居所,拆除他在图斯库卢姆和福尔米亚(Formiae)的房屋,将他的大部分财产置于两个执政官名下。他的地位是如此稳固,甚至敌对庞培不利,而后者也无法直接进行报复。在保民官任期结束后,克洛狄乌斯只能依靠纠集暴民来自保,与他敌对的人除了同样的手段也别无他法,于是罗马街头不断发生骚乱和斗殴,后来西塞罗的友人聚集了更多的人才确保让西塞罗返回的赦令被通过。可回到罗马后,西塞罗还是要面对克洛狄乌斯的骚扰,帕拉蒂尼的房屋重建被他聚众阻挠,在街上也被后者攻击。克洛狄乌斯在罗马最大的敌人是米洛(Milo),后者多次以同样的暴力手段阻止他的计划,并在公元前53年一次突发的冲突中将他置于死地。

〔2〕 小克拉苏(前115—前53),全名马库斯·李锡尼·克拉苏(Marcus Licinius Crassus),罗马政治家和投机者,前三头的一员。曾是苏拉一派,平定过斯巴达克领导的奴隶起义,但功劳被庞培占为己有。随后与庞培联合迫使元老院将他们选为公元前70年执政官,并一同废除了苏拉制订的一部分宪法。公元前53年,克拉苏率领共约四万四千人的七个罗马军团进攻美索不达米亚,在卡雷遭安息人的伏击而败北并战死。

事。几番挣扎犹豫之后,西塞罗决定加入庞培和元老院的阵营,在公元前 49 年随庞培前往伊庇鲁斯[1](Epirus),不过没有参与法萨卢斯战役[2](Battle of Pharsalus)。庞培败亡之后,西塞罗逗留在布伦迪休姆,直到公元前 47 年恺撒允许他回到罗马。归国后他过起归隐的生活,投身于文学。一年后,西塞罗同发妻特伦提亚离异,娶了他的看护普布利莉亚(Publilia)[3],并与这位年轻的女子终老。公元前 45 年是西塞罗饱受悲伤的一年,因为他唯一的女儿图利亚(Tullia)去世了。次年间,恺撒被刺身亡,西塞罗又在公众舞台上活跃了一小段时间,可能 4 月份就离开了罗马,接连到他拥有的几处乡野别墅闲居了数月。7 月时分,西塞罗决定走访雅典,看看其子在那儿求学的情况,但甫抵西西里便听闻罗马需要他的存在,于是放弃原来的打算,返回那个万民之都。回到罗马以后,西塞罗在对抗安东尼(Antony)的势力中扮演了领导角色,并作出了针对安东尼的十四篇演说,今称《反腓力》(Philippics)。不料,后三头之间达成了和解,安东尼将西塞罗的人头列入悬赏名录。西塞罗一路辗转,先是到达图斯库卢姆,后又前往福尔米亚[4](Formiae),当他在加埃塔(Caeta)湾再度登上逃亡的帆船时,终于决意死在国土之上,并反身下船踏上陆地。就在从海边前往宅邸的途中,一队安东尼的士兵抓获了他,并将其杀死,是日为公元前 43 年 12 月 7 日。西塞罗的头颅和双手被割下,置于罗马广场的讲坛上示众。

循其多彩坎坷的一生,西塞罗的雄辩和文学生涯也可按年代自然分为四个阶段:从年少时到成为职业政治雄辩家(公元前 81 年至前 66 年)的阶段;自此到被流放为止,如日中天、辩才无双的巅峰阶段(公元前 66 年至前 59 年);从结束流放回到罗马,到离开罗马前往西利西亚的阶段(公元前 57 年至前 51 年);最后是从自西利西亚返回罗马,到遇害身亡的阶段(公元前 50 年

---

〔1〕 伊庇鲁斯,希腊西北部和阿尔巴尼亚南部的沿海地区。
〔2〕 法萨卢斯战役,发生于公元前 48 年 8 月 9 日的罗马内战决定性战役。此战之前庞培已被恺撒击败了一次,此次战役中恺撒以二万二千高卢老兵大败庞培四万五千经验不足的新兵,自此元老院派一蹶不振。
〔3〕 据称,西塞罗娶她是为了获得她的财产,以应对大额的债务。
〔4〕 福尔米亚,现意大利拉齐奥大区城镇,毗邻加埃塔湾。原为沃尔西人的城镇,后成为古罗马的避暑胜地。

至前43年)。

第一阶段期间西塞罗做过各种类型的法律诉讼辩护演讲,最值得一提的便是七篇控诉维瑞斯(Verres)在西西里任职期间渎职和压榨民财(公元前70年)的演说。在西西里人十分真诚的请求下,西塞罗接受了此次诉讼[1]。第一篇《对凯基利乌斯的预言》(Divinatio in Caecilium)[2],旨在确认究竟应由西塞罗还是维瑞斯在西西里时的度支官昆图斯·凯基利乌斯·尼格(Quintus Caecilius Niger)[3]来进行这场诉讼。之后,西塞罗在进入诉讼程序的第一场演讲就解决了整个案子。他对物证和人证的准备堪称苦心孤诣、完美无缺,甫一上台就以排山倒海的证据让辩护方毫无回旋的余地。在仅仅进行了一番开场白之后,维瑞斯的辩护人霍滕西乌斯便觉得在这些证据面前无能为力,遂放弃辩护,维瑞斯则被判流放。余下的五篇演说称为《维瑞斯之其余罪迹》(Actio Secunda in Verrem),是西塞罗为将案件实情告诏天下而发表的,从未于法庭上使用过。这些事迹证明西塞罗当时不仅是无与伦比的修辞学和雄辩术大师,也是在材料收集准备方面具有惊人的勤勉精神的诉讼家。除去演讲以外,西塞罗在这一阶段做过数篇希腊文的翻译,现已失传;还著有一本雄辩术手册,名为《论演说的编排》(De Inventione),共二卷。创作这本书时西塞罗年方二十,其内容是对赫伦尼乌斯(Herennius)(见原文第45页)所做的论述。书中,西塞罗对雄辩术及其用途做了分门别类的说明。这部作品相较其后期著作要逊色许多。

第一阶段
69

---

[1] 此案件概要如下:维瑞斯出身高贵,自公元前74年起在西西里担任行政官三年,其间罪行昭著,肆意弹压和盘剥民众。当他卸任之际,西西里人旋即提出控诉,并向曾在西西里担任度支官并广受好评的西塞罗寻求帮助。维瑞斯首先计划由尼格担任诉讼,于是西塞罗的第一次演说就针对应由何人指控来展开,并轻易地获得胜利。接下来,维瑞斯图谋拖延审判时间,以期到来年共和国三个最重要的官职都将被他的同僚所把持。故此西塞罗以惊人的勤勉和胆识,仅用五十多天就在西西里搜集了大量证据,在第一次正式审判时打破常规,不经过一系列的演说来铺陈证据和辩论,而直接请出了证人,这使维瑞斯的阴谋破产。他的辩护人、当时最有名的雄辩家和执政官候选人霍滕西乌斯亦束手无策。
[2] 就为何用"预言"一词的疑问,有两种解释:一是认为此篇针对将来之事,而非过去之事;二是认为当时没有任何人证、物证,法官只能依靠两位发言人的言辞来定夺。
[3] 作为维瑞斯曾经的下属,他表面上对维瑞斯的行为十分愤慨,实际上暗中是站在他一边的。

第二阶段　　第二阶段以一篇素质极高的演说开场。在这篇名为《支持马尼利乌斯法》[1]（*For the Manilian Law*）或《论奈乌斯·庞培的权力》（*De Imperio Gnaei Pompei*）的演说中，西塞罗倡议赋予庞培额外的权力以继续领导对米特拉达梯的战争。那四篇《反喀提林》（*Against Catiline*）演说属于西塞罗的执政官年，即公元前63年，其华丽和苛烈都难寻其右者。同年他还发表了《为穆莱纳辩护》（*For Muraena*），为穆莱纳就一项贿赂的指控做辩护，这篇演说充满了机智和才能。风格颇为明快的演说《为诗人阿基亚斯辩护》[2]（*For the Poet Archias*）发表于公元前62年，意为声援此诗人获罗马公民权。这段时期，西塞罗的时间和精力完全被政事和诉讼所充斥，所得习文的闲暇极少。不过，到了公元前60年，当流放的阴影渐渐凸显起来后，他倒是就着阿拉托斯[3]（*Aratus*）的天文诗改写出一篇韵文，一部分被保存在他后来的作品《论神性》（*On the Nature of Gods*）当中，另外写成共三卷的诗篇《我的执政》（*On His Consulship*），但已失传。

第三阶段　　第三阶段的演说大多为个人案件所作，但有一篇以政治目的为主，那就是《论执政官行省指派》（*On the Consular Provinces*）（公元前56年），呼吁保留恺

---

[1] 这次演说的背景是同东方的米特拉达梯四世的战争，这是罗马所遇到的最后强有力的对手。当时，执政官马库斯·阿齐利乌斯·格拉比奥（Marcus Acilius Glabrio）在东方负责这场战事，庞培则以西利西亚为根据地，负责清剿地中海的海盗。格拉比奥的表现非常糟糕，庞培则获得极大的成功。于是公元前66年，保民官盖尤斯·马尼利乌斯（Gaius Manilius）提出一项法令，要求给予庞培在东方的完全指挥权，这一动议被贵族阶层所反对。西塞罗，当时的行政官，基于实际需要的考虑，非常热忱地为支持这一法令而辩护。这是西塞罗步入政治舞台的起点之作。
[2] 这次演说的前情是，鉴于贵族阶层怀疑许多不利于他们的决议来自非公民的不当投票，便在公元前65年通过法令 Lex Papia，强制任何不具有罗马或拉丁公民权的居民离开罗马城。阿基亚斯因为这条法令被某个叫做格拉提乌斯（Gratius）的人控告无权留在罗马。西塞罗作为阿基亚斯的密友，为他进行了辩护。这篇演说的价值和魅力，主要在于西塞罗对诗歌和文学的赞美，也因此成为西塞罗读来最为愉悦的演说之一。
[3] 阿拉托斯，创作时期约公元前315年至前245年的希腊西利西亚索里（Soli）诗人，其《物象》（*Phaenomena*）为最知名也是唯一保存完整的作品，是六步格教海诗，属于亚历山大里亚诗派，世界观为斯多亚学派哲学，在罗马人中享有厚誉，西塞罗和阿维昂努斯（Avienus）都译过它。起首对宙斯的祈祷词中有一个诗节因被圣保罗引用而出名（《使徒行传》17章28节）。

第六章 西塞罗

撒在高卢的总督职权(proconsulship),敦促将加比尼乌斯[1](Gabinius)和皮索[2](Piso)分别从叙利亚和马其顿召回;此外还有部分诗歌包含少许政治意图。公元前55年,西塞罗写成对话体的《论雄辩术》(De Oratore),书中有两位前代的雄辩术泰斗卢西乌斯·克拉苏和马库斯·安东尼乌斯对一名雄辩家应有的品质所进行的探讨,这段对话据推测发生于克拉苏去世(公元前91年)前不久;次要部分由当时罗马的一些年轻政治家登场讲述,在开始章节还有西塞罗的导师、占卜官斯凯沃拉登场。这是西塞罗最引人入胜的作品之一,专业技巧方面的探讨因逸事趣闻和谈话对白而栩栩如生,整本语录散发出优雅和拉丁散文少见的活泼气息。另一部对白体的《论共和国》(De Re Publica)有六卷,发表于公元前51年以前。现今我们仅有其中大约三分之一的不连贯的残段,且除去第六卷当中的《西庇阿之梦》(Somnium Scipionis)以外,整部作品都曾在许多个世纪里消失无踪。在完成这篇探讨国家的作品之后,西塞罗开始撰写对话体的《论法律》(De Legibus),其着笔的年份能很可靠地确定为公元前52年,但一直没有完成全文。于此阶段,我们可见西塞罗将目光转向了修辞学技巧以及哲学方面的论述。

最后一个阶段大半时间对西塞罗而言是安宁地进行文学创作的时期。仅在恺撒遇刺后,他方返回政治舞台一小段时间。公元前46年西塞罗发表演说《欢迎马塞卢斯》(For Marcellus),感谢恺撒允许公元前51年的执政官马塞卢斯重返罗马;随后在同一年又以演讲《为李伽里乌斯辩护》(For Ligarius)为昆图斯·李伽里乌斯(Quintus Ligarius)所受指控进行辩护;在公元前45年他代

---

[1] 加比尼乌斯,指奥卢斯·加比尼乌斯(Aulus Gabinius),他与皮索同在公元前59年当选执政官,也曾一同被西塞罗的仇敌克洛狄乌斯拉拢,作为回报,他们分别获得了想要的行省西利西亚和马其顿。后加比尼乌斯将西利西亚换成了叙利亚。

[2] 皮索,指卢西乌斯·卡尔普尼乌斯·皮索·凯索尼努斯(Lucius Calpurnius Piso Caesoninus),死于公元前43年后,独裁者恺撒的岳父。在公元前57年至前55年间马其顿是他管辖的行省,公元前50年当选监察官。因曾作为执政官支持流放西塞罗,西塞罗在返回罗马后即指责他统治不当、压榨领民。

表加利西亚[1](Galicia)的郡守[2](tetrarch)德奥塔鲁斯[3](Deiotarus),为其所受的背叛恺撒的指控进行辩护,发表演说《为诸侯德奥塔鲁斯辩护》(For King Deiotarus)。除去抨击安东尼的十四篇《反腓力》以外,这些就是西塞罗在最后阶段的所有演说了,全都发表于公元前44年9月2日至前43年4月21日这弹指之间。这些演说显示了西塞罗晚年的精力和热血,可比之年轻时期的强盛略有不足。《反腓力》这一名字从该系列演说的一开始就已确定,且实际上源于西塞罗本人的认可,他很乐于将自己比作狄摩西尼[4](Demosthenes),因为后者敦促雅典人反抗腓力(Philip),而他煽动罗马人反对安东尼。但这几个月中的作品也是他作为雄辩家的残光了,自公元前50年起,西塞罗在大部分的岁月中致力于其他事务。公元前46年至前44年的这三年间,他累计写下了:修辞学著作《布鲁图》(Brutus)、《雄辩家》(Orator)、《雄辩术的划分》(Divisions of Oratory);随笔《论最好的雄辩家》(On the Best Kind of Orator);大量哲学对话和论文,其中最重要的是一部共分五卷的关于至高之善的各种理论的探讨——《论善与恶的界限》(De Finibus Bonorum et Malorum);现今留存二卷的《学园派哲学》(Academics);共五卷的阐述快乐之本原的《图斯库卢姆谈话录》(Tusculan Disputations);共三卷的论文《论神性》;共三卷的《论责任》(De Officiis);另外值得一提的有《大加图》(Cato Maior)——又名《论老年》(On Old Age)、《莱利乌斯》(Laelius)——又名《论友谊》(On Friend-

---

[1] 加利西亚,又称Galatia,古希腊王国,幅员大致相当于目前的西班牙加利西亚自治区,由卢戈(Lugo)、拉科鲁尼亚、蓬特韦德拉(Pontevedra)和奥伦塞(Orense)四省组成。公元前137年被罗马人征服。

[2] 郡守,公元前342年腓力二世将色萨利分为四个郡,担任任一地区统治者的便称为郡守。被罗马征服后,他们被允许保留以前的政体。

[3] 德奥塔鲁斯,曾在公元前74年成功抵抗米特拉达梯六世的入侵,因此庞培在公元前64年封他为加利西亚国王,并另给他很多地域统治。在罗马内战中他支持庞培和元老院势力,故成为恺撒的敌人。后来恺撒赦免了他,但他却继续支持反恺撒势力,在反恺撒势力彻底败亡后转而支持后三头的执政,死于公元前40年。

[4] 狄摩西尼(前384—前322),古希腊政治家和雄辩家。7岁时父亲去世,财产被监护人侵吞,从此开始了他的控诉生涯,克服了先天的口吃和咬字不清,掌握了雄辩术,之后长期代人撰写诉状。公元前356年马其顿国王腓力强占在色雷斯的雅典领地,于是从公元前351年开始狄摩西尼前后发表了三篇《反腓力辞》(Philippic)。公元前330年,雅典决定授予他金冠,埃斯基涅斯控诉作出此决定的泰西封等人,于是狄摩西尼作《金冠辞》(On the Crown)是为答辩,这被公认为历史上最成功的雄辩艺术杰作。

ship），因两者有说不出的风雅和婉美的感情。

西塞罗现存文字共计五十七篇完整演说和二十篇演说的片段、七部修辞学论文、十三部哲学论文——包括《论共和国》和《论法律》以及八百六十封书信,其中九十封他是收信人。缺失的作品中包括一些历史著述和几篇希腊文的翻译。

西塞罗最大的追求是成为一流的雄辩家,为此目的不惜一切辛劳。虽然天赋出众,但他从不自满于其中,对学习丝毫不敢怠慢。西塞罗借鉴了从前的雄辩家们,尤其那些希腊修辞学大师,并为完善自我风格翻译了大量希腊文稿,同时孜孜不倦地研习修辞学理论。他认为雄辩家应具有的品质是崇高和尊严。在著述《论雄辩术》中,他借克拉苏之口这么说:

作为雄辩家的西塞罗

> 为此,若要理解和掌握雄辩家所应具有的全部力量,那人在我看来,须得配得上雄辩家这一光荣的名号,他要能够凭借记忆中的素材,针对演讲中所需涉及的任何主题进行睿智的言谈,有条不紊且词章句丽,最好加上庄严的举止。[1]

又:

> 我坚信,完美的雄辩家凭他的节制和智慧,不仅能保全自身的尊贵,而且能维护无数人的福祉和整个共和国的事业。[2]

概言之,在西塞罗的心目中,真正的雄辩家不仅是卓越和久经锻炼的说客,而且要博学多才,更要有极高尚的品格。这正是他为自己所树立的目标,并以其毕生精力求之不殆。这份理想无可置疑地崇高,而朝着这份理想努力的西塞罗也无可置疑地令人敬佩。

西塞罗的演说风格永远都那么细密完美,且远胜于那些天赋普通的雄辩家所被评价的千篇一律式的流畅。他的演讲,在叙述时清晰、透彻而鲜明;在论证时缜密、机敏且充满力度;在呼吁时生动、迅捷而猛烈,直指听众的内心,

演说风格

视不同场合的需要,时而狂暴,时而悲悯。他的句式充满精巧的律动,借大量简短的设问或惊叹而丰富多彩。他的言谈,在毫不造作的高贵之中糅有频繁的机巧、幽默和讽刺,从而显得生动不乏弹性。所以,当西塞罗为曾经服役于元老院非洲军团[1]的昆图斯·李伽里乌斯[2]辩护时,尽管他明白恺撒对案情的一切心知肚明,且就在台下听审,还是用这样的方式作开场白:

讽刺

> 又一个新的指控,盖尤斯·恺撒(Gaius Caesar),到今天为止从未有过的指控,来自我的族亲,昆图斯·图贝罗(Quintus Tubero),他向您控诉,昆图斯·李伽里乌斯曾在非洲;盖尤斯·潘萨(Gaius Pansa),一位品格高尚的人,许是因信赖他同你的友情,竟敢附从此言。那么,我真不知该从何着手。因为我本有所准备,既然你无可能自己明白真相,也无可能从任何人那边听到真相,我就可以利用你的无知,来挽救这个不幸的人。[3]

在这段旨在让对手显得荒谬的嘲讽式开场之后,西塞罗转而大谈恺撒那有名的宽宏大量,随后才进入论辩的正题。

西塞罗在其政治生涯中持之以恒地敬畏的,是罗马人民的尊严,是既有的行政模式,是过往年月中罗马的传统和伟业。这种情感同样显见于他所有的演说之中。在西塞罗的手稿中,满纸皆然的是罗马人民,是他们的威严,是罗马的霸业,是元老院的高贵,是古人的传统和机制。演说《支持马尼利乌斯法》是对庞培的礼赞,是要求给他额外和更大权力的声辩,更是对罗马共和国之荣耀的赞美,是对过往先人之美德的褒扬:

爱国情怀

---

[1] 元老院非洲军团即指曾为庞培和元老院作战,对抗恺撒的军队。
[2] 昆图斯·李伽里乌斯曾经是罗马骑士,在非洲总督、庞培派系的一员康西堤乌斯(Considius)手下担任军职,为此自愿流放以逃避独裁者恺撒的清算。但他有两个兄弟是恺撒派系的人,为其求情。李伽里乌斯对自由共和制的热爱众所皆知,所以恺撒暗地里并不想放过他,正巧李伽里乌斯的世仇图贝罗寻机报复,便指控他在非洲对抗恺撒的战事中非常活跃,而恺撒也默许这一指控,命令在广场进行审判,由他本人来裁断。据传,他是带着签字盖章的有罪宣判书前往法庭的,可最终西塞罗的雄辩占了上风,使他不得不违心地作出无罪开释的判决,随后宽恕并允许李伽里乌斯返回罗马。

我们的祖先，往往因我们的贸易者或航海家们遭遇略为不公的对待而奋起一战；你们，我乞求你们告诉我，当眼见上千罗马公民因一条法令而旋即遭到杀戮时，你们的感觉如何？你们的先辈，曾因那个所有希腊城邦中最渺小的柯林斯对我们的使节语气倨傲不敬，便乐于将他们毁于一旦；而那个国王，杀了代表罗马公民的使节、前执政官，还曾囚禁这个不幸的人，鞭打他，折磨他，你们是否打算任他逍遥自在？他们，不会容忍罗马公民的自由受到任何伤害，你们，是否会无视罗马公民失去生命？他们，不会放任使节的权力被言语所侵犯，你们，是否会淡然于一名特使被先虐后斩？请不要忘记，若将这份如此伟大和显赫的帝业传承给你们，是他们无可匹敌的荣耀；那么无法守护和保全所得到的遗产，便是你们可鄙至极的耻辱。[4]

西塞罗竭力唤起听者对共和国尊严和荣誉的向往，并用祖先的成就将这些不朽功绩映入他们的脑中。这篇文本同时也是使用重复对比的绝好例子。

在《支持马尼利乌斯法》中西塞罗对着成千上万的罗马人提出了一个迫切而隽永的政治课题。他的语气高昂且充满真诚，他的雄辩辛辣且激励人心。这些特征在西塞罗的所有政治演说中都可寻迹，在大量私人场合的演讲中也常见于对被辩护人和西塞罗自身品格的刻画当中。当演说的主题不那么庄重时，他的语调更为柔和并散发出更加典雅的气质，充斥着对诗篇的引经据典，富含比政治煽动式的激扬篇章更强烈的句式韵律感。这类更为优雅而不那么锐利的演说中最好的例子是《为诗人阿基亚斯辩护》。西塞罗首先通过对事实的简述来表明阿基亚斯有获得罗马公民权的充分资格，随后在余下部分全情投入地赞美文学事业的可贵：

更婉雅的风格

这些学问滋养青年、愉悦老者，使盛世增光、给厄运慰藉，在家中赐人欢乐，于四海畅行无疆，陪我们度过夜晚无数，伴我们穿行异乡孤途，同我们生老家园故土。[5]

西塞罗在这篇演说中所展现的自我,是一个通晓文章的人,是一个对文学之喜好不被政治家或雄辩家的职业所囿的人,是一个纵然经历了政治上的成功及失落,仍要以拉丁散文作家翘楚的身份成就更大声名的人。

<small>直接的诘问</small>

在西塞罗的演说当中,几乎很少能比那些直接诘问对手或其辩护人的段落更强有力或更具特色。这类段落,从简单的感叹句到精心准备的斥责痛骂,篇幅不一而足,言辞犀利痛快,感情迅猛直率。其中有一个较长的,西塞罗假设那些话出自被控人的父亲之口,给演说添加了额外的威力:

> 你可能胆敢豪言,"在座的法官当中,有我的友人,也有我父亲的友人"。可越是同你亲近的人,岂非越是因你今日所受的审判而愧赧?那位法官确是你父亲的友人,可就是你父亲本人来担当法官,看在不朽之神的分上,若他对你说出这样的话,你又该如何是好:"你,身为罗马人民的行政官统辖一省,当情势危急,必须在海上与敌一战之际,免除了马麦丁人[1](Mamertines)提供舰船的义务达三年之久,却耗费公帑让马麦丁人为你的私利之图建造了一艘世所罕见的大货船;你仅因区区贿款就遣散了划桨手们;你把度支官和副将[2](legatus)所俘获的海盗船头目在众目睽睽之下放走;你胆敢将堂堂罗马公民,为众人所知悉的罗马公民送到刽子手的斧刃之下;你胆敢将海盗们请入屋堂,带着海盗船长从你家中前往法庭;你,在那个富饶的行省,在我们最忠诚不二的盟友眼前,当着最高贵的罗马公民的面,夜以继日地在岸边饮酒作乐,全然不顾行省正笼罩在危难和恐惧之中;那些日子里,不管是家中还是广场,都没有人能找到你,能看到你;你在宴席上带去盟友和朋友的妻妾,还把你年幼的儿子扔到那些女人中间,那是我的孙子,这岂不是让他在那种可塑且欠缺主见的年纪

---

[1] 马麦丁人,原指意大利坎佩尼亚出身、受叙拉古雇用的一伙佣兵,后叛离并聚占墨西拿(Messana)四处劫掠,当叙拉古人前来征讨他们时,他们在请求迦太基或罗马庇护之间摇摆不定,最终引发了迦太基和罗马的冲突,并造成第一次布匿战争。后来至少到公元前1世纪都用来指代墨西拿人,在此文中亦然。

[2] 副将,在共和国时期设于所征服行省的官职,为总督的助手。公元前1世纪起恺撒任命副将指挥军团,后成为惯例。

第六章 西塞罗

就从自己父亲的生活中学会恶行；你，身为一名行政官，却在光天化日下穿着束腰衣和紫色斗篷[1]；你，为了满足自我的纵情和欲望，把舰队指挥权从罗马副官那里夺走，送给一个叙拉古人；你在西西里的麾下士兵食不果腹，一整支属于罗马人民的舰队因你的奢靡和贪婪葬送于海盗之手；在你的任期，那个自叙拉古落成以来未曾受过外侮的港口开进了海盗的舰只；你的耻辱非同一般，罄竹难书，可竟然连遮羞之念都了无影踪，既懒得隐瞒，又不屑叫人忘却和噤口，反倒是可以将任何人，甚至军舰的船长，无缘无故地折磨和杀害，让他们再也得不到双亲的拥抱，哪怕他们的双亲正是你的朋友也不能阻止你，哪怕那些父母的悲伤和泪水也不能让你记起我来软化你的心肠；对你来说无辜者的鲜血不仅其乐无穷，而且有利可图。"若你的父亲对你如是说，你能不能向他恳求赦免，你能不能央他给予宽宥？[6]

这寥寥数例，或许并非西塞罗的海量演说当中最令人震撼的，但可以展现他的演说所具有的多样性。西塞罗年轻时，罗马雄辩家在风格上分为两派：年长者，以霍滕西乌斯为首，偏好亚细亚风格，有着丰富的修辞手段；年轻辈则自称阿提卡派（Atticists），追求极致简约，将吕西阿斯[2]（Lysias）视为典范。西塞罗觉得折中是最好的方法。他的天性偏向华丽，但凭缜密的学习约束了自己。不刻意避免修饰，也极少失于滥用。正如他心目中希腊最伟大的雄辩家狄摩西尼一样，西塞罗用变化多端的风格来适应不同的场合，而且如狄摩西尼那般成为了自己国家最伟大的雄辩大师。

西塞罗撰述哲学，意在令其公民了解希腊人的思辨成果，使他的努力不无裨益。如他本人所说：

哲学著作

---

[1] 束腰衣和斗篷都是希腊化的服装，作为罗马公民，在正式场合都应着托加。行省最高长官公开穿着束腰衣和斗篷在西塞罗看来是极为失节的。
[2] 吕西阿斯（约前445—前380），希腊职业演说词作家，以朴实无华见称。他为跛子领取国家年金所作的声辩《为跛子辩护》(*For the Cripple*) 和谴责三十僭主之一的《反厄拉多塞》(*Against Eratosthenes*) 较值得一读。

> 在我长久以来的反复思索和探寻中,再没有比帮助我的同胞和公民获得最高尚的学问来得更好的方法,让我能为尽量多的人做一些贡献,能永远对共和国的福祉有所助益。[7]

西塞罗正是怀着这样的目的来撰写论文的,在那些大部分为柏拉图式对话体的哲学文稿中,他罗列了希腊哲学学说中最重要的部分命题,譬如生活的终极目标、获得幸福的方法、责任、众神的本质等,并对自己坚信正确的内容作了强调。西塞罗没有追求思想上的独创性,但坚持判断的独立性。大体来说,他把自己视为新学园派的门徒,这一学派并不以绝对真理为诉求,只尽力寻找最有可能成为绝对真理的存在。西塞罗也会援引斯多亚学派甚至伊壁鸠鲁学派的论述,只要这些文字同他想要表述的观点相吻合,或是他想要反驳的。西塞罗在所有哲学著述中并没有保持前后一致,但仍可以找出他哲学的基石,那便是崇高的道德观、世界由神性支配的信仰和对不朽的渴望。其撰文的风格一如主题,充满高贵和安宁,但也随易见于对话体的小插曲而时有活力和生机。

西塞罗哲学作品的重要意义 对于专职研习古典哲学的人,西塞罗的论文殊为重要,这主要是由于它们含有大量作品已然缺失的希腊哲学家们的思想;对于探索文学的人,这些论文是可钦可佩的参考对象,既有通俗易懂的形式,又不失学术性和文字的巧夺天工;对于任何热爱人类思想史的人,这些作品无法忽视,因其影响后世致远致深。圣奥古斯丁[1](St. Augustine)和无数早期基督教会作家都承认在西塞罗的哲学著述中获益良多;中世纪的人文思辨以这些作品为根基;同时拉丁语也在很大程度上因这些作品的巨大影响力而作为记录哲学和科学思想的媒介传承下来,几乎到今日仍然具有生命。西塞罗向罗马人、向每一块大陆上的一代又一代人昭示了"通往最高贵之知识的道路"。他不仅成就了自己所希望的崇高追求,甚至还远远超越了自己的梦想。让那些责难西塞罗浅薄和浮夸的人去责难吧,他为全人类所做出的贡献是难以估量的。

---

[1] 圣奥古斯丁(354.11.13—430.8.28),拉丁名奥勒利乌斯·奥古斯提努斯(Aurelius Augustinus),西方教会中枢的主要人物,公认的古代基督教会最伟大的思想家,396年至430年任罗马帝国非洲希波主教。主要著作有《忏悔录》(Confessiones)及《上帝之城》(De Civitate Dei,又名《天使之城》)。

第六章 西塞罗

西塞罗的演说历经人世沧桑依旧堪称典范,他的修辞学论述或可称为一切后来理论的基石,他的哲学篇章对人类思想有长达数百年的深远影响。还没有提及的便是西塞罗的书信了。这些文字从某种意义上来说是其作品中最趣味盎然的,因为流露着情感,是只向亲密的友人所进行的倾诉,让我们得以窥见当时罗马重要人物间的私人关系,同时将历史中不被人所知的一些画卷展示出来。其中最早的一篇写于公元前68年,最晚的一篇写于公元前43年7月28日。西塞罗的友人们对这些书信进行了收集和整理,经他给予自由的奴隶提洛[1](Tiro)和他的出版人、最好的朋友阿提库斯[2](Atticus)或许还做了一些编辑。最终成卷的分成四类:十六卷写给各类人士——《致友人》(*Ad Familiares*),三卷写给西塞罗的弟弟昆图斯[3](Quintus)——《致手足昆图斯》(*Ad Quintum Fratrem*),十六卷写给阿提库斯——《致阿提库斯》(*Ad Atticum*),两卷写给布鲁图[4](Brutus)——《致布鲁图》(*Ad Brutum*)。原本致布鲁图的信札有九卷,但只有最后两卷得以留存。

这些信札从意义、长度和趣味上来讲大相径庭。有些仅是简短的致意或介绍,有些则是颇费笔力的论述;有些是西塞罗对最亲密的友人所流露的真情实感,有些则是事务性的照会或对萍水相逢者的偶一为书;有些写给政治派系的重要领袖,有些则写给无甚名气者;有些关于文学,有些关于私务,还有些关于历史中的只鳞片甲。其风格和语言根据内容而变化,总体上比西塞罗的其他文字要来得随性不羁,不同于文学创作,而有日常对话的显著特色。在其流放生涯中,西塞罗的书信流露出近乎怯懦的挫折感,显示出止不住的可怜和悲

---

[1] 提洛(Tiro),全名马库斯·图利乌斯·提洛(Marcus Tullius Tiro),死于大约公元前4年,生不可考。西塞罗的奴隶和秘书,在公元前53年被授予自由身。他还写过一本西塞罗的生平,但已失传。
[2] 阿提库斯(前109—前32),全名提图斯·庞培尼乌斯·阿提库斯(Titus Pomponius Atticus),罗马骑士,伊壁鸠鲁主义者,提图斯·庞培尼乌斯为本名,后长期居于雅典并深谙希腊文学,故改名阿提库斯。他的作品除了西塞罗的书信整理外一无所存。
[3] 昆图斯(前102—前43),全名昆图斯·图利乌斯·西塞罗(Quintus Tullius Cicero),是一名优秀的战士和行政官。
[4] 布鲁图(前85—前42),全名马库斯·朱尼乌斯·布鲁图(Marcus Junius Brutus),又名昆图斯·凯皮奥·布鲁图(Quintus Caepio Brutus),斯多亚学派学者,跟随庞培反对恺撒的主要人物之一。庞培失败后,恺撒原谅了他,但他依旧反对独裁,并成为公元前44年刺死恺撒的密谋集团首领。随后被安东尼和屋大维击败,终自杀。

内容的多样

哀,就好像在众多演说中洋溢出无比的自负,在控诉喀提林一派时过誉于自己的勇气和爱国心一般。不过这些都是他一时冲动的私语,而非对自我品格的刻意表达,且我们也不能无视西塞罗的意大利血统,这使他易于心起波澜,令自尊轻易变成自负,也往往将悲伤引至失节,这不能抹杀他衷心的诚挚和坚定。下面一篇致阿提库斯的书信悲调尤甚,写于公元前58年4月的图里[1](Thurium),在西塞罗的流放刚刚开始的时候:

> 特伦提亚经常热忱地对你表示谢意。这对我来说真是了不得的宽慰。我是最潦倒的活物,正在被最刺骨的悲伤所折磨。我不知道该向你写什么才好,若你在罗马,那收到信的时候就太晚;若你在路上,只要一到,我们马上就能一起把想谈的话谈个畅快。我对你所指望的全部,就是继续维系对我的感情,因为你所喜爱的是真正的我而不是其他。虽然我的敌人夺走了我曾拥有的东西,他们却夺不走我的自我,我依旧是从前的我。请记得保重身体。[8]

另一篇书信写给瓦罗(Varro),时值公元前46年,正是内战的多事之秋。信中西塞罗提到如何用文学来宽慰自己:

> 阿提库斯为我念了你的来信,让我知道了你的所为之事和所在之地,但我从信中其实一无所获,因为我们很可能马上要见到你。尽管如此,我还是止不住希望你的到来是马上的事。这对我总会是个安慰吧!但事实上,我是被如此之多、如此沉重的焦虑所压垮了,没人会指望有任何东西能缓解,除了傻子;可不论如何,也许你依然能给我某种帮助,或者是我给你。因为,请允许我这样对你说,自我来到这座城市起,我已经同一些旧友恢复了往日之谊——我是指我的书;其实,我并非因背叛才一度抛弃它

---

[1] 图里,亦作 Thurii 或 Thuria,意大利南部的古代希腊城市。罗马自公元前193年开始在此处殖民和驻军,先改名科皮阿(Copia),后恢复原名。

第六章　西塞罗

们的陪伴，只是庶几羞于面对。我曾想，当我陷身于内乱的旋涡，委身于一无可信之处的盟友时，并没有给那些书本的教诲以合适的尊重。可它们宽恕了我，它们叫我回到过去的亲密无间，至于你，据说比我更有智慧，从不曾离开书本。既然书本宽宥了我，当我再见到你，大概能从眼下的心事和恐惧中解脱吧。如是，只要有你陪伴，不管是按你的希望，在你的图斯库卢姆或库迈[1]（Cuman）乡居，还是在我最不愿意的罗马，只要我们能在一起，我就必定尽力让那个地方成为我们心中最宜人的所在。[9]

西塞罗的书信让我们能看到他更全面和深层次的个人特质，这是其他作品所无法做到的。他是个忠实且有情意的朋友，一个亲切的伙伴，一个好丈夫、好父亲，一个毫无保留的爱国者。西塞罗的政治生涯表明他不具备一个伟大的政治家所应具有的洞见，无法看清那个时代的种种变革是不可避免的，这令他为了维护早已没有存在价值的旧体制而苦苦挣扎。西塞罗对庞培一党的认同并不彻底，当然更不能同意恺撒的革新政策，其结果便是举棋不定、反复无常。但西塞罗的这种犹豫并非因为软弱，而是因为无法在他看来同属邪恶的两个阵营中做抉择。当他对自己的职责一目了然时毫不怯弱，例如在执政官年对抗喀提林；又及，当安东尼在军队的簇拥下反抗国政时，他慨然以共和国捍卫者之姿挺身而出；他还敢于拂逆恺撒的意旨，拒不回罗马，除非以庞培党人的公开身份回去。[10]在生活中，他的一切都可敬而谨遵道德良知；在文学领域，他居全世最杰出的伟人之列。

西塞罗的人格

尾　注

1 *De Oratore*, i, 15, 64.
2 *Ibid.*, 48, 34.
3 *Pro Ligario*, 1.
4 *Pro Lege Manilia*, 5, 11.

---

[1] 库迈，意大利古城，在那不勒斯以西十九千米处。公元前338年被罗马征服。

5 *Pro Archia Poeta*, 7, 16.

6 *In Verrem*, ii, v, 52.

7 *De Divinatione*, ii, 1.

8 *Ep. ad Atticum*, iii, 5, 引自 Shuckburgh 的英译。

9 *Ep. ad Familiares*, ix, 1, 引自 Shuckburgh 的英译。

10 *Ep. ad Atticum*, ix, 18.

第七章　恺撒——萨卢斯特——其他散文作家

恺撒，公元前 102 年（可能）至前 44 年——希提乌斯，公元前 43 年卒——欧庇乌斯，公元前 44 年后卒——恺撒诸记事录的续篇——萨卢斯特，公元前 86 年至前 35 年——科涅利乌斯·内波斯，公元前 100 年至前 30 年后——瓦罗，公元前 116 年至前 27 年——阿提库斯，公元前 109 年至前 32 年——霍滕西乌斯，公元前 114 年至前 50 年——卡利狄乌斯，公元前 47 年卒——卡尔乌斯，公元前 87 年至前 47 年——布鲁图，公元前 78 年（可能）至前 42 年——科尼菲齐乌斯，公元前 41 年卒——昆图斯·西塞罗，公元前 102 年至前 43 年——提洛——尼吉狄乌斯·菲古卢斯，公元前 45 年卒——奥勒利乌斯·欧庇利乌斯——安东尼乌斯·尼弗——庞庇利乌斯·安得罗尼库斯——萨恩特拉——塞尔维乌斯·苏尔皮西乌斯·鲁夫斯

　　比之西塞罗，恺撒的生平更是属于罗马史范畴而非文学史。故此不得不仅以扼要的方式概述。

　　普遍认为盖尤斯·尤利乌斯·恺撒（Gaius Julius Gaesar）生于公元前 100 年，但真实日期可能在两年之前。他是贵族出身，其家族自称是埃涅阿斯之子阿斯卡尼乌斯（Ascanius）又名尤卢斯（Iulus）的后裔[1]。当恺撒还不到十五岁时，马略安排其担任朱庇特的祭司，后未及成年就同辛那[2]（Cinna）的女儿科涅利亚（Cornelia）联姻，苏拉曾因恺撒拒绝同科涅利亚离婚而差点儿流放他。这一系列事件使得有着贵族出身的年轻恺撒成为平民派系的一员。公元前 67 年，他成为上西班牙（Father Spain）的度支官，公元前 65 年当选贵族民

恺撒的早年

---

[1] 根据传说，埃涅阿斯在特洛伊陷落后前往意大利并建立了罗马和阿尔巴隆加（Alba Longa）的前身拉维尼乌姆（Lavinium），他死后其子继位，又建立了阿尔巴隆加。
[2] 辛那，全名卢西乌斯·科涅利乌斯·辛那（Lucius Cornelius Cinna），生不可考，死于公元前 84 年。罗马政治家，公元前 87 年至前 84 年的执政官，平民派领袖。他趁苏拉离开意大利的时机，将马略从非洲召回罗马，一同自封为执政官，宣布苏拉为共和国公敌，废除他制定的法令，并清洗他的党羽。马略死后他继续担任执政官，当苏拉要返回罗马时他召集起一支军队准备抵抗，但在开战前因哗变被刺身亡。

政官[1]（curule aedile），凭借操办公众节日和活动的大手笔渐获殊名，到公元前63年更获得大祭司这一终身的罗马宗教领袖头衔。

公元前62年恺撒当选行政官一职，来年前往上西班牙担任总督。在那时，他已经因风流放荡和不择手段的煽动力而闻名了。这些奢靡的个性令他债台高筑，债务总额要超过相当于一百万美金的财产。但在其行省的任期当中，凭着军事上的胜利和优异的行政手腕，恺撒不仅足以应付债务，还声名鹊起。

公元前60年，恺撒返回罗马，旋即同庞培和克拉苏结成史称的前三头同盟，根据三人间的约定获得了公元前59年的执政官职位和将来五年的高卢统治权。为巩固政治联合，他将自己年轻貌美的女儿尤利亚（Julia）嫁给庞培。公元前56年，恺撒与庞培、克拉苏会晤于卢卡[2]（Lucca），同席的还有众多元老院成员以及三人的追随者们。这次会晤达成协议，恺撒将继续统治高卢直到公元前49年，庞培和克拉苏则将在公元前55年当选执政官，并在来年分别获得叙利亚和西班牙作为自己的势力范围，为期五年。这一协议履行得很顺利。公元前54年，克拉苏前往叙利亚，但在次年的卡雷战役[3]（Battle of Carrhae）中丧命。同年，庞培的妻子尤利亚去世，庞培也留在了罗马而没有前往自己的势力领地西班牙，旋即同恺撒发生公开的矛盾。当高卢的战事完结，元老院一派在庞培的领导下命令恺撒解散军队。后者拒绝执行，除非庞培同样放弃自己的兵权。于是内战爆发，恺撒渡过代表自己势力范围边界的卢比孔河[4]（Rubicon），庞培撤往希腊，在公元前48年败于法萨卢斯，接着在逃

---

[1] 贵族民政官，跟早期的民政官（aedile）相比，贵族民政官是后期官职，可能起于公元前365年。自那时起民政官人数增加到四人，两人为贵族阶级出身的贵族民政官，两人为平民阶级出身的平民民政官（plebian aedile）。贵族民政官有更多荣誉性的权力，例如象牙宝座（Cella Curule）、紫杉托加（Toga Praetexta）、在元老院发言时的优先权等。
[2] 卢卡，拉丁语作 Luca，意大利中北部城市，现托斯卡尼区卢卡省省会。
[3] 卡雷战役，克拉苏率领共约四万四千人的七个罗马军团进攻美索不达米亚，在卡雷遭安息人的伏击而败北。
[4] 卢比孔河，在罗马共和国时代，这是山南高卢与意大利的分界线。公元前49年恺撒率军越过此界，违反了行省将军不得带兵越过所驻行省的法律，等于是向罗马元老院宣战，故此被视为三年内战的开端。

第七章　恺撒——萨卢斯特——其他散文作家　　　　　　　　　　97

往埃及后被杀害。公元前46年,元老院派终于在非洲的塔普苏斯战役[1]（Battle of Thapsus）中败北垮台,他们当时的领袖小加图[2]（Cato）自尽于乌提卡[3]（Utica）。

随后恺撒回到罗马,让自己获得大统帅[4]（imperator）和终身独裁官的头衔,将整个国家的权力揽于一身。自此,所谓共和政体便只是君主制之实薄薄的遮羞帐了。恺撒于在位的短暂时间内完成了历法改革,推行了大量改善政制的重要变革,但不管元老院曾经多么胡作妄为,什么都无法消弭那些希冀恢复元老院权威的人所怀有的憎恨。公元前44年3月15日[5],以布鲁图为首的一批谋乱者在元老院大厅将恺撒刺杀。

恺撒的现存作品共有七卷的《高卢战记》（Commentaries on the Gallic War）（涵盖年份自公元前58年至前52年）和三卷《内战记》（Commentaries on the Civil War）（涵盖年份自公元前49年至前48年）。他还写过一些诗歌、一本《论星辰》（On the Stars）、两卷《驳加图》（Against Cato）,以及零星语法或修辞学方面的随笔,这些作品连同他广受赞誉的演说一道,均已失传。恺撒的书信在古代曾有保存,但除了出现在西塞罗书信中的极少片段,现已无迹可寻。恺撒确有意发表自己所写的公元前52年至前49年间的备忘录、埃及战事中的记录和其他一些文字,但并没有付诸实行。

恺撒撰写《高卢战记》的时间可基本确定为公元前51年,那时其与庞培还甚为友好。这位面容白皙、身材瘦削、举止优雅的男人具有充沛的精力,不满足于征服北方好战部落和随后击败训练有素的共和国军团的伟业,还在史上伟大的叙事作家当中获得了显赫的一席之地。这篇战记写得很快[1],带有两

——————————

[1] 塔普苏斯战役,发生于公元前46年2月6日。是为罗马内战期间恺撒对元老院派系的最后一次打击,此战后恺撒成为罗马的实质独裁者。塔普苏斯是位于北非的一处海港。
[2] 小加图（前95—前46）,老加图之孙,全名马库斯·波西乌斯·加图·乌提卡斯（Marcus Porcius Cato Uticensis）,其别名源自他自杀的地点乌提卡。他在内战中是坚定不移的反恺撒派,且为人正直,对当时的社会腐败深恶痛绝。
[3] 乌提卡,今作 Utique,传说中腓尼基人在北非沿岸建立的最早定居点,位于突尼西亚迈杰尔达（Majardah）河口。一度是仅次于迦太基的非洲名城。
[4] 大统帅,在共和罗马时期,这一头衔指得胜的将军。
[5] 原文中为 Ides,这在罗马历法中指3月、5月、7月、10月的15日和其他月份的13日。

个目的：一是显示恺撒为增添罗马的荣耀和权威所做的一切；二是向诽谤者昭白自己对高卢进行的征服绝非无端的野心使然，而是受种种环境所迫。个中事实多半出自军队的官方记录，另有恺撒的回忆为补充，也可能参考了他的私人日记。他的行文风格跟西塞罗相比较确是迥异非常。后者以毫不掩饰的自负在一切可能之处夸耀着自己的崇高品格，而前者却将自己隐没在文字背后，永远以第三人称叙述自己的经历，仿佛所描述的一切是另一个人的事。这使得恺撒的文字从表面看来相当中立，但细心阅读不难发现，作者的所作所为总是以最为正面的方式来记述，他所获得的胜利被冠以无可复加的重要意义，而他的挫折则被更为轻巧地掠过。《高卢战记》不能当作十分准确的叙事史阅读，而更像是在历史外衣包裹下为恺撒的行为加以正当化的说明。

恺撒的创作风格　　恺撒的文风删华就素，清晰、简洁而冰冷，不染一丝牵强的修辞法装饰，但因穿插其中的种种描述、演讲、对话和各形各色的动人细节，对逐次战役的记述依旧形式多样、栩栩如生。他常常借机突显麾下士兵的英勇之举，例如在记述戈高维亚[1]（Gergovia）围城战时，他对一位百夫长的慨然赴死是这么描述的：

> 马库斯·佩特罗尼乌斯（Marcus Petronius）乃此军团一百夫长，在试图攻克城门时，被众敌围困，生还无望。当身被数创，他对麾下战士们说："虽同生无望，但求勿共死，你们身处险境，是我贪功所致。待良机一到，只管自己求生。"旋即冲入敌阵，斩杀二人，把余下之敌稍从城门下逼退。其同伴欲来救援，他厉喝："救我也是徒劳，我的血液正在流干，力气正在枯竭。速退，趁此时机，撤回军团。"不时，力战而亡，其同伴性命得存。

这份关于高卢战事的历史记述在发表时采用了一个低调的名称"笔录"[2]（Commentarii），但恺撒完美的简洁文风与之相得益彰，后世无人有过加以改

---

[1] 戈高维亚，古凯尔特部落阿维尔尼人（Arverni）的首府，公元前52年该部落在首领韦辛格托里克斯（Vercingetorix）的率领下抵抗恺撒，并一度于此处击败罗马人，但最后还是战败而降。

[2] 《高卢战记》为中文意译，若按拉丁原文直译则为"关于高卢战争的笔录"。

动的念头。

其三卷《内战记》与《高卢战记》禀性颇似，但可钦可赞之处略为见少。从外在来看，有一点是跟《高卢战记》不同的，《高卢战记》的每一卷分别对应一年，而《内战记》的头两卷均用来叙述头一年的经过。从历史价值来看，两者并无大异，而文采上《内战记》则要落了下乘，况且还掺杂些许故意的谬言。这本书也许写得很仓促，也未经修改润色，此一假设或能说通其中的部分瑕疵。恺撒的某个从官也许为这本书的发表做了准备，负责将恺撒遗漏未记的部分战役加以补充完整的也可能正是他。

《内战记》

在为恺撒续写战事录的作者当中，奥卢斯·希提乌斯（Aulus Hirtius）是最出色的。他是恺撒在高卢时的部下，曾以代理人的身份被派往罗马，深得信任，公元前49年时也随恺撒逗留在罗马。希提乌斯在内战中的角色不甚明了，但据本人所称，未亲临亚历山大城和非洲的战事。公元前46年经恺撒提名成为行政官，公元前43年当选执政官，同年在对阵安东尼的穆蒂纳战役[1]（Battle of Mutina）中阵亡。在唯一归于他名下的作品——《高卢战记》的第八卷中，他所显示出的作家才能要逊色于恺撒，但并非一无是处。这一卷写得颇费苦心，有明显的模仿恺撒的痕迹。关于《亚历山大城战记》[2]（Alexandrian War）是出自希提乌斯还是盖尤斯·欧庇乌斯（Gaius Oppius）之手则无定论。欧庇乌斯属于骑士阶级，是恺撒的支持者，也是其在罗马的代理人之一。恺撒死后，他投向屋大维的阵营，并敦促西塞罗做同样的抉择。欧庇乌斯应该死于公元前44年之前。《亚历山大城战记》的行文风格与《高卢战记》第八卷类似。《非洲战记》[3]（African War）和《西班牙战记》[4]（Spanish War）

恺撒记事录的续篇

88

---

[1] 穆蒂纳战役，屋大维联合德齐穆斯·布鲁图（Decimus Brutus）以及两位前执政官共同打败安东尼，迫使安东尼退往山外高卢（Transalpine Gaul）南部。穆蒂纳为今摩德纳（Modena）。

[2] 《亚历山大城战记》，拉丁语为 Bellum Alexandrinum，是内战记的续篇，记述了恺撒为追踪庞培前往埃及后的经历，包括解决埃及王位继承的争端，将艳后克里奥佩脱拉（Cleopatra）扶为女王。全书以恺撒在泽拉（Zela）的胜利结尾。

[3] 《非洲战记》，拉丁语为 De Bello Africo，即"关于非洲的战争"，记述恺撒在非洲行省同维护共和制的对手作战的经历。

[4] 《西班牙战记》，拉丁语为 De Bello Hispaniensis，即"关于西班牙的战争"，其内容为恺撒在伊比利亚（Iberian）半岛进行的战事。

则出于逸名作者之手[1]，前者的风格庸俗浮夸，后者则踌躇乖张。这些作品能拥有一定的文学意义，多少是因为其显出了恺撒和他同时代凡常罗马人之间的文学素养是多么天差地别。

恺撒那些无可模仿的战事笔录所记述的，是作者本人的事迹，是一切所述事件的主角的所见所闻。它们并非充分进行历史研究后的产物，也不意欲就事件进程和前因后果给读者全方位多角度的了解。严格意义上，它们不能算历史，而是表述精纯、可资利用的史料。更早期的罗马作家如瓦勒里乌斯·安提阿斯（Valerius Antias）、科涅利乌斯·锡塞纳（Cornelius Sisenna）等人（见原文第43页）所记录的历史仅仅是编年体，同样欠缺仔细的考察和文学加工。萨卢斯特（Sallust）方为第一位真正意义上的罗马历史学家。

89 萨卢斯特

盖尤斯·萨卢斯提乌斯·克里斯普斯（Gaius Sallustius Crispus）[Sallust 为英译名，这是拉丁原名——中译者注]生于公元前86年的萨宾乡村城镇阿米特努姆[2]（Amiternum）一户平民家庭。在某个无法考证的时期他被选为度支官，公元前52年成为保民官。其人生早期挥霍无度，据说其父亲因此郁结身亡。公元前50年，萨卢斯特被监察官阿庇乌斯·克劳狄乌斯[3]（Appius Claudius）和卢西乌斯·皮索（Lucius Piso）[指卢西乌斯·卡尔普尼乌斯·皮索·凯索尼努斯——中译者注]逐出了元老院，次年得恺撒指名才再度当上度支官，重获元老院席位。公元前48年，他在伊利里亚[4]（Illyria）指挥一个罗马军团，第二年被恺撒派去镇压坎帕尼亚士兵的哗变。公元前46年他在非洲战事中担任行政官

---

[1] 关于《亚历山大城战记》、《非洲战记》、《西班牙战记》的作者尚无确切定论，恺撒、希提乌斯和欧庇乌斯都被认为有可能是上述战记的作者。

[2] 阿米特努姆，意大利古城，现拉奎拉（L'Aquila）北八千米处，公元前293年被罗马人攻占。

[3] 阿庇乌斯·克劳狄乌斯，全名阿庇乌斯·克劳狄乌斯·普尔刻（Appius Claudius Pulcher），罗马名门克劳狄家族成员。生不可考，公元前49年死于希腊。是公元前57年行政官、前56年萨丁尼亚地方官、前54年执政官、前53年西利西亚总督和前50年监察官。他是反对恺撒的庞培派一员。

[4] 伊利里亚，巴尔干半岛西北部地区，此处指罗马伊利里亚行省。南至德里隆河（Drilon River，今阿尔巴尼亚的德林[Drin]河），北至伊斯特拉半岛（Istria，今斯洛文尼亚和克罗地亚），东至萨瓦（Savus）河。

一职,并于同年末成为努米底亚[1](Numidia)总督[2](Proconsul)。借这一职缺,萨卢斯特搜刮敛财致富,在奎里纳尔[3](Quirinal)购置了一处别墅和花园,自此全心投入历史写作直至公元前35年去世。

萨卢斯特的作品有《同喀提林的斗争》[4](*The Conspiracy of Catiline*)、《朱古达战争》[5](*The Jugurthine War*)以及《历史》(*Histories*)。头两本保存完整,但记述了公元前78年至前67年间所发生事件的《历史》只有一些片段保留下来,外加以修辞学教本的形式被发表和收集的、作为《历史》的插入部分的四篇演讲和两封信件。有两封写给恺撒的信和一篇驳斥西塞罗的演讲被冠以萨卢斯特之名,实系伪造。

萨卢斯特的文字流露出对贵族党群的反感和对平民派系的支持。在他笔下,元老院的腐朽和贪婪描述得绘形绘色,平民领袖马略的胜利和美德则显得光彩夺目。有些时候他甚至因政治倾向而歪曲了事实,尽管这种失实算不得严重,并没有破坏其历史学方面的价值。萨卢斯特没有满足于单纯对史实进行干瘪的叙述,更着力去捕捉其笔下大小事件主要人物内心深处的情感和动机,甚至对整个人类群体进行剖析。他的正文以带有哲理的概述为序,这些哲理有时同将要进行的主题并无必然的联系。他的风格泼辣且富有修辞技巧,频繁使用古词,其中大半来自大加图的作品。修昔底德也是萨卢斯特明显模仿的对象,同前者相似,他会在水到渠成的情形下插入杜撰但行文合宜的演讲和信函。这些特立独行使他的作品有一种别致的趣意,也使他从古至今一直

萨卢斯特的作品

萨卢斯特的创作特色

---

[1] 努米底亚,罗马时期非洲撒哈拉沙漠以北地区,大致相当于今阿尔及利亚。努米底亚行省的正式建立是奥古斯都时期的事情。

[2] 虽原文如此,但根据狄奥·卡西乌斯(Dio Cassius)的记述,且考虑到萨卢斯特从未当选执政官或补缺执政官但此前又担任行政官,此官职表述为仲裁官(governor)或前行政官总督(propraetor)应更恰当。

[3] 奎里纳尔,古罗马城周围七座小山——罗马七丘之一,七丘是传说中罗马的发源地,也是罗马宗教、政治的象征。

[4] 《同喀提林的斗争》,萨卢斯特的第一部作品,写于公元前43年至前42年,拉丁语为 *Bellum Catilinae*,即喀提林战争。此作品记述了喀提林的野心所造成的种种罪行和危害,对罗马政治的腐败进行了揭露,同时对恺撒和大加图赞誉有加,称其为公民美德的代表。

[5] 《朱古达战争》,萨卢斯特的第二部作品,写于公元前41年至前40年,拉丁语为 *Bellum Jugurthinum*。朱古达是努米底亚国王,在公元前2世纪末开始起兵反抗罗马。这一著作的着眼点是这场战争如何导致了罗马国内的党派争端,以及造成这一切背后的贵族集团的罪恶。

毁誉参半。下文是《同喀提林的斗争》开场的一段，这些简短摘选的译文或可揭示萨卢斯特文笔的某些特征：

> 普天下人凡欲胜于他类者，皆必殚谋戮力；牛马牲畜，除果腹无他念，盖天性使然，人若如斯，则庸碌无闻。然人者以精魂为大能，躯骸次之；魂令魄禁，躯行身止；人之魂可与神媲，若无魂则与兽禽同然；依余观之，求勋章之伟，凭七尺之强，不若思冥之睿；逝者如斯，冀后世蒙荣，需行绩入史，遂相传不殆。[2]

他对罗马城在察觉喀提林的阴谋之可怕时发生的惊恐所作的记述，则展现了萨卢斯特生动的叙事功底：

> 这些事让国体纲宪为之摇动，整座城市谈之色变。长久的和平所带来的无上欢愉和嬉乐，转瞬即变成彻骨的沮丧。在恍惚奔忙、跌撞踯躅中，人们开始狐疑一切，不管在哪，不管对谁。战端未启，安宁已破，每个人都拿自己的惧怕为尺，丈量着危难的程度。[3]

接下来一段是马略对罗马人所作演说的开头，从中可见萨卢斯特的修辞风格以及对于对偶和描述性定语的偏爱：

> 奎里斯[1]（Quirites），据我所知，大部分人得到权力后的行为同之前并不一样，起先他们勤勉、恭敬、自制，后来却在懒散和倨傲中度过余生。我看这与正确的做法恰恰相反，整个共和国的兴衰比起执政官或行政官的尊威来要贵重多少，照管好前者所应付出的心血就应比追求后者所投入的精力要多几分。我同样清楚，在恳求你们给予我这莫大的荣耀之时，

---

[1] 奎里斯，罗马公民，尤其专指平民阶层。Quirites 是复数格，单数为 Quiris。据李维所记载："从那以后城市的规模扩大了一倍，人们将自己称为奎里斯作为对库宾人的一种礼让，因为他们以前的首都叫奎里（Cures）。"（Titus Livius, Editor Ernest Rhys, Translator Rev. Canon Roberts, *The History of Rome*, 1.13）

第七章　恺撒——萨卢斯特——其他散文作家　　　103

我正在自寻巨大的艰险。要在准备战争的同时节省国帑,要强迫那些无人希望冒犯的人物履行军役,要操心国内和海外的一切,这还不算,身边充斥着妒忌、作对和煽动,这一切比你们想象的还要困难,奎里斯。

萨卢斯特的作品中编造的痕迹确实明显,但也富有趣味和生气,能经常兼顾简明与传神。后世作者受其影响着实不小,尤其是最伟大的罗马史学家塔西陀(Tacitus)。另外必须明白的一点是,《同喀提林的斗争》也好,《朱古达战争》也罢,都远不及失传的《历史》。萨卢斯特在那部更成熟更有价值的作品中或许已杜绝了现存作品在行文上的种种疵漏。

科涅利乌斯·内波斯(Cornelius Nepos)是一位比萨卢斯特索然无味得多的作家。他同卡图卢斯和若干其他作家一样是北方人[1],后来才前往罗马,出生地可能是波河[2](River Po)河畔的提契努[3](Ticinum)。关于他的一生所知寥寥,可能生于公元前100年略早,死于公元前30年略晚。卡图卢斯、西塞罗的朋友阿提库斯·庞培尼乌斯(Atticus Pomponius),或许还有其他罗马文人都是内波斯的友人。他的作品有部分是爱情诗,其余全为历史和人物传记,分别是关于天下纵横史的《年代学》(Chronica)三卷,创作时间可能早于公元前52年;关于罗马人处事方式和风俗的《逸事集》(Exempla)五卷;《(大)加图生平》(Life of Cato);《西塞罗生平》(Life of Cicero);一篇风物志;以及最后所作题献给阿提库斯的《名人传》,发表于公元前35年至前33年间,是多位杰出人物的传记集,另在公元前31年至前27年间将阿提库斯的生平补录入此书。这一作品至少有十六卷,以每两卷为一单元,分别介绍一名罗马人物和一名他国人物,其中有国王、将军、政治家、雄辩家、诗人、哲学家、历史学家和语法学家。

科涅利乌斯·内波斯

内波斯的全部作品中留存下来的只有《名人传》中关于别国将军和大加

内波斯作品的水准

---

[1]　更确切地说,都是山南高卢地区的人。
[2]　波河,意大利境内最长的河流,西起科蒂安阿尔卑斯山脉(Cottian Alps)维佐峰(Monte Viso)山群,东入亚得里亚海,全长六百五十二千米。
[3]　提契努,现今的意大利北部城市帕维亚(Pavia),位于提契诺(Ticino)河与波河汇流处的上方。

图、阿提库斯的部分以及写给格拉古(Gracchi)兄弟之母科涅利亚[1](Cornelia)的信稿残篇。《名人传》异国篇包含二十名希腊将军的生平和某些率领过军队的国王的概况以及哈米尔卡[2](Hamilcar)和汉尼拔(Hannibal)的传记。内波斯所参考的文献相当权威,有修昔底德、色诺芬[3](Xenophon)、泰奥彭波斯[4](Theopompus)、波利比奥斯(Polybius)和汉尼拔等人的著说,惜乎欠缺细致加工和批判精神,对每一个主题的最紧要素材参考得不尽完整。他在历史和地理方面存在谬误,材料的编排结构比较糟糕,让琐碎的野史占去了本应用于重大事件的笔墨。《名人传》被用作拉丁语的入门教材,并非由于文学价值,而是因为其行文风格总体可算脉络清晰,也不是那么风雅艰深;其句式结构简单,涉及的内容引人入胜。

在西塞罗时期,马库斯·特伦提乌斯·瓦罗(Marcus Terentius Varro)算是最为多产且博学的作家之一。他生于公元前116年萨宾境内的里亚特[5](Reate)。在罗马,他师从卢西乌斯·埃利乌斯·斯提洛(Lucius Aelius Stilo);在雅典,他的导师是阿什凯隆的安条克(Antiochus of Ascalon)。公元前76年曾到西班牙服役,公元前67年在对海盗的作战中表现可圈可点。他可能一直在庞培麾下服役,并参与了同米特拉达梯人的作战。内战中,他在庞培一边,但被迫率领自己的军团向恺撒臣服。之后他在伊庇鲁斯的科尔丘拉[6](Corcyra)和拉基乌姆[7](Dyrrhachium)逗留。恺撒胜利后,瓦罗接受

---

[1] 科涅利亚,活动于公元前2世纪,是改革家格拉古兄弟的母亲,其父为大名鼎鼎的大西庇阿(Publius Cornelius Scipio Africanum Major),精通文艺,风采出众。共生有子女十二人,仅二子一女长大成人。
[2] 哈米尔卡(Hamilcar Barca,? —前229),迦太基将军,汉尼拔之父,在第一次布匿战争末期指挥西西里的迦太基军队,后亲自签订同罗马的停战条约。
[3] 色诺芬(前431—前350),希腊历史学家,被誉为有史以来第一个新闻记者。他出生于阿提卡,后投入苏格拉底门下,在斯巴达获得国王阿格西劳斯二世(Agesilaus II)的赏识,晚年居住在雅典,死于阿提卡。他的作品包括《远征记》(Anabasis)、《财源论》(Ways and Means)、《马术》(On Horsemanship)、《骑兵队长的职务》(Cavalry Officer)、《苏格拉底的答辩》(Apology)、《会饮篇》(Symposium)、《回忆苏格拉底》(Memorabilia)和《居鲁士的教育》(Cyropaedia)。
[4] 泰奥彭波斯(Theopompus of Chios),希腊历史学家、修辞学家,生于公元前380年前后,卒不详。他两次遭放逐,曾居于雅迪和埃及,其作品以历史为主,有《希腊史》(Hellenica)、《腓力世家》(Philippica)。
[5] 里亚特,今意大利中部拉齐奥区城市列蒂(Rieti),古代萨宾人的定居地。
[6] 科尔丘拉,今科孚(Corfu),爱奥尼亚海上的岛屿。
[7] 拉基乌姆,今都拉斯(Durres),阿尔巴尼亚最大的海港。公元前48年恺撒曾在此败给庞培。

了新的政治体系,被任命主持公共图书馆。恺撒死后,他受到安东尼的迫害,但忠实的友人挽救了他的性命,使他得以安宁地度过余生,继续从事文学创作,直至九十岁去世(公元前27年)。

瓦罗笔下的作品数量众多且类型各异。其中七十四部的标题为我们所知,而单独成册的更多达六百二十篇。其中有诗歌、语法研究、历史、风物志、法律、修辞学、哲学、数学、文学史和文学教育、小品式随笔、演说、信件。保留至今的作品有:共三卷、完整留存下来的《论农业》(*De Re Rustica*);原二十五卷,现余六卷(第五至第十卷)的论述《论拉丁语》(*De Lingua Latina*);《迈尼普斯式杂咏诗》(*Saturae Menippae*)中的大量断章;以及其他作品中的部分残篇。另存一部以他的名字命名的格言集可能是伪造的。

瓦罗的作品

瓦罗的现存作品

《迈尼普斯式杂咏诗》的行文是散韵交织,模仿公元前3世纪左右的犬儒主义哲学家迈尼普斯[1](Menippus)的风格,可能写于瓦罗创作生涯的早期。人世间几乎所有的羁绊都可以成为这种诗内在讽刺脉络的血液。现存的诗行显示出一定的韵律工整性和不小的幽默感,可还是能明显看出瓦罗在诗歌方面算不上杰出,其缺失的其他诗作也就不那么令人扼腕了。三卷的《论农业》采用对话体,对农业的专门知识、畜类养殖、家禽、狩猎和渔业进行了系统的阐述。文中的对白很生硬,主题各个部分之间的编排也不尽自然。其内在信息确有价值,但外在文学表现则魅力平平。《论拉丁语》主要探讨词语的衍进和屈折变化,还在第十四、第十五卷专门谈论了语法。瓦罗的语源学观点经常有误,对屈折变化的理解也不太科学,但此书对拉丁语和罗马古文物的学习者极具价值。这部作品用毫无润饰的笔法写成,常常令人感到枯燥,事实上几乎不能算文学作品,而是专项论文。瓦罗的学识极其渊深,兼有惊人的勤勉,但不擅长文学的艺术。在其失散的作品中,最为重要的可能是共四十一卷的《神

---

[1] 迈尼普斯,希腊哲学家,创作时期在公元前3世纪,信奉犬儒主义哲学,创立了迈尼普斯式杂咏体,其特征是既庄严又诙谐,散文同诗混合。模仿这种风格的有瓦罗、小西庇加和卢奇安(Lucian)等,因此它也被称为瓦罗式杂咏体(Varronian Satire)。

人古志》[1]（*Antiquitates Rerum Divinarum Humanarumque*）以及十五卷的《群像》（*Hebdomades* 或 *Imagines*）。后者以诗和散文混杂的方式介绍了七百位希腊和罗马名人的简短生平，并附有每一个人的画像。瓦罗的作品是一个浩瀚的信息库，但没有理由认为其具有伟大的文学价值。

阿提库斯　　这一时期的其他散文作家可以匆匆带过。大部分人除了名字以外没留下什么，作品也全部无存。其中最值得一书的是提图斯·庞培尼乌斯·阿提库斯（Titus Pomponius Atticus）（公元前109年至前32年），内波斯（Cornelius Nepos）写过他的生平。阿提库斯家境富裕，弃绝了公众生活投身文学，不仅自己写作，还为其他作家发表作品，并给予友善的帮助。他同西塞罗的友情之前已经提到。阿提库斯的创作是历史方面的，最重要的一部为《年代记》（*Liber Annalis*），是自罗马建城直到公元前49年的编年体概要式历史。他的其他作品包括传记或系谱以及为名人画像所配的介绍性韵文。

其他次要雄辩家　　雄辩家昆图斯·霍滕西乌斯·贺塔卢斯（Quintus Hortensius Hortalus）（公元前114年至前50年）主要因西塞罗而为今所知。他是西塞罗所指控的维瑞斯（Verres）的辩护人，也是西塞罗所支持的马尼利乌斯法（Manilian Law）反对派的发言人，另在其他几桩案件中，他的诉讼对手都是同一个由西塞罗主持辩护的主顾。霍滕西乌斯在罗马是华丽的亚细亚派雄辩术的标志性人物。在追求简约的阿提卡（Attic）派雄辩家当中，最突出的几位是：公元前57年的行政官、死于公元前47年的马库斯·卡利狄乌斯（Marcus Calidius），在本书原文第62页作为诗人被提及的卡尔乌斯（公元前87年至前47年），刺杀恺撒的密谋集团首领马库斯·朱尼乌斯·布鲁图（Marcus Junius Brutus），以及本书原文第64页同样作为诗人被提及的科尼菲齐乌斯。

昆图斯·西塞罗　　马库斯·西塞罗的弟弟昆图斯·图利乌斯·西塞罗（Quintus Tullius Cicero）（公元前102年至前43年）也是一个文人，虽比其兄长要逊色很多。公元前54年，作为恺撒在高卢的军官，他写了几部明显翻译自希腊作品的悲

---

[1] 其中有二十五卷讲凡人之事，十六卷讲关于神的古闻，这部作品显示出瓦罗对罗马古代历史的深厚学识。

剧。他同时也为恺撒在不列颠的征战创作过编年记和一篇叙事诗。昆图斯现存的文稿是写给提洛的三封信和写给其兄西塞罗的一封信，以及一篇关于执政官候选资格的论述（Essay on Candidature for the Consulship），其形式是写给西塞罗的书信，是时为公元前64年，他正是此职位的候选人。这篇文稿为研究罗马政治人物的种种手段提供了一些有趣的素材，但文学价值甚少。马库斯·西塞罗的第一封《致昆图斯的信》（Letters to Quintus）是一篇关于如何统治一个行省的类似论文，那时昆图斯刚进入作为亚细亚总督的第三个年头，即公元前59年。另一个与西塞罗关系密切的作家是被他授予自由的提洛，同时也是他的朋友，为他写了传记，编辑他的演说和信件，收集他的警句妙语，另外还写过语法方面的文章，自创了一套速记法。

　　公元前58年的行政官、在流放中死于公元前45年的普布利乌斯·尼吉狄乌斯·菲古卢斯[1]（Publius Nigidius Figulus）有语法、神学和科学方面的作品，但与文学基本无关，且均缺失。另外一些作家的语法和修辞作品也不必在这里哪怕用简短的篇幅加以介绍，他们分别是奥勒利乌斯·欧庇利乌斯[2]（Aurelius Opilius）、安东尼乌斯·尼弗（Antonius Gnipho）[即马库斯·安东尼乌斯·尼弗——中译者注]、马库斯·庞庇利乌斯·安得罗尼库斯[3]（Marcus Pompilius Andronicus），以及其他曾给这一时期最杰出的作家、雄辩家们上过课但作品没有保留下来的人。语言学家、历史学家和诗人萨恩特拉（Santra）比瓦罗略年轻，古人认为他的作品有一定价值，但我们现在已无法明判这价值出于何方。此时期最优秀的法理学家是塞尔维乌斯·苏尔皮西乌

96

提洛

专门学科的作家

---

〔1〕 普布利乌斯·尼吉狄乌斯·菲古卢斯，虽然与文学没有太大关联，但他的名声在当时仅次于瓦罗。他是西塞罗的友人，内战中支持庞培，因此遭流放。其思想包含很多神秘的东方信仰和占星术，作品充满神秘莫测的题材。其作品包括最早的罗马宗教全面论述《论众神》（De Dis）、《文法概览》（Commentarii Grammatici）、《论祭牲之肉》（De Extis）、《论风》（Augurium Privatum）、《论动作》（De Gestu）等。

〔2〕 奥勒利乌斯·欧庇利乌斯，自由民出身，写过不少作品，并将其中九本分别以缪斯九女神的名字来命名。

〔3〕 马库斯·庞庇利乌斯·安得罗尼库斯，出生于叙利亚，伊壁鸠鲁主义者，其作品有对恩尼乌斯的《编年记》（Annals）的批评。

斯·鲁夫斯[1]（Servius Sulpicius Rufus），他写给西塞罗的两封信被保存在后者的信件集中（*Ad Familiares*, iv 5, iv 12），这给他的写作风格做了很好的注解，但也是其唯一现存的文字了。关于一切当时为人所知的学问，都有形形色色的作家在进行创作，但在这本文学简史当中没有篇幅来讨论他们业已失传的作品。

　　罗马共和国的末年因这些伟大的名字熠熠生辉：卢克莱修、卡图卢斯、西塞罗、恺撒。到奥古斯都时代，诗歌在维吉尔和贺拉斯笔下成就了比过去更加灿烂的辉煌，但拉丁散文的黄金岁月属于西塞罗这一时期。

尾　注

1 Hirtius, *De Bello Gallico*, viii, 1.
2 *Catiline*, 1.
3 *Ibid.*, 31.

---

[1] 塞尔维乌斯·苏尔皮西乌斯·鲁夫斯（约前106—前43），罗马法学家，写过近一百八十篇法律论文，但一篇都没有保留。跟随西塞罗研究雄辩术后认定自己无法成为他那样优秀的雄辩家，遂投身法律。他所保留的两封信中有一封是悼念西塞罗之女图利亚之死的名作。

卷二

奥古斯都时代

第八章 文学的襄助者们——维吉尔

帝制对文学的影响——奥古斯都,公元前63年至公元14年——阿格里帕,公元前63年至前12年——波利奥,公元前67年至公元5年——梅萨拉,公元前64年至公元8年——梅塞纳斯,公元前70年(可能)至前8年——维吉尔,公元前70年至前19年——他的生平——《田园诗集》——《农事诗》——《埃涅阿斯纪》

亚克兴战役(Battle of Actium)之后,罗马的共和制走到了尽头。恺撒一度牢牢掌握了所有的权力,但为时甚短;公元前27年后改称奥古斯都的屋大维则将这些权力一直握在手中,直到身故,且毫发无伤地留给了后继者。不管曾经的民主政治有多么腐朽不堪,当转变成货真价实的、无任何约束的君主制后,对文学是不可能全无影响的。自此,杰出的雄辩家尚可在法庭上赢得诉讼,但不再有凭辩才改变国家政策的机会;历史学者或能探究过去,记述往生之人的事迹,但永远都无法在撰写当代史的时候漠视那个无上权威所带来的恐惧;诗人可以为爱情、美酒和自然纵情高歌,但除非诗人对帝国治世同声附和,谈论国家和政治大事的诗文则成了禁忌。皇帝可能会动用权柄,扼杀一切不入眼的文字,也不鼓励任何形式的文学创作;又可能会支持某些特定类型的文学和几个特定的文人,对那些招他们不快的作品一笑置之;还可能鼓励一些、整肃一些。在皇帝的统治下文学表达的自由肯定不如共和时期,但皇帝的禀性将决定文学被桎梏到何种程度。正是奥古斯都开明的治世方使得他统治的时期成为罗马文学最为璀璨的年代。

奥古斯都(公元前63年至公元14年)早年受到良好的教育,对文学有发自内心且充分理性的仰慕。他本人的文学创作包括一篇名为《西西里》(Sicily)的叙事诗、若干机智短诗、未完成的悲剧《埃阿斯》(Ajax)以及演说、回忆录、书信。临终前,奥古斯都令人将他的生平事迹(Index Rerum Gestarum)刻在青铜板上,并安置于墓地[1],起草这段铭文的也许就是他本人。在安锡拉(Ancyra)的奥古斯都和罗马神庙[2](Temple of Augustus and Rome)的墙上刻有其复本,称为安锡拉铭文[3](Monumentum Ancyranum)。这段文字简洁而隽永,记录了奥古斯都的人生轨迹、政治纲领和军事经历。奥古斯都虽贵为整个已知文明世界的统治者,却没有刻意地自我褒扬或夸大其词,仅以朴素的文字记载自己梦幻般的一生,但朴实所带来的深沉高贵足以令人心生敬畏。这份涵养,展现了罗马第一皇帝高尚的情操。当然,奥古斯都能在文学史上名垂千古,依靠的不是亲力创作,而是其巨大的影响力。他支持维吉尔、贺拉斯和其他诗人,他亲临那些愿为有教养的公众发表自己新作的作家的朗诵会,他的身边友人皆以襄助文学为善,皆愿意扶持才华出众者,给予他们荣誉,只要他们的作品能给赞助者和帝国增光添彩。

在奥古斯都身边那些热衷文学的友人当中,有马库斯·维普萨尼乌斯·阿格里帕[4](Marcus Vipsanius Agrippa)(公元前63年至前12年),他促成了历史上第一份世界地图的诞生,并将其安置在波拉柱廊[5](Porticus Polae),其本人也有不少地理著述。另一位更重要的人物是盖尤斯·阿西尼乌斯·波

---

[1] 奥古斯都陵墓内的青铜板已无从寻找,但许多行省都有复制品。除了安锡拉,在阿波罗尼亚(Apollonia)和安条克(Antioch)也各发现了一处,但安锡拉的版本是最完整的。
[2] 奥古斯都和罗马神庙,建于公元前25年到前20年间,以纪念奥古斯都征服安纳托利亚中部并建立加拉提亚(Galatia)行省的事迹。
[3] 安锡拉铭文,奥古斯都和罗马神庙墙上所刻的奥古斯都生平,有拉丁原文和希腊译文,1555年发现于安锡拉(今土耳其安卡拉)。另外,也被用来指代奥古斯都和罗马神庙本身。
[4] 马库斯·维普萨尼乌斯·阿格里帕(前63—前12),奥古斯都的密友和副手,幼年时与屋大维同窗,在多次战役中立下大功,对和平来临后的治世也颇有贡献。他娶了奥古斯都的女儿,在他的葬礼上,奥古斯都亲自致悼词。作为一名将军和政治家,他的文学创作极少,根据狄奥·卡西乌斯的史述,在公元前29年奥古斯都召集他的下属征求意见,究竟是恢复共和制还是称帝。阿格里帕和梅塞纳斯都进行了发言(52.1—ff),阿格里帕表达了支持维护共和制的立场。另外,普林尼经常提到阿格里帕的一本笔记(Commentarii),并称其非常权威可靠(Elenchus, iii. iv. v. vi)。这本笔记可能是阿格里帕在为奥古斯都进行罗马全境人口和地理统计(census)时作的官方记录。
[5] 波拉柱廊,位于拉塔大道(Via Lata)东段,其别称除 Polae 外,还有 Vipsania, Vipsaniae, Agrippae, Polae, Polla。由阿格里帕的姐姐波拉(Vipsanius Polla)开始主持兴建,奥古斯都最终完成。

利奥[1](Gaius Asinius Pollio)(公元前67年至公元5年),他兴建了罗马第一座公共图书馆,后来奥古斯都也效仿之,建立了另外两座图书馆,其中一座在屋大维亚柱廊[2](Porch of Octavia),另一座在帕拉蒂尼阿波罗神庙[3](Temple of the Palatine Apollo),由学识渊博的瓦罗主持后者的运营。波利奥是军人、政治家和雄辩家,写过一些悲剧和一部公元前60年至前42年间的历史[4],并在文中对奥古斯都的养父恺撒的一些话语进行了大胆的批评。他也是第一位支持公开和私人的文学新作朗诵活动的人。马库斯·瓦勒里乌斯·梅萨拉[5](Marcus Valerius Messalla)(公元前64年至公元8年)与奥古斯都的关系稍不如前二者密切,他起初是布鲁图的支持者,后同奥古斯都和解。与波利奥同为雄辩家的他还致力于古文物和语法研究,在早年翻译过希腊文,也写过希腊文的散文和诗歌。他的居所在当时常供年轻诗人进行聚会。

梅塞纳斯　　不过,在奥古斯都手下所有文学的赞助人当中,最为出名的当属奥古斯都、维吉尔、贺拉斯的友人盖尤斯·梅塞纳斯(Gaius Maecenas)。他生于公元前70年左右,死于公元前8年。作为一个家世渊深的伊特鲁里亚家族后裔,他所受的教育很完备,拥有极为高雅的文学品味。在同安东尼和塞克斯都·

---

[1] 盖尤斯·阿西尼乌斯·波利奥,罗马演说家、诗人、史学家。写过一部已缺失了的当代史,阿庇安(Appian)和普卢塔克从中获取过许多资料。他曾参加卡图卢斯文学团体的活动,内战时投靠恺撒作战,后追随安东尼,为他执掌山南高卢,并在当地结识维吉尔,还为他保全了本应被分配给退伍士兵的家产。他在公元前39年征服伊利里亚地方的帕提尼人(Parthini),用缴获的战利品建立了第一所罗马公共图书馆,其后返乡不问政事。

[2] 屋大维亚柱廊,拉丁文为 Porticus Octaviae(Octaviae 为 Octavia 的所有格变形),是奥古斯都以其妹屋大维亚(Octavia)来命名的,建于公元前27年以后,在梅特卢斯柱廊(Porticus Metelli)的朱庇特神庙(temples of Jupiter Stator)附近。另有一个很容易混淆的屋大维柱廊(Porticus Octavia)(Octavia 为 Octavius 的所有格变形),由奈乌斯·屋大维(Cnaeus Octavius)在公元前168年兴建,以纪念对马其顿的佩尔修斯所获得的彼得那海战的胜利。奥古斯都在公元前33年将其修缮。

[3] 帕拉蒂尼阿波罗神庙,位于罗马七丘之一的帕拉蒂尼山(Palatine)。

[4] 这本书名为《内战史》(Historiae)。

[5] 马库斯·瓦勒里乌斯·梅萨拉,全名马库斯·瓦勒里乌斯·梅萨拉·考维努斯(Marcus Valerius Messalla Corvinus)。另有观点称其死于公元13年而不是文中所述的公元8年。

第八章 文学的襄助者们——维吉尔

庞培[1]（Sextus Pompey）的协商中,他凭借充满魅力和感染力的人格为屋大维做了相当重要的贡献;在奥古斯都确立自己的权威后,他是这位皇帝亲密的友人和永远的谏客。虽然文学修养不凡,可梅塞纳斯却欠缺创作天赋,不管是散文还是诗歌都受到其同时代和后世读者严厉的批评。因此他跟上述其他文学拥护者一样作品失散无存并不显得可惜。梅塞纳斯之名在文学史中占有令人尊敬的席位,也是缘于维吉尔同贺拉斯的诗作是因他才有了问世的可能。

维吉尔是古罗马最伟大的诗人。他的全名是普布利乌斯·维吉利乌斯·马洛（Publius Vergilius Maro）,公元前70年10月15日出生于曼图亚[2]（Mantua）境内村庄安德斯（Andes）的一个平民家庭。其家境应该不差,否则无法让他接受良好的教育,先后在克雷莫纳[3]（Cremona）、米兰和罗马求学。他主攻修辞学和哲学,但只有伊壁鸠鲁哲学家西罗[4]（Siro）的教诲似乎影响了他一生。在雄辩术方面维吉尔无所建树。腓力比战役[5]（Battle of Philippi）（公元前42年）后,后三头为了补偿麾下的老兵,给他们安置了土地,维吉尔的农田因此易主。当时,波利奥十分钦佩维吉尔的诗才,也支持他进行《牧歌》（Bucolics）——又作《田园诗集》（Eclogues）——的创作,于是,作为波河河畔地区的仲裁官[6]（governor）,动用自己的影响力让诗人的地产失而复得。但次年夏天又进行了一次土地分配,而波利奥也不再管辖那个行省,这令维吉

---

[1] 塞克斯都·庞培(？—前35),与恺撒进行内战的元老院派领袖庞培之子,在其父被埃及国王刺杀时躲过一劫,随后加入反抗恺撒的阵营。恺撒死后,后三头的主要精力被布鲁图系所牵扯,给了塞克斯都在西西里发展壮大的机会。接着后三头为了全力对付安息人,便同塞克斯都协议休战了一段时间。最终,屋大维还是彻底消灭了他的势力,将其处死。

[2] 曼图亚,意大利北部城市,古代伊特鲁里亚人的居民点,罗马人自公元前220年左右开始对此处进行拓居。

[3] 克雷莫纳,意大利北部城市,由罗马人在公元前218年建立。

[4] 西罗,活动于公元前50年左右。维吉尔有两篇诗提到过他,西塞罗也称其为"杰出的公民,最博学的人"。

[5] 腓力比战役,公元前42年10月,发生于马其顿境内的小山城腓力比,是后三头时期罗马内战的决定性战役,安东尼和屋大维在此击败了刺杀恺撒集团的首领布鲁图和卡西乌斯·朗吉努斯（Gaius Cassius Longinus）。

[6] 仲裁官,是指经选举或指派后,负责在一个或多个行省内确保罗马的法律能切实有效执行的官员。在共和国时期,这一职责大多由当地总督担负。在帝制下,皇帝所管辖的行省由皇帝的副将（legatus）作为代表来执行此任务,元老院所属行省则由元老院指派。

尔一贫如洗，不得不寄身于其导师西罗的乡居。通过科涅利乌斯·加卢斯[1]（Cornelius Gallus）和梅塞纳斯的干预，奥古斯都为诗人的损失进行了补偿，自此维吉尔与宫廷圈保持着密切的往来。他后来居住于罗马，受奥古斯都赠予奈阿波利斯附近的地产一处，凭此为生。

维吉尔作品

从公元前37年或36年开始，维吉尔落笔进行《农事诗》（Georgics）的写作，在每卷的开头题写"献给梅塞纳斯"。后应奥古斯都的要求，从公元前29年开始撰写《埃涅阿斯纪》。当这部史诗完成时，已有五十一岁的他前往雅典，计划用三年时间做最后的修改润色，然后把余生投入哲学。但他在雅典遇到了正从东方向罗马返程的奥古斯都，后者邀请他参加宫廷宴会。虽然维吉尔此前在麦加拉[2]（Megara）的一次游访中饱受酷暑，此时已经颇为病弱，但还是接受了这一邀请。在旅途中他的病症加重，抵达布伦迪休姆后不消几日便撒手人寰，是日为公元前19年9月21日。他被葬在那个他度过了晚年中大部分岁月的地方——奈阿波利斯。

《田园诗集》

毫无争议属于维吉尔的作品有三部：《田园诗集》，因为其牧野风光被称为《牧歌》；《农事诗》；还有《埃涅阿斯纪》。《田园诗集》为十首模仿希腊诗人忒奥克里托斯[3]（Theocritus）的田园诗（idyll）所构成。"idyll"是希腊词，本意为"微型的画卷"，因为几乎所有忒奥克里托斯的诗歌和维吉尔除第四首诗以外全部的"idyll"都描述了牧民在田野的生活画卷，这个词就主要用来指代田园诗了。维吉尔的《田园诗集》是一幅幅牧场生活的写照，但含有大量弦外之音，对诗人自身境遇、对友人和保护人波利奥、加卢斯、瓦鲁斯[4]（Varus）、梅塞纳斯、奥古斯都均有暗指。为具有文化素养的宫廷圈所作的田园诗总是造作的，《田园诗集》也无法免俗。但其措辞夺人心魂，韵律流畅无瑕，对自然

---

[1] 科涅利乌斯·加卢斯（约前70—前24），罗马军人、诗人，因四卷献给情妇利科里斯（Lycoris）的诗而闻名。古人认为他在罗马四大挽歌诗人中居于首位。关于他的介绍详见本书原文130页至131页。

[2] 麦加拉，希腊阿提卡州萨罗尼克湾（Saronic Gulf）沿岸的古城。智者派（Sophist，亦作诡辩派）哲学家欧克莱得斯（Eucleides）出生于此，并创立了麦加拉哲学学派。

[3] 忒奥克里托斯（约前300—前260），希腊诗人，牧歌的创始人。其最著名的田园诗有《泰尔西斯》（Thyrsisi）和《收获节歌》（Thalysia）。

[4] 瓦鲁斯，可能是指恺撒的部将昆图斯·阿提乌斯·瓦鲁斯（Quintus Atius Varus），应是维吉尔的某个朋友和保护人。《田园诗集》第六首题献给他，另外在第九首中提到了他。

和乡村生活充满真挚的喜爱之情，使这些诗理所当然地在罗马文学圣殿最高处夺得一席之地。维吉尔的《田园诗集》比其他作品更依赖希腊血统，不仅有零散诗行，更有许多整段直译自忒奥克里托斯的田园诗，另有稍微含蓄一些的对其他诗人的借鉴。有些时候维吉尔的笔触不如其所借鉴的希腊原诗美妙，有些最让人钦佩的诗行并非出自他的手笔。但即便是这样一本诗集，即便它是确属维吉尔的作品中创作最早的，即便写下这部诗集时维吉尔才三十岁左右，即便当时他被驱逐出自己那微薄的田产，终日与哀愁为伴，维吉尔还是在这部作品中成功地从希腊血统中提炼出拥有纯粹罗马灵魂的崭新而伟大的诗作，他自始至终都是一个真正的本土诗人。

这本诗集中的第一首是两个牧人梅里伯（Meliboeus）和提图鲁（Tityrus）间的对话，但从写作顺序来说并非是最先的。诗人在这首诗中表达了对奥古斯都——他称其为神——的感激。诗的开头如下：

> **梅里伯**：半寐在山毛榉的华盖下
> 用修长的笛管练习着德鲁伊的曲调的提图鲁啊
> 我呢，家园正要消泯，所爱的土地在催促我告别
> 而你，悠闲于林翳之中，草木回应着你的欢呼：
> "阿玛瑞丽斯[1]（Amaryllis）是如此美丽。"
> **提图鲁**：呵，梅里伯！这悠闲是神的恩赐，我敬畏他
> 不知用多少幼齿羔仔的鲜血染红了他的祭台
> 全凭他的慷慨，正如你所见
> 我的牛犊在漫步，我的牧笛能恣意地欢歌。[1]

在接下来的对话中，维吉尔把提图鲁当作自己的化身，讲述了在罗马的游历和同奥古斯都的邂逅：

---

[1] 阿玛瑞丽斯，本意为孤顶花，在古典田园诗中被用作牧羊女的传统名字。维吉尔的《田园诗歌》中，阿玛瑞丽斯是一名女性，不时会发怒，但心灵手巧，能"用三种颜色编出三个结"。

> 在那里,梅里伯,我见到那个青年
> 我的祭坛每年有一十二天为他点燃
> 他马上回应我久未得偿的祷告:
> "孩子,饲育你的母牛,轭上你的公牛,一如过往。"[1]²

第四首田园诗是献给波利奥的,并写于他担当执政官的那一年(公元前40年)。这首诗以空灵脱俗、宛若天启的口吻,讲述了一个孩童的诞生。随着这个孩子的成长,世界越来越美好,直到和平幸福的黄金岁月再次降临众生。让人十足称奇的是,这首诗在很长一段时间被视为基督降临的预言。我们无法确定这个孩子究竟是指谁,不过有某些证据表明是波利奥之子盖尤斯·阿西尼乌斯·加卢斯[2](Gaius Asinius Gallus)。那种高渺的口吻从诗的一开始就尤为鲜明:

> 西西里的缪斯们,请为我们唱一首更超凡的歌曲!
> 灌丛和矮木令人略生疲倦,
> 请为我们歌颂大树,如王者般的巨物。

> 西卜拉[3](Sibyl)六步体中所描述的时光已近末期;
> 纪元交叠的脚步再度轰鸣。

---

[1] 在之前的段落中提图鲁感叹,在他的家乡加拉提亚总是得不到好的统治,自由无望,积蓄无存,不管如何费心讨好,城镇对他们这些牧人总是十分苛刻。以此作为对比,称只有到了罗马遇见了那个青年——暗指奥古斯都——才获得了公正和幸福。

[2] 盖尤斯·阿西尼乌斯·加卢斯,生卒年不详,全名盖尤斯·阿西尼乌斯·加卢斯·萨罗尼努斯(Gaius Asinius Gallus Saloninus),公元前8年担任过执政官,两年后在亚细亚任总督。奥古斯都称他渴望成为元老院的第一人,但缺乏必要的才干。提比略很痛恨他,可能是由于他口无遮拦,但更可能是因为他娶了提比略的前妻韦普萨尼亚(Vipsania)。公元30年提比略将其关押,并折磨他长达三年,只提供极少的水和食物,直到他在饥饿中死去。他因撰写罗马文学史而闻名,著有《论吾父和西塞罗的比较》(*De Comparatione Patris ac Ciceronis*),更偏向他的父亲波利奥,提比略特别为此给西塞罗写过辩护文。

[3] 西卜拉,希腊传说和文学中的女预言家、女巫,她们的预言以希腊六步体诗句记述。罗马朱庇特神庙中保存有三卷的《西卜林书》(*Sibylline Books*),只有在十分紧急的时刻才会去查阅。

第八章 文学的襄助者们——维吉尔

处女降世,远古的萨图恩[1](Saturn)又成主神;
伴随崭新的人类来自天堂之巅。
这个新生的婴儿,将首度在广袤的宇宙
终结黑铁的时代,赐予黄金的晨晖。
贞洁的卢西拿[2](Lucina)啊,微笑吧:
你的阿波罗终于站在了王座。
波利奥啊,你将是我们的主,
开启更瑰丽的世纪,让岁月踏响庄严的步履:
你将除净我们罪恶的余迹,
驱走万国永恒的恐惧。
那孩子将在神祈中醒来,
与天神和英雄结伴同行,
统治在他父亲的羽翼下安宁祥和的世界[3]

不过从大局来看,《田园诗集》还是乡村式的风格、对话体的形式,兼有牧人的对歌。第五首诗的开头可以作为例子参考。出现的人物是梅纳卡(Menalcas)和莫普素(Mopsus):

梅纳卡:莫普素啊,既然我们相聚
你擅芦笛,我擅吟唱
何不小坐于此
借着榆荚和榛树的荫庇?
莫普素:梅纳卡,我的长者,您的话儿我必当听从
是去那边的树荫——在风儿的顽皮中跃动
还是这里的山隙——野藤在洞上摇掷着青翠的绿叶?

---

[1] 萨图恩,古罗马宗教中的播种神,是包括朱庇特、朱诺在内很多主神的父亲,代表远古的黄金时代。
[2] 卢西拿,古罗马宗教中的生育女神,能缓和分娩时的痛苦。后来与朱诺混同。

梅纳卡：在这山中，只有阿曼塔[1]（Amyntas）的歌声能与你相媲

莫普素：啊，莫非他跟福玻斯[2]（Phoebus）也要比上一比？

梅纳卡：我的好莫普素，请开始

不管是对腓力斯[3]（Phyllis）的爱慕、对阿尔孔[4]（Alcon）的夸赞

还是对寇德鲁[5]（Codrus）的嘲弄，让我们开始吧

提图鲁会暂时看管我们的牛羊

莫普素：嗳，我曾在山毛榉的树皮上

一边刻下诗篇，一边谱成旋律

把这首曲子听一听

然后让你的阿曼塔来比个高低

梅纳卡：柔弱的柳条向雪白的榄枝臣服

卑微的薰衣草向火红的玫瑰垂颜

在我看来，阿曼塔也要向你低头[4]

《农事诗》　　《田园诗集》发表的年份不会晚于公元前38年。在公元前29年，共四卷的《农事诗》也完成了。这是新政体下最重要的事业之一：内战已然终结，要确保恒久的国泰民安，就需安置老兵、鼓励农事，而农业在过去的意大利常年被忽视，令人叹惜。所以梅塞纳斯建议维吉尔撰写一部关于农业的诗歌是有其务实和功利目的的。维吉尔是尤其适合就这一主题进行创作的人，其诗歌也完成得十分出色，耗时七年光阴，成为其笔下完成度最高的作品。《农事

---

[1] 阿曼塔，此诗集中经常提到的一个人物，擅歌"腓力斯为我摘下花环，阿曼塔为我吟唱"。

[2] 福玻斯，阿波罗的别名。他擅长音律，又有诺米奥斯（Nomios，牧人）的头衔。在《田园诗集》中跟风信子（hyacinth）这种花卉有千丝万缕的联系。在这里，莫普素是夸自己的歌声堪比福玻斯。

[3] 腓力斯，色雷斯国王希同（Sithon）的女儿，与得摩丰（Demophon）相恋，后者承诺会从雅典回去找她，但没有在约定的时间抵达。当他终于赶到时，腓力斯已经悬梁自尽，化成了一株杏树，得摩丰只能徒劳地抱着这棵杏树。《田园诗集》中牧人以她为钦慕的对象："所有的坟墓都要在我的腓力斯面前焕发绿意。"

[4] 阿尔孔，雅典传说中国王厄瑞克透斯（Erechtheus）之子，据传是个一流的弓手。

[5] 寇德鲁，《田园诗集》中说他个性傲慢糟糕："你的新诗被授以象牙王冠，所以寇德鲁妒火难耐……免得他鬼怪的舌头伤了未来的诗人。"可能暗指跟维吉尔同时代的一个同叫寇德鲁的诗人，也可能借指诗人昆图斯·科尼菲齐乌斯（Quintus Cornificius）。

第八章 文学的襄助者们——维吉尔

诗》对赫西奥德[1](Hesiod)的《工作与时日》(*Works and Days*)有不拘一格的模仿,也在许多地方采撷了阿拉托斯(Aratus)和其他希腊诗人的灵感,但在遣词造句和诗化魅力上完完全全是维吉尔以其才华进行的独立创造。这部诗作题献给梅塞纳斯。第一卷是关于土壤的耕作、农业的起源、农夫所需的器械、各个季节所适合的农务和天候的征兆的描述。紧跟前文描述的天候之兆中关于太阳的部分,这卷结尾是一段对恺撒死去时所发生的天兆的华美叙述以及希望奥古斯都的统治能结束常年不休之战乱的祈祷。其内容如下:

> 最后,夜晚会降临什么,
> 风儿何时带来祥云,
> 湿润的南风在作何打算,
> 这一切,太阳会给我们答案。
> 谁敢说太阳是错的?他甚至经常警示人们
> 那些暗藏的纷争,未起的叛乱,
> 正在酝酿和暗涌的大战。
> 他甚至,为罗马失去恺撒而伤怀,
> 用漆黑的面纱遮挡光辉的容颜;
> 让那个不虔诚的年代恐惧于无边的黑暗。
> 那时的大地、海水,
> 脏狞的犬类、不祥的禽鸟,
> 都给出了征兆,这种景象我们曾目睹无数!
> 库克罗普斯[2](Cyclopes)的熔炉喷涌沸腾的浆水,
> 埃特纳爆发的浪潮淹没肥美农田,

---

[1] 赫西奥德,希腊史诗先驱之一,创作时期为公元前7世纪。他的《神谱》(*Theogony*)记述了诸神之间的战争;《工作与时日》叙述了人类在他笔下的"铁的时代"中的悲惨处境。
[2] 库克罗普斯,在希腊神话中是三名独眼巨人提坦(Titans),为宙斯效力,给他和他的手下提供武器。在后来的神话传说中是火神赫菲斯托斯(Hephaestus)的助手,用火山为众神和英雄打造盔甲和饰品,埃特纳(Aetna)和西西里周边岛屿是他们的居住之所,也是他们的锻造场。

燃烧的火球和熔碎的岩盘肆虐八方！
日耳曼尼亚听到九天的金戈；
阿尔卑斯山发出异样的战栗。
隔着寂静的山林，
无数人耳边传来一个威严的声音；
在那朦胧的黑夜，
飘荡着智者苍白的幽魂。
野兽能言人语，凶兆！
溪流止滞，大地裂迸，
精雕的象牙在神殿中哭泣，
青铜的人像洒下汗滴。
河流的主宰厄里达努斯[1]（Eridanus）疯狂地卷起旋涡，
树木被冲垮，
牲畜和野兽一同陷没。[5]

第二卷是关于树木和葡萄酒的文化，包括对不同土壤性状的描述。这些优美的段落中，有一段是对意大利的赞美[6]，还有一段刻画了农人生活的幸福美满。它是这样开始的：

啊，有福的农人，但求他们愿意
将其幸福诏谕世人！远离纷争和交击的兵甲，
慷慨的大地亲手
为他们送上闲适的生计。[7]

第三卷则是完全针对养马和畜牧的描述。在这卷接近开头的部分有一段

---

[1] 厄里达努斯，赫西奥德的《神谱》中的河神，俄刻阿诺斯（Oceanus）和忒西阿斯（Tethyas）之子，但鲜见于其他版本的神话传说。

曼妙的诗句,表达了诗人对家乡曼图亚的热爱和对奥古斯都的尊敬。其开头几行如下:

> 若生命赐我时光返程,我首先
> 要牵着埃奥尼亚[1](Aonia)山巅的众缪斯
> 去我的家园;我首先要带给你,
> 我的曼图亚,以都迈亚[2](Idumaea)的瑰宝,
> 然后在你青翠的草原建起大理石的神殿,
> 傍着悠长蜿蜒的明西斯[3](Mincius)
> 那深邃的河脉,
> 另用娇柔的芦苇打扮起河岸。
> 恺撒[4]将为我立于其间,架起神坛。
> 于是我将向他
> 如凯旋的将军,披戴推罗紫[5](Tyrian Purple)的衣冠,
> 迎着河流飞驰一百副驷乘的车驾。[8]

第四卷是关于养蜂术的介绍。这卷有若干独立来看十分隽美的段落,其中佼佼者之一是对蜂房内群蜂起居的描述。[9]全卷的结尾部分史诗般地叙述了神话中养蜂术的创立者阿里斯塔俄斯[6](Aristaeus)看望其母亲、海之仙

---

[1] 埃奥尼亚,古希腊维奥蒂亚(Boeotia)地区的别称,传说中缪斯女神们经常前往那里的赫利孔(Helicon)山,故缪斯也常被称为Aonides,即"埃奥尼亚的少女们"。
[2] 以都迈亚,又名Idumea,埃多姆(Edom)在罗马时期的古称,位于死海和亚喀巴湾(Gulf of Aqaba)之间。
[3] 明西斯,山南高卢的一条河流,起自埃奥尼亚西南的阿尔卑斯山雷蒂亚(Raetia)行省,穿越贝纳库斯(Benacus)湖(今意大利最大的湖泊加尔达湖),汇入曼图亚的波河支流。
[4] 恺撒是奥古斯都的敬称,这称号是尤利乌斯·恺撒继承给他的,代表着他的合法和尊贵地位。
[5] 推罗紫,产自提尔(Tyre)的一种以海蜗牛提炼而成的紫色染料,在古希腊和罗马时期非常名贵。
[6] 阿里斯塔俄斯,广受崇拜的希腊神,但关于他的神话比较模糊。一般认为他是阿波罗同库瑞涅之子,接受过缪斯们的教导。他是古神话中最仁慈的神之一,牧人和猎人的守护者,传授给人们养蜂和葡萄及橄榄种植的技术。

女库瑞涅[1]（Cyrene）的场景，其中包括阿里斯塔俄斯同海神普洛透斯[2]（Proteus）的搏斗和俄耳甫斯[3]（Orpheus）的妻子欧里狄克（Eurydice）之死。据传此诗原本以对加卢斯的赞扬作结，但在正式发表前，加卢斯在不好的名誉中死去[4]，故如今的版本替换了结尾。从《农事诗》最终的版本来看，维吉尔已然有了创作史诗的愿望。

《埃涅阿斯纪》

应奥古斯都的要求，维吉尔自公元前29年开始创作《埃涅阿斯纪》，在这部其最堪称不朽的诗作中，把罗马民族的起源、罗马在尤利乌斯家族——这个自称为埃涅阿斯后裔的血脉——的领导下走向极盛的伟大和骄傲向我们娓娓道来。早在公元前6世纪，西西里的诗人斯特斯考鲁斯[5]（Stesichorus）已吟唱过埃涅阿斯来到亚平宁半岛的传奇。奈维乌斯（Naevius）和恩尼乌斯（Ennius）亦早把埃涅阿斯同罗马的起源联系到一起，并赋予这宗传说不少栩栩如生的细节。在这些前人的基础上，维吉尔筑起了他那光辉绚烂的诗作。《田园诗集》几乎绝大部分是对忒奥克里托斯的亦步亦趋，尽管维吉尔绝非傀儡式地模仿，对后者的超越是全方位的；《农事诗》也以赫西奥德的《工作与时日》为原型；《埃涅阿斯纪》同样，处处有荷马《伊利亚特》和《奥德赛》的影子，

---

[1] 库瑞涅，源自希腊神话，是拉皮斯（Lapiths）王叙普赛厄斯（Hypseus）和水中仙女克利达诺佩（Chlidanope）的女儿。某日一头狮子袭击她父亲的羊群，她勇敢地与之角力，阿波罗目睹了这一切，便爱上了她，将她带到利比亚，并建库瑞涅城立她为女王。

[2] 普洛透斯，源自希腊神话。他是能占卜未来和掌管海畜的老牧人，海神波塞冬的下属。若要向他求教，必须将他捉住，但这非常困难。

[3] 俄耳甫斯，又译作奥菲斯，古希腊传说中的英雄，音乐天赋超凡，其七弦琴为阿波罗所赠。当妻子欧里狄克被蛇咬死后，他冒险前往冥界，用七弦琴打动了冥王哈迪斯，允许他把妻子带回人间。但两人重见光明时，俄耳甫斯忘记了哈迪斯的条件，转身与妻子分享欢乐，结果欧里狄克又回到了阴间。

[4] 这里的加卢斯指为维吉尔恢复财产提供了不少帮助的科涅利乌斯·加卢斯。他曾因成功被任命为埃及总督，但在公元前25年征伐努比亚（Nubian）王国的战役中损失惨重，被剥夺财产并流放，死于次年。

[5] 斯特斯考鲁斯（约前632—约前560），指希梅拉的斯特斯考鲁斯（Stesichorus of Himera），是跟莎孚、埃尔凯奥斯、皮塔科斯（Pittacus）和法拉里（Phalaris）同时代的杰出希腊诗人。至于他是出生于希梅拉还是意大利南方的梅陶鲁斯（Metaurus）尚存争议。据说，他出生时一只夜莺飞上他的嘴唇，发出甜美的歌声。他死于逃亡中的卡塔纳（Catana），葬在城门下，那个城门后来被称为斯特斯考鲁斯门，并在墓地上建有华美的纪念碑。西塞罗、狄奥尼索斯等人均赞颂过他，将他同荷马相提并论。他被古人列为九大古诗人之一，同阿尔克曼（Alcman）一起被视为多里安方言（Dorian）合唱抒情诗（Choral Poetry）的创始人。其诗作以记述英雄的史诗为主。

还有某些段落明显源自欧里庇得斯[1](Euripides)、索福克勒斯(Sophocles)以及罗德岛的阿波罗尼奥斯(Apollonius of Rhodes)。但《埃涅阿斯纪》绝不是单纯的模仿之作。诚然,比起荷马的诗作,其大为逊色之处不少。荷马在某些方面是无人可及的:论简洁清素、情节迅疾、欢悦若滴,维吉尔不谙此道;论叙事力透纸背、想象出凡入胜,维吉尔略逊一筹。但是,作为一部罗马诗歌,作为对本国之伟大的讴歌和诗人对其祖国之荣光的深切激情的表达,《埃涅阿斯纪》前无古人亦后无来者。维吉尔不是荷马,他好比一面镜子,蕴满了千百年间无数哲思沉淀在那个时代的思想者们心中的内涵,他的诗作远不止是叙述那么单纯。在行文上《埃涅阿斯纪》参差不齐,间或有至臻完美的高潮,也时有平淡无奇的庸文;某些段落仿佛是在诗的癔病中所呼出的热气,也有些段落则不比无韵的散文别致多少。维吉尔对这部诗作水准上的反差和不完美心中雪亮,乃至于想要在死后将其掩埋,无论如何也无法释然地任其友人处置这部作品。但死亡使他没有机会把这部诗歌变得至善至美,只有诗中最璀璨的部分可以显出在诗人心目中全诗应该是什么模样,若时间允许,也许确实能达到那个高度。纵然《埃涅阿斯纪》并非这位诗歌大师的完成品,在罗马所有历代诗作中还是最伟大的,也是一切时代最伟大的诗作之一。

《埃涅阿斯纪》之于罗马人就如同《伊利亚特》和《奥德赛》之于希腊人。前六卷的范式以攀摹《奥德赛》为主,正如后者讲述了奥德修斯(Odysseus)抵达家园前的颠沛和历险,这些卷集讲述了埃涅阿斯离开特洛伊前往意大利的经过,而且不止一处显示出《奥德赛》在维吉尔心目中不可动摇的存在感。后六卷讲述了埃涅阿斯带领追随者们同反对他们在意大利定居的战士们所展开的斗争。这些战斗的描写是对《伊利亚特》中战斗场景的模仿,有时甚至包括细节。在最终的决战中,埃涅阿斯的形象与阿基利斯[2](Achilles)重合了,

对荷马的模仿

---

[1] 欧里庇得斯(约前484—前406),古希腊三大悲剧作家之一,有二十多次当选希腊年度三大桂冠诗人。他的剧作有《美狄亚》(*Medea*)、《赫拉克勒斯的儿女》(*Children of Heracles*)、《希波吕托斯》(*Hippolytus*)、《安德洛玛刻》(*Andromache*)、《赫卡柏》(*Hecuba*)、《厄勒克特拉》(*Electra*)、《特洛伊妇女》(*Trojan Women*)、《海伦》(*Helen*)、《酒神的伴侣》(*Bacchae*)等。

[2] 阿基利斯,希腊神话中密耳弥冬人(Myrmidons)的国王珀琉斯(Peleus)和海仙女忒提斯(Thetis)之子,在特洛伊战争中是阿伽门农的军队中最勇敢、最英俊、最伟大的战士。

那个勇敢却不幸的图努斯[1](Turnus)则好比是亚平宁的赫克托耳[2](Hector)。

第一卷在一段简短的介绍之后，从传说的中段开始了叙述。埃涅阿斯的舰队甫驶离西西里海岸，朱诺便指使风神埃俄罗斯[3](Aeolus)降下一场风暴。特洛伊人的船只被冲向岩礁，大海激起深不见底的裂谷。在这时，尼普顿(Neptune)见到他的水域未经他的许可就被糟蹋成这副模样，怒气冲天地训斥了埃俄罗斯，并且平息了海浪：

> 他开口，言出即行，
> 巨浪平息，金日重现；
> 特里同和库摩索[4](Cymothoe)拽着
> 船只远离尖锐的海岩；
> 他掷出三叉戟，每一下都如此沉重，
> 穿过无边的浅滩劈出一条坦途，
> 叫乱流渐止，令潮汐归宁。
> 这就好似蜚语总能煽起
> 重镇里愚民的骚动，
> 刀剑和石块早已铺天盖地——
> 狂暴者身边总能找到兵器——
> 此时威严的人物出现，
> 无垢的美德众人服畏，
> 他们噤声，他们缄口；

---

[1] 图努斯，古罗马神话中卢图利人(Rutuli)之王，拉丁人之王拉丁努斯(Latinus)许诺将女儿拉维尼亚(Lavinia)嫁给他，却又把女儿许配给了埃涅阿斯，导致了两人的战争。
[2] 赫克托耳，希腊神话中特洛伊国王普里阿摩斯(Priam)和王后赫卡柏(Hecuba)的长子，是特洛伊军队的主要战士，被阿基利斯所杀。
[3] 埃俄罗斯，希腊神话中的神，关于他的叙述至少有三个版本，已经无从考证其确切信息。按照狄奥多罗斯(Diodorus)的叙述，他是第勒尼安(Tyrrhenian)海周边岛屿的一名正直和虔诚的国王，教会臣民航海的技术，预告海风的走向，因此被当作风神来供奉。
[4] 库摩索，希腊神话中海水或淡水仙女涅瑞伊得斯(Nereids)中的一个，共有五十人。

第八章 文学的襄助者们——维吉尔

>他的清音压倒叛逆，熄灭怒意；
>就这样大海旋即不再狂躁，
>若静静遥望海浪的彼方，
>将看到海之父令战车飞翔，
>身边飘扬着蓝天所编织的锦带。[10]

特洛伊人抵达非洲海岸，在那里埃涅阿斯遇见自己的母亲维纳斯（Venus），经指引后寻找到了腓尼基公主狄多[1]（Dido）所将建立的迦太基城。埃涅阿斯和他的同伴、忠实的阿基亚特斯[2]（Achates），披着能使人隐形的云雾偷入城内，虽然被发现了，但狄多温柔地接纳了他们，带领他们前往自己的宫殿。埃涅阿斯派出船队寻找儿子阿斯卡尼乌斯（Ascanius）（亦称尤卢斯，Iulus），可维纳斯暗地用爱神丘比特将阿斯卡尼乌斯调包，丘比特令狄多完全爱上了埃涅阿斯。在第二卷中，埃涅阿斯用美轮美奂的词句叙述了他的冒险、特洛伊的陷落、他对希腊人英勇但徒劳的抗争和他最后的逃亡。第三卷中，埃涅阿斯继续讲述他抵达迦太基之前的故事。第四卷通篇专注于狄多的爱情和宿命：埃涅阿斯和狄多与随从们一起在某处森林狩猎，风暴忽起，他们二人与其他人失散，在洞穴中避难时因爱结合，树林中的仙女们做了唯一的见证。狄多期望建立一个特洛伊人和提尔人[3]（Tyrian）共同统治的国度，但朱庇特授意墨丘利[4]（Mercury）警告埃涅阿斯必须遵从自己的宿命前往意大利。狄多充满爱意的斥责使埃涅阿斯无言以对，但依旧改变不了他坚定地顺着神的意志前进的结局。于是，狄多决意离开人世。她立起火葬的柴堆，将前夫叙凯

---

[1] 狄多，亦称厄利萨（Elissa）。她是希腊传说中迦太基的建城者，提尔（Tyre）国王穆顿（Mutto）之女。在丈夫叙凯奥斯（Sychaeus）被皮格马利翁（Pygmalion）——狄多的兄长所杀后，她逃往非洲海岸，从当地酋长手中买到一块土地，建立起了迦太基。在罗马史学家查士丁笔下她自杀是为了逃避雅尔巴斯（Hiarbas/Jarbas）的求婚，而非维吉尔诗中的殉情。
[2] 阿基亚特斯，《埃涅阿斯纪》中创造的人物，是与阿基利斯的伙伴帕特洛克罗斯（Patroclus）相似的角色，被后世奉为忠实伙伴的代表。
[3] 提尔是腓尼基人所建立的著名海港城市，也是狄多出生的地方。所以提尔人即相当于腓尼基人的代称。
[4] 墨丘利，古罗马宗教中的神，掌管商品，保佑商人，一般认为其等同于希腊的赫耳墨斯（Hermes）。

奥斯(Sychaeus)的遗物置于其上,在烈焰中结束了生命。但临死前,她给埃涅阿斯和其一族降下了这样的诅咒:

> 万邦之眼,尊贵的太阳,
> 目见这地上一切的太阳,
> 还有你,朱诺,
> 解读和作证心之萌动的朱诺,
> 还有赫卡忒[1](Hecate),有可怖的力量,
> 在冥夜的三岔路口狂啸的你,
> 以及掌管复仇的魔鬼,控制死亡的神明
> 请回应这狄多垂死的气息,
> 为这对天所起的祷告,为这罪恶的请求
> 降下你们不朽的神力,让我的呼喊被听到。
> 若可悲之人必须憎恨
> 让这恨填满海港,漂向他们的土地;
> 若这命运来自天界的主宰,
> 让这宿命如巨柱岿然难撼;
> 叫他被残忍的敌人鞭打,
> 失去亲生骨肉的陪伴,
> 叫他哀告
> 看子民在眼前被杀戮;
> 不管是他、他的生命或是土地
> 都祈求不到长久的安宁,
> 叫他被蛮力所击垮
> 死后无处葬身,在沙尘里挣扎。

---

[1] 赫卡忒,希腊宗教中的女神,大地、海洋和天空的统治者。她听说德墨忒尔(Demeter)的女儿珀耳塞福涅(Persephone)被拐入冥界,为宽慰悲伤的母亲,便手持火把去寻找。其形象后来变成三头三身,也许是为了在冥界的三岔路口同时看到每个方向。

我要对天发出这样的毒咒,
当做我污浊的血所做最后的祭献。
还有你们,提尔人
要带着永不瞑目的恨意猎杀他的血脉:
当做给狄多的坟墓献上的祭品。
这两个民族之间,不会有爱,不会有盟约,
只有从我的骸骨中升起的罪恶之鞭,
不放过塔旦(Dardan)人[1]每一处炊烟
今日,明日,生生世世,
只要我们的手能够挥剑,
就要在每一寸陆地,每一片海域,
同眼前和曾经的一切作战![11]

这段诗歌是对罗马和迦太基之间漫长可怖的战争起因所作的诗意且神化的解释。在第五卷中,特洛伊人来到了西西里,在埃里切(Eryx)为前一年死去的埃涅阿斯的父亲安喀塞斯[2](Anchises)举行了葬礼赛会。在第六卷中他们抵达意大利的库迈(Cumae);埃涅阿斯下到冥界,向哈迪斯(Hades)询问关于安喀塞斯幽灵的事。在那里他见到预言中所描述的冥界怪物,还有无数死去英雄的亡灵。此时,许多尚未降生之人的灵魂经过,维吉尔借此赞扬了罗马的伟人们,包括尤利乌斯·恺撒和奥古斯都。另外埃涅阿斯还见到了奥古斯都的姐姐屋大维亚之子——年轻的马塞卢斯。这一卷完成时,方值弱冠的马塞卢斯[3](Marcellus)刚刚过世。维吉尔向奥古斯都和屋大维亚朗诵了关于马塞卢斯的诗句[12],丧子的母亲感动得失神晕倒。维吉尔对冥界的描写在某些部分有种异样的美感,尤其值得玩味的是,这部分创作不仅在时间上,而且

---

[1] 塔旦人,古特洛伊的一个民族,即指特洛伊人。
[2] 安喀塞斯,希腊传说中艾达(Ida)山上达尔达诺斯(Dardanus)的国王,阿芙洛迪忒(Aphrodite,即维纳斯)爱上他的美貌,同他生下了埃涅阿斯。
[3] 马塞卢斯(前42—前23),奥古斯都的姐姐屋大维亚之子。

在许多方面,都可以说是上承荷马《奥德赛》第十一卷,下启但丁《神曲》(*Divine Comedy*)。

《埃涅阿斯纪》的后六卷叙述了特洛伊人在亚平宁的战争,有许多精彩的段落,但大部分对于现代读者来说不如前六卷引人入胜。其中不少章回堪称精湛至极的艺术完成品,甚至说明维吉尔的技艺在创作行将结束时得到了升华,但也有大量其他段落缺少充分的润饰。对罗马人而言,后六卷中关于罗马之强大的发端的古老传说一定具有压倒一切的吸引力;可大部分现代读者在看完一幕接一幕的纷争后仍能记忆深刻的,则只有英雄气概的图努斯(Turnus)、俏丽可爱的拉维尼亚(Lavinia)、为战而生的少女卡米拉[1](Camilla)和尤特纳[2](Juturna),以及勇敢忠诚、为了给埃涅阿斯传信冒险夜闯敌营而被杀的伙伴尼索斯(Nisus)和欧里阿勒斯(Euryalus)[3]:

>愿神保佑吾诗!令你不至徒劳,
>使人对你的回忆永不消弭,
>万世存于心底,
>直到朱庇特神殿寻得归属,
>矗立在埃涅阿斯一族的居所;
>直到罗马之父位及权势之巅,
>君临那不动的基业。[13]

特洛伊人在亚平宁的首敌图努斯之死为《埃涅阿斯纪》全篇画上了句号。尽管有明显的缺憾,但这仍是拉丁文学中最伟大的诗歌,在但丁的《神曲》之前,没有任何一种语言的任何一部史诗能同它比肩,甚至连略微接近的都没

---

[1] 卡米拉,古罗马神话人物,沃尔西族少女。在《埃涅阿斯纪》中,她率领一队包括年轻女子的勇士同埃涅阿斯作战。

[2] 尤特纳,古罗马神话中的仙女,据传朱庇特爱上了她,所以给她永生和统治水的神力。拉丁姆有一段城墙以她的名字命名。在《埃涅阿斯纪》中,她是图努斯的妹妹。

[3] 欧里阿勒斯被杀后,尼索斯斩杀了许多沃尔西人来复仇,临死前用自己的身躯护住了欧里阿勒斯的尸体。

有。所以无须惊讶,在整个中世纪维吉尔都被视为诗歌中一切魅力的化身。所以毫不奇怪,这位诗句的气息如此妙不可言、如此甜美却悲凉的诗人,这位歌声缥缈仿佛被上天附体的诗人,这位用罗马的辉煌过往激发了中世纪之人无穷想象的诗人,这位描述了冥间百态的诗人,这位甚至被视为弥赛亚降临预言者的诗人,在中世纪的传说中成了一切智慧和魔法的主宰。所以自然而然地,但丁选择维吉尔作为穿过炼狱、洗净灵魂的向导,若其神学体系允许,也会乐意让他前往天堂。

尾　注

1 *Ecl.* i,1—10. 本书所引用的《田园诗集》为 C. S. Calverley 所作英译。

2 *Ibid.* ,42—45.

3 *Ecl.* iv,1—17.

4 *Ecl.* v,1—18.

5 *Georgics*,i,461—483.

6 *Georgics*,ii,136 以降。

7 *Ibid.* ,ii,458—460.

8 *Ibid.* ,iii,9—18.

9 *Ibid.* ,iv,149 以降。

10 *Aeneid*,i,142—156. 本书所引用的《埃涅阿斯纪》为 Conington 所作英译第二版。

11 *Aeneid*,iv,607—629.

12 *Ibid.* ,vi,868—886.

13 *Aeneid*,ix,446—449.

第九章 贺拉斯

昆图斯·贺拉提乌斯·弗拉库斯,公元前65年至前8年——维吉尔与贺拉斯——贺拉斯生平——《杂咏诗集》第一卷——《长短句集》——《杂咏诗集》第二卷——《歌集》前三卷——《书札》第一卷——探讨文学的书信——百年卡门——《歌集》第四卷——结语

维吉尔与贺拉斯

贯穿整个中世纪,维吉尔都占据着罗马最伟大诗人的桂冠,无人可及。到了现代,这一地位多少有些动摇,一些学者甚至否认他在诗人当中具有任何特殊性。这种差异在很大程度上缘于维吉尔所模仿的荷马、忒奥克里托斯(Theocritus)和其他希腊诗人在中世纪时不为世人所知,而维吉尔就被当成了古代史诗和田园诗的巨匠。虽然对希腊诗人的模仿痕迹相当明显,在前一章已有足够的篇幅表明他的诗作拥有希腊人所不具备的优点。而且尽管很多方面不及荷马,他仍然是当之无愧的世上最伟大的诗人之一。各种已知信息的增加,导致维吉尔的名声不断贬损,却使得奥古斯都时代的第二名杰出诗人受到了更多的尊重。贺拉斯最广为人知也最受好评的颂诗(ode)是对希腊抒情诗人的模仿,包括阿尔凯奥斯[1](Alcaeus)、莎孚[2](Sappho)、阿那克里翁[3](Anacreon)以及他们的后继者们,但这些希腊原作绝大部分都已缺失,所以贺拉斯得以免于被同原作比照而遭致批评。另一方面,现代审美对叙事诗的偏爱不及抒情诗,贺拉斯的颂诗又是那么精致、完美和迷人,对有教养的当代读者具有强烈的吸引力。在他的杂咏诗和书信中,尽管卢齐利乌斯(Lucius)和其他作家给予他的启发不能否认,贺拉斯同样显现出无可置疑的原创力。综

---

[1] 阿尔凯奥斯(约前620—约前580),与莎孚同时代的希腊抒情诗人,后人整理过共有十卷的阿尔凯奥斯体诗集,但已缺失。他的诗可分为颂歌、情歌、饮酒歌和政治诗四类。

[2] 莎孚(约前610—约前570),亦译萨福,希腊女抒情诗人,以文笔优美见长。她的作品残存得不多,但可知以颂歌、喜歌为主。

[3] 阿那克里翁(约前582—约前485),希腊亚细亚地区最后一位伟大的抒情诗人,其作品残余极少,虽然写过大量歌颂爱情和美酒的诗句,但并不粗鄙,笔调非常正式和严肃。

上所述,有些时候他被称为罗马诗歌第一人是理所应当的。但维吉尔所写的主题更为浩大,在为国献诗的诗人当中还是最为杰出的,其诗句恢弘、非凡,赞颂的是罗马及其命运的灿烂,贺拉斯的创作则针对一个更狭窄的、具有文化鉴赏力的群体。尽管如此,贺拉斯在其领域内是无与伦比的,也无愧于所有加诸其身的荣耀。

公元前65年12月8日,昆图斯·贺拉提乌斯·弗拉库斯(Quintus Horatius Flaccus)[Horace为英文译名——中译者注]出生于与卢卡尼亚[1](Lucania)毗邻的阿普利亚[2](Apulia)城镇韦努西亚[3](Venusia),他的父亲是自由民,拥有一块薄田,决意要竭尽所能给儿子最好的教育。韦努西亚当地的学校无法令他满意,于是其父举家搬到罗马,以为拍卖会做收款人(coactor)为生。这种职业在罗马颇为重要,收入也必定不低,使贺拉斯能够在一流的学校学习,在那里他接触了许多富有和尊贵家庭的子嗣。其父对他的教育也投入了不少心血,陪同他上学,对他所经历的事情加以教诲,指出恶行的种种危害,给予他不少可行的建议。学校中,贺拉斯在严苛无情的导师奥比利乌斯[4](Orbilius)指导下,阅读了安得罗尼库斯(Livius Andronicus)所翻译的《奥德赛》和可能是希腊原文的《伊利亚特》。后离开罗马前往雅典学习哲学,其间恺撒死去,尔后布鲁图于公元前44年来到雅典。他跟许多爱国青年一起加入了布鲁图的军队,并被授予军事保民官(tribunus militus)[5]职衔,在腓力比战役和战败后的逃亡中都有他的身影。在战后为胜利的军队进行田产安置时,贺拉斯的农田被充公,他的父亲也已在他离家期间去世,于是他只身返回罗马,也许是靠着父亲仅余的积蓄,在当时的度支官手下谋得一个职缺。

贺拉斯生平

116

---

[1] 卢卡尼亚,古意大利南部萨谟奈人的一个部落卢卡尼人的领地,他们在第二次布匿战争中遭惨重失败后衰落。
[2] 阿普利亚,又称普利亚(Puglia),意大利东南部的一个地区,从西北部的福尔托雷(Fortore)河延伸到亚平宁半岛东南尽头的"鞋跟"处。
[3] 韦努西亚,又称韦诺萨(Venosa),位处亚平宁大道,是古罗马重要的军事要塞。
[4] 奥比利乌斯(约前112—约前17),全名卢西乌斯·奥比利乌斯·普庇卢斯(Lucius Orbilius Pupillus),出生于贝内文托(Beneventum)的语法学家,对待学生十分严厉。贺拉斯后来称其为"鞭挞者"(Plagosus),因为他在指导贺拉斯阅读安得罗尼库斯所译《奥德赛》的过程中经常用鞭打的方式进行体罚。
[5] 当时的情况比较特殊,因布鲁图是自封的罗马统帅,所以这一任命并无完全的正式性。

凭这份公职,贺拉斯获得了生计,也有一定闲暇从事诗歌创作。他言道[1]:是贫穷迫使他撰诗写文。他笔下的诗歌为他带来了财富,也是因为这些诗作,公元前28年之春,维吉尔和瓦里乌斯(Varius)[卢西乌斯·瓦里乌斯·鲁夫斯——中译者注]将他引荐给了梅塞纳斯。次年冬,梅塞纳斯遂将他领入自己的密友圈。贺拉斯,依着矮小敦实的体形,凭着机智文雅的谈吐,借着诗人的天分,虽未获得梅塞纳斯政治上的信任,但渐渐同他有了众所周知的亲密往来。当梅塞纳斯前往布伦迪休姆为奥古斯都和安东尼的谈判进行斡旋时,贺拉斯同维吉尔、瓦里乌斯、普洛提乌斯[1](Plotius)和希腊修辞学家赫利奥多罗斯[2](Heliodorus)也一行随同。[2] 公元前34年或33年,梅塞纳斯给他一块位于提布尔[3](Tibur/Tivoli)附近、坐落在萨宾(sabine)群山中的农田,内有五间农舍。诗人在那里度过了余生大部分时光。梅塞纳斯还将他引荐给奥古斯都,后者希望诗人担当他的私人文书,但贺拉斯回绝了这份荣誉,兴许是更愿保持毫无拘束的生活方式。皇帝没有为此恼怒,依旧视其为友。伴着奥古斯都和宫廷所赋予他的荣誉,贺拉斯过得舒适且安宁,最后于公元前8年12月27日辞世,被安葬在埃斯奎利尼[4](Esquiline)山上,同梅塞纳斯的墓地毗邻。他指名奥古斯都做自己财产和作品的继承者。

杂咏诗集
第一卷

腓力比战役后,贺拉斯返回罗马,开始利用闲暇进行诗词创作。这一时期诞生的作品有《长短句集》(*Epodes*)和《杂咏诗集》(*Satires*)的第一卷。这些诗作原先的创作目的只是诵读给朋友们赏听,诗人无意公之于众。大约公元前35年,共含十首诗的《讽刺诗集》第一卷才整理成册并发表,贺拉斯本人声称这些作品算不得杂咏诗,仅为话谈(Sermones)。他甚至拒不接受诗人的称号,虽然其"话谈"是六步体的韵文无疑。第一首的主题是常见于芸芸众生的对自身宿命的不满以及敛财之举的愚蠢,同时以梅塞纳斯为倾诉对象进行创作,

---

[1] 普洛提乌斯(Plotius Tucca),生卒不详。贺拉斯和维吉尔的友人,维吉尔将他定为自己的继承人之一,并把未完成的部分手稿赠予他。
[2] 赫利奥多罗斯,生平不详,贺拉斯称其为"迄今为止最博学的希腊人"。*Sat.* I,v,2,3.
[3] 提布尔(Tibur),又作蒂沃利(Tivoli),是意大利中部拉齐奥地区城镇。
[4] 埃斯奎利尼,罗马七丘之一。

并在文中将整部诗集献给这位诗人最重要的保护人。整体而言,《杂咏诗集》不像卢齐利乌斯(Lucilius)的作品那般直接攻击个人,而是着力针砭时代的荒唐弊端之百态。第二首杂咏诗呈现了通奸者将自作自受的灾运。第三首让那些搬弄邻人是非之徒的荒诞无稽无处遁形。第四首对卢齐利乌斯作品的黠慧给予了赞扬,但也对其文风进行了尖锐的批评,并将这些不足归因于卢齐利乌斯作诗过多过快。贺拉斯还在这首杂咏诗中针对那些认为他意图不正的指责为自己进行了辩护,坚称他的诗文远不如私下里的闲言碎语来得恶毒,并叙述了年轻时他的父亲对他所采用的教导方式:

> 若我的讥讽显得狭隘又无情,
> 听完我的故事也许你将谅解。
> 当我的好父亲教我如何从善,
> 总把鲜活的血肉扎成草人替我警戒。
> 若是劝我从俭而不挥霍
> 他明智的关怀所赐我的薄帑,
> 将言:"瞧瞧阿尔比[1](Albius)之子的人生!
> 看看巴鲁斯[2](Barrus),那个最可卑的杂艾!
> 这刺眼的明灯是警示,荒怠的青春断送了
> 他们本应高贵的身份。"
> 若是命我杜绝无法无天的情欲,
> 将言:"别像斯科塔尼[3](Scetanius)[原文的 Scatanius 应为谬——中译者注]般堕落,
> 智者会告诉你为何
> 有些要遵循,有些要摈弃。"

118

---

[1] 阿尔比,诗中的人物,有着非常奢侈的爱好。有学者认为他是《书札》所题献的对象阿尔比乌斯·提布卢斯(Albius Tibullus)之父(*Epistles*, I, iv.)。这句诗是指他挥霍光了自己的遗产。
[2] 巴鲁斯,诗中的人物,毫无内涵、无所事事的纨绔子弟,其他不详。
[3] 斯科塔尼,同妓女有染,其他不详。

>　　至于我,若能领着你们循着
>　　过去之人所走过的道路,
>　　让希求指引的人保全健康和名节,
>　　这便甚合我意:
>　　待身心俱经岁月的锤炼,
>　　你将从心所欲,一如水中的特里同。³

第五首杂咏诗记述了诗人同维吉尔、瓦里乌斯等人随梅塞纳斯前往布伦迪休姆的旅途。第六首再度以对梅塞纳斯讲述的形式写成,揭示了诗人同这位重要人物相熟识的过程,回忆了诗人之父无微不至的关怀,并宣言他绝不会因出生而感到自卑,也绝不会对所得的命运有丝毫不满。第七首记录了普布利乌斯·卢庇利乌斯·雷克斯〔1〕(Publius Rupilius Rex)同放贷者佩尔西乌斯〔2〕(Persius)的官司中发生的一场笑话。第八首讲述在普里阿普斯〔3〕(Priapus)神像前发生的一些被打断的魔法仪式。第九首写了诗人无法摆脱一个沉闷无趣者的死命纠缠,最终一位诉讼人将其拖上了法庭。第十首是整本诗集的收场语,贺拉斯重申了对卢齐利乌斯的批评,强调了第四首杂咏诗中的主题,否认他的诗作过分严厉,同时也表达了他对部分罗马诗人的观点和对自己才能的看法:

>　　福达努斯〔4〕(Fundanus)叫人望尘莫及的手笔
>　　让奴隶和情妇剪走老者的羊毛;
>　　波利奥用悲剧清唱国王们的传奇;
>　　瓦里乌斯乘着荷马的羽翼超越吾辈;

---

〔1〕 普布利乌斯·卢庇利乌斯·雷克斯,曾在非洲服役,并在恺撒手下担任行政官,但被前三头放逐,遂前往亚细亚加入布鲁图阵营。
〔2〕 佩尔西乌斯,富有的希腊出生的罗马人,来自克拉佐曼纳(Clazomenae)。
〔3〕 普里阿普斯,希腊宗教中的牲畜和植物繁殖之神,模样滑稽古怪,生有巨大阳物。
〔4〕 福达努斯,奥古斯都时代的喜剧作家,擅长描写奴隶和奸夫的诡计。

第九章 贺拉斯

> 挚爱树林和田野的缪斯
> 给维吉尔送去最珍贵和温柔的魔力。
> 而对我,这杂咏诗,曾徒劳地
> 被阿塔齐努斯[1](Atacinus)等人尝试的杂咏诗,
> 是最适合我的征途;但我仍将真心
> 致意给这片天地的奠基者,
> 而且绝非卑鄙地图谋他的桂冠
> 那在灰白的发际上是如此美丽。[4]

11.9

《长短句集》写于《杂咏诗集》第一卷成文的同一时期,与后者相似,其主题包罗万象。大约在公元前31年,贺拉斯听从了梅塞纳斯的劝说,将自公元前40年开始间断写成的十七篇不同文章集结发表。开头十篇为**长短句式**(*epodic*)韵体,具体来说,就是一个短长格三段式后跟一个短长格二段式(iambic dimeter),例如下段:

《长短句集》

> *Beatus ille, qui procul negotiis*
>   *Ut prisca gens mortalium,*
> *Paterna rura bobus exercet suis,*
>   *Solutus omni fenore.*

下面的译文基本体现了原文的韵格。

> |噢|多么|地|幸福|,|能够|远远|地|避开|,|那些|纷争|和|恐惧|,
> |如同|久远|的|先人|,|如同|过往|的|年代|,
> |领着|自己|的|牛群|,|那是|他们|的|财产|,|穿越|祖先|的|田地|,

---

[1] 阿塔齐努斯(Varro Atacinus),瓦罗·阿塔齐努斯,见本书原文第63页。他的诗歌有不少是模仿罗马杂咏诗奠基人卢齐利乌斯的风格。

|因为|他们|的|世界|,|没有|放贷者|的|可鄙|。[5]

[长短句的具体说明如下:x 可长可短的自由韵;－长韵;ˇ短韵。x －ˇ－组成一个短长格单元,三个单元组成一个短长格三段式,两个单元组成二段式。与之前用最基本的平仄来体现韵体不同,这里的中译尝试用单音节语素代替短韵,多音节语素代替长韵。——中译者注]

其中较短的句子称为属于长句的**短句**(*epode*),或附句,此诗集的题目便由此而来。后七首的韵体较为多样,不过大部分都是长短句交替的范式。贺拉斯本人简单地将这些诗称为**短长诗**(*Iambics*)。他在这些诗作中模仿的是希腊诗人阿尔基洛科斯[1](Archilochus),不过除了几首诗的攻击性略高以外,其他都欠缺阿尔基洛科斯浓郁和激烈的语调,然则这种风格只源于古人对阿尔基洛科斯的评价,在他的现存余稿中罕见踪迹。在《书札》(*Epistles*)中有一篇,[6]贺拉斯自诩是首个将阿尔基洛科斯的短长格诗篇纳入拉丁文学的作者,这并不尽然属实,因为卡图卢斯(Catullus)和其同侪就写过短长格的攻讦诗(invective)。不过,第一个在拉丁文中采用长短句韵体、用短长格来讽刺时代的荒唐而非个人的,确实是贺拉斯。《长短句集》的主题很丰富,包括:赞誉乡村生活(第二篇);鼓励众人追寻安详快乐的生活方式(第十三篇);辱骂富裕的所谓上等人(第四篇);辱骂恶毒的女性(第五、第十七篇);痛斥那些唯恐内战不爆发的罗马人(第十六篇)。除最后(第十七篇)是在诗人和下毒者卡尼迪亚[2](Canidia)之间展开的对话体,其余为诗人情感的直接表达,经常用致友人书信的口吻。从这一点来看,《长短句集》有别于《杂咏诗集》,前者多少有对话体的痕迹,无论是在皆有名姓的两者之间展开,还是在诗人和某个不确定的人物之间进行。那个不确定的人物,或可是读者本人。

---

[1] 阿尔基洛科斯(约前 675—约前 635),希腊诗人,有些评论家称其为荷马之后最杰出的诗人。在短长格方面他是大师,很受包括贺拉斯在内的后来诗人推崇。

[2] 卡尼迪亚,在《长短句集》的第五、第十七篇出现的、被贺拉斯所痛斥的魔女。据考,她的原型为贺拉斯曾深爱的女性格拉提亚(Gratidia),诗人被她抛弃,因此在诗中以此为报。

《杂咏诗集》的第二卷成于公元前30年,包含八篇,大部分采用诗人和另一人之间对话的形式。其中最有趣的是第五篇,讲述发生在尤利西斯[1](Ulysses)和提瑞西阿斯[2](Tiresias)之间的交谈:提瑞西阿斯告诉尤利西斯他是如何巴结富人,让他们在遗嘱中加上自己的名字,靠这手恢复了自己的财富。这篇杂咏诗针对的是在罗马多得不能再多的一类人。其他诗篇主题各异,例如关于正餐的严肃考证(第四、第八篇);斯多亚教义(第三、第七篇);对自己早期杂咏诗的评价(第一篇);农夫单纯生活的快乐(第二篇)。在第二卷中,几乎每一篇都有某个旁人代言诗人的思想理念,而《杂咏诗集》第一卷中,贺拉斯是用第一人称来表达观点的。跟卢齐利乌斯相比,贺拉斯的《杂咏诗集》不那么尖酸,跟政治瓜葛较少,在遣词造句上更下苦功,也亲和得多。这位诗人友善与和蔼的风骨在诗篇的每一处都历历可见。他的"话谈"是一位胸容天地的男子机智而幽默的坦白,虽主题经常严肃和沉重,但其方式往往轻松且随和。其满纸皆是掷地有声的评议,自彼时至今,时常被后人引用。

卡图卢斯和那个时代的罗马诗人几乎专执于模仿亚历山大大帝时期的希腊诗人,也就是说,繁荣源自希腊,独立也失于希腊。贺拉斯在《长短句集》中模仿的对象是年代更远的阿尔基洛科斯,在《歌集》(Odes)中没有完全忽视亚历山大里亚诗派,其大部分作品因循了阿尔凯奥斯、莎孚和阿那克里翁的风格。《歌集》中有数篇部分地译自上述诗人的现存作品,而且可以肯定,若不是希腊早期诗作家们的成果庶几无存,我们还能在贺拉斯的《歌集》中发现更多它们的拉丁版本。《歌集》还有一些诗句使人联想起欧里庇得斯、巴克基利得斯[3](Bacchylides)及其他希腊诗人的类似段落,不过从形式和内容两方面看都主要参照之前那三位杰出的希腊早期诗人。《歌集》全篇都在可行的场合以四行为一节的方式分段,可能只有一处是例外的。其前三卷发表于公

---

[1] 尤利西斯,奥德修斯的英文称法,来自拉丁语(Ulixes)。
[2] 提瑞西阿斯,希腊神话中底比斯的一位盲人先知。根据《奥德赛》记载,他在冥界也有预言的能力,英雄奥德修斯曾被派往冥界向他请求占卜,询问自己返回伊萨基(Ithaca)的命运。这篇杂咏诗即采用了这一情节。
[3] 巴克基利得斯,活动时期为公元前5世纪的希腊抒情诗人,生活于爱琴海的凯奥斯(Ceos)岛。他的手稿片段共有二十一首,主要为颂诗,也有叙事诗,人们认为他的诗作可与品达(Pindar)媲美。

元前 23 年,不过当中一部分的创作时间要早至公元前 30 年。第一卷有诗三十八篇,第二卷二十篇,第三卷三十篇。卷一的第一篇是对梅塞纳斯的题献,其余诗篇随即将全三卷中用到的几乎所有韵体都逐次尝试了一遍。通览全部三卷,可见韵体的变换更替是整部《歌集》编排的主导。第二卷开篇是致波利奥(Pollio)的,第三卷的开场是六篇风格各异、赞美罗马辉煌的颂诗。第三卷的末尾一篇以如下方式起头:

  我已树下一座比精铜更为久长的丰碑(Exegi monumentum œre perennius)

这一篇是整个《歌集》完成后的结语。

  《歌集》所涉及的主题异常丰富,几乎涵盖人类生活和人类感情的一切要素。友谊、爱情、神明、爱国心、欢饮、乡村生活的甜蜜、节日和事件、哲学思索等,都在其中有所提及。其行文的格调既深沉又轻快,既肃然又鲜活,时而有不拘一格的幻想,交杂在整体的思想性——或至少是合理性——当中。譬如,人生苦短,需把握刹那芳华的思想,出现过不止一次。《歌集》的完美堪称鬼斧神工。贺拉斯属于那类人,他们认为诗歌的极致并非纯粹来自灵感,也需艰辛和努力。他所写下的每一个词都是苦心孤诣的结果,总是找到那个场合下最合适的措辞才下笔。他的韵体为其所要表达的思想而唱和,这美轮美奂的格律使得哪怕平凡无奇的思想也显得光彩夺目。《歌集》并不像卡图卢斯的部分诗歌那样是一个充满情热的灵魂炽热的倾吐,而是仔细加工后对思想和情感的表达,这些情感和思想则属于一个和蔼、亲善、敏于思考但轻快且幽默的男子。这样的诗歌不会令人血脉贲张,但会用那充满文艺和优雅的情感,唤起我们的情愫,满足我们的味蕾,愉悦我们的神经。这些诗作的多彩多样,区区节选是无法体现的,也无法在译文中充分地展现其素质。但不妨看看《歌集》中篇幅极短但绝不无趣的一首向酒侍进行倾诉的完整诗篇:

  波斯人的排场令我厌恶,孩子;

莫在皱裂的菩提树树皮上
为我装饰珍稀小花的花冠,
　　你可别去找寻那
玫瑰凋谢前最后的妖娆。

只要用质朴的桃金娘的细枝,
　　它很像你的双眉
来服侍我；它使我的面容优雅
　　当我欢快地痛饮在
枝繁叶茂的青藤下。[7]

接下来的一篇更富于变化,或许也更具代表性:

看索拉蒂[1](Soracte)在雪中屹立,
　　散发耀眼的微光；树木在皑皑的积雪下
　　愁苦地弯腰,还有,瞬间定止的
霜冻,叫山溪裏足成冰。

垒起壮观的柴薪唤醒暖意；
　　注入那更怡人的魔药,
　　以窖藏四载的醇酿作引,
以堂皇的萨宾酒杯为盛。

把余下的交给神明打理。当他们
　　喝令风暴同海洋的纷争止歇,
　　你再也看不到

---

[1] 索拉蒂,大约离罗马三十二千米的一座山峰,海拔六百九十一米。

尘埃与衫柏有一丝慌乱。

别去理会来日所得；
　　紧握今日一切，无论眼前何物；
　　年轻人，也别去嘲笑舞者，
或把甜蜜的情爱视为虚幻。

趁着生命如四月春翠
　　依旧未衰。喧闹聚会
　　令你向往，还有呢喃私语
于黄昏下的约定时分。

于是那美人的浅笑传来
　　自幽暗的角落撩拨你的爱，
　　攫走镯子或臂纱当成信物
从那只欲拒还迎的纤柔细腕。[8]

《书札》第一卷　　公元前23年，当发表了《歌集》的前三卷之后，贺拉斯重拾过去的六步体诗创作，也同时把在公元前20年公开过的二十首诗作整理成书信体形式，是为《书札》。其中有些确是写给友人的信文，有的是书信体形式的杂咏诗或"话谈"。这些诗的主题跟《杂咏诗集》一样丰富，但显然对哲学有着更多的探讨。譬如，贺拉斯在这些作品中建议朋友们接纳所寻到的一切，但不要为此而烦恼或兴奋（第六篇）；教述斯多亚的哲学观——美德本身足以使人快乐（第十六篇）；倡导超然和远离忧虑的生活，敦促提布卢斯[1]（Tibullus）把每一天都当作人生的最后一日（第四篇，十三行）。同时，他也为美酒（第五篇，十六

---

[1]　提布卢斯（Albius Tibullus，约前55—约前19），罗马挽歌诗人中的佼佼者，曾受梅萨拉（Messalla Corvinus）的赞助。其现存诗作为《提布卢斯集》，但非全文。参见本书原文第131—132页。

行起)和宁静的乡村生活(第十、第十四篇)唱过赞歌。在两封信中有关于如何同位高权重者进行交际的可行建议,其他诗篇也散布着林林总总的具现实意义的参考。在一封写给梅塞纳斯的信中(第十九篇),他讥讽了自己的模仿者,嘲笑了针对其作品的批评家。第二十篇把《书札》的这一卷本身当成是倾吐的对象,预写了这本书可能经历的种种命运,并在结尾处坦白了自己的年龄——在李比达[1](Lepidus)和罗利乌斯[2](Lollius)担任执政官的那年[3],贺拉斯已经历过四十四个年头的人生。在这些信函中,贺拉斯用比在其他作品中更为精巧的笔调,更为深入地袒露了自己的个性。《歌集》是最令他出名的作品,也给他带来了最多诗人的荣耀,但任何作品都不如《书札》般全面而深刻地坦白了诗人以其饱经沧桑后的成熟所造就的人生观——这是亲切、温暖但肃然的人生观。

在《书札》第一卷的第七篇中,贺拉斯基于健康的理由回绝了——至少在当时——梅塞纳斯的邀请,称其身体很虚弱,需到乡野和海边去疗养。同时,他也做了一些解释,希望自己同保护人之间的关系能够被世人正确地解读。在这份公开的宣言中,他否认自己是个被圈养的食客,并坚持自由不可动摇,哪怕对梅塞纳斯也不可能俯首听命。通过《书札》的第一篇(第四、第十行)可知他拒绝继续创作《歌集》,因为不再年轻的他已被哲学所感召。同样的姿态可见于《书札》第二卷的第二篇(第二十五、第一百四十一行起):诗人希望隐退去追寻哲学之道,但鉴于他在文学方面的造诣极高,便将这些关于文学的经验记述在三篇信函中,这三篇信函可能写于公元前 19 年至 14 年间。其中第一篇致奥古斯都,第二篇写给尤利乌斯·弗洛鲁斯[4](Julius Florus)。这两

---

[1] 李比达,全名昆图斯·埃米利乌斯·李比达(Quintus Aemilius Lepidus),生卒不详,罗马名门埃米利乌斯家族(Aemilia Gens)成员,可能同罗利乌斯一起主持过罗马城内法布雷桥(Fabrician Bridge)的修缮工程。

[2] 罗利乌斯,全名马库斯·罗利乌斯·保利努斯(Marcus Lollius Paulinus),生卒不详,除担任执政官外,曾是加拉提亚的首任行政官(公元前 25 年),并在公元前 16 年惨败于日耳曼部落手下。但随后奥古斯都并没有疏远他,还让他担任阿格里帕和奥古斯都的亲生女儿尤利亚之子盖尤斯·恺撒(Gaius Caesar)的导师。

[3] 公元前 21 年。

[4] 尤利乌斯·弗洛鲁斯,生卒不详,杂咏诗人,为恩尼乌斯、卢齐利乌斯和瓦罗的杂咏诗作过缩编改写。

篇构成了《书札》的第二卷。第三篇是写给皮索(Pisos)和他的两个儿子[1]的,虽然原本跟其余两篇一起发表,但很快就独立出来,世称《诗艺》(Ars Poetica)。这篇书信算不上对诗学的系统阐述,而是贺拉斯部分源自个人经验、部分源自阅读体会的观点看法集,有着书信或谈话式的轻快风格。在此文中,他坚持每一首诗必须有一个贯穿始终的基本观点或脚本,坚持每个人物必须按照合其年龄和地位的方式谈吐,也必须源自生活;他建议应仔细认真地选择主题,指出没人会喜欢平庸的诗作,一经发表的作品也再无抹消的可能。从始至终,贺拉斯都在这篇信文或者说论著中向读者强调着他所坚持的信仰——好诗来自苦功。有许多批判性和关乎历史的评论散布在《诗艺》和其他两篇信函的文字当中。

纵然渴望放弃诗歌创作并投身哲学,贺拉斯并未以三卷《歌集》的完成作为抒情诗人创作生涯的休止符。在公元前17年,罗马人决定按《西卜林书》[2](Sibylline books)的意旨创立百年节[3](ludi saeculares)庆典,在每一个 Saeculum——即一百又十年——的末尾举办一次。此庆典有个重要的组成部分是向阿波罗和狄安娜(Diana)献上一首赞美歌,须由纯罗马血统的少男少女们来合唱,而且他们的父母必须健在,其母不可有再婚史。贺拉斯受奥古斯都所托创作这首赞美歌,因为这让他顶戴罗马帝国御座诗人之桂冠,对此份莫大的荣耀自然无从拒绝。这首名曰《百年卡门》(Carmen Saeculare)的赞美歌可称肃然不阿,初次演出的效果也颇符合那庄严的场合,歌中更有毫无造作的宗教情怀,交杂着因罗马之伟大而产生的自豪与自信。这首诗歌,是艺术杰作,也是超然物外的圣鸣。

除指名贺拉斯创作《百年卡门》外,奥古斯都还要求贺拉斯作一首或几首

---

[1] 皮索,指皮索父子的总称。由于存在重名,无法确认究竟指哪些人物。可能是公元前15年的执政官卢西乌斯·卡尔普尼乌斯·皮索(Lucius Calpurnius Piso),其子不详。也可能指奈乌斯·卡尔普尼乌斯·皮索(Gnaeus Calpurnius Piso),曾在腓力比战役中作为布鲁图的部下参与战斗,他有两个儿子,年轻的是公元前7年的执政官,跟父亲同名;年长的是公元前1年的执政官,也叫卢西乌斯·卡尔普尼乌斯·皮索。

[2] 《西卜林书》,传说为古代被人们称为西卜拉(Sibyls)的女先知们所作,是关于人类命运的文字。最初有九卷,在古罗马保有仅存的三卷,被用于危急时刻的占卜和启示。

[3] 百年节,英文为 Secular Game,是古罗马庆祝新世纪开始的节日,要三天三夜祀奉神祇。

第九章 贺拉斯

歌曲,来纪念他的养子提比略[1](Tiberius)和德鲁苏斯[2](Drusus)。贺拉斯不能拒绝,于是作了几首颂诗来歌颂德鲁苏斯(第四卷,第四篇)和提比略(第四卷,第十四篇)的胜仗。在这两首诗的基础上他又添加了十三首其他诗歌,这十五首诗便组成了《歌集》的第四卷,整个创作时期显然是公元前 17 年至 13 年。《歌集》第四卷在任何方面都不逊于其前章,不管是形式的多样还是技巧的完美,而且充满昂扬感和爱国心的诗篇所占比重要更大。其第六篇所倾诉的对象是阿波罗,看起来有些像是基于《百年卡门》的再创作,或至少同百年节有着某些关联。第五篇致奥古斯都,敦促他早日返回罗马。第十五篇同样以奥古斯都为聆听者,其内容关于重建和平,赞美罗马的伟大及其统治者。贺拉斯同维吉尔一样,虽然沿着不同的方向,却都是罗马帝国的御用诗人。

《歌集》第四卷

若我们翻回前页,回顾贺拉斯的文学历程,会发现他初始于六步体杂咏诗和简单长短句诗创作,随后凭着模仿以前希腊抒情诗人的颂诗大大丰富了罗马的文学宝藏,接着在更为洗练的书信体中回归起初的风格,仅因奥古斯都的命令才重拾那种沉博绝丽的韵体。他的抒情诗并非感情自然的流露,而是为通过给罗马文学增添秀美来给罗马帝国的荣耀抹上厚重一笔所刻意为之的,他的声名也主要源自这样的诗篇。这些诗的价值不一而足,但在罗马抒情诗当中堪称最完美无缺的完成品。在贺拉斯的年代,这些诗因此而获得认同,在以后的岁月,这些诗因此而受人钦爱,这种喜爱在近年更是无以复加。无数学者、诗人和文人墨客曾怀着喜悦阅读它们,还有许多人曾试图将那无法攀摹的

贺拉斯的文学成就

---

[1] 提比略(前 42.11.16—后 37.3.16),全名提比略·恺撒·奥古斯都(Tiberius Caesar Augustus),原名提比略·克劳狄乌斯·尼禄(Tiberius Claudius Nero)。古罗马第二代皇帝,奥古斯都的养子,为奥古斯都第二任妻子李维亚·德鲁西拉(Livia Drusilla)同其前夫所生。他曾按奥古斯都的旨意同其女儿尤利亚成婚,后者的放荡和堕落使其自请放逐,因此触怒了奥古斯都。但其他继承候选人一一死去,促使他最终登基为帝。他二十二岁就初次指挥战役并夺回了几十年前在安息丢掉的几面罗马军团旗帜,因此扬名。后又全权指挥了平定亚得里亚海东岸潘诺尼亚(Pannonia)省叛乱的战役。他还征讨过曾歼灭三个罗马军团的阿米尼乌斯(Arminius)并大获全胜。

[2] 德鲁苏斯·日耳曼尼库斯(Drusus Germanicus,前 38—后 9),提比略之弟,古罗马将军。曾与提比略一同出征在阿尔卑斯山间的两个部落。公元前 12 年至前 9 年远征日耳曼,战胜当地统治者。后又征服弗里西人(Frisii)、乔西人(Chauci)、卡蒂人(Chatti)和切鲁西人(Cherusci)。连通莱茵河与北河的运河即为他所开辟,也以他的名字命名。公元 9 年他不慎坠马受伤后去世。

魅力表现在译文当中,但其妙至巅微的纯粹之美让译者的手法饮恨无功。除了贺拉斯以外,没有人能用那般无瑕的酒樽来盛载他纤细的情感和诗艺的狂想。《杂咏诗集》和《书札》充满堂皇和机智的言辞,充满批判性和历史性的评语,这对当时的社会和人文状况做了不少揭示,令我们得以熟悉诗人的品格;而《歌集》是"一座比精铜更为久长的丰碑",见证着这位有着无人可及的完美主义精神的罗马抒情诗人所具有的才华、勤勉、格调,以及时而流露的爱国之心。

尾　注

1 *Epist.* II, ii, 51.
2 *Sat.* I, v.
3 *Sat.* I, iv, 103—120. 引自 Conington 的英文意译。
4 *Sat.* I, x, 40—49. 引自 Conington 的英文意译。
5 *Epode* ii, 1—4.
6 *Epist.* I, xix, 23.
7 *Od.* I, xxxviii. 引自 Sir Theodore Martin 的英译。
8 *Od.* I, ix. 引自 Calverley 的英译。

第十章 提布卢斯——普罗佩提乌斯——其他次要诗人

罗马社会状况——爱情挽歌——科涅利乌斯·加卢斯，公元前70年至前27年——盖尤斯·瓦尔吉乌斯·鲁夫斯，公元前12年执政官——阿尔比乌斯·提布卢斯，约公元前54年至约前19年——灵格达姆斯——苏尔皮西亚——塞克斯都·普罗佩提乌斯，约公元前50年至约前15年——图密提乌斯·马苏斯，约公元前54年至约前4年——阿尔比诺瓦努斯·佩多——本都库斯——马科——格拉提乌斯——拉比里乌斯——科涅利乌斯·西维鲁斯——盖尤斯·梅利苏斯和骑士衫戏剧——普里阿佩阿——归于维吉尔和贺拉斯名下的诗作

在共和体制下的最后一个世纪中，罗马自一个强盛的意大利城邦崛起成为整个文明世界的主宰，诸多的变化伴随着权力的扩大而来。统治阶级的财富有着惊人的增长，希腊艺术和文学通过其原作和罗马式的模仿为人们所熟悉，而财富的扩张和奢华的风行也使得堕落的种子繁衍不断。像恺撒和萨卢斯特的放荡，还有卡图卢斯对已婚女性的痴迷，在前文早已提到过。这些并非个例，而是那些平常得不能再平常的现状的缩影。事实上，在共和国的晚期，坚持纯洁地度完一生的男人反倒是例外的状况。富裕阶层的女人比男性也好不了多少。在罗马的女性，十二岁便许配给别人，十四岁就成婚，这样的婚姻往往导向一个再自然不过的结局：妻子跟丈夫异调离心，为弥补在丈夫身边所感到的嫌恶，对寻找偷情之事乐此不彼。离婚的很多，人们对此也毫无愧赧。当奥古斯都确立自己的权威后，曾实行多项关于城市和行省之行政的变革，也为拯救婚姻及家庭生活的圣洁而立法定规，但他对席卷而来的堕落所能做的抵抗仅是聊胜于无。确实，他的密友和宫廷圈内的人士大体都过着高尚甚至禁欲的生活，然而时代的灵魂已腐坏至深，甚至连奥古斯都自己的骨肉都无法被救赎。他的女儿尤利亚是个荡妇，艳名无人不知，最后被逐出罗马并死于流放。而尤利亚的同名女儿在品行和命运上也跟母亲如出一辙。在奥古斯都的

暮年,因不道德而遭流放的人无数,但在一个不道德已与羞耻无关的社会中,用规范来矫正生活方式已然了无可能。

挽歌　　罗马的挽歌诗人们,生在这样的社会,也为这样的社会创作他们的诗歌。哀婉式韵文在公元前六七世纪时已有人采用,包括米姆奈尔摩斯[1](Mimnermus)、提尔泰奥斯[2](Tyrtaeus)、梭伦[3](Solon)等,适用于一切私人感伤的表达以及政治目的,但在亚历山大大帝时期挽歌几乎只用于爱情主题。这种亚历山大里亚哀婉诗经几位卡图卢斯(Catullus)的同代诗人引入罗马,并在奥古斯都时代有了长足的发展。罗马的挽歌诗人模仿亚历山大里亚体,在他们的爱情诗中糅入不计其数的与神话有关的比喻及故事。这种趋势要求挽歌诗人必须熟习希腊神话,例如科涅利乌斯·加卢斯(Cornelius Gallus)就借助一本从希腊万神殿(Parthenius)得到的神话传说概要集来择取适宜的神话比喻。挽歌诗人的情人通常被比作朱诺(Juno)、密涅瓦[4](Minerva)、维纳斯、安提俄珀[5](Antiope)、海伦(Helen);阿耳戈斯[6](Argus)对伊俄[7](Io)的凝视被用来比喻男子对让他陷入爱河之女子的目不转睛;忠

---

[1] 米姆奈尔摩斯,创作时期约为公元前630年的希腊早期挽歌体诗人,生活于小亚细亚的科洛丰(Colophon)。其主要作品为已经缺失的献给吹笛少女娜诺(Nanno)的一组挽歌,从后世对此作的引文中可以看到大量的神话传说。
[2] 提尔泰奥斯,创作时期约为公元前650年的希腊挽歌体诗人,以军事题材见长。希腊传说中他是雅典的教师,依从神谕前往斯巴达为那里的人们鼓舞士气。他的诗现存的仅有残篇。
[3] 梭伦(约前630—前560),"希腊七贤人"之一的雅典政治家,也是雅典第一位真正出于这个城邦的诗人,其诗歌是从事政治的工具。
[4] 密涅瓦,古罗马宗教中司管各行业技能的女神,后又司理战争,常常同雅典娜混为一谈。
[5] 安提俄珀,希腊传说中双生子安菲翁(Amphion)和西苏斯(Zethus)之母。宙斯为她的美貌所动心,就化成半人半羊的怪物把她占有。她几经波折后生下一对双生子,由牧人抚养长大。
[6] 阿耳戈斯,希腊传说中,他是俗称"百眼巨人"的英雄。赫拉女神命他看守变成小母牛的伊俄,但他被赫耳墨斯(Hermes)所杀。
[7] 伊俄,希腊神话中阿戈斯的河神伊利科斯(Inachus)之女。她曾是赫拉的首席女祭司,宙斯同她相爱,为保护她不受赫拉的伤害,就把她变成一头白色的小母牛,但赫拉说服宙斯把小母牛交给她,并由阿耳戈斯看守。

贞的妻子被视为珀涅罗珀[1](Penelope)或阿尔克提斯[2](Alcestis);而背叛卡吕普索[3](Calypso)的尤利西斯(Ulysses)、为再娶抛弃美狄亚[4](Medea)的伊阿宋[5](Jason)则成了不忠之爱人的代名词。上述和其他神祇同取自民间和战场上的角色交相辉映。阿摩尔[6](Amor)和他的母亲维纳斯在挽歌中扮演着重要的角色——阿摩尔用箭射穿了诗人的心脏,把诗人的脖子踩在脚下,使他成为自己的奴仆。诗中常常赞美诗人所爱之人的美貌,虽然这位爱人的名字是虚构的,却会同诗人真正想赞美的女性之名有同样长的音节。诗中的"我"通常很贫穷,但将自己所唱的韵律视为给所爱之人最珍贵的奉献,会因那女子向往钱财或首饰而满怀愤慨——美丽的女子不需任何装饰,可鄙的是对财富的渴求;爱侣们悲情的宿命、虚假的誓言、不忠之心、在屋外空候一夜的恋人的苦楚、内心因爱所受的折磨……这一切在挽歌中不断重现。因为都是太过平常的情节,所以很难判断其中有哪些取自现实。偶尔有一两行文字明显透露出与诗人有关的信息,在整体上这些诗歌也确实是要说给某个特别的人听,但这些情感中究竟有多少是发自内心,究竟有多少是纯属演戏,则无法做出判断。那些细节——门前凄风苦雨中的夜晚、争吵或和解、流浪与归回——取自诗人真实经历的可能也是一半一半。诗中的内容是否具历史参

---

[1] 珀涅罗珀,希腊神话中斯巴达人伊卡里俄斯(Icarius)和仙女珀里波亚(Periboea)的女儿,英雄奥德修斯之妻。特洛伊战争后,奥德修斯长年在外,许多酋长纷纷前来向珀涅罗珀求婚。为摆脱纠缠,她坚持要求婚者等她为奥德修斯的父亲拉埃尔特斯(Laertes)织完一块寿布。三年间,她每天夜里都把白天织的拆掉,一直等到丈夫归来。
[2] 阿尔克提斯,希腊神话中帕利阿斯(Pelias)最美丽的女儿。她的丈夫、弗里(Pherae)的国王斐瑞斯(Pheres)之子阿德墨托斯(Admetus)注定要死去,于是阿波罗说服命运女神,如果能找到一个替死者,就延长他的寿命。阿尔克提斯自愿替死,但是赫拉克勒斯在墓地战胜了死神,使她死而复生。诸神最终同意让两人都活下去。
[3] 卡吕普索,希腊神话中提坦巨人之一阿特拉斯(Atlas)的女儿,居住在奥巨吉亚(Ogygia)岛上的仙女。她款待奥德修斯达七年之久,并以给他永生的诺言希望他留下来,但奥德修斯还是不为所动,在宙斯的命令下卡吕普索不得不放他回家。
[4] 美狄亚,希腊神话中的一名女巫,嫁给伊阿宋,运用她的魔法和智慧,帮助他成功取得金羊毛。后伊阿宋抛弃了她,同科林斯国王克瑞翁(Creon)的女儿相爱。美狄亚在报复心的驱使下杀死了克瑞翁和他的女儿,以及那位女儿同伊阿宋所生的两个儿子。
[5] 伊阿宋,希腊神话中伊奥尔科斯(Iolcos)国王埃宋(Aeson)的儿子,阿尔戈英雄(Argonaut)的领袖。
[6] 阿摩尔,拉丁文,意指爱情,是拉丁诗歌中对爱神的称呼,相当于希腊神话中的厄洛斯(Eros)和古罗马宗教中的丘比特(Cupid)。

考价值必须通过上下文来判断，不过有许多细节完全来自想象是显而易见的。

　　罗马挽歌诗人中的三大佼佼者是提布卢斯（Tibullus）、普罗佩提乌斯（Propertius）和奥维德（Ovid）。其中，奥维德是最年轻也最多产的，更是奥古斯都时代最具才华的诗人之一，所以将用另一章单独介绍他。有一位比提布卢斯和普罗佩提乌斯稍年长的诗人，其挽歌在同侪中广受赞誉，但现存寥寥。他就是公元前 70 年出生于尤利广场[1]（Forum Julii）、现法国东南部瓦尔（Var）省城镇弗雷瑞斯（Frejus）的科涅利乌斯·加卢斯（Cornelius Gallus）。他与奥古斯都在同一学府问学，曾作为军队指挥参加对抗安东尼（Antony）的战争，并在安东尼的攻击下守住了帕莱托尼姆[2]（Paraetonium）。尔后他出任埃及长官[3]（Prefect），但对奥古斯都的评头论足太过放肆无稽，还在埃及为自己广立雕像以示尊贵。当奥古斯都把他召回罗马时，他可称是颜面丧尽，而且债权人也纷纷对他提起诉讼，使他被判流放，财产也被充公。无法承受如此困境的加卢斯在四十三岁时选择了自杀。人们对他最多的记忆，来自他跟维吉尔的友谊，后者在《田园诗集》（*Ecologues*）的第六篇和第十篇表达了对他的感激之情，也许《农事诗》（*Georgics*）未经修改时的结尾处也有怀恩之辞。加卢斯的挽歌诗有四卷，其倾吐的对象是利科里斯（Lycoris），一名出身卑微、品行轻浮的女伶，艺名为辛塞里斯（Cytheris）。除挽歌外，加卢斯还翻译了欧福里翁[4]（Euphorion）的希腊作品。另一位挽歌诗人是贺拉斯的友人、公元前 12 年的补缺执政官[5]（consul suffectus）盖尤斯·瓦尔吉乌斯·鲁夫斯（Gaius Valgius Rufus）。其挽歌作品不少是关于一个名叫米斯特（Mystes）的男童，但几失殆尽，唯有从贺拉斯的评述和某位给梅萨拉写颂词的诗人对他的夸赞中可窥一斑。瓦尔吉乌斯另有多部学术著述，包括一篇医学论文和一篇

---

[1] 尤利广场，尤利乌斯·恺撒主持兴建的广场，又称恺撒广场。

[2] 帕莱托尼姆，亚历山大城以西约二百四十千米的非洲城市，今埃及马特鲁（Marsa Matruh）市。

[3] 长官，是对古罗马各类官员的泛指，拉丁语作 Praefectus。包括城市长官（Praefectus Urbi）、禁卫军指挥官（Preafectus Praetorio）等。

[4] 欧福里翁（约前 275—?），希腊诗人和语法学家。卡图卢斯和他同时代的罗马诗人非常重视他的作品。他担任过叙利亚安条克皇家图书馆的馆长，作品包括小型史诗、抨击性短诗和学术论文。从现存片段来看他的风格晦涩而浮夸。

[5] 补缺执政官，为正式执政官的候补，若正式执政官死于任期内，则由补缺执政官顶替。

阿波罗多罗斯(Apollodorus)[1]的诗文翻译。

阿尔比乌斯·提布卢斯(Albius Tibullus)生于拉丁姆的佩督(Pedum)地区附近，时间可能在公元前54年前后。若其作品的最佳版本手稿中所包括的"提布卢斯生平"记述之内容可靠，则属骑士阶级。他的名下有一大笔遗产，但失去了大半，可能是在公元前41年被充公的。梅萨拉(Messalla)为他追回了这些钱财，这使他十分感恩戴德。亚克兴战役后，他随梅萨拉抵达东方，但因染疾而在科尔丘拉困居一阵。他还作为随从参与了梅萨拉在亚奎丹尼亚[2](Aquitania)的战役。他曾爱上出身寒微的自由民(libertina)、已婚女子德利亚(Delia)，以及涅墨西斯(Nemesis)，后者同贺拉斯(《歌集》第一卷，第三十三篇，第二行)笔下的格莱西亚(Glycera)明显是同一人。除此以外我们对他的生平一无所知。提布卢斯去世于大约公元前19年。贺拉斯是他的朋友，奥维德钦佩他的才华，但他跟普罗佩提乌斯是否互相认识却未可知。

提布卢斯名下有四卷挽歌，但并非全都真正出自其手。此诗集是梅萨拉身边所聚集的文人们搜集整理的，会把知名度不高的诗人所作的诗歌以提布卢斯的名义收入其中。第一卷有十首，致德利亚和一个名曰马拉松(Marathus)的青年，这卷无疑是提布卢斯本人所作，于其在世时便已出版。第二卷共六首，是献给涅墨西斯的挽歌，估计是于数年后成文的。提布卢斯此生都未完成这一卷，因此是在他死后才被发表的。作为第三卷出版的六首挽歌是一名自称灵格达姆斯(Lygdamus)的诗人所作，除此卷挽歌外，在历史上与此名字相关的诗学记载一片空白，所以可能只是笔名。不论这卷诗歌的真正作者是谁，此人是梅萨拉文人圈中的一员，生于公元前43年，对提布卢斯、贺拉斯、普罗佩提乌斯和奥维德的诗作都很了解。这部分挽歌写给内塞拉(Nesera)，她或许是诗人的堂妹并嫁给了诗人，也有可能只是订婚。跟提布卢斯的作品相比，这些挽歌逊色许多，缺少变化和想象，在赋韵成章的技巧上也欠典雅之

---

[1] 帕加马的阿波罗多罗斯(Apollodorus of Pergamum)，公元前1世纪两位最杰出的修辞学导师之一，同加大拉的泰奥多勒斯(Theodorus of Gadara)齐名，创有自己的学派"阿波罗多雷"(Apollodorei)。其最有名的学生便是奥古斯都。
[2] 亚奎丹尼亚，位于西南高卢的一个罗马行省，由恺撒在公元前56年征服。

魅，而这魅力正是提布卢斯的真作卓然不凡之处。署名提布卢斯的其余诗歌在大部分的印刷版本中归集为第四卷（不过有一部分在原始手稿中属于第三卷）。其中，第一首是《致梅萨拉的颂辞》（Panegyric on Messalla），以纪念他于公元前31年当选执政官。这首六步体诗显得品调略低，还透出一股对夸张修辞方法的偏执，这跟提布卢斯完全格格不入。灵格达姆斯在梅萨拉当选执政官的那年只有十二岁，故也不可能是真实作者。虽因其主题而被归入提布卢斯的诗集，也确系某位梅萨拉身边的诗人所作，但究竟谁是作者则实难定论。第四卷的其他诗歌讲述了梅萨拉的外甥女苏尔皮西亚（Sulpicia）对一名年轻的希腊男子锡林索斯（Cerinthus）的爱慕。其中从第八首到第十二首是苏尔皮西亚亲笔写给锡林索斯的，这些诗都极短，最多不过八行，却犹然情意真切、形貌标致，只欠些精妙——或者说含蓄。共有十行的第七首由提布卢斯写成的可能性更大，第二首至第四首外加第十三首明显是出自提布卢斯的手笔，另外作为整卷结尾的四行警句著者成疑。

  提布卢斯的挽歌与其同时代者相比不那么冗于繁考。神话式的比喻仍然很多，但表述简洁，也不占诗太大篇幅。提布卢斯的诗不算威猛刚健，更偏于温雅忧沉。他热爱乡野生活而反感战争，对深陷厄运的爱恋之苦感怀至深，因思考死亡时常心中压抑，但爱情依旧是他不灭的萦想。纵然缺少灼热的激情，其文言和诗律令他的诗作无愧于杰出。第一卷挽歌的第三首中有两个简短的节选[1]或可展现一下诗人至少是部分的情感气质：

    当你们在爱琴海上劈波逐浪，梅萨拉，
    请好心赐我一些屈尊的念想；
    我被费尔刻斯[1]（Phaeacian）延绵的海岸困得如此无助，
    如此孤单，无人怜爱，让病痛摧残。
    死亡，求你饶恕，求你离去；

---

[1] 费尔刻斯，在荷马《奥德赛》中出现的一个民族，以捕鱼为生。他们生活在斯切里亚（Scheria）岛屿，奥德修斯曾被海潮带到那个岛上。

第十章 提布卢斯——普罗佩提乌斯——其他次要诗人 151

> 这里没有哭泣的慈母在我的葬礼点燃柴堆,
> 也不会有姐妹,为我悲伤的姐妹,
> 把华贵的叙利亚香料装入骨灰;
> 更哪堪,没有陪伴我心的温妹佳人,
> 青丝凌乱,在我的棺柩上落泪。

由此展开的全诗是为受疾病所困留在科尔丘拉而生的哀叹。接下来诗人罗列了一些曾预示自己离开罗马将遭致厄运的凶兆,然后向伊西丝[1](Isis)祈怜。他还作了一段关于黄金时代的简短描述,并向朱庇特祷告央求生命:

> 但倘若命运已注定我的结局,
> 让这些话成为我寒碑上的铭文:
> "看!这儿葬着个年轻的诗人,
> 远离他的德利亚和故乡的天空,
> 远离亲爱的梅萨拉,为了他
> 提布卢斯曾共伴海角天涯。"

此诗余下部分有对冥界的描写和对德利亚的恳求。提布卢斯的表现手法高出其他罗马诗人一筹,任何译文都不可能展现其精髓。唯有反复阅读后,才能领略其中如春风般轻柔的触感,以及那甘甜的清音吟唱柔美主题的无瑕技巧。

塞克斯都·普罗佩提乌斯(Sextus Propertius)生于翁布里亚,可能在阿西西[2](Asisium)城;他的出生年份是公元前50年左右,因为他比提布卢斯年轻,又比公元前43年出生的奥维德年长。他的家庭较有地位,也定然很富有,因为虽然其父亲已过世,在公元前41年的财产分配中又失去部分家业,普罗佩提乌斯依然能供自己接受良好的教育。其母带他来到罗马,接着他学习了

普罗佩提乌斯

---

[1] 伊西丝,古埃及女神,尼罗河神奥西里斯(Osiris)的妻子,荷鲁斯(Horus)之母,被想象为尼罗河所灌溉的土地。主司众生事,是葬礼的主神,能治病和起死回生。
[2] 阿西西,翁布里亚地区城镇,现位于意大利佩鲁贾(Perugia)省境内。

一小段时间的法律,但为追求诗艺而断止。在发表自己的第一卷挽歌诗集后,他被引荐给梅塞纳斯,并随后向其献上两首诗歌(第二卷,第一篇;第三卷,第九篇)。但他同梅塞纳斯的关系,看起来不如后者与贺拉斯、维吉尔那样亲密。普罗佩提乌斯从未提起过贺拉斯,而贺拉斯倘若曾说到他,至少没有指名道姓。维吉尔是普罗佩提乌斯钦仰的对象,同奥维德也存在友谊。我们对其生平知之甚少,只是从他的诗歌中不曾提及任何公元前 16 年以后发生的事件这点,可以推测他死于公元前 15 年左右。小普林尼(Younger Pliny)的两段书信中曾提到一个叫帕西努斯·保卢斯(Passenus Paullus)的人,称其为普罗佩提乌斯的后裔,自此或可推断,这位诗人成过家也至少有一个子嗣。

普罗佩提乌斯的诗作　普罗佩提乌斯是一位爱情诗人,他所表达的是内心的敏感纠结,这之前很少有诗人涉猎。他的诗是激情且官能的,不着提布卢斯的忧沉哀思,也不似奥维德的轻佻放肆。他所倾诉的爱之对象名叫辛西亚(Cynthia),其真名为霍斯提亚(Hostia)。她是一名妓女,但有良好的教养和品位,貌美迷人。普罗佩提乌斯的第一首诗作便因她起兴,除最后一卷外,也一直都以她为诗歌的主题。这些诗至今共留下四卷,但第二卷是由两卷不完整的诗集所拼凑的。其第一卷诗集的问世令普罗佩提乌斯声名鹊起,并被引荐入梅塞纳斯的文人圈。梅塞纳斯自然希望他为奥古斯都和罗马帝国唱唱赞歌,于是自那时起辛西亚不再是其诗作唯一的主题。在第四卷(有许多版本把它编为第五卷)中有四篇是关于罗马古文物的,模仿了卡利马科斯(Callimachus)的《起源》(Aetia)。但爱神始终在普罗佩提乌斯的灵魂中游荡,也隐约地出没于主题的间隙。他的诗歌富含渊博的神话比喻,其描述的大部分场景毫无疑问来自想象,但诗人对爱情天生的狂热在其一切学识和虚构当中依旧醒目无虞。即便他不曾拥有诗中那丰沛的笔墨和美妙的语言所刻画出的全部爱情体验——希望与恐惧、爱与恨的交织、欢悦与哀愁、嫉妒与和解,却了解鲜有人明白的、情人心中起伏摇曳的欲焰。对现代读者来说,他的激情太过耀眼,博学也嫌晦涩,然而间或粗糙的文字和过于泛滥的神话用典并没有抹杀诗作之美,因为其表达的感受是真实的。普罗佩提乌斯的迷人之处在于诗文的扣人心魄和韵体处理技巧上的审慎及准确。他的早期诗作会在五步体(pentameter)结尾毫不踟蹰地采用三音节或四音节的单词,但后来则一般采用双音节单词来为五步体作尾,从这点看来普罗佩提乌斯是打算循照奥维德的规则处理这类情形。像其他罗马诗人那样,普罗佩提乌斯公然地模仿希腊诗人。他宣称模仿过的对象中特别要指出的是卡利马科斯和费勒塔斯[1](Philetas),两人同为亚历山大大帝时期的希腊文人。

下面这首是他最短的诗作之一,没有粗鄙之处,也没有过分学究,表达了对离去的辛西亚的想念:

为何还要不停诽谤我慵懒,
就因我冷眼让爱火在罗马空燃?
从波河到许帕尼斯[2](Hypanis)需千里相看,
她到我床榻的距离也同样遥远。
再体验不到那双臂环绕我抚弄的触感,
也听不到在我耳畔温言软语的倾谈。
曾经的如胶似漆;谁也无法取代
那深情款款的回盼。
明白了——我遭了妒忌——是天上的神
要我陷入毁灭?抑或采自高加索的魔药,
撩燃了我的欲念?
远方的仙女变得模糊;我不再如往昔。
噢,何等的爱却如风消散,
留下的痕迹一丝不见!
如今的我独守空夜一晚又一晚;

---

[1] 费勒塔斯(约前330—约前270),希腊诗人和语法学家,生于爱琴海的科斯岛,故被称为科斯岛的费勒塔斯(Philetas of Cos),也作 Philitas。他是托勒密二世和诗人忒奥克里托斯(Theocritus)的导师,作品仅存片段,主要诗作可能为《得墨忒耳》(*Demeter*)。

[2] 许帕尼斯,可能是:一、现南乌克兰布格(Buh)河南段的古称;二、现俄罗斯南部库班(Kuban)河的希腊叫法;三、印度的贝阿斯(Beas)河。

耳中满是自己的哀叹。

幸福啊！哭泣的青年，有情人在身畔；

这般带泪的爱情交织着迷醉的妄幻：

得胜的，是被讥讽的那些，能把过去埋葬；

移情别恋的快感酣畅又甘甜。

我却无法爱上另一个，也无法离开她；

因为辛西亚，是最初也是最后，我心的眷恋。[2]

奥古斯都时代的其他次要诗人　　在一个杰出诗人辈出的年代，也有不少稍逊一筹的诗人值得记录。奥维德在他的一篇书信[3]中提到了二十三位奥古斯都时代的诗人，这并不是完全的列表。关于这些诗人所知甚少，他们的作品也留存极少，哪怕是残篇。图密提乌斯·马苏斯[1]（Domitius Marsus）在世于大约公元前54年至4年，是梅塞纳斯文人圈中的一员，其作品包括名为《毒芹》（*Cicuta*）的一系列获得相当好评的机智短诗集，若干有关梅莱尼斯（Melaenis）的挽歌，一篇关于亚马孙（Amazons）人的史诗，以及学术论著《论表达的机巧》（*De Urbanitate*）。阿尔比诺瓦努斯·佩多[2]（Albinovanus Pedo）也是机智短诗和史诗作家，他的史诗作品之一《特赛得》（*Theseis*）叙述了忒修斯（Theseus）的伟绩，于公元前16年创作的另一篇记述了一则海上的历险，可能是日耳曼尼库斯[3]（Germanicus）的经历。夜晚中船只同风浪的搏斗在一段二十三行的残稿中描绘得栩栩如生，展现出诗人相当的才艺。格拉提乌斯（Grattius）有一篇狩猎诗（*Cynegetica*），至今共留有六步体诗句五百四十一行，但水准平平。拉比里乌斯（Rabirius）就奥古斯都在埃及的战事写了一首诗，仅余少量片段。科涅利乌斯·西维

---

[1] 图密提乌斯·马苏斯，罗马著名铭辞作家马提雅尔（Martial）经常称其为自己的前辈，因为他为提布卢斯写过一篇相当华美的铭文。其最有名的作品是机智短诗。

[2] 阿尔比诺瓦努斯·佩多，罗马诗人，创作时期为1世纪初。他关于日耳曼尼库斯的史诗可能曾被塔西陀用作史料。其唯一片段保存在老西尼加的《劝训辞》（*Suasoriae*）中。

[3] 日耳曼尼库斯（前15—后19），战功卓著的罗马将军，全名日耳曼尼库斯·恺撒（Germanicus Caesar），他是后来的罗马皇帝提比略的养子，但壮年夭折，否则极有可能成为罗马皇帝。佩多可能曾在其麾下效力。

鲁斯(Cornelius Severus)创作过一篇《罗马史诗》(Res Romanae),也或有其他史诗作品[1]。其残稿中最长的一段是关于西塞罗之死的二十五行诗句,所表现出的修辞学价值要高于诗学。奥维德的友人本都库斯[2](Ponticus)、马科[3](Macer)及若干其他人写过神话史诗。巴苏斯[4](Bassus)创作了短长格诗篇。其他诗人也凭借各种体裁的诗作或多或少地占有一定地位。

生于斯波莱特(Spoletum)的盖尤斯·梅利苏斯[5](Gaius Melissus)是奥古斯都时代的一个自由民,在图书馆叙职。他是骑士衫戏剧(fabula trabeata)的创始人,这种戏剧得名于骑士阶级所专属的服装骑士衫[6](trabea)。同样作为罗马本国的喜剧,它跟提提尼乌斯和阿塔(见本书原文第 29 页)所开创的托加戏剧以戏中人物的身份见异。托加戏剧的角色来自社会下层,而骑士衫戏剧则反映了更上层社会的生活。经过短暂的流行后骑士衫戏剧归于沉寂,并没有留下多少痕迹。梅利苏斯也是共一百五十卷的幽默逸事(Ineptiae)集的编纂人,可能还写过一些学术专著。

有一篇关于天文和占星学的教诲诗《天文学》(Astronomica),其魅力非同一般,有某些手稿称其作者名为马库斯·马尼利乌斯(Marcus)或盖尤斯·马尼利乌斯[7](Gaius Manilius),但这位诗人未见于其他文字记述。本诗现存五卷,最后一卷有残缺。若推测属实,原文共应有六卷,约五千行。但仅现存部分[8]已是除卢克莱修(Lucretius)的《物性论》(De Rerum Natura)外最长的拉丁教诲诗了。此诗整体上相当乏味,但有极其生动的章节,思想独特,表现力可圈可点。其作者对六步体驾轻就熟,在这方面比卢克莱修还高出一筹,但

骑士衫戏剧

马尼利乌斯

---

[1] 昆体良(Quintilian)称其创作过一部西西里战争的史诗(Bellum Siculum)。
[2] 他写的史诗主题是底比斯战争(Theban War),曾被普罗佩提乌斯拿来同荷马相比较。
[3] 在奥维德、昆体良等人的评价中,他的史诗风格是荷马式的,其内容为特洛伊战争。
[4] 奥维德给予他很高的称赞,此外,只有普罗佩提乌斯曾在其诗中提到过一个不确定是否同一人的巴苏斯,其他罗马文人从未提及他。
[5] 盖尤斯·梅利苏斯,全名盖尤斯·梅塞纳斯·梅利苏斯(Gaius Maecenas Melissus)。他虽是自由民身份,但从小被遗弃,后抚养他的人将他送给梅塞纳斯,此后很快被赐为自由,并得到奥古斯都的赏识,安排他在屋大维亚柱廊(Portico of Octavia)中的图书馆工作。
[6] 骑士衫,绘有紫色横纹的短衫。
[7] 一般认为他是最后一位罗马教诲诗人,创作时期为 1 世纪初。
[8] 现存部分有四千多行。

纵然施展了所有的诗艺、热忱、博学和独创才能,他还是无法完全克服这个主题天生的散文特质。诗的节奏存在起伏,时散时韵,没多少高渺的诗性幻想,却显得严肃而富于哲理。有很长一段专讲占星学,其他各部分描述了天上的物体。在某几卷的开场白和某些脱离主题的部分,诗人谈到了世界起源的理论、人类的本质以及命运的力量,这说明作者大体认同斯多亚哲学观,同传播伊壁鸠鲁学说的卢克莱修相反。因此他坚持世界并非借无序的力量所产生,而是神有意的创造:

> 谁能相信那些巨大的物体
> 源自微粒不经神力,
> 世界的降生盲目又莫名?
> 若偶然带给我们这世界,便让偶然主宰这一切。
> 但为何我们所见皆循法度
> 星座升起,仿佛它
> 被下了命令,划出被预见的轨迹,
> 抛下别的星星也毫无犹豫?
> 为何同样的星辰点缀的夜空
> 永远是夏季,同样的星辰
> 却总属于冬季?为何每一天
> 这世界用同样的面貌归来也离去?[4]

为增添文字的活力,作者加入了各类神话传说,但叙事技巧欠缺。尽管如此,这类插曲中最成功的一段也展现出良好的叙述功底和动人的韵律,其内容是珀尔修斯[1]（Perseus）和安得洛墨达[2]（Andromeda）的故事[5]。马尼利乌斯不是个伟大的诗人，但也不无所长地完成了罗马诗歌中一个崭新的主题，并证明自己在思想和严肃探究方面具有原创才华。纵有不少缺陷，《天文学》堪当佳作之名。

在奥古斯都时代，有许多诗人只知其名而作品缺失，另一方面，也有不少诗作虽然留存，但作者不详。有一部由八十首基本创作于这一时代的挽歌和抒情诗组成的短诗集就相当有趣，全部以向普里阿普斯（Priapus）讲述的口吻或至少同此神有关的设定写成。普里阿普斯是园艺和丰收之神[3]，在公共园林、果园等场地都竖有其雕像，在这种雕像上，会刻上或贴上被称为普里阿佩阿[4]（Priapea）的短诗，这就是本诗集的内容。虽然有许多诗竭尽淫秽猥亵之能事，但也有不少精心创作、充满机趣的作品。

有一些误归于维吉尔名下，并包含在他的作品手稿中的诗歌，要远比普里阿佩阿更吸引人。其中三篇为小史诗（epyllia），如同维吉尔的真作般用六步体写成。第一篇名为《蚊蚋》（Culex），共四百一十四行，讲述一名牧人在正午的酷热中酣睡，当有条毒蛇将要咬他时，被一只蚊子吵醒而获救。牧人醒来后打死了蚊子，蚊子的灵魂出现在他的梦中斥责他。最后，牧人为这只蚊子做了个坟冢。这首诗是讽刺性的，力图要显得诙谐，但并不十分成功。它的诗律跟维吉尔的真作不分伯仲，但在某些方面又类似奥维德。马提雅尔（Martial）和斯塔提乌斯[5]（Statius）称维吉尔年轻时创作过一首名为《蚊蚋》的诗歌，但上文所述之诗的韵格功底不是维吉尔早年便具备的。因此，若不是马提雅尔

---

[1] 珀尔修斯，希腊神话中，他是宙斯和阿克里西俄斯（Acrisius）之女达那厄（Danae）的儿子，是杀死美杜莎（Medusa）、解救了安得洛墨达并娶之为妻的英雄。

[2] 安得洛墨达，希腊神话中衣索比亚的公主。她母亲夸口女儿比海仙女更美，因此触怒了涅瑞伊得斯（Nereids），后者请求海神波塞冬将她锁在岩石上任海怪摆布。飞过那里的珀尔修斯爱上了她，并杀死海怪将她救出，娶她为妻。

[3] 原文如此，虽园艺和丰收也属该神管辖，但他主要是生育和繁衍之神，有巨大阴茎，故其颂诗多猥亵。

[4] 普里阿佩阿，亦称普里阿普斯颂诗，也作 Priapeia。古希腊时已有此诗歌。这些诗可能受奥维德的影响，并转而影响了诗人马提雅尔。

[5] 斯塔提乌斯（约45—96），全名普布利乌斯·帕皮尼乌斯·斯塔提乌斯（Publius Papinius Statius），拉丁文学白银时代的主要诗人之一，作品以罗马史诗和抒情诗见长。其作品有《诗草集》（Silvae）、《底比斯战记》（Thebaid）和未完成的《阿基利斯纪》（Achilleid）。

和斯塔提乌斯弄错,便是他们所说的那首诗同这首并非一物。

《奇丽鸦》   第二篇名为《奇丽鸦》(Ciris),比《蚊蚋》略长,此诗的作者显然是梅萨拉文人圈中的一员。这篇诗作讲述了斯库拉(Scylla)的故事,她爱上了侵略军首领米诺斯(Minos),害死了父亲尼索斯(Nisus),也出卖了家园。作为惩罚,她被绑在船尾拖行于水中,但诸神同情她,将她变成名为奇丽鸦的海鸟[1]。她的父亲也重获生命,成为一只海鹰。第三篇是《色拉》(Moretum,一种农人所吃的色拉),仅一百二十四行。这是一首轻快悠闲的诗歌,文笔可赞,描述一位贫穷的农夫和他的非洲奴隶如何在清早制作色拉。这首诗被认为是对帕森尼奥斯[2](Parthenius)的希腊原作的模仿。维吉尔有可能是它的作者,但无法确定。

《侍酒女》   第四篇叫作《侍酒女》(Copa),是只有三十八行的挽歌。其故事发生在某个路旁酒馆的女侍身上,趣巧有致,但不具维吉尔的一贯水准。尽管如此,该作品属于奥古斯都时代是无疑的。同样能在维吉尔的手稿中找到的

《埃特纳》   《愤怒》(Dirae),如前文所述(见原文第63页)属于更早的时期。而《埃特纳》(Aetna)则属于下一个时代,这首诗共有六百四十六行,均为六步体,描述了火山喷发的场景并试图对其成因加以解释。其诗歌价值寥寥,但可以证明一个无名诗人也能写出工整的六步体。其余归在维吉尔名下的短诗无甚趣味或价值,但有一篇精彩的戏和体(parody)滑稽颂诗,纪念了一位年迈的赶骡人,其模仿对象是卡图卢斯献给自己老朽游船的诗作。

《坚果树》、《献给李维亚的安慰》   挽歌《坚果树》(Nux)和《献给李维亚的安慰》(Consolatio ad Liviam)皆归在奥维德的名下,它们都是稍晚时期文人的模仿之作,无甚价值。《坚果树》是一棵遭路人虐待的树所发出的抱怨。《献给李维亚的安慰》自称是献给奥古斯都的妻子李维亚的诗作,以抚慰她在公元前9年丧失爱子德鲁苏斯(Drusus)的悲痛。

---

[1] 这个故事取材于希腊神话。尼索斯是麦加拉国王潘狄翁(Pandion)之子,只要保有一绺具有魔力的紫色头发就能不死,并享有他的王国。他的女儿斯库拉爱上了前来攻打麦加拉的克里特国王米诺斯,接受贿赂,割下了父亲的紫色头发,出卖了城市。她化身成的海鸟经常被尼索斯变成的海鹰所追逐。

[2] 帕森尼奥斯,指尼西亚的帕森尼奥斯(Parthenius of Nicaea),希腊诗人、语法学家,创作时期为公元前1世纪。他被称为亚历山大里亚诗派最后一人,生于小亚细亚的尼西亚。

第十章 提布卢斯——普罗佩提乌斯——其他次要诗人

尾　注

1 I,iii,1—9,53—56. 引自 James Grainger 的英译。

2 I,xii. 引自 Elton 的英译。

3 *Ex Ponto*,IV,xvi.

4 Book i,499—507. 这一主题从第五百三十行开始继续。

5 Book v,540—615.

第十一章 奥维德

奥维德，公元前43年至公元18年——他的生平——关于爱情的诗作——《岁时记》——《变形记》——流放后的诗作——他的价值和影响

奥维德生平

普布利乌斯·奥维狄乌斯·纳索（Publius Ovidius Naso）[Ovid为英译名——中译者注]，公元前43年3月20日出生于佩利尼[1]（Paeligni）地区的苏尔莫[2]（Sulmo）。他的家庭属于骑士阶级，颇为富有，能供他和兄长一起投身奥勒利乌斯·弗斯库斯[3]（Arellius Fuscus）和波西乌斯·拉托[4]（Porcius Latro）门下钻研修辞学，在罗马获得很好的教育。此外，他曾到雅典求学，同时跟诗人马科（Macer）一起游学于亚细亚和西西里。披上成年托加（toga virilis）后，他以两个低级职务为起点踏上政途，并在私人案件中担任司法官。不过，无视于父亲的责备，他后来放弃了公众事业转投诗歌创作。根据本人的说法，这一抉择部分缘于他体格太纤弱，但主因或许是对诗歌的热爱、对欢乐的追求以及对刻板事务的反感。他有很高的社会地位，同梅萨拉（Messalla）及其文人圈过从甚密，还在罗马有众多学识渊博的友人。据他自称，他同维吉尔只有数面之缘，并没有任何交流，但跟提布卢斯、普罗佩提乌斯、本都库斯和巴苏斯都关系密切。他曾三次结婚，在非常年轻时就娶来的首任妻子在他看来是"既无价值又无用处"，¹第二任虽然没受到他的指摘，这场婚姻也很快就破裂。第三任妻子来自法比乌斯家族[5]（Fabian Family），两人相互间的忠

---

[1] 佩利尼，古意大利中部地区的一个民族，居住在亚平宁山脉东面的坡地。
[2] 苏尔莫，现意大利阿布鲁齐（Abruzzi）区的城镇，原为佩利尼人所居住，后属古罗马。
[3] 奥勒利乌斯·弗斯库斯，古罗马的演说家，精通拉丁语和希腊语，能用两种语言进行优雅和华丽的谈吐。他可能也是老普林尼的导师。
[4] 波西乌斯·拉托，全名马库斯·波西乌斯·拉托（Marcus Porcius Latro），创作时期为公元前1世纪，是奥古斯都时代杰出的罗马修辞学家，被认为是经院修辞学（scholastic rhetoric）的创始人之一。老西尼加（Seneca the Elder）是他的友人。
[5] 法比乌斯家族，又称Fabia Gens，罗马历史最悠久的名门望族之一，被认为有着赫丘利斯的血统。

诚矢志不渝。他育有一女，其女又有两个孩子。他在罗马享受着安逸生活和社会交际的愉悦，但在公元8年这一切被一纸帝室赦令所打破，令他被流放到本都[1]（Pontus）海岸（即黑海畔）的托弥[2]（Tomi）。他写道："两个指控构成了我的毁灭，一首诗，一个错，但我必须对其中之一报以缄默。我的地位并不足以让我去揭你的旧伤，恺撒[指奥古斯都——中译者注]，因为一次的经历已使你黯然神伤。另一个，是一首可鄙的诗歌，我就是作者，被指控是诲淫的喉舌。"² 这首诗除了《爱的艺术》（Ars Amatoria）外不可能有他，但此诗在诗人被流放的十年前便已出版，所以其遭致流放的真正原因，必须在他保持缄默以免刺痛奥古斯都的那部分寻找。也许，这是因为他知悉了奥古斯都的孙女尤利亚（Julia）和德齐穆斯·西拉努斯[3]（Decimus Silanus）的秘密奸情。奥维德直至公元18年去世时仍在流放当中，并死于流放地托弥。

奥维德的诗歌分三类：早年以挽歌体所写的爱情诗；在流放之前所写的古物及神话诗歌，包括挽歌体的《岁时记》（Fasti）和六步体的《变形记》（Metamorphoses）；在托弥流放时所作的挽歌体诗文。其爱情诗创作的精确年代顺序很难确定，因为他的首个成体系的挽歌体作品《爱情诗》[4]（Amores）存在两个版本，起初有五卷，后改为三卷。被保存下来的是后一个版本。其中大部分诗篇可能写于公元前22年至15年之间。在《爱情诗》写成后不久即创作了《传颂之女》（Heroides），一本神话传说中的女子们写给她们不在身旁的丈夫或情人的书信集，之后落笔的是《驻容》（De Medicamine Facie），接着是《爱的艺术》（Ars Amatoria）和《爱的医疗》[5]（Remedia Amoris）。这最后的两部似应发表于公元前1年伊始到公元1年末尾之间，但写作的时期则不完全限于

奥维德诗作

---

[1] 本都，公元前4世纪末亚历山大征服古安纳托利亚东北部与黑海毗邻的地区后所建立的王国，其鼎盛时期是米特拉达梯六世（Mithradates VI Eupator）治下的公元前115年至前63年，之后并入罗马帝国版图。
[2] 托弥，又名Tomis、Miletis、Metropolis，米利都人（Milesian）的殖民地。附近的一个湖泊被称为"奥维德湖"。
[3] 德齐穆斯·西拉努斯，全名德齐穆斯·朱尼乌斯·西拉努斯（Decimus Junius Silanus），尤利亚的情人之一，在奸情曝光后自愿流放。提比略在公元20年同意让他返回罗马。
[4] 又译作《爱经》。
[5] 又译作《爱药》。

这两年。

《爱情诗》 《爱情诗》三卷共有挽歌四十九首,几乎全为爱情主题。其他主题的诗篇数量相对较少,当中最广为人知也最引人入胜的是关于提布卢斯之死(第三卷,第十篇)和描述朱诺节节庆场面(第三卷,第十三篇)的两首。爱情诗所倾诉的对象大多是科里纳(Corinna),她应完全出于诗人的杜撰,不似卡图卢斯的莱斯比亚、提布卢斯的德利亚和普罗佩提乌斯的辛西亚那样,在虚构的名字背后有个真实的原型。奥维德并不用爱情诗表达他对任何人的感情,而把它当成展现自己诗律上的惊人造诣和无穷想象力的平台。自始至终,这些诗欠缺某种真正的目标。漫长的爱情纠葛在起伏错落的情节中显得轻佻而优雅。科里纳生病、科里纳离去、科里纳收到一封信、科里纳决绝地回复、科里纳的鹦鹉死了、爱科里纳的人在一首挽歌中为此叹息,但任何地方都看不到真实情感的闪耀。诗人希望给出的似乎是一组完整的图卷,图上画着恋爱中的人在一切可能的情形下会产生的感情和行为。他以生动的想象力将激情那所有善变的月相描绘得巨细无遗,但仅仅嬉笑而过,不着深迹。一些诗篇基于希腊原作写成,有很多带有神话暗喻,乃至充斥着亚历山大里亚式的引经据典;有些是无伤大雅的戏谑之作,有些则极尽淫亵,但一流的技巧处理以及空洞不实的感情不变如一。凭这些早期作品,奥维德已然把罗马挽歌诗人的桂冠揽在怀中了。其韵文水银泻地般的天作之美令人叹服。在格律上,奥维德极其严整,每个对句必然构成完整的句子,至少也表达一个独立的含义,每个五步格诗行必然以二音节单词作尾,所以这些韵文的抑扬顿挫工整无瑕,但依靠变化多端的表述方式、充满灵气的修辞方法,又得以免除韵格严整而显得单调的弊端。只有主题的单一和真实情感的缺失是《爱情诗》令现代读者乏味的唯一诟病所在。

《传颂之女》 《爱情诗》的主题在《传颂之女》中得到了延续,但形式有所不同。这些挽歌被想象成十五位古代广为人知的女性——珀涅罗珀(Penelope)、布里塞伊斯[1](Briseis)、淮德拉[2](Phaedra)等——给不在身旁的情人或丈夫所写的书信。诗化这种情书的体裁,对亚历山大里亚派诗人并不陌生,普罗佩提乌斯也采用过一次(第四卷,第三篇),但奥维德令它首度在罗马风行,而且初次在这类体裁中借用神话人物。就在出自奥维德笔下的女眷之书发表以后,萨宾努斯(Sabinus)对其中至少一部分作了虚构的回函。³这些回信已失传,但我们现在仍可在《传颂之女》的结尾找到六封成对的信件,分别是帕里斯[3](Paris)、李安德[4](Leander)和阿康蒂乌斯[5](Acontius)给海伦[6](Helen)、希罗(Hero)和西狄普(Cydippe)所写的信以及女方的回复。这六封书信同奥维德的作品风格是如此相似,经最好的鉴定家通过仔细研读后方认定它们并不是奥维德的作品,而是某些同代逸名作家高明的模仿。《传颂之女》和方才提到的六封信札,借着神话中耳熟能详的人物,使诗文有着《爱情诗》所不具有的趣意和浪漫,但两者的整体特征所差无多。

《驻容》保存至今的内容并不完整,自第一百行起便时有断续。开篇引言部分拿奥古斯都时代高度发达的文明和早先粗陋的生活方式作了比较。过去的女性对个人仪表也许视若罔顾,但诗人当代的罗马少女则不同,甚至男性也不再不修边幅。可人格的确比外表更重要,因为当貌美不再,人格依然能历久弥新。此诗就这一观点而显出魅力,但其余部分,罗列着各种化妆品的配方,

《驻客》
111

---

[1] 布里塞伊斯,希腊神话中,她是阿基利斯心爱的奴隶。阿伽门农因同阿基利斯发生争执,愤而夺取了他心爱的布里塞伊斯,于是阿基利斯愤然离去,使希腊人的形势变得危急。
[2] 淮德拉,希腊神话中,她是克里特统治者米诺斯(Minos)的女儿,忒修斯(Theseus)的妻子。因为忒修斯同前妻所生的儿子希波吕托斯(Hippolytus)得罪了阿芙洛迪忒,后者让淮德拉疯狂地爱上了自己的继子,终因羞愧和负罪感悬梁自尽。
[3] 帕里斯,希腊神话中特洛伊国王普里阿摩斯(Priam)和妻子赫卡柏(Hecuba)之子,因为诱拐海伦拒不归还而导致特洛伊战争。
[4] 希罗和李安德,希腊神话中一对受人称赞的情侣。希罗是阿芙洛迪忒的女祭司,在某个节日同青年李安德相爱。他每夜在希罗塔楼上高擎的火把的指引下泅渡赫勒斯滂(Hellespont)与她相会。某夜暴风雨降临把火把熄灭,李安德溺水而死,希罗悲痛万分,跳水自杀而亡。
[5] 阿康蒂乌斯和西狄普,阿康蒂乌斯是希腊神话中凯奥斯(Ceos)岛上的俊美少年。他爱上了富贵人家的姑娘西狄普,就在苹果上写了一句"我发誓要与阿康蒂乌斯结婚",然后诱使西狄普拾起苹果并在无意中念出这句话,结果中了咒语。此后姑娘虽然多次与人订婚,每次都会在婚礼举行前病倒。最终,德尔菲神谕说明了缘由,她遂与阿康蒂乌斯结婚。
[6] 海伦,希腊神话中最美的女人,特洛伊战争的间接起因。她是宙斯同丽达(Leda)或涅墨西斯(Nemesis)所生,也是阿伽门农的弟弟墨涅拉俄斯(Menelaus)的妻子。

维持体重和体形的食谱的细致要领,却着实乏味,后面所丢失的部分也就不显得多么可惜。

《爱的艺术》

《爱的艺术》是最离经叛道的现存古诗歌之一。第一卷向年轻男子授之以渔,以助他们找寻和引诱魅力出众的情妇;第二卷讲授如何维系少女的爱慕;第三卷指导女孩如何捕获爱人的心。奥维德笔下的爱仅仅是官能的冲动,而非灵魂的结合,若非部分极其精美的叙述和神话以及某些精练的普世哲学令这部作品生色,他这三卷系统性讲述诱惑之艺术的诗集会十分的冗长和烦闷。第一卷中有一个精彩的段落,[4] 为罗马的伟大和奥古斯都大唱赞歌,其实是为引出描写凯旋式的下文,因为在喧闹的人群中,年轻男子很有机会结识异性。在这段提及剧院中的罗马女性的诗文中,奥维德曰:

她们来而欲观,也自欲被观(Spectatum veniunt, veniunt spectentur ut ipae)

还有许多其他诗行,展现出敏锐的观察力、对人性的把握和显著的幽默感;但除去这些细节上的华丽,整诗是过于无趣了,所以其淫亵的流毒几乎没有。

《爱的医疗》

《爱的医疗》为想要摆脱爱情冲动的人提供了各种手段。例如推荐渴望自由的恋人去从事某种活动和旅行;建议多去想想其情人的缺陷和为她所付出的代价;叫男性设法令女伴暴露自己的短处;敦促男子赶紧爱上其他人,避免在恋人离去时陷入怀念和悲伤,并远离诗歌、音律和舞蹈。这一切都相当无聊,但诗歌本身,如同《爱的艺术》一样富含精妙的细节。《爱的医疗》是奥维德最后一部关于爱情的诗歌。从始至终,他的爱情诗都表现出无以复加的轻快和流畅,一流的技巧,丰沛的想象、机智和幽默,但与真实情感和严肃追求几乎绝缘。

《岁时记》

《岁时记》是罗马节庆的日程表,奥维德在这部作品中显得更为庄重。其创作开始的时间无法认定,但大约占据了诗人数年光阴。《爱情诗》中关于朱诺节的描写(第三卷,第十三篇)表现出诗人对宗教仪式的某种兴致,也许在《爱的艺术》发表前,奥维德就因此而生出创作《岁时记》的念头。即便这个猜

第十一章 奥维德

测不假,《岁时记》还是未能彻底完成。此诗在构想中应有十二卷,分别对应一个月,并献给奥古斯都,但完成六卷之后,其创作因奥维德的流放戛然而止。自奥古斯都死后,奥维德对此诗进行修订,并题献给日耳曼尼库斯,可修订工作的进程不会超过第一卷。鉴于此诗所提及的事件晚至公元17年,我们所见到的整部作品应发表在奥维德去世以后。

　　以诗的语言来记录节日,并说明其来源,这是亚历山大里亚诗人——尤其是卡利马科斯——曾用过的内容。将这种题材引入罗马诗歌的是普罗佩提乌斯(见原文第135页)的四篇挽歌作品。奥维德则系统地罗列了罗马所有的节日,并按日期进行整理。这种编排方式往往使互有关联的神话故事远隔重章,甚至把一个神话割裂成数个不相连的部分,这损害了它作为诗歌的完整性。诗人还因其主题不得不兼顾天文学历法和载于古籍的历法,这双重指向伤害了诗体的和谐。奥维德对天文学的研究算不得细致,其作品中的天文学内容有多处严重的谬误,但其描述的明晰、表达的多样和关于星辰的神话内容令这些部分依旧趣致盎然。对标志着罗马历史上重大事件的日子,诗人做的介绍尤为详尽,他还借一切机会表露爱国情怀以及对奥古斯都和尤利亚家族的赞扬。节日的描写宛如以罗马式日常生活为主题的生动而亮丽的画卷。诗人对自身时代或以前神话时代的事件有着变幻多姿的刻画,时而细节奢繁,时而删华就素,但始终带有轻快且迷人的优雅。节日起源和习俗的介绍采用多种方式进行,有时某位神祇现身揭开此谜,有时诗人的某个朋友将其娓娓道来,有时诗人直接解答而不依附于任何权威。诗中所包含的希腊神话源自部分神话集,其体裁同《岁时记》类似,也为当时的罗马人所熟悉,甚至在罗马自己的传说方面,奥维德或许都没有做什么独创的研究。语法学家维里乌斯·

弗拉库斯[1]（Verrius Flaccus）曾编纂过一部散文式的历表，解释了一年中每一天约定俗成的习规，也许这部历表是奥维德获取大量行将失传的古物知识的来源。奥维德用来获取信息的参考资料现在已不可考，这部作品便成为我们当今在罗马教仪、信仰、宗教、古迹乃至测绘——奥维德频频提及各个神殿和其他建筑的相对位置——方面的主要参考之一。因此，六卷《岁时记》对于罗马日常生活的研究者善莫大焉。另外，其重要性在罗马诗学研究中也不遑多让，因为诗中处处有美妙鲜活的描写和有趣的故事，还有一些段落表达出堂堂的爱国之情，说明奥维德不仅是玩世不恭和轻佻的淫秽爱情诗人，有时也会展现出另一面来。在《岁时记》的许多章节中，其大师级的鬼斧神工、描写的生动活泼、叙述中水银泻地般的优雅，可同一切罗马文学作品比肩齐视，甚至包括奥维德本人的《变形记》。

十五卷的《变形记》是奥维德最伟大的成就。我们不知道他何时开始这部诗集的创作，但根据自称，[5] 其完结于流放判决下达的时期，且没有进行修缮以达到令自己满意的水平。在哀痛中，这些手稿被奥维德付之一炬，但应有数个抄本保存下来，令这部作品流传。其开篇阐释了作品的初衷：

> 关于形态的变化
> 我的灵魂催我道出。神灵们——
> 既然是你们促成的变化，
> 请借予此作惠眷的吐息，
> 也让这部诗集流芳永续。

这部伟大的神话集几乎即刻就成为神话知识的普遍参考，至今如是。诗

---

[1] 维里乌斯·弗拉库斯，公元前1世纪中后期的著名语法学家，同时也是古文物学家、历史学家甚至诗人。他写过论文《论正字法》（*De Orthographia*）、《萨图努斯》（*Saturnus*）、《论加图古语》（*De Obscuris Catonis*），还可能创作了伊特鲁里亚人的历史；包括费斯图斯（Pompeius Festus）在内的众多文人引用过他的著述。若不是费斯图斯的缩略本，他的作品失传所带来的损失可能仅次于瓦罗。在普勒尼斯特（Praeneste）有他的雕像。

第十一章 奥维德

人和艺术家自奥维德的诗篇中所获得的关于古代神祇和英雄的灵感甚至要多过荷马。这些神话均有某些"变形"的内容。数位亚历山大里亚诗人亦做过同类故事的编集整理,但奥维德显然是第一个收集完整的,自创世到他那个时代所有这类传说都有序地罗列其中。一个传说到下一个传说的承接完成得极富技巧,叙事奔放而流畅,迷人的描写屡见不鲜,表达的手法层出不穷,令此作的魅力在诗歌史中屈指可数。就算单单列出其中所包含的传说也会极为冗长,因为数量实在太多,但为显出这部作品的宏大和纷繁,可对部分特别重要的篇章略作介绍和概括。

奥维德从天地创造的过程为始,接着对人类堕落的四部曲时代(黄金、白银、青铜、黑铁)以及吞噬丢卡利翁(Deucalion)和皮拉(Pyrrha)[1]外一切人类的大洪水逐一下笔。法厄同[2](Phaethon)试图驾驭太阳金车的传说在纸上呼之欲出,尽管诗人有些不合时宜地展现了自己的地理知识。卡德摩斯[3](Cadmus)创建底比斯(Thebes)的传说是一篇叙事技巧方面的杰出范文。有两篇传说更有悲剧色彩,也更具戏剧化编排,一篇是彭透斯[4](Pentheus)的传说,巴库斯(Bacchus)的崇拜者们在狂乱中将他撕成碎片,这些发了疯的人中还有彭透斯的生母和姐妹;另一篇是阿塔玛斯[5](Athamas)的传

《变形记》之内容

---

[1] 丢卡利翁和皮拉,希腊神话中,丢卡利翁是普罗米修斯(Prometheus)之子,也是埃比米修斯(Epimetheus)之女皮拉的丈夫,他又是海伦的父亲,希腊民族的祖先。当宙斯决心用洪水毁灭人类时,他做了一只大木柜,和妻子一同漂流到帕纳塞斯(Parnassus)山。他们在奉献牺牲和请示神祇之后,奉命将石头投到身后,丢卡利翁投的石头变成了男人,皮拉投的变成了女人。
[2] 法厄同,希腊神话中,他是太阳神赫利俄斯(Helios)和仙女克吕墨涅(Clymene)之子。他强央父亲允许他驾驭金车游天空一日,但由于无法控制金车,几乎把地球烧毁。宙斯不得已用雷霆将他击落。
[3] 卡德摩斯,希腊神话中福尼克斯(Phoenix)或阿革诺耳(Agenor)之子。宙斯劫走他的兄弟欧罗巴(Europa)后,他外出寻找未果,后根据德尔菲神谕,放弃搜寻,跟随一头母牛,并在它卧倒之地建立底比斯城。
[4] 彭透斯,希腊神话中底比斯城年轻的国王。当时酒神巴库斯假扮成年轻的亚洲圣者来到底比斯传播他的宗教,但底比斯人拒绝他的神学,不愿崇拜他,彭透斯还设法要逮捕他。于是巴库斯最后迫使他发疯,将他领到山里,在那里,彭透斯的母亲阿高厄(Agave)以及底比斯的妇女们在酒醉的疯狂中将他撕碎。
[5] 阿塔玛斯,希腊神话中,他是史前明洋(Minyan)人居住的奥尔霍迈诺斯(Orchomenus)城国王。虽有云神涅斐勒(Nephele)做他的妻子,却恋上卡德摩斯的女儿伊诺,对妻子冷淡,令她愤然出走。赫拉对他和伊诺产生恨意,将阿塔玛斯变疯,也逼得伊诺携子投海。

说,他被朱诺变疯后杀死自己的长子,而妻子伊诺(Ino)同另一个儿子墨利凯尔特斯(Melicerta)共沉海底。这两篇间隔的部分有一些其他传说,内容稍显平淡,其中以皮拉摩斯(Pyramus)和西斯贝(Thisbe)[1]为主题的哀婉牧歌是莎士比亚《仲夏夜之梦》所模仿的对象。珀尔修斯的事迹读来翔实而生动,包括从海怪手中解救安德洛墨达、两人的婚事和随之而来的争吵,以及他用恐怖的戈尔贡[2](Gorgon)头颅将敌人石化。珀耳塞福涅[3](Persephine)的传说——她被普路托(Pluto)掠走,母亲刻瑞斯(Ceres)找遍世界每一个角落——被奥维德加入不胜枚举的地理、古物和神话细节,变得更丰满但也拖沓。尼俄柏[4](Niobe)的骄傲和哭泣显得悲惨而凄凉。在美狄亚痴迷伊阿宋的爱情传说中,奥维德在一定程度上模仿了罗德岛的阿波罗尼奥斯(Apollonius of Rhodes)[6]来刻画美狄亚遭受折磨的内心世界,同时也表现出自己对修辞性议论的偏爱。刻法洛斯(Cephalus)和普洛克里丝(Procris)[5]、尼索斯(Nisus)和斯库拉(Scylla)、代达罗斯(Daedalus)和伊卡洛斯(Icarus)[6]等人

---

[1] 皮拉摩斯和西斯贝,希腊神话中一对巴比伦的恋人。双方父母不同意他们结合,于是他们决定一同逃走,约定在一棵桑树下相会。西斯贝先到,但被母狮的吼声吓跑,在匆忙中掉下面纱,被母狮用爪撕碎,而狮爪上恰好有牛血。皮拉摩斯到树下,看到带血的破碎面纱,认定她已葬于狮腹,就举刀自刎。西斯贝归来后痛不欲生,也自杀身亡。传说桑椹就此从原来的白色变成了黑色。

[2] 戈尔贡,希腊神话中的怪物。在荷马笔下只有一只,处于冥界。后来赫西奥德(Hesiod)增加到三只:斯塞诺(Stheno)、欧律雅耳(Euryale)和美杜莎(Medusa)。其中只有美杜莎不能永生,所以被珀尔修斯杀死并割下头颅。她能使看到她头颅的人变成石头。

[3] 珀耳塞福涅,在希腊神话中是宙斯和谷物女神刻瑞斯的女儿,冥王普路托的妻子。她是被冥王劫持到冥界的,母亲悲愤交加,不再照管大地的收成,引来大规模的饥荒。宙斯不得不进行干预,要求冥王交还女儿。

[4] 尼俄柏,希腊神话中里底亚王坦塔罗斯(Tantalus)的女儿,底比斯王安非翁(Amphion)的妻子。据传她有六子六女,自诩生育能力强大,超过只有两个孩子、生下阿波罗和阿耳忒弥斯的提坦神勒托(Leto)。为了惩罚她,阿波罗杀死了尼俄柏所有的儿子,阿耳忒弥斯杀死了她所有的女儿。十天后,孩子们的尸体才被掩埋,而尼俄柏则回到她的家中,被变成一块石头,当雪融化时石头会不停哭泣。现在尼俄柏常指因失去孩子而哭泣的母亲。

[5] 刻法洛斯和普洛克里丝,希腊神话中,刻法洛斯是一个阿提卡家族的祖先,伟大的猎手,并受到破晓女神厄俄斯(Eos)的垂爱。普洛克里丝是他的妻子。某天她怀疑丈夫有外遇,就偷偷跟在后面,当她从树丛中突然现身时,被丈夫误认为是猎物而击毙。

[6] 代达罗斯和伊卡洛斯,希腊神话中,代达罗斯是建筑师和雕刻家,曾为克里特王米诺斯建造迷宫。后来,他用蜡给自己和儿子伊卡洛斯做出翅膀和羽毛,以逃离不再宠爱他的米诺斯。但伊卡洛斯离太阳过近,翅膀被熔化,掉入海中淹死了。他的尸体被冲到岛上,后来该岛就被称为伊卡里亚(Icaria)。

的经历所占用的篇幅相对要少些。在墨勒阿革洛斯[1]（Meleager）猎杀卡利敦野猪（Calydonian boar）和他死亡的经过中，奥维德得以一展他在描写、叙事和心理分析中的多重才能。菲莱蒙（Philemon）和巴乌希斯（Baucis）[2]这两位虔诚好客的农夫所唱出的悠长牧歌，在上述充满血腥的故事后给读者带来一丝治愈。接着是赫丘利斯（Hercules）的功绩，再往后是奥菲斯（Orpheus）的传说，数个其他传说的内容以奥菲斯本人叙述的形式穿插其中。讲述完奥菲斯的惨死之后，弥达斯[3]（Midas）的故事接踵而至，他所接触过的一切东西都会变成黄金，而自己的耳朵被变成了驴耳，因为他宣称牧人比阿波罗更擅音律。塞伊科斯（Ceyx）和阿尔西翁（Alcyone）[4]双双被变成海鸥的传说给了诗人一个讲述并赞美配偶间的忠诚的机会。半人马怪物同拉庇泰[5]（Lapithae）人的战斗所费笔墨较多，可提到的人名也太多，欠缺整体协调性。关于特洛伊战争的传说有很多。其中比较突出的，是埃阿斯和尤利西斯（Ulysses）为阿基利斯盔甲互不相让的争夺，两名争夺者为主张自己要求所做的

---

[1] 墨勒阿革洛斯，希腊神话中，他是卡利敦国王俄纽斯（Oeneus）和阿尔泰亚（Althaea）之子，只要出生时壁炉中的一块木柴不被烧尽，就可以不死。他母亲便将这块木柴保存了起来。后野猪践踏卡利敦的农田，生得高大强壮的墨勒阿革洛斯率领众人将野猪杀死，最先伤到野猪的是队伍中唯一的女性，也是已婚的墨勒阿革洛斯所恋慕的对象阿塔兰忒（Atalanta），于是他将野猪皮送给她作为奖赏。可墨勒阿革洛斯母系的两个叔叔对此不满，进而动手强夺，被墨勒阿革洛斯所杀。他的母亲听闻兄弟死了，便取出剩下的木柴点燃，墨勒阿革洛斯在痛苦中随着木柴的燃尽而死去。

[2] 菲莱蒙和巴乌希斯，希腊神话中，他们是弗里吉亚一对虔诚的夫妻，殷勤款待了微服巡访的宙斯和赫耳墨斯，而富有的邻人却把两位神赶了出去。后来，这对农夫得到很多奖赏，包括满足同时寿终的心愿，并被变成大树。

[3] 弥达斯，希腊神话中以愚蠢贪婪得名的国王。传说弥达斯曾捉住酒神的同伴西勒诺斯（Silenus），并宽厚地处置了他。作为报答，酒神狄俄尼索斯准备满足他一个愿望，于是他要了点石成金的法术，但后来懊悔不已。另外，他曾在阿波罗和玛息阿（Marsyas）的比赛中做裁判，并判玛息阿胜，于是头上被阿波罗生出两只驴耳朵。他隐藏着自己的驴耳朵，并要唯一见到的理发师发誓不泄密。理发师藏不住心里的秘密，就对一个地洞说了，从那里长出的芦苇在微风吹过时，所发出的声音就成了"弥达斯长着驴耳朵"。

[4] 塞伊科斯和阿尔西翁，塞伊科斯是晨星厄俄斯福耳（Eosphorus）之子，色萨利（Thessaly）的国王，他的妻子阿尔西翁是普勒阿得斯（Pleiades）——巨人阿特拉斯（Atlas）和海洋女神普勒俄涅（Pleione）的七个女儿之一。当他因船难死去时，妻子悲愤中撞向海岩自尽。出于怜悯，众神将他们化为海尔西翁（Halcyon）鸟。海尔西翁出自阿尔西翁的另一个叫法，后衍生为安宁幸福之意。

[5] 拉庇泰，色萨利地区的一个非常骁勇的民族，其国王为庇里托俄斯（Pirithous）。当时，国王同养蜂人布特斯（Butes）的女儿希波达弥亚（Hippodamia）成婚，参礼的半人半马怪物借酒疯想玷污新娘和侍女，由此引发了这场战争，后拉庇泰人全胜。

演说，再一次体现出奥维德对修辞的偏好。随着特洛伊的陷落、埃涅阿斯的逃亡，本诗开始更多地涉及罗马而非希腊的主题。确实，埃涅阿斯等人在特洛伊陷落后进行的早期冒险故事仍旧源自希腊，但他们于意大利的战事和罗马城的建立则不再如此。临近结尾时有关于毕达哥拉斯派（Pythagorean）灵魂轮回哲学的详尽阐述。随后展开的是若干个罗马传说，最后部分记述了尤利乌斯·恺撒如何升天为神，并预言奥古斯都将有相似的归宿。终于，全诗在如下文字中降下了帷幕：

> 今吾作已成，无论是朱诺之怒、
> 烈火、刀剑、消弭一切的时间，
> 俱不能毁。就让死神如期而至，
> 他仅可主宰我的形体，
> 终结我虚渺的阳生；
> 但我的精华将炼成
> 在无尽岁月中俯瞰高寒的星辰，
> 我之名更永不可摧。
> 在罗马之威所征服的
> 一切土地，我将被口口相传，
> 代代相颂，若诗人也可不朽，
> 在吟游诗人的预言中，吾之声望将永存。

毫无疑问，奥维德的《变形记》是惊为天人的佳作。欠缺真情实感这一点，同他早期作品一样醒目，但诗人也时常借主题表现夺人心魄的震撼或悲怆。他的六步体不如维吉尔般弥漫着庄严，但那一气呵成的节奏、轻灵雅致的风骨无其他拉丁文人可望项背，也没有任何罗马诗人在讲述故事方面有奥维德的艺术才华。他是叙述大师——直白、单纯，也是描写大师——清晰、生动，同样精于令人过目不忘的铺陈和关于人类所思所感的解读。

第十一章 奥维德

在《变形记》中,奥维德的光芒达到了自身的极致。之后在流放中的诗作,各个方面都显出持续不断的衰退,甚至包括技巧,用单调冗长来形容这些在悔恨中所写的大量诗歌也不为过。《哀歌》[1](Tristia)的五卷当中,大部分诗篇所针对的听者不是同一人,其中第二卷是一篇向奥古斯都苦苦央求的完整长信。而四卷的《黑海零简》[2](Ex Ponto)是诗人写给友人的真实信函。名为《以庇斯》[3](Ibis)的短诗针对某个被冠以以庇斯之名的仇人,堆砌着苦心孤诣的诅咒和毒言。另外,《捕鱼》(Halieutica)是一首关于捕鱼之诗的残篇(一百三十四行)。在这些作品中最令人好奇的内容,是提到奥维德本人周遭境遇的部分。我们对他的认识大半出于这些材料。[7] 诗人以前的作品所不具有的真切感情,在这些挽歌中有时十分明显:

> 每当长夜凄境于心重现,
> 宣告罗马与我了断此生之缘,
> 每当念起珍爱俱失的那一晚,
> 至今仍会有一滴哀怨的潸然。[8]

奥维德就以这种方式哀唱远离罗马的心情。在这些历数流放之凄苦的诗歌中,他写给妻子[9]和女儿珀瑞拉(Perilla)[10]的信算是最吸引人的。但即使这些作品中,源自流放之命运的苦涩依旧有如挥之不去的阴霾。一名更伟大或是人格更伟岸的诗人,也许能超越自己的苦痛和失落,但奥维德纠结不休的哀怨却令人疲倦。

有几部奥维德的作品已失传。其中最有价值的也许是他的悲剧《美狄

---

[1] 《哀歌》,以挽歌对句体写成。不断坦诚着自己的悔恨,向皇帝表达自己的处境,希望被赦免,但没有得到回应。其开篇为:你将出发,我微不足道的诗篇,独自去那个城市,但我并不嫉妒。去罢——去那个将我排斥的城市——将你的主人排斥的城市。
[2] 《黑海零简》,这部诗集是我们了解当时小西徐亚(Scythia Minor)地区的重要史料。1821年,流放中的普希金(Alexander Pushkin)曾给这部书信集写过假想的回复《致奥维德》(To Ovid)。
[3] 《以庇斯》,这首诗以挽歌对句体写成,通篇都是反复和恶毒的诅咒。例如,他威胁若是自己早死,将化成厉鬼使那人不得安生;又预言那人将在其敌人的手中卑贱而饱受折磨地死去。

亚》(Medea),被奉为罗马悲剧的巅峰作之一。此剧仅有两段残留,从其中一段可见奥维德把美狄亚描写成近乎疯狂的女人。一部讲述星辰的六步体诗《物象》(Phaenomena)以及一系列机智短诗仅余残稿寥寥。还有不少作品则连只言片字也失存无踪,包括一首为法比乌斯·马克西穆斯(Fabius Maximus)所写的祝婚歌(Epithalamium)、一首为梅萨拉(Messalla)辞世所写的挽歌、一首为提比略的凯旋而作(公元13年1月16日)的诗、一首哀悼奥古斯都的辞世的诗、一首自马科的《四行诗》(Tetrasticha)中糅取诗行拼接出的指摘糟糕诗人的杂诗、一首用哥提亚[1](Getic)语写成的纪念罗马帝室家族的诗歌。

奥维德作为诗人的局限之一是人格的缺失。他的韵文之精美在罗马作家中无出其右,运用拉丁语来实践构思的能力也举世无双,但正义和道德诉求一直是奥维德所匮乏的,尽管天赋出众,在这一点上他却属于罗马杰出诗人中最差的。这一弊病在他早期和后期的作品中尤为显见,因此《变形记》和《岁时记》是他最令人钦佩的成就。整个中世纪都在品读奥维德,文艺复兴时期乃至现代作品中有关神话之内容的源头大多可追溯到他。他是弥尔顿[2](Milton)钟爱的作家之一,《失乐园》的某些段落中可探到奥维德的灵魂。莎士比亚借助原文或相关作品对《变形记》耳熟能详;其他英文诗人所创作的旋律中也时常回荡着奥维德的曲调。

尾 注

1 *Tristia*,IV,x,69.

2 *Tristia*,II,107 以降。

3 Ovid,*Amores* II,xviii,27 以降。

4 177 行以降。

5 *Tristia*,I,vii,13 以降。

---

[1] 哥提亚,希腊人对多瑙河下游的数个色雷斯部落所用的称呼,在现今保加利亚北部、多瑙河下游北部和罗马尼亚南部。

[2] 弥尔顿(1608.12.9—1674.11.8),约翰·弥尔顿(John Milton),最伟大的英语诗人之一,以史诗《失乐园》著名。同时也是出名的历史学家、学者和手册作者。

第十一章　奥维德

6 *Argonautica*, III, 750 以降。*Virgil*, Aeneid, IV, 522 以下部分对阿波罗尼奥斯的模仿更为深入。

7 尤其是 *Tristia*, IV, x.

8 *Ibid*., I, iii, 1—4.

9 *Ibid*., I, vi, III, iii, IV, iii, V, ii, 1—44, xi, xiv, *Ex Ponto*, I, iv, III, i.

10 *Tristia*, III, vii.

第十二章 李维——奥古斯都时代的其他散文作家

李维,公元前59年至公元17年——他作为历史学家和作家的价值——庞培乌斯·特罗古斯,约公元前20年——查士丁,公元2世纪或3世纪——费内斯特拉,公元前52年至公元19年——雄辩术——老西尼加,约公元前55年至约公元40年——维里乌斯·弗拉库斯,约公元1年——费斯图斯,公元3世纪或4世纪——希吉努斯,约公元前64年至约公元17年——希吉努斯名下的现存作品——拉贝奥和卡皮托——维特鲁维乌斯,约公元前70年至前16年后

该时代较诗歌逊色的散文

如果说奥古斯都时代是拉丁诗歌的黄金岁月,那么散文则在西塞罗时期达到顶峰,于其逝后迅即衰落。论及此间缘由有二:一是诗歌的兴盛,向散文输入大量诗化的词汇和片语;二是修辞学在当时的流行,使创作以新奇或动人的表达、刻意的编排、精微的思想为审美取向,而不追求简洁、明朗、高贵和庄严。修辞学派的影响能从奥维德和马尼利乌斯(Manilius)的部分诗歌中寻找,但更为明显的例证可在这一时期及至以后的散文中看到。

李维

奥古斯都时代唯一的杰出散文作家是李维(Livy)[此为英译名——中译者注]。提图斯·李维乌斯(Titus Livius)于公元前59年出生在帕多瓦[1](Patavium),并于公元17年在故乡辞世。对其生平所知甚少,但从文字的格调中可推断出他的家族颇有威望和地位。据说他曾写过哲学作品,可能是一些对话体的论文;还有一篇修辞学方面的论著,其形式为写给儿子的信札。但这些作品已经失传,而且跟李维耗费四十余年心力的不朽历史巨著永远也无法相提并论。在公元前30年左右,李维迁居罗马,并于此度过人生的大半。也许他曾造访故乡帕多瓦不止一次,并在亚平宁四处游历。他的政治观从根本上是共和主义的,但对奥古斯都的统治并无异议。事实上他同奥古斯都还

---

[1] 帕多瓦,英语作 Padua。意大利北部威尼托区(Veneto)城市,位于威尼斯西面、巴奇格莱恩(Bacchiglione)河畔。传说由特洛伊英雄安特诺尔(Antenor)所建。

有私人友谊,后者戏称其为庞培派,因为他抨击过尤利乌斯·恺撒,且向往古老的共和制时代。李维在其作品中表现出保守主义倾向,对不太高压的政府和统治者并不挑剔也安于服从;他乐于接受国立的宗教,并认真解读各种征兆和异象,同时也承认至少有一部分异兆仅是虚构的传闻。他对罗马的伟大充满着激情,正是这种激情将其人生导向了自开端到其时代的罗马史巨著的创作事业。

李维的史作名为《建城以来史》(*Libri ab Urbe Condita*)。共由一百四十二卷构成,第一卷写于公元前29年至前25年间,最后二十卷发表于奥古斯都去世以后。终卷以公元9年的德鲁苏斯[德鲁苏斯·日耳曼尼库斯——中译者注]之死为结尾。关于李维是否想继续他的创作,我们不得而知。该作品每卷间的划分出自李维本人,但十卷一本的编排则系后人所为,当然或许是沿用了首度出版时所用的分法。早期的章节相较后期来说较为扼要,罗马早期的史料相对不足是造成这种状况的主因。自罗马建城至布匿战争爆发所经历的近五百年光阴花了十五卷的笔墨,而仅罗马同汉尼拔之间的战争就耗费十卷,另外从马略之死到苏拉之死的八年(公元前86年至前78年)也占用了十卷的篇幅。

这部恢宏巨作只留下三十五卷。第一卷至第十卷:从罗马发祥到萨谟奈〔1〕(Samnite)战争(公元前753年至前293年);第二十一卷至第四十五卷:从第二次布匿战争到保卢斯(Lucius Aemilius Paulus,公元前216年至前167年)战胜马其顿人的凯旋,这二十五卷中还有不少缺漏。至于其他部分,我们从一部非李维本人所作的节录中得以知晓内容的概要。这部节录早在马提雅尔(Martial)时期就存在了,离李维去世之年并不遥远。

自以前的历史学家,例如法比乌斯·皮克托(Fabius Pictor)、瓦勒里乌

李维所著的历史

158

---

〔1〕 萨谟奈战争,指早期罗马共和国同他们最大的敌人、居于拉丁姆东南方山脉地区的好战部落萨谟奈人之间爆发的战争,共计三次,第一次在公元前343年至前341年,第二次在公元前326年至前304年,第三次在公元前298年至前290年。这半个世纪的战争几乎席卷整个亚平宁半岛,其结果是罗马在亚平宁奠定了统治地位。

斯·安提亚斯[1]（Valerius Antias）、李锡尼·马科（Licinius Macer）、克劳狄乌斯·夸迪伽里乌斯[2]（Claudius Quadrigarius）和波利比奥斯（Polybius）的作品中，李维自由随性地四处借纳史料来创作他的历史，但很少试图去解决其中存在的矛盾。当不同作者的材料互不一致时，他往往单凭自己的判断择取看起来最可信的。他不曾致力于通过铭文和石碑等第一手资料的考据来寻求新发现，也不曾细致地研究过战场、行军路线等。跟大多数现代历史学家不同，他不曾尝试通过完全独立的考古来确立史实，他的工作，是借由其前人的著述，以呈现完整的罗马史为诉求，写成一部充满文学魅力的史书。在这一点上，他是完完全全地成功了，这部作品很快成为以后所有作家们获取素材的来源。他对军事的生疏令战场记录和其他军事描写多少有些不可信，他对罗马文明渐进式发展的理解不足也给这部史书的初始部分带来了瑕疵，但是这些缺憾同那叹为观止的文学价值相比是微不足道的。而且他忠实——至少在所知的局限内的忠实，会因学识有限而做出错误的论断，但绝不会故意欺瞒真相。当文字涉及罗马和对手的纷争时他会偏袒罗马，但这是出于他对罗马决乎道而行乎义的坚信，而这份信仰来自他对罗马之荣光真挚的景仰；他对大小西庇阿的偏睐也出于相似的感情。

就上述内容而言，李维显然不是个完美的历史学者，但他的史书基本可靠，以广泛的素材为依据，并建立在他对人类天性和行为的深刻洞见之上。相比于拘泥细节的准确，他更热衷于把握正确的宏观视角和铺陈高潮迭起的情节。因此在堪称此作点睛之笔的各种演说词中，他没有勉强去再现演说者实际发言的内容，甚至连发言的风格都不总是切合此人的个性，而是以优美的修辞文体模拟在当时状况下最一针见血的发言。在这一点上他跟修昔底德不约而同，其演说词也同修昔底德笔下一样，不仅仅是为了给叙述增添多样性，更

李维的演说词

---

[1] 瓦勒里乌斯·安提亚斯，罗马编年史作家，其史书自罗马初始到苏拉时代为止，至少应有七十五卷。李维经常批评他的记述夸大失实，其他史学家也印证了此观点，但李维和普卢塔克依旧参考了他的作品中关于罗马早期的大量记载。

[2] 克劳狄乌斯·夸迪伽里乌斯，活动于公元前100年左右的罗马历史学家。他的史书从高卢人摧毁罗马城开始，可能写至苏拉之死为止，至少有二十三卷。从现存的残稿中可以看出他的记述欠缺细节。

是为了再现文中所记述的事件有着怎样的是非曲直、某个行动是出于何种动机和决心。这些演说词是他史书中最瑰丽的篇章,也是磨炼了修辞学和深研狄摩西尼(Demosthenes)、西塞罗(Cicero)后的成果。但他的修辞不止用于滔滔雄辩,因为这些演说词不光展现了修辞功底,也阐明因果、启迪人心。

李维的史书通篇显示出他与极端主义势不两立的立场。他对庞培赞赏有加,但没有因此反感位居统治阶层的家族;而进行责难时,贵族与暴民式的民主都是他鞭挞的对象。与此同时,其主题又充满体谅与温情,对道德史观加以着力的渲染,试图充分突出可作为人类楷模的种种行为,绝非仅单纯地对事件进行记录。

李维的叙述功力无与伦比,以文为墨的描绘手法也傲视同侪。尽管他惯用长段落,句子常因一般以分词形式加入的种种次要成分而显得繁杂,但风格依旧清晰直白。在罗马诗歌处于巅峰的那个时期,他自然会使用西塞罗和恺撒的散文中所不存在的诗化辞藻,并让不少短语有诗歌的韵味。但他的拉丁语且纯且直,从中难以看出阿西尼乌斯·波利奥(Asinius Pollio)所指摘的"帕多瓦式"(Patavinitas or Paduanism)[即乡土气息——中译者注]究竟欲指何意。后期散文作家对诗歌体的执着变得做作而令人反感,但在李维的文字中所展现出来的诗歌气质并不是刻意为之,而是当时文学环境使然。他的文笔并不一以贯之地优秀;因为在如此浩大的历史作品中,各个主题所天生的文学创造价值难免不同,作者年龄的增长也会对表达风格造成影响,但这部作品的任何一处都不无魅力,也绝不沉闷。此书写得最出色的可能是关于布匿战争的那部分。

李维的史书在当时就被奉为历史著述的至高经典。从小普林尼的记述中,我们得知曾有一位加的斯[1](Cadiz)的公民千里迢迢来到罗马只为见李维一眼,当他如愿后,旋即马不停蹄地返回加的斯,对罗马的其他景观视若不见。李维对后期罗马文人有着无以复加的影响力,其作品被多位更近当代的

---

[1] 加的斯,西班牙西南部安达卢西亚自治区内的加的斯省省会,是三面临海的海港城市。相传由提尔城的腓尼基商人所建,约公元前501年被迦太基人占据,在第二次布匿战争结束时自愿投降罗马,并更名为加得斯(Gades)。

历史学家视为楷模。他对善和崇高的热情、对罗马伟人的景仰、对罗马本身的崇拜,令其文字有着某种超凡脱俗的气质,宛如赞美诗或颂词。他的不朽史书如同奥维德的《埃涅阿斯纪》一般,以永不磨灭的文学印章刻写下罗马过往岁月的璀璨峥嵘。

要给出李维演说词所有风格和范式的样本所需要的篇幅将极为庞大。他的战场描写虽然显得欠缺军事知识,仍是以文载画的杰作,其中特别值得一提的是安条克[1](Antiochus)溃败于马格内西亚[2](Magnesia)的战役;[1] 他对重要人物的性格素描也令人叹服。此外,为汉尼拔战争所作的开场铺垫,包括对萨贡托[3](Saguntum)围城战、罗马的犹豫不决和迦太基元老院中的场景所作的描写,都无人可及。其中有一段演说,是在所有迦太基元老中唯一期望保全和平的汉诺[4](Hanno)所作,以表达他认为应撤离萨贡托,将汉尼拔交给罗马处置的观点。在这部了不起的史书中有无数精彩的篇章,这段演说词则是最为耀眼的篇章之一。[2]

<small>汉诺的演说词</small>

> 你们给军队送去那个年轻人,如同所见,这是火上添油。这个青年浑身的杀伐霸气如火,在他眼中只有一条通往目标的途径。没错,因为他在刀戈军马中成长,所以他从战争中收获的只能是另一场战争的种子。你们精心呵护的那团火,现已蔓延成滔天之势,令你们煎熬。你们的军队正

---

[1] 安条克(Antiochus III the Great,前242—前187),即安条克三世大帝。他是塞琉西王国国王,塞琉古二世之子。公元前192年,他率兵万余在德米特里斯(Demetrias)登陆,占领埃维亚(Euboea),但无法在希腊中部得到支援和帮助。次年,他被罗马大军切断同色雷斯援军的联系,在突围中舰队被全部歼灭,最后于马格内西亚战役中受到罗马军队的决定性打击,被迫接受阿帕梅亚(Apamea)条约,放弃了托罗斯(Taurus)山脉以西的欧洲和小亚细亚全部领土,支付一万五千塔伦特(talent)赔款,交出战象和舰队,并将包括儿子在内的人质交给罗马人。

[2] 马格内西亚(Magnesia ad Sipylum),锡皮卢斯山地区的古代里底亚城市,今马尼萨(Manisa)。

[3] 萨贡托,西班牙巴伦西亚省城镇。公元前225年,罗马人为限制迦太基人扩张,担当此城独立的保护人,要求迦太基人不得越过厄波罗(Ebro)河。但公元前219年汉尼拔攻克此城,导致第二次布匿战争爆发。

[4] 汉诺,活动时期为公元前3世纪后叶的迦太基贵族,第二次布匿战争期间亲罗马派的首领。汉诺拥有北非部落的统治权,在迦太基享有政治威望。他代表地主阶级贵族的利益,反对代表商业阶级贵族利益的哈米尔卡·巴尔卡(Hamilcar Barca)及其子汉尼拔所推行的对外扩张政策。第二次布匿战争中,他曾暗中破坏汉尼拔在西班牙和意大利的军事行动,汉尼拔失败后参与同罗马人议和。

第十二章 李维——奥古斯都时代的其他散文作家

围攻萨贡托，这违背了协定的要求；在上一场战争中保佑罗马人、帮助他们为被毁的协定复仇的神明，将要带领罗马军团再次陷迦太基于穷境。难道你们对敌人、对自己、对这两个民族的命运都一无所知？你们了不起的将军拒绝来自盟友、代表盟友的使节进入他的营帐；而他们，尽管被拒绝进入那个哪怕敌人的使节也未尝遭拒的地方，还是已经来到我们这儿；他们要求恢复协定的履行，要求双方在国家的立场上不要互相欺骗，要求交出始作俑者。他们的举止越客套，一切开始得就越晚，可我惶恐，一旦开始了，这愤怒将越是持久。请把埃加迪群岛[1]（Aegates）、埃里克斯[2]（Eryx）的命运，请把你们在海洋和陆地所遭受的长达二十四年的折磨回忆起来吧。当时我们的领袖还不是那个男孩，而是他的父亲哈米尔卡[3]（Hamilcar）本人，那个在他的支持者当中被称为战神转世的人。但那时我们没有遵守协定，染指了塔伦特姆，也就等于染指了意大利，正如现在我们又要染指萨贡托。这样的事情神明不会无动于衷，他们会像个正义的审判，在这样的纷争中制裁破坏协议的人、引起战争的魁首，给具有正当立场的另一方带来胜利。汉尼拔筑起的篱墙和箭塔正将迦太基困入危局，他的攻城锤所撼动的正是迦太基的城垛。萨贡托的覆灭（但求我的预言不会成真！）将落到我们头顶，对萨贡托人发动的战争必将使罗马人成为敌人。有些人会问："那么，我们是否应交出汉尼拔？"我明白在这个问题上，我的话语没有什么分量，因为我对他的父亲心怀敌意；但我还是要说，我因哈米尔卡已死而感到宽慰，若不然我们早已同罗马开战。而我对点燃这场战争的狂暴之火——这个青年，充满恨意和鄙夷，这样的人，哪怕没人要他的人头，纵使不用为修复破裂的协定而将他交出，最好还是把他放逐到最最边远的海陆尽头，让他的名字和声望再不能传

---

[1] 埃加迪群岛，拉丁语作 Aegates Insulae，英语作 Egadi Islandes。这是西西里西南的一个多山群岛。

[2] 埃里克斯，可指西西里岛上的一座城市，也可指该城市所在的山脉，位于西西里城西北。11 世纪后，此山被称为圣朱利亚诺山（Monte San Giuliano），此城也改名为蒙特圣朱利亚诺。现该城名为埃里切（Erice），此山也更名为埃里切山。

[3] 哈米尔卡（？—前229），全名哈米尔卡·巴尔卡，迦太基将军，在第一次布匿战争的最后几年是西西里的迦太基军队的指挥。

到我们耳中,也不能打搅我们国家的安泰。我提议:即刻遣使节到罗马,令元老院得到满意的答复;另遣一批使节前往萨贡托命令汉尼拔撤军,并将他交给罗马人处置,以恢复两国的协定;由我带领第三个使节团去补偿萨贡托人所遭受的损失。

  这段词华典赡、以重大历史时刻为背景的演说,不光在我们眼前呈现了罗马使节团在迦太基徒劳出访的场景,同时强调了罗马在这场战争中的正义立场,预示着罗马人最终不可动摇的胜利——掌管协定的神祇将站在我们一边。这段演说,是李维式演说的写照,是他跌宕起伏的表现力的写照,是他以史立德之追求的写照,也是他对罗马立于王道坚信不疑的写照。

  李维的著作是以精美文学范式所写就的第一部完整罗马历史。满足这样一部作品问世的条件在当时已经满足。罗马人的霸业已扩展至整个文明世界,奥古斯都所奠立的和平与秩序使人们自然希望去读一读之前的罗马在共和国制度下漫长的历史,以及在那段漫长历史中最终实现了当时帝王统治下的和平治世的不断拼争。因此,李维的史书直擢大量读者的内心。但在开拓霸业的过程中,罗马人早已同许多国家产生交流,那些国家的历史也应是罗马人所感兴趣的话题。撰写那些历史的工作,被庞培乌斯·特罗古斯(Pompeius Trogus)担负起来。他的血统出自高卢纳尔榜南西斯(Gallia Narbonensis)省的沃康蒂人[1](Vocontian),但祖父从庞培那儿获得了罗马公民的身份,父亲则曾在恺撒麾下供职于高卢。特罗古斯本人被称为擅写动物生态的作家,但他最有价值的作品是通史《腓力史》(*Historiae Philippicae*),共计四十四卷。此书从东方帝国的历史开始,包括亚述[2](Assyria)、米底亚[3](Media)和波斯

---

[1] 沃康蒂人,纳尔榜南西斯高卢行省的凯尔特部落,公元前125年至前124年被罗马人征服。

[2] 亚述,美索不达米亚北部的王国,位于现伊拉克北部。从公元前14世纪起成为独立国家,公元前612年至前609年被加尔底亚(Chaldean)和米底亚的联军灭亡。

[3] 米底亚,古代国家,位于现伊朗西北部。创立于约公元前625年,后攻占亚述。公元前330年,亚历山大大帝占领米底亚并将其瓜分。公元前152年左右,安息国王米特拉达梯一世夺取米底亚。后该民族渐渐融合到伊朗民族之中。

第十二章 李维——奥古斯都时代的其他散文作家 181

(Persia)，又从波斯人(Persians)过渡到西徐亚人[1](Scythians)和希腊人的历史。其大部分内容是腓力[2](Philip)所建立的马其顿帝国史，以及在亚历山大大帝死后从这个帝国所衍生出的数个王国史。各个王国的历史叙述到它们被并入罗马帝国为止。以上部分(第七卷至第四十卷)给整部史书立下了标题。第四十一卷和第四十二卷包含安息人[3](Parthians)的历史，第四十三卷讲述了罗马起源和高卢的过去，第四十四卷记录了西班牙史，整书以奥古斯都对西班牙人的胜利作结。

特罗古斯所写的历史未能以原样保存下来，现只有一份简短的概要，写于公元2世纪或3世纪，作者是马库斯·朱尼安努斯·查士提努斯[4](Marcus Junianus Justinus)，此人仅以撰写这部概要而留名。很显然，特罗古斯没有进行考证以做出原创见解，其作品大致是希腊文的译本，原作可能出自内战时期来到罗马的亚历山大城人提马格内斯[5](Timagenes)。尽管如此，这部作品很有价值，也有不错的权威性。虽从未如李维的史书那般风靡，但仍是后世作家纷纷学习的对象。查士丁的概要在中世纪同样被广泛阅读。特罗古斯的写作风格很难加以评判，但从查士丁的缩略中勉强可以看出有清晰鲜活的特征以及大量修辞手段的点缀。鉴于其内容的重要性，这部概要相当有价值。

奥古斯都时代还有另外几位历史学者，虽得以留名，作品却所剩无几。其

---

[1] 西徐亚人，一支游牧民族，有伊朗血统。在公元前8世纪至前7世纪从中亚迁徙到俄罗斯南部，并建立起一个强大的帝国，以现克里米亚为中心。其历史延续了五百多年，后被萨尔马特人(Sarmatian)征服并覆亡。他们的马术非常精湛，是最早擅长骑乘作战的一个民族。

[2] 腓力，指腓力二世(Philip II，前382—前336)，阿敏塔斯三世(Amyntas III)之子。他将马其顿王国从四分五裂的危急状况中解救出来，创立了马其顿帝国。

[3] 安息人，安息是一个古代地区，大致为现伊朗呼罗珊(Khorasan)。此处应指安息帝国(前247—后224)史。其创立者为阿萨息斯一世(Arsaces I)，后同罗马帝国交战多年，最后被阿尔达希尔一世(Ardashirl I)所领导的萨珊王朝终结。

[4] 马库斯·朱尼安努斯·查士提努斯，通称查士丁(Justin)，活动于公元3世纪。他的概要本同样名为《腓力史》(*Historiae Philippicae*)，但也被称为《腓力史暨宇宙起源和世界构成》(*Historiae Philippicae et totius mundi origines et terrae situs*)。

[5] 提马格内斯，关于他的资料较为混乱且互相矛盾。大致认为他是以囚犯的身份从亚历山大城被带到罗马的，在获得自由后开办了一所修辞学院，并以导师的身份获得极大成功，与包括奥古斯都在内的许多名人成为朋友。但他对奥古斯都的家庭做出了许多尖酸的评价，因此被逐出宫廷圈，在亲手焚毁他的历史著作、关闭学院后离开罗马，到友人波利奥(Asinius Pollio)的乡所隐居。经过一段时间，他重新提笔著述，并在那些历史作品中确立了自己的声望。

费内斯特拉　中最重要的一个人也许当属生于公元前 52 年死于公元 19 年的费内斯特拉[1]（Fenestella）。他写的《编年记》（*Annals*）有至少二十二卷,此外可能还有一些关于古文物研究的著述。

雄辩术　这一时代的雄辩术与西塞罗时期相比望尘莫及。雄辩家们的创作绝大部分欠缺严肃的主旨,仅是学院中的功课或给幼童学子揣摩学习的教案。有梅萨拉（Messalla）、波利奥（Pollio）等若干人在奥古斯都时代坚持着过去的演说风格,但效法和追随者屈指可数。在奥古斯都时代早期的演说家还有提图斯·拉比恩努斯[2]（Titus Labienus）,他除了演讲外也写过历史,但由于对奥古斯都的统治异议过激,其作品被元老院赦令焚毁。卡西乌斯·西维鲁斯[3]（Cassius Severus）则因在演讲和著述中对贵族阶级进行粗暴的攻击而遭到奥古斯都的放逐,其财产亦被提比略收归国库;他在一贫如洗中死于塞里福斯[4]（Seriphus）岛,是年公元 32 年。其他雄辩家的演讲词几乎全是纯学院式的练手之作,这些人包括马库斯·波西乌斯·拉托（Marcus Porcius Latro）、盖尤斯·阿尔布齐乌斯·西卢斯[5]（Gaius Albucius Silus）、昆图斯·哈

---

[1] 费内斯特拉（前 52—后 19）,罗马拉丁诗人和编年史修撰家,他的《编年记》被老普林尼、苏埃托尼乌斯（Suetonius）和狄俄墨得斯（Diomedes）等人当做史料参考过。

[2] 提图斯·拉比恩努斯,参与刺杀恺撒的昆图斯·拉比恩努斯之子或孙,对共和制一直痴心不改并不断攻击奥古斯都及其党朋,曾称波利奥为奥古斯都的寄生虫。在老西尼加的作品中他的形象是公众之敌,但具有极高的雄辩术造诣,即便同所有人为敌也依然是个公认的一流演说家。他可能死于公元 12 年,因作品被毁而自了余生。

[3] 卡西乌斯·西维鲁斯,除演说外他还写杂咏诗。可能出生于公元前 50 年左右,家境贫微,但因其犀利的文笔而令人惧怕。奥古斯都治下,他曾被流放到克里特岛,但继续写作,在提比略统治的公元 24 年被剥夺所有的财产后流放到塞里福斯岛,并死于流放的第二十五个年头。有人认为他同加图、西塞罗齐名,分别代表罗马雄辩术的一个时代。

[4] 塞里福斯,希腊爱琴海岛屿,罗马人的流放地,因暗沉的大雾而闻名。

[5] 盖尤斯·阿尔布齐乌斯·西卢斯,生于意大利北部诺瓦拉（Novaria）的罗马修辞学家,曾担任家乡的民政官,后到罗马城,以其雄辩获得名望,在法庭中屡屡获胜。最终他退隐归乡,并且可能是以自杀的方式结束了生命。

第十二章 李维——奥古斯都时代的其他散文作家 183

特里乌斯[1]（Quintus Haterius）、卢西乌斯·朱尼乌斯·加利奥[2]（Lucius Junius Gallio）和两位有亚细亚血统的希腊人奥勒利乌斯·弗司库斯（Arellius Fuscus）、卢西乌斯·塞斯提乌斯·庇护[3]（Lucius Cestius Pius）。以上这些人除了在老西尼加（Annaeus Seneca）的作品[4]中出现过以外几乎没有留下点滴文字。老西尼加是哲学家卢西乌斯·阿奈乌斯·西尼加（Lucius Annaeus Seneca）的父亲，也是史诗作家卢卡（Lucan）的祖父，对他的生平所知不多。他出生于西班牙的科尔多瓦[5]（Corduba），其年份大约为公元前55年，有部分人生在罗马度过。鉴于其仅存的作品写于公元37年，他应颇为长寿。这部作品应他儿子诺瓦图斯（Novatus）[即卢西乌斯·朱尼乌斯·加利奥的原名——中译者注]、小西尼加（Seneca）和梅拉[6]（Mela）的要求而写，是对知名雄辩家和修辞学家们的回忆集。最初版本共有十卷论辩（Controversiae，对相异观点的反驳）及一卷谏辩（Suasoriae，建议和推荐某种特定的行为或手段的演讲）。整部作品最重要的部分是前言，其中包含了雄辩术的历史。十卷论辩共有七十四个案例，现只余下三十五个；谏辩卷则有七个案例，开始部分已失传。书中所有案例都味同嚼蜡，探讨的对象如下例："一对夫妇彼此起誓，若两人中有一人死去，另一人绝不苟活。某次丈夫出行时给妻子带回口讯，说他已死，妻子就从高处跳下。但后来生还，她的父亲命令女儿同丈夫离婚，可被

---

[1] 昆图斯·哈特里乌斯（约前63—约后26），奥古斯都和提比略时代的元老院成员及修辞学家，曾在某一年担任补缺执政官。他的性格极为冲动，作为元老，在奥古斯都和提比略两代交替之际的动荡中曾做出直接质询提比略的举动；作为演说家，他的名声更大，因其滔滔不绝和措词乖张令人侧目。但有人批评他的风格只算是希腊式的煽动家。
[2] 卢西乌斯·朱尼乌斯·加利奥，原名卢西乌斯·阿奈乌斯·诺瓦图斯（Lucius Annaeus Novatus），是老西尼加的长子，被元老院成员朱尼乌斯·加利奥（Junius Gallio）收养后改名。小西尼加被放逐科西嘉岛时，他大概随同而去。公元55年曾任执政官。公元65年，因尼禄迫使小西尼加自尽，他也一同自尽。
[3] 卢西乌斯·塞斯提乌斯·庇护，士麦那（Smyrna）人，在公元1年左右数年间于罗马教授修辞学。
[4] 此书名为《演说家修辞风格分类》（Oratorum sententiae divisiones colores）。
[5] 科尔多瓦，西班牙南部城市，可能是迦太基人所建，公元前152年罗马将其占领，这也是罗马人在西班牙的第一个殖民地。在奥古斯都统治时该城为贝蒂卡（Baetica）行省的省会。
[6] 梅拉，全名马库斯·阿奈乌斯·梅拉（Marcus Annaeus Mela），生于科尔多瓦。跟兄长小西尼加不同的是他一直远离政治旋涡。他也是著名史诗作家卢卡的生父。因预见尼禄会为他殷实的家产而迫害他，公元66年他选择自杀以保全部分家业。

她拒绝。"老西尼加在诸如此类的案例中附上了修辞学大师们所作的辩述,他的记忆力非凡,可以几乎原封不动地重现原文的一词一字。在所有个案中谏辩的第六个案例最为有趣,这一篇所回答的问题是西塞罗是否应乞求安东尼宽恕他的生命,在回答部分有包括波利奥(Asinius Pollio)和李维在内的诸人对西塞罗的一些评价。我们通过老西尼加了解了这种雄辩术研讨的愚蠢和空洞,老西尼加本人也对此表达了自己的嫌恶,但会为之着迷的读者不可能一个没有。凭老西尼加出众的记忆力所留下的这些样本,为后世揭露了这种在奥古斯都时代就开始侵蚀拉丁文学肌体的演说术教学。老西尼加本人的写作风格同西塞罗时期相去不远,虽然此书的创作是在卡利古拉[1](Caligula)皇帝治下,但其风格可能成型于奥古斯都时代前叶。他所写下的这些片段,恰恰表明片段中所记录的那些导师,纵然是他的前辈也很有名望,却在品位上远不及他。

维里乌斯·弗拉库斯　维里乌斯·弗拉库斯(Verrius Flaccus)在专门领域的学术派文人中可位列一流。其生平几乎无从考察,只知奥古斯都曾选他担当其孙子盖尤斯(Gaius)和卢西乌斯(Lucius)的导师,另外他以高龄之躯逝世于提比略统治时期。在他数部关于语法和古文物的作品中,《论语词的含义》(*De Verborum Significatu*)经生活在公元3世纪或4世纪的庞培乌斯·费斯图斯[2](Pompeius Festus)所作缩略本得以保存。这部缩略本只余下一部分,但包含有关罗马古文物和早期拉丁词汇的信息,因而颇有价值。费斯图斯的缩略本又经8世纪的保卢斯再一次缩略化,尽管维里乌斯·弗拉库斯的原本到这个份上已只剩骨架,这个二度缩略本仍有价值。另有一学者是奥古斯都亲赐自由的盖

希吉努斯

---

[1] 卡利古拉(12.8.31—41.1.24),本名盖尤斯·恺撒,全名盖尤斯·恺撒·日耳曼尼库斯(Gaius Caesar Germanicus),在位于37年至41年的罗马皇帝。

[2] 庞培乌斯·费斯图斯,罗马辞典编纂家。其名字费斯图斯来自他所编纂的辞典全名《塞克斯都·庞培·费斯图斯论语词的含义》(*Sexti Pompeii Festi de Verborum Significatione*)。这本书价值极高,涵盖古文物、神话和语法方面的诸多冷僻知识。

尤斯·尤利乌斯·希吉努斯[1]（Gaius Julius Hyginus），曾担任帕拉蒂尼（Palatine）图书馆馆长。他的人生大致始于公元前64年，终于公元17年，著述涵盖耕作、历史、地理和古文物方面，另给波利奥写过对维吉尔和辛那的诗歌所作的评述。以上作品只字没有残存，但有两部其他作品以希吉努斯的署名在世。一部是天文学论著[2]，包含与星辰有关的神话；另一部是神话学手册《传奇》（Fabulae），附有一系列家谱。该手册的价值主要缘于其中的神话大部分取自希腊悲剧，据此我们得以了解大量希腊失传剧本的情节。但这两部现存作品并非此希吉努斯之作，真实作者在更晚的年代，大约活动于公元2世纪。由马库斯·安提斯提乌斯·拉贝奥[3]（Marcus Antistius Labeo）和盖尤斯·阿泰乌斯·卡皮托[4]（Gaius Ateius Capito）所著的法学作品没有留下任何片段。此二人各执掌一个法学学院，并担任法学导师。拉贝奥试图用诸如类比的手段阐述法律以及语法的变迁和演进；卡皮托则更重视两者中的不规则或异常。

有一部作品虽无文采，内容却极具价值。这就是维特鲁维乌斯·波利奥（Vitruvius Pollio）所著的十卷论文《建筑十书》（De Architectura）。维特鲁维乌

维特鲁维乌斯

---

[1] 希吉努斯，据说他同奥维德关系密切。如果许多文人所提到的希吉努斯正是此人，其作品包括：《意大利城邦考》（De Urbibus Italicis）、《论神性》（De Proprietatibus Deorum）、《家神考》（De Diis Penatibus）、《维吉尔著作考》（De Virgilio Libri）、《特洛伊家族考》（De Familiis Trojanis）、《论农作》（De Agricultura）、《辛那的祝旅辞》（Cinnae Propempticon）、《杰出人士生平考》（De Vita Rebusque Illustrium Virorum）、《典范》（Exempla）、《论军事技艺》（De Arte Militari）。
[2]《星辰万像诗》（Poeticon Astronomicon）。
[3] 马库斯·安提斯提乌斯·拉贝奥，因受父亲的影响而抱持共和主义，年轻时主攻哲学，学习涉猎广泛，故通晓逻辑、哲学和考古学，也擅长拉丁词源考，并借此解决了很多法学难题。他在民法中有所创新，但在根本性的国家法方面始终坚持古法，这令他的言行充满着种种矛盾。他的父亲是参与谋杀恺撒的昆图斯·安提斯提乌斯·拉贝奥（Quintus Antistius Labeo）。他跟卡皮托互为敌手，塔西陀称二人为奥古斯都时代"盛世下的两个荣耀"（duo decora pacis）。
[4] 盖尤斯·阿泰乌斯·卡皮托，其父亲在公元前55年担任保民官对抗当时的执政官庞培和克拉苏。他跟父亲同名。在当时他同拉贝奥是罗马最顶尖的两位法学权威，但个性迥异，跟拉贝奥刻板执拗的共和派气质不同，卡皮托更审时度势地接受了新的政治体制，也更受奥古斯都偏爱。奥古斯都可能曾意欲帮助他更早获得执政官职位以高过拉贝奥，但他拒绝了。在提比略治下他依旧得皇帝青睐。从公元13年到22年去世为止，都担任公共水利监督（curator aquarum publicarum）一职。

斯是建筑师,曾在殖民地法内斯塔[1](Fanestris)建过一座巴西利卡[2](basilica)会堂,并受奥古斯都之命主持建造军用器械。他的这部作品可能写于公元前16年至前13年间,[3]并题献给奥古斯都。这是古时候流传下来的唯一一部系统的建筑学论著,因此对建筑和考古有无与伦比的价值。不过,部分出于使用专业术语的必要,此书文笔十分单薄,也非常晦涩艰深。不管在建筑方面的造诣有多高,维特鲁维乌斯显然并无出众的文学修养。

奥古斯都时代标志着罗马诗歌的全盛时期。放眼罗马任何年代,维吉尔、贺拉斯、提布卢斯、普罗佩提乌斯和奥维德无一不是在自己的领域顶戴桂冠的诗人,只有卡图卢斯和卢克莱修可与上述诗人中的任何一位比肩。这一时代堪称伟大的散文家只有李维一人。他的文笔依旧纯朗,其非凡的魅力也无可质疑,但跟西塞罗和恺撒时期的拉丁语即城邦拉丁语[3](sermo urbanus)的高贵隽美相较还是显得黯然。由老西尼加所保存下来的摘录表明那个年代的修辞学教学做作且乏味,并将罗马文学导向衰败,直到世称拉丁文学白银时代的帝国纪元。

尾　注

1 xxxvii,39 以降。

2 xxi,10.

3 一般以此年代为准,但有可能维特鲁维乌斯实际生活的年代比这更晚一些。

---

[1]　法内斯塔,现意大利马凯区城市和主教区法诺(Fano)。

[2]　巴西利卡,又称长方形会堂。古罗马的一种公共建筑,用作市场、法院或会议大厅。平面为长方形,中有两排列柱或柱墩,并在一端或两端设有高起的平台。公元前1世纪被频繁地当作法院使用。后来,巴西利卡多作为教堂使用。

[3]　城邦拉丁语,直译为"城市的谈吐"。公元前3世纪,恩尼乌斯和其他罗马文人从希腊学派中汲取元素来完善拉丁语,并形成与之前的原始拉丁语(Prisca Latin)相对的古典拉丁语(Classical Latin)。古典拉丁语后来演变出三个不同类别:一是城邦拉丁语,使用这种语言的都是受过充分教育、熟习希腊文化的贵族和文人学者,严格遵照古典拉丁语纯粹和高雅的范式;二是民间拉丁语(sermo vulgaris),直译为"乡村的谈吐",使用这种语言的是罗马城以外其他地方的罗马居民,受希腊化影响较少,依旧保有地方化的粗俗和原始拉丁语的特色;三是通俗拉丁语(sermo cotidianus),直译为"通常的谈吐",是受过教育的人为了让普通人明白自己的语言而有限度地采纳民间拉丁语的词汇和语法后折中的产物。

卷三

后奥古斯都帝国时代

第十三章　从提比略到韦斯巴芗

皇帝(提比略,公元14年至37年;卡利古拉,公元37年至41年;克劳狄乌斯,公元41年至54年;尼禄,公元54年至68年)——费德鲁斯,约公元40年——日耳曼尼库斯,公元前15年至公元19年——维利奥斯·帕特库卢斯,公元30年——瓦勒里乌斯·马克西穆斯,约公元前47年至约公元30年——塞尔苏斯,约公元35年——沃提埃努斯·孟塔努斯,公元27年卒——阿西尼乌斯·加卢斯,公元前40年至公元33年——马迈库斯·斯考鲁斯,公元34年卒——普布利乌斯·维特利乌斯,公元31年卒——图密提乌斯·阿弗尔,公元前14年至公元59年——克雷姆提乌斯·考铎斯,公元25年卒——奥菲狄乌斯·巴苏斯——雷米乌斯·帕莱蒙——尤利乌斯·阿提库斯——尤利乌斯·格拉齐努斯——马库斯·阿皮西乌斯——哲学家——小西尼加,约公元1年至65年——佩尔西乌斯,公元34年至62年——卢卡,公元39年至65年——卡尔普尼乌斯,约公元60年——庞培尼乌斯·塞昆都斯,约公元50年——佩特罗尼乌斯,公元66年卒——昆图斯·库尔提乌斯,约公元50年——科卢梅拉,约公元40年——梅拉,约公元40年——其他作家

后奥古斯都文学　奥古斯都之死代表着罗马文学最辉煌时代的终结。自此,文学史便是一部衰亡史,严格来说,其衰亡过程并不循序渐进,表象也非一以贯之,但基本没有间断,哪怕有极具才华的作家涌现亦无法改变这一趋势。随着整个罗马帝国有了和平之光的庇护,跨行省间的旅程变得安全而便利,帝国各处的人都拥向罗马城,有些人也许在吸纳到帝都文明一二后返回了故乡,另一些人则永久居住下来。每个阶层都有一些人投身于文学。老西尼加和小西尼加都位列其中。地方特色对罗马文学的影响不可能不大。西塞罗时期的城邦拉丁语,在西班牙地方文人如二西尼加的笔下,是无法继续保持纯粹性的。就前章所述,奥古斯都时代的修辞学教育造成了恶劣的后果,哪怕最好的修辞学教育也不外如是,而这种教育随时间推移越来越糟。另外,帝国的状况,尤其是罗马城的状况,对文学发展殊为不利。数次内战颠沛后所降临的和平,在奥古斯都时代成全了伟大的文学成就,但在之后延续的和平下,人们的思想不再为金戈铁

第十三章 从提比略到韦斯巴芗

马、风起云涌的记忆而激荡,想象力被扼杀,文学的生命之泉渐行枯竭。在1世纪前半期,无论是希腊语还是拉丁语的重要作者都寥寥无几。而罗马城中的文学创作则要取决于皇帝的禀性。

皇帝提比略(Tiberius,公元14年至37年在位)是希腊修辞学家、加大拉的泰奥多勒斯[1](Theodorus of Gadara)的学生,同擅希腊及拉丁文学。他的作品有若干地道的亚历山大里亚式希腊文诗歌,一篇悼念卢西乌斯·恺撒(Lucius Caesar)的拉丁诗,以及一篇散文体自传回忆录;但他对文学的爱好却并没有令他成为文学的支持者。他天性多疑,对当时作品中一切针对他的含沙射影俱要穷究到底,无论这些隐喻确是作者的本意还是他的无端妄断,都要对作者施以惩戒。于是著述之道自然就成为一种太过危险的追求。皇帝卡利古拉(Caligula,公元37年至41年在位)在演说方面有一定才能,希望被人称为雄辩家,但他疯狂愚蠢到想要毁掉荷马的著作,还想将维吉尔和李维的作品及半身像从公共图书馆中清理掉,宣称前者不够天分或博学,后者主题散漫且随意。他固然没有把整肃文学当作惯常的事情来做,但在其短暂的治世下文学确实未得安生。皇帝克劳狄乌斯(Claudius,公元41年至54年在位)登基时年满五十,个性木讷,是个博学的神经质。他曾着手撰写始自恺撒被刺的历史,但在临第二卷结束时因母亲和祖母的反对而放弃。接着又写了一本共四十一卷的史书,可能以屋大维被冠以奥古斯都之名(公元前27年)开始,涵盖四十一个年头。另外还著有二十卷伊特鲁里亚史和八卷迦太基史。这些作品无一留存。在里昂[2](Lyons)和特伦特[3](Trent)有两段铭文或可部分展示他的写作风格。一篇是公元48年在元老院发表的演说,倡议把公共尊

皇帝和文学的关联

---

[1] 加大拉的泰奥多勒斯,奥古斯都时代杰出的希腊修辞学家,出生于约旦以东的加大拉。他是奴隶出身,在罗德岛定居期间,当时赋闲中的提比略曾经常听他授课。提比略幼年时也师从泰奥多勒斯,因为其从年幼起就表现出慵懒冷漠的个性,自小就被泰奥多勒斯称为"会流血的泥偶"。泰奥多勒斯在当时是屈指可数的修辞学家,并创立了名为"泰奥多雷"(Theodorei)的学派,与帕加马的阿波罗多罗斯(Apollodorus of Pergamum)齐名。
[2] 里昂,公元前43年建成为罗马军事殖民地,旧称卢格杜努姆(Lugdunum),为长毛高卢的凯尔特行省都城。
[3] 特伦特,意大利北部城市,由雷蒂亚人(Raetian)所建,后为罗马军事殖民地。

权[1]（ius honorum）授给高卢显贵；另一篇是一份赦令，宣布恢复向现特伦特地区的雷蒂亚阿尔卑斯山脉[2]（Rhaetian Alps）的居民授予公民权，并就当地事宜发布条令。两篇文章都显得含混不清，既不优雅也无才华。克劳狄乌斯还为驳斥阿西尼乌斯·加卢斯（Asinius Gallus）写过为西塞罗辩护的文章，后者坚称其父阿西尼乌斯·波利奥是最伟大的雄辩家。这位皇帝对语言学颇有兴趣，并给拉丁字母表增加了三个字母，但没有一直得以沿用。在他的治下，文学多多少少自提比略的摧残后恢复了元气。皇帝尼禄（Nero，公元54年至68年在位）是小西尼加的学生，著有各类短诗和一部关于特洛伊战争的史诗，名为《特洛伊卡》（Troica）。他因妒忌而敌视一切其他诗人，不过对于攻评他的文字倒不甚在意。大体上，在他的治下文学未受到迫害，但公元65年皮索[3]（Piso）的篡位阴谋败露后，有不少哲学家和文人在他的愤怒下遭殃。

费德鲁斯　　提比略和卡利古拉时期的文学要逊于后世。被奥古斯都赐予自由身的费德鲁斯（Phaedrus）是这一时期在诗歌创作中成就斐然的唯一一人，其作品为短长格文体的寓言。这些寓言大多非原创，而是相传由伊索[4]（Aesop）所创，源自东方，后融入欧洲书面及口头文学的寓言故事。希腊人相信伊索是这些寓言的著者，但现代研究证明它们是广为流传的印度民间故事。在第一卷之后，费德鲁斯在被归于伊索名下的寓言中混入了自己创作的故事。整部寓言集现今共计九十三篇，分五卷，比完整的初始版本少很多，在第二卷和第五卷中缺失尤甚。现在的孩童依然熟悉这部寓言中的大半故事，譬如《狼和小羊》、《公牛和青蛙》、《狐狸与鹤》等。费德鲁斯的韵文相当工整，但他偏好简

---

[1] 公共尊权，罗马公民权的一种，有这种权利的人方有资格担任公共官职。
[2] 雷蒂亚阿尔卑斯山脉，阿尔卑斯山脉中段，大部在瑞士境内，最高峰为伯尔尼纳峰（Bernina Peak，海拔4050米）。
[3] 皮索，全名盖尤斯·卡尔普尼乌斯·皮索（Gaius Calpurnius Piso），是公元65年旨在推翻尼禄的密谋者的首领。公元37年，卡利古拉在出席他的婚礼时曾迷上他的新娘，并夺走新娘还将他放逐。后克劳狄乌斯请他回来担任执政官。当尼禄的种种恶行导致人们痛恨他，他们推举皮索担任密谋者的领袖。这个计划的主谋并非皮索，但他的人望得到很多人的支持。
[4] 伊索，相传为一部希腊寓言集的著者。希罗多德称他生活在公元前6世纪，是个奴隶；普卢塔克则说他是公元前6世纪里底亚（Lydia）国王的顾问。第一部《伊索寓言》由公元前4世纪的法拉雷乌斯（Demetrius Phalareus）所作，已缺失。另一部则是费德鲁斯的改编集。

洁,有时简得太过,所以有些难懂。他的道德说教也过于直白,没有给读者余下任何想象空间。他的语言是简单明快的奥古斯都时代早期拉丁语,未被后来大行其道的修辞过当之风所染。从第三卷的序言中可以确实推断,虽然塞扬努斯[1](Sejanus)在前两卷问世时仍然权倾一时,但第三卷写于他被处死也就是公元31年以后。费德鲁斯的创作可能一直持续到公元40年。对他的个人生平我们所知不多。他出生于马其顿皮埃里亚[2](Pieria)地区,幼年即前往意大利,也许就是罗马城。前两卷中某些内容激怒了塞扬努斯,但我们不清楚后果有多严重。第三卷所题献的对象俄提库斯(Eutychus)可能是卡利古拉治世末期有名的战车驾驭者。在结尾和最后一篇寓言中提及的帕提库洛(Particulo)和腓力提斯(Philetes)则不可考。人们普遍将费德鲁斯的《寓言集》(*Fables*)当作教材,因其内容对年少的读者有吸引力,又以简单、古典的拉丁语写成。

有一部诗集问世于奥古斯都死后第一年,乃德鲁苏斯(Drusus)之子——皇帝日耳曼尼库斯(公元前15年至公元19年)所著的《阿拉提亚》(*Aratea*)。这部共七百二十五行的诗集翻译并改编自阿拉托斯(Aratus)的《物象》(*Phaenomena*),体现了作者在六步体和天文学方面的双重素养。其中一首诗《征兆》(*Prognostica*)还余有若干残段,描述了天体星座和气候等现象的关联。除去日耳曼尼库斯的天文诗,马尼利乌斯(Manilius,见原文第138页)的最后一卷作品也属于这个时期。其他作品包括被错误归于维吉尔或奥维德名下的诗歌以及确属奥维德本人的晚期诗作。

在克劳狄乌斯去世以前的散文作家中,现有作品留存的仅有维利奥斯·帕特库卢斯(Velleius Paterculus)、瓦勒里乌斯·马克西穆斯(Valerius Maximus)和塞尔苏斯(Celsus)。盖尤斯·维利奥斯·帕特库卢斯是提比略治下的

---

[1] 塞扬努斯(? —31.10.18),全名卢西乌斯·埃利乌斯·塞扬努斯(Lucius Aelius Sejanus),罗马帝国位高权重的人物,公元14年任御林军统帅,公元31年任执政官。后有人告发他阴谋篡位,被皇帝提比略处死。
[2] 皮埃里亚,早期色雷斯人(Thracian)的居住地,是奥林匹斯山皮埃里圣泉的所在地,传说中奥菲斯和缪斯女神均居住在此地。后被奥斯曼帝国兼并,现在希腊境内,该地区目前的首府是卡泰里尼(Katerini)。

长官,在公元1年叙职军事保民官,公元14年当选行政官。其生卒年代不可考。他所著的《罗马史》(Roman History)提及的最后一个事件是维尼西乌斯[1](Vinicius)在公元30年当选执政官。《罗马史》有两卷,第一卷保存得并不完整。维利奥斯的史书并不局限于罗马,在开头部分简述了希腊城邦在意大利的发端。其作品的初始部分仅为概要,当行文至作者本人时代有更多的细节,但还远不算巨细无遗。在整部作品中维利奥斯都加入了自己的观点,也无法超然于成见,因此其史书不算特别有价值。他对提比略吹捧过高,虽是提比略过去的老部下,这也有些说不过去,而他对塞扬努斯的赞美同样夸张且毫无正当性可言。值得一提的是维利奥斯对希腊和罗马文学史着墨颇多,在如此简短的作品中很令人意外。其文笔笨拙,但看得出很想追求修辞效果。所用的词汇属于奥古斯都时代,但做作的修辞和对变化的刻意追求是后来年代的特征。维利奥斯的主要兴趣在于其笔下人物的禀性,整部作品因这一点存在些许个性,令其超越了单纯的事记。在开始部分他所参考的资料很权威,但也许因李维有共和主义倾向而经常同他相左。后半部分的内容则因其对提比略及党从的恭顺偏袒而不具可信度。

瓦勒里乌斯·马克西穆斯

瓦勒里乌斯·马克西穆斯(Valerius Maximus)于公元30年前后创作了九卷的《善言懿行录》(Facta et Dicta Memorabilia),并题献给提比略。在公元前27年左右他曾陪同塞克斯都·庞培前往亚细亚,据此可推测他出生于约公元前47年,而去世的时间不会跟这部作品完成的年代相隔很远,其他的生平事迹均不可知。其作品中有许多趣闻逸事,但风格不尽自然,显得浮夸呆板。提比略、尤利乌斯·恺撒和奥古斯都是本书最竭力奉承夸耀的对象。书中逸话涉及的主题很宽泛——宗教、古代习俗、各形各色的人物、命运、衰老、值得一书的死亡等。具有参考价值的信息当然是有的,但只是稀稀落落地散布在九卷文字中。尽管如此,在中世纪这部作品仍广为流传,存有大量的手抄稿。瓦

---

[1] 维尼西乌斯,全名马库斯·维尼西乌斯(Marcus Vinicius)。维利奥斯正是在公元30年将其史书献给了他。公元33年提比略曾把其养子日耳曼尼库斯的女儿李维拉(Julia Livilla)许配给维尼西乌斯。在克劳狄乌斯治下,他于公元45年再度当选执政官,次年被克劳狄乌斯的第三任妻子梅萨利纳·瓦莱里亚(Messalina Valeria)处死。

勒里乌斯·马克西穆斯的手稿中还有一部关于语词尤其是姓名的著述《人名及其他考》(De Praenominibus, etc.)，原作者不详，价值可略。

奥卢斯·科涅利乌斯·塞尔苏斯(Aulus Cornelius Celsus)编撰过一部百科全书，涵盖农学、医学、战争学、雄辩术、法理学和哲学。这本泱泱巨著至少有一部分是在提比略在位时所作，其余部分的创作时间可能更晚，因著者的出生和死亡日期都没有明确的参考而难以界定。其中仅关于医学的论著(全书中第六卷至第十三卷)保存至今。依文所见塞尔苏斯精通当时的医学，而该医学体系在那个时代已堪称完美。其文笔扼要直白，没有后奥古斯都散文创作所习常的刻意修饰或诗化用语。理所当然，这部著作在中世纪希望了解科学的人们当中广受好评，是印刷术出现后首批得以付印的书籍之一，且直到近代为止都作为医科学生的教材使用。至于此百科全书的其他内容是否同样优异现在无法断言。科卢梅拉[1](Columella)曾不无敬意地提到他有关农业的论著，但昆体良对塞尔苏斯评价颇低，许是其文在修辞技巧方面的缺陷所致。

塞尔苏斯

在老西尼加的回忆录中保留有这一时期若干雄辩家的姓名，他们当中最值得记下的可能是以下几位：曾被提比略放逐、死于公元27年的沃提埃努斯·孟塔努斯[2](Votienus Montanus)；波利奥之子阿西尼乌斯·加卢斯(公元前40年至公元33年)；公元34年被提比略强迫自杀的马迈库斯·斯考鲁斯[3](Mamercus Scaurus)；公元31年卒、在公元19年控诉皮索谋杀日耳曼尼库斯之罪名的普布利乌斯·维特利乌斯[4](Publius Vitellius)；最后是出生

作品缺失的散文作家
176

---

[1] 科卢梅拉，全名卢西乌斯·朱尼乌斯·莫得拉图斯·科卢梅拉(Lucius Junius Moderatus Columella)，早年在叙利亚的罗马军事殖民地担任保民官，写有很多跟农业有关的著作，现存作品有十二卷的《论农村》(De Re Rustica)和《论树木》(De Arboribus)。

[2] 沃提埃努斯·孟塔努斯，修辞学派曾给他奥维德的雅号。他所遭受的指控是叛国，死在流放地巴利阿里(Balearic)群岛，一说其死于公元25年。

[3] 马迈库斯·斯考鲁斯，老西尼加称他是名门斯考鲁斯家族的最后一人。作为元老院的一员，他曾多次言语冒犯提比略。在公元34年，他创作的悲剧《埃特乌斯》(Atreus)被他的仇人解读出某些影射提比略的内容，因此他在妻子塞克斯提亚(Sextia)的建议下随其一同自杀。塔西陀和老西尼加都称他当过执政官，但年代不详。

[4] 普布利乌斯·维特利乌斯，他是日耳曼尼库斯掌管日耳曼时的部下，指挥过两个军团。在指控皮索后他成功当选行政官。不过塞扬努斯死后，他因是其一党成员而受牵连，在被关押期间，他用一把要来的小刀在身上切开一个小伤口，虽不致命，却在悲伤和恼怒中很快死去。

于尼麦苏斯[1](Nemausus),在提比略、卡利古拉和尼禄治下均任要职的图密提乌斯·阿弗尔[2](Domitius Afer,公元前14年至公元59年)。上述雄辩家中,图密提乌斯·阿弗尔在诉讼方面最杰出,孟塔努斯有演说家和雄辩术导师的双重身份。作品失传的历史学家有奥卢斯·克雷姆提乌斯·考铎斯[3](Aulus Cremutius Cordus)和奥菲狄乌斯·巴苏斯[4](Aufidius Bassus)。前者的作品发表于奥古斯都时代,赞扬了布鲁图,并称卡西乌斯是"最后的罗马人",这令此作在公元25年被元老院敕令焚毁,而作者也绝食自尽。奥菲狄乌斯·巴苏斯著有修辞风格的当代史一部,可能涵盖奥古斯都、提比略以及共和国末期年代。在那一时期的语法学家中,最重要的人物是昆图斯·雷米乌斯·帕莱蒙[5](Quintus Remmius Palaemon),他的著述《语法的艺术》(*Ars Grammatica*)[另有一说称此书是希腊语法学家狄俄墨得斯(Diomedes)所作——中译者注]是后世作家查里西乌斯[6](Charisius)非常倚重的参考。

---

[1] 尼麦苏斯,纳尔榜南西斯(Narbonensis)高卢的沃尔卡阿勒科米齐(Volcae Arecomici)地区首府,在阿雷拉特(Arelate)西南。

[2] 图密提乌斯·阿弗尔,公元25年任行政官,因公元26年指控阿格丽品娜(Agrippina)的大侄女克劳迪娅·普尔科拉(Claudia Pulchra)得提比略赏识,并成为罗马最有名的雄辩家。次年又在提比略授意下指控普尔科拉之子昆提利乌斯(Varus Quintilius)。当卡利古拉上台后,他在指控普尔科拉时对新皇帝所作的某些言论令他岌岌可危,并在元老院中被皇帝指控,但他刻意隐藏辩论实力败给卡利古拉,借此反而又被新皇帝所偏爱。公元59年他因饮食过量而死。不管他的人格是否正直,其演说技巧在当时确属一流。

[3] 奥卢斯·克雷姆提乌斯·考铎斯,他的一生一直很清白,最后被两个门客指控,说他在著述中过分赞誉布鲁图和卡西乌斯。但他的历史著作已流传多年,且被奥古斯都本人所称赞,所以导致其被指控的真正原因不是这个,而是他对塞扬努斯的指摘。了解皇帝的禀性,明白自己无望生还的考铎斯做了一篇辩白,呼吁给他以前世历史学者皆能享有的赦免,随后回到自己家中绝食而亡。在老西尼加的"谏辩"第七篇中有少许该辩白的残段。

[4] 奥菲狄乌斯·巴苏斯,他写过两部历史,一是罗马在日耳曼的战争史,二是一部通史。后者被老普林尼续写了三十一章,但原作都没留传。

[5] 昆图斯·雷米乌斯·帕莱蒙,历经提比略、卡利古拉和克劳狄乌斯三朝代的知名语法学家,意大利北方维琴察(Vicentia)人,起初是奴隶,后获赎身,并在罗马城中开办了一所学院,成为当时最杰出的语法学专家,门下学生众多。但他的品格据说很糟,提比略认为绝对不可让青年受他的教导。据尤文纳尔(Juvenal)所述他是昆体良的导师。

[6] 查里西乌斯,全名弗拉维乌斯·索斯帕特·查里西乌斯(Flavius Sosipater Charisius),4世纪至5世纪间的拉丁语法学家,有为儿子所著的五卷论著《语法构成》(*Institutones Grammaticae*)。这是对以前语法研究成果的编集之作。虽跟《语法的艺术》有很多相似之处,但查里西乌斯并没有写出参考来源。

另有若干专门领域的著者,例如植物学家凯皮奥[1](Caepio)和安东尼乌斯·卡斯托尔[2](Antonius Castor),酒类植物学者尤利乌斯·阿提库斯[3](Julius Atticus)和尤利乌斯·格拉齐努斯[4](Julius Gracchinus),以及美食家马库斯·阿皮西乌斯[5](Marcus Apicius)——不过归他名下的一本现存食谱其实是3世纪的作品。这些人物——虽然除了名字以外没有留下多少东西——说明散文创作在提比略统治下虽同其他时代无法相提并论,也没有完全消弭。

该时期的罗马哲学则十分兴盛,延续了之前至少一个世纪的趋势,不过提比略和卡利古拉在位时的大部分哲学著述都出自完全以希腊语写作的哲学导师们。这些人当中有活跃于奥古斯都时代晚期和提比略统治早期的塞克斯都学派哲人[6](Sextii)和索提翁[7](Sotion),双双于公元65年遭尼禄放逐的卢西乌斯·阿奈乌斯·科尔努图斯[8](Lucius Annaeus Cornutus)和盖尤斯·

哲学

177

---

[1] 凯皮奥,全名克里斯皮努斯·凯皮奥(Crispinus Caepio),比希尼亚的度支官,曾在公元15年指控当地统治官格拉尼乌斯·马塞卢斯(Granius Marcellus)叛国,自此便成为向提比略揭发异己的专员。
[2] 安东尼乌斯·卡斯托尔,公元1世纪的著名植物学家,声望斐然,有私人植物园,活到一百岁以上的高龄且身心都保持健康。
[3] 尤利乌斯·阿提库斯,他的生平暂不可考。科卢梅拉在《论农村》第三卷关于葡萄种植的部分中反复引述过阿提库斯。
[4] 尤利乌斯·格拉齐努斯,又作Graecinus,他十分正直,因而被卡利古拉处死。我们从普林尼的引述中了解到他的作品是关于植物学或葡萄种植的。
[5] 马库斯·阿皮西乌斯,他是被后世一切美食家奉为偶像、被一切厨师奉为尊师的传奇人物,关于他的逸闻数不胜数,由他发明的许多食谱现在仍非常流行。据说他对饮食有无法形容的热情,不断研究新的食谱配方,搜遍世界每一个角落以寻找食材。最后,他检查账目,发现绝大部分财产都挥霍在这一爱好上了,剩下的钱根本无法满足他日渐贪婪的食欲,便上吊自杀。
[6] 塞克斯都学派哲人,从原文无法确认究竟所指何人,很可能是尤利乌斯·恺撒时代的哲学家老昆图斯·塞克斯都(Quintus Sextius the Elder),也可能是他的传人。其学说糅合了毕达哥拉斯学派和斯多亚学派的内容,备受小西尼加赞誉。恺撒曾邀请老塞克斯都加入元老院但被拒绝。据说他过着极其严谨的生活,素食,每日自省。小西尼加同他有过交流,所以他应颇为长寿,在本文所指的年代仍然健在。
[7] 索提翁,生于亚历山大,是小西尼加的导师之一,小西尼加对毕达哥拉斯的仰慕出自他的教导。有一篇关于愤怒的论著可能出自他笔下。普卢塔克称他记述过若干亚历山大大帝在印度建立城镇的事件。
[8] 卢西乌斯·阿奈乌斯·科尔努图斯,活动时间为公元54年至68年的斯多亚学派哲学家,出生于利比亚的莱普提斯(Leptis),长住罗马。公元68年他因贬低尼禄计划中要写的一部罗马史诗而被放逐。他对亚里士多德哲学做过深入研究,其评述散见于后世的引用。他的尚存作品有哲学论著《希腊神学纲要》(Theologiae Graecae Compendium),此文以斯多亚学派观点解释了民间神话。

穆索尼乌斯·鲁夫斯[1]（Gaius Musonius Rufus）。他们连同另一些声名略逊的哲人一起，以斯多亚学派哲学教义为主尊，对罗马人的思想施加了举足轻重的影响力。但鉴于其教导以口述为主，又凭希腊语来付诸文字，我们只得用完全不切合其真正价值的简短方式一笔带过：索提翁是小西尼加的导师之一，也是尼禄时期最杰出的作家；科尔努图斯是杂咏诗人佩尔西乌斯[2]（Persius）的导师；穆索尼乌斯则给令人敬畏的伦理布道家爱比克泰德[3]（Epictetus）讲过课。

卢西乌斯·阿奈乌斯·西尼加

卢西乌斯·阿奈乌斯·西尼加（Lucius Annaeus Seneca）是雄辩家老西尼加之子，后者在奥古斯都及后奥古斯都时代所作的雄辩术教学作品前文已有提及。小西尼加在公元之交出生于西班牙的科尔多瓦（Corduba），在罗马受教育，师从索提翁、斯多亚学派的阿塔卢斯[4]（Attalus）和塞克斯都学派传人帕庇里乌斯·法比安努斯[5]（Papirius Fabianus），另在诸多修辞学院学习。他的母亲赫尔维亚[6]（Helvia）出身高贵，赫尔维亚的姐夫是曾在埃及担任过数

---

[1] 盖尤斯·穆索尼乌斯·鲁夫斯，公元1世纪的著名斯多亚学派哲学家，在奥古斯都和提比略帝位交接年份前后出生于伊特鲁里亚的沃尔西尼（Volsinii）。尼禄自杀后，继任的加尔巴（Galba）允许他回到罗马，并在韦斯巴芗（Vespasian）时代享有很高的声望，是少数被许可留在罗马城内的哲学家之一。

[2] 佩尔西乌斯（34—62），全名奥卢斯·佩尔西乌斯·弗拉库斯（Aulus Persius Flaccus），是哲学家科尔努图斯（Cornutus）的学生和友人、诗人卢卡（Lucan）的同窗。在拉丁文学中，他的杂咏诗在伦理境界上是最高的，但英年早逝。他死后，科尔努图斯帮助出版了其未完成的诗稿。

[3] 爱比克泰德（约55—约135），包含斯多亚学派思想的哲学家，推崇苏格拉底和犬儒主义哲学家第欧根尼（Diogeenes），其宣讲哲学的方式几近宗教，故受早期基督教思想家的重视。少年时是奴隶，听过穆索尼乌斯讲课，后成为自由民。公元90年，由于斯多亚学派同情从支持反对暴政的民众，皇帝图密善（Domitian）下令将包括爱比克泰德在内的哲学家赶出罗马，后他在尼科波利斯（Nicopolis）度过余生。他本人没有著述，其学说由学生阿利安（Arrian）记录在两本书中：现存四卷的《谈话录》（Discourses）和《手册》（Encheiridion）。

[4] 阿塔卢斯，他曾被塞扬努斯夺去财产。小西尼加经常以赞誉的口气引述他。老西尼加也称他口才卓绝，是当时最执着于哲学的人。

[5] 帕庇乌斯·法比安努斯，提比略、卡利古拉时代的哲学家和修辞学家，除跟老塞克斯提学习斯多亚哲学外，还师从弗司库斯（Arellius Fuscus）学习修辞学。老西尼加“论辩”第三卷和"谏辩"中介绍过法比安努斯的修辞风格：早期同弗司库斯类似，后来逐渐转变成更简明的类型。后来他放弃修辞学转研哲学，比西塞罗还要高产。小西尼加认为其哲学作品是仅次于西塞罗、波利奥和李维的佳作，在他的书信中对法比安努斯的哲学理念进行过介绍。另外，他对医学也有研究。

[6] 赫尔维亚，老西尼加之妻，共有三子：小西尼加、诺瓦图斯（Lucius Annaeus Novatus）和梅拉（Lucius Annaeus Mela）。她一生坎坷，其母在她出生时死去，是被继母养大，曾在一个月内相继失去丈夫和最疼爱她的叔父，后其孙子染病，儿子又被放逐。

年仲裁官(governor)的维查西乌斯·波利奥[1](Vitrasius Pollio)。小西尼加曾随姨母一起在埃及旅居,返回罗马后,在公元37年至42年间的某一年,借助后者的关系而获度支官职位。公元39年,他在元老院发表的一篇演说遭致卡利古拉的嫉妒,差点儿令他丧命。公元41年,因梅萨利纳[2](Messalina)的算计,他被流放到科西嘉[3](Corsica)岛,罪名是与卡利古拉的妹妹尤利亚·李维拉[4](Julia Livilla)通奸。在整个帝室家族内流传着此间种种绯闻,我们现在已无法知晓这个指控是否为真,而小西尼加同阿格丽品娜派系的往来也许才是真实原因。不管怎么说,八年后阿格丽品娜[5](Agrippina)处死了梅萨利纳,将他从科西嘉岛召回,给他度支官职务并请他指导儿子图密提乌斯·尼禄(Domitius Nero)。他对这个年轻的学生有极大的影响,当尼禄称帝后,小西尼加在其友阿弗拉尼乌斯·布鲁斯[6](Afranius Burrus)的帮助下成为禁卫军军官,并参与摄政。他管束着尼禄的暴行,遏制着阿格丽品娜的野心

---

[1] 维查西乌斯·波利奥,根据普林尼的记述,他是提比略在位时期的埃及总督,死于公元32年。

[2] 梅萨利纳(约22—48),全名梅萨利纳·瓦莱里亚(Messalina Valeria),罗马皇帝克劳狄乌斯的第三个妻子,以淫乱阴险出名。她出身贵族,嫁给克劳狄乌斯后生下一子一女,其女屋大维后同尼禄成婚。公元42年她唆使克劳狄乌斯处死元老西拉努斯(Appius Silanus),加剧了皇帝和元老院之间的紧张关系。后来还诬陷众多元老,带来白色恐怖。最后被人揭发她与情夫秘密结婚阴谋篡权,遂被克劳狄乌斯处死。

[3] 科西嘉,地中海上仅次于西西里岛、萨丁尼亚岛和塞浦路斯岛的第四大岛,距离法国大陆南部一百七十千米,离意大利西北部九十千米,与萨丁尼亚岛隔海十一千米。面积八千六百八十平方千米。该岛至少在公元前3000年即有人居住,有史记载的最早定居者是希腊移民,公元前3世纪初为迦太基人所统治,直到公元前163年经多次战役后被罗马人完全占领,与萨丁尼亚合成罗马的一个行省。

[4] 尤利亚·李维拉,日耳曼尼库斯和阿格丽品娜在公元18年所生的最小的女儿,公元33年嫁给了维尼西乌斯(Marcus Vinicius)。有传言说她与亲兄卡利古拉有不伦关系,故在公元37年被卡利古拉流放。后来克劳狄乌斯把她召回,但又因梅萨利纳的挑唆,以淫乱罪名将其处死。据说梅萨利纳嫉妒她的美貌,害怕她的人望,痛恨她的自负。同时,小西尼加被指控与她有性乱之交,所以被流放。

[5] 阿格丽品娜(15—59),是大阿格丽品娜之女,通称小阿格丽品娜(Agrippina the Younger),与第一任丈夫阿赫诺巴布斯(Gnaeus Domitius Ahenobarbus)生下了后来的皇帝尼禄。公元49年同克劳狄乌斯皇帝再婚,并促使克劳狄乌斯立尼禄为继承人。公元54年克劳狄乌斯离奇死去,年仅十六岁的尼禄遂登基,由阿格丽品娜摄政。尼禄亲政后,待母后权势削弱,即下令将其处死。

[6] 阿弗拉尼乌斯·布鲁斯,全名塞克斯都·阿弗拉尼乌斯·布鲁斯(Sextus Afranius Burrus),是杰出的军人、尼禄的心腹。他出生于纳尔榜南西斯高卢,在罗马军团中任过军官,后于宫廷任职,公元52年在阿格丽品娜的推举下就任禁卫军长官(Praefectus Praetorio),成为政务负责人。他跟小西尼加一起参与尼禄的教育,希望将他培养成正直高尚的人。公元55年克劳狄乌斯去世,是他带领禁卫军拥戴尼禄登基。他也经常和小西尼加一起反对阿格丽品娜滥杀无辜。后来,因为屡次拒绝协助尼禄的阴谋,包括针对其母亲阿格丽品娜和其妻子屋大维亚的暗杀行为,被尼禄于公元63年毒死在狱中。

和报复心。归功于他的努力,尼禄治下早期的和平与安宁为后世所长久地缅怀。但为能维系自身地位,小西尼加在很大程度上只能顺从尼禄的意愿,即便这要违背他更贤明的判断或良知。关于尼禄谋害克劳狄乌斯以称帝一事,小西尼加可能知晓内情,也没有证据表明他对公元55年谋害日耳曼尼库斯的阴谋持有异议。公元59年阿格丽品娜的死甚至可能与他有关。由此可见,纵有出众的才智和社会地位,他也无法保持相对皇帝的道德制高点。公元62年布鲁斯的死亡使小西尼加的权势分崩离析。他接受了现实,尽一切可能远离宫廷圈,并在公元64年主动放弃其巨额财产。但归隐也无法令他逃脱尼禄的残暴毒手,公元65年,他被控参与皮索的篡位密谋,受迫自杀。

小西尼加的哲学观并未令他远离尘世的财富和荣耀。在其权势的顶峰,他富可敌国,拥有意大利和海外的多处地产,投资甚至远及不列颠,总财产估计有折合一千五百万美元之巨。他对任何官职都可予取予求,并在公元57年担任执政官。关于他的私人生活所留下的记载不多。他有过两次婚姻,首任妻子给他生下至少两个儿子,其中一个在父亲流放后不久辞世;第二任妻子庞培亚·保利纳[1](Pompeia Paulina)同他成婚于公元57年,曾在丈夫被害时意欲自尽,但被尼禄阻止。

小西尼加的悲剧创作

小西尼加的著述卷帙浩繁,尽管大多缺失,余下的部分仍然超过几乎任何其他古代作家的产量。[2]其作品包括悲剧、哲学论述、一篇针对克劳狄乌斯之死的杂咏诗,还有若干机智短诗。关于每一部作品的确切著成时间所能依赖的参照不多,本书也不会细究其年代顺序。但鉴于悲剧应属于他的早期创作,故首先加以介绍。现存的小西尼加的悲剧有九部,¹主题均出自希腊神话,无一例外都是希腊剧作家运用过的题材。可以想见小西尼加的悲剧在情节上不会多么新鲜,驾驭手法也不会太违常规。他模仿了欧里庇得斯等希腊

---

[1] 庞培亚·保利纳,她可能是尼禄治下日耳曼军官庞培乌斯·保利努斯(Pompeius Paulinus)的女儿。小西尼加曾满怀深情地谈及她,尤其是她对其健康的照料。在尼禄请小西尼加赴宴并告知其必须要死时保利纳也在场。据说,小西尼加平静地接受了现实,拥抱了自己的妻子,央求她不要改嫁,保利纳便请求丈夫让她同死。小西尼加没有反对,两人一起割开了静脉。但尼禄不希望造成不必要的杀戮,下令将她救活。

[2] 古罗马文人借鉴成风,而小西尼加对希腊的借鉴几近抄袭,这也是他高产的一部分原因。

晚期的悲剧诗人,不单进行翻译,多少也有一些独创,而跟希腊剧本最大的区别,在于他现实主义的倾向以及雄辩式的修辞。事实上,他的悲剧是演说的延伸,极少插入与演说词在格律上差异最明显的诗歌合唱。这些悲剧本身对希腊原型的模仿并不充分,甚至有所颠覆,但跟小西尼加的其他作品一样,展现出作者非凡的语言功底和丰富的表现力;而之于现代读者,其真正价值缘于它们对16世纪英语戏剧和所有法国古典戏剧所造成的深刻影响。这些悲剧作品在拉丁文比希腊文更通行的某个时期被奉为古代戏剧艺术的最高表现,进入现代后也有众多国度的剧作家进行研究和模仿。

这些悲剧中最出名的也许是《美狄亚》。[1]该剧同欧里庇得斯笔下的《美狄亚》一样,借用了神话中伊阿宋抛弃妻子美狄亚,转娶科林斯(Corinth)国王克瑞翁(Creon)之女克瑞乌萨(Creusa)的部分。美狄亚派两个儿子给克瑞乌萨送去一件有毒的长袍,将她和她的父亲克瑞翁一并杀死,随后为了令伊阿宋痛苦,亲手杀死了自己的两个孩子。下面这一段取自美狄亚对其侍女说的一段话,当时克瑞翁和克瑞乌萨被美狄亚送去的毒袍所杀的消息已经传回,这位侍女催促她尽快逃亡,于是美狄亚答曰:

> 难道我应怯退?决不,若我已逃离,
> 也将折返,只为看着
> 那对起誓的爱人。为何要踌躇,我的灵魂?
> 这只是复仇的开始。
> 岂可为这小小的复仇而欢愉!这只说明你还爱他——
> 若令伊阿宋丧妻便觉满足。要有新的惩戒,
> 让少女的端庄去死,让尊严去死,
> 纯洁的双手只能造成微不足道的伤害。
> 屈服于你的愤怒,唤起你未竟的觉悟,

---

[1] 这部悲剧除欧里庇得斯以外还借鉴了奥维德业已失传的版本。一般认为奥维德的《美狄亚》要比他的高明许多。

让心脏挤出最后一滴远古的暴戾
已犯下的罪简直是行善。觉醒吧,
要让他们看清,那是多么不值一提——
我之前演出的罪恶的序章!
未染过血的手怎有做出大事的力量?
什么?你说这只是少女的愤恨?
我现在是美狄亚,我的神智已在苦难中丧尽。
我喜悦,因为我拧下了兄长[1]的头颅,
我喜悦,因为我扯下了他的手脚,
让我的父亲失去了他的金羊毛[2],
我喜悦,因为我唆使珀利阿斯[3](Pelias)的女儿,
将老迈的父亲弑杀!要寻新的发泄!过去未熟练的双手犯不下真正的罪孽。
狂暴,你欲何往?你欲将什么
指向你的仇敌?
我残虐的灵魂仍未有明朗的决意,
甚至不敢对自己坦陈!
愚蠢!愚蠢!多么希望仇人
与那情妇生有子嗣让我复仇!但我的便是他的,
那么就当克瑞乌萨才是他们的母亲!够了,
这将是完美无瑕的罪行。

---

[1] 阿比希图斯(Absyrtus),美狄亚的父亲科尔基斯(Colchis)国王埃厄忒斯(Aeetes)之子。当美狄亚帮助伊阿宋取得金羊毛后,便带着阿比希图斯一起逃走。为了摆脱父亲的追踪,美狄亚把兄长杀死并将其肢体沿途扔下,令埃厄忒斯不得不停下收集儿子四散的残肢。这残忍的一幕据说发生在托弥(Tomi)。

[2] 美狄亚的父亲是科尔基斯国王埃厄忒斯,当伊阿宋来到科尔基斯要夺取金羊毛时,美狄亚爱上了他,背叛了自己的父亲。

[3] 珀利阿斯,希腊神话中伊奥尔科斯(Iolcos)的国王,篡夺了本属于伊阿宋之父埃宋(Aeson)在色萨利伊奥尔科斯的王位,但答应侄子伊阿宋,只要去夺取科尔基斯的金羊毛就交回王位。美狄亚帮助伊阿宋带回金羊毛后,向珀利阿斯进行报复,欺骗他的女儿们,令她们相信只将父亲剁碎煮熟就能使他恢复青春。

第十三章　从提比略到韦斯巴芗　　　　　　　　　　201

我的灵魂必须准备好这最后的复仇乐章。
你们曾是我的孩子,但不再是,
去为你们的父亲偿罪吧。
惊恐重击着我的灵魂,四肢麻木冰冷;
心脏起伏狂乱;母爱却又驱走了
对丈夫的憎恨;我要令他们——
我的亲生骨肉血流满地? 啊,疯狂的怒气,请别这样!
即使是我,这样受诅咒的罪行也前所未闻! 那些可怜的男孩背负着什么罪?
有罪,因为伊阿宋是他们的父亲!
更大的罪,因为美狄亚是他们的母亲!
让他们去死,因为不是我的孩子!
不,让他们消失,因为是我的孩子!
但他们无罪无瑕,噢,他们是无辜的! ——可我的兄长也一样无辜!
为何要踌躇,我的灵魂? 为何我的两颊被泪水湿润?
为何恨与爱令我多变的心在两边摇摆?
就像狂风中的激战,
就像交撞的怒涛,
跳动,如宿命战胜恐惧:
恨把爱吞噬,爱将恨消弭。[2]

小西尼加的哲学作品可按自身属性划为三类:第一类是关于伦理课题的长篇大著,有共二十卷的《道德手信》(*Epistulae Morales*)和成文于公元57年至64年间共七卷的《自然界的问题》(*Quaestiones Naturales*)。两部作品均写给卢齐利乌斯[3]。《自然界的问题》显然没有涵盖自然的方方面面,其中两卷探讨天文学、两卷关于地貌地理、四卷针对气象学。事实上,把第四卷拆分成两卷更合适,一卷为地理学,另一卷则是气象学,若以这种分法就有八卷。小西尼加以斯多亚学派观点阐述这些主题,完全沿用其他书籍中的材料,没有什么独创性的研究。这部作品在中世纪颇为风行,但没有科学价值,因为小西尼加的主要兴趣在伦理学方面,所以仅仅把大自然的种种现象作为表达伦理学观点的载体而已。第二类是专门以伦理学的各种单一命题为研讨对象的论述,如《论愤怒》(*De Ira*,三卷)、《论生命的短促》(*De Brevitate Vitae*)、《论宽恕》(*De Clementia*)、《论生命的美好》(*De Vita Beata*)、《论安慰》(*De Consolatione*,有三卷,各自独立,分别致不同的人)以及《论幸福》(*De Beneficiis*,七卷,涵盖内容很广)。第三类是他的书信,探讨的主题与第二类相似,不过更为随意。通过这些作品可见,小西尼加对前世作家相关主题的作品进行了非常勤勉的学习,尤其是斯多亚学派的著述,当然也丝毫没有忽略伊壁鸠鲁学派的经卷。其道德教诲从主体上看正确而贤明,但欠独创思想。其风格生气勃勃也极具说服力,但做作而虚华;考虑到当时普遍的风气以及小西尼加的一贯风格,倒也不应凭后一点就否认他的表述发自内心。对于罗马发展成型后的斯多亚哲学,小西尼加的说明最为详尽,他更像是一个为生活中的为人处世提供实际建议的教诲者,而不是义无反顾的思想家。大部分的罗马斯多亚哲学家——若不是全部——既是布道者又是教师,小西尼加也不例外;在这一点上他的研究价值和乐趣都无以复加。其作品在当时和身后一段时间都广为流传,不过并未对昆体良等希冀复兴西塞罗时期拉丁语的人有所助益,因为他们觉得这些作品的风格存在缺陷。无可争议的是,这些作品在数世纪间有着很高的普及程度,其孤高的道德准绳使不少人相信小西尼加就是个基督徒。这一看法也有佐证,在相对较早的一个时期所写成的十四封信笺被认为是小西尼加和使徒保罗(Apostle Paul)之间的通信。不过这些信件显然系伪造,毫无文学素养可言。小西尼加的影响力并未因古代文明的终结而消失,甚至一直持续到我们这个时代,在拉尔夫·瓦尔多·爱默生[1](Ralph Waldo Emerson)的作品中可以清晰地见到这种影响力的印记。

---

[1] 拉尔夫·瓦尔多·爱默生(1803.5.25—1882.4.27),美国演说家、诗人和散文作家,也是新英格兰超验主义(Transcendentalism)运动的领袖。著有《论自然》、《论美国学者》、《神学院致辞》、《代表性人物》、《英国人特性》、《人生的行为》等书,还有诗歌作品《诗集》和《五月节》。

第十三章 从提比略到韦斯巴芗

在《变瓜记》(Apocolocyntosis)中小西尼加化身为政治讽刺作家。标题的含义大致是变成南瓜的过程(Pumpkinification),这是一个合成自创的词,一部分取自希腊词神格化(apotheosis),另一部分取自希腊语词南瓜[kolokythi;对应词中的 colocynto——中译者注],然后用南瓜来取代 apotheosis 中代表"神"的词根。但这部小作品中并未直接出现变成南瓜的桥段。在书中,皇帝克劳狄乌斯刚死去不久,自以为可升往奥林匹斯与众神为伍。众神进行了一次商谈,奥古斯都在其间发言反对克劳狄乌斯加入,于是他被打发到哈迪斯的冥界,并在那里遭遇曾被他含冤处死的众人。这是现存唯一完整的迈尼普斯式杂咏诗(Menippean Satire)作品,以散文为主,间杂韵文段落。鉴此,它具有一定的吸引力,但文学价值式微。小西尼加的机智短诗也不算特别出众。只要有机遇,任何像小西尼加那样受过教育的文人都可写出那种诗行。

小西尼加的时代没有诞生过伟大的诗人,连作品留到现在的诗人也极少。其中最早的一位是奥卢斯·佩尔西乌斯·弗拉库斯(Aulus Persius Flaccus),他在公元 34 年 12 月 4 日生于沃拉特里[1](Volaterrae),公元 62 年 12 月 24 日便以二十八岁的年轻之躯辞世。十二岁那年,佩尔西乌斯离开故乡前往罗马,在多个学院中学习,教导过他的人当中包括语法学家昆图斯·雷米乌斯·帕莱蒙。十六岁时,他投身于斯多亚哲学家科尔努图斯门下,成为一名斯多亚学派的忠实门徒。他与当时众多杰出人物来往,包括小西尼加和史诗作家卢卡(Lucan)。帕特乌斯·瑟拉西[2](Paetus Thrasea)的妻子阿里亚[3](Arria)是他的亲戚,而瑟拉西跟当时许多品行崇高的罗马人一样,从斯多亚学派教义中获取力量以抵御那个堕落时代的邪恶和腐坏,所以他同瑟拉西一家的亲密关系无疑令他对斯多亚哲学更为投入。佩尔西乌斯本身属于骑士阶级,在死时留下了很多遗产。他把藏书赠给了科尔图努斯,后者编辑了他包括六

---

[1] 沃拉特里,今意大利托斯卡尼区比萨省城镇沃尔泰拉(Volterra),原为伊特鲁里亚联盟的十二城之一。
[2] 帕特乌斯·瑟拉西(? —66),古罗马元老,以反对皇帝尼禄而闻名,在公元 56 年担任执政官,后因不满尼禄的种种恶行在公元 63 年后完全退隐。公元 66 年他的政敌说服尼禄赐死瑟拉西。
[3] 阿里亚,其同名的母亲是凯西拿·帕特乌斯(Caecina Paetus)之妻,也是普林尼等人笔下那位颇有名的烈女。当公元 42 年丈夫被皇帝克劳狄乌斯下令自杀时,她抢先用匕首刺穿胸膛,然后把匕首递给丈夫说:"帕特乌斯,这不疼。"

篇杂咏诗在内的诗作。佩尔西乌斯也写过若干游记和一部可算作紫纹戏剧的悲剧,但均未发表。第一首杂咏诗抨击了当时的文学创作和横行无忌的丑陋荒淫。这是一首真正的杂咏诗,跟卢齐利乌斯——亦不如说是贺拉斯——的同类作品相仿。其余诗篇中佩尔西乌斯畅谈了源自斯多亚学派学说的各种话题:第二篇讲到祈祷;第三篇分析我们的实际行为和认知中的善行之间的矛盾;第四篇是关于自我的认知;第五篇是对科尔图努斯——他的斯多亚哲学导师——毫无保留的赞美,并进一步探讨了真正的自由:佩尔西乌斯称这种自由能使人摆脱自身冲动的暴虐统治;第六篇写给他的朋友、诗人凯西乌斯·巴苏斯[1](Caesius Bassus),分享小西尼加在卢纳[2](Luna)愉快的隐居生活,并阐述如何真正利用世间万物的价值。

佩尔西乌斯诗作的水准

同时代人对佩尔西乌斯的诗作推崇备至,后世乃至整个中世纪也有许多人对其进行阅读和评述。这分敬佩缘于诗中的道德和伦理成分,其风格又无疑很迎合那个时代扭曲的格调,但诗文本身,无论是内容还是形式,都不值得赞誉。佩尔西乌斯的独创力之少正如他的年岁之小,在诗中仅仅表达他的导师所教导的内容。他所教诲的斯多亚教义陈腐平庸,哪怕有所附例,也源自书本而非其经历,行文又充斥着当时文学的种种弊端。他曾潜心学习贺拉斯,诗作也充满贺拉斯式的语词,但未及贺拉斯的优雅和魅力。佩尔西乌斯执着于语不惊人誓不休的夸张和新奇,因此竭力与自然通顺的表达背道而驰,罗织生僻的辞藻和古怪的句式,但换来的只是晦涩而不是内涵。很少有作家会像他那样名不副实地得到如此长久的声名。

卢卡

小西尼加的侄子、诗人马库斯·阿奈乌斯·卢卡努斯(Marcus Annaeus Lucanus)[Lucan 为英译——中译者注]的才能远甚佩尔西乌斯。他公元 39 年出生于科尔多瓦,才八个月大就被带往罗马,并接受了很好的教育,尤其在修辞学方面,所以在希腊语和拉丁语两方面都是声名赫赫的演说家。哲学家

---

[1] 凯西乌斯·巴苏斯(? —79),活跃于公元 1 世纪中叶的罗马田园诗人,其作品目前只发现两行的残文。古代学者认为公元 79 年维苏威火山的喷发把他和他的乡居一起埋葬了。

[2] 卢纳,历史上叫作卢纳的地点不止一个,这里可能指伊特鲁里亚地区的一个城镇,在马格拉(Macra)河口附近。

科尔图努斯(Cortunus)是他的导师之一,佩尔西乌斯则是他的友人,也是他极为崇敬的对象。在雅典完成学业后他被尼禄召回罗马,成为后者友人圈的一员。公元60年,他作诗颂扬尼禄,从而加快了其政治生涯的步伐。但尼禄对他的偏爱只是暂时的,许是卢卡在作公开宣讲时有不礼貌的言行,要不就是尼禄对其诗名抱有嫉妒心。总之,最后他被禁止写作和朗诵。公元65年4月30日,卢卡因参与皮索一派的密谋被赐死。

卢卡有若干作品,以韵文为主,唯有一部十卷史诗《内战记》(*De Bello Civili*)存于今日,原名《法尔萨利亚》(*Pharsalia*)。这部作品叙述了罗马内战的经过,直到恺撒受困于亚历山大城这一事件为止。以散文为形,略显沉闷,但描述生动、演说词雄浑有力,给此诗增色良多。他的史料主要来自李维,但似乎也参考过其他著述。有些内容在准确性上存在偏差,多少损抑了此作的历史学价值。其语词风格以维吉尔式为主,不过也可看出卢卡显然研习过贺拉斯和奥维德的作品。诗中时有不必要的方物志和神话传说,作者的修辞素养和才能可一览无遗,但过于突出,显得失当。第一卷至第三卷中卢卡对尼禄依旧很友善,在第一卷第三十三行至第六十六行还向尼禄献媚,综观整部诗作,诗人始终抱有敌意的,是罗马帝国的奠基人恺撒。前三卷把庞培描述成一位英雄,对小加图和布鲁图大加赞誉。但对恺撒的敌视并不意味着卢卡也反对帝制或意图复辟共和制度,实际上,卢卡所参与的皮索密谋旨在推翻尼禄,以一个更好的皇帝来取代,这证明他是接纳帝制的。有一段文字,可视为卢卡的信念写照,也是给其作品带来耀眼光芒的卢卡式演说词的范例——这是庞培死后他驻在埃及的军队即将面临恺撒大军之际,小加图对这些士兵所作的训责[1]:

《法尔萨利亚》

186

> 你们的作战竟没有更崇高的理由?

---

[1] 在小加图进行演讲之前,有一个军官代表士兵向小加图陈言,说是对庞培的爱戴才让士兵作战至今,而如今庞培已死,继续流血没有价值,而且远方有野蛮人等待征服,他们愿意听从命运,接受登上尊位的恺撒的统治。

青年们，难道你们同样只为权贵战斗[1]，难道你们
不算是罗马的武力，只是庞培的私兵？
难道你们只为忠诚才煎熬至今；
难道你们不是为自己，而是为首领的好处，
才求生或战死；难道你们是为其他人
去打下整个世界；难道现在你们
可以轻取别的胜利，便从这个战场上逃逸，
央求枷锁套在尚且自由的脖项，
没有暴君的统治便无法生存！
可现在有值得男人拼死的理由。
你们为庞培洒下的血也许是徒劳，
但如今当真要拒绝故土
需要血肉和刀剑的呼唤？自由就在眼前，
命运让三人只余下一个[2]。
你们这些可耻的人！
还有更可耻的尼罗河皇宫和安息(Parthian)士兵，
统统向那个罗马人的威势折腰。去吧，
记得鄙视托勒密带给你们的礼物[3]！
你们这群堕落的士兵！谁会相信
你们的手曾经沾过一滴战场的血腥？
他将坚信你们转身飞快，
比他逃得更早；他将视你们
为腓力比(Philippi)战场[4]上的第一批逃兵。
那么请安全地离开！你们拯救了自己的生命，

---

[1] 原文 Pari voto，意指跟恺撒党徒一样只有党同伐异之心，而毫无爱国之情。
[2] 指三头中的庞培和克拉苏已死，只余恺撒一人。
[3] "礼物"是一种讽刺，意指托勒密将庞培杀死，倒是给这些士兵活命的大好机会。
[4] 在《内战记》中，小西尼加经常用最后的决定性战役——腓力比战役来指代整个内战。

凭着恺撒的裁断,没有经历刀戈便投降,
没有遭遇围困便放弃。噢,低贱,牲畜般的奴仆!
你们以前的主人死了,找他的继承人去吧!
为何你们不赚取比活命更多、
比怜悯更多的东西?把伟大的庞培可怜的妻子
和梅特卢斯(Metellus)的后代[1]投进海浪吧,
记得捆上锁链;让庞培的儿子们做你们的俘虏吧,
叫托勒密的背叛黯淡无光!
我的头颅也一样,无论谁把它带给
那个可憎的僭主,报酬可不会少。
那些人将通过我人头的价格明白,
他们在跟随我时所效忠的绝非凡物。
那么来吧,用一场屠杀的盛宴换取你们的背叛,
单纯的逃亡可是下贱的罪行。[4]

尼禄时代的第一诗人无疑是卢卡,提图斯·卡尔普尼乌斯·西库卢斯(Titus Calpurnius Siculus)则次之。他模仿维吉尔和忒奥克里托斯(Theocritus),著有七卷的《田园诗集》(*Eclogues*)。曾有十一首田园诗归他名下,但现在证明只有七首系真作,余下的可能是生活在3世纪前半期的内梅西安努斯[2](Nemesianus)的作品。卡尔普尼乌斯的《田园诗集》跟维吉尔的同类作品十分相似,但远逊于后者。这些诗歌确实引人入胜,但远不如维吉尔的《田园诗集》那般令人着迷,所以问津者寥寥。一首名为《赞皮索》(*De Laude Pisonis*),基本可确定是卡尔普尼乌斯真作,此诗称赞了卡尔普尼乌斯·皮索(Calpurnius Piso),他兼备财富和人望,是密谋推翻尼禄一党的领袖,但在公元65

卡尔普尼乌斯

其他诗歌作品

---

[1] 指梅特卢斯·西庇阿(Metellus Scipio)的女儿科涅利亚(Cornelia)。
[2] 内梅西安努斯,全名马库斯·奥勒利乌斯·奥林匹乌斯·内梅西安努斯(Marcus Aurelius Olympius Nemesianus),非洲出身,曾获取过当时一切诗歌竞赛的奖项,在那时的声望仅次皇子、后来的罗马皇帝努梅里安(Numerian)。

年因败露被赐死。诗中随处可见对维吉尔、奥维德和贺拉斯的攀摹。在这一时期,还有一首名为《埃特纳》(Aetna)(见原文第141页)以及众多无名氏所作的诗,以手稿的形式流传下来,其中不乏出色的作品。同小西尼加的悲剧一起保存下来的紫纹戏剧《屋大维亚》(Octavia)可以肯定创作于一个略晚的时期,因为剧中有小西尼加和尼禄出场。若仅看风格,这几乎跟小西尼加的作品别无二致,但其修辞不似小西尼加真正的悲剧那般有力。该剧值得研究,这主要因为它是紫纹戏剧中唯一保存至今的剧本[确切地说,是唯一完整的现存剧本——中译者注]。一位杰出将领普布利乌斯·庞培尼乌斯·塞昆都斯[1](Publius Pomponius Secundus)所著的悲剧则只余下少量无足轻重的残篇。

佩特罗尼乌斯(Petronius)写有一部魅力独特的小说。这位作者应该就是比希尼亚(Bithynia)省总督(proconsul)盖尤斯·佩特罗尼乌斯,他也是后来的执政官。他被尼禄视为朋友,并担任皇帝的雅鉴主官(arbiter elegantiae),定夺一切高雅评鉴的标准。但公元66年他遭提格林努斯[2](Tigellinus)指控,为免受处刑而自尽。这部小说名为《放浪佚荡记》(Satirae),原文共有约二十卷,记载希腊自由民安考庇厄斯(Encolpius)所自述的经历。也许除了普里阿普斯(Priapus)发怒的那一段(这是戏和体,改用了荷马《奥德赛》中记述波塞冬之怒的一段)还有一些情节性以外,全部故事都杂乱无章,毫无情节可言。现存的段落来自第十五卷和第十六卷,并不完整,为迈尼普斯式杂咏诗的韵散文混合体,散文所占的比重绝对要大得多。

《特里马基欧之盛宴》(Cena Trimalchionis)在这些残篇中占很大比重,描

---

[1] 普布利乌斯·庞培尼乌斯·塞昆都斯曾是塞扬努斯的朋友,公元31年随塞扬努斯的垮台而入狱,但公元37年卡利古拉将其释放,并于公元41年授以执政官。在克劳狄乌斯治下他担任皇帝出征日耳曼时的副将,并获得过凯旋的荣誉。塞昆都斯还是老普林尼的友人。其悲剧最为杰出,塔西陀、昆体良和小普林尼都赞誉有加,除此之外也著有诗歌。他的本名是否为普布利乌斯并不确定,也有学者称他为卢西乌斯(Lucius)或昆图斯(Quintus)。

[2] 提格林努斯(? —69),全名奥弗尼乌斯·提格林努斯(Ofonius Tigellinus),西西里人,是尼禄的主要谋臣,原罗马的消防主官。公元62年任禁卫军司令,凭教唆尼禄行恶而飞黄腾达。公元65年积极促使尼禄推行恐怖统治,可能是引起第一次迫害基督教徒的那次罗马大火的真正纵火者。公元69年奥托(Otho)皇帝勒令其自杀。

第十三章 从提比略到韦斯巴芗 209

述了一场自由民特里马基欧做东的奢靡宴会。宴会的场景应设在库迈或波佐利[1](Puteoli),举办宴会的屋厅很宽敞,堆砌着奢华但格调极其低俗的物件。特里马基欧本人又老又肥,待所有客人都落座良久才姗姗来迟,并声称很不方便赴宴,但不愿令大家失望。一开始他同侍者玩着棋盘游戏,但立即就参与到大快朵颐和交头接耳之中。第一道菜是被一只木雀坐在身下的鸟蛋,这些蛋由面糊制成,里面藏着精心烹制的鸟禽。当一只银餐盘掉落在地时,特里马基欧下令将其跟垃圾一并扫掉。另一道菜从外表上看是一头大野猪,当一位装扮成猎人的奴隶将猪身切开时,里头飞出了活生生的鸫鸟。接着又有一头烤猪被切开,散落出各种各样的香肠。除了匪夷所思的美食外还有其他娱乐,有一个荷马式剧团在宴会上用希腊语表演特洛伊战争的场景,在表演临近尾声时有人抬进一头煮熟了的牛犊,表演埃阿斯的演员模仿特洛伊战争中的埃阿斯疯狂时攻击牲畜的举动,用剑劈开牛犊,并用剑尖把肉块分给目瞪口呆的客人们。登场的还有杂耍者,其中一人从特里马基欧头顶的梯子上跌落,于是立刻从奴隶变为自由民,因为特里马基欧不愿让如此伟大的自己被一个奴隶所伤。此时天花板突然翻开,一个大圆环从天而降,上面吊满了装着香料的瓶瓶罐罐,作为给客人的纪念品。这一切夸张绝顶的表演因特里马基欧幼稚的自尊心而更显滑稽,他没完没了地唠叨自己是如何有钱,还试图装出有学问的样子,却更加显出无知。席间有位客人讲了个鬼故事,另一位讲了遇见狼人的冒险经历。这一切还不算完,特里马基欧的一条大狗和他的朋友、石匠哈比纳斯(Habinnas)带来的一只小肥狗厮打起来,于是宴会进入高潮,奴隶也加入进来。特里马基欧不失时机地叫人读了他的遗嘱,一群人便跟着哭哭啼啼。在舒舒服服洗完澡之后,客人们来到另一间餐厅,在那里特里马基欧跟妻子发生了激烈的争执,因为她嫉妒一个奴隶男童受丈夫宠幸。最后,特里马基欧穿上寿衣,躺下装死,命令吹号手奏起哀乐。这噪声太无法无天,维持治安的士兵们以为出了什么事,就冲进屋子,于是客人们作鸟兽散了。除上文内容外还

---

[1] 波佐利,意大利坎佩尼亚区城镇,位于波佐利湾的海峡上,公元前529年由希腊移民建立,于萨谟奈战争中被罗马占领,最终因频繁的火山和地震活动被放弃。现有多处保存完好的古罗马遗迹。

有更多的细节，刻画奢靡低俗的挥霍、特里马基欧粗俗的自尊、宴会荒诞无稽的场面，全都充满着讽刺式的挖苦和幽默。文章的叙述语言很精练，确是教养有加的文笔，但特里马基欧和一些其他角色所说的是意大利南部的大众方言，其中有很多拉丁文学鲜见的语词。他们的对话不乏语法上的过失，谚语随处可见，类似《堂吉诃德》(*Don Quixote*)中潘扎[1](Sancho Panza)的语言风格。

夹杂于小说的诗篇里最长的一首是《论内战》(*De Bello Civili*)，有二百九十五行仿照卢卡的六步体诗句，不乏戏和体的风骨；《特洛伊陷落》(*Troiae Halosis*)在篇幅上次之，共六十五句六音节短长格体[2](senarii)，可能是对尼禄同名诗所进行的戏和体式仿作。佩特罗尼乌斯的小说在某些部分极为不雅，但同时也因其大众化语言的要素显得趣致。这本小说是拉丁诙谐讽刺小说中唯一的已知样本。另外，此作充满机趣与幽默，显示出作者不仅对文学，而且对人性有着敏锐洞察和充分了解。所以其缺失大半是一件尤为可惜的事。

这一时期仅存的历史著作是《亚历山大大帝传》(*De Gestis Alexandri Magni*)，由昆图斯·库尔提乌斯·鲁夫斯(Quintus Curtius Rufus)所作。他的生平已完全不可考，但创作时期应在克劳狄乌斯治下。此作共有十卷，开头两卷缺失。其风格以李维为鉴，主体清朗直白，但没有完全杜绝当时狂热的典雅修辞之风。有一些描述和演说段落之精美令人侧目。作为历史学家，库尔提乌斯不具有批判精神，在沿用希腊权威史料时，并不在意其准确与否。同时期的其他历史作品则无一保存至今。那些作者有名或无名的回忆录也都失散了，其中聊可一提的回忆录作者有皇后阿格丽品娜和将军奈乌斯·图密提乌斯·科

---

[1] 潘扎，堂吉诃德的侍从，是身材矮小、挺着肚腩的农民。他有世俗的欲望、常识和平庸的智慧，跟主人疯狂的理想主义相映成趣，言谈中常有切中要害的谚语格言。

[2] 六音节短长格体，其形式为短、长、短、长、短、长的六个音节，但不分音步。注意同短长格六步体和短长格六音步都是不同的。关于后两者见第三章原文注释即尾注。

布洛[1]（Gnaeus Domitius Corbulo），后者为公元 39 年的执政官参选人，被尼禄处死于公元 86 年；另外还有苏埃托尼乌斯·保利努斯[2]（Suetonius Paulinus），他曾在公元 42 年和公元 66 年两度担任执政官。

这一时期还有众多自然学科方面的论述问世，跟前一时期相比并不逊色，但现存的只有两部。一部是卢西乌斯·朱尼乌斯·莫得拉图斯·科卢梅拉（Lucius Junius Moderatus Columella）所著的《论农村》（*De Re Rustica*），另一部是庞培尼乌斯·梅拉（Pomponius Mela）所著的《地理》（*Chorographia*）。科卢梅拉生于加的斯（Gades/Gadiz），曾在叙利亚服役。他在意大利拥有田地，通过其作品，可见他一心于意大利农业发展的拳拳之心。此书共十二卷，为最完整的现存古代农业著述，比加图和瓦罗的还要详细。其风格简单又不失高贵，更类似奥古斯都时代散文式的而非当时修辞泛滥的文笔。就此来看，科卢梅拉是弗拉维（Flavian）王朝[3]时古典复兴运动的先驱。其中讲授园艺的第十卷是六步体韵文，旨在并入维吉尔的作品，成为《农事诗》（*Georgics*）的第五卷，因为维吉尔几乎没有涉及这个主题。[5] 整部作品题献给普布利乌斯·西尔维努斯（Publius Silvinus），正是因他和科卢梅拉另一位友人的建议，第十卷才会以韵文体写成。科卢梅拉的韵文简单而有古风，但跟维吉尔的水准相去甚远，也不如他本人的散文来得出色。梅拉同科卢梅拉一样是西班牙血统，出生

科卢梅拉

192

---

[1] 奈乌斯·图密提乌斯·科布洛是卡利古拉的妻子凯撒尼亚（Caesonia）之兄，在卡利古拉治下曾犯过不少错误和恶行，当克劳狄乌斯上台后，很多针对他以前行为的指控出现时，科布洛在日耳曼取得指挥权并获得很多胜利，从而消除了克劳狄乌斯对他的疑惧和妒忌。在尼禄上台后不久的公元 54 年，科布洛受命全权指挥对安息国王沃洛加西斯（Vologeses）的战争，并取得了满意的结果，安息国王还将自己的儿子交给罗马人为人质。公元 58 年战事又起，科布洛成功击退了沃洛加西斯的弟弟梯里达底（Tiridates），并将亚美尼亚王位交还给尼禄所认可的梯里达底的兄弟提格兰（Tigranes）。科布洛在军中享有极高的声望，甚至完全可以篡位，但他一直对尼禄保持忠诚，直到被害。据说他在临死前所说的遗言是："这真是我应得的！"根据其他参考，科布洛应死于公元 67 年而非公元 86 年。
[2] 苏埃托尼乌斯·保利努斯，在克劳狄乌斯治下担任毛里塔尼亚总督（propraetor），曾镇压过摩尔人（Moors）的叛变。尼禄治下的公元 59 年，保利努斯受命指挥不列颠的战事，虽有疏失，基本平定了不列颠岛，也制造了多起屠杀事件。在尼禄死时他是屈指可数的罗马将领，并成为皇帝奥托（Otho）的重要军事参谋，在奥托身边的将军中仅次于李锡尼·普罗库卢斯（Licinius Proculus）。公元 69 年 4 月，奥托在波河平原和维特利乌斯（Vitellius）的日耳曼军团决战后败北，保利努斯凭借屈辱的告饶得以活命，自此不再出现于历史舞台。
[3] 弗拉维王朝，由弗拉维氏族的韦斯巴芗及其子提图斯（Titus）和图密善三人构成的一段时期的总称，自公元 69 至 96 年。

地是廷吉特拉[1](Tingentera)。其三卷关于地理学著作的写作时间比公元40年略晚,是该学科现存最早的系统论述。因梅拉受当时文学风气的影响较深,他的文笔比科卢梅拉逊色很多。这部作品记录了众多的人物、地方和习俗,因此增色不少。其资料来源具有相当权威性,所以作为相关信息的参考亦颇有价值。

其他各类作家

昆图斯·阿斯孔尼乌斯·佩蒂安努斯(Quintus Asconius Pedianus,公元约3年至88年)为西塞罗的五篇演说做过历史考据式的注释,但留下的文字残缺不全。这些说明写得极富审慎和用心,文风也是俭朴的古典格调。阿斯孔尼乌斯的其他作品还有一些残篇保存下来,见于塞尔维乌斯[2](Servius)对维吉尔的评注当中。这一时期雄辩家们的创作无一幸存,同样缺失的还有普罗库卢斯[3](Proculus)和公元30年执政官盖尤斯·卡西乌斯·朗吉努斯[4](Gaius Cassius Longinus)的法学论著,这二人继承了拉贝奥和卡皮托的学术渊源。这一时期最重要的语法学家是贝里图斯[5](Berytus)出生的马库斯·瓦勒里乌斯·普罗布斯[6](Marcus Valerius Probus),据杰罗姆称他生于公元56年。他编撰并出版了泰伦斯、卢克莱修、维吉尔、贺拉斯和佩尔西乌斯

198 普罗布斯

---

[1] 廷吉特拉,巴埃蒂卡(Baetica)境内的军事殖民地。

[2] 塞尔维乌斯,拉丁语法学家、评论家和教师,一生大部分时间在罗马度过。他对维吉尔的注释现存两个版本,其中多纳图斯(Aelius Donatus)还加入了自己对维吉尔的评注。

[3] 普罗库卢斯,部分学者将他称为塞普罗尼乌斯·普罗库卢斯(Sempronius Proculus),也有人认为他是奥托皇帝手下的重臣李锡尼·普罗库卢斯(Licinius Proculus)。以他名字命名的普罗库卢斯法学派以拉贝奥(Labeo)为渊源。他著有至少十一卷的信笺,也应对拉贝奥的著述做过评注。

[4] 盖尤斯·卡西乌斯·朗吉努斯,鉴于也有古书记载公元30年的执政官是卢西乌斯·卡西乌斯·朗吉努斯,这两人是否是同一个人还待确认。不管怎么说,作为法学图书著者的盖尤斯·朗吉努斯的母亲是法学家苏尔皮西乌斯·鲁夫斯(Sulpicius Rufus)的孙女。他是公元50年的叙利亚总督,在整治军队的过程中获得了极好的声誉。回到罗马后被视为国家最杰出的人物之一,以正直的人格和丰沛的财力对国事多有影响。尼禄在公元66年指控他私藏谋杀了恺撒的卡西乌斯的雕像,并将他流放到萨丁尼亚岛,不过韦斯巴芗将其召回。他继承了马苏里乌斯·萨宾努斯(Masurius Sabinus)和卡皮托的学派,并赋予其学说更为科学化的形式,从而奠立了以自己名字命名的卡西乌斯法学派。他著有十卷的《民法论》(*Libri Juris Civilis*)。

[5] 贝里图斯,腓尼基人建立的海港城市,在希腊伯罗奔尼撒半岛中部的特里波利斯(Tripolis)西南约六十八千米处。

[6] 马库斯·瓦勒里乌斯·普罗布斯曾在军中服役,但一直晋升无望,从而转投文学。其评注经常能指出文本中存在的微小矛盾和错误。杰罗姆称他是"罗马公认最博学的语法学家"(eruditissimus grammaticorum Romae agnoscitur)。

的作品,专注于不同版本间的比较和读音等细节问题的勘误,并加以注疏。另外写有一部语法学论著,但归于他名下的一部语法学论著并非本人的作品。一份缩写词列表以及部分对维吉尔的评论是其仅存的文字。

尾　注

1 这九部悲剧为:*Hercules Furens*、*Troades*(又名 *Hecuba*)、*Phaenissae*(又名 *Thebais*,是取材自底比斯神话的剧作,只有两幕而且不连贯)、*Medea*、*Phaedra*(又名 *Hippolytus*)、*Oedipus*、*Agamemnon*、*Thyestes* 以及 *Hercules Oetaeus*。名为《屋大维亚》(*Octavia*)的紫纹戏剧并非小西尼加所作。

2 893—944 行,引自 Ella Isabel Harris 的英译。

3 这里的卢齐利乌斯可能是《埃特纳》(*Aetna*)(见原文第 141 页)的作者,但证据不是很充分。

4 *Pharsalia*,ix,256—283.

5 因篇幅那无情又必然的桎梏,

我放弃余下的这些让他人歌唱。

(Verum hœc ipse equidem spatiis exclusus iniquis

Prœtereo atque aliis post me memoranda relinquo.)

　　　　　　　　　　Virgil,*Georgics*,iv,147 以降。

第十四章 弗拉维王朝列帝——白银时代

韦斯巴芗,公元69年至79年——提图斯,公元79年至81年——图密善,公元81年至96年——瓦勒里乌斯·弗拉库斯,约公元90年卒——西利乌斯·伊塔利库斯,公元25年至101年——斯塔提乌斯,约公元40年至约95年——斯塔提乌斯之父,约公元15年至80年——萨莱乌斯·巴苏斯,约公元70年——库埃提乌斯·马特努斯,约公元70年——马提雅尔,约公元40年至约104年——老普林尼,公元23年至79年——弗朗提努斯,公元70年任行政官——昆体良,约公元35年至约100年

弗拉维王朝列帝

尼禄之死导致了长达一年的祸乱,其间,加尔巴[1](Galba)、奥托[2](Otho)和维特利乌斯[3](Vitellius)相继登上皇位,被推翻,最终惨死。但随着弗拉维家族登台,尼禄统治后期那席卷罗马的血色恐惧终于画上了句号。韦斯巴芗(公元69年至79年在位)和提图斯(Titus,公元79年至81年在位)均是果决但仁慈的君主。他们都因作战勇敢和指挥有方著称,且无不兼备教养和文学修养。韦斯巴芗写过回忆录,提图斯在公元76年作了一首描述彗星

---

[1] 加尔巴(前3.12.24—后69.1.15),原名塞尔维乌斯·苏尔皮西乌斯·加尔巴(Servius Sulpicius Galba),后全名为塞尔维乌斯·加尔巴·恺撒·奥古斯都(Servius Galba Caesar Augustus)。他是执政官盖尤斯·苏尔皮西乌斯·加尔巴之子,早年深受奥古斯都和提比略宠幸,历任执政官(公元33年)、上日耳曼军团司令官(公元39年)、非洲总督(公元45年)、近西班牙地区总督(公元60年至68年)。公元68年他起兵反对尼禄,尼禄自杀后,元老院正式承认他为罗马皇帝,但公元69年于罗马广场被禁卫军所杀。
[2] 奥托(32—69.4.16),原名马库斯·萨尔维乌斯·奥托(Marcus Salvius Otho),后全名为马库斯·奥托·恺撒·奥古斯都(Marcus Otho Caesar Augustus),出生于执政官家族,公元58年起任卢西塔尼亚(Lusitania)总督达十年之久。公元68年参加加尔巴发动的反抗尼禄的叛乱,公元69年1月15日成为皇帝。但兵力更为雄厚的日耳曼军团拥戴维特利乌斯称帝,两军在克雷莫纳(Cremona)以东交锋,奥托一败涂地后自刎。
[3] 维特利乌斯(15—69),全名奥卢斯·维特利乌斯(Aulus Vitellius),尼禄死后三位短命皇帝中的最后一人。公元48年曾担任执政官,约公元61年任非洲的地方总督,公元68年受命指挥日耳曼军团。尼禄死后,他被部下拥戴为皇帝,随即向意大利进军,并击败与他争夺皇位的奥托,令后者自杀,在公元69年7月进入罗马。但7月1日,在东方的韦斯巴芗也被拥立为皇帝。随后维特利乌斯的军队战败,禁卫军阻止了他的自杀行为。最后当韦斯巴芗攻进罗马时,他还是被手下极其残酷地杀害了。

的诗歌。不过比起亲力创作,他们对文学和精神追求的兴趣更多地体现在其他方面。韦斯巴芗对待诗人和艺术家相当宽容,对戏剧艺术颇为关注,还下令用复制品还原在罗马城大火中被毁坏的三千块青铜碑文,并动用国库,给演说家和雄辩术导师提供金钱,凭此举成为第一个将公共教育体制加以系统化的罗马君王。他驱逐过哲学家和占星家,那是由哲学家们的政治对抗所导致,并不是因为对哲学有任何反感。皇帝图密善(Domitian,公元 81 年至 96 年在位)的品行则大相径庭。在登上皇位以前他表现出一定的诗歌才能,于是当时的文人奉承他,称他的诗才能跻身伟大诗人之列,但自从成为皇帝后,文学追求便与他绝缘。他的作品只有两部被后人提及:一首诗,描述公元 69 年发生在罗马城的一场战斗;一篇关于护发的论著——因为秃发,图密善对这方面的学问很有兴致。诚然,图密善重建了被焚毁的数座图书馆,还把戏剧、诗歌和演说加入到他所创立的公共娱乐和赛会中。不过他对文人的嫉妒和残忍比对文学的兴趣更甚。在公元 89 年和 93 年,他两度将哲学家和占星家们赶出罗马——这也许尚可用政治上的必要加以解释。但他还因微不足道的借口迫害、处决文人——这份暴虐便无可开脱。他治下的最后几年中,文人甚至比其他人要遭受更为恐怖的命运。

在韦斯巴芗的治理下,尼禄的恐怖时代被一段安宁之世所取代。文学方面,之前浮夸的修辞风潮也改换以更高贵和纯粹的格调。弗拉维时代——世称罗马文学白银时代——的作者们,以复古的方式向璀璨的奥古斯都时代的作家们致敬。其中唯一具有鲜明独创风格的是塔西陀,他也是这一时期唯一堪称不朽的文人。其余作者当中最杰出的有昆体良、斯塔提乌斯和老普林尼(the elder Pliny),他们操翰成典、思辨敏锐,但称不上有天赋之才。

弗拉维时代最早的诗人是盖尤斯·瓦勒里乌斯·弗拉库斯(Gaius Valerius Flaccus),其已知的唯一作品是史诗《阿尔戈船英雄记》(Argonautica),记述伊阿宋和其伙伴获取金羊毛的冒险经历。提图斯[弗拉维王朝三位皇帝中的第二位——中译者注]曾从本诗中摘取过一段作为耶路撒冷陷落的注脚,这

瓦勒里乌斯·弗拉库斯

证明此诗前段的创作时间不会离公元 70 年太远[1]。而提及维苏威火山喷发[公元 79 年——中译者注]则证明此诗完成的时间一定在公元 79 年以后。诗人去世于公元 90 年或不久之后，此外他的生平没有留下任何记载。公元前 3 世纪的希腊诗人、罗德岛的阿波罗尼奥斯已在其创作的《阿尔戈船英雄记》中叙述过这些英雄的冒险传说，瓦勒里乌斯·弗拉库斯在主体上模仿了这部前作，有时甚至直接翻译，但一方面对阿波罗尼奥斯一笔带过的某些场景作了补充，并给传说加入了一些新要素，另一方面摒弃了阿波罗尼奥斯用以卖弄学识的许多内容，也对这位希腊诗人投入很大篇幅的部分情节做了简化。就整体而言，瓦勒里乌斯修改后的版本比阿波罗尼奥斯的更佳。譬如，在拉丁版本中，当伊阿宋抵达科尔基斯[2]，埃厄特斯（Aetes）[同 Aeetes，美狄亚的父亲、科尔基斯国王——中译者注]正在与敌军交战并处于下风。他向伊阿宋承诺，只要帮他作战，就会给伊阿宋金羊毛作为报答。敌军被击败后，埃厄特斯背弃了诺言，因此，伊阿宋接受美狄亚的帮助，借助她的魔法达成目标，便有了正当的立场。这些内容在阿波罗尼奥斯的版本中只字未见，所以系罗马诗人的创造，而且颇为关键。瓦勒里乌斯在人物刻画方面投注的心血比阿波罗尼奥斯更多，尤其成功地塑造了埃厄特斯和伊阿宋这两个拥有强烈信念的角色。在其笔下，美狄亚灵魂的挣扎、对伊阿宋的爱和对父亲及国家的忠诚间两难的抉择，远比阿波罗尼奥斯的叙述传神，甚至维吉尔笔下以阿波罗尼奥斯为蓝本的狄多对埃涅阿斯的爱也有所不及。瓦勒里乌斯在语词上借鉴了维吉尔，但其风格远不如维吉尔简洁。在诗中许多桥段，他照搬了维吉尔处理相似主题的手法，另外在一定程度上受了奥维德和小西尼加悲剧的影响。在现存版本中，《阿尔戈船英雄记》分八卷，故事并不完整，至于后续部分是失传抑或从未写成，则无法定论。

西利乌斯·伊塔利库斯

西利乌斯·伊塔利库斯（Silius Italicus），全名提比略·卡提乌斯·西利乌斯·伊塔利库斯（Tiberius Cattius Silius Italicus），也是史诗作家，但选择了

---

[1] 公元 66 年犹太人反抗罗马，公元 70 年耶路撒冷遭提图斯率领的罗马大军围困，几乎被摧毁殆尽。
[2] 科尔基斯，古代地理学中黑海东端高加索南部的三角状地区。在希腊神话中，这里是美狄亚的故乡，也是阿尔戈英雄们所寻找的金羊毛的所在地。

罗马式的主题——第二次布匿战争来进行自己的创作。他出生于公元 25 年，因罹患不治之症，在公元 101 年绝食自杀。据说他曾在尼禄治下做过不名誉的揭发者[1]（delator），但依旧于公元 68 年当选执政官，随后在韦斯巴芗治下担任亚细亚仲裁官（governor）。其晚年一直在坎帕尼亚隐居，保持着良好的声誉。在那里他投身于文学创作，写下了十七卷的《布匿战记》（Punica），记述了第二次布匿战争的经过，到公元前 202 年决定性的扎马战役（Battle of Zama）为止。其历史素材取自李维，因此无甚大失。战争的起承转合则以编年体的方式展开。他模仿荷马和维吉尔的风格，这种模仿深入到各种神祇、先知、英雄等要素在二人传统史诗中的角色定位。如此不加限制地借鉴，令他笔下的第二次布匿战争仿若埃涅阿斯的历险般充满神话气息。于是，朱诺想方设法要令汉尼拔获胜，维纳斯站在罗马人一边，海神普洛透斯（Proteus）向一支迦太基舰队预言战争的进程，汉尼拔顶戴翎盔、挟着利剑和名为"千人斩"（fatal to thousands）的重矛，宛如特洛伊城下的阿基利斯一般在萨贡托（Saguntum）城下横扫千军。概言之，欠缺诗气和想象力的西利乌斯在其布匿战争史诗中搬用的套路是以前荷马和维吉尔撰写神话史诗时方才合宜得体的。结果，《布匿战记》所用的六步体纵然娴熟，其沉闷乏味却无可救药。另有一部被认为是西利乌斯·伊塔利库斯的早期作品，这就是共一千零七十句六步体的《伊利亚特》梗概本，世称《拉丁荷马》（Homerus Latina）或《拉丁伊利亚特》（Ilias Latina）。此作流传甚广，但水准平平。

  这个时代最有名的诗人是普布利乌斯·帕皮尼乌斯·斯塔提乌斯（Publius Papinius Statius）。公元 40 年左右，他出生在那不勒斯（Naples），但大部分人生在罗马经历，直到大约公元 94 年也就是临终前方返回故乡。在他诗作中最后一次有年份记载的事件发生于公元 95 年。其父亲虽不富裕但声望斐然，

斯塔提乌斯

---

[1] 揭发者，古罗马的告密分子。原本此类行为是为了监管当权者的不当行为，但后来，因揭发者可以获得名望、地位、金钱（有时是从被处罚者没收的财产中分成），奴隶还可以获得自由身份，故渐渐被滥用。西塞罗曾呼吁只能在出于爱国心或所揭发的对象对国家造成迫切的危害时才能进行揭发。进入帝制后，这种体制更是成为皇帝排除异己的手段和小人飞黄腾达的捷径。韦斯巴芗弱化了这个体制，在图拉真（Trajan）治下滥用告密手段可能会遭放逐，君士坦丁（Constantine）则下达过赦令，若揭发不当有可能遭致处决。

在诗人和导师两方面都有所建树,起初活动于那不勒斯,后辗转至罗马,图密善也是他的学生之一。他曾意欲创作一首以公元 79 年维苏威火山爆发为主题的诗歌,但因去世而未能如愿,据此可推断他的死亡时间应在公元 80 年左右。作为父亲,他给斯塔提乌斯带来了幼年的启蒙,也注入了对诗歌的懵懂热爱。斯塔提乌斯在那不勒斯的奥古斯都节[1](Augustalia)和阿尔巴[2](Alba)的赛诗会中相继赢取过桂冠,但在罗马朱庇特节[3](Capitolia)——可能是公元 94 年——的赛诗会上未能获胜,也许正是这一败绩所带来的失落才令他归隐回乡。他的妻子克劳狄亚(Claudia)是寡妇,带有同前夫所生的一个女儿,但斯塔提乌斯本人没有子嗣。图密善很欣赏他,为他在阿尔巴的乡居安置了活水源,还邀请他一同就餐。关于他生平的这些掠影来自他本人的诗作,特别是《诗草集》(*Silvae*)第五卷的第三首——一篇纪念其父的作品。

《底比斯战记》

斯塔提乌斯的主要作品是一部十二卷的史诗《底比斯战记》(*Thebais*),其主题为俄狄浦斯[4](Oedipus)的两个儿子厄忒俄克勒斯(Eteocles)和波吕尼刻斯(Polynices)[5]之间的纷争,以及底比斯的传奇历史,直到克瑞翁[6](Creon)之死为止。诗人在这部作品上倾注了十二年心血,具体时间可能为公元 80 年至 92 年。其他现存作品包括一部主题各异、分五卷的短诗合集《诗草集》(*Silvae*)以及《阿基利斯纪》(*Achilleis*)。《诗草集》各卷均写于公元 91 年

---

[1] 奥古斯都节,纪念奥古斯都的罗马节庆,最早始于亚克兴战役后,在罗马的许多城市都会定期举办。公元前 11 年,元老院正式下达赦令,将每年的 10 月 12 日作为奥古斯都节的举办日,这个节日也有了正式的称呼 Augustalia 或 Augustales,并且更为庄重。而在那不勒斯,奥古斯都节略有不同,是五年一次,也更为华丽。
[2] 阿尔巴,囿于资料的欠缺,无法确认这里的阿尔巴究竟指哪个地方。苏埃托尼乌斯说他曾在此地的竞赛中赢过三次。
[3] 朱庇特节,拉丁全名 Ludi Capitolini,崇拜朱庇特神(Jupiter Capitolinus)的罗马节庆,同时也纪念朱庇特神庙未被攻入罗马城的高卢人所占领,每年一次,持续十六天。
[4] 俄狄浦斯,据希腊神话,他是无意中杀死亲生父亲并娶亲生母亲的底比斯国王。在荷马笔下,俄狄浦斯的母亲发觉真相后就自缢身死,但俄狄浦斯继续统治着底比斯直到去世(一说他弄瞎自己的眼睛,自愿流放,将王国交给姐夫克瑞翁摄政)。他同自己的生母育有四个孩子。在后世各种不同版本的传说中他的经历也各有差异,在此不做赘述。
[5] 厄忒俄克勒斯和波吕尼刻斯,他们在父亲主动流放后,从不关心他,因此遭到了父亲的诅咒。两人曾一起统治底比斯,但厄忒俄克勒斯很快将兄弟赶走,而波吕尼刻斯则找来一些英雄同底比斯开战(传说中的"七将攻底比斯"),最后兄弟二人在决斗中双双毙命。
[6] 克瑞翁,俄狄浦斯的姐夫,在俄狄浦斯走后担任摄政官。

或92年之后,第五卷没有序言,还有若干未完成的诗稿,可能出版于诗人过世以后。《阿基利斯纪》的写作意图应是记述阿基利斯的生平,这包括特洛伊战争的传说,但在第二卷中途、阿基利斯抵达特洛伊之前便戛然而止。斯塔提乌斯被其他著述提及但失传的唯一一部作品是默剧《阿加维》(*Agave*),可能也未完成,其主题是图密善在日耳曼进行的战争。

斯塔提乌斯十分热诚地仰慕维吉尔,《底比斯战记》也是对《埃涅阿斯纪》用心至深的模仿之作。这种模仿不仅限于维吉尔的语言:全诗分为十二卷的编排、事件的年代顺序、把战斗的起点放在第七卷开头的安排以及许多场景的处理手法均来自《埃涅阿斯纪》。《底比斯战记》的主题已有众多前世诗人尝试过,斯塔提乌斯可以从各种神话典故中寻到相关材料。因此,虽然有观点称他所参照的是安提马科斯[1](Antimachus)于公元前5世纪所著的底比斯传说,却也很难加以断言。就史诗创作而言,斯塔提乌斯算不上伟大。他欠缺均衡的整体感,尽管很明显地想要追求戏剧表现力,却并不成功。他的描写和直喻胜人一筹,但在这两方面都耗费了太多笔墨,尤其是直喻的篇幅显得过于冗长。整篇诗稿欠缺同真正诗才所相配的魅力,虽然内容准确也显出不凡的学识,但斧凿和模仿的痕迹太明显,而且流于拖沓。在《底比斯战记》中有一段,不仅具有杰出的描绘手法且相对而言十分简练,也表现出斯塔提乌斯对骇人和苦痛之事的偏爱。这段文字叙述了俄狄浦斯在两个儿子死后前去吊唁尸体时所表现出的悲恸:

> 当他们的父亲听闻了一切的罪恶,
> 从他所穴居的幽暗深处现身,
> 人们见到他在阴惨的门廊间

---

[1] 安提马科斯,史称科洛丰的安提马科斯(Antimachus of Colophon),活动于伯罗奔尼撒战争后期,也就是公元前410年左右。希腊诗人和语法学家,写有题为《底比斯》(*Thebais*)的叙事诗,叙述七人远征底比斯的故事,其文字以艰深和博学见长,不是广为流传的作品。亚历山大里亚派的希腊文人将他排在史诗作者中的第二位,哈德良(Hadrian)皇帝甚至认为他比荷马更高明。据传他曾参加希腊领袖来山得(Lysander)举办的赛诗会,但败给了别人,当时年轻的柏拉图也在场,并给予他安慰。

　　　　如活死人般的容貌；灰白杂乱的头发散发出
　　　　令人鄙夷的陈年恶臭，带着凝血，枯涩僵硬，
　　　　遮盖着被癫狂所占据的头颅；
　　　　他的嘴和双颊深陷，皲裂的血痂
　　　　是眼眶里唯一的遗物。[1]

《阿基利斯纪》和《诗草集》　　不管是优点还是缺点，《阿基利斯纪》跟《底比斯战记》雷同之处都颇多，仅仅因篇幅较短而不那么繁冗。《诗草集》则显出更多斯塔提乌斯的长处。这些随笔式的诗歌显然大多是匆匆而就，其实斯塔提乌斯在第一卷的序言中便明言，撰写每一首诗所占用的时间都不超过两天，而某一首甚至长达二百七十七行。这些诗的主要目的是取悦一些资助他的贵族或富豪，大部分的主题都很琐碎，例如鹦鹉、澡堂，或是那个被献诗的人所拥有的一棵美丽的大树。这些作品没什么诗歌的热忱，仅是工匠式的赋韵，而技巧是斯塔提乌斯非常擅长的一方面。除六首以外，所有的诗篇都是六步体，而在这六首其他韵格的诗篇中，有一首为庆贺卢卡的生日所作。诗中或多或少总有些可有可无的内容，缪斯或其他神祇的祈祷占了相当的篇幅，无关紧要的神话暗喻到处堆砌，但这对想要取悦赞助者的诗人来说可以体谅。其中最恰人的一首只有十九行，献给睡神[1]（Sleep）——那个"年轻的、最温和的神明"。夜不能寐的诗人乞求睡神降临，但希望他别用羽翼遮盖诗人的双眼，而只用魔杖轻点，或是轻轻掠过诗人的床榻。[第五卷第四首——中译者注]《底比斯战记》和《阿基利斯纪》发表后立刻广为流传，并且持续地被人阅读和赞扬，直到中世纪。但现代读者的评判标准已与过去相左，之所以对斯塔提乌斯继续予以肯定，是《诗草集》的缘故。

---

[1]　睡神，诗中拉丁原文为 Somnus，即罗马人对希腊神话中的睡神许普诺斯（Hypnos）的叫法。他是夜神尼克斯（Nyx）的儿子、死神塔那托斯（Thanatos）的兄弟。

第十四章 弗拉维王朝列帝——白银时代

萨莱乌斯·巴苏斯[1](Saleius Bassus)和斯塔提乌斯的父亲均在韦斯巴芗时期创作过叙事诗,都已失传,同样失传的还有同时代的库埃提乌斯·马特努斯[2](Curiatius Maternus)所作的悲剧和演说词。抒情诗人阿伦提乌斯·斯特拉[3](Arruntius Stella)和女诗人苏尔皮西亚[4](Sulpicia)创作于图密善统治时期,但他们的作品也没有留存,现存一篇归在苏尔皮西亚名下的短诗实系后世所作。在弗拉维时代的诗人当中,除瓦勒里乌斯·弗拉库斯、西利乌斯·伊塔利库斯和斯塔提乌斯以外,只有马提雅尔(Martial)有作品保存至今。

马库斯·瓦勒里乌斯·马提亚利斯(Marcus Valerius Martialis)[Martial 为英译——中译者注]在公元40年左右出生于西班牙东北部的比尔比利斯[5](Bilbilis)。他的双亲佛隆托(Fronto)和弗拉西利亚(Flacilla)在家乡或某个邻近城镇让他接受了语法和修辞学的基础教育。约公元64年,他来到罗马,依附于西尼加和其他一些权贵家族,也许当过一段时间的法律学徒,但主要靠资助人的施舍维生。提图斯赠予了他三子权[6](ius trium liberorum),图密善登基后也继续让他保有这一权利。后来他获得保民官头衔以及伴随这一头衔而

其他诗人

马提雅尔

---

[1] 萨莱乌斯·巴苏斯,据昆体良所述,他死时很年轻。尤文纳尔(Juvenal)则哀叹过萨莱乌斯的贫穷困苦,但后来韦斯巴芗皇帝的慷慨解决了他的生计。有一段致皮索(Calpurnius Piso)的二百六十一行颂词,关于其著者众说纷纭,有维吉尔、奥维德、卢卡抑或是斯塔提乌斯等说法,但很有可能是萨莱乌斯所作。

[2] 库埃提乌斯·马特努斯,他早年学习过修辞学但放弃并转投悲剧创作,写过的悲剧应包括《美狄亚》、《提埃斯忒斯》(*Thystes*)、《图密提乌斯》(*Domitius*)、《加图》(*Cato*)这四部,因对加图有同情的笔触而冒犯了当权者,并被图密善下令处决。有学者认为唯一完整保留的紫纹戏剧《屋大维亚》系马特努斯所作。

[3] 阿伦提乌斯·斯特拉,斯塔提乌斯的友人,《诗草集》的第一卷就献给了斯特拉,其中第二首还庆贺了斯特拉同维奥兰提拉(Violantilla)的成婚。马提雅尔亦提及过此诗人。

[4] 苏尔皮西亚,活动时期为公元1世纪晚期,她的诗均写给自己的丈夫卡雷努斯(Calenus),充满风情万种的情感流露。

[5] 比尔比利斯,古罗马伊斯帕尼亚地区塔拉科内西斯(Hispania Tarraconensis)行省一城,现西班牙萨拉格萨(Zaragoza)省的卡拉塔尤(Calatayud)市就是在其遗址附近兴建的。

[6] 三子权,奥古斯都众多旨在恢复民生的立法中的一项,为公元9年通过的巴比和波培法(Lex Papia Poppaea)之一部分,规定凡育有三个以上具有自由民身份的孩子的父母都可获得这个特权。男性在政治晋升中可获优先权,并免除陪审义务。女性则可以免于必须要有正式监护人(tutela)的强制规定,并获得部继承权。这一特权也会作为奖赏赐给不满足其条件的人。小普林尼和苏埃托尼乌斯也均被赐予过这一权利。

来的骑士阶级身份。他在诺门托[1]（Nomentum）附近有一所小庄园，可能受赠于卢卡的遗孀阿格塔利亚·波拉（Argentaria Polla），在罗马也一度有他的居所，还包括若干奴隶。但他一直为贫穷而抱怨，所以应不曾真正富裕过。公元98年他回到西班牙，在故乡去世，其时不会晚于公元104年，因为小普林尼在一封写于那一年的信中提到他于不久前过世。

马提雅尔的诗作包括十四卷机智短诗，最后两卷的内容为西尼亚（xenia）和阿玻弗瑞塔（apophoreta）——在农神节[2]（Saturnalia）的习俗中作为礼物献给友人的诗歌——而作，这两卷并没有被马提雅尔出版。在出版的部分中，有一卷名为《盛典》（*Spectacula*），描述了罗马人所乐见的剧场演出和其他节庆场面；其余各卷均为《警言》（*Epigrammata*），每一卷都由作者本人修撰并附引言后出版。［准确地说，马提雅尔的作品包括一卷《盛典》和十四卷《警言》，《警言》的最后两卷为西尼亚和阿玻弗瑞塔——中译者注］最长的一首诗共五十一行，最短的则只有一句六步体。在韵体方面，大部分诗篇为挽歌体（elegiac），也有很多十一音节体（hendecasyllable）［同原文第60页，应为 hendecasyllabic——中译者注］以及若干其他韵体。马提雅尔是机智短诗的达人，其诗文简洁隽永，一针见血，时常尖刻，也不乏粗俗，但从不造作、呆板或虚伪。在那个充斥着模仿见长的诗人的年代，马提雅尔拥有自己的原创才能。但这不意味着诗中毫无模仿的痕迹，卡图卢斯对他的启迪是很明显的，且他公开承认，同时他受维吉尔、奥维德和尤文纳尔的影响也不少；但他锋锐的才智、坦率的表达和字字珠玑式的精练则完全属于自己。他没有孤高的诗魂，有足够的涵养坦然面对和承认自己的局限，但仅此而已。至于他的个性，若不论众多诗句中的刻薄语调，应该算是温和的。他是西利乌斯·伊塔利库斯、昆体良、小普林尼和尤文纳尔的朋友，虽然他对史诗的嘲弄可能就针对斯塔提乌斯，但没有

---

［1］ 诺门托，今意大利拉齐奥地区的蒙塔那（Mentana），曾在公元前338年被汉尼拔占领。普林尼和马提雅尔经常赞美诺门托毗邻地区的丰饶。
［2］ 农神节，祭献农神萨图恩（Saturn）的节日，是罗马最重要的节庆之一，每年一次，在农作全部结束的时节举行，从12月17日一直持续到23日。其间所有人都抛开一切繁杂享受无拘束的欢乐，一切公共事务都暂时中止，法院和学校也关闭，进行战争被视为不吉，所有的奴隶都暂时免除劳役，被当作自由民对待，甚至和主人假扮对方的身份。

指名道姓地提到过他。小普林尼称他："才华洋溢、洞察敏锐、神采奕奕，作品机趣横生、放言无忌，然则言无不诚。"²

马提雅尔在诗人中不算一流，但他能以简短、精辟和尖锐的词句表达清晰鲜明的思想，这份才能令他的机智短诗成为后世一切时代的楷模。如下诗行哀悼了阿里亚之死。当丈夫帕特乌斯[凯西拿·帕特乌斯(Caecina Paetus)——中译者注]被赐死之际，她以这样的方式为丈夫做出表率：

> 匕首，被她的鲜血染红
> 当阿里亚将其递给帕特乌斯，
> "不疼，我的爱人，"她泣诉，
> "但求我的死能换回你的生。"³

另一首机智短诗的主题是鱼，这些鱼应为著名雕刻家费狄亚斯[1]（Phidias）的作品：

> 费狄亚斯创造这些鱼；被他赐予生命的
> 鱼儿有灵，遇水则游。⁴

关于某件艺术品的一段：

> 酒杯上的蜥蜴令你杯弓蛇影。
> 勿怕，它的生命只是门托(Mentor)的手艺。⁵

如下这则描述了罗马的日常生活：

---

[1] 费狄亚斯，活动时期为约公元前490年至前430年的雅典雕刻家。他监督和设计了帕提侬神庙的装饰雕刻，创造了庙中最重要的神像。其成名作是雅典的三座雅典娜纪念像和奥林匹亚宙斯神庙的巨大宙斯坐像。他是理想主义的古典风格鼻祖，这一风格是公元前4世纪、5世纪希腊艺术的标志。

第一、第二个时辰用来访友；

第三个时辰交由沙哑的辩论人显显才能；

第四个时辰罗马要干些公务；

第六个时辰进入梦乡，第七个时辰醒来；

第九个时辰我们在满足的呼吸中放松，

叫宴厅中的卧榻拥挤不堪。

现在，趁着最高明的厨师献上

可供众神享用的盛宴，让人读读马提雅尔的诗篇，

一边的恺撒用掌管一切的手举起酒杯，

因为甘醇的芬芳软化了他的心肠。

这是纵情于虚度的时光。我那意乱情迷的缪斯准害怕

一本正经的朱诺明早来看她。[6]

老普林尼

在该时期众多学问渊深的著者当中最突出的是老普林尼(Pliny)，全名盖尤斯·普利尼乌斯·塞昆都斯(Gaius Plinius Secundus)[Pliny 为英译——中译者注]，他在公元23年出生于意大利北部的新科姆[1](Novum Comum)。幼年来到罗马后，被庞培尼乌斯·塞昆都斯的思想所影响，并且或许是受塞昆都斯生活方式的启发，令他走上将公共事业和治学及创作相结合的道路。他一生都在为公务操劳，是骑兵军官，在日耳曼可能还有叙利亚服过役，又是韦斯巴芗所信任的顾问和代理人，历任多个行省的财务长官[2](procurator)或仲裁官。他的侄子[即小普林尼——中译者注]特别提到过他在西班牙担任财务长官的经历。这些职能各异且重要的官职所带来的重担并没有令老普林尼荒废治学之心。无论是在完成了一天的公务，于轿上穿行夜晚的街道时，还是在洗澡、用餐时，他都坚持阅读或命人为他朗读。他坚信每一本书都不无可取之处，所以对一切读过的文字都会作笔记。过世时，他留下一百六十卷在两

---

[1] 新科姆，现意大利北部城市科莫(Como)，伦巴底区科莫省省会。被并入罗马版图是在公元前196年。

[2] 财务长官，主管财政、粮食、造币、采矿等。4世纪改称审计官。

边密密麻麻写满笔记的手稿。但老普林尼并不是个书呆子,他有务实的态度,对观察身边的浮世人生也兴致勃勃,甚至为这种求知热情而丧命。当公元79年维苏威火山发生那场举世震惊的喷发时,时任米塞努姆[1](Misenum)舰队指挥的老普林尼以行军队列赶赴火山周边,一方面为调查这一奇特的现象,另一方面去救助受灾者,但登陆后死于火山灰和毒气的侵袭。其侄子小普林尼在他最令人感兴趣的一封信函中叙述了这一事件。

老普林尼潜心求学的结晶是他的不朽百科全书式著作、三十七卷之巨的《博物志》(*Natural History*)。此书致力于系统地描述自然界的全貌。第一卷含目录和参考著者的名录。接下各卷依次讲述宇宙的数学和物理常规、地理和人种学、人类学、动物学、植物学以及矿物学。在矿物卷中记有金属和石材的用法,接着对绘画和雕刻史进行了颇有价值的评述。除偶尔有失水准,《博物志》大部分内容是以简明直白的笔法写成,但文学价值算不上杰出,所蕴涵的信息则颇为珍贵。在第一卷中,老普林尼提及有近五百名著者让他获益,但又说到其中一百名才是他直接查阅的对象,显然将其参考分为两个等级。他真正直接参考的对象是那大约一百名著者,而第一卷中所列出的人名又包括了这些著者所参考的著者。老普林尼极可能是古代作家中唯一试图在参考信息来源这方面提供非常细致的资料之人,但即便对他来说也往往很难——若非不可能——去确定一段文字的真实出处。总体来说,老普林尼创作之审慎毋庸置疑,他所做出的结论也可以作为真相采纳。这部巨著在公元77年便完成了出版所需的准备,并送到提图斯手中,还附有一段有趣的序言。但在此之后,老普林尼依旧不断把在阅读或观察中所获得的新成果添入其中,直到去世也没有将其终结。老普林尼还有若干其他著述,其中二十卷的《日耳曼战争史》(*History of the German War*)价值最高。三十一卷的《奥菲狄乌斯·巴苏斯所著史书续》(*From the End of the History of Aufidius Bassus*)也系他所作。这部作品所包括的年代无法确认,但根据考证每一卷所对应的是一年,所以整书的

---

[1] 米塞努姆,意大利坎佩尼亚的古代港口,在波佐利湾西端,位于巴亚(Baiae)以南约五千米处。公元前31年阿格里帕将此处辟为地中海舰队的主要驻泊港。公元890年此处被萨拉森人摧毁,只余港口、剧场、浴场和别墅的遗迹。

时间跨度可能为公元41年至71年。这两部,连同老普林尼其他知名度较低的作品都缺失了,但至少为塔西陀等其他史学家的创作提供了参考,塔西陀还曾引用《日耳曼战争史》的内容。

弗朗提努斯、其他作者　在专业论著方面,属于这一时期的现存作品只有两部:《战术与指挥》(*Stratagemata*)和关于罗马供排水系统的《罗马城市水道》(*De Aquis Urbis Romae Libri II*),均由塞克斯提·尤利乌斯·弗朗提努斯[1](Sextius Julius Frontinus)所著。他颇具名望,是公元70年的行政官,数度获得执政官头衔,在公元97年被任命为罗马城的水利监督(Curator Aquarum)。这两部作品更像是专业著述而非文学。流传下来的还有不少游记、法律文献、演说词、史书和各类技术性专著的作者之名,但作品本身即使没有完全失传也只留下无法令人满足的残篇。语法学和修辞学的各个流派仍然健在,从属于这些学派的诸多导师也享有可观的声誉。其中最杰出的是昆体良,他也是唯一有作品保存到现代的。作为西班牙出身的罗马作家中的最后一人,他在某些方面也是最伟大的一位。

昆体良　马库斯·法比乌斯·昆提利安努斯(Marcus Fabius Quintilianus)[Quintilian为英译——中译者注]在公元35年左右出生于西班牙的卡拉古里斯[2](Calagurris)。他经罗马当时最杰出的一些导师传道授业,在完成学业后返回故乡。公元68年,后来的皇帝、当时统治西班牙的加尔巴命昆体良前往罗马教授修辞学,从国库中支取酬劳。同时他在法庭上作为辩护人而声名鹊起,正式出版过的辩护演说虽仅一篇,但其余均借法庭速记的档案编辑整理后出版,只是未经他的同意。他有着极大的影响力,图密善还授他执政官头衔,并请他担任侄孙的导师。在二十年的导师生涯后,他离开了讲台,把余生献给《雄辩家的培训》(*Institutio Oratoria*)这部发表于公元93年左右的伟大杰作。一部

---

[1] 塞克斯提·尤利乌斯·弗朗提努斯,除书中所述,他在公元75年至77年间还出任不列颠仲裁官,并征服了西留人(Silures)。根据马提雅尔的机智短诗,他有两次成为执政官,但罗马年表(Fasti)中没有记录,所以应为荣誉性质。

[2] 卡拉古里斯,现卡拉奥拉(Calahorra),西班牙北部拉里奥哈(La Rioja)省城镇。公元前72年被庞培率领的罗马军团攻占。

他更早期的作品《论雄辩术衰亡的原因》(De Causis Corruptae Eloquentae)则已失传。昆体良的个人经历并非一帆风顺。他属于早婚，但妻子十八岁便撒手人寰，须臾方才五岁的幼子也归西，长子又在九岁那年殒命。昆体良本人去世的时间不可考，但不会比公元100年晚太久。

《雄辩家的培训》这一标题，是昆体良为他所著的一本雄辩术教材所起，但这本书不光是演说艺术的专业论著。昆体良对他所从事的职业有着强烈的热爱，他信奉，雄辩术是表现人类思想和生活的最高范式。就如加图，他对雄辩家的要求不止于咳唾成珠，还包括人格伟岸，甚至将这一点置于首位。他在学习雄辩术技巧之前一定也受过广泛的文学熏陶。

《雄辩家的培训》

由于对演说家个人禀性的高度重视，昆体良的这一著作对教育学而言不仅全面且极珍贵。此书的编排如下：第一卷介绍启蒙教育，有不少对家庭生活百态饶有趣味的观察与言论；第二卷涉及修辞学的基本要义，并探讨了教育的目的和方式；之后的五卷（第三卷到第七卷）有一个大标题：创作与编排（invention and disposition），巨细无遗地探究了雄辩术本身，大部分为技术性的内容；又四卷（第八卷到第十一卷）探究了表达和语词风格的方方面面，还对记忆过程和演说表现手法进行了论述；在之前章节完成了雄辩术理论的阐释之后，最后一卷（第十二卷）转向对雄辩家自身进行思考，旨在说明道德的高尚和持之以恒的自律就足以使一名雄辩家不朽。

除罗马文学风格和教育理论的专业研究者，《雄辩家的培训》中有关修辞学技巧的内容现在对人们意义不大，因为这早已不是文科教育的重要部分。但哪怕是这些内容当中依旧有许多颠扑不破的哲理，例如"以美德为代价获取欢笑是不值得的"、[7]"在他人的不幸中取乐无人性可言"、[8]"思想的力量和灵魂方使人能言善辩"。[9]有这些令人仰止的评语，穿插在恰当的上下文中，使昆体良更偏技术性的章节在当代仍然值得一读。但对现代读者来说，其主要魅力在非雄辩术专业的更宽泛的主题之中——有关启蒙教育的第一卷，探讨全面教育、旨在将学生培养成人的最后一卷，以及简略但批判性地回顾了希腊和拉丁语文学的第十卷第一章。

昆体良所提出的教育理论是深思熟虑后的成果。其视点非常有广度，论

教育理论

证合理有节,同时兼备崇高的理念,这使昆体良立刻跻身教育学重要著者之列。他特别强调了教育的伦理道德价值,跟同时代的很多人一样,觉得道德、文学和雄辩术的水准比以前共和国时期要来得低下。但与其为罗马人道德和修养的腐朽而哀怨,昆体良宁肯抱着唯一救赎在于正确教育的信念付诸行动,为恢复古老的高尚节操指明方向。塔西陀在其关于雄辩术的论文中,提出父母的疏失和糟糕的教育是雄辩术式微的主因;昆体良缺失的著述《论雄辩术衰亡的原因》显然采纳了这一立场,而《雄辩家的培训》则试图寻求终止这种衰亡和复兴过往美德的方法。除昆体良以外,无疑还有人对这项改革有着由衷的兴趣,倘若这些努力所获颇微,则一部分原因可能是试图复兴的优秀传统已成历史陈迹,而他们对当时风行的趋势也无法加以规制。

文学批评 　作为文学批评家,昆体良同样展现出在其教育理论中标志性的清醒头脑。对雄辩家来说了解第一流的文学是一种必要,所以昆体良通读希腊和拉丁文学中的主要作家,并加以评论。令人感兴趣的是,他认为后者同希腊作家相比也不落下乘。一方面他有坚定的偏好,把西塞罗奉为罗马人中最伟大的雄辩家,可与狄摩西尼相提并论。另一方面,虽然有偏好,但即便对他最不欣赏的作家,例如西尼加,昆体良也能够认可其价值。他用简短而有力的语句概括了希腊和罗马主要作家们的风格,这些论断几乎全都成为后世的准绳。同样令人感兴趣的是,他认为最出色的作家的作品几乎都保存到了现代,这从另一方面证明那些作品能够大体保存下来不仅仅是偶然,而是其内在价值所造成的必然。昆体良对西塞罗的敬佩在其自己的风格中也能一目了然。他和斯塔提乌斯都摒弃了西尼加及其学派如赘生质般的过分修辞,斯塔提乌斯的风格复归于维吉尔,昆体良则寻迹于西塞罗,其拉丁语古典、纯正且美妙,有时不比西塞罗逊色。他是当时古典复兴运动最杰出的代表人物,但回归过往的努力无论在文学还是艺术领域都从未有过长久的成功,纵以昆体良无可置疑的声望,也不能扭转更迭和衰亡的趋势,而这一趋势注定要令拉丁语最终脱胎换骨,并诞生出现代的罗曼[1]（Romance）族诸语种。

尾　注

1 *Thebais*, xi, 580—585.

2 Pliny, *Ep.* III, xxi.

3 I, xiii. 这些英译均节选自 Goldwin Smith 的 *Bay Leaves*。

4 III, xxxv.

5 III, xli.

6 IV, viii.

7 *Inst. Orat.*, vi, 3, 5.

8 *Ibid.*, vi, 3, 5.

9 *Ibid.*, vii, 7, 2.

---

[1] 罗曼，属印欧语系的意大利语族，其各语言均在不同时期衍生于拉丁语。主要包括：法语、意大利语、西班牙语、葡萄牙语、罗马尼亚语。罗曼一词出于拉丁语的 Romanicus，意指通俗拉丁语。

第十五章 内尔瓦和图拉真

内尔瓦,公元 96 年至 98 年——图拉真,公元 98 年至 117 年——塔西陀,约公元 55 年至约 118 年——尤文纳尔,公元 55 年(可能)至约 135 年——小普林尼,公元 61 或 62 年至 112 或 113 年——其他作家

皇帝内尔瓦(Nerva,公元 96 年至 98 年在位)和图拉真(Trajan,公元 98 年至 117 年在位)均教养有加,他们的治世恢复了被图密善所扼杀的演讲和文学表达的自由。内尔瓦写过诗歌但只字无存,马提雅尔因这些诗作称他为"当代的提布卢斯(Tibullus)";图拉真也写过同样不幸失传的达契亚[1](Dacian)战争史,另外,他为小普林尼作过回信,在文中表现出清晰、简洁和事务性的写作风格,除此以外这些书信没有什么文学价值。图拉真注重对孩童和青年的教育,设立了尤庇乌斯(Ulpian)图书馆[2],但个人的文学素养只是平平。在内尔瓦和图拉真的治下,文学的发展没有受限,也没有常常会带来奴颜或畏惧的帝室襄助来桎梏它的自由。尽管如此,这一时期谈不上有任何意义重大的文学成就。虽然文人很多,大多数甚至连姓名也没有留下,该时期只有塔西陀、尤文纳尔和小普林尼称得上是重要作家。

据现有资料考证,科涅利乌斯·塔西陀(Cornelius Tacitus)[1]生于公元 55 年或 56 年,出生地没有文字记载,其家庭情况也无从确认;但从他的教育情

---

[1] 达契亚,名词式为 Dacia。古代喀尔巴阡(Carpathian)山脉和特兰西瓦尼亚(Transylvania)地区,现罗马尼亚中北部和西部。达契亚人曾在公元前 112 年、公元前 109 年和公元前 75 年三度与罗马军团交锋。奥古斯都在位时他们曾袭击罗马行省莫西亚,但被击退;公元 69 年再犯,又被击退;公元 85 年至 89 年图密善发动了达契亚战争并使其称臣,可公元 101 年图拉真又再兴战火,使达契亚彻底屈服,获取大量财富,并得以开采当地的矿产。这些事迹被刻在罗马的图拉真之柱上。本文所指的即此次战争。

[2] 尤庇乌斯图书馆,这是罗马时期最著名也是唯一保存到公元 5 世纪以后的图书馆。该图书馆位于罗马城内的提比略宫殿,由图拉真所建,也以他的本名尤庇乌斯(Ulpius)命名,其中有一排雕有图拉真像的柱廊。

况、职业生涯和同阿格里科拉[1]（Agricola）之女结姻来看，理应属于某个名门望族。其成婚之年为阿格里科拉当选执政官的次年，即公元78年。塔西陀的仕途从韦斯巴芗时期开始，经历提图斯的统治，终于图密善在位期间的公元88年成为行政官。公元97年，他被当时的皇帝图拉真指名为补缺执政官（consul suffectus），并于大约公元112年至116年间担任亚细亚总督（proconsul）。其去世时间可能在公元117年后不久。他以公众演说家（public speaker）[2]的身份获得了很大的声望，公元97年或98年，在维吉尼乌斯·鲁夫斯[3]（Verginius Rufus）的葬礼上发表了演说；公元100年，又与小普林尼携手控诉非洲总督马略·普里斯库斯（Marius Priscus），并使得后者承认强占财物的罪名，其超凡的辩才也许是获胜的关键。可见，塔西陀是怀着对国事社稷的了解转向历史写作的，也是带着对雄辩术的切身体验来撰写对话录《关于雄辩家的对谈》（De Oratoribus）的。

塔西陀的作品按创作年代顺序可排列如下：《关于雄辩家的对谈》（Dialogus de Oratoribus），书中人物所处的年代是公元75年，但创作年份不可考；《日耳曼尼亚志》（Germania），发表于公元98年；《阿格里科拉传》（Agricola），写于图拉真统治早期，具体年份可能是公元98年；《历史》（Histories），也创作于图拉真时期，应完成于公元110年前不久；《编年史》（Annals），发表于公元115年至117年间。《关于雄辩家的对谈》就雄辩术为何会衰亡进行了探究。在形式上模仿了西塞罗的《论演说术》（De Oratore），风格亦以西塞罗为蓝本。就这一点而言，它同塔西陀的后期作品差异极大，甚至有众多学者否认塔西陀

塔西陀作品《关于雄辩家的对谈》

---

[1] 阿格里科拉（40.6.13—93.8.23），全名奈乌斯·尤利乌斯·阿格里科拉（Gnaeus Julius Agricola），罗马将军，以征服不列颠知名。最初在公元59年至61年担任不列颠总督苏埃托尼乌斯·保利努斯（Suetonius Paulinus）属下军事保民官，后历任亚细亚行省财务官、保民官和行政官。在之后的内战中他支持韦斯巴芗，随后担任不列颠驻军司令。在公元73年至77年间离开不列颠，复又返归故职至公元84年，在此期间成功占领苏格兰全境，后回到罗马归隐。
[2] 此处未用Orator一词，可能确有深意。如前章和后文所述，共和制垮台后，雄辩家逐渐失去了政治威望，不再能凭辩才影响国纲，所以也渐渐沦为单纯的"在公共场合演讲的人"。
[3] 维吉尼乌斯·鲁夫斯（15—97），全名卢西乌斯·维吉尼乌斯·鲁夫斯（Lucius Verginius Rufus），罗马上日耳曼总督。公元68年5月镇压了高卢总督温戴克斯（Vindex）领导的反尼禄暴动，尼禄自杀后他被解除军权。在奥托自杀时，曾三次担任执政官的维吉尼乌斯拒绝奥托部下的推举，不肯做罗马皇帝。

为作者。但不可忽略的是,这是他最早的作品,而西塞罗式的写作风格在昆体良和其他罗马导师的学院中都有传授,因此模仿西塞罗对一名年轻著者来说是水到渠成的事,何况塔西陀的后期创作风格——以隽言妙语般的措辞和频繁的讽刺著称——在这部对谈录中也有迹可寻。所以,将其看成塔西陀的作品并无大碍。其文趣味盎然、引人入胜,诗人先把自己作为诗人的安谧生活和过去作为雄辩家时更为多彩的职业生涯两者间的反差呈现在读者眼前,随后探讨正题——雄辩术为何衰亡。他的结论是:修辞学教育的错误风气固然应该归咎,但帝国时代的雄辩家失去共和国时代所拥有的影响力和权威,更是雄辩术没落的主因。

《阿格里科拉传》

为赞美其岳父奈乌斯·尤利乌斯·阿格里科拉,塔西陀执笔写下了传记体的《阿格里科拉传》(*De Vita et Moribus Iulii Agricolae*)。引言部分还解释了塔西陀在图密善统治时期没有进行任何创作的原因,其中有一段文字值得引述,不仅是塔西陀风格的样本,也鲜明地表达了他对 1 世纪帝制的看法。诗人在《历史》和《编年史》中也一直坚持着同样的立场,他的才华令其思想传至世世代代的后人。在图密善时期有两位显赫一时的斯多亚学派作家:阿鲁雷努斯·鲁斯提库斯[1](Arulenus Rusticus)和赫伦尼乌斯·普里斯库斯(Herennius Priscus)[关于这个人名存在争议。在《阿格里科拉传》中,塔西陀的原文是:"是我们的双手将赫维狄乌斯拖进监狱;是我们自己被马里库斯(Mauricus)和鲁斯提库斯受刑的场景所折磨,被西尼乔无辜的鲜血溅满"。苏埃托尼乌斯称鲁斯提库斯为赫维狄乌斯·普里斯库斯[2](Helvidius Priscus)写过一篇颂词,所以塔西陀所写的普里斯库斯可能是赫维狄乌斯·普里斯库斯,但他并非图密善时期人物。而西尼乔的全名为赫伦尼乌斯·西尼乔(Herennius

---

〔1〕 阿鲁雷努斯·鲁斯提库斯,全名卢西乌斯·朱尼乌斯·阿鲁雷努斯·鲁斯提库斯(Lucius Junius Arulenus Rusticus),他是帕特乌斯·瑟拉西(Paetus Thrasea)的朋友和学生,跟后者一样对斯多亚哲学深深着迷。他在公元 66 年瑟拉西被元老院处死时是平民保民官,本可动用否决权保护瑟拉西,但瑟拉西却不愿接受,担心鲁斯提库斯将因此受牵连。他因写了对瑟拉西的颂词而被图密善处决。

〔2〕 赫维狄乌斯·普里斯库斯(?—约79),罗马斯多亚学派哲学家,在尼禄时代进入元老院,公元 70 年成为行政官。他坚持皇帝必须有元老院的同意和合作方能执政,并主张言论自由,与皇帝韦斯巴芗发生冲突,故被处死。

第十五章　内尔瓦和图拉真　　　　　　　　　　233

Senecio)。故赫伦尼乌斯·普里斯库斯或许是两者相混的产物，原作者很可能在这里犯了错误——中译者注]，他们被处死，撰著被公开焚毁。塔西陀写下了这一事件，并表达了自己的感受：

> 他们当真以为罗马人民的呼声、元老院的自由和人类的良知在这堆烈火中就付之一炬了；当真以为赶走那些哲学导师、放逐每一位有高尚追求的人，就再没有荣耀等身之人会来忤逆他们了。我们的忍耐力真是着实的好啊；古昔，我们见证过无可复加的自由，今日，我们见证到无可复加的奴役，就连演说和倾听的享受也被告密所剥夺。若遗忘跟喋声一样容易，我们早已失掉了过去，而不仅仅是喉舌。现在，勇气终于复归于我们的内心，诚然……图拉真每日都给这个时代送来新的福祉……这个国家拥有了自信和力量，但是，人类天生的缺陷令救治赶不上疾病的蔓延；就像我们的身体成长缓慢却易于衰折，要湮灭才智和学识也比复兴容易得太多。因为怠惰也会控制我们，原本人们对无所事事嫌恶有加，最后却趋之若鹜。这十五年来——人生有多少个十五年？许多人陨于无常的命运，最最杰出的那些人死于皇帝的毒手，只有一部分人幸存了下来，而活着的人，也只有一部分灵魂幸存了下来，因为这些年来我们失去了喉舌，在这能让青年成为老者、老者几近冥途的十五年间，行尸走肉般地活着。[2]

阿格里科拉的知性和人格都不算十分出众。另外，他能在图密善的统治下安然自保是因不违背圣意。要给这样一个人物写出令公众有兴趣阅读且满意的赞美之词自然不容易。但塔西陀着力铺陈阿格里科拉在不列颠当政时的成就，辅以当地风物的介绍和之前罗马人在那里的远征作为铺垫，成功地在这部作品中同时兼顾赞扬的初衷和历史的真实，使一切内容都为阿格里科拉这个书中最显赫的人物而存在。因此读者能始终兴致盎然，而作者也得偿所愿。全书以一篇献给阿格里科拉的华美颂词(apostrophe)作结。

在创作《阿格里科拉传》的同时，塔西陀已经在酝酿一部长篇当代史，并至少开始了资料的搜集。这些为介绍日耳曼战争的背景而收集的素材，后来

《日耳曼尼亚志》　　单独发表为《日耳曼尼亚志》(*De Origine Situ Moribus ac Populis Germaniae*)。这部简短的著述是现存最早的北欧民俗风情录,因而引人入胜。虽若干内容明显有误,但塔西陀笔下提供的信息大体上与其他来源是相符的,也为后者提供了有益的补充。这部作品以前人创作为基础,并加以编集,其中借鉴最多的无疑是老普林尼的《日耳曼战争史》,当然塔西陀可能也参考了包括恺撒、维利奥斯·帕特库卢斯(Velleius Paterculus)在内的其他作家,并向曾在日耳曼服役的众多罗马人征询见闻。没有证据表明塔西陀本人曾去过日耳曼。以文学作品而言,虽然两部作品的创作时间相若,《日耳曼尼亚志》要远逊于《阿格里科拉传》。在《阿格里科拉传》中塔西陀表现出对岳父敬爱有加的真挚情感,而《日耳曼尼亚志》很少有任何形式的自我表达,更不用说感情了。尽管有文学价值上的种种差异,塔西陀在两部作品中所显出的风格如出一辙。西塞罗式的流畅仍然有迹可寻,但显然都仅剩余韵。而均十分明显的是塔西陀成熟后的风格,其标志为偏好精简乃至有所省略的短语、擅用对偶或倒置来强化表达、常让句子显出弦外之意,虽然这种风格在《阿格里科拉传》和《日耳曼尼亚志》中还未达到完善。

历史巨著　　在公元98年或更早,塔西陀开始其当代史的创作计划。在最初的设想中是以加尔巴登基开始,采用编年体顺序。但从加尔巴开始写到图密善之死(公元68年至96年)后,他又返回奥古斯都去世的年代,从那时一直叙述到加尔巴称帝为止(公元14年至68年)。内尔瓦和图拉真时期也在他的计划之内,但未能着手进行。早先完成的、关于作者本人所处年代的章节名为《历史》(*Historiae*);之后所写的、回溯过去的部分通常称为《编年史》(*Annales*),但准确的标题应为《神圣奥古斯都辞世以来史》(*Ab Excessu Divi Augusti*),这个标题是对李维《建城以来史》(*Ab Urbe Condita*)的模仿。两部加起来共三十卷,其中《历史》十四卷,《编年史》十六卷。在《编年史》中保留下来的篇章有:第一卷至第四卷全部和第五卷开头,从奥古斯都逝世至公元29年;第六卷开头部分缺失,至提比略去世为止;第十一卷至十六卷,涵盖了公元47年至66年的经过,但这一部分的开始和结尾都有残缺。有关卡利古拉统治时期、克劳狄乌斯治下头七年和尼禄在位最后两年多的内容已经失传。《历史》则

第十五章 内尔瓦和图拉真

只有前四卷和第五卷的一部分残存,而且这个珍贵的残篇仅见于一部手稿当中,其记载的是公元68年至69年这段比一年略长的时间内所发生的事件。这是一个多事之秋,加尔巴、奥托和维特利乌斯相继成为短命的皇帝,也相继殒命,直到韦斯巴芗跨过维特利乌斯的尸体登基。

《编年史》涉及了塔西陀没有经历过的过去,但他的行文仿佛出于亲见,将这段历史中的罗马和罗马帝国描绘成了少数人的愿望、反复无常和贪婪所左右的傀儡。他让提比略的禀性气质和尼禄的宫廷场景犹如有生命的画卷。宫廷内的密谋、出于公义或私心的谋杀、帝都的荒淫和糜烂皆以他毫无保留、恢宏又敏锐的笔法流泻在我们眼前。在这段历史著述中,此类事件的重要性显得无出其右。现代学者借助碑铭发现,罗马帝国在这一时期有职业的终身制官员施行贤明且温和的管理,未被充斥帝都的恐怖所传染。但在塔西陀眼里,罗马城即全帝国,行省遥远而模糊,无甚历史意义。这种历史观显然是狭隘扭曲的,但他凭自己的才华让这种观点成为几百年来人们对罗马帝国早期的唯一认识。在叙述其当代的《历史》中,他得以更透彻地看待问题。西维利斯[1](Civilis)所领导的巴达维亚[2](Batavians)叛乱[3]、巴勒斯坦战争[4],同罗马城内的血腥争伐记述得同样具体翔实,诚然某些个人的气质和行为给不可抗拒的历史车轮所带来的影响依旧被高估和夸大。这种过分依赖个人作用的史观,以及能在单纯或无关的行动中臆想出重重黑幕的悲观主义,是塔西陀作为历史学家的阿基利斯之踵。他的资料选取谨慎,但从不注明来源。在《历史》第五卷涉及犹太人的部分,他明显是依赖于传闻和其他不具可

---

[1] 西维利斯,全名盖尤斯·尤利乌斯·西维利斯(Gaius Julius Civilis),活动于公元I世纪。他曾担任罗马军团的军官,后成为巴达维人的首领。在维特利乌斯(Vitellius)和韦斯巴芗争帝时他支持后者,还阻止了日耳曼人对维特利乌斯的增援。但韦斯巴芗称帝后他又继续作乱,最后在局势完全不利的情况下向罗马人投降,同叛军都获得了优惠的待遇。
[2] 巴达维亚,一个日耳曼部落,居住于莱茵河三角洲,现属荷兰地区。
[3] Histories, IV, xii.
[4] Histories, V, ix.

信度的资料来源,未参照《七十子希腊文本圣经》[1](Septuagint)或约瑟夫斯[2](Josephus)的著作,但没有证据表明此类疏失还发生在该作的其他部分。

塔西陀的风格

他的语词充满古典韵味,尤其令人联想到维吉尔,也体现出白银时代修辞学教育的特色,同时完全保有个人的独特性:纯粹、尖锐、力透纸背,在滔滔不绝中时常有恢宏的诗韵;看似非常直白,但往往隐约间藏有深意;字句的推敲一丝不苟,可读者仍会被那质朴的热忱所打动。这样一种风格,无论对拉丁语著者还是译者,都是独一无二、不可复制的。值得一提的是,他同卡莱尔[3](Carlyle)可以拿来比照,但本书无法作过多的叙述。鲜有散文作品比塔西陀的创作有着更多的隽言警语。例如"叛徒遭人恨,哪怕是被他们投靠的人"、3"在内心里最欢乐的人悲伤起来也无人可及"、4"王储有命,社稷永生"、5"国家最腐败时,法律也最繁多"、6"新生代比新手段更紧要"、7"人类存在,罪恶存在"、8"声名并不总是错的,有时它会选对人"。9他有着如此的天赋、如此惊人的表现力,所写出的文字不可能不激起读者的兴趣,唤起他们的注意,也理所当然地让世界接纳了他的历史观,尽管通过对残篇细致的研究和解读,这种观点只能说是部分正确。

尤文纳尔

尤文纳尔和塔西陀有着一并介绍的必要。两人均对罗马进行了细腻生动的写照,而且双方所表述的内容也相互吻合。尤文纳尔的冷言讽语仿佛给塔西陀的陈言作了注脚,塔西陀则让尤文纳尔的恶毒有了正当的依据。他的生

---

[1]《七十子希腊文本圣经》,缩写 LXX,《旧约全书》现存最古老的希腊译本,是从希伯来文译成的,据说供埃及的犹太人阅读。据传从十二个以色列支派中各举六人共七十二人进行翻译,各人独居一室翻译整本《圣经》,结果所有人的译本竟一字不差,故名七十子本。

[2] 约瑟夫斯(37—约100),全名弗拉维乌斯·约瑟夫斯(Flavius Josephus),原名约瑟夫·本·马提亚(Joseph Ben Matthias),犹太历史学家,十六岁开始在蛮荒之地旅行,共计三年,回到耶路撒冷后曾加入法利赛派(Pharisee),公元64年成功出使罗马,公元66年犹太人反罗马起义时担任军事指挥官。但当起义失败时,他设计陷害了最后坚守的四十多名战士,自己向罗马人投降,靠情急下预言韦斯巴芗将称帝而免于一死。公元70年罗马人围攻耶路撒冷,他随罗马人参战,充当调解人但没有成功。耶路撒冷陷落后定居罗马进行文学创作。其作品有公元75年至79年陆续发表的七卷《犹太战争史》(Bellum Judaicum)、公元93年完成的二十卷《上古犹太史》(Antiquitates Judaicae)。

[3] 卡莱尔(1795.12.4—1881.2.5),全名托马斯·卡莱尔(Thomas Carlyle),英国历史学家和散文作家,主要著作有《法国革命》(The French Revolution: A History,1837)、《论英雄、英雄崇拜和历史上的英雄事迹》(On Heroes, Hero-Worship, and the Heroic in History,1841)和《普鲁士腓特烈大帝史》(The History of Friedrich II of Prussia, Called Frederick the Great,六卷,1858—1865)。

平鲜有记载。其全名在某些手稿中为德齐穆斯·朱尼乌斯·尤文纳利斯（Decimus Iunius Iuvenalis）[Juvenal 为英译——中译者注]。有一本《传记》[1]（vita）称他生于公元 55 年，可能准确，但没有特别的旁证。他出生于沃尔西[2]（Volscian）城镇阿奎努姆[3]（Aquinum），在那里担任过五年官[4]（duumvir quinquennalis）和神圣韦斯巴芗祭司[5]（flamen Divi Vespasiani）的职务。他一度在达尔马提亚[6]（Dalmatian）第一大队[7]（cohort）中担任军事保民官，服役地点也许是不列颠。这一军旅生涯可能发生在他的青年时代，而担任家乡地方官的时间要更晚。他显然受过良好的教育，也有资料表明曾经历数年的雄辩家生涯，因为马提雅尔提过他若干次，称他擅长雄辩，而非诗歌或讽刺。《传记》认为他曾被流放，但没有指明具体的时间和流放地。他在公元 90 年左右来到罗马，至少待到公元 101 年，或许晚年也在那里度过了一部分岁月。在罗马期间他居住于苏卜拉[8]（Subura）这一平民街区，但富豪贵族的门庭并不向他关闭。其杂咏诗写于公元 100 年至 127 年间。公元 135 年是他去世的年份。

---

[1] 《传记》，全名《尤文纳尔传》（Vita Iuvenalis），创作年代不晚于 10 世纪，但其内容仅是对尤文纳尔的杂咏诗进行解读后得出的推测。
[2] 沃尔西，公元前 5 世纪的著名古意大利民族，公元前 600 年居于利里斯河（Liris River）上游河谷，后不断向西南迁移至拉丁姆南部，自此同罗马及其拉丁同盟进行了断断续续长达二百年的战争，直到公元前 304 年向罗马投降，很快被全面地罗马化。
[3] 阿奎努姆，现意大利中南部拉齐奥区城镇阿奎诺（Aquino），古城遗址就在今城附近，当时地处拉丁大道（Via Latina）旁，曾一度繁荣，到 6 世纪中叶被哥特国王托提拉（Totila）所毁。
[4] 五年官，duumvir 是指双职制，有两人共担同一官职；quinquennalis 指任期为五年。这里的职务应为本地区长官。
[5] 神圣韦斯巴芗祭司，专神祭司（flamen）是在罗马专门祭祀某一神灵、主持祭礼的祭司，在共和国时代非常神圣，要自贵族中挑选，过严格约束的生活，受祭司长管辖。到帝国时期这些祭司开始在罗马和外省各地主持对神化了的罗马皇帝的崇拜活动。
[6] 达尔马提亚，一支半游牧的古代民族，居住于现克罗地亚的亚得里亚海西岸。罗马人同他们的纷争有史可循的有一百六十年左右，最早一次在公元前 156 年，最后一次反抗罗马是在公元 6 年至 9 年，失败后，终于彻底臣服。
[7] 大队，罗马军团编制单位。每军团（legion）士兵六千，辖十个大队，每个大队又有六个百人队（centuria），各设百夫长（centurion）一名。
[8] 苏卜拉，现代罗马城的近郊地区，现名 Suburra。在古罗马时期，这个区域在维米纳尔（Viminal）和埃斯奎利尼（Esquiline）山之间，还属罗马城的中心地带，拥挤、喧哗而脏乱。独裁者恺撒曾居住于这个地区。

尤文纳尔在罗马四大杂咏诗人中是最苛烈、最粗暴的一个。卢齐利乌斯直言不讳、时有毒舌,但用心良苦,想通过叱责来警醒当时的种种愚昧;贺拉斯的刻薄没持续太久,之后所采用的都是以幽默见称的戏谑;佩尔西乌斯只是从其他书本中获取灵感以宣扬斯多亚学派的哲学教义;但尤文纳尔是在攻击罗马社会,言辞狠毒无情,对骇人听闻或无耻下流的细节毫不避讳,对幽默只采用最冷酷和严厉的那种,也从不奢望能矫正他所抨击的现象。他掌握一切成熟的修辞学家应该掌握的语词范式,其诗文中翻涌的庄严感几乎与维吉尔无异。事实上,他的杂咏诗比任何前世作品都表现出更多的维吉尔式特征,尽管也有荷马、希罗多德(Herodotus)、柏拉图(Plato)、几乎所有罗马诗人,以及罗马散文作家中的西塞罗、瓦勒里乌斯·马克西穆斯和西尼加的痕迹。他所执念的似乎是图密善治下的罗马,而不是他所生活的图拉真或哈德良时期,因此这些杂咏诗中的暴戾没有指向他所处的时代。十六篇杂咏诗共分为五卷。卷一(第一至第六篇)写于公元 100 年或更晚,卷二(第七篇)[卷一应包括第一至第五篇,卷二为第六篇,原文可能有误——中译者注]写于公元 116 年或以后,这两卷是最强有力、最狂暴也最不招人待见的;卷三(第七至第九篇)写于公元 120 年前后,卷四(第十至第十二篇)创作于约公元 125 年,卷五(第十三至第十六篇)则成于公元 127 年,这三卷略为温和,可同时震撼力亦不如前两卷。老迈令尤文纳尔同时失去了粗狂与力量。

第一篇杂咏诗道明了尤文纳尔创作的初衷。他对没完没了的大量史诗感到厌烦,时代的腐朽令他感叹"不写讽刺诗才是难事"、[10]"愤慨造就诗文"。[11]他的作品将种种罪恶化成速记式的长卷予以鞭挞,诗人声称"人类所做的一切,他们的希望、恐惧、愤怒、愉悦、享受和游手好闲都是我这本书中陈杂的芜蔓"。[12]在随后各篇中,他生动地揭露也无情地痛击了人的罪错、城市的险恶、图密善的宫廷、富人的傲慢、女人的恶行、智者所受的轻侮、有身份却无道德的贵族的百无一是、变态的欲念、人类鼠目寸光的愿望、给孩子树立坏榜样的过失以及罗马日常生活中其他令人发指的症候。第三篇是他趣致最高的作品之一,展现了城市生活令人惧怕的一面。一名男子打算离开罗马去一个小村庄生活,并对此做出了如下的解释:

第十五章　内尔瓦和图拉真

> 我在罗马能干什么？我不会撒谎；
> 我不会夸奖一本烂书还央求
> 要一份手抄；我不懂
> 星相的运转；我不愿
> 也不会向别人承诺弄死他的亲父。[13]

街道肮脏不堪,水渠滴答漏漫,掉落的瓦片或家什令人提心吊胆,醉汉在巷子里大打出手,富人在举着火把的门客和奴隶的簇拥下归家,强盗四下出没——除此以外还有种种有关罗马城病态和畸形的细节均呈现在我们眼前。约翰生[1](Johnson)模仿这篇杂咏诗所作的《伦敦》(London)是当之无愧的、借鉴古诗词最精妙的现代作品之一；约翰生另一篇同样出色的教诲诗《人类欲望的虚幻》(The Vanity of Human Wishes),是对尤文纳尔第十篇杂咏诗的模仿,但没前一首学得那么惟妙惟肖。第十篇杂咏诗的结尾部分是人类智慧的崇高表现,诗人在其中告诉读者何为祈祷的中正目的。另一方面,第六篇在所有杂咏诗中最狂放不羁,简直是在将女性的罪恶吊起来加以处刑。

现代读者要从尤文纳尔的作品中获得乐趣并非易事。他的讽刺诗满是指桑骂槐,针对罗马城中的无名之辈和琐碎之事；又充斥着神话典故和文学旧话；前几卷的放肆无忌也不易入眼。尽管如此,尤文纳尔恶言的力量、表述的清晰生动、辞藻的多样和诗律的华美令无数人手不释卷。同时,他的连珠妙语和精巧表达也被许多人引用。

健康的躯体、健康的思想[2](Mens sana in corpore san);[14]怪人异

---

[1] 约翰生(1709.9.18—1784.12.13),全名萨穆伊尔·约翰生(Samuel Johnson),英国诗人、评论家、散文家和辞典编纂者,可能算是莎士比亚之后最著名也最耳熟能详的英国文学界人物。
[2] 尤文纳尔的本意是指明祈祷的唯一目的在于乞求身心的健康,罗马人当时的许多祈祷内容都是愚蠢的。后来此句的含义渐渐演变成健康的思想需要一个健康的身体,或者人的生活方式决定他是否健康。

事〔1〕(*Rara avis*);[15]面包与竞技场〔2〕(*Panem et circenses*);[16]这是我的意愿,也是我的命令〔3〕(*Hoc volo, sic iubeo*);[17]谁来监护监护人〔4〕(*Quis custodiet ipsos custodes*)?[18]

这些都是最常见的拉丁名言,还有许多几乎同样耳熟能详的词句都源自尤文纳尔。其中有一些不单因形式出众,也因其含义深邃而广为流传。例如"为生存放弃生存的唯一意义",[19]又如:

孩子应享有至高的敬意。[20]

尤文纳尔能对人类思想具有重大影响力是不无理由的。

小普林尼

塔西陀和尤文纳尔的共同之处在于思想及表达的原创和活力、对人性百态毫无妥协的评判以及消极厌世的态度。小普林尼在这些方面与他们截然相反,从他的书信中我们可以看到一个与上述两人笔下完全不同的罗马社会。盖尤斯·普利尼乌斯·凯基利乌斯·塞昆都斯(Gaius Plinius Caecilius Secundus)是卢西乌斯·凯基利乌斯·齐洛(Lucius Caecilius Cilo)之子,生于科莫(Comum)一个富有显贵的家庭,但后来自愿成为叔父老普林尼的养子。他自此丢弃原来的名字普布利乌斯·凯基利乌斯·塞昆都斯(Publius Caecilius Secundus),改用叔父之名,虽保留了族名凯基利乌斯,但仅用于法律和正式场合。他在维苏威火山公元79年8月24日喷发时正值十八岁,所以应出生于公元61年或62年。齐洛未及小普林尼成年便去世,维吉尼乌斯·鲁夫斯

---

〔1〕原意为怪鸟,"大地上有只独一无二的鸟,像极了黑色的天鹅"。
〔2〕尤文纳尔旨在讽刺罗马人放弃了一切政治责任和权利,只希望获得两样东西:面包和竞技场。一指生存,因为罗马有给部分穷人发放粮食的制度;二指享乐,即政客为拉拢人心而斥个人财产举办的各种娱乐活动。
〔3〕一个罗马主妇要把她的奴隶钉上十字架,对于丈夫的反对,她说:"这是我的意愿,也是我的命令,如果你需要理由,那么理由就是我想这么做,仅此而已。"
〔4〕尤文纳尔的本意是说,若妇女的监护人跟妇女串通一气,就根本无法看管她、保证她不做出有失名节的事。就跟他的许多富有深意的话一样,这句话经常用来质疑不被监控的权力。

(Verginius Rufus)成了他的监护人,但这没有改变老普林尼对他的喜爱,维苏威火山爆发时陪在他身边之人便是这位叔父。小普林尼自公元80年或81年担任辩护人开始进入职业生涯。他担任过多个职务,包括:军事保民官,公元89年至90年间的度支官,公元90年至91年间的平民保民官[1](tribune of the people),公元93年的行政官,负责掌管军事财政和一般财政的众官员之一,公元100年的执政官,继任塞克斯都·尤利乌斯·弗朗提努斯(Sextus Julius Frontinus)、在公元103年或104年成为占卜官(augur)之一[共十五名——中译者注],以及公元111年至112年或112年至113年间本都(Pontus)和比希尼亚的仲裁官。其去世时间不晚于公元114年,可能死于他管辖的行省内,或在其返回意大利之后。小普林尼的大半人生在为政务奔忙,基本上都生活在罗马城内。他有过三次婚姻,但没有后代。他是颇有名望的雄辩家,大部分演说发表于若干继承权纠纷案中,也有五次参与重大刑事案的经历。他会在正式演说前背诵稿件,并于演说后将其发表,有时还会加以修改。他对诗歌有兴趣,写过各种诗作,但这些跟他的大部分演说稿一样都失传了,余下的演说稿只有一篇,是给图拉真的颂词。

小普林尼的现存作品共计:九卷在公元97年至109年间写给不同人的书信,公元100年小普林尼当选执政官时发表、给皇帝图拉真写的一篇颂词,公元98年至106年间写给图拉真的七十二封奏疏,以及发表于公元111年9月至113年1月间、图拉真给其中的五十一封所做的批复,这些回信所显出的坚定立场以及务实态度同小普林尼的犹豫不决和欠缺主见形成鲜明对照。小普林尼的其他书信则更有意思,刻画了罗马法庭的景象、文人诵读作品时百无聊赖的听众,还细致描写了他在劳伦塔姆[2](Laurentine)[21]和托斯卡尼[3](Tuscan)[22]的乡间别墅。在给塔西陀的两封信[23]中叙述了维苏威火山的喷发、

---

[1] 平民保民官,与军事保民官相对的另一保民官职务,从公元前5世纪开始存在,由平民会议选举产生,并主持以后的会议,代表平民阶级表达和坚持要求。从公元前3世纪起大部分立法是由平民保民官所动议。
[2] 劳伦塔姆,名词式为 Laurentum,位于罗马城西南的第勒尼安(Tyrrhenian)海岸。
[3] 托斯卡尼,名词式为 Tuscany,意大利中西部一区,濒临第勒尼安海(Tyrrhenian Sea)和利古里亚海(Ligurian Sea)。其名称来自伊特鲁里亚人的一个部落,公元前3世纪成为罗马领地。

他叔父的死亡和他切身的感受;这些信文也顺带透露了当时社会和家庭生活的很多细节,他自己的个性气质同样在信中栩栩如生。他弱不好弄,自制专注,宁可在书本中消磨时间也不愿应邀陪同叔父一起见识火山喷发的奇景;当意识到发生了骇人的地震时,甚至还能继续做摘抄——而这些发生的时候他才十七岁!另一封写给塔西陀的信[24]华丽地展现了他的自负,信中他讲了一桩自己亲历的事件,并希望塔西陀将之加入正在撰写的《历史》当中。还有一封信[25]里,他对塔西陀这位自奥古斯都时代以来最具独创性和最难以模仿的罗马作家之一这么说:"我们的个性是如此相似,你在我看来总是最容易模仿和最想要模仿的对象。比之更让我欣慰的是,若涉及文学,我们总会被联系在一起,谈论你的人会立刻在脑海中跳出我的影子。"这些信件同样清晰地反映出他的其他特质。尽管有虚荣、爱听赞美的缺点,但他对自己的奴隶很宽厚,对朋友也十分热忱,温文尔雅、善良可靠。他很少对任何人说出失礼之言;若是过于刺耳的批评,几乎总会隐去被批评者的姓名。小普林尼描写自然风光或许只是跟从罗马崇尚自然的潮流,但也很可能确因为之着迷。他对西塞罗极为崇敬,因为西塞罗出版过自己的书信,所以他也效仿——至少这是出版的部分理由。但两人所编集发表的书信有一个显著的不同。西塞罗的书信是由他人收集并发表的,而小普林尼则从一开始就有此意图,且在不同时期亲自进行了这些工作。因此其遣词造句不可能无所顾忌,必有考量或矫饰,换言之,为了让大众阅读而写。无论如何,尽管不乏似有卖弄之嫌的着意优雅,其风格还是原汁原味的书信体,况且这些书信所带给我们的图拉真时期罗马生活的各种信息在深度上也一点儿不逊于西塞罗书信所展现的共和国暮年风貌。

《图拉真颂》(*Panegyric on Trajan*)是小普林尼和当时另一位执政官科尔努图斯·特图卢斯[1](Cornutus Tertullus)为当选所作的正式感谢辞。在完成演说后其手稿还经修改和拓展,因此现存的文本既非演说稿亦非历史散文,而是两者的混合。在前言之后详述了图拉真进入罗马权力中枢前的事迹,接

---

[1] 科尔努图斯·特图卢斯,除在公元101年和小普林尼一同当选执政官外,他同小普林尼的私交也不错,后者在书信中经常称赞他(*Epist.* ,IV,xvii. V,xv. VII,xxi,xxxi.)。

着是他来到罗马城后在政治、内政和财政方面的诸多建树。作者对图拉真人格的赞美无以复加,同时把图密善的品行说得一文不值。随后是图拉真第二次和第三次担任执政官的经历,包括他对行省的悉心管理、种种公正的作为,还有私人生活的点滴。这篇演说,或者说著述,以小普林尼及其同僚的致谢结尾。《图拉真颂》并不吸引人,但这是图拉真统治早期主要的史料来源。

小普林尼的成就和作品都不算伟大,但无愧为教养有加的绅士和称职有为的公民。他的书信令我们从侧面了解到罗马生活,这是塔西陀和尤文纳尔都未曾触及的领域。鉴此,它们不仅有趣,而且作为历史文献有极高的价值。除了塔西陀、尤文纳尔和小普林尼,图拉真时期没有任何值得多费笔墨的作者。有许多诗人的姓名传了下来,主要见于小普林尼的书信,但他们的作品皆失传,也没有依据认为是值得传承的佳作。雄辩家、法学家和语法家们继续发表演说,进行创作,其中不乏显赫之辈,但他们的著作基本上也没有留存,而现存的语法技巧专著对文学研究者来说几无意义。同样不属文学探讨范围的有希吉努斯(Hyginus)的地貌勘测和兵营防御、巴尔布斯(Balbus)的几何学和西库卢斯·弗拉库斯(Siculus Flaccus)的土地测量著述。自图密善死亡至哈德良登基这段时期,塔西陀、尤文纳尔和小普林尼三人基本上就是文学的代名词。

其他作家

尾 注

1 其本名(*Praenomen*)无法确认。最佳版本的手稿(Mediceus I)称他为普布利乌斯(Publius),西多尼乌斯·阿波利纳里斯(Sidonius Apollinaris)和后世手稿中则称他为盖尤斯(Gaius)。

2 *Agricola*,2.

3 *Annals*,i,58.

4 *Ann.*,ii,77.

5 *Ann.*,iii,6.

6 *Ann.*,iii,27.

7 *Hist.*,ii,95.

8 *Hist.*,iv,74.

9 *Agric.* ,9.
10 *Sat.* i ,30.
11 *Sat.* i ,79.
12 *Sat.* i ,85 以降。
13 *Sat.* iii ,41 以降。
14 *Sat.* x ,356.
15 *Sat.* vi ,165.
16 *Sat.* x ,81.
17 *Sat.* vi ,223.
18 *Sat.* vi ,347.
19 *Sat.* viii ,84.
20 *Sat.* xiv ,47.
21 *Ep.* ,II ,xvii.
22 *Ibid.* ,V ,vi.
23 *Ibid.* ,VI ,xvi ,xx.
24 *Ibid.* ,VII ,xxxiii.
25 *Ep.* ,VII ,xx.

第十六章 图拉真以后列帝——苏埃托尼乌斯——其他作家

哈德良,公元 117 年至 138 年——安东尼努斯·庇护,公元 138 年至 161 年——马库斯·奥勒利乌斯,公元 161 年至 180 年——康茂德,公元 180 年至 192 年——塞普蒂默斯·西维鲁斯,公元 193 年至 211 年——亚历山大·西维鲁斯,公元 222 年至 235 年——戈尔狄安一世,公元 238 年——加列努斯,公元 260 年至 268 年——奥勒利安,公元 270 年至 275 年——塔西陀,公元 275 年——苏埃托尼乌斯,约公元 70 或 75 年至约 150 年——弗洛鲁斯,哈德良时期——查士丁,哈德良时期(可能)——李锡尼奥努斯,安东尼努斯·庇护时期——安培利乌斯,安东尼努斯·庇护时期(可能)——萨尔维乌斯·尤利安努斯,哈德良时期——塞克斯都·庞培尼乌斯,安东尼努斯·庇护时期——盖尤斯,约公元 110 年至 180 年——昆图斯·瑟维狄乌斯·斯凯沃拉,安东尼努斯和奥勒利乌斯时期——帕皮尼安努斯,康茂德和塞普蒂默斯·西维鲁斯时期——特伦提乌斯·斯考鲁斯,哈德良时期——特伦提安努斯·马鲁斯和约拔,公元 200 年前——阿克洛,约公元 200 年——波菲里奥,约公元 200 年——费斯图斯,3 世纪早期

罗马帝国的首府直到公元 4 世纪才迁至君士坦丁堡,但帝国的重心在很久以前就开始向东方转移。亚细亚、埃及和非洲都有巨大的财富以及庞大的人口。在罗马从区区亚平宁小村落发展成世界主宰的过程中,以及强盛帝国奠定后的一段时期内,罗马人始终保持强烈的民族归属感;罗马文学,尽管以模仿希腊文学为开端,也有属于自身国家和民族的独一无二性。但在 2 世纪出现了某种变化,而这一变化早在奥古斯都时代就有了蛛丝马迹。罗马城虽然还是帝国的王座,却不再是文明世界一切事务的中心。杰出人士几乎都在意大利的其他城镇居住过不少时间,思想、文学派别的领军人和创始人都不再认为生活在罗马城是一种必须。另外,基督教的发展也带来一种非民族性的基督教式的文学。这些动因,连同其他不那么显著,但也许同样有力的要素,导致了罗马本国文学的极速衰落。鉴于此,本书有责任回顾这一衰落的历程,同时记述拉丁语基督教文学的兴起。此期间伟大的文学作品甚少,所以文学

图拉真以后的拉丁文学

史所占用的篇幅也可比之前章节略简。

哈德良　　皇帝哈德良[1]（Hadrian，公元 117 年至 138 年在位）的文学造诣之广极为罕见。他公开进行过多次演说并将其发表，写过一部自传，研习语法乃至诗歌。他的希腊语和拉丁语同样娴熟，也许部分缘于他对希腊语的重视，其统治时期的文学复兴更偏重于希腊语而非拉丁语。他花费大量时间巡游罗马城以外的疆土，并在一切途经的地方竖起建筑，有的实用，有的仅为装饰。他在雅典生活了三年，并给这座古城新添了一整个城区。罗马精英阶层在几百年间所掌握的希腊语，在这时更进一步成为帝国文学的通行语，所以拉丁文学在哈德良治下找不出比苏埃托尼乌斯（Suetonius）更杰出的代表，这毫不令人惊奇。

哈德良的继任者安东尼努斯·庇护[2]（Antoninus Pius，公元 138 年至 161 年在位）不从事创作，但为哲学家和修辞学家提供薪金及特权，这显示出他对文学和知性领域的热衷。皇帝马库斯·奥勒利乌斯[3]（Marcus Aurelius，公元 161 年至 180 年在位）受过希腊和罗马导师的悉心教导。在年幼时对斯多亚哲学就

---

[1] 哈德良(76.1.24—138.7.10)，全名恺撒·图拉努斯·哈德里安努斯·奥古斯都(Caesar Traianus Hadrianus Augustus)，原名普布利乌斯·埃利乌斯·哈德里安努斯(Publius Aelius Hadrianus)。"五圣主"的第三位，所有罗马皇帝中最有文学修养的一位。在图拉真统治时期，他受当时权倾一时的卢西乌斯·卢西尼乌斯·苏拉(Lucius Lucinius Sura)所垂青，也得到皇后庞培亚·普洛提纳(Pompeia Plotina)支持，一直平步青云，并于 117 年被图拉真收为养子，不久后图拉真去世，军队立即拥立哈德良为皇帝。138 年，他在巴亚(Baiae)的海滨疗养胜地去世。

[2] 安东尼努斯·庇护(86.9.19—161.3.7)，全名恺撒·提图斯·埃利乌斯·哈德里安努斯·安东尼努斯·奥古斯都·庇护(Caesar Titus Aelius Hadrianus Antoninus Augustus Pius)，原名提图斯·奥勒利乌斯·弗拉维乌斯·波伊欧尼乌斯·阿里乌斯·安东尼努斯(Titus Aurelius Fulvius Boionius Arrius Antoninus)。他是"五圣主"中的第四个，原籍高卢。138 年被哈德良收为养子，成为皇位继承人。142 年筑起横贯苏格兰南部长达 58 千米的哈德良长城(Hadrian's Wall)，并先后平定毛里塔尼亚、日耳曼、达契亚和埃及等地的叛乱。

[3] 马库斯·奥勒利乌斯(121.4.26—180.3.17)，全名恺撒·马库斯·奥勒利乌斯·安东尼努斯·奥古斯都(Caesar Marcus Aurelius Antoninus Augustus)，原名马库斯·阿尼乌斯·维鲁斯(Marcus Annius Verus)。"五圣主"中的最后一位。哈德良曾选择卢西乌斯·凯奥尼乌斯·康茂德(Lucius Ceionius Commodus)为继承人，138 年康茂德去世，又立马库斯·奥勒利乌斯的姑夫提图斯·奥勒利乌斯·安东尼努斯(Titus Aurelius Antoninus)（即后来的安东尼努斯·庇护）为继承人，并让他收养两个义子，一个是康茂德的儿子卢西乌斯·维鲁斯，一个是年仅十七岁的马库斯·奥勒利乌斯。当马库斯登基时，坚持同义弟维鲁斯一起继承皇位，这是罗马历史上第一次有两位同等地位的皇帝共同执政。167 年或 168 年，维鲁斯死于中风。177 年，马库斯又立自己十六岁的儿子康茂德(Lucius Aelius Aurelius Commodus)为同朝皇帝。180 年，马库斯死于军中。

有浓厚的兴趣;但著名雄辩家和导师弗隆托(Fronto,见本书原文第235页)对他有深刻的影响,使他若干年后转投修辞学。从弗隆托与马库斯·奥勒利乌斯的往来书信中可以读出师徒间的深情笃意,却也可以看出弗隆托耗费一生并希望其学生投身执念的修辞学教育和研究是多么缺乏价值。然而,弗隆托最终逃脱不了失望的命运,因为马库斯·奥勒利乌斯在二十五岁那年又重归哲学的怀抱。他写给弗隆托的信函用的是与弗隆托类似的拉丁语,充斥着源自共和国时期的晦涩表达作为修饰。马库斯·奥勒利乌斯的《沉思录》(Thoughts)以希腊语写成,其中的伦理格言和道德反思虽来自斯多亚学派理念,却像极了基督教教义。他在雅典设立哲学学院,在学院里安置专业学者,并让他们受领固定薪资,这说明马库斯·奥勒利乌斯把希腊语视为传承文化或至少是传承哲学的合适语种。与马库斯·奥勒利乌斯同期在位至公元169年的卢西乌斯·维鲁斯[1](Lucius Verus)同样是弗隆托的门生,在他给导师所写的书信中也有同马库斯·奥勒利乌斯同样的弊病。他给拉丁文学带来的影响几乎为零。康茂德[2](Commodus,公元180年至192年在位)也对文学没有丝毫兴趣。

皇帝佩提纳克斯[3](Pertinax)有一定的文学修养,但他统治时期过短,对文学的影响无从施加;而从禁卫军那里买到皇位的狄第乌斯·尤利安努斯[4](Didius Julianus)则同样买来了毁灭和死亡,所谓的皇帝只当了短短的

较晚期的皇帝

---

[1] 卢西乌斯·维鲁斯(130.12.15—169),161年至169年与马库斯·奥勒利乌斯同朝执政的罗马皇帝,但其地位有名无实。

[2] 康茂德(161.8.31—192.12.31),原名卢西乌斯·埃利乌斯·奥勒利乌斯·康茂德(Lucius Aelius Aurelius Commodus),在177年至180年间与父亲马库斯·奥勒利乌斯一同执政,后独自掌权。他的糟糕统治结束了"五圣主"时代,加速了内战的爆发。他给罗马起名为康茂德亚纳(Colonia Commodiana),意指康茂德的殖民地,并自以为是大力神赫丘利斯转世,经常进入斗兽场充当角斗士,甚至宣布要在193年1月1日以角斗士的模样就任执政官,引起极大不满。192年12月31日,他的谋臣们召来一个角力冠军把他掐死。

[3] 佩提纳克斯(126.8.1—193.3.28),全名普布利乌斯·赫尔维乌斯·佩提纳克斯(Publius Helvius Pertinax),193年1月至3月在位的罗马皇帝。192年康茂德皇帝被杀后,元老院拥立他为皇帝,但他不愿花钱收买民心,不到三个月就被士兵刺死。

[4] 狄第乌斯·尤利安努斯(约135—193.6.1),全名马库斯·狄第乌斯·尤利安努斯(Marcus Didius Julianus),罗马富豪、元老院成员,曾被康茂德流放。当康茂德和佩提纳克斯相继被杀后,他同提图斯·弗拉维乌斯·苏尔皮西安努斯(Titus Flavius Sulpicianus)向禁卫军竞价购买皇位并胜出,于193年3月28日登基。但不久后多瑙河军团攻入意大利,杀死尤利安努斯,立他们的长官塞普蒂默斯·西维鲁斯为皇帝。

六十六天。皇帝塞普蒂默斯·西维鲁斯[1](Septimius Severus,公元193年至211年在位)的母语可能是布匿方言,但希腊语和拉丁语的修养皆属上乘,并写过一部自传,但没有资料表明他对罗马文学有过任何特别的影响。属于较晚期的皇帝很少有强烈的文学爱好,兼具作家身份的则更少。3世纪间的皇帝亚历山大·西维鲁斯[2](Alexander Severus,公元222年至235年在位)对希腊和拉丁文学均有严谨执着的兴趣,并动用一切权威促兴文学创作。戈尔狄安一世[3](Gordian Ⅰ,公元238年在位)写过一部三十卷的韵体史书《安东尼努斯王朝》[4](Antonines),以及各种其他作品,散韵皆有,但全都失传,他的统治时间很短,纵是有心,也没有充分时间来体现他对文学事业的支持。加列努斯[5](Gallienus,公元260年至268年在位)的诗歌和演说、奥勒利安[6](Aurelian,公元270年至275年在位)的历史著述均价值寥寥。皇帝塔

---

[1] 塞普蒂默斯·西维鲁斯(146—211.2),全名卢西乌斯·塞普蒂默斯·西维鲁斯·佩提纳克斯(Lucius Septimius Severus Pertinax)。他是个标志性的罗马皇帝,在罗马帝国演变至晚期绝对独裁主义的军事君主制的过程中发挥了重要作用。他夺取帝位后,从自己的多瑙河军团中选出一万五千名士兵组成新的禁卫军,通过安抚和镇压的双重手段解决了几个竞争帝位的对手,并指定他的儿子卡拉卡拉(Caracalla)为"同帝"和继承人。自202年起,他对帝国政制进行了重大的调整,令军队居于统治地位,削弱了元老院,提升了许多骑士阶级和外省身份的人。另外,他对司法也相当重视,让法官帕皮尼安(Papinian)担任禁卫军长官,并听从著名法官乌尔比安(Ulpian)的建议,进行了广泛的司法改革。208年,他在卡拉卡拉及幼子盖塔(Geta)的伴随下出征不列颠岛,于中途病故。

[2] 亚历山大·西维鲁斯(208—235),全名马库斯·奥勒利乌斯·西维鲁斯·亚历山大(Marcus Aurelius Severus Alexander),原名格西乌斯·巴西亚努斯·亚历克西亚努斯(Gessius Bassianus Alexianus)。218年叙利亚军团拥立埃拉加巴卢斯(Elagabalus)为皇帝,221年埃拉加巴卢斯立亚历山大·西维鲁斯为王储。222年埃拉加巴卢斯被禁卫军所杀,遂由亚历山大·西维鲁斯继位。他一直受祖母和母亲的控制,几次作战均失败,最后因听从母亲的建议把大量财物送给入侵的日耳曼人,连同母亲都被士兵杀死。

[3] 戈尔狄安一世(约157—238.4),全名马库斯·安东尼乌斯·戈尔狄安努斯·桑普罗尼亚努斯·罗曼努斯·阿非利加努斯(Marcus Antonius Gordianus Sempronianus Romanus Africanus),在位时间是238年3月至4月。他喜好文学,因爱子阵亡而自杀。

[4] 安东尼努斯王朝,指安东尼努斯族系的若干皇帝以及其统治时期,核心为安东尼努斯·庇护和其养子马库斯·奥勒利乌斯;通常还会包括安东尼努斯·庇护的另一个养子维鲁斯和亲子康茂德。

[5] 加列努斯(约218—268),253年至260年与父亲瓦勒里安(Valerian)共同称帝,后独居帝位。

[6] 奥勒利安(约215—275),全名卢西乌斯·图密提乌斯·奥勒利安(Lucius Domitius Aurelianus),罗马皇帝,使一度四分五裂的帝国重新统一,因而赢得"世界光复者"(restitutor orbis)的美誉。在他之前的克劳狄乌斯和昆提卢斯都很快去世,遂让加列努斯皇帝过去的骑兵统帅奥勒利安即位。他驱走了意大利南部的朱吞格人(Juthungi),修建了一道新城墙抵御蛮族,在271年发动东征,击败哥特人,从帕尔梅拉(Palmyra)国王手中收复东方诸行省,俘获他们的女王。275年在出征波斯途中被一批军官杀害。

第十六章 图拉真以后列帝——苏埃托尼乌斯——其他作家

西陀[1]（Tacitus，公元275年在位）致力于推广他的祖先——历史学家塔西陀——的著作，那些作品现在能留有一部分，或许多少有其功劳。在更晚期的皇帝中，具有文学修养的几位都给希腊语文学带来了更多的影响，而对拉丁语文学则不那么重视。

哈德良时期最重要的作家是盖尤斯·苏埃托尼乌斯·塔奎卢斯（Gaius Suetonius Tranquillus），出生时间可以确定在70年至75年年间。小普林尼是他的朋友，在书信当中提到过他，曾帮助他获得军事保民官的职务，但随后被他转让给自己的一个亲戚。凭借小普林尼的资助，苏埃托尼乌斯购置了一处小地薄产，并曾受小普林尼的鼓励，后者希望他将部分作品出版。在哈德良治下他担任皇帝的文牍秘书，但公元121年被解职。我们对其晚年所知甚少，也许完全投入到文学创作中。鉴于其著述极多，可以认为他颇为长寿。

苏埃托尼乌斯的作品仅保存下来两部，第一部基本完整，只缺失了开头的一小段；另一部就仅剩非常残缺不全的片段了。基本完整的那部为《诸恺撒生平》（De Vita Caesarum），共八卷，录有十二位皇帝的生平：尤利乌斯·恺撒（卷一），奥古斯都（卷二），提比略（卷三），卡利古拉（卷四），克劳狄乌斯（卷五），尼禄（卷六），加尔巴、奥托、维特利乌斯（卷七），韦斯巴芗、提图斯、图密善（卷八）。该书献给塞普提西乌斯·克拉鲁斯[2]（Septicius Clarus），小普林尼也曾将自己的书信献给此人。克拉鲁斯在书中被称为禁卫军指挥官[3]（praefectus praetorio），因为他仅在119年至121年间担任这一官职，此书应发表于这个时期。鉴于恺撒的生平叙述起于他十六岁那年，其开头部分应已缺失。苏埃托尼乌斯撰史审慎而负责，参阅了诸多不同来源的信息，其中不仅有

---

[1] 塔西陀（约200—约276.6），全名马库斯·克劳狄乌斯·塔西陀（Marcus Claudius Tacitus），其确切的在位时间应为275年至276年6月。在其短暂的皇帝生涯中一直与东部敌对部落作战，死因是个悬案。

[2] 塞普提西乌斯·克拉鲁斯，小普林尼的密友，曾被哈德良任命为禁卫军指挥官，但很快被解职，可能是遭到了哈德良的怀疑。

[3] 禁卫军指挥官，罗马帝国时代非常重要的官职。奥古斯都在公元前2年任命过两名禁卫军指挥官统帅禁卫军，此后则仅限一人担任。该官员的本职工作为负责皇帝安全，但很容易获得大权，甚至令皇帝变成傀儡。到了公元300年，禁卫军指挥官成为帝国内政的实际治理者，代表皇帝执行司法权、建立税收制度、监督各行省总督、指挥军队并担任宫廷的军事首脑。君士坦丁大帝除去了他们的军事指挥权，但仍维持其帝国最高官员的权力。

正式出版的历史书籍和传记,还有公共文献、皇帝亲笔信和口口相传的事例。然而,他欠缺高明的历史学家必备的批判性洞见,也不具备优秀的传记作家应有的对人物特质的理解。他收集素材不挟偏私,若是与其笔下皇帝有关的材料,凡带亲私或敌意的都会加以过滤,随后尽自己所能予以编撰,不特别用心于诸皇帝人格发展的轨迹,甚至也没有严格按编年体顺序排列一切内容。书中很少给出明确日期,整本作品看起来更像是史料的堆积而非真正的历史。但这些素材本身都很有趣,风格简约、直白而明晰。虽然在他写作的年代流行形式上的刻意工巧,苏埃托尼乌斯却有足够的文学底蕴来坚持自我,免于其累。

《名人传》　　苏埃托尼乌斯的另一部作品《名人传》(De Viris Illustribus)收录了一系列拉丁诗人、雄辩家、历史学家、哲学家、语法学家和修辞学家的传记。雄辩家部分起自西塞罗,历史学家部分则从萨卢斯特(Sallus)开始,有关语法和修辞学家的章节还余大半,诗人中的泰伦斯、贺拉斯和卢卡的生平也无缺失,历史学家中则有老普林尼的传记尚存。[1]在杰罗姆(Jerome)的著述[2]中可找到其他零散节选,另外,许多古书在边注[3](scholia)中对各文人加以评论,有不少这类边注也源自《名人传》。上文所述的每一分类都有一个列表将收录的文人悉数列出,附有这一文学类别的概述,并以编年体顺序对每个人的生平进行简要说明。《名人传》的风格也是简明清晰的,但为追求简洁,文学性多少有一些牺牲。

其他作品　　苏埃托尼乌斯的其他作品中也有一些往往被后世作者视为圭臬。这些作品主题繁杂,包括希腊赛会、罗马赛会、罗马年历、书本中的关键符号、西塞罗的《论共和国》、服饰、咒符和符咒术以及罗马法律和习俗,一部十卷的百科全书式著作《牧草地》(Prata)确实涵盖了上述若干主题,还涉及文献学和自然

---

[1] 鉴于原文不甚详细,将《名人传》中的现存传记明列如下:语法学家传——二十个人物,基本完整;修辞学家传——原本共有十六人,现存五人;诗人传——维吉尔、泰伦斯、贺拉斯、卢卡;历史学家传——老普林尼。

[2] 他的作品中引用苏埃托尼乌斯的主要是写于392年至393年的《名人传》,介绍了诸多基督教作家。

[3] 边注,阅读时加在书本空白处的文字,一般关于语法方面,也进行批判或解释,可为原创或摘自以前的评论。这是了解古代尤其是文学史最重要的信息来源之一。

第十六章　图拉真以后列帝——苏埃托尼乌斯——其他作家　　251

科学领域。该书关于希腊赛会和咒符的部分自然是用希腊语写成,其余则为拉丁语。苏埃托尼乌斯的作家成就难称伟大,他更似一位整合各类知识的编纂者。其现存作品所含信息弥足珍贵,就文学价值而言则逊色不少;诚然,能够不受当时文学风气的影响,令他在文学领域也受到一定好评。

有一部简史著于哈德良时期,作者为阿尼乌斯(或阿奈乌斯)·弗洛鲁斯(Annius or Annaeus Florus)。如某份手稿的标题所示,这是对李维的史书所做的梗概,但又是为罗马人民所做的颂词。弗洛鲁斯用了人格化手法,将国王统治下的罗马称为孩童,横扫意大利的年代称为青年,奠定意大利霸主地位到奥古斯都时期称为壮年。之后的岁月并没有被归入暮年,而称被皇帝恢复了青春。弗洛鲁斯的修辞风格绚丽似锦,除战争和战斗外,对历史本身倒是毫不在意。由于这些原因,又因为篇幅不长,这部作品在中世纪是很流行的教材。弗洛鲁斯也可能正是某个据说拿哈德良戏谑的诗人,这位诗人留下两段非常美妙的韵文,一段有五行,讲述春季,另一段有二十六行,畅谈生活的品质。还有一篇文章的残稿也归在弗洛鲁斯名下,探讨维吉尔究竟是诗才更杰出还是辩才更优秀。若弗洛鲁斯确系此文的作者,我们从这篇残稿中了解到,他在一次罗马城的赛诗会中失败而受打击[因其非洲出身被歧视——中译者注],遂到帝国各处游历,最终在某个行省的城镇——可能是西班牙东北部的塔拉科〔1〕(Tarraco)——定居并从事教学。

弗洛鲁斯

历史创作在当时正处于低潮。2世纪中期,苏埃托尼乌斯堪称最知名的历史学者,但这一地位与其说是来自他本人的价值,不如说是由于优秀历史学家的缺失。弗洛鲁斯则不能算是历史学家。查士丁(Justin)为特罗古斯(Trogus)的作品所写的缩略本(见原文第164页)可能属于哈德良时期,其价值在于包含了许多特罗古斯所述的内容,但本身并非原创意义上的历史作品。在安东尼努斯·庇护治下的格拉尼乌斯·李锡尼奥努斯〔2〕(Granius Licinia-

2世纪的其他历史著述

─────
〔1〕塔拉科,现西班牙加太罗尼亚省南部的省会塔拉戈纳(Tarragona),罗马人在公元前218年占领此处,据传公元60年圣徒保罗在此兴建了教堂。
〔2〕格拉尼乌斯·李锡尼奥努斯,罗马作家,他的作品可能叫《岁时记》(Fasti)。马克罗比乌斯(Ambrosius Theodosius Macrobius)在《农神节》(Saturnalia)中引用了此作的第二卷(Saturn. i. 16)。

nus)写过一部罗马史,但现存残篇表明这不过是李维笔下历史的梗概。大约同一时期由卢西乌斯·安培利乌斯[1](Lucius Ampelius)所著的《备忘集》(*Liber Memorialis*)是一本实用科普小册子,包含大地、星辰和风云的基本常识以及各个国家的历史概要。这仅是结合了各种材料的编集之作,不具备历史或文学价值。

233 法学家

与历史学科相反,这一时期有才能的法学家为数颇多;他们的作品,对查士丁尼[2](Justinian)统治时将罗马法发展到最终形态的法学家们帮助很大。哈德良时期有:萨尔维乌斯·尤利安努斯[3](Salvius Julianus),收集编撰了行政官和其他官员发布的各种法令。他是非洲出身的杰出法学家,曾担任城市长官[4](praefectus urbi)并两度当选执政官。其著作名为《永存法令》(*Edictum Perpetuum*),就如标题一样,自此成为了罗马法学的基石。尤利安努斯另有多部独立成篇的法学著述。塞克斯都·庞培尼乌斯[5](Sextus Pomponius)比尤利安努斯略为年少,他的著述中有一部罗马法理学简史[是为他的《手稿》(*Enchiridion*)中的一卷:《法律起源》(*De Origine Juris*),这是研究罗

---

[1] 卢西乌斯·安培利乌斯,对此人的了解只能通过《备忘录》本身。经过考证,他可能颇具名望,担任过总督和城市长官。《备忘录》共有五十章,价值不大,但可以从中看出拉丁语作为一种语言的堕落。

[2] 查士丁尼(483—565.11.14),即拜占庭皇帝查士丁尼一世,在位时间是527年至565年,全名弗拉维乌斯·查士丁尼安努斯(Flavius Justinianus),原名佩特乌斯·萨巴提乌斯(Petrus Sabbatius)。他的成就包括同波斯激战后达成和约,占领汪达尔王国,收复北非和地中海诸岛群,在几经周折后打败东哥特人,于562年左右确立拜占庭对意大利的统治。528年他成立了编纂新帝国法规的专门委员会,530年又建立了整理罗马法学著述的专门委员会,陆续出版了《查士丁尼法典》(*Code of Justinian*)、《法学汇编》(*Pandects/Digesta*)、《法学基础》(*Institutiones*)和《新律》(*Novellae*),后三部合称《民法大全》(*Corpus Juris Civilis*)。

[3] 萨尔维乌斯·尤利安努斯,极为著名和多产的法学家,对后世法律有极大的影响。确系他的作品还包括《法学汇编》(*Digestorum*)、《米尼奇乌斯评注》(*Ad Minicium*)、《乌尔塞乌斯评注》(*Ad Urseium*)和《释法律歧义》(*De Ambiguitatibus*)。

[4] 城市长官,共和国初期设立的官职,只有执政官不在罗马城时方才指派,代理政事,曾一度被行政官取代。奥古斯都时期它重获重要地位,其职责包括维持罗马城内的法律和秩序,并在周围一百六十千米内拥有绝对刑事裁判权。到帝国末年,改为负责整个罗马城的市政。

[5] 塞克斯都·庞培尼乌斯,经常被尤利安努斯所引用,在查士丁尼时代的《法学汇编》中共有他的文字五百八十五段。一说撰写《法学基础》的盖尤斯就是他的化名。

马法学家的主要参考资料——中译者注〕,被收录在《法学汇编》[1](Digesta)当中。安东尼努斯·庇护治下法学家众多,盖尤斯[2](Gaius,约110年至180年)在其中居于首位,他的《法学基础》(Institutiones)尚有大部分文字保存在《法学汇编》中,语言简明得体,查士丁尼下令撰写的一部同类作品[指《民法大全》中的《法学基础》——中译者注〕也以此书为根基。经历了安东尼努斯·庇护和马库斯·奥勒利乌斯两个时期的昆图斯·瑟维狄乌斯·斯凯沃拉[3](Quintus Cervidius Scaevola)也是《法学汇编》的著者们经常参考的对象。康茂德和塞普蒂默斯·西维鲁斯在位时期,帕皮尼安努斯[4](Papinianus)位列最优秀的法学家之一。公元212年,他因忠于皇帝的弟弟盖塔[5](Geta)被卡拉卡拉[6](Caracalla)处死。

2世纪的语法学家们也都孜孜以求,写下不少有关古典作品的注疏。哈德良时期的特伦提乌斯·斯考鲁斯[7](Terentius Scaurus)著有拉丁语法一部

语法、文学和哲学

---

[1] 《法学汇编》,又称Pandects,查士丁尼一世下令编纂的罗马法学家著作节要,共五十卷,大部分内容来自2、3世纪的法学论著。其内容本是之前法律学者的个人观点,但被编入此书后,即同《民法大全》的其他组成部分一样,被赋予了法律效力。

[2] 盖尤斯,他的生平极为模糊,但无疑是非常杰出的法学家,对《十二铜表法》等法规作过注疏,其作品直到死后才得到极高的认可。一说他就是塞克斯都·庞培尼乌斯的化名。

[3] 昆图斯·瑟维狄乌斯·斯凯沃拉,他在安东尼努斯·庇护时期为各种法律事务提供咨询,是马库斯·奥勒利乌斯的法律顾问,也向下一任皇帝西维鲁斯和法学家帕皮尼安解疑。他惜字如金,被《狄奥多西法典》(Theodosian Code)称为"见解最深刻的法学家"。

[4] 帕皮尼安努斯(约140—212),英译帕皮尼安(Papinian),全名埃米利乌斯·帕皮尼安努斯(Aemilius Papinianus)。罗马法学家,但其权威性直到死后才被认可,其道德高尚,同基督教统治时期的帝国世界观相吻合。最重要的著作是两部案例集:三十七卷的《问题集》(Quaestiones)和十九卷的《解答集》(Responsa)。他曾在西维鲁斯治下担任很高的官职,但可能因不愿为新皇帝卡拉卡拉提供杀死其弟盖塔的法律借口,而被处死。

[5] 盖塔(189—212.2),全名普布利乌斯·塞普蒂默斯·盖塔(Publius Septimius Geta),209年至212年在位的罗马皇帝,为塞普蒂默斯·西维鲁斯之子、卡拉卡拉之弟。自209年起与父亲和哥哥共同执政。西维鲁斯死后,他几乎与卡拉卡拉爆发内战,但212年2月被兄长杀死。

[6] 卡拉卡拉(188.4.4—217.4.8),全名马库斯·奥勒利乌斯·西维鲁斯·安东尼努斯·奥古斯都(Marcus Aurelius Severus Antoninus Augustus),原名塞普蒂默斯·巴西安努斯(Septimius Bassianus),卡拉卡拉为别名。198年至211年与父亲西维鲁斯共同执政,211年起独自当朝,直至217年被杀。他以性格乖戾和嗜血成性闻名,不管是杀死亲弟盖塔的行为还是在攻打日耳曼人和安息人的战争中进行的屠杀都十分残忍。但也会赦免被流放的人、制定法规减免赋税。因为惧怕其性格阴晴不定,禁卫军指挥官和他的帝位继承人马可里努斯(Macrinus)密谋刺杀了他。

[7] 特伦提乌斯·斯考鲁斯,全名昆图斯·特伦提乌斯·斯考鲁斯(Quintus Terentius Scaurus),他的儿子担任过皇帝卢西乌斯·维鲁斯的导师。

[《语法艺术》(Ars Grammatica)——中译者注],部分以缩略形式保存下来,另有对普劳图斯、维吉尔和贺拉斯[贺拉斯的《诗艺》(Ars Poetica)——中译者注]的注释,其残篇可见于后世评注家的作品当中。安东尼努斯王朝(Antonines)时期,修辞学家和语法学家为数众多,关于文学和语法问题的探讨是雅士间清谈的重要话题。特伦提安努斯·马鲁斯[1](Terentianus Maurus)和约拔(Juba)著有若干诗歌韵律手册;赫尔维乌斯·阿克洛[2](Helvius Acro)[应指赫伦尼乌斯·阿克洛/阿克隆(Helenius Acro/Acron)——中译者注]在2世纪末期对泰伦斯、贺拉斯和佩尔西乌斯做了注评;声名赫赫的语法学家庞培尼乌斯·波菲里奥[3](Pomponius Porphyrio)的创作时期或许也在2、3世纪相交,他对贺拉斯作品所做的边注目前仍在,但并非原本;费斯图斯(Festus)可能属于这一时期,但年代略晚,他对维里乌斯·弗拉库斯(Verrius Flaccus)(见原文第166页)的作品进行了缩编。这个时期也许还有不少修辞学家继续传授着他们的过往所学,但最杰出的一部分人发展出了一个新的学派,这在下一章中会有专门详述。哲学在2世纪仍有众多追随者,但以拉丁语为载体的著述则见阙。狄奥·克莱索斯托(Dio Chrysostom)、普卢塔克(Plutarch)、马库斯·奥勒利乌斯(Marcus Aurelius)和塞克斯都·恩庇里库斯(Sextus Empiricus)均以希腊语写作。

---

[1] 特伦提安努斯·马鲁斯,一说其活动于内尔瓦和图拉真时期的1、2世纪之交,也许跟埃及赛伊尼(Syene)的仲裁官是同一人。他的诗集包含各种韵格,极富优雅和技巧。
[2] 赫尔维乌斯·阿克洛,根据书中信息来看,此人应指公元5世纪的语法学家赫伦尼乌斯·阿克洛/阿克隆。他为贺拉斯做过注释,一本佩尔西乌斯的边注可能出自他手,或许也是一部失传的泰伦斯注释的作者。
[3] 庞培尼乌斯·波菲里奥,他对贺拉斯的评注是所有古代评注家中最有价值的。但其注解也跟其他早期拉丁学术文献一样,在中世纪经历了很多删改和增补,无法分辨原貌。

第十七章　文学的创新

弗隆托,约公元100年至约175年——格利乌斯,约公元125年生——阿普列乌斯,约公元125年至约200年——诗歌创新——《守夜的维纳斯》

2世纪文学的一个重要标志性人物是来自努米底亚行省锡尔塔[1](Cirta)的马库斯·科涅利乌斯·弗隆托(Marcus Cornelius Fronto)。他出生于公元100年左右,所师从的都是第一流的教师。在哈德良统治时期,他就已经在雄辩和教学方面十分出名,还成为元老院一员,并对众元老发表了那篇声讨基督徒的演说。但那还不是他成就的极致,安东尼努斯王朝才是他声望的巅峰期。他是143年的执政官,也被定为将来亚细亚的总督,但以身体欠佳为由放弃了那个职务。马库斯·安东尼努斯(Marcus Antoninus)[即马库斯·奥勒利乌斯,见其全名——中译者注]和卢西乌斯·维鲁斯都是他的学生,对他爱戴有加,这自然令他获得了极大的名誉与财富。对于其家庭生活,我们只知他结过婚,有一个叫格拉提亚(Gratia)的女儿嫁给了盖尤斯·奥菲狄乌斯·维克托里努斯[2](Gaius Aufidius Victorinus),另有五个女儿夭折。其去世时间不明,但可能在175年之后不久。1815年发现了弗隆托的部分书信,这些文稿让我们得以一窥他的语言风格和教学内容。与他往来书信的人当中有马库斯·奥勒利乌斯、卢西乌斯·维鲁斯、安东尼努斯·庇护等,信中夹杂着若干论文,可能是弗隆托附在信内一并寄给收信人的。这些论文中有一篇名为《历史的开篇》(Principia Historiae),对比了维鲁斯和图拉真两人征讨安息的

---

[1] 锡尔塔,一直是努米底亚重镇,在恺撒时期被定为罗马殖民地,后成为罗马北非沿岸四个殖民地之首。该城市4世纪初毁于罗马同努米底亚的战争,后被君士坦丁大帝于313年重建并以自己的名字命名为君士坦丁(Constantine),1981年后改名为 Qacentina。

[2] 盖尤斯·奥菲狄乌斯·维克托里努斯,皇帝马库斯·奥勒利乌斯的友人和顾问,其品格和辩才俱为一时翘楚。他当过日耳曼地区的副将、非洲总督,还在康茂德治下担任城市长官。虽然因道德崇高而被康茂德厌恶,但他凭着自己的胆识和无畏避过了危险,得以寿终正寝,并在死后得到塑以雕像的荣誉。

功绩,并认为维鲁斯更加成功。这篇文章本是作为一部维鲁斯的安息战争史的序章而写,但这部战争史一直没有动笔。而弗隆托的书信最令人感兴趣的地方是他有关雄辩术和写作风格的教育思想。他视修辞学为最高尚的学问,并告诫马库斯·奥勒利乌斯不得被哲学的魅力所惑,然而却把掌握新奇震撼的语词视为研究修辞学的根本目标。弗隆托认为拉丁文学无法仅靠模仿黄金时代甚或白银时代的作家而永续,便不顾一切地沉迷于寻找新的灵感或新的观点。但他太过于学究,无法认同日常用语中鲜活的表达方式,只能权宜地复归于早期作家,例如恩尼乌斯、普劳图斯、阿克齐乌斯、加图、萨卢斯特和格拉古。因此,他的语言充斥着过时的措辞,又不似早期文学那么质朴。这样一位作家会被奉以极高的敬意,对当时具有强大的影响力,足以说明罗马文学已陷入到何等糟糕的境地。

奥卢斯·格利乌斯

有一位比弗隆托年轻许多但禀性相似的人物,同样流连于书本和故纸堆,他就是奥卢斯·格利乌斯(Aulus Gellius),出生于 125 年左右,曾在罗马和雅典的不同导师门下求学,也在罗马担任过数个司法职缺。他的现存作品名为《雅典之夜》(*Noctes Atticae*),这本书的创作始于雅典,当时,他惯于在夜晚阅读各类著作并做摘录,将读书成果汇集成册,故得此书名。这些附有注解和评语的摘录被分成二十卷,除只留下目录的第八卷和缺少结尾的第二十卷外,均完整保存至今。该书涉及了语言、文学、法律、哲学和自然史。格利乌斯不引述同时代的作者,但让他们作为叙述者出现在此书采用对话体形式的部分。这本书只是将阅读中的发现和心得随意罗列下来,没有按主题编排内容,也没有展现出批判才能或是突出的文学技巧。他纯粹是一名勤勉的搬运者,其作品保存了更早期和已经失传的作品片段以及各种学科的有关资料,这对我们而言是唯一的兴趣和价值所在。

拉丁语的变化

黄金时代的拉丁语或多或少有斧凿的痕迹,是靠着当时杰出文人的才华从习常语言中发展出来的。白银时代的拉丁语则以黄金时代的拉丁语为基础进一步演化而成,也非出自普罗大众的语言。当文学拉丁语如此经历了多个阶段时,日常用语也在沿着自己的轨迹发展。到了 2 世纪,日常用语同文学用语已截然不同,也跟西塞罗及更早期的任何一种拉丁语差异巨大,无论是口头还是书面。可以说,最终诞生出罗曼诸语种的拉丁语变革早在本章所讨论的时代之前就开始了。弗隆托怀着给陈旧过时的当代文学拉丁语注入新生的渴望,从比西塞罗更早的文人那儿借用辞藻,同时殚精竭虑地编排出非比寻常的句式,指望给他的表达注入活力。他的理念和榜样被譬如格利乌斯在内的不少人效仿,且更为明显地表现在他的学生马库斯·奥勒利乌斯和卢西乌斯·维鲁斯写给他的书信之中。但尽管弗隆托名噪一时,要逆转时代的进步仍不可能。如果文学拉丁语想要发展出任何新内涵,就必须要从日常用语中汲取生命。而这条道路,至少在某种程度上由阿普列乌斯(Apuleius)进行了开拓。

阿普列乌斯[其本名(Praenomen)是否为卢西乌斯尚有疑问]与弗隆托同出自非洲,但可能是罗马血统。他出生于公元125年左右,出生地是努米底亚和盖图里亚[1](Gaetulia)交界的马达拉[2](Madaura)。他在马达拉、迦太基和雅典学习,经常往来其间,也有一段时期在罗马城从事辩护人职业。后同一名来自非洲奥伊阿[3](Oea)的富有寡妇埃米利亚·普丹提拉[4](Aemilia Pudentilla)成婚,被她的亲属控告使用了魔法才获得她的芳心。他对这一指控的辩护是一部现存作品,名为《论魔法》(De Magia),又名《辩护词》(Apologia)。但跟当时法庭上的演说词相比,现有版本经过了修缮和扩充。显然,阿普列乌斯被无罪开释,并获得显赫的影响力和声望。他多才多艺,并为之自豪,能用希腊语和拉丁语进行创作和交谈,也不囿于单一的文学领域,兼攻雄辩、诗歌、自然科学、哲学和小说,但没有在任何方面展现出非凡的独到之处。他喜欢称自己为柏拉图派哲人,但主要从事雄辩或诡辩,游历四方,在各处向

---

[1] 盖图里亚,古代北非内陆地区,最早由游牧民族盖图里人(Gaetuli)居住,北起阿特拉斯山脉,南至撒哈拉沙漠,西临大西洋,东至奥雷斯山。

[2] 马达拉为现阿尔及利亚城市马杜尔(M'Daourouch),是历史悠久的努米底亚城市,在1世纪末期的弗拉维王朝时被选为罗马殖民地,在罗马时期因其学校而出名。

[3] 奥伊阿,现利比亚首都的黎波里(Tripoli),位于利比亚西北部的地中海沿岸,原为腓尼基人所建。罗马人、汪达尔人和拜占庭人都先后统治过这个城市,分别在公元前2世纪至公元5世纪、公元5世纪和公元6世纪。

[4] 埃米利亚·普丹提拉,阿普列乌斯在《辩护词》中对其妻子的介绍非常详细,鉴于罗马社会对女性的歧视,很少有罗马女性能在历史中留下如此翔实的文字记录。可参阅 Vincent Hunink, "The Enigmatic Lady Pudentilla", *American Journal of Philology*, 119(1998), 275—291。

公众展示他能就一切话题发表生动演说的技艺。他的大部分人生应在非洲度过,是迦太基的行省祭司(sacerdos provinciae)。当时有些人无法在罗马宗教中获得满足,转而探寻异国神祇的神秘崇拜,他应为其中之一,还获得伊西丝[1](Isis)密宗的接纳。他似乎对基督教有所抵触,但没有直接表露。根据他的巨大声望和归于他名下的作品数量之多,大概可以推断其寿命颇长,但去世时间无法确认。

阿普列乌斯现存的作品有:十一卷的小说《变形记》(Metamorphoses),《辩护词》(Apologia),讲述精灵尤其是与苏格拉底亲近的精灵[2]的《论苏格拉底的神》(De Deo Socratis),两卷关于柏拉图思想的《论柏拉图及其学说》(De Dogmate Platonis),以及他的演说摘选集《佛罗里达》(Florida)。至于对话体的《阿斯克勒庇俄斯》(Asclepius)、论文《论世界》(De Mundo)以及某篇作为有关柏拉图的教诲之作品的第三卷而发表的论文,则实非阿普列乌斯的撰著。他最吸引人的作品是叙事体的《变形记》,记述了一个科林斯人卢西乌斯的奇遇,他被魔法变成了驴,以驴的姿态经历世事变迁、见证奇端异闻,直到在女神伊西丝的帮助下恢复人形,随后全心侍奉女神以为报。这个故事出自希腊,其名为《卢西乌斯》(Lucius)或《驴》(The Ass),以概要形式载于某部被错误归在卢奇安[3](Lucian)名下的作品当中。阿普列乌斯在希腊原稿的基础上进行

---

[1] 伊西丝密宗,以古埃及女神伊西丝为崇拜对象的神秘宗教,在公元前1世纪左右从埃及传到罗马。该宗教并不公开,只有成员方可进入其场所或参与仪式。但也有若干伊西丝教的公众节庆,例如3月5日,纪念伊西丝出海寻找失踪的丈夫;还有10月28日至11月3日,演员会在街上表演萨拉匹斯(Serapis)死而复生的传说。罗马人经常诟病这些节日过于吵闹炫目。也有论点称伊西丝密宗对性的态度十分放纵。

[2] 希腊哲学家将人所听到的高洁、充满启示的冥冥之音称为 Daimon,通常译为精灵。苏格拉底在接受审判时曾特别指出:"我自年轻起就有一种特别的经历,每当我要行一桩不当之事时,内心总会出现一个声音来阻止我。"

[3] 卢奇安(约120—180),公元2世纪的希腊修辞学家、手册作家和讽刺作家。在小亚细亚西部接受了希腊式文化教育,后成为演说家,游历希腊、意大利和高卢等地。2世纪中叶起他定居雅典,不久放弃演说生涯专事写作。后在罗马友人的帮助下获得亚历山大城的一个高级法庭职务,但数年后再次回到雅典从事演说。其作品以机智辛辣的讽刺见称,主要以迈尼普斯(Menippus)式杂咏为范式,对欧洲讽刺文学有极大的影响。著有《众神对话》(Dialogues of the Gods)、《死者对话》(Dialogues of the Dead)、《卡隆》(Charon)、《真实历史》(Ture History)、《酒宴》(Banquet)、《被驳倒的宙斯》(Zeus Confuted)、《悲惨的宙斯》(Tragic Zeus)、《如何写历史》(How to Write History)和《演说家之师》(Teacher of Orators)等。

扩充,添入了将近二十段与主线无关的情节。这些情节的插入大多毫无技巧可言,打断了叙述的脉络,破坏了全作的整体感,但就其本身而言是整书最有意思的部分。其中最长也最出名的是丘比特和赛姬[1](Psyche)的传说,威廉·莫里斯[2](William Morris)在他的《地上乐园》(Earthly Paradise)中对这一故事有非常优美的演绎。这一神话爱情传说跟其他插入到卢西乌斯经历中的桥段一样源自希腊,而非阿普列乌斯的创造,但他的借用令那些传说和故事能够保全于后世。

阿普列乌斯的风格在他的不同作品中不尽相同。但可断言,他处处都体现出语不惊人誓不休的意图,用词生僻,语序乖张,把句子断成奇特的带韵片语,与西塞罗和其他古典作家的庄重雄浑大相径庭。但在《变形记》中他吸纳了许多平凡人常用的表达方式,而在雄辩和哲学著述中又如弗隆托般复古循经。阿普列乌斯和弗隆托这两位非洲血统作家是新辩论术(elocutio novella)的主要代表人物,这一学派中断了古典拉丁语所延续至今的传承之道,尝试令拉丁文学焕发新生。但他们两人都不善于创新,对当时的希腊诡辩家亦步亦趋,不仅在主题上,而且在某种程度上包括其风格,例如提尔的马克西穆斯[3](Maximus of Tyre)和埃利乌斯·阿里斯提得斯[4](Aelius Aristides)。但他们的演说和著述采用拉丁语,并且试图影响拉丁文学的进程,鉴于此,除

阿普列乌斯的风格

---

[1] 赛姬,古希腊神话人物,原是貌美绝伦的公主,被维纳斯所嫉,故令其子丘比特去使赛姬爱上世上最可鄙的男人。不料丘比特爱上了赛姬,将她安置在遥远的宫中时常与她幽会,但告诫她必须在黑暗中才可相会。一次赛姬偷偷点亮了灯,才发现身边的人竟是爱神。丘比特醒来后责备赛姬并离去,赛姬四处寻找爱人时落入维纳斯手中,并被强令做可耻之事。丘比特为赛姬的诚心所打动将她救出,并请求朱庇特让她成仙,两人遂得以成婚。

[2] 威廉·莫里斯(1834.3.24—1896.10.3),英国诗人、美术设计师、手工艺人和社会主义先驱,是19世纪的伟人之一。

[3] 提尔的马克西穆斯,安东尼努斯王朝时期的希腊作家,曾在康茂德时期居于罗马,杰罗姆用拉丁语翻译过他的希腊著作。由于叫马克西穆斯的作者很多,关于他的生平和作品很难确定,唯一能够判断为他所作的现存作品是《谈论集》(Dissertationes),有关神学、伦理和哲学。后世对他作品的评价褒贬不一。

[4] 埃利乌斯·阿里斯提得斯,活动于2世纪的雅典哲学家,基督教最早的护教士之一,所著《为基督教教义辩护》(Apology for the Christian Faith)是现存最早的此类文献,当时是写给哈德良或安东尼努斯·庇护的。

了狄奥·克莱索斯托姆[1]（Dio Chrysostom）和卢奇安以外，没有任何希腊晚期诡辩家在重要性上能与他们相当。阿普列乌斯显然比弗隆托更有天赋，其作品展现出令人击节的语言才能，这多少掩盖了思想独创性方面的缺失。《变形记》是他现存作品当中最重要的一部。它不仅比任何其他作品都更完整地体现了新辩论术的本质，而且描绘了当时的生活，包括迷信、败德、抢劫、友情、待客以及林林总总的社会礼仪。此外，它还为我们保存下许多有趣的传说，例如丘比特与赛姬。可能因为《变形记》中有神怪元素，另外阿普列乌斯曾被指控操纵魔法，他在死后不久就被认为是个强大的巫士，这一身份令中世纪的人将他同维吉尔联系在一起。

诗歌创新

当弗隆托、阿普列乌斯等人在散文中尝试新辩论术时，对诗歌进行创新的努力也在进行。2世纪末期著有一部手册介绍字母、音节和韵律的特伦提安努斯·毛鲁斯（Terentianus Maurus）提到过新派诗人[2]（poetae novelli），4世纪后半叶的语法学家狄俄墨得斯[3]（Diomedes）也谈论过一些创新诗人（poetae neoterici）[与新派诗人在本质上基本相似，称法不同——中译者注]，并认为有不少革新是他们的首创。有部分这类诗人的姓名流传下来，但对他们所知太少，无法探究其脉络。他们的创新手法似乎非常依赖文字游戏，下面几行诗是一个十分显著的范例：

Nereides freta sic verrentes caerula tranant,
　　Flamine confidens ut Notus Icarium.

---

[1] 狄翁·克莱索斯托姆（约40—约112），希腊修辞学家、哲学家，在罗马全帝国都享有盛名。82年因政治原因被流放两次，在贫困中流浪于黑海各地14年，直到图密善死后才结束这种生活，重拾演说和哲学的旧业。现存一部演讲词，共八十篇，以及其他残文。

[2] 新派诗人，关于这类诗人的详情所知甚少，只知他们活动于哈德良或安东尼努斯王朝时期，提及过他们的人几乎只有本书中的毛鲁斯和狄俄墨得斯二人。这一诗派的领袖人物可能是塞普蒂默斯·塞伦努斯（Septimius Serenus）和阿尼亚努斯（Annianus）；其他诗人还包括奥菲乌斯·阿维图斯（Alfius Avitus）、马里安努斯（Marianus）和尤利乌斯·保卢斯（Julius Paulus）等。

[3] 狄俄墨得斯，语法学著述《论雄辩术、雄辩术起源及各类韵体》（De Oratione et Partibus Orationis et Vario Genere Metrorum）的作者，其他资料不可考。5世纪语法学家普里西安（Priscian）和查里西乌斯（Charisius）均引用过这部作品。

第十七章 文学的创新

> Icarium Notus ut confidens flamine, tranant
> Caerula verrentes sic freta Nereides.

当涅瑞伊得斯[1]（Nereids）结伴游过湛蓝的海峡，
微风渐强如伊卡洛斯海[2]（Icarium）的暴风[3]（Notus）。
伊卡洛斯海的暴风带动了气流，跨越
聚着涅瑞伊得斯的湛蓝海峡。

该诗第三行和第四行跟头两行逐词颠倒后的结果完全一样。其他例子没有如此工巧，但同样是这类愚蠢的文字游戏，此等创作不可能给诗歌带来任何新生。大部分2世纪甚至3世纪的现存罗马诗，都只能算是远去的维吉尔的旋律宛若游丝的回音。不过这时已有全新的中世纪精神的预兆，但直到抒情诗人[4]（minnesinger）和行吟诗人（troubadours）的年代方至臻备。《守夜的维纳斯》（*Pervigilium Veneris*）是创作于2世纪还是3世纪尚无法定论，但可以断言这是最动人心弦的有关浪漫感伤的早期文本，在中世纪乃至现代都有独一无二的价值。此诗为庆祝春季的维纳斯主母[5]（Venus Genetrix）节而写[此处原文可能存疑，请见译注——中译者注]，由于是哈德良恢复并推行了对该神的崇拜，其创作年份可能属于2世纪。该诗共有九十三行长短格七步体[6]（trochaic septenarii），这是丁尼生[7]（Tennyson）的《洛克斯利堂》（*Locksley Hall*）所用的韵体，也被早期拉丁诗人广泛使用，但在1世纪期间几乎难以寻

---

[1] 涅瑞伊得斯，次等女神（nymph）之一，居住并主管地中海，是海神波塞冬的扈从。
[2] 伊卡洛斯海，全称 Icarium Mare，是神话中伊卡洛斯（Icarus）不幸坠落的那片海域。
[3] 暴风，诺透斯（Notus）是希腊神话中司掌南风的神，会带来大雾和风暴。
[4] 抒情诗人，活跃于12世纪至14世纪间的日耳曼抒情诗作家兼演唱者，其主题为中世纪传统的骑士与贵妇之间的爱情。
[5] 维纳斯主母，在罗马神话中维纳斯有许多身份和形象，这指的是维纳斯作为罗马人民祖先的形象，是母性和家庭的护佑女神。但其节日在9月26日举办，并非春季。所以可能真正庆祝的是维纳斯心之主宰（Venus Verticordia）的节日，在4月1日至3日。从诗文的内容来看，跟维纳斯心之主宰也更为贴近。
[6] 长短格七步体，以一长一短两个音节为一步，七步为一句的韵体。
[7] 丁尼生（1809.8.6—1892.10.6），全名阿尔弗雷德·丁尼生（Alfred Tennyson），别名丁尼生勋爵（Lord Tennyson）。是英国维多利亚时代最杰出的诗人，也是英国有教养的中产阶级的杰出代言人。

迹。诗中以不规则的间隔插入如下的叠句：

> Cras amet qui nunquam amavit, quique amavit cras amet.[1]
> 未曾爱过之人明日将坠爱河，曾经爱过之人明日将再沦陷。

该句多次出现。而诗歌的开篇：

> Ver novum; ver iam canorum; vere natus est Iovis;
> Vere concordant amores; vere nubunt alites.[2]
> 崭新的春；祥和的春；朱诺降生的春；
> 爱侣结伴的春；雀鸟成双的春。

或许是丁尼生下列诗句的灵感来源：

> 春天里知更鸟的胸前染上更深的绯绛；
> 春天里轻佻的田凫穿戴起另一个羽项；
> 春天里光鲜的鸽子披上会变色的彩虹；
> 春天里年轻男子把心思转向爱的骚动。

[英语原文为典型的 aabb 型押韵四行诗，中译也保持了下来——中译者注]

在结尾处的诗行：

> Illa cantat, nos tacemus. Quando ver venit meum?
> Quando fiam ut chelidon et tacere desinam?
> Perdidi Musam tacendo nec me Apollo respicit.[3]
> 她吟唱，我们静默。我的春天何时降临？
> 我何时能如燕子般不再沉寂？
> 静默令我失去缪斯也被阿波罗抛弃。

仿佛是古文学在伤泣,感叹没有春天可以带来新的曲调。事实上,《守夜的维纳斯》的中世纪特征几乎同古典特征同样明显。其量化的步格与各单词的自然重音相互对应;其押韵无处不在,兼有头韵和韵脚;其情感几乎是现代精神的体现;甚至其语法结构,尤其是前置词 de[1] 的使用,也预示着将临的巨大变革。

无论对散文还是韵文来说,2世纪都是个创新的时期。弗隆托和阿普列乌斯的创新没能维持二人长久的文学地位,却让他们成为拉丁演说衰败的症候,甚至令他们成为衰败的推动者,因为这打断了文人对古典作家的模仿。古典罗马文学的历史也许到苏埃托尼乌斯就是尽头。但是,古老灵魂中的某些东西生存了下来,甚至直到中世纪,并深刻地影响着基督教教会文学。基于这一理由,3世纪和4世纪的早期基督教拉丁文学以及非基督教文学的残光便值得一叙。

尾　注

1. Tomorrow he shall love who ne'er has loved, and he who has loved tomorrow shall love.
2. It is new spring; spring already harmonious; in spring Jove was born. In the spring loves join together; in the spring the birds wed.
3. She (the swallow) is singing, we are silent. When will my spring come? When shall I become like the swallow and cease to be silent? I have lost the Muse by keeping silent, and Apollo cares not for me.

---

[1]　拉丁语中的 de 用途广泛,包括"从……离开""失去……""来自……""关于……""根据……"等。

第十八章 早期基督教著者

米努齐乌斯·菲利克斯,约公元160年——德尔图良,约公元160年至约230年——圣西普里安,约公元200年至258年——科莫狄亚努斯,公元249年——阿诺比乌斯,约公元290年——拉克坦提乌斯,约公元300年

基督教拉丁文学的发端

塔西陀、小普林尼和苏埃托尼乌斯都谈论过基督徒,不过那些言论表明他们并不理解基督教,也不能认识其日渐增长的重要性。但随着时间的推移,基督教和基督徒的地位愈发不可忽视。因为他们的信仰和行为同国家宗教乃至国家本身相抵触,对基督教的压制和迫害发生过不止一次。但这一新兴宗教仍然没有停止前进,信徒人数和实力不断增长,其拉丁语创作也自2世纪起见诸于世。鉴于这一宗教创建于帝国东部,最早见文于希腊语,而且在相当长的时期内都以希腊语作为其宗教思想的主要载体,所以若要详述基督教的发展,哪怕是在帝国西部的情形,也无法略过其早期希腊创作的轨迹;不过,本书应当关注的对象是以拉丁语写成的基督教文学作品,至于基督教的发展史则远远超出了罗马文学史的范畴;同时,对主要基督教作家及其著述只能加以简介,无法拓展太开。详尽阐述基督教文学、探讨基督教文学家们的思想和教义,这些都应是教会史学家的工作。

米努齐乌斯·菲利克斯

最早的基督教拉丁文学作者是马库斯·米努齐乌斯·菲利克斯(Marcus Minucius Felix),他在罗马担任过辩护人(causidicus),早年信他教,后才皈依基督教,除此外其生平都是迷。他唯一现存作品是一篇基督教的辩护文《屋大维》(*Octavius*),可能在大约160年写成。引言中叙述了米努齐乌斯和两位友人屋大维、凯基利乌斯某次漫步于奥斯蒂亚[1](Ostia)海滨的经历。当他

---

[1] 奥斯蒂亚,意大利古城,共和国时期罗马的港口,帝国时为贸易中心。2世纪是其全盛时期,自5世纪起遭受蛮族劫掠,于9世纪遭废弃。

们途经一座萨拉匹斯[1]（Serapis）雕像时，凯基利乌斯上前敬拜，屋大维斥责米努齐乌斯看着自己的朋友对真正的宗教一无所知却无动于衷。他们没有停下脚步，但凯基利乌斯对于屋大维的斥责却十分介怀。最后三位友人围坐下来，凯基利乌斯为古老的宗教发表辩护，屋大维支持新兴宗教，而米努齐乌斯则担当裁决人。凯基利乌斯质疑，绝大多数基督徒是缺乏教育的民众，如何能解决那些最睿智的哲学家都无法看穿的困惑？那些信徒的自以为是太荒唐了。况且诸神的威能经常显现，所以罗马古宗教理应继续维持本来的地位。接着他抨击了基督徒的生活方式和祭奠仪式，这佐证了异教群体的谬见，因而颇有意思。他还驳斥了基督教对来世的信仰，以对怀疑论的推崇作为发言的结尾。他的演说生动乃至激烈，修辞素养不凡。屋大维则就凯基利乌斯提出的问题一一给予回应。他着重强调了神的唯一性，指出非基督教多神论以及哲学观的荒谬。其论证丝毫不涉及耶稣的十字架受难或重生，可以说完全不是一个严格意义上的基督徒会做出的反驳，没有诉求于信或爱，只依赖于推理，论据不源于《圣经》，而来自非基督教哲学——尤其是西塞罗的《论神性》（*De Natura Deorum*）和小西尼加的著述，或是来自人类的经验。屋大维发言后，凯基利乌斯表示心悦诚服，三位友人各自告别离去。

《屋大维》与其他早期的基督教辩护文不同，没有依据《圣经》编织论述，也没有诉诸情感。有一观点为此特别之处提供了最合理的解释：米努齐乌斯写这篇文章是为了回应弗隆托反对基督教的一篇演说，故此托凯基利乌斯之口复述了弗隆托演说中的内容，并以屋大维的回答逐一批驳。在风格上，米努齐乌斯时有古典式的优雅和简练，但还是显出白银时代修辞学派的余毒，且偶有无谓的强调。他延续了古典传统，没有弗隆托或阿普列乌斯式的做作或颠覆的痕迹。除了是最早的基督教拉丁著述以外，《屋大维》本身也是图拉真时期以来最值得一读的拉丁散文作品。

米努齐乌斯·菲利克斯只有这短短的一部作品为我们所知，通过此作他

---

[1] 萨拉匹斯，亦作 Sarapis。埃及和希腊宗教中的神，本为冥神，后转为太阳神，执掌医疗、丰收。他是多神教派诺斯替教（Gnosticism）的主神之一。

展现出了保守古朴的文学格调、素有风雅的想象力以及沉静若水地展开辩论的才能。德尔图良(Tertullian)在基督教会史中是比米努齐乌斯重要得多的人物,其著述良多,所显出的特质与米努齐乌斯那些令人钦佩的禀性几乎恰恰相反,但这不妨碍他成为文学史和教会史中令人感兴趣且地位出众的人物。德尔图良的拉丁文全名为昆图斯·塞普蒂默斯·弗洛伦斯·德尔图利亚努斯(Quintus Septimius Florens Tertullianus),约160年生于迦太基,可能死于230年,总之其行迹主要在塞普蒂默斯·西维鲁斯和卡拉卡拉两任皇帝的治下。他早年非基督徒,但可能在基督徒妻子的感染下,终改信上帝,并在教会中担任长老[1](presbyter)。到中年时,他成为孟塔努斯信徒(Montanist)——即孟塔努斯[2](Montanus)的追随者。孟塔努斯是密细亚[3](Mysia)地区城镇阿达巴(Ardaba)的一名狂信者,他宣称自己是耶稣选中的代言人(Comforter),拥有预言之力,预告世界即将重生,并立下种种严格的教义和习规。德尔图良的所有创作都颇受后人争议,一部分为基督教辩护,反对异端,其余则批驳不被他认同的基督教信仰和实践。支持孟塔努斯教的言论也包括在后一类中,因为德尔图良的狂热令他对任何教义的支持都不可避免地成为对其他观念的攻击。作为孟塔努斯教在西方的主要布道人,德尔图良让该教某些尤其荒谬的教条显得不那么异常,但无法将其修改到能被主流教会所接纳的程度。因此他的后半生都在同教会作对,后来其作品也被视为异端。尽管如此,阅读他的作品的人还是很多,其《护教篇》(Apologeticus)甚至被译成了希腊文。

德尔图良的风格 德尔图良对教会拉丁语的影响在当时无人可及。他以前最出色的基督教

---

[1] 长老,自1世纪末期开始出现,初为年长和具有资历的教徒担任,虽不是正式职位,但享有威望,负责对年轻和后进信徒加以指点和照料。到2世纪,这些长老逐渐承担管理工作,遂成为确定的神职,介于主教与助祭之间,又称司铎。

[2] 孟塔努斯,他是孟塔努斯教的创始人,起初是崇拜圣母赛比利(Sybele)的东方宗教狂热祭司,后信奉基督教。据说在172年至173年他进入通神状态,并常常宣讲预言。这一教派也宣称获得了上帝的新启示,并预言世界即将面临重大转变。其各级领袖往往会进入狂喜状态,口吐奇言,门徒们则视之为圣灵的天启。

[3] 密细亚,古安纳托利亚西北部的一个地区,与弗里吉亚(Phrygia)相邻。据荷马称,密细亚人是特洛伊人最早的盟友。在公元前129年并入罗马的亚细亚行省前,该地区曾先后隶属里底亚、波斯和帕加马。

作品都是希腊语，因此他不得不生造或借鉴词汇来表达对非基督徒来说完全陌生的思想和观点，也就当之无愧地成了与东方或希腊神学相对的西方神学的创始人。他的风格粗放不雅，有时含糊晦涩，但不乏生气与活力。其滔滔不绝源自炽烈的宗教热忱而非周全的文学历练。其用词在严格意义上并不古典，从日常谈吐和希腊语中借鉴颇多，有某些词似为自创。他被称为教会中的西塞罗，但不管他的辩才多出色，跟西塞罗的气质还是相去甚远。西塞罗仅在若干演说中有近似于德尔图良的狂热，德尔图良粗陋的语言中又完全见不到西塞罗时期无瑕的华美。在细节上，他的风格更类似于非洲同乡阿普利乌斯，但没有任何刻意的模仿痕迹。他惯用短句，即便使用长句，也不考虑句式或断句的修辞效果；执着于用不自然的表达方式来追求表现力；喜欢在对偶、文字游戏乃至押韵中自娱自乐。他的拉丁语很难读懂，但思想上的独创性和执着于目标的热忱完全能弥补文风的缺陷。米努齐乌斯·菲利克斯令基督教文学首度问世于意大利，以古典拉丁语的典雅，表达着基督教的思想，或至少是捍卫着基督教的宗教地位。德尔图良则以充沛的精力和狂热写作，不受任何古典传统的约束。意大利和非洲的基督教学派在重要性上的差异，或可在一定程度上从米努齐乌斯作品的寥寥和德尔图良的高产之间见得端倪。在将近两个世纪内，德尔图良的风格大行其道，教会文学向古典范式的靠拢缓慢而渐进，直到圣奥古斯丁确立了教会拉丁语，并在这一文体中将非洲元素置于从属地位。

不过这一改变的开端甚至在德尔图良的推崇者圣西普里安（St. Cyprian）的作品中便有迹象。萨斯齐乌斯·凯基利乌斯·西普里安努斯（Thascius Caecilius Cyprianus）约在 200 年出生于一个非基督徒家庭，其出生地不可考，但有资料表明位于非洲。他受到很好的教育，并成为修辞学教师。在信奉基督教后成为长老，并在公元 248 年或公元 249 年当选迦太基主教（bishop），虽然对此任命不乏异议之声。从 250 年 1 月 21 日至次年 3 月初，他避世隐居以逃避皇帝德齐乌斯[1](Decius)对基督徒的迫害。这一不愿殉教的行为遭到了严厉的指责,但他声辩说自己活着是教会福祉的必须。公元257年,皇帝瓦勒里安[2](Valerian)再次对基督徒大加制裁,圣西普里安被流放到库卢比斯[3](Curubis),但不久即被召回迦太基,被软禁在自己的庭院内。当得到传令,要他向乌提卡[4](Utica)总督当面申诉时,他逃走了;但这位总督抵达迦太基后,他又返回了自己的庭院,于258年9月13日遭拘捕,次日即被审判,获罪且被处决。圣西普里安的作品包括十三篇论著和八十一封书信,其中若干书信很明显是其他著者的假托。有几部论著或传道书[5](tract)是写给某些个人的[即类似书信——中译者注],而部分书信从意图和目的来看完全就是传道书的性质,所以这种两分法难免要出现一些混淆。他的著述一部分为基督教辩护,反对异端,一部分鼓舞遭到迫害的基督徒,再一部分论述各种教会操行(discipline)。其书信在披露教会史方面尤有价值。他奉行正统教义,所以不像德尔图良那样遭致非议。但又对德尔图良有着热诚的钦佩,经常显出后者对他的影响。他的风格比德尔图良要简单易读,始终清晰直白,也常有

---

[1] 德齐乌斯(约201—251),全名盖尤斯·梅西乌斯·昆图斯·图拉真努斯·德齐乌斯(Gaius Messius Quintus Trajanus Decius),公元249年至251年在位的罗马皇帝。前任皇帝阿拉伯人腓力(Philip the Arabian)在245年左右任命他为多瑙河地区的驻军长官。249年,部下拥立他为皇帝。251年6月,他在多布罗加(Dobruja)沼泽地与入侵莫西亚(Moesia)的哥特人作战时阵亡。在250年1月,他颁发了一道诏书,命令全体公民在长官的参与下履行一次非基督教宗教祭祀仪式。随后,他对公然抗命的基督徒进行迫害,将罗马、耶路撒冷和安条克(Antioch)的主教处决。这是在整个罗马帝国范围内的第一次有组织的基督教迫害行动。

[2] 瓦勒里安(?—260),全名普布利乌斯·李锡尼·瓦勒里安努斯(Publius Licinius Valerianus)。公元253年至260年在位的罗马皇帝。他曾在亚历山大·西维鲁斯(Alexander Severus)和加卢斯(Gallus)两届皇帝下担任官职,并在后者麾下同僚主埃米利安(Aemilian)作战。虽没能挽救加卢斯,却成功为其复仇,并夺下皇位。他对基督徒的迫害比德齐乌斯犹有过之,颁发了多条反基督教谕令,除圣西普里安外还处决了罗马主教薛斯图斯(Xystus)——后称圣西克斯图斯二世(St. Sixtus II)。260年6月,他在迎击波斯人入侵时被波斯国王沙普尔一世(Shapur I)俘虏,死于囚禁当中。

[3] 库卢比斯,于公元前46年由两位庞培手下的将领建成,后恺撒将其收为殖民地(Colonia Julia Curubis)。现为突尼斯东部小镇库尔巴(Kourba)。

[4] 乌提卡,相传为腓尼基人在北非沿海地区所建的最早的定居地。公元前8世纪或7世纪建立,在今突尼西亚迈杰尔达(Majerdah)的地中海入海口,是仅次于迦太基的非洲名城,在第二次布匿战争中支持迦太基,后成为罗马阿非利加行省的政治中枢。公元前36年被奥古斯都设为自治市。自迦太基城开始重建,该城逐渐没落。

[5] 传道书,又称短论集,是带有宗教性质的小册子,在宗教宣传和论战中一直有着活跃的表现。

引人入胜之处。虽然欠缺德尔图良的独创性,在思想的表达上要更胜一筹,这点优势也足以吸引读者。

最早的基督教拉丁语诗人是科莫狄亚努斯(Commodianus)。关于他的生平所知极少,那个出生于叙利亚加扎[1](Gaza)的推论源自对其某诗题名不无可疑的解读。他早年非基督徒,但后来受洗,并成为主教。其作品包括一首捍卫基督教的长诗《护教卡门》(*Carmen Apologeticum*)和八十首成册短诗集《训诲诗》(*Instructiones per Litteras Versuum Primas*),后者以离合体写成,每首诗各行的首字母组合便是该诗的标题。根据《护教卡门》中的内容可将此作的时期定位为公元249年。该诗得以与众不同,是因其真挚的基督式宗教感,更因其韵律的别致特殊。诗中将六步体句分成二等分,每个半句的结尾处按照格律来决定是长音还是短音,其余部分则没有什么限制。这些诗文并不是不完美的六步体,而是一种新的原创,结合了长短式韵文[2](quantitative verse)和散文。《护教卡门》中的诗行都成双出现,每两行组成一个对句。全诗最突出的部分是结尾,描述了世界末日的奇幻景象。《训诲诗》分成两卷,第一卷是警告异教徒和犹太人要悔改,第二卷是向各阶层的基督徒提出忠告。纵然文风显得枯燥,科莫狄亚努斯作为最早的基督教拉丁诗人还是引人关注的,另外,语言学者发现,诗中的许多语词和结构均来自人们的日常用语。

250

科莫狄亚努斯

---

[1] 加扎,今加扎走廊(Gaza Strip)最大的城市,有非常久远的历史和宗教传统,其最早的历史可以追溯到公元前3500年。加扎是亚历山大大帝于公元前332年最后征服的城市。自公元前301年起托勒密王朝统治加扎,公元前198年该城被塞琉古王朝接管,公元前145年被犹太领袖马卡比(Jonathan Maccabaeus)占领。后庞培对该城的统治权进行过干预,直到公元6年方直接由罗马统治,犹太人也逐渐增多,但在第一次犹太罗马战争(66—73)中被驱逐大半。250年左右,基督教开始在此处发展。

[2] 长短式韵文,其韵律以定量方式——如音节的长短——体现,音节又按长短组合成各种音步。虽然在本书中是初次出现这一概念,但之前所有提到的拉丁韵格均属长短式韵文。

阿诺比乌斯

在皇帝戴克里先[1]（Diocletian，公元284年至305年在位）治下进行创作的阿诺比乌斯（Arnobius）写有七卷的《反对异教徒》（*Adversus Nationes*），该作品要无趣得多。杰罗姆（Jerome）称他来自非洲锡卡[2]（Sicca），是杰出的修辞学家，曾长年反对基督教。当他皈依后，主教要求他证明自己的信仰，于是写了一部反对异教的作品，得到首肯加入教会。暂且不论这一记述的真实性，《反对异教徒》是一部现存作品，署名阿诺比乌斯，在风格中显出了作者在修辞学上的历练和造诣。开头两卷针对基督徒的指摘发表辩护，有一条指控说当时种种不幸应归咎于基督教的膨胀和远古神明所受的冷落，这两卷的辩护尤其针对此论。其余五卷揭露了多神论的荒诞和异教崇拜的无稽。阿诺比乌斯对基督教所知甚少，也鲜见思想原创力，其唯一独特的理论是灵魂并非生来不朽，而要借助神恩方有此机缘。他过分强烈的语气和矫揉造作的修辞令文风有失偏废，但可表明作者有过良好的教育经历；在他对异教徒哲学和宗教的分析当中也表现出同样的风格。《反对异教徒》体现了一个受异教式教育的人是如何为基督教贡献才学的，而这正是此作最令人感兴趣的地方。

拉克坦提乌斯

卢西乌斯·凯基利乌斯·弗米安努斯·拉克坦提乌斯（Lucius Caecilius Firmianus Lactantius）是阿诺比乌斯的学生，根据杰罗姆的记载，戴克里先曾命他同语法学家弗拉维乌斯（Flavius）前往比希尼亚（Bithynia）的尼科米底

---

[1] 戴克里先（244.12.22—311.12.3），全名盖尤斯·奥勒利乌斯·瓦勒里乌斯·戴克里提安努斯（Gaius Aurelius Valerius Diocletianus），原名戴克勒斯（Diocles）。家室不详。在登基前主要生活于高卢军营，可能还给皇帝卡里努斯（Carinus）当过侍卫。284年，卡里努斯的兄弟、同为皇帝的努梅里安被发现死于御驾之中，人们指控努梅里安的岳父禁卫军长官阿培尔（Aper）是凶手。此时部下拥护戴克里先称帝。他向公众宣布自己与凶案无关，并亲手处死了阿培尔这个潜在的竞争对手。在初即位时他的实权范围仅限军队控制地区：小亚细亚和叙利亚一部分。其余部分均在卡里努斯手中。不久卡里努斯即发动进攻，双方在马古斯河与多瑙河汇合处进行了一场大战，戴克里先因卡里努斯被士兵刺杀而侥幸获胜，之后成了帝国的主宰。他采用四帝并存的统治方式，授自己和马克西米安（Maximian）"奥古斯都"尊号，分治东西边境，并加封莱里乌斯（Galerius）和君士坦提乌斯一世·克洛鲁斯（Constantius I Chlorus）"恺撒"称号，前者辅佐戴克里先，后者辅佐马克西米安。此外他还极力推行内政改革，不再让元老院参与法律制定，执政官也皆由皇帝指派。

[2] 锡卡，即锡尔塔（Cirta）的前身。早期为努米底亚王国重镇，可能是腓尼基人所建。锡卡这个名称来自城中一座著名的雅典娜神殿。

亚[1](Nicomedia)教授修辞学,因为拉丁语教师很难在那个希腊城市找到资助者,拉克坦提乌斯变得贫穷,不过也有余暇从事创作。他皈依上帝的时间无从得知,但肯定是在中年以后。晚年,皇帝君士坦丁[2](Constantine)[指君士坦丁一世(Constantine I),又称君士坦丁大帝(Constantine the Great)、神圣君士坦丁(St. Constantine)——中译者注],命他担任其子克里斯普斯[3](Crispus)的导师。拉克坦提乌斯归信上帝以前的作品一点也没有留下,但在之后无论是散文还是韵文都有大量文本现存。七卷的《神圣教规》(*Institutiones Divinae*)是他最重要的作品,这是一部详尽的哲学著述,旨在站在基督教的立场与异教相抗衡。除此作外值得一提的有:《论神创》(*De Opificio Dei*),探讨人类的诞生和本性;《论神怒》(*De Ira Dei*),讲述当时的神之照护[4](Providence)理论;《论迫害者之死》(*De Mortibus Persecutorum*),狂热地记录了自尼禄至加莱里乌斯[5](Galerius)时期基督教迫害者们的死亡;一篇神秘的诗歌《凤凰》(*On the Phoenix*)[拉丁名为 *De Ave Phoenice*——中译者注]。《论神创》只是广义上的基督教论述,并无直接的宗教表达,这可能缘于其写作时间正是戴克里先迫害基督徒的303年。诗歌《凤凰》(一种神话传说中的禽

---

[1] 尼科米底亚,现土耳其西北部城市伊兹米特(Izmit)。最早为公元前8世纪希腊麦加拉(Megara)来的移民所建,称阿斯塔库斯(Astacus)。公元前264年左右被比希尼亚国王尼科米达斯一世(Nicomedes I)重建为国都,即称尼科米底亚。

[2] 君士坦丁(约272.2.27—337.5.22),全名弗拉维乌斯·瓦勒里乌斯·奥勒利乌斯·君士坦提乌斯(Flavius Valerius Aurelius Constantinus),其父为"恺撒"(副帝)君士坦提乌斯一世·克洛鲁斯。306年其父去世后他即刻被军队拥立为皇,通过一系列内战,在312年取得了西罗马帝国的实权,并在324年击败东罗马帝国的皇帝李锡尼(Licinius),一统全境直至去世。他作为首位信奉基督教的罗马皇帝而闻名。有关米尔维亚桥战役中他在士兵的盾牌上绘制基督教图案的事迹,便出自拉克坦提乌斯的解说。

[3] 克里斯普斯(?—326),全名弗拉维乌斯·尤利乌斯·克里斯普斯(Flavius Julius Crispus),"尤利乌斯"有时也改为克劳狄乌斯或瓦勒里乌斯。他是君士坦丁大帝同首任妻子米涅维纳(Minervina)唯一的儿子,也是君士坦丁的长子。在317年3月1日父亲授他"恺撒"称号,324年同东罗马皇帝李锡尼的内战中他指挥舰队在赫勒斯滂(Hellespont)赢得一场大胜。可326年突然被处决。

[4] 神之照护,来自希腊语 Pronoia。这个概念的完整表达应为 Divine Providence,指神运用其无边的智慧来控制一切,使他所创的宇宙万物皆能服从于一个目的:令众生卓显神的荣耀,尤其是令人类崇拜他、在自然界中认出他的大能、侍奉他、服从他、爱他。

[5] 加莱里乌斯(?—311),即被戴克里先任命为恺撒的马克西米安,全名盖尤斯·加莱里乌斯·瓦勒里乌斯·马克西米安努斯(Gaius Galerius Valerius Maximianus)。305年至311年间在位,以迫害基督徒出名。

鸟,筑巢后自焚,在余烬中以虫的姿态重生,变成蛋后孵化,最后飞离鸟巢并度过新的轮回)也体现出很多基督教特征,但同样没有直白地谈论。拉克坦提乌斯受过良好的异教徒式教育,当他成为基督徒后并没有抛弃之前所学。其风格比他的基督教文学前辈们更为纯净,以西塞罗为尺衡。所以"基督徒中的西塞罗"这一称号更应给他而非德尔图良,虽然在辩才上德尔图良以其粗犷的风格更胜一筹。

如我们所见,见证了基督教拉丁文学诞生的2世纪有若干确具实力的著者;在3世纪伊始,基督教文学又收获了兼备宗教气质和优雅文体的拉克坦提乌斯。他使得非洲的基督教学派具有了与米努齐乌斯·菲利克斯同质的古典风格,也为后来的圣杰罗姆和圣奥古斯丁的创作铺平了道路。自此,拉丁文学的真正生命力便更多地属于基督教而非异教文学。

尾　注

1. 该诗为《训海诗》的最后一首,其标题为:族名加沙(*Nomen Gasei*),将每行诗的首字母按从最后一行至第一行的顺序排列,可得:卑微的基督徒科莫狄亚努斯(Commodianus Mendicus Christi)。把这句话跟标题联系起来推测,意为科莫狄亚努斯是加沙人(Gasaeus)。

第十九章 3 世纪的非基督教文学

特伦提安努斯，约公元 200 年——昆图斯·塞伦努斯·萨莫尼库斯，约公元 200 年——内梅西安努斯，公元 283 年——雷波西安努斯，近公元 300 年——维斯帕,3 世纪晚期——霍西狄乌斯·盖塔,3 世纪早期——加图二行诗——马略·马克西穆斯，约公元 165 年至 230 年——埃利乌斯·尤利乌斯·考铎斯，约公元 250 年——《罗马帝王纪》——图密提乌斯·乌尔比安努斯，公元 228 年被杀——尤利乌斯·保卢斯,3 世纪前半期——科涅利乌斯·拉贝奥——昆图斯·盖吉利乌斯·马提亚利斯——西索里努斯，公元 238 年——盖尤斯·尤利乌斯·索利努斯——盖尤斯·尤利乌斯·罗曼努斯,3 世纪初——马略·普洛提乌斯·萨科多斯,3 世纪后期——阿奎拉·罗曼努斯——埃利乌斯·费斯图斯·安菲托尼乌斯,3 世纪末——颂词作家：欧梅尼乌斯、纳扎里乌斯、马梅提努斯、德雷帕尼乌斯

当基督教文学在 3 世纪羽翼渐丰时，非基督教文学却在衰老中步履蹒跚。尽管诗才技巧并不鲜见，却很少有真正的诗歌作品。特伦提安努斯在他写于此世纪伊始的韵律手册中创作了一些韵文，不久之后昆图斯·塞伦努斯·萨莫尼库斯[1]（Quintus Serenus Sammonicus）撰写了一部医学手册，其中也有六十三个疗方用六步体写成，共一千一百零七行。他并不以医生自居，其学问来自老普林尼等人的著述。这些疗方类型各异，有些推荐了更简单合理的药草用法，有些描述了若干种以动物为原料、或多或少有些恶心的混合制剂，还有一些根本就是符咒巫术。例如，可把居所围墙内寻到的骨头绑在病人的颈部来治疗热病，还有一种热病疗法是在纸上以特殊手法写下魔法处方 abracadabra，然后将纸片穿绕在病患的脖子上。就萨莫尼库斯本人的价值而言，应承认他的韵文水准比医学知识高明，但这也不足以让他的手册被称为诗歌创

---

[1] 昆图斯·塞伦努斯·萨莫尼库斯,3 世纪早期在罗马素有雅名和博学之称的人物，同帝室往来密切，应很富有，据说其藏书达到六万二千卷。因为是卡拉卡拉的弟弟盖塔的朋友，在 212 年被卡拉卡拉下令刺杀。他在数学上也有造诣，雄辩和诗歌至少擅长其一，因为《罗马帝王纪》中有载，亚历山大·西维鲁斯还是王储时想要读"或雄辩家或诗人的萨莫尼库斯"的作品。

作。另一位好得多甚至配得上诗人之名的作家是马库斯·奥勒利乌斯·奥林匹乌斯·内梅西安努斯(Marcus Aurelius Olympius Nemesianus),他在公元283年写下一部诗作《狩猎》(Cynegetica),有三百二十五行保存至今;另外,有四首田园诗曾误归于卡尔普尼乌斯(见原文第188页)名下,其真正的作者也是他。《狩猎》描写了犬类、马匹、猎网等,很难算是诗;那四首田园诗虽然同模仿维吉尔的卡尔普尼乌斯风格极为相似,毕竟显示出一些诗歌方面的真正气质。雷波西安努斯[1](Reposianus)在3世纪末所写的一首关于玛尔斯和维纳斯的爱情诗同样具有一定的诗歌之美。但这一评价无法用于维斯帕(Vespa)笔下面点师和厨子之间对各自职业进行赞美的韵体式辩论《火神给厨子和面点师做裁断》(Iudicium Coci et Pistoris Iudice Vulcano),也无法送给佩塔迪乌斯[2](Pentadius)的机智短诗和"重音诗"(echo verse)。这种重音诗用挽歌对句写成,第一句六步体的开头几个词在第二句五步体的结尾重复。这些韵文与诗歌无甚关联,不过证明当时仍存在对韵体创作技巧的追求。有不少该时期的现存诗歌完全由维吉尔式诗行所组成,可见当时对古典作家尤其是维吉尔的研究殊为盛行。短篇悲剧《美狄亚》(Medea)为这类作品中的杰出样本,可能是霍西狄乌斯·盖塔[3](Hosidius Geta)在3世纪初所作。3世纪的逸名之诗亦有若干,但无法唤起我们的热情,只有获得极大且久远好评的《加图二行诗》(Disticha Catonis)应当提一提。这些诗的内容是寻常生活的智慧,写成两行成对的六步体格言。例如"要把控制言辞视为头等美德;知道如何明智地保持沉默之人最接近神明",又如"要多多谈论别人的友善,但对你给

---

[1] 雷波西安努斯,此诗人的姓名仅出现在该诗的手稿中,对他的其余信息一概不知。关于他所处的年代也仅是凭这首诗的语词风格推断。本诗名为《玛尔斯与维纳斯的交欢》(Concubitus Martis et Veneris),现存版本共一百八十二行六步体,典雅且富有灵感。
[2] 佩塔迪乌斯,关于此诗人的生平很模糊,年代也不好确认,但应属帝国晚期,有可能是基督徒。他的已知作品包括十首短诗,共计八十九行。重音诗共三首,下面是选自其中的例句:万物恒常地被时光席卷而去 / 却又总是面目全非地返回(Res eadem assidue momento volvitur horae / Atque redit dispar res eadem assidue),这种诗也被称为蛇形卡门(Carmen Serpentinum),因为如蛇自噬其尾。在奥维德的爱情诗中也有此类技巧。
[3] 霍西狄乌斯·盖塔,关于此诗人所知有限,因为德尔图良提到过他,所以可能是和他同时代之人。《美狄亚》共四百六十二行,为长短短格六步体,从头至尾都由维吉尔的引文构成(cento),在罗马文学中可能是最早的类似尝试。

别人的好处缄口不提"。这些两行诗很快就有人模仿,也有人创作了同为类似格言的一行诗(monostich)。虽然要称其为诗歌很勉强,但其普罗大众式的品位仍不失为亮点。

3世纪的散文甚至比韵文更索然无味,只有狄奥·卡西乌斯[1](Dio Cassius)和希律[2](Herodian)真正配得上历史学家之名,但他们用希腊语写作。马略·马克西穆斯(Marius Maximus,约165年至230年)延续了苏埃托尼乌斯的帝王生平史创作,自内尔瓦写到埃拉加巴卢斯[3](Heliogabalus);埃利乌斯·尤利乌斯·考铎斯[4](Aelius Julius Cordus)在这个世纪中期为其他名气更小的帝王做了传记。这些作品皆缺失,但连同本时期若干其他著者的撰述一起,是《罗马帝王纪》(Historia Augusta)的作者们参考的对象。这是一部从哈德良到努梅里安[5](Numerianus)为止(公元117年至284年)的帝王传记

3世纪的非基督教散文

---

[1] 狄奥·卡西乌斯(约150—235),古罗马行政官和历史学家,父亲是达尔马提亚和西利西亚总督。父亲死后,他在180年成为元老院成员,后历任非洲地方总督和执政官。他有希腊文写成的《罗马纪》(Roman History)八十卷,叙述自埃涅阿斯抵达意大利起到亚历山大·西维鲁斯统治结束为止,用语准确,文字朴实。

[2] 希律(约170—240),一生从未任官的希腊人,写有八卷的罗马史,记录自180年至238年间的经过,题为《自马库斯死后的帝国史》。他可能将修昔底德视为学习的对象。

[3] 埃拉加巴卢斯(204—222),此为别名,全名恺撒·马库斯·奥勒利乌斯·安东尼努斯·奥古斯都(Caesar Marcus Aurelius Antoninus Augustus),原名瓦里乌斯·阿维图斯·巴西亚努斯(Varius Avitus Bassianus)。他在位于218年至222年,行为淫乱反常,故此名声狼藉。即位后强行在罗马推广对太阳神的崇拜,处决了许多拒不改信仰的将军,且任人唯亲。他经常公开举行放荡的同性恋聚会,因而造成公众的极大不满。221年曾立堂弟亚历山大为养子和继承人,但后来变卦,导致禁卫军哗变,将他和他的母亲杀死,拥立亚历山大为帝。根据《罗马帝王纪》对此皇帝的记述,荷兰画家阿尔玛·塔德玛(Alma Tadema)于1888年创作了十分有名的油画《埃拉加巴卢斯的玫瑰》。

[4] 埃利乌斯·尤利乌斯·考铎斯,其笔下的皇帝可能包括阿尔比努斯(Albinus)、马克西米努斯(Maximinus),两位戈尔狄安(Gordian)、马克西穆斯(Maximus)和巴尔比努斯(Balbinus)。他以对细枝末节的准确考证见称。

[5] 努梅里安(?—284),全名马库斯·奥勒利乌斯·努梅里乌斯·努梅里安努斯(Marcus Aurelius Numerius Numerianus),283年罗马人与萨珊人交战,他在征途中继承父位,但率军回国时染上严重眼疾,次年全军抵达博斯普鲁斯(Bosporus)海峡时发现他已死去。

集。作者共有六人[1],其中四人在戴克里先(公元 284 年至 305 年在位)治下参与此书的编撰,他们分别是埃利乌斯·斯巴提亚努斯[2](Aelius Spartianus)、尤利乌斯·卡皮托利努斯[3](Julius Capitolinus)、沃卡西乌斯·加利卡努斯[4](Vulcacius Gallicanus)和特雷贝利乌斯·波利奥[5](Trebellius Pollio);余下二人埃利乌斯·兰普里狄乌斯[6](Aelius Lampridius)和弗拉维乌斯·沃庇斯库斯[7](Flavius Vopiscus)属于3世纪早期。他们的文笔皆拙拙无华,我们对他们的了解也均琐碎不详。3世纪里,228年被杀的图密提乌

---

[1] 史称"帝王纪六撰者"(Scriptores Historiae Augustae)。他们所撰写的帝王纪共有三十四卷,但 244 年至 253 年间的记述缺失,可能原本也是存在的。要将每一卷作品同其真实著者准确对应现在已不可能,只能大致推测。这些传记看来并非仔细进行历史研究后的产物,史料来源各异,价值也不尽相同。原文称他们"文笔皆拙拙无华"只是一定程度上正确,有很多微不足道的细节被重复,重大的信息同无关紧要的内容混杂在一起,前后不一和矛盾之处也甚多又不加解释。从整体来看欠缺连贯和逻辑,没有一贯的主旨,行文风格时常迥异,只能算是粗糙的历史材料。

[2] 埃利乌斯·斯巴提亚努斯,在《罗马帝王纪》中他撰写的章节可能有:一、哈德良与埃利乌斯·维鲁斯;二、狄第乌斯·尤利安努斯;三、西维鲁斯;四、佩西尼乌斯·尼格(Pescennius Niger);五、卡拉卡拉;六、盖塔。前四卷献给戴克里先,第五卷没有题献,第六卷献给君士坦丁大帝。据他本人称,他的帝王史是从恺撒开始记述的,但前面的部分并没有任何留存。

[3] 尤利乌斯·卡皮托利努斯,在《罗马帝王纪》中可能由他撰写的有:一、安东尼努斯·庇护;二、马库斯·奥勒利乌斯·安东尼努斯;三、卢西乌斯·维鲁斯;四、佩提纳克斯;五、克洛狄乌斯·阿尔比努斯(Clodius Albinus);六、欧庇利乌斯·马可里努斯(Opilius Macrinus);七、两位马克西米努斯;八、三位戈尔狄安;九、马克西穆斯和巴尔比努斯(Balbinus)。其中一、二题献给戴克里先,四、九没有任何题献,余下的均献给君士坦丁大帝。

[4] 沃卡西乌斯·加利卡努斯,在《罗马帝王纪》中可能由他撰写的是奥维狄乌斯·卡西乌斯(Avidius Cassius)的生平。该作价值较低,混乱且错误很多。

[5] 特雷贝利乌斯·波利奥,在《罗马帝王纪》中可能由他撰写的有:一、瓦勒里安父子;二、加列努斯;三、三十僭主;四、克劳狄乌斯。最后一卷献给君士坦丁大帝。据他本人称这些历史是以口述作成,速度极快,所以欠考量和加工。

[6] 埃利乌斯·兰普里狄乌斯,在《罗马帝王纪》中可能由他撰写的有:一、康茂德;二、安东尼努斯·狄亚图门努斯(Antoninus Diadumenus);三、埃拉加巴卢斯;四、亚历山大·西维鲁斯。其中一、三题献给戴克里先,二没有题献,四题献给君士坦丁大帝。这位作者极有可能跟斯巴提亚努斯是同一人,而斯巴提亚努斯全名可能是埃利乌斯·兰普里狄乌斯·斯巴提亚努斯(Aelius Lampridius Spartianus)。

[7] 弗拉维乌斯·沃庇斯库斯,在《罗马帝王纪》中可能由他撰写的有:一、奥勒利安努斯(Aurelianus);二、塔西陀;三、弗洛里安努斯(Florianus);四、普罗布斯(Probus);五、四僭主——弗尔姆斯(Firmus)、萨图尔尼努斯(Saturninus)、普罗库卢斯、博诺苏斯(Bonosus);六、卡鲁斯(Carus);七、努梅里安;八、卡里努斯(Carinus)。他在创作中比较审慎,借鉴了前世的希腊史学家,作品也较有价值。

斯·乌尔比安努斯[1]（Domitius Ulpianus）和比他年轻的同代人尤利乌斯·保卢斯[2]（Julius Paulus）著有《审判官法典》（*Praetorian Edict*），此作和其他该世纪法学著述对罗马法的发展有举足轻重的作用。科涅利乌斯·拉贝奥[3]（Cornelius Labeo）试图对非基督教宗派加以阐释，但这些有关罗马宗教的著述皆已失传，若是保存至今兴许值得一读，因为他试图捍卫古老宗教，抵制怀疑主义和基督教的论调。昆图斯·盖吉利乌斯·马提亚利斯[4]（Quintus Gargilius Martialis）著有一书，内含农学、兽医学、药用植物等课题，其现存的部分表明整部书是对老普林尼等人的著述所进行的汇编，颇具善识和明断。某位语法学家西索里努斯（Censorinus）在公元238年著有一部生动易读的《论诞生日》（*De Die Natali*），该书涉及人的出生日、命运、占星学和音乐等内容，是对苏埃托尼乌斯、瓦罗等人作品中相关信息进行搜集和整理后的产物。盖尤斯·尤利乌斯·索利努斯（Gaius Julius Solinus）写有《逸闻集》（*Collectanea Rerum Memorabilium*），内含有关罗马早期（奥古斯都以前）的珍贵史料和古代地理状况，特别关注各国及其住民的奇闻异事。以上作品仅就文学性而言无一具有重要价值。活动于3世纪初期的盖尤斯·尤利乌斯·罗曼努斯（Gaius Julius Romanus）所写的语法学著述是超过一个世纪以后的查里西乌斯（Charisius）非常倚重的参考。马略·普洛提乌斯·萨科多斯[5]（Marius Plotius

---

[1] 图密提乌斯·乌尔比安努斯（？—228），他曾被埃拉加巴卢斯流放，但亚历山大·西维鲁斯登基后将他召回并委以重用，视他为最信赖的人。据狄奥·卡西乌斯所记载，他通过陷害其两位前任的方式获得了禁卫军指挥官的职位，并因此导致士兵哗变，将他刺杀。

[2] 尤利乌斯·保卢斯，罗马最杰出的法学家之一，曾被埃拉加巴卢斯流放，但亚历山大·西维鲁斯把他召回，请他担任顾问，他还担任过禁卫军指挥官。他可能是最多产的罗马法学作者。在《法学汇编》中，除了乌尔比安（Ulpian）据说有二千四百零二个节选，就数他被引用得最多，达二千零八十处。两人的内容加起来几乎达到《法学汇编》的一半之多。

[3] 科涅利乌斯·拉贝奥，此名仅见于马克罗比乌斯的作品，在后者的引文中有拉贝奥之作品《论岁时记》（*de Fastis*）和《论阿波罗的神谕》（*de Oraculo Apollinis*）。有根据认为马克罗比乌斯搞错了名字，其所引用的应是著名法学家安提斯提乌斯·拉贝奥（Antistius Labeo）。

[4] 昆图斯·盖吉利乌斯·马提亚利斯，与此名有关联的作品很杂乱，除文中所介绍的以外，还有亚历山大·西维鲁斯的私人生活和习惯的介绍。鉴于其作品涉及植物学、医学、历史学三个方面，该人是一个人、两个人抑或三个人还无法定论。

[5] 马略·普洛提乌斯·萨科多斯，关于此人的一切信息仅见于他的著述。这部三卷的语法作品每卷都有不同的标题，整部书的标题"Ars Grammatica"为后人添加。

Sacerdos)在该世纪后期所著的一部三卷语法书(*Ars Grammatica*)依旧现存,阿奎拉·罗曼努斯[1](Aquila Romanus)的一篇修辞学短文也保存至今。埃利乌斯·费斯图斯·安菲托尼乌斯(Aelius Festus Aphthonius)在戴克里先时期著有四卷的《论格律》(*On Metres*),虽然失传,但部分内容经马略·维克托里努斯[2](Marius Victorinus)的作品而留续。这些语法学著述的价值主要在于它们同早期文学的关联。

  上述散文作品无一展现出任何创造性的才能或见证任何新的文学趋势。该时期唯一的文学新现象是高卢雄辩术学派的兴起,这一学派无疑未能有所大成,但仅其存在本身就说明了人文世界的中心离开罗马城已有多么遥远——杰出的基督教文学家来自非洲,优秀的非基督教雄辩家则来自高卢。高卢雄辩家们杜绝了非洲学派的严厉与晦涩,拾起洗练的西塞罗式拉丁语,辞藻丰沛流畅,但却无甚思想。有一部共十二篇的颂词集[3]保留了下来,第一篇是小普林尼在公元100年为图拉真而写的,余下十一篇创作于291年至389年间。希腊血统、高卢出身的教师欧梅尼乌斯[4](Eumenius)在297年写下了其中一篇,这篇颂词是为献给他家乡奥古斯托杜努姆(Augustodunum,今法国欧坦[Autun])的学校而作,另外三篇(或四篇)可能也系他的作品。其余演说词中还有三篇能大致确定作者和创作时间,分别是321年纳扎里乌斯[5]

颂词作者

---

[1] 阿奎拉·罗曼努斯,其作名为《论观点和演说的构成》(*de Figuris Sententiarum et Elocutionis*),可能参考了亚历山大·努梅尼乌斯的同主题作品。
[2] 马略·维克托里努斯,据说4世纪中期在罗马教授修辞学,名望斐然,获得了在图拉真广场立雕像的荣誉。晚年可能转投基督教,他的学校因其拒不服从尤利安的基督禁令而关闭。
[3] 从戴克里先起的几个朝代所风行的颂词中有十二篇被放在一起,称为十二颂词集(Duodecim Panegyrici Veteres)。
[4] 欧梅尼乌斯,确系他创作的演说名为《关于重建学院的演说》(*Oratio pro instaurandis scholis*)。这篇演说旨在恢复在269年的动乱中与城市一起被毁的奥古斯托杜努姆学院,但其实还是为君士坦提乌斯一世·克洛鲁斯以及他的复兴计划歌功颂德。实际上,这个计划本就要委任欧梅尼乌斯为新学院的校长。后来,有许多同时代颂词都归于他名下,但基本上没有真凭实据。另外可能为他所作的有第三篇、第四篇、第六篇、第七篇。
[5] 纳扎里乌斯,杰罗姆称他"被认为是杰出的修辞学导师"。十二颂词集中的第九篇为他所作,另外第八篇因为风格相似,也被认为可能是他的作品。

(Nazarius)颂扬君士坦丁大帝的一篇和362年马梅提努斯[1](Mamertinus)颂扬皇帝尤利安[2](Julian)的一篇以及389年拉丁努斯·德雷帕尼乌斯·帕卡图斯[3](Latinus Drepanius Pacatus)颂扬狄奥多西一世[4](Theodosius I)的一篇。有两人属于4世纪下半叶,但他们的演说风格与该颂词集的其他作者相差无几,皆充斥着对帝王们无所不用其极的溢美之词。这些演说词中有许多当时的历史点滴,但历史学者在参考时必须非常留意,因为其目的是赞扬皇帝,只要有损帝王的威仪,哪怕是史实也不会被允许载入。高卢雄辩术学派显然兴盛于3世纪末期和4世纪的至少大半时期。这个学派好博闻渊识,以模仿古代经典为基础,同当时活的语言没有深入的关联。其现存演说表明高卢人对古典作品的研究是多么透彻,同时也显示出雄辩家是多么心甘情愿地向帝王们献媚,只要他们乐意听到奉承的赞美。

到了这个阶段,拉丁文学的重心已在高卢和非洲而非罗马,甚至不在意大利,罗马文学的历史不容否认地走到了终点;但在整个4世纪,乃至到了6世纪以后,古罗马的传承仍在延续,从奥索尼乌斯(Ausonius)和克劳狄安(Claudian)的诗歌以及波伊提乌(Boethius)的《哲学的慰藉》(De Consolatione Philosophiae)中,依旧寻得到古典文学的生命。要为中世纪定出明确的起点几乎不

---

[1] 马梅提努斯,全名克劳狄乌斯·马梅提努斯(Claudius Mamertinus),是当年的执政官。他发表的是颂辞集第十篇《马梅提努斯当选执政官后对尤利安·奥古斯都善举的感谢》(Mamertini pro Consulatu Gratiarum Actio Juliano Augusto)。
[2] 尤利安(332—363.6.26),在位时间361年至363年。原名弗拉维乌斯·克劳狄乌斯·尤利安努斯(Flavius Claudius Julianus),尤利安为英译名,还有别名叛教者尤利安(Julian the Apostate)。他的父亲是君士坦丁大帝的异母兄弟尤利乌斯·君士坦提乌斯,幼年在雅典学习,结识了后来的主教和圣徒该撒里亚的巴西尔(Basil of Caesarea)。二十三岁获"恺撒"称号,作战英勇。虽然同皇帝君士坦提乌斯二世(Constantine II)有嫌隙,但后者还是不得不将帝国传给尤利安。他称帝后宣布信仰自由,旨在破除基督教的独占局面。后固执地与波斯开战,但战败,在退却时被投枪刺穿肝脏而亡。
[3] 拉丁努斯·德雷帕尼乌斯·帕卡图斯,亚奎丹尼亚人,其导师为奥索尼乌斯的朋友西多尼乌斯(Sidonius)。他给狄奥多西一世的颂词为颂词集的第十一篇,是为庆贺他战胜马克西穆斯的战役,另外还有其他失传诗作。奥索尼乌斯称他是仅次于维吉尔的田园诗人。
[4] 狄奥多西一世(347.1.11—395.1.17),全名弗拉维乌斯·狄奥多西(Flavius Theodosius),又名狄奥多西大帝。379年,格拉提安(Gratian)任命他为共治皇帝统治东部。383年,马克西穆斯在不列颠被军队拥立为皇帝,自封为西部统治者。388年,狄奥多西一世率军进入巴尔干半岛,8月即令马克西穆斯投降。394年又击败了另一个被军队拥立的皇帝尤吉尼乌斯(Eugenius),随后立即册封儿子洪诺留(Flavius Honorius)为西方的奥古斯都。

可能,给古典罗马文学的落幕标明时间则更难。以拉丁语写成的首部完全独立且原创的基督教文学杰作——即德尔图良的作品——或可视为中世纪文学的发端,但这绝不代表古典拉丁文学就此完结。事实上在 4 世纪,当君士坦丁大帝将基督教奉为与古老宗教同等地位的国教后,文学发生了一场复兴。基督教作家以古罗马人的方式写作,基督徒的世俗作品与古代宗教信奉者们的创作也没有很大差异。在下章出现的基督教思想领袖们——普瓦捷〔1〕(Poitiers)主教圣奚拉里(St. Hilary)、米兰主教圣安布罗斯(St. Ambrose)、圣杰罗姆和圣奥古斯丁——的宗教著述更属于教会史范畴而非罗马文学,故仅能简略带过;至于教会中诸多光彩较逊的人物,则必须要在此书中完全忽略了。尽管如此,即便罗马城本身已不再是帝国的王座,依旧有许多作品散发出不灭的古罗马文学之魂。

---

〔1〕 普瓦捷,现法国中西部城镇,维埃纳(Vienne)省省会,位于巴黎西南方。其名最早出自在此定居的高卢部落之名。4 世纪时成为基督教中心。

第二十章　4世纪和5世纪

诺尼乌斯,4世纪早期——马克罗比乌斯,公元410年(可能)——马提安努斯·卡佩拉,约公元400年——弗米库斯·马特努斯,公元354年(可能)——马略·维克托里努斯,约公元350年——埃利乌斯·多纳图斯,约公元350年——查理西乌斯,约公元350年——狄俄墨得斯,约公元350年——普里西安,约公元500年——塞尔维乌斯,4世纪后期——《道路手册》——《城标》,公元354年——《坡廷格尔古地图》——帕拉狄乌斯,约公元350年——维格提乌斯,约公元400年——奥勒利乌斯·维克托,公元360年——尤特罗庇乌斯,公元365年——费斯图斯,公元369年——尤利乌斯·奥普塞昆,约公元360年——圣杰罗姆,公元331年至420年——阿米安努斯·马塞利努斯,约公元330年至400年——苏尔皮西乌斯·西维鲁斯,5世纪早期——奥罗西乌斯,公元417年——格里高利安努斯,约公元300年——赫蒙吉尼安努斯,约公元330年——《狄奥多西法典》,公元438年——《查士丁尼法典》,公元529年——《法学汇编》和《法学基础》,公元533年——西马库斯,约公元345年至405年——狄克提斯(卢西乌斯·塞普蒂默斯),4世纪后半期——达勒斯,5世纪——奥拉里,约公元315年至367年——安布罗斯,约公元340年至397年——奥古斯丁,公元354年至430年——奥珀塔提安努斯,4世纪早期——尤文库斯,4世纪早期——阿维恩努斯,公元370年——《抱怨者》,约公元370年——奥索尼乌斯,约公元310年至约395年——普鲁登提乌斯,公元348年至约410年——克劳狄安,公元400年——纳马提安努斯,公元416年——阿维安努斯,约公元400年——塞杜利乌斯,约公元450年——德拉康提乌斯,5世纪末

4世纪的散文创作,除了神学论述以外几乎都仅仅是对早期作品的编集或缩略。在该世纪初期,来自努米底亚苏布斯库(Thubursicum)的逍遥学派哲学家诺尼乌斯·马塞卢斯[1](Nonius Marcellus)为其子写下一部二十卷的

---

[1] 诺尼乌斯·马塞卢斯,关于此作者能确定的信息极少。其出生地也未必是苏布斯库,其依据是这部辞典标题全称中的 Tuburticensis,这个词在后世不同抄本中还有不一样的拼法,可能指代的地点有三处。他的年代也很难明确界定,但应早于6世纪,所以才纳入此章。

《简明要义辞典》(De Compendiosa Doctrina)[1],大部分内容与早期拉丁文学有关。这部作品拟照格利乌斯(Gellius)的《雅典之夜》(Noctes Atticae)而作,但远为逊色。尽管如此,其中记载的许多失传作品的题名以及节选是我们了解这些文字的唯一来源,所以仍有价值。基于相似的理由,安布罗西乌斯·狄奥多西乌斯·马克罗比乌斯[2](Ambrosius Theodosius Macrobius)创作的七卷《农神节》(Saturnalia)也有一定价值。马克罗比乌斯可能与诺尼乌斯一样来自非洲,或许和410年的非洲总督马克罗比乌斯是同一人。他在《农神节》中杜撰的谈话涉及罗马文学和古物,尤其偏重维吉尔的诗歌。跟格利乌斯和诺尼乌斯一样,马克罗比乌斯借鉴了以前的各种评论和注解,并引用了很多希腊和罗马著者的文字。另外,他写了一部关于西塞罗的评注《西庇阿之梦》(Dream of Scipio),其中引用了许多文人尤其是希腊作家的作品,但原创性很少或者说根本没有。还有一部写于4世纪末期的九卷百科全书,其作者马提安努斯·卡佩拉[3](Martianus Capella)亦是非洲人。该作品的重要性不如诺尼乌斯和马克罗比乌斯的作品,但同样回顾了不少优秀的前世作家,譬如瓦罗。

在4世纪,雅典是哲学的主城,几乎全部的哲学著述都以希腊语写成。它们大多是对新柏拉图主义(Neoplatonism)¹之玄妙哲理的阐释。在350年左右活跃于罗马的语法学家埃利乌斯·多纳图斯(Aelius Donatus)是圣杰罗姆的导师之一,他为泰伦斯和维吉尔作评注,从苏埃托尼乌斯业已失传的作品中选出这两位诗人的生平介绍,作为其评注的序文。这些评注中关于维吉尔的部分缺失,对泰伦斯的评注虽仍保留,但现存版本中有许多后人的加枝添叶。此后不久,查里西乌斯(Charisius)和狄俄墨得斯(Diomedes)写下了目前尚存

---

[1] 其他参考资料显示应为十八卷,头十二卷的内容各自独立成章。
[2] 安布罗西乌斯·狄奥多西乌斯·马克罗比乌斯,全名安布罗西乌斯·奥勒利乌斯·狄奥多西乌斯·马克罗比乌斯(Ambrosius Aurelius Theodosius Macrobius)。他的母语应为希腊语,可能属于洪诺留和狄奥多西一世时期,也许有一子名为尤斯塔提乌斯(Eustathius)。除文中两部作品外,他还写有《论希腊语词同拉丁语词的区别和联系》(De Differentiis et Societatibus Graeci Latinique Verbi)。
[3] 马提安努斯·卡佩拉,可能活动于5世纪末期。根据其本人所述可能在迦太基受了教育。另外,他也许获得过总督职位,其作品大约是晚年在罗马所作。那九卷百科全书以迈尼普斯式杂咏诗体写成,散韵交杂,可能是波伊提乌《哲学的慰藉》所模仿的对象。

的语法学专著《语法的艺术》(Ars Grammatica),收集保存了大量早期语法学者们的学术成就。而最后的也最完整的古代语法专著则在皇帝阿纳斯塔修斯一世[1](Anastasius I,公元491年至518年在位)统治时期以拉丁语写成,作者是来自毛里塔尼亚恺撒里亚[2](Caesarea)的普里西安(Priscian)。这部写于君士坦丁堡的十八卷作品名为《语法基础》(Institutiones Grammaticae),从过往文学中搜集了不可胜数的内容。直至今日,大量语法术语都源自普里西安的成果。塞尔维乌斯(Servius)[原文第192页]在4世纪后半期著有一部颇具分量的维吉尔注疏,现存两个版本,其中之一也在原文基础上被增添了许多内容。²

公元360年,奥勒利乌斯·维克托[3](Aurelius Victor)写下一部恺撒副帝(Caesares)简史,自奥古斯都至君士坦提乌斯即位的第十年,也就是尤利安在位时期或作者所处年代。此作品不加出处地借鉴苏埃托尼乌斯(Suetonius)的作品,在风格上又模仿萨卢斯特(Sallust)。他的另一部作品则截然不同,是

---

[1] 阿纳斯塔修斯一世(约430—518.7.9),全名弗拉维乌斯·阿纳斯塔修斯(Flavius Anastasius),其双眼一黑一蓝,故又名狄科鲁斯(Dicorus,希腊语,意为双瞳)。拜占庭皇帝,曾担任皇帝芝诺(Zeno)的卫兵,在六十一岁时即公元491年4月11日被芝诺的遗孀阿里阿德纳(Ariadne)指定为皇帝。他推行了一系列改革,包括废除卖官鬻爵、改革税制、取消告密者的赏金、以土地税代替商品税充作军饷。为了防范保加利亚人和斯拉夫人,修建了一道自黑海至马尔马拉海的长城。他曾在497年承认奥多里克(Theodoric)在意大利的东哥特王国政权,后双方又发生了冲突。在502年同波斯发生过战争,但505年达成和约。

[2] 恺撒里亚,古巴勒斯坦港口和行政中心。原为古腓尼基人定居地,后被罗马治下的犹太国希律大帝(Herod the Great)重建并扩大,以其保护人罗马皇帝恺撒·奥古斯都之名命名。在6世纪成为罗马大犹太行省首府,是早期基督教重地,有不少殉教士同此地有关。经20世纪考古发掘后有众多古罗马遗迹出土。

[3] 奥勒利乌斯·维克托,全名塞克斯·奥勒利乌斯·维克托(Sex Aurelius Victor),出身贫寒,以其文采吸引了皇帝尤利安的注意,被任命为仲裁官,后又被狄奥多西升至城市长官,在373年成为执政官一员。其作品可能共有四部,本书所指的第一部是《众恺撒传》(De Caesaribus),有四十二章;第二部是《罗马帝王生平气质录》(De Vita et Moribus Imperatorum Romanorum),有四十八章。另两部作品的作者究竟是谁还有争议,分别为:《罗马民族起源》(Origo Gentis Romanae),共二十三章,自萨图努斯的众神时代写到罗马创始人罗穆卢斯;《罗马城杰出人物纪》(De Viris illustribus Urbis Romae),共八十六章,自战神玛尔斯的双生子出生写到埃及艳后之死。

止于狄奥多西一世(公元395年)的帝王概要史。东罗马皇帝瓦林斯[1](Valens,公元364年至378年在位)时期,尤特罗庇乌斯[2](Eutropius)写了《建城以来略史》(*Breviarium ab Urbe Condita*),这是自开端到公元365年为止的概要式罗马史,简洁、易读的文笔和纯正的拉丁语使其卓尔不群,但仅从历史学角度来看不具备价值。³

圣杰罗姆(331年至420年)的《编年史》(*Chronicle*)的重要性要大得多。这是对尤西比乌斯[3](Eusebius)的希腊语版本所进行的翻译,并添加了很有价值的内容。《编年史》起自亚伯拉罕(Abraham,公元前2016年),从开头到特洛伊战争的部分仅仅是对尤西比乌斯进行的翻译;从特洛伊战争到公元325年间的内容在翻译基础上还增加了许多与罗马历史和文学相关的信息;公元325年至378年间则完全是他本人的创作。他笔下有关罗马文学的内容极具价值,主要来源是苏埃托尼乌斯的《名人传》(*De Viris Illustribus*),虽在年代上存在些许错误,但考虑到苏埃托尼乌斯《诸恺撒生平》(*Lives of the Caesars*)的现存部分中对年代的漫不经心,这并不令人意外。在5世纪,亚奎丹尼亚的圣普罗斯珀[4](Prosper of Aquitania)将杰罗姆的《编年史》续写至455年,此后仍有增补。《编年史》对史学家意义非凡,但其本身的历史内容只有骨架而欠丰满。罗马文学在最后几个世纪中唯一货真价实的历史学家、自塔

---

[1] 瓦林斯(约328—378.8.9),367年至378年间的东罗马皇帝,瓦伦提尼安一世的弟弟,在364年被后者任命为同帝治理东部。他曾打败西哥特人和波斯人,后西哥特人被匈奴人驱赶出家园,瓦林斯允许他们定居在多瑙河以南,可西哥特人反叛,在哈德良堡战役中大败罗马军,使瓦林斯阵亡。

[2] 尤特罗庇乌斯,有时被称为弗拉维乌斯·尤特罗庇乌斯(Flavius Eutropius)。他在君士坦丁大帝手下当过文书,并活到瓦林斯的时代。他还有可能是371年左右的亚细亚总督和380年的禁卫军指挥官。其史书是他唯一现存的作品,共十卷,为瓦林斯授命所作,也题献给这位皇帝。

[3] 尤西比乌斯(264—约340),又称恺撒里亚的尤西比乌斯(Eusebius of Caesareia),被誉为"教会史学家之父"。他早年学习勤勉,跟恺撒里亚主教潘菲卢斯(Pamphilus)十分亲密,并继承了他的名字。303年,戴克里先开始迫害基督徒,潘菲卢斯殉教后,尤西比乌斯逃往提尔,当地主教保利努斯(Paulinus)对他照顾有加。但随后他又前往埃及并遭拘捕,获释后返回恺撒里亚,315年时成为当地辖区主教。327年,他被任命发表纳君士坦丁大帝的颂词演说,并坐在皇帝的右手边。此后与帝室保持着友好关系,直到去世。

[4] 亚奎丹尼亚的圣普罗斯珀,其早年生活于阿基坦(Aquitaine),与普罗斯佩里安努斯(Prosperianus)一起热心捍卫圣奥古斯丁的正统教义,反对佩拉吉乌斯修正主义教徒(Semipelagians),曾给希波大主教写信并获留存至今的两封回信。两人后来前往罗马面见教皇凯勒斯提努斯(Coelestinus),并劝说他出版那篇有名的《致高卢主教书》(*Epistola ad Episcopos Gallorum*)。其作品还有书信和诗歌。

第二十章　4 世纪和 5 世纪　　　　　　　　　　　　　　　　　　285

西陀以来唯一深刻且原创的历史学家是阿米安努斯·马塞利努斯（Ammianus Marcellinus）；通史作家有亚奎丹尼亚的苏尔皮西乌斯·西维鲁斯[1]（Sulpicius Severus），他在 5 世纪早期写下《圣迹通鉴》（*Chronicorum Libri II*）；还有西班牙的奥罗西乌斯[2]（Orosius），他在 417 年后不久完成了《驳斥异教徒的史书》（*Historiarum Adversus Paganos Libri VII*），这部作品比上文所提的更自负但并不更具独创性，甚至还不如尤特罗庇乌斯的手册有价值。

　　阿米安努斯·马塞利努斯（约公元 330 年至 400 年）是希腊安条克（Antioch）人，曾在罗马军队中当过士兵，在亚细亚、高卢服役，也参加了尤利安皇帝的波斯战役，后游历埃及，最终定居罗马，在那里用拉丁文为塔西陀的史书作续，自内尔瓦直至瓦林斯（96 年至 378 年）去世为止。整部书共有三十一卷，有十三卷缺失，现存的十四卷至三十一卷叙述了 353 年至 378 年间的历史，其中涉及著者亲身经历的事件，这些内容特别有价值。阿米安努斯是个正直的士兵，他的表述完全不受外界的干扰，从不故意歪曲事实，不管是用无视还是用捏造的方式；对宫廷谋略也不甚明了更绝无好感，只是专注于为读者提供不挟偏私的记述。他的拉丁文难于理解，部分原因是这不是他的母语，但更大的原因是他意欲使文体华丽，借鉴了许多罗马古典表达以作为修饰，有时是引用原文，更多时候是略作修改后套用，似乎是要显出他对早期文学无所不精的博学。离题的风物地貌介绍并不是阿米安努斯亲见后的原创，而是摘自希腊或拉丁典籍。虽然身为异教徒，阿米安努斯对基督教并没有表现出敌视，但他的异教信仰也不算十分虔诚。看起来，他推崇百家争鸣，认为从整体而论每个人都应尽可能认同这一点。他对各个时期人世百态的描绘令人击节，为我们展现出一个栩栩如生的腐朽败落的时代。但他似乎并没有出于良知的愤慨，也

阿米安努斯·马塞利努斯

---

[1]　苏尔皮西乌斯·西维鲁斯，早婚，妻子出身高贵且富有，但不久后丧命，使他对尘世心灰意冷，遂寻求隐居和安宁的生活。在其岳母帮助下成为长老。另有一名 7 世纪教会史作家庇护·苏尔皮西乌斯·西维鲁斯，要注意区分。

[2]　奥罗西乌斯，全名保卢斯·奥罗西乌斯（Paulus Orosius），在西班牙担任长老，活动于洪诺留时期。他对圣奥古斯丁崇敬有加，在 413 年左右曾前往非洲寻求他的教诲。次年又来到叙利亚向圣杰罗姆学习神学，后者对他十分友善。

没意识到罗马帝国的荣光正在迅速暗淡。这部史书以罗马人在哈德良堡[1]（Hadrianople）惨败给哥特人的和瓦林斯阵亡作结；但当时的世界对罗马帝国的强大实在太习以为常，即便这一可怕的恶兆也没有令作者明白自古以来的秩序将要走向终点。狄奥多西一世成功地将帝国的秩序维持了一小段时间，但灭亡已经不远。作为最后的罗马史学家和一个希腊人，当他完成这部作品时，可以说是恰如其分的，古罗马文明的残余前所未有地依赖君士坦丁堡这座希腊城市的庇护。

法学　　几百年来一直是罗马思想家首要追求之一的法学研究在罗马的最后几个世纪里也没有被忽视。格里高利安努斯（Gregorianus）编撰了戴克里先（公元284年至305年在位）时期的帝室诏令；君士坦丁大帝（Constantine，公元323年至337年在位）时期的赫蒙吉尼安努斯[2]（Hermogenianus）继续编集了他那个时代的帝王法典；狄奥多西二世[3]（Theodosius II）治下，由一众法学家组成的委员会编撰并在438年发表了《狄奥多西法典》（*Codex Theodosianus*）；查士丁尼（Justinian）时期，杰出的法学家、学者和官员特里波尼安[4]（Tribonian）带领一个专门委员会完成了使罗马法系最终定型的三部不朽之作：公元529年出版的《查士丁尼法典》（*Code of Justinian*），533年出版的《法学汇编》（*Pandects/Digests*）和《法学基础》（*Institutes*）。这成为一切后世法学

---

[1] 哈德良堡，现土耳其城市埃迪尔内（Edirne）。最早定居于此的可能是色雷斯部落，约125年皇帝哈德良将此地重建并扩大，令其改名为哈德良堡（Hadrianopolis）。378年在此地发生了哈德良堡战役，弗里提根（Fritigern）率领西哥特人（Visigoth）给罗马人以沉重打击，令瓦林斯阵亡，这是日耳曼人大举入侵罗马的开端。

[2] 赫蒙吉尼安努斯，《法学汇编》中引用的罗马法学家中年代最晚的一名，有可能是基督徒。那时的法学已失去生命力，他仅是一名编撰者而非创造者，其语言又如查理西乌斯般染上了野蛮民族的痕迹。

[3] 狄奥多西二世（401.4.10—450.7.28），408年至450年间的东罗马皇帝，东罗马皇帝阿卡狄乌斯（Arcadius）之子。其性温和，喜读书，政事由亲属和大臣把持，摄政人先后为禁卫军司令安提米乌斯（Anthemius）和姐姐普尔克里亚（Pulcheria）。在位期间多次征讨汪达尔人、波斯人和匈奴人。他曾参与创建425年成立的君士坦丁堡大学，后在狩猎中受伤去世。

[4] 特里波尼安（？—528），史料中曾提到过两个禀性截然不同的特里波尼安，应该不是同一人。此人曾担任度支官、行政官，天赋异禀，论学识几乎无人可及，但也出了名的贪财，可以为钱出卖公正，将法律视为个人敛财的手段。531年因一场民众骚乱受谴责，但旋即恢复名誉。自528年起他成为查士丁尼指派的十个法典编撰者之一，并得名"给皇帝增添殊荣的提议者中的杰出官员"（*Vir magnificus magisteria dignitate inter agentes decoratus*）。

理论的基石。

  雄辩术自君士坦丁大帝时起主要在基督教的布道坛上活跃,但不仅限于对基督教义的阐述。高卢雄辩术学派持续着兴盛的局面,事实上高卢学派在4、5世纪任何文学类型中都是最显著的存在。其他雄辩家中最重要的是昆图斯·奥勒利乌斯·西马库斯(Quintus Aurelius Symmachus),他出生于罗马显贵家庭,人格可敬,生卒年份大约是345年和405年。他为瓦伦提尼安一世[1](Valentinian I)和皇帝格拉提安[2](Gratianus)所作的颂词与同时代的颂词类似,而创作于更晚年份、发表于元老院的演说残篇也显不出更多的才能。其书信更有意思,有攀慕小普林尼的痕迹;他在担任城市长官时所作的公务报告也值得关注。

雄辩术 265

  有一部颇具神秘色彩的散文体特洛伊战争记述,是某个卢西乌斯·塞普蒂默斯(Lucius Septimius)在4世纪后半期所作。该作自称译自在克里特岛上狄克提斯[3](Dictys)的坟墓中发现的以腓尼基字母写成的一部古希腊手稿。该手稿得见天日的经历无疑是杜撰的传说,但这部拉丁作品可能确系某个失传的希腊原作的译文。其风格华而不实,充斥着过时的语言。作者对萨卢斯特(Sallust)的模仿堪称无以复加。有一部稍显类似的短篇作品属于5世纪,此文自称是某个科涅利乌斯·内波斯(Cornelius Nepos)译自亲历特洛伊战争

狄克提斯和达勒斯

---

[1] 瓦伦提尼安一世(321—375.11.17),全名弗拉维乌斯·瓦伦提尼安努斯(Flavius Valentinianus),在位于364年至375年间的罗马皇帝。364年约维安(Jovian)皇帝死后,各军统帅拥护他称帝,遂与其弟瓦林斯分治西部罗马和东部罗马。他成功捍卫了西罗马帝国边境,阻止了日耳曼人的入侵,先后三次击败入侵者,使高卢多年平安无事。367年,他宣布其子格拉提安为同帝,并移居安比阿尼(Ambiani)同狄奥多西将军的不列颠守军相呼应。375年因夸迪人(Quadi)入侵前往西米翁(Sirmium)御敌,不久病故。虽抗敌有方,但因性格暴躁残酷而留有恶名。

[2] 格拉提安(359—383.8.25),全名弗拉维乌斯·格拉提安努斯·奥古斯都(Flavius Gratianus Augustus),在位于367年至383年间的罗马皇帝,八岁时即成为皇位继承人,由诗人奥索尼乌斯进行教育。在后者的影响下,即位后注重笼络民心,也尊重基督教,曾下令移除元老院中的异教神像。

[3] 狄克提斯,在本书的序言中写道:"狄克提斯,克里特人氏……知晓腓尼基语言和文字……伊多墨纽斯(Idomeneus)和梅里欧涅斯(Meriones)领军攻打特洛伊,让他同往,并写下这场战争的历史。……他用九卷文字记述了整场战争。"

的弗里吉亚人[1]（Phrygian）达勒斯[2]（Dares）用希腊文所记叙的特洛伊战争史。其文体生涩无趣，但中世纪有许多人读它。这两部作品使我们能够了解一些有教养的人所乐见的文体，知道除了希腊叙事文外还有什么样的文学作品能占据他们的闲暇时光。

奚拉里　　4、5世纪，教会领袖们的作品从内容上来说几乎无法归入罗马文学史的范畴，但鉴于这些著述显示出了古典拉丁语所延续的传统，故应对其风格和语词的选用作简短的介绍。阿里乌派[3]（Arians）和亚大纳西派[4]（Athanasians）之间尖锐的分歧在4世纪造就了众多颇受争议的作品，普瓦捷主教圣奚拉里（Hilarius/St. Hilary）的著述也位列其中，以深邃的哲思和精纯的表述见卓。奚拉里出生于310年至320年间，在高卢雄辩学派中接受过训导，皈依基督教后，很快就成为其故乡普瓦捷的主教。他反对君士坦提乌斯[5]（Constantius）所热衷的阿里乌主义，因此被流放，但3年后即358年又被召回，于367年辞世。除引起争议的创作外，他为数卷《新约》和《旧约》作过注疏，可能赞美诗也包括在内。就风格而论，在若干章节中显示出早期修学的印记，即辞藻繁多且华丽的高卢雄辩术风格，但主要以活力和热情见著。奚拉里继承

---

[1] 弗里吉亚人，某古民族在希腊人口中的称谓，可能属于色雷斯血统的一支。最早可追溯到公元前2000年，当时居住于安纳托利亚西北部。公元前12世纪西台（Hittitie）王国衰败后，他们便迁徙到安纳托利亚中部高原，建起至今遗址犹存的米达斯（Midas）城，并控制小亚细亚直到公元前7世纪里底亚人（Lydian）兴起。

[2] 达勒斯，据《伊利亚特》记载，他是火神赫菲斯托斯（Hephaestus）在特洛伊的祭司。

[3] 阿里乌派，利比亚人埃及亚历山大里亚基督教长老阿里乌（Arius）所倡导的神学派别，其理论为阿里乌主义（Arianism），认为基督是受造的、有限的，这种理论被早期教会宣布为异端。另外，4世纪中期其他否认三位一体的宗教学说也被统称为阿里乌主义。

[4] 亚大纳西派，以圣亚大纳西（St. Athanasius）为领袖，批判阿里乌主义的基督教派别，其主张为亚大纳西主义（Athanasianism）。这是最早宣扬三位一体说的宗教学派。

[5] 君士坦提乌斯，指君士坦提乌斯二世（Constantius II, 317.8.7—361.11.3），原名弗拉维乌斯·尤利乌斯·君士坦提乌斯（Flavius Julius Constantius），337年至361年在位的罗马皇帝，是君士坦丁大帝的第三子。323年起成为父亲的副帝恺撒，君士坦丁大帝死后，他与两兄弟瓜分帝国，属于他的有东部的色雷斯、马其顿、希腊、亚细亚和埃及行省。350年以同波斯国王沙普尔二世（Shapur II）时有战争，350年返回欧洲对付篡位者维特拉尼奥（Vetranio）和马格内提乌斯（Magnentius），说服前者退位，并打败后者。357年至358年，他讨伐了多瑙河沿岸的若干部族，此后返回东方迎战沙普尔。361年，驻守高卢的恺撒·尤利安举兵叛乱，他被迫回师，于行军途中病倒后死去。君士坦提乌斯插手基督教事务，被教会史视为异端。

了德尔图良始于非洲的运用拉丁语表达基督教抽象概念的使命。

340 年前后出生、397 年过世的圣安布罗斯(Ambrosius/St. Ambrose)可能来自高卢,但有着罗马血统,其父是高卢的长官。在接受细致的教育之后,他成为辩护师,旋即升至执政官级别,出任利古里亚(Liguria) – 埃米利亚(Aemilia)行省仲裁官,因此前往米兰,并在那里于 374 年当选为主教。他有极大的魄力,敢于把狄奥多西一世逐出教会,直到他为自己在帖撒罗尼迦[1](Thessalonica)所犯下的屠杀罪忏悔为止,又拒绝皇帝尤利安将米兰的一个教堂划归阿里乌派使用的要求;同时也有非常老练的处世手段,从未招致皇帝们的反目。意大利能免于被阿里乌异端所占据,圣安布罗斯起到了很大的作用。他的作品包括书信、教义论文、生活品行的实践阐述、圣经注疏、瓦伦提尼安二世[2](Valentinian II)和狄奥多西一世的葬礼祭文以及赞美诗。将约瑟夫斯(Josephus)的著作翻译成拉丁文的或许也是他。他对《圣经》的解读充满神秘和寓意,是对犹太斯多亚哲学家与耶稣同时代的斐洛[3](Philo)的继承和延续,而《论责任》(On Duties)则是圣安布罗斯对西塞罗同名作的模仿。从他比同代大部分作品都要纯正的总体风格以及诸多细节的引证上,可以明显看出他对古典时期的文学相当熟习。他的赞美诗对教会诗歌和音乐曾有极大的影响。

圣杰罗姆(St. Jerome)——西耶罗尼姆斯(Hieronymus)在 331 年左右出生

---

[1] 帖撒罗尼迦,现希腊北部塞萨洛尼基州首府。该城首建于公元前 316 年,以亚历山大大帝的一个妹妹的名字命名。146 年后成为罗马帝国马其顿行省省会,是重要的军事据点和商业驿站。使徒保罗曾给该城的居民写过两封信。

[2] 瓦伦提尼安二世(371—392.5.15),全名弗拉维乌斯·瓦伦提尼安努斯(Flavius Valentinianus),于 375 年至 392 年在位的罗马皇帝,瓦伦提尼安一世之子。他即位时年仅四岁,由他的母亲执政。387 年因马克西穆斯入侵意大利,他随母亲一同逃往帖撒罗尼迦避难,388 年复归帝位,392 年死在维也纳宫中。

[3] 斐洛(约前 15—约后 50),被称为犹太人斐洛(Philo Judaeus)或亚历山大城的斐洛(Philo of Alexandria)。他跟耶稣和使徒保罗生于同一时代,在哲学和宗教史上都具有重要地位。哲学方面,他首先试图将宗教信仰同哲学理性相结合;宗教方面,他主张灵格斯(logos)是上帝和人的中介。基督教史认为他是基督教神学先驱,除此以外,他也可算是中世纪哲学的奠基人。

于达尔马提亚(Dalmatia)和潘诺尼亚[1](Pannonia)交界处的城镇斯特立登[2](Stridon),在罗马师从多纳图斯(Donatus),后居特里维斯[3](Treves)两年,一度前往阿奎莱亚[4](Aquileia),之后漂洋过海抵达叙利亚。在那里他曾染疾,病中凭借阅读古典作品获得安慰,但在一次梦中得到告诫要他弃绝世俗文学,遂中止这一习惯,并到哈尔基斯[5](Chalcis)的旷野中隐居达五年之久。362 年,他返回罗马,在那儿享有多年的盛名,直到 386 年退隐前往伯利恒(Bethlehem)过修道院生活直到 420 年辞世。作为一名颇受争议的作家,圣杰罗姆对天主教廷教义的确立有着深刻的影响;他还为若干卷《圣经》作了评注,写下了为数众多有关宗教命题的书信。他笔下的《圣经》译本造诣非凡,是通俗拉丁文本《圣经》[6](Vulgate)的基础,至今仍在罗马天主教会中使用。他还编撰了《名人传》(De Viris Illustribus),这是一部概要式的作品,以速记的方式刻画了基督教作家的众生相,与苏埃托尼乌斯记录古罗马作家的那部作品类似,也与其同名,不过圣杰罗姆所描绘的群像比苏埃托尼乌斯还要简略得多。他对尤西比乌斯的《编年史》(Chronicle)所做的翻译和续写在之前已介绍(见原文第 262 页)。作为基督教作家,圣杰罗姆在早期教会中最善于其专,

---

[1] 潘诺尼亚,罗马帝国行省,相当于今匈牙利西部及奥地利东部。主要居民为伊利里亚人,西部也有一些凯尔特人。公元前 35 年到 14 年,当时的屋大维率领罗马人完成了对该地区的征服。公元 6 年此地发生严重叛乱,被镇压后,此地即成为一个行省,有三个罗马军团驻守。公元 106 年,图拉真将此省西北区设为上潘诺尼亚,戴克里先又将东南区设为下潘诺尼亚。4 世纪时蛮族对该地形成巨大威胁,395 年后罗马人纷纷撤离,潘诺尼亚不再是一个独立行政单位而仅作地名。
[2] 斯特立登,现克罗地亚北部村庄,15 世纪至 18 世纪间该地建起众多有名建筑,其中包括圣杰罗姆教堂和圣马格达伦(St. Mary Magdalen)教堂。
[3] 特里维斯,现德国莱茵兰-巴拉丁州城市特里尔(Trier)。该地为条顿特莱弗里(Treveri)部落发源地,城镇建于公元前 15 年左右,在 2 世纪是高卢贝尔吉克区(Belgic)首府,后来成为皇室驻地。4 世纪成为主教区。
[4] 阿奎莱亚,原罗马帝国城市,罗马大主教辖区,现为意大利乌迪内省村庄。公元前 181 年成为罗马殖民地,4 世纪时为威尼斯和伊斯特里亚(Istria)行政区首府,5 世纪成为大主教辖区。
[5] 哈尔基斯,位于埃维亚(Euboea)岛,现为希腊埃维亚州首府。该地古居民为希腊的爱奥尼亚人,亚里士多德在此地逝世。
[6] 通俗拉丁文本《圣经》,天主教会使用的拉丁文《圣经》。382 年教皇圣达马苏斯指派圣杰罗姆参照各种译本编译一本合用的拉丁文《圣经》,他修订完成了福音书,又据《七十子希腊文本旧约》先后译出《诗篇》《约伯记》等卷,后发觉所参照的七十子希腊文本有缺陷,遂根据希伯来文重译整本《旧约》,于 405 年左右完成。此后数百年间出现过众多以此为基础的改编本,皆可算作不同版本的通俗拉丁文本《圣经》。最后一次改编校订由 1965 年第二次梵蒂冈会议决定成立的委员会负责进行。

也无疑是当时最博学的。他的风格虽不完全免于当时惯常的夸张和琐碎的通病,但拥有澎湃的生命力和诚挚;他曾经对古典学派投入的经年钻研的确在创作中显出了成效,但并未沾上古典主义的矫饰之习。

圣奥古斯丁——奥勒利乌斯·奥古斯提努斯(Aurelius Augustinus)在公元354年出生于非洲的塔加斯特[1](Tagaste),他父亲是异教徒,母亲则信仰上帝。幼年时,奥古斯丁接受了唯物主义密宗摩尼教[2](Manicheeism)的思想,这种教体否认一切权柄,宣称理性是一切的依据。他在非洲、罗马和米兰的时候是一名成功有为的修辞学导师,并在米兰结识圣安布罗斯,受他的影响而信奉基督教。公元388年他返回非洲,392年担任希波[3](Hippo)长老,395年成为该辖区主教,辞世于公元430年。他的人格复杂而多面,带有明显的矛盾和挣扎,既沉迷于对密宗的思考,也有锋锐的理性和逻辑;时而强硬冷酷,时而满怀温情;坚持独见却又信奉权柄;集梦想家、诗人、哲学家、修辞学家和训诂学家于一身。他的著述一部分是对神学的思索,一部分是对灵魂之本质和与上帝之关联的探究,另一部分是多有争议的论述、布道、注释和书信。其中最广为人知的:一是《忏悔录》(Confessions),奥古斯丁坦白了自己生活的大量细节,记载了烦扰其心的种种疑惑;二是晚年所著的《上帝之城》(De Civitate Dei),将现世的城邦(更确切地说是国家)与上帝的完美之城进行比照。

圣奥古斯丁

---

[1] 塔加斯特,努米底亚小镇,距离希波不远。现阿尔及利亚东北部省份盖勒马(Guelma)的城镇苏格艾赫拉斯(Souk Ahras)建于其遗址之上。

[2] 摩尼教,3世纪由伊朗的摩尼(Mani)所创的宗教思想派别,4世纪初传入罗马,在该世纪中期达到其发展的高峰。这是一种二元论宗教,希望通过掌握精神的真理而获得救赎,虽被视为基督教异端,但具有完整的独立宗教特征。

[3] 希波,北非海岸有两个古代港口被称为希波,文中所指的是希波勒吉乌斯(Hippo Regius,意为皇室希波),位于今阿尔及利亚安纳巴(Annaba)城附近。公元前4世纪迦太基人开始定居于此,成为努米底亚君王驿居之所,后成为享有完全罗马公民权的罗马殖民地。

这部作品是为回应异教徒而作,异教徒宣称阿拉里克[1](Alaric)攻陷罗马是疏于崇拜古神所导致的惩罚。全书共有二十二卷,前十卷驳斥了"反对基督教又徒劳无益的观点",后十二卷致力于呈现基督式的真理,但两部分都有不少离题之处,而且各自都视行文需要阐述了另一部分才应涉及的主题。这部不朽之作的很多地方都援引了西塞罗的《论共和国》(De Re Publica)以及其他哲学家的著述,奥古斯丁的对话体《反学园派》(Contra Academicos)亦显然是对西塞罗《论学园派哲学》(Academics)的模仿。但奥古斯丁的风格不应归结为西塞罗式,而更贴近由基督教作家们逐步发展起来的一种风格,这种风格基本抛弃了西塞罗时期的规律化结构,采用了许多严格意义上的古典拉丁语所陌生的,部分来自日常用语、部分为表达抽象概念而新造的词汇,借鉴了不少《圣经》中的短语,也进行了某些微小但值得关注的语法改动。这便是教会拉丁语,除当中原汁原味的古典要素在文艺复兴之前的数个世纪中愈见稀少外,自圣奥古斯丁起就没有显著的变化。对圣奥古斯丁来说,这个世界的"国家"仍是罗马帝国——尽管那个永恒之城已被哥特人所践踏,但他觉得上帝之国临于"永恒王座之坚实"的日子并不遥远。总之,虽然他的语言仍是拉丁语,但他的思想和情感是基督徒而非罗马的。古代世界依旧目所能及,中世纪的胚胎已开始萌动。

奥珀塔提安努斯 4世纪中还诞生了为数不少的诗人,他们的诗歌技巧绝不贫乏,但作品基本上都失存了。普布利乌斯·奥珀塔提安努斯·波菲里乌斯[2](Publilius Optatianus Porphyrius)写了一部赞扬君士坦丁的短诗集,颇为机巧,有的诗以

---

[1] 阿拉里克(约370—410),西哥特领袖,410年8月率军洗劫罗马城,这标志着西罗马帝国的垮台。他本是贵族,曾在罗马军队中指挥哥特族的部队。395年当选为西哥特人首领,借口罗马人没有给予西哥特人津贴,进军君士坦丁堡。397年,东罗马皇帝阿卡狄乌斯(Flavius Arcadius)不得不任命他为伊利里亚地区的军事长官(magister militum)。他在401年入侵意大利,虽被斯提利科击败而被迫撤退,但元老院终于付给西哥特人一笔巨额钱财。后因为洪诺留拒不给阿拉里克土地和物资,他率兵于408年进攻罗马,元老院答应再次给出一笔津贴他才退兵。可洪诺留不让步,于是409年罗马再度被阿拉里克包围,直到阿塔罗斯(Attalus)成为西罗马皇帝后他才解除了封锁。410年夏,他第三次围攻罗马,并使得该城在八百年间首度沦陷。
[2] 普布利乌斯·奥珀塔提安努斯·波菲里乌斯,君士坦丁大帝时期的罗马诗人,该诗献给君士坦丁的时间应为326年,被视为一个快要衰亡的文学中最糟糕的范本。

十五行连续的六步体组成类似祭台或风琴的形状；有的诗每行递减一个字母；有的诗以四行为一小节，共十九节，而且每一节均由同样的二十个词语以不同方式组合而成；有的诗是极其复杂和工巧的离合体；等等。这种创作不是诗歌，而是操纵词汇的奇技淫巧。令人感兴趣的是，君士坦丁对这部诗作喜欢异常，还因此将当时处于流放中的作者召了回来。大约同时期的盖尤斯·维提乌斯·亚奎林努斯·尤文库斯[1]（Gaius Vettius Aquilinus Juvencus）借鉴维吉尔的六步体格式撰写了一部福音故事集。从文中可以看出，他对维吉尔的庄严华美有基于充分理解之上的鉴赏力，行文谙练、从容。这部拉丁文诗集是中世"福音通鉴"[2]（Gospel Harmonies）的雏形。鲁夫斯·费斯图斯·阿维恩努斯[3]（Rufus Festus Avienus）是伊特鲁里亚的沃尔西人，也是斯多亚哲学家穆索尼乌斯·鲁夫斯（Musonius Rufus）（见原文第 177 页）的后代。他曾在 366 年和 371 年分别担任非洲和希腊总督。其文学成就包括将阿拉托斯的《物象》译成拉丁韵文，并试图超越西塞罗和日耳曼尼库斯的译本（见原文第 70 页和第 173 页）；另在翻译狄奥尼修斯[4]（Dionysius）的《环游志》（Periegesis）的基础上加以修缮，用短长格三步体描绘了黑海、里海和地中海沿岸的风光，还以同样的韵体对李维和维吉尔的作品进行了缩编，但海岸游志的大部分没能保留下来，这些缩编也已失存。除此之外，阿维恩努斯还创作了若干短诗。他的韵文创作才能不低，也有足够高的修养来对维吉尔进行出色的模仿，但在诗歌原创力方面无甚表现，至于行文几乎全是严谨中正的古典派。有一部与阿维恩努斯差不多同一时期的悲剧《抱怨者》（Querolus）颇有与众不同之处。这是对普劳图斯喜剧《一坛金子》（Aulularia）的自由模仿，以十分显著的散韵交织的文体写成。

---

[1] 盖尤斯·维提乌斯·亚奎林努斯·尤文库斯，根据圣杰罗姆的记述，他是西班牙人，出身名门，在教会中担任长老。其福音故事名为《福音四书》（Historiae Evangelicae Libri IV）。

[2] 福音通鉴，一种基督教文体，以编年体方式将四卷福音书的内容加以编排整理，对各福音书中重复或矛盾的叙述加以取舍，有众多版本。

[3] 鲁夫斯·费斯图斯·阿维恩努斯，天文学作品和地理风物志作品有可能分属于两个不同的阿维恩努斯，一个是穆索尼乌斯·鲁夫斯的后代，一个名为鲁夫斯·费斯图斯·阿维恩努斯。

[4] 狄奥尼修斯，被称为《环游志》著者狄奥尼修斯（Dionysius Periegetes），此作以希腊六步体写成，简练高雅。其生平不详，可能属于哈德良时代，也可能处于 3 世纪末期，生于亚历山大城。

4世纪唯一真正令人起兴的诗人是奥索尼乌斯(Ausonius),他的生平几乎贯穿了这整整一百年。德齐穆斯·马格努斯·奥索尼乌斯(Decimus Magnus Ausonius)在310年左右出生于布尔迪加拉(Bordigala),即今波尔多。他后来成为修辞学和雄辩术的教师,并被指名教导皇帝瓦林斯的儿子格拉提安(Gratian)。格拉提安即位后以公职回报他的导师,在379年提拔他到执政官级别。格拉提安死后(公元383年),奥索尼乌斯退出公众生活,在故乡波尔多投身文学事业,直至395年前后辞世。他几乎所有的现存作品都创作于这段时期,在这些现存作品中唯一篇幅可观的散文是他为感谢格拉提安赐予执政官资格所发表的演说。这部作品在风格上虽不无浮华,但仍显高贵,其辞藻也相当古典。他的现存诗篇在类型和格律上不一而足,有机智短诗、田园诗和书信。其中包括诗人献给亲人的名为《两亲》(*Parentalia*)的一系列短诗集,记载波尔多同行学者的《布尔迪加拉学者录》(*Commemoratio Professorum Burdigalensium*),关于罗马皇帝、名城和其他主题的诗文。部分诗作除显出语言运用上的智慧外无其他亮点,例如一些书信用希腊语和拉丁语混合写成,某些田园诗每行最后一词都是单音节;也有一些诗虽然作为诗歌难称一流,却仍相当令人感兴趣,譬如《双亲》和有关波尔多学者的韵文诗均给读者提供了不少了解这个重要行省都市所需的材料。同样使人感兴趣的是,《名城录》(*List of Famous Cities*)所记载的十七座城市中有五座在高卢。确实,奥索尼乌斯是高卢人,或许在夸耀其故乡时存在偏颇之处,但其他证据,包括古建筑的遗迹,说明他对高卢诸城的重视不无道理。他描写了令波尔多闻名遐迩的葡萄酒、文化、富饶的土地、壮阔的河川、丰沛的水源和精美的建筑,表现出对家乡的自豪和热爱,也显示出叙述性写作的高超技巧,这种技巧在他最出名的田园诗中达到登峰造极的地步。其中有一首名为《莫萨拉》(*Mosella*),这是奥索尼乌斯因公务数度游历的一个河谷之名。他在诗中描绘了那里的山水风光,为我们呈现了满坡葡藤的山岳、遍地青葱的大地、乡墅栉比的河岸、宽广明澈的河流、明镜止水的湖泽,其语词的择用妙到毫巅,营造的意境纤柔至美。这首诗所展现出的对自

第二十章 4世纪和5世纪

然和自然之美的热爱与华兹华斯[1](Wordsworth)或惠蒂尔[2](Whittier)的任何一首诗歌相比都毫不逊色。可惜的是,奥索尼乌斯接着把莫萨拉河中所有的鱼类都说了一遍,而河流的丰产并不能给诗歌带来更多魅力。不过这首诗美妙的文笔和对自然的真挚热爱还是使它赢得了实至名归的赞誉。另外,诗的行文有突出的现代特征,虽也提到萨提尔[3](Satyrs)和那伊阿得斯[4](Naiads),但还是以一种现代诗人会采取的叙述方式。奥索尼乌斯是基督徒,异教中的林神对他而言仅是"但想无妨"的东西。这首诗与《守夜的维纳斯》(*Pervigilium Veneris*)同样明白无误地昭示了中世纪精神的降生,虽在方式上有所不同。

作为基督徒,奥索尼乌斯的诗歌并无刻意的基督教内容。4世纪最重要的教会诗人当属奥勒利乌斯·普鲁登提乌斯·克莱门斯[5](Aurelius Prudentius Clemens),他于348年出生在西班牙萨拉戈萨(Saragossa)或毗邻地区,有过雄辩术的学习和实践经历,位居过数个重要官职。他基本都在西班牙生活,但一度于狄奥多西一世的皇室法庭中任职,其去世时间可能在公元410年。普鲁登提乌斯和奥索尼乌斯一样采用六步体和其他古典韵格,除偶有例外,都遵循长短式韵文(quantitative verse)的规范。他的诗作,无论是叙事的还是抒情的,都有宗教色彩,其灵感源自极端诚挚的信仰和无比真切的热忱。他的叙述和描绘都卓然出众,语言功力深厚又光彩夺目,但欠洗练之美。他的

---

[1] 华兹华斯(1770.4.7—1850.4.23),全名威廉·华兹华斯(William Wordsworth),是英国浪漫主义时期的大诗人,1843年至1850年英国桂冠诗人。其作品主题以人和自然的关系为主,自称"大自然的崇拜者",人们也称他为"大自然的祭司"。作品包括《黄昏信步》《写景诗》《边境居民》《前奏曲》《漫游》等。

[2] 惠蒂尔(1807.12.17—1892.9.7),全名约翰·格林利夫·惠蒂尔(John Greenleaf Whittier),美国作家和废奴主义者,与爱伦坡齐名。曾担任《新英格兰每周评论》主编,诗歌作品有《新英格兰的传说》、《家乡民谣》、《劳工之歌》、《大雪封门》等,另外也创作散文和小说。

[3] 萨提尔,希腊神话中的森林和山脉之神,半人半兽,常有山羊尾巴和蹄子,是酒神狄俄尼索斯的伙伴。

[4] 那伊阿得斯,次等女神(nymph)之一,主持泉水、河流和淡水。与地中海仙女涅瑞伊得斯和海仙女俄刻阿尼得斯(Oceanids)并称为三大水仙女。

[5] 奥勒利乌斯·普鲁登提乌斯·克莱门斯,我们对他的了解仅限于一部简短的自传,写于诗人五十七岁之时。他成年后担任过民法和刑法裁判,可能是狄奥多西一世或洪诺留宫廷中的重臣,但后来渐渐对世俗之荣未心生厌倦,故投入宗教。他曾热情赞扬过斯提利科,自己则被称为"基督徒中的贺拉斯和维吉尔"。

诗作旨在吸引受过教育之人而非大众，这种虚华的文体对当时的文化阶层而言是熟悉得不能再熟悉了。诚然有风格上的瑕疵，普鲁登提乌斯还是 4 世纪最有价值的教会诗人，而且在该世纪所有诗人当中除了奥索尼乌斯和克劳狄安(Claudian)以外没有人能与他相提并论。

克劳狄安　　克劳狄乌斯·克劳狄安努斯(Claudius Claudianus)是最后一位重要的罗马诗人，与标志着罗马诗学开端的李维乌斯·安得罗尼库斯(Livius Andronicus)一样是希腊人。他出生在小亚细亚，但在亚历山大城居住的时间极长，故将那个学术名城称为自己的故土(patria)。公元 395 年他来到罗马，进入皇帝洪诺留[1](Honorius)的宫廷，成为贵族阶级的一员，并获得在图拉真广场为他塑雕像的殊荣。直至 404 年为止他都在罗马或米兰，随后返回亚历山大城，在狄奥多西一世的侄女和养女，也就是斯提利科[2](Stilicho)的妻子塞雷纳(Serena)的帮助下与一位出身本地名门的女士成婚。克劳狄安的诗歌全都写于 395 年至 404 年间，至少看起来如此。在这段时期他一直是斯提利科忠实的追随者和狂热的拥护者。至于究竟是斯提利科在 408 年的去世导致克劳狄安从此籍籍无名，还是诗人与他的襄助者大约死于同一时期，现在难有定论。克劳狄安的作品包括：记录当时大事件的历史叙事诗，例如哥特战争和征讨吉尔多[3](Gildo)叛乱的记录；神话史诗；以及各种较短的其他诗作。历史叙

---

[1] 洪诺留(384.9.9—423.8.15)，全名弗拉维乌斯·洪诺留(Flavius Honorius)，393 年至 423 年在位的西罗马皇帝。他是狄奥多西一世的次子，十岁时便成为西罗马帝国唯一的统治者。在位前期一直由斯提利科摄政，398 年洪诺留与斯提利科的女儿玛丽亚结婚。他是最懦弱无能的罗马皇帝之一，其决断往往造成灾难性的后果。

[2] 斯提利科(约 365—408.8.22)，全名弗拉维乌斯·斯提利科。狄奥多西一世生前任命他和政敌鲁菲努斯(Flavius Rufinus)分别辅佐两个皇子、后西部和东部的罗马皇帝洪诺留和阿卡狄乌斯。鲁菲努斯授意阿卡狄乌斯下令，让斯提利科在色萨利作战的关键时刻分兵回君士坦丁堡，可这些军队却将鲁菲努斯杀死。当非洲君主吉尔多背叛罗马、禁运粮食时，斯提利科当机立断从高卢和西班牙购入谷物，并率兵镇压。398 年他把女儿玛丽亚嫁给洪诺留，400 年成为执政官。他与阿拉里克多次交锋，缓和了西部的局势。408 年又有另一个女儿特尔曼提亚(Thermantia)嫁给洪诺留，但因有人告发斯提利科欲立其子为东罗马皇帝，洪诺留还是下令将其斩首。

[3] 吉尔多(？—398)，是摩尔人(Moor)的君王，曾为狄奥多西一世效力，协助罗马人打垮其兄菲尔穆斯(Firmus)而获得非洲统治权。在 397 年至 398 年发动叛乱，断绝从非洲到意大利的海运，令罗马陷入粮食危机。398 年春，元老院宣布吉尔多为公敌，派出部队前往非洲，令吉尔多的七万大军全军覆没，吉尔多亦被处决。

事诗当中有赞美洪诺留及诗人其他赞助者的诗篇,还有抨击鲁菲努斯[1](Rufinus)和尤特罗庇乌斯[2](Eutropius)的韵文。现存的神话史诗只有《普罗塞尔平娜被劫记》(Rape of Proserpine)其中三卷,以及《巨神之战》(Gigantomachia)中的一百多行。在这些诗篇中克劳狄安对神话和古物的博学一览无遗,这份渊识正是亚历山大里亚诗派数个世纪以来的特征。这一诗派在早期的罗马诗人如卡图卢斯(Catullus)和他的同侪开始模仿时已经算是古学,而当斯时,罗马文学已垂垂老矣,亚历山大里亚诗学依旧在孕育博学有才的诗人。若克劳狄安没有去意大利,他无疑将继续以母语希腊文创作,或许能作为一名希腊诗人跟同时代的农诺斯[3](Nonnus)比肩。在神话史诗以外的诗作中克劳狄安同样有亚历山大里亚式的浩学,对早期罗马诗学也显得十分精通,考虑到他是在希腊语通行的东方诸省中受的教育,这一点很令人称奇。另外使人惊讶的是克劳狄安的拉丁语运用有着任何同代人所不具备的从容雅致。他的韵文精准、高贵且谐律,用词纯熟、古典。这些优点,连同他丰富的想象、精彩的叙述和高超的文笔,令他在自斯塔提乌斯以来的罗马诗人当中独占鳌头。但历史学者在对待他的历史相关诗作时必须谨慎,因为尽管其内容并非捏造,表达时却有浓重渲染或语焉不详,旨在提升友人的声望,或贬抑他的仇敌。克劳狄安的赞颂笔法层出不穷,这点可与同时代的散文颂词家们媲美,且胜过早期亚历山大里亚诗人和大部分后来的罗马诗人。在他的其他各类杂诗中,没有一首比那仅仅二十二行的关于维罗纳的一位老人的挽歌更为当代所知,也更具有现代特征:这位老人从未离开他所居住的市郊,让幼年的他匍行的沙地

---

[1] 鲁菲努斯(?—395.11.27),全名弗拉维乌斯·鲁菲努斯(Flavius Rufinus),是东罗马皇帝阿卡狄乌斯的大臣,与斯提利科是死敌。395年,斯提利科假装服从阿卡狄乌斯的命令派兵前往君士坦丁堡,但出其不意地将鲁菲努斯杀死。

[2] 尤特罗庇乌斯(?—399),被称为阉臣尤特罗庇乌斯(Eutropius the eunuch),以同诗人尤特罗庇乌斯相区别。阿卡狄乌斯身边有许多女人和阉奴,对他施加控制,尤特罗庇乌斯即为其一。他使得鲁菲努斯将自己的女儿嫁给阿卡狄乌斯的计划破产,并撮合了尤多克西亚(Eudoxia)同皇帝的婚事。在鲁菲努斯死后继承了他的地位,使皇帝变成他的傀儡,又自封为执政官和大将军——这是罗马有史以来第一次由阉人获得这样的头衔。后来,高卢首领提比吉图(Tribigildus)起兵叛乱,在交涉中提出要尤特罗庇乌斯的人头,阿卡狄乌斯在妻子的说服下首肯,令这名阉臣丧命。

[3] 农诺斯,在罗马帝国时期可能是最著名的希腊史诗诗人,主要作品有四十八卷的六步体诗《狄俄尼索斯纪》。后来改信基督教,作六步体诗《约翰福音释义》。

也承载了他年迈时的拐杖,谷物产量的变化而非执政官的更迭是他计算年岁的参照,曾在他面前吐嫩的树木又在他面前枯老。我们很难再找出比这首诗更动人的表达安宁、卑谦的生活方式之善的文字了。

纵有如此才学和诗气,克劳狄安却出生得太晚,只能为一个衰败的帝国和一种垂死的文明献艺,罗马已不再是这世界当仁不让的强盛霸主。但诗人的主要目的在于赞美斯提利科,令他胜利的荣耀广为人知,所以必须尽量无视帝国满目的疮痍。可完全视而不见是不可能的,叙述吉尔多战争的诗篇开头部分就说明克劳狄安对罗马的积弱和衰老心知肚明。他以拟人手法将这座城市化身为女神罗马,描述她前往奥林匹斯乞求众神帮助对抗吉尔多的叛乱,这场叛乱使得罗马城失去了非洲的粮食供应,将要面临饥荒的威胁:

> 她嗓音无力,步履迟缓;她双眼
> 深深沉陷;她双颊失色;她手臂
> 形同枯槁。在
> 她孱弱的肩头几乎无法承担
> 她无光的盾牌;她松垮的头盔
> 漏出灰白发丝,拖着一柄锈矛。[4]

虽然罗马在为她歌功颂德的诗人笔下也会被形容得如此不堪,其经年历世的伟大还是没有断绝。公元416年,鲁提利乌斯·克劳狄乌斯·纳马提安努斯(Rutilius Claudius Namatianus)[又作努马提安努斯(Numatianus)——中译者注],一名攀到罗马城市长官(praefectus urbi)职位的高卢人,被迫返回高卢照管他因哥特人入侵而遭荒废的财产。这段旅途成了一部有两卷篇幅的诗作的契机,其中大部分都保留了下来。该诗文笔优雅,技巧和情感都很充分,在叙事中夹有许多插话和描写,但那么多插曲中没有一段比得上旅者途经奥斯蒂亚门[1]（Ostian Gate）时对帝都所作的描述那般慑人心魄：

> 你的支配宽广如周边的大洋，
> 你的幅员辽阔如天顶的日光；
> 在你的疆界太阳走着壮丽的行程，
> 你是他的起点，你又是他的终场。
> 你强大的脚步令非洲的热沙
> 和极地的寒冰都没办法阻挡；
> 你的勇武，是仁慈的自然允许的
> 人类的极限，以无畏来开辟坦途。
> 各族从你这里得到共同的土地，
> 甚至罪人也赞美你征服的指掌；
> 你的律法令弱者强者均享公正，
> 把无边的世界联结成普世之邦。5

罗马诗歌的历史实质上随克劳狄安走到了终点。其他诗人也有，但他们的作品无一能够生动地反映古罗马生活的真实。公元400年前后，阿维安努斯[2]（Avianus）发表了四十二篇挽歌体韵文式的《伊索寓言》；约5世纪中期，长老塞杜利乌斯[3]（Sedulius）写下若干宗教诗，表现出对《圣经》文学和拉丁古典文学的双向了解；这个世纪末期的非洲诗人布罗西乌斯·埃米利乌斯·德拉康提乌斯[4]（Blossius Aemilius Dracontius）写有共三卷的教诲诗《上

阿维安努斯、塞杜利乌斯、德拉康提乌斯

---

[1] 奥斯蒂亚门，奥斯蒂亚港（Ostia Antica）的主门。该港口位于台伯河口，传说由罗马第四位国王安库斯·马齐乌斯（Ancus Marcius）建于公元前7世纪，是古罗马的重要枢纽，也可能是最早的罗马殖民地。自5世纪起因蛮族入侵逐渐衰落。
[2] 阿维安努斯，全名弗拉维乌斯·阿维安努斯（Flavius Avianus）。他的寓言献给某位狄奥多西乌斯，据说非常博学且睿智。
[3] 塞杜利乌斯，全名科埃利乌斯·塞杜利乌斯（Coelius Sedulius），有的文献也称他为主教。
[4] 布罗西乌斯·埃米利乌斯·德拉康提乌斯，其他参考资料称他是西班牙地区长老。他的作品原名应为《创世六日》（Hexaemeron），有五百七十五行描述了创世的六日经过。另外现存有一百九十八行挽歌体韵文致以年轻的狄奥多西二世。

帝颂》(On the Praise of God)和不少以神话内容为主的叙事短诗以及若干其他诗作。德拉康提乌斯并不欠缺诗律和语言方面的技巧，他的诗作表明修辞学训练在当时的非洲仍然存在，另外他对罗马古典文学的掌握与《圣经》造诣同样突出。但不论是德拉康提乌斯还是有作品保留下来的5世纪的其他诗人，除了把一些古代文学的范式之美传承到中世纪以外都没有任何建树，而且这种文学之美也不再能得到大众的理解。

尾　注

1. 以拉丁语进行哲学创作的领袖人物是弗米库斯·马特努斯(Firmicus Maternus)，他的八卷作品《格物》(Matheseos)发表于公元354年左右，探讨新柏拉图主义的占星学。有一位与他同名同时代的基督徒，写有《异教之谬》(Error of the Pagan Religions)，要注意区分二者。盖尤斯·马略·维克托里努斯(Gaius Marius Victorinus)也在此世纪中期活动，他在非洲出生，但在罗马教授修辞学，属于哲学类作家，其作品主要译自或改编自希腊语著作，但最令他广为人知的还是四卷现存的关于韵律的著述以及其他现存语法学论文。他在晚年开始信奉基督教，为圣保罗的书信做过注疏，还有若干传道书是否为他所写尚存争议。

2. 这些语法学专著本身的文学价值不高，其重要性在于所包含的信息未见于他章。编撰于4世纪的若干类型各异的手册也有同样的特征。譬如《道路手册》(Itineraries)，提供了罗马与各城镇间道路的距离和路线；《城标》(Notitia)，描述了罗马城的各个街区；还有一本354年的罗马历史手册，其最完整的手稿现收藏于维也纳。若干当时的地图也保留至今，其中最闻名的是《坡廷格尔古地图》(Tabula Peutingeriana)，也收藏于维也纳。其他适宜在本书中提及的有帕拉狄乌斯(Palladius)的手册《论农业》(De Re Rustica)，弗拉维乌斯·维格提乌斯·雷纳图斯(Flavius Vegetius Renatus)的《罗马军制概要》(Epitoma Rei Militaris)和一篇现存论文《兽医学》(Mulomedicina)，这些作品亦有些许文学价值。

3. 公元369年，费斯图斯(Festus)写了一部与尤特罗庇乌斯的作品类似但比之更逊的手册。可能属于同一时期的还有一份公元前249年至12年间的异录，是尤利乌斯·奥普塞昆(Julius Obsequens)自一部李维史书的节略中编集而成，这部节略可能也是同时期的作品。由于李维的史书中缺失的内容极多，这类作品也有其价值。

4. De Bello Gildonico, i, 21—25.

5. De Reditu Suo, i, 55—66. 引自 A. J. Church 的英译。

第二十一章 结 语

古文明的终结——波伊提乌,约公元480年至524年——拉丁文学不再属于罗马——罗马文学的务实性——初期——奥古斯都时代——帝国时代——罗马人带给我们的财富

5世纪的终幕尚远,罗马的强横已不复存在,其帝国的中心也转至君士坦丁堡。西部诸行省均落入蛮族手中,盎格鲁·撒克逊人坐占不列颠,法兰克人执掌北高卢,西哥特人享有南高卢和西班牙,汪达尔人则在非洲予取予求。意大利本土亦屡遭来自北方的强悍民族践踏,罗马曾两次遭难,一次在410年被阿拉里克(Alaric)所率领的哥特人攻陷,一次在455年被盖塞里克[1](Genseric)所率领的汪达尔人洗劫。而493年狄奥多里克[2](Theodoric)在拉韦纳[3](Ravenna)即位,正式宣告了哥特王国的成立,也彻底终结了罗马帝国在西方的存在。自此,西欧成为混乱和纷争的舞台,人类在那些苦难中一步步迈向现代社会的新秩序。东帝国仍有许多古文明的残余,君士坦丁堡也在整个中世纪间将一些古代文化的余晖洒向黑暗的西部;但西欧几乎无文明可言,

---

[1] 盖塞里克(？—477),汪达尔和阿兰人(Alani)的国王,428年至477年间在位。他在430年击溃东西罗马联军,435年同罗马签订条约,把毛里塔尼亚和努米底亚的一部分划入汪达尔人的统治范围。439年又奇袭迦太基,令罗马帝国政权遭受毁灭性打击,442年再度同罗马缔结条约,使罗马人承认非洲,拜札塞纳(Byzacena)和努米底亚为汪达尔人的管辖区。455年6月攻占罗马。

[2] 狄奥多里克(约454—526.8.30),别名狄奥多里克大帝(Theodoric the Great),493年至526年在位的东哥特王国国王。早年以人质身份居于君士坦丁堡,471年他的父亲、东哥特酋长狄奥德米尔(Theodemir)去世,遂继承其位。不久率东哥特人在下莫西亚(Lower Moesia)建立起新的家园,并率领族人在当时动荡的局势下生存。他被罗马皇帝芝诺任为地方行政长官,484年成为执政官,488年获芝诺命令,率兵十万讨伐蛮族统治者奥多亚赛(Odocacer),代表皇帝统治意大利,并于次年大获全胜。他名义上承认东罗马帝国的宗主权,但实际上他才是罗马人和蛮族的国王,只有若干权力上的约束。其在位时一直保持着意大利的和平,且竭力维系哥特人同罗马人之间的和睦。

[3] 拉韦纳,现意大利东北部艾米利亚-罗马涅区城市。公元前191年被罗马控制,因其良港而成为重地。蛮族入侵危机迫使洪诺留在402年迁都至此,直到476年西罗马帝国灭亡,此地一直都是西罗马都城。476年,此地成为意大利第一个蛮族统治者奥多亚赛的都城,493年又让给东哥特王国的狄奥多里克并被定为首府。此后至8世纪一直为东哥特王国和拜占庭在意大利的都城。

治学之事大致上仅深锁于修道院的高墙之内。

最后一位可归入古文明范畴的作家是波伊提乌。阿尼齐乌斯·曼利乌斯·托奎图斯·塞维里努斯·波伊提乌（Anicius Manlius Torquatus Severinus Boethius）是出身高贵、备受景仰的罗马人。他出生于公元 480 年前后，自父亲去世后被贵族西马库斯[1]（Symmachus）收养，并娶了他的女儿。公元 500 年，他在元老院发表了一篇称颂狄奥多里克的演说，后者常常要借助于他的博学和文采。他在罗马位居若干要职，受封贵族，并在 510 年成为单独的执政官。522 年，因狄奥多里克的青睐使他的两个儿子被选为执政官，这位欣喜的父亲向哥特国王献上了一篇褒美的演说。但波伊提乌所受到的赏识注定要离他而去。在东方的皇帝查士丁[2]（Justin）试图煽动意大利天主教徒对信奉阿里乌主义的狄奥多里克发起叛乱，波伊提乌因受疑与此有关而入狱，于 524 年在受折磨后被处死。卑顺的元老院甚至未经审判就裁定了他的死罪。

波伊提乌所著颇多。他翻译了各类希腊哲学及数学著述，并在部分译稿中加入自己的评注，亚里士多德的逻辑学在中世纪据于重要地位在很大程度上是受他的影响，他还作有一首已经失传的牧歌，及若干基督教教义方面的论著；不过最令他广为人知也令他被视为最后一位罗马作家的，是他在狱中等待无妄之罪名降临时所作的《哲学的慰藉》（De Consolations Philosophiae）。该作品共有五卷，其文学范式为萨图拉（satura）——即在散文主体中插入韵文段落的形式。这些韵文段落尽管格律和辞藻皆不凡，却没有散文部分那般深刻的思想性。个中原因是散文大体源于亚里士多德的《劝勉篇》（Protrepticus），而韵文就整体而言更多出自波伊提乌的原创。若言波伊提乌直接援引《劝勉篇》则不定然，但他可能受教于经后期柏拉图派学者的折中主义加以修缮的亚里士多德学说。文中处处显露出高洁之情，但丝毫没提到基督教或任何特

---

[1] 西马库斯，全名昆图斯·奥勒利乌斯·梅米乌斯·西马库斯（Quintus Aurelius Memmius Symmachus），基督徒，应是雄辩家西马库斯的后代。

[2] 查士丁（约 450—527.8.1），指查士丁一世（Justin I），全名弗拉维乌斯·查士提努斯（Flavius Justinus）。他本是伊利里亚的农民，二十多岁时来到君士坦丁堡，加入宫廷卫队，后成为阿纳斯塔修斯一世的宫廷禁卫军指挥。518 年阿纳斯塔修斯去世后取得皇位。他是查士丁尼王朝的奠基人。

定的宗教。虽也使用了异教众神的名号,波伊提乌对他们的信仰并不比弥尔顿(Milton)或众多在作品中使用了这些名字的18世纪文人更多。波伊提乌自始自终保持的是一位在理性而非信仰方面经受困惑的、有教养和心智之人寻求慰藉的姿态。在作品伊始,他为厄运悲叹,此时哲学化身为女性之姿出现在他面前,于是展开了一场对话,谈论了好运和厄运的惯常定义之轻疏、神之照护(Providence)的本质、宇宙的神圣秩序、无常、自由意志以及类似的命题。其文风是当时的虚浮矫饰,不过论辩的逻辑秩序使这种虚浮免于泛滥无稽。波伊提乌的基督教属性不比西塞罗更甚,但他的教诲虽然不属于任何特定宗教,却归根结底是宗教性的。所以《哲学的慰藉》在中世纪能广为传阅,后世也有众多读者,就不会令人诧异了。

在6世纪,仍有像波伊提乌这样的人,虽置身于混沌的时代,却仍能从治学的悠闲和雅趣之中自得其乐;而唯一满足这种条件的学问便是古文学了。但波伊提乌也是最后一位用文学将古老思想和情操发扬光大的人。纵观整个中世纪,一些古典作家特别是维吉尔的作品一直在修道院中被阅读和誊写;受过科班教育的俗士们也将拉丁语视为唯一的文学语种进行研习(除地域更偏远也更难掌握的希腊语);但彼时的拉丁语同今日一样,即便依然用作文学用途,亦是过往之物了,而当时对古文化的理解尤远不及现代。自波伊提乌以后的拉丁创作不属于罗马文学,而是教会文学和各欧洲民族文学的产物。

<small>拉丁文学不再属于罗马</small>

<small>281</small>

罗马文学的开端之时几乎可以精确到年,因为自李维乌斯·安得罗尼库斯之前并无罗马文学一说。当时人们用拉丁语模仿希腊文学,是为公众娱乐助兴,让年轻人熟习历史。共和国愈发强盛时,其文学依旧对希腊亦步亦趋,但表现出越来越完整的罗马气质,其发展是全方位的,不过仍以散文为主。雄辩家们接受完美的演说训练以打动审判官、元老院或民众;史学家们或希冀通过记录过去以教诲将来,或如恺撒撰写《高卢战记》与《内战记》(Commentaries)那样务见立效;西塞罗向罗马读者传播希腊哲学,旨在为共和国塑造智慧和贤良的公民。卡图卢斯及其同辈们创作田园诗的现实目的更为隐晦,但即便田园诗也可以有政治诉求,且这种仔细模仿渊深的亚历山大里亚诗派的创作显然有刻意的文化教育企图。共和国时期除田园诗外的一切文学类别中均

<small>罗马文学的初期</small>

可确定无疑地找出几无二致的务实性,通常为政治目的居多。希腊人所发展出的文学在罗马人手中更似一种功利的手段,共和国时期的杰作名章也系具有现实精神的作家为实现他们的目标挥翰而就。

奥古斯都时代

在奥古斯都时代,文学的功利性比早期更为明显。自共和制到君主制的转变过程中,统治者希望人们的思想不要过多地牵扯于政治,作为这一导向的自然结果,奥古斯都鼓励文学多多偏重于才智的释放,以免波及政治事端。同时,尤利乌斯家族(Julian Family)的渊源能尽可能同罗马的起源联系在一起也成众望所归,而还有什么能比《埃涅阿斯纪》更好地满足这一愿望的呢?维吉尔的《农事诗》明显有非常直接的现实意义。贺拉斯的诗歌同然,有一部分公然地为皇室家族增殊添望,而诗人同皇帝的友情给两人所带来的荣耀亦不分伯仲。该时期诗歌的伟大成就与奥古斯都的促益有直接的关系,而他的支持态度也有着现实的考量。同时,散文尤其是雄辩术的式微则缘于雄辩家对国事社稷不再享有从前那般的赫赫权望。

帝国时代

在帝制下,文学对政治的影响终不复有。雄辩再不能给雄辩家带来至高无上的权力,诗歌必须——至少在部分帝王治下——苟且于某种程度的拘限,历史无法安然记录一切事实以及它们的前因后果。即便哲学也不安全,若这种探究所导致的现实结论同政权有所抵触。在政事上能有所建树的文学类别正是帝国政权必须或直接或间接加以扼制的,务实的罗马人天生擅长的也正是那些类别。支持文学的皇帝确实也有,但他们的喜好所导致的是谄媚虚华的烦冗修辞,虽然增加了文学作品的数量,却几无提高质量的可能。罗马文学在那时黯然无华,是由于务实是它相当重要的禀性。除了塔西陀和尤文纳尔,在帝国时代几乎找不出一个刚劲有力、气势磅礴的作家,直到基督教的发展令文学重获实际意义为止。这种基督教文学能在漫长岁月中维持较为优异的水准是拜持续的希腊化影响所赐,这种影响在一定程度上抵消了那些可能破坏一切文学事业的动因。于是,罗马文学得以将生命延续到帝国分崩离析以后。

罗马文学的浩瀚典籍中留存至今的只是一小部分,但这部分包括了最杰出的时代中最伟大的作品。它们的范式之美、思想之纯、笔力之刚、活力之沛和伦理之善皆值得一学。帝国时代的作品略逊于共和时代和奥古斯都时代,但它们的价值也同帝国的久长相得益彰；这些作品反映了罗马人的气质品行，故同样是可学之资。

  有三个古代民族给欧洲诸国和美国带来了深刻的影响——希伯来人、希腊人和罗马人。第一个民族为我们的宗教奠定了基石，第二个民族开创了一切艺术和科学，罗马人带给我们的，则是艺术、科学、哲学乃至宗教与文明社会的衔接。各月份的称法源自罗马，尤利乌斯·恺撒所建的历法除必要的微小改动外与我们现今所用无异。欧洲大陆的法律以查士丁尼最终确立的罗马法为基础，英国和美国的法律也一样，只是借鉴的程度略少。中世纪兴起于法国的至今仍在我们的教会建筑中大行其道的哥特建筑风格可以一个脚印接一个脚印地在罗马建筑中寻得踪迹，虽然罗马建筑以希腊为本，但西欧各国是从罗马人那里学会如何使用柱廊、拱门和拱顶的。文艺复兴时期美轮美奂的建筑物也是对罗马建筑的有意模仿。同时，罗马人还在基督教发展早期以一己之力将基督教信仰系统化，将其与哲学融会贯通，并构建起教会管理的有效体制。他们的辛劳结晶被罗马天主教廷直接继承，也间接或部分地被新教所采纳。现代社会几乎没有哪一方面不着或多或少的古罗马痕迹；在罗马文学中所表现出的高贵、坚忍不拔、斯多亚式的藐视财富、爱国主义、激昂的热忱均对现代社会中最完美的人格定义有着巨大的影响。只要人类对过去依旧心怀感恩，或者能够从其他时代的榜样和箴言中有所获益，罗马文学作为一种学习的对象将继续拥有其重大的价值。

罗马人带给我们的财富

附录一 参考书目

[本附录并不奢望能给出完整的参考书目，仅试图给学生介绍最好和最有价值的资料来源。本附录只在特殊情况下或为特别理由才会给出非英语著作或评注为非英语的作品。若需更详尽的书目信息，可参阅其他篇幅更长的罗马文学史作品、Engelmann 的 *Bibliotheca Scriptorum Classicorum*、各期刊如 *Classical Review* 和 *American Journal of Philology* 书目表，以及 J. B. Mayor 所著 *Guide to the Choice of Classical Books*，London，1879，D. Nutt 和此书 1896 年的新增补充。]

一般著作

C. T. Cruttwell. *History of Roman Literature*，London，1877，Griffin.

J. W. Mackail. *Latin Literature*，London，1895，Murray；New York，Scribner's.

G. A. Simcox. *History of Latin Literature*，London and New York，1883，Longmans，2 vols.

G. Middleton and T. R. Mills. *Handbook to Latin Authors*，London and New York，1896，Macmillan.

M. S. Dimsdale. *A History of Latin Literature*，New York，1915，D. Appleton & Co.

W. Y. Sellar. *The Roman Poets of the Republic*，Oxford，3d ed.，1889；*Poets of the Augustan Age*(*Virgil*)，Oxford，2d ed.，1899；*Horace and the Elegiac Poets*，Oxford，1892.

R. Y. Tyrrell. *Latin Poetry*，Boston，1895，Houghton & Mifflin.

H. E. Butler, *Post-Augustan Poetry from Seneca to Juvenal*, Oxford, 1909, Clarendon Press.

W. C. Summers. *The Silver Age of Latin Literature from Tiberius to Trajan*, London, 1920, Methuen (New York, Frederick A. Stokes & Co.).

W. S. Teuffel. *Geschichte der römischen Litteratur*, 6th ed. revised by Kroll and Skutsch, Leipzig, 1910—1916, Teubner; translated by G. C. W. Warr, 2 vols., London, 1891, Bell. [对寻找参考资料尤为有益。]

M. Schanz. *Römische Litteraturgeschichte*, Munich, 3d ed., 1907—'09, Beck. 4 vols.

F. Leo. *Geschichte der römischen Litteratur*, Berlin, 1013— , Weidmann.

O. Ribbeck. *Geschichte der römischen Dichtung*. 3 vols. Stuttgart, 1887—'92.

W. Soltau. *Die Anfänge der Römischen Geschichtsschreibung*, Leipzig, 1909.

C. Lamarre. *Histoire de la Littérature latine depuis la Fondation de Rome jusqu' à la Fin du Gouvernement Républicain*; Paris, 1901, Delagrave. 4 vols. [第四卷包含拉丁原文引文和法语译文。]

C. Lamarre. *Histoire de la Littérature latine au temps d'Auguste*; Paris, 1907, J. Lamarre.

G. Michaut. *Le Génie latin*. Paris, 1900, Fontemoing. [有趣且具启发性。]

J. E. Sandys. *A Companion to Latin Studies*, Cambridge, 3d ed., 1921, University Press. [各章著者不同；此作对于帮助理解拉丁文学极有价值。]

F. de Plessis. *La poésie latine*, Paris, 1909, Klincksieck.

文集

[This list contains the titles of collections referred to below. Many other collections exist, the titles of which are to be found in larger bibliographies.]
[以下列表包括本书所参考的各类文集。在其他更详尽的参考书目中还能找到更多其他文集。]

Poetae Latini Minores, ed. Baehrens. 5 vols. Leipzig, 1879—'83, Teubner series.

Fragmenta Poetarum Romanorum, ed. Baehrens, Leipzig, 1886, Teubner series.

Corpus Poetaram Latinorum, ed. J. P. Postgate; parts i, ii, (vol. i), and iii. London, 1893—1900, Bell.

Patrologia Latina, ed. Migne, Paris. [二百二十一卷。收录自使徒时代到教皇英诺森三世(Innocent III)时代的教会文学作品。]

Corpus Scriptorum Ecclesiasticorum Latinorum. [一系列教会文学作品，由维也纳皇家学院(Imperial Academy)在1866年出版，仍未完结。]

Scaenicae Romanorum Poesis Fragmenta, ed. O. Ribbeck. 2 vols. Leipzig, 1897—'98, Teubner series. [卷一，*Tragicorum Romanorum Fragmenta*；卷二，*Comicorum Romanorum Fragmenta.*]

Grammatici Latini, ed. H. Keil, Leipzig, 1857—'80, Teubner, 7 vols.

Historicorum Romanorum Relliquiae, ed. H. Peter, vol i. Leipzig, 1870, Teubner.

Historicorum Romanorum Fragmenta, ed. H. Peter, Leipzig, 1883, Teubner series.

Scriptores Historiae Augustae, ed. H. Peter, Leipzig. 2 vols. Teubner series.

Anthologia Latina, ed. F. Bücheler and A. Riese, Leipzig, 2d ed., 1906. 2 vols. Teubner series.

XII Panegyrici Latini, ed. Baehrens. Leipzig, 1874, Teubner series.

Scriptores Rustici, ed. H. Keil, Leipzig Teubner.

Oratorum Romanorum Fragmenta, ed. Meyer. Paris, 1837.

The Loeb Classical Library. 该系列文集计划收录所有古典希腊和拉丁作家的以及许多一般不归入古典范畴的作品。该丛书的第一卷出版于1912年，目前（1922年）已出版了超过一百卷希腊作品和超过五十卷拉丁作品，其数量仍在不断增加。每一卷俱有希腊或拉丁原文，附上英译。原文和译文均由才能胜任的学者编撰。

版本和译本

ACCIUS. Text in *Fragm. Poet. Rom.*, vol. i, and *Scaen. Rom. Poes. Fragm.*, vol. i.

AETNA. Text in *Corp. Poet. Lat.*, part iii, and *Poet. Lat. Min.*, vol. ii. 由 Robinson Ellis 作译及译注, Oxford, 1901. 原文附德文翻译, Sudhaus, Leipzig, 1898, Teubner; 原文附法文翻译, Vessereau, Paris, 1905, Fontemoing.

AMBROSIUS（St. Ambrose）. Text, Schenkl, Vienna, 1896—1913; 另见于 *Patrologia Latina*, vols. xiv—xvii.

AMMIANUS MARCELLINUS. Text, C. U. Clark, Berlin, 1910, Weidmann; Gardthausen, Leipzig. 3 vols. Teubner. 英译 C. D. Yonge, London, 1862, in Bohn's Library.

AMPELIUS. Text. Wölfflin in Halm's Florus, Leipzig, 1854, Teubner series.

ANDRONICUS. 见 LIVIUS.

APHTHONIUS. Text in *Grammat. Lat.*, vol. vi.

APULEIUS. Text Helm and Thomas, Leipzig, 1905—'10（以及更新版本）, Teubner; 附拉丁文注释, Hildebrand, Leipzig, 1842. 2 vols.; 附 W. Adlington 和 S. Gaselee 所作英译, 1915, Loeb Classical Library（仅有 golden Ass.）.

英译. H. E. Butler, Oxford, 1909—1910, Clarendon Press; anonymous, in Bohn's Library.

ARNOBIUS. Text. Reifferscheid, vol. vi of *Corp. Script. Eccl. Lat.* 另见于 *Patrol. Lat.*, vol. v.

ATTA. Text in *Scaen. Rom. Poesis Fragm.*, vol. ii.

ATTICUS. Text in *Hist. Rom.* Fr.

AUGUSTINUS（St Augustine）. Text. *Corpus Script. Eccl. Lat.*, vols. xxxiii ff.; *Patrol. Lat.*, vols. xxxii—xlvii; *De Civitate Dei*, Dombart, Leipzig, 1877, 2 vols., Teubner series; *Confessiones*, Raumer, Gütersloh, 1876, Bertelsmann.

英译. Ed. Marcus Dods, Edinburgh, 1871—'92, 15 vols. *City of God*, John Healey,

London, 1913, Dent; *Confessions*, E. B. Pusey, London, 1909, Chatto & Windus (New York, E. P. Dutton).

AUGUSTUS. *Monumentum Ancyranum*, Mommsen, 2d ed., Berlin, 1883, Weidmann; W. Fairley (附英译), Philadelphia, 1898, the University of Philadelphia.

残篇, Weichart, Grimma, 1845.

AURELIUS (Marcus Aurelius). 见 FRONTO.

AUSONIUS. Text. Peiper, Leipzig, 1886, Teubner series.

文本和英译. H. G. Evelyn White, 1919—, Loeb Classical Library.

AVIANUS. Text. *Poet. Lat. Min.* vol. v; 批评及注释. R. Ellis, Oxford, 1887.

AVIENUS. 勘正. Holder, Innsbruck, 1887, Wagner.

BOËTHIUS. Text. Peiper, Leipzig, 1871, Teubner; *Corpus Script. Eccl.* Lat.

文本和英译. Stewart and Rand, 1918, Loeb Classical Library.

英译. H. R. James, London, 1897, Elliot Stock; Fox, in Bohn's Library; *Consolation of Philosophy*, W. V. Cooper, London, 1902 (Temple Classics).

CAESAR. Text. Kübler, Leipzig, 1893—1897, Teubner series. 3 vols.; R. du Pontet, Oxford, 1900—1901, Clarendon Press. 文本和英译(高卢战争). H. J. Edwards, 1917—, Loeb Classical Library.

英译. W. A. McDevitte, Bohn's Library (另出版于 American Book Co.) 文本及注释. *The Gallic War*, Allen & Greenough, Boston, Ginn&Co.; *The Civil War*, Perrin, New York, University Publishing Co. 还有诸多其他学校用版本存在。

CALPURNIUS. Text. *Poet. Lat. Min.*, vol. iii; 另有 NEMESIANUS, 文本及拉丁注释, Schenkl, Leipzig and Prague, 1885.

英译. (*Eclogues*, 韵文). E. J. L. Scott, London, 1890, Bell.

CAPELLA. 见 MARTIANUS.

CATO. *De Agricultura*. Text and Latin notes, Keil, Leipzig, 1884—1902, Teubner.

[三卷, 包括 VARRO 的 *Res Rusticae*]

其他作品. 文本及拉丁注释. Jordan, Leipzig, 1860, Teubner. 英译(*De Agricultura*, 包括 VARRO) 选自 *A Virginia Farmer*, New York, 1913, Macmillan.

CATONIS DISTICHA. *Poet. Lat. Min.* , vol. iii.

CATULLUS. Text. Haupt-Vahlen,7th ed. ,Leipzig,1912, Hirzel; Mueller, Leipzig, 1885,Teubner. [包括 TIBULLUS、PROPERTIUS 作品,LAEVIUS、CALVUS、CINNA 等人的残篇,以及 PRIAPEA];勘正及附录,R. Ellis,2d ed. ,Oxford,1878.

文本和英译. C. Stuttaford, London, 1912, Bell; Cornish and Postgate, 1912, Loeb Classical Library(包括 TIBULLUS、PERVIGILIUM VENERIS).

含注释版本. Merrill,Boston,1893, Ginn & Co. Commentary. R. Ellis,2d ed. ,Oxford,1889.

英译(韵文). Theodore Martin, Edinburgh and London,1875, Blackwood.

CELSUS. Text. Daremberg,Leipzig,1859,Teubner.

英译. J. Grieve,London,1756.

CENSORINUS. Text. Hultsch,Leipzig,1867,Teubner;勘正,J. Cholodniak,St. Petersburg,1889.

CHARISIUS. Text in *Gram. Lat.* , vol. i.

CICERO. Text. Baiter and Kayser, Leipzig, 1860—'69, B. Tauchnitz, 11 vols; Müller, Klotz, and others, Leipzig, Teubner, 10 vols. [收录单个作品或部分选集的版本有很多。]

书信,按编年体排序,附评论和介绍文章. R. Y. Tyrrell and L. C. Purser, Dublin and London,1855—1901. 7 vols. [目前为更新版本。]

文本和英译. *De Finibus*, H. Rackham, *De Officiis*, W. Miller, *Letters to Atticus*, E. O. Winstedt, Loeb Classical Library.

英译. *Orations*, C. D. Yonge, 4 vols; *On Oratory and Orators*, 包括致 Quintus 和 Brutus 的书信, J. S. Watson; *On the Nature of the Gods*, *Divination*, *Fate*, *Laws*, *a Republic*, and *Consulship*, C. D. Yonge and F. Barham; *Academics*, *De Finibus*, and *Tusculan Questions*, C. D. Yonge; *Offices*, or *Moral Duties*, *Cato Major*, an *Essay on Old Age*, *Laelius*, an *Essay on Friendship*, *Scipio's Dream*, *Paradoxes*, *Letter to Quintus on Magistrates*, C. R. Edmonds; *Letters*, E. Shuckburgh, 4 vols. Bohn's Library.

生平. W. Forsyth, London, 1863, Murray; New York, Scribner's.

CINCIUS ALIMENTUS. Text in *Hist. Rom. Rell*.

CIRIS. Text in *Poet. Lat. Min.*, vol. ii; Némethy, Budapest, 1909. 另见 VIRGIL.

CLAUDIAN. Text Koch, Leipzig, 1893, Teubner.

英译. Hawkins, London, 1817, 2 vols.

COLUMELLA. Text in *Scriptores Rei Rusticae*, ed. Schneider, Leipzig, 1794—'97; *De Arboribus*, text, Lundström, Upsala, 1897.

英译. Anonymous, London, 1745.

COMMODIANUS. Text. Ludwig, Leipzig, 1877—'78, 2 vols. Teubner; *Corp. Script. Eccl. Lat.*, vol. xv.

CONSOLATIO AD LIVIAM. Text in *Poet. Lat. Min.*, vol. i.

CORNIFICIUS (见 Cicero ad Herennium). Text. Marx, Leipzig, 1894, Teubner.

CULEX. Text in *Poet. Lat. Min.*, vol. ii; C. Plesent, Paris, 1910, Fontemoing. 见 VIRGIL.

CURTIUS RUFUS. Text. Hedecke, Leipzig, 1908, Toubner.

CURTIUS RUFUS. 英译. John Digby, 3d ed. 勘误 Young, London, 1747.

CYPRIAN. Text. Hartel, Vienna, 1868—'71, 4 vols. in *Corp. Script. Eccl. Lat.*

DARES. Text. Meister, Leipzig, 1873, Teubner.

DICTYS. Text. Meister, Leipzig, 1872, Teubner.

DIOMEDES. Text in *Gram. Lat.*

DIOSCORIDES. Text in *Gram. Lat.*

DIRAE. Text in *Poet. Lat. Min.*, vol. ii.

DONATUS. Text. P. Wessner, Leipzig, 1902—'09, Teubner; H. Georg, Leipzig, 1906, Teubner; *Gram. Lat.* 及对 Terence 早期版本的介绍中.

ENNIUS. Text. Vahlen, Leipzig, 1903, Teubner; *Fragm. Poet. Rom.* and *Corp. Poet. Lat.*, vol. i.

EUTROPIUS. Text. Rühl, Leipzig, 1887, Teubner.

英译. 见 JUSTIN.

FENESTELLA. Text in *Hist. Rom. Fragm.*

FESTUS (RUFIUS). Text. Wagner, Prague, 1886.

FESTUS (SEXTUS POMPEIUS). Text. W. M. Lindsay, Leipzig, 1913, Teubner.

FIRMICUS MATERNUS. Text, Halm, Vienna, 1867, in *Corp. Script. Eccl. Lat.*, vol. ii; *De Errore Professorum Religionum*, K. Ziegler, Leipzig, 1907; *Matheseos Libri viii*, Kroll and Skutsch, Leipzig, 1897—1913, Teubner.

FLORUS. Text. Halm, Leipzig, 1854, Teubner.

FRONTINUS. *Strategemata*. Text. Gundermann, Leipzig, 1888, Teubner.

英译. R. Scott, London, 1811.

De Aquis Urbis Romae. Text. Bücheler, Leipzig, 1858, Teubner.

文本及英译和评论. C. Herschel, Boston, 1899, Dana, Estes & Co.

FRONTO. Text. Naber, Leipzig, 1867, Teubner.

文本和英译. *Correspondence with M. Aurelius Antoninus*, etc., C. R. Haines, 1919, Loeb Classical Library.

GAIUS. 文本及英译和注释. Poste, 3d ed., Oxford, 1890.

GELLIUS. Text. Hosius, Leipzig, 1903, Teubner.

英译. Beloe, London, 1795, 3 vols.

GERMANICUS. Text in *Poet. Lat. Min.*, vol. i; *Aratea*, A. Breisig, Leipzig, 1899, Teubner.

GRATIUS. Text in *Poet. Lat. Min.*, vol. i; *Corp. Poet. Lat.*, part iii.

HIERONYMUS. 见 JEROME.

HILARIUS (St. Hilary). Text. *Patrol. Lat.*, vols. ix and x.

HIRTIUS. Text in complete editions of Caesar.

HORACE. Text in *Corp. Poet. Lat.*, vol. i; Kellar and Häussner, 2d ed., Prague, 1892. E. C. Wickham, Oxford, 1901, Clarendon Press; W. H. D. Rouse, London, 1905, Blackie & Son; 附 Conington 的英译, London, 1905, Bell. 附注解版本极多.

英译(韵文). Theodore Martin, Edinburgh and London, 1881, Blackwood, 2 vols.

Odes and *Epodes*, Lord Lytton, Edinburgh and London, 1869, New York, 1870.

HYGINUS. Text. M. Schmidt, Jena, 1872; *Astronomica*, Chatelain and Legendre, Paris, 1909, H. Champion.

HYGINUS GROMATICUS. Text. Domaszewski, Leipzig, 1887.

JEROME. Text. *Patrol. Lat.*, vols. xxii—xxx; *Corpus. Script. Eccl. Lat. De Viris Illustribus*, Herding, Leipzig, 1879, Teubner; Richardson, Leipzig, 1896, Gebhardt.

JULIUS. 见 CAESAR.

JULIUS CAESAR STRABO. Text in *Orat. Rom. Fragm.*

JULIUS VICTOR. Text in Orelli's *Cicero*, vol. v, p. 195, and in Halm's *Rhetores Minores*, p. 371.

JUSTIN. Text. Jeep, Leipzig, 1859, Teubner; Pessonneaux, Paris, 1903〔附法语注释〕.

英译. Watson, London, 1853, Bohn's Library〔包括 CORNELIUS NEPOS 和 EUTROPIUS 作品〕.

JUVENAL. Text. Jahn-Bücheler-Leo, Berlin, 1910, Weidmann〔包括 PERSIUS 和 SULPICIA 作品〕.

附注解版本. Pearson & Strong, Oxford, 1892.

文本及英译（散文）Leeper, London, 1891, 2d ed., Macmillan〔另见 LUCILIUS〕; S. G. Owen, London, 1903;（韵文）Dryden, in Dryden's works.

LACTANTIUS. Text. *Patrol Lat.*, vols. vi and vii.〔他的部分作品出现在 *Corp. Script. Eccl. Lat* 当中。有关 Phoenix 的诗篇可见于 *Poet. Lat. Min.*, vol. ii.〕

英译. W. Fletcher, Edinburgh, 1871, Ante-Nicene Christian Library, vols. xxi, xxii.

LAMPRIDIUS. Text in *Scriptores Historiae Augustae*.

LIVIUS ANDRONICUS. Text in *Fragm. Poet. Rom.* and *Scaen. Rom. Poesis Fragm.*, vols. i and ii.

LIVY. Text. Conway and Walters, Oxford, 1914—'19, Clarendon Press.

勘正. Madvig and Ussing, Copenhagen, 4th ed. 1886 and later. 4 vols.

文本和英译. B. O. Foster, 1919— , Loeb Classical Library.

英译. Spillan, Edmunds, and McDevitte, London, Bohn's Library. 4 vols.

LUCAN. Text in *Corp. Poet. Lat.* , part iii; Hosius, Leipzig, 3d ed. , 1913. Teubner.

英译(韵文)E. Ridley, London, 1896; (散文)H. T. Riley, London, 1803, Bohn's Library.

LUCILIUS. Text. F. Marx, Leipzig, 1904—'05, Teubner; *Fragm. Poet. Rom.*

英译. Evans, London, Bohn's Library. [JUVENAL, PERSIUS, SULPICIA, and LUCILIUS.]

LUCRETIUS. Text. Munro, London, Bell; 另见于 Harper's Classical Texts.

勘正. Lachmann, Berlin, 1866. 2 vols. ; W. A. Merrill, Berkeley, Cal. , 1917.

文本及注解. Munro, London, 5th ed. 1905—'10, Bell. 3 vols. , 第三卷是散文体译文, 亦曾单独出版, 1908.

英译(散文)Munro, 见上文; C. Bailey, Oxford, 1910, Clarendon Press; (韵文)W. E. Leonard, London, 1916, Dent (New York, Dutton); Sir R. Allison, London, 1919, Humphreys.

LYGDAMUS. Text. G. Némethy, Budapest, 1906.

MACROBIUS. Text. Eyssenhardt, Leipzig, 2d ed. , 1868, Teubner series.

MAECENAS. Text in *Fragm. Poet. Rom.*

MANILIUS. Text in *Corp. Poet. Lat.* , part iii; Breiter, Leipzig, 1907—'08, Dietrich.

英译. Creech, London, 1700. [附于 LUCRETIUS]

MANLIUS. 见 VOPISCUS.

MARCELLINUS. 见 AMMIANUS.

MARIUS VICTORINUS. Text in *Gram. Lat.* , vol. vi, Orelli's *Cicero*, vol. v, Halm's *Rhetores Minores*, and *Patrol. Lat.* , vol. viii.

MARTIAL. Text. W. M. Lindsay, Oxford, 1902, Clarendon Press.

文本和英译. W. C. Kerr, 1919— , Loeb Classical Library.

英译(散文)Edited by H. G. Bohn, London, 1897. [同时含选自其他多个版本的韵体英译文]

MARTIANUS CAPELLA. Text. Eyssenhardt, Leipzig, 1866, Teubner.

MELA. Text. Frick, Leipzig, 1880, Teubner.

MINUCIUS FELIX. Text. Waltzing, Leipzig, 1912, Teubner.

英译. J. H. Freeze, London, 1919, Society for promoting Christian Knowledge.

MORETUM. Text in *Poet. Lat. Min.* , vol. ii.

NAEVIUS. Text in *Fragm. Poet. Rom.* , *Scaen. Rom. Poesis Fragm.* , vols. i and ii.

NAMATIANUS. 见 RUTILIUS.

NEMESIANUS. Text in *Poet. Lat. Min.* , vol. iii; C. H. Keene, London, 1887[另有 CALPURNIUS]

NEPOS. Text. Halm-Fleckeisen, Leipzig, Teubner; Wistedt, Oxford, 1904; Nipperdey, Berlin, 1913, Weidmann.

英译. 见 JUSTIN.

NIGIDIUS FIGULUS. 残篇文本及拉丁注解. Stroboda, Vienna, 1889.

NONIUS MARCELLUS. 勘正及评论. Müller, Leipzig, 1888, Teubner, 2 vols.; Lindsay, Leipzig, 1903.

OCTAVIUS. 见 AUGUSTUS.

OROSIUS. Zangemeister, *Corp. Script. Eccl. Lat.* , vol. v, and Leipzig, 1889, Teubner.

OVID. Text in *Corp. Poet. Lat*, vol. i; Merkel – Ewald, Leipzig, Teubner.

附注解的单独成册和选集版本众多。

文本和英译. G. Showerman (*Heroides* and *Amores*), F. J. Miller (*Metamorphoses*), Loeb Classical Library.

英译(散文) Bohn's Library. Dryden 等人所作韵文英译收录于 Chalmers 的 *English Poets*.

PACUVIUS. Text in *Scaen. Rom. Poesis Fragm.* , vol. i.

PALLADIUS. Text in *Scriptores Rei Rusticae*, ed. Schneider, Jena, 1794—'97.

PERSIUS. Text in *Corp. Poet. Lat.* , vol. i; Jahn-Bücheler-Leo, and S. G. Owen; 见 JUVENAL; 附英译和评论, Conington and Nettleship, Oxford, 1893; 附英译, G. G.

Ramsay. 见 JUVENAL.

英译（散文）见 LUCILIUS 和 JUVENAL；（韵文）Dryden 作品全集和 Chalmers 的 *English Poets*.

PERVIGILIUM VENERIS. Text in *Poet. Lat. Min.*, vol. iv; J. W. Mackail, Oxford, 1911, Clarendon Press.

文本和英译. J. W. Mackail, 1912, Loeb Classical Library（另有 CATULLUS 和 TIBULLUS）.

PETRONIUS. Text. Bücheler-Heraeus, 5th ed., 1912, Berlin, Weidmann（另有 SENECA 和 VARRO 的杂咏诗）.

文本和英译. W. D. Lowe, London, 1905, Bell (*Cena Trimalchionis*); M. Heseltine, 1913, Loeb Classical Library（另有 SENECA, *Apocolocyntosis*）.

英译. (*Trimalchio's Dinner*). H. T. Peck, New York, 1898, Harper's.

PHAEDRUS. Text in *Corp. Poet. Lat.*, part iii; Riese, Leipzig, 1885, B. Tauchnitz; Postgate, Oxford, 1919, Clarendon Press.

英译. Smart, London, 1831. [另见 Riley 版的 Terence 和 Phaedrus, Bohn's Library]

PLAUTUS. Text. Goetz and Schoell, Leipzig, 1902—, Teubner; Lindsay, Oxford, 1905, Clarendon Press.

附批评性文字的版本. Ritschl (2d ed. by Goetz, Loewe, and Schoell), Leipzig, 1878—'93, Teubner, 20 parts.

带注解的各剧本单独成册版本众多.

文本和英译. P. Nixon, Loeb Classical Library, 尚未出版（1992）.

英译（散文）*Riley*, London, Bohn's Library；（韵文）Thornton and Warner, London, 1767—'72.

PLINY THE ELDER. Text Jan and Mayhoff, Leipzig, Teubner. 6 vols.

英译. 带注解, Bostock and Riley, London, Bell. 6 vols.

PLINY THE YOUNGER. Text. Kukula, Leipzig, 1912, Teubner.

文本和英译. Melmoth (rev. by Hutchinson), Loeb Classical Library.

英译. Melmoth, Bosanquet 校订, London, 1877, Bell, and (with CICERO, letters and treatises on Friendship and Old Age, by E. S. Schuckburgh), New York, 1919, P. F. Collins & Sons; Lewis, London, 1879, Trübner.

PLOTIUS. 见 SACERDOS.

POMPEIUS TROGUS. 见 JUSTIN.

POMPONIUS. 见 MELA.

POMPONIUS (LUCIUS). Text in *Fragm. Poet. Rom.*

PRIAPEA. Text in *Poet. Lat. Min.*, vol. i, cf. vol. ii.

PRISCIAN. Text in *Gram. Lat.*, vols. ii and iii.

PROBUS (VALERIUS). Text in *Gram. Lat.*, vol. iv.

PROPERTIUS. Text in *Corp. Poet. Lat.*, vol. i; Hosius, Leipzig, 1911, Teubner; Phillemore, Oxford, 1901, Clarendon Press. 见 CATULLUS.

校订勘正. Postgate, London, 1880, Bell.

文本和英译. H. E. Butler, 1912, Loeb Classical Library.

英译(散文) Gantillon, 包括若干 Nott 和 Elton 所译韵文体挽歌, London, Bohn's Library; Phillemore, Oxford, 1906, Clarendon Press.

PRUDENTIUS. Text. *Patrol. Lat.*, vols. lix and lx.

PUBLILIUS SYRUS. Text. Bickford-Smith, Cambridge, 1885; O. Friedrich, Berlin, 1880, Grieben [带注解].

QUINTILIAN. Text. *Institutiones Oratoriae*, Rademacher, Leipzig, 1907— . 文本和英译. H. E. Butts, 1921, Loeb Classical Library.

演说. Lehnert, Leipzig, 1905, Teubner.

英译. *Institutes of Oratory*, J. S. Watson, London, Bohn's Library. 2 vols.

REPOSIANUS. Text in *Poet. Lat. Min.*, vol. iv.

RUTILIUS NAMATIANUS. Text in *Poet. Lat. Min.*, vol. v; V. Ussani, Florence, 1921. 文本和英译 (by G. F. Savage-Armstrong), 配勘正参考原始材料, C. H. Keene, London, 1907.

SACERDOS. Text in *Gram. Lat.*, vol. vi.

SALLUST. Text. Ahling, Leipzig, 1919, Teubner. [有关喀提林和朱古达的学校用的版本很多]

文本和英译. Rolfe, 1921, Loeb Classical Library.

英译. Pollard, London, 1882, Macmillan.

SAMMONICUS SERENUS. Text in *Poet. Lat. Min.* , vol. iii.

SEDULIUS. Text in *Patrol. Lat.* , vol. ix, and *Corp. Script. Eccl. Lat.* , vol. x.

SENECA (the father). Text. Müller, Leipzig, 1888, Freytag; Kiessling, Leipzig, 1872, Teubner.

SENECA (the son). Text. *Philosophical works*. Haase and others, Leipzig, 1905— '14, Teubner.

Tragedies, Peiper and Richter, Leipzig, 1902, Teubner.

文本和英译. F. J. Miller, 1917, Loeb Classical Library; *Natural Questions*, Geikie, London, 1910, Macmillan. *Tragedies*, W. Bradshaw, London, 1902, Sonnenschein; Miller, Chicago, 1907, Chicago University Press. *Apocolocyntosis*, Rouse, Loeb Classical Library. 见 PETRONIUS.

英译. *On Benefits*, *Minor Essays*, and *On Clemency*. A. Stewart, London, Bohn's Library. 2 vols.

SERVIUS. 文本及拉丁文注解. Thilo and Hagen, 1878—1902, Teubner. 4 vols.

SILIUS ITALICUS. Text. Bauer, Leipzig, 1890—'92, Teubner, 2 vols.

英译(韵文) Tytler, Calcutta, 1828. 2 vols.

SISENNA. Text in *Hist. Rom. Rell.*

SOLINUS. 勘正. Mommsen, Berlin, 2d ed. , 1895, Weidmann.

STATIUS. Text. Kohlmann-Klotz, Leipzig, Teubner. 2 vols. ; *Silvae*, A. Klotz, Leipzig, 1912, Teubner; Phillemore, Oxford, 1905, Clarendon Press.

英译(韵文) *Thebaid*. Lewis, in Chalmers' *English Poets*, vol. xx; Coleridge, in his collected poems; *Thebaid* and *Achilleis*, Garrod, Oxford, 1906, Clarendon Press; *Achilleis*, Sir Robert Howard, in his poems; *Silvae*, Slater, Oxford, 1908, Clarendon Press.

SUEIUS. Text in *Fragm. Poet. Rom.* and in Müller's LUCILIUS.

SUETONIUS. Text. Ihm, Leipzig, 1907—'08, Teubner.

文本和英译. J. C. Rolfe, 1914, Loeb Classical Library.

英译. Thomson, Forester 校订, in Bohn's Library.

SULPICIA. 见 JUVENAL.

SYMMACHUS. Text. Seeck, Berlin, 1883 (*Monum. Germ. Hist. Auct. Antiquiss.*, vol. vi, 1).

TACITUS. Text. J. Müller, Leipzig and Vienna, 1906; H. Furneaux and C. D. Fisher, Oxford, 1900—'07, Clarendon Press; Halm-Andresen, 1907—'13, Teubner. [各篇单独成册的版本很多]

文本和英译. Peterson, 1914, Loeb Classical Library (*Dialogus, Agricola, Germania*).

英译. Church and Brodribb, London, Macmillan, new edition, 1905—'06; W. H. Fyffe, Oxford, 1908, (*Dialogus, Agricola, and Germania*) and 1912 (*Histories*), Clarendon Press; G. G. Ramsay, London, 1904—'09 (*Annals*) and 1915 (*Histories*), J. Murray.

TERENCE. Text. R. Y. Tyrrell, Oxford, 1902, Clarendon Press. 勘正. Umpfenbach, Leipzig, 1871, Teubner. 附注解版本, Wagner, London, 1869, Bell; Ashmore, New York, 2d ed., 1910, Oxford University Press American Branch. [各剧本附注解的独立成册版本很多]

Ed. Crit. *Umpfenbach*, Leipzig, 1871, Teubner.

文本和英译. J. Sargeaunt, 1912, Loeb Classical Library.

英译(韵文) Colman, London, 1810; (散文) Riley, in Bohn's Library [附 PHAEDRUS].

TERENTIANUS MAURUS. Text in *Gram. Lat.*, vol. vi.

TERTULLIAN. Text. *Patrol Lat.*, vols. i and ii; *Reifferscheid* and *Wissowa, Corp. Script. Eccl. Lat.*, vol. xx.

英译. P. Holmes, Edinburgh, 1869—'70, Ante-Nicene Christian Library, vols. xi, xv, xviii（with Victorinus and Commodianus）.

TIBULLUS. Text in *Corp. Poet. Lat.* , vol. i; Postgate, Oxford, 1915, Clarendon Press;另见 CATULLUS.

文本和英译. Postgate,1912,Loeb Classical Library.

英译. Cranstoun,Edinburgh and London,1872,Blackwood.［英译韵文和注解］

TROGUS. 见 JUSTIN.

VALERIUS FLACCUS. Text. Kramer,Leipzig,1913,Teubner.

VARIUS. Text in *Fragm. Poet. Rom.*

VARRO ATACINUS. Text in *Fragm. Poet. Rom.*

VARRO（MARCUS）. Text. *De Lingua Latina*,Müller,Leipzig,1833;Spengel,Berlin,1885. *De Re Rustica*,Goetz,Leipzig,1912,Teubner. Varro 的迈尼普斯式杂咏诗残篇可见于 Bücheler 的 PETRONIUS,关于失存的语法学作品可见 Wilmanns, *De Varronis Libris Grammaticis*,Berlin,1864,Weidmann,关于古文物作品可见 Merckel 版的 OVID 作品 *Fasti*,Berlin,1841,关于诗歌残篇可见 *Fragm. Poet. Rom.*

英译. *On Farming*,Lloyd Stow-Best,London,1912,Bell;*A Virginia Farmer*（F. Harrison）,New York,1913,Macmillan.

VEGETIUS RENATUS. Text. *Epitoma Rei Militaris*,Lang,Leipzig,2d ed. ,1885, Teubner.

Mulomedicina. Lomatzsch. ,Leipzig,1903,Teubner.

VELLEIUS PATERCULUS. Text. Halm,Leipzig,1876,Teubner;R. Ellis,Oxford, 1898.

英译. J. S. Watson,Bohn's and Harper's Libraries.［SALLUST, FLORUS, and VELLEIUS PATERCULUS,附注解］

VIRGIL. Text. Ribbeck-Farrell,Leipzig,1920,Teubner;Nettleship and Postgate, London,1912,Macmillan;Hirzel,Oxford,1900,Clarendon Press.

附录 Vergiliana 文本（*Culex*,*Dirae*,*etc*）. R. Ellis,Oxford,Clarendon Press.

附注解版本. Conington and Nettleship, London, Bell（若干版本）; Greenough,

Boston, Ginn & Co. (若干版本). 收录 Virgil 部分作品的学校用版本很多.

文本和英译. Fairclough, 1916—   , Loeb Classical Library; Mooney, Birmingham, 1916 (the lesser poems, *Culex*, *Dirae*, Lydia, etc).

英译. Dryden, 见他的全集.

埃涅阿斯纪. Conington, London, 1870, Longmans; J. D. Long, Boston, 1879, Lockwood, Brooks & Co.; A. S. Way, London, 1916, Macmillan; J. W. Mackail, London, 1908, Macmillan.

田园诗集. C. S. Calverley, 见他的文集, London, 1901, Bell.

农事诗. H. W. Preston, Boston, 1881, Osgood & Co.

生平. *Vergil, a Biography*, by Tenney Frank, New York, 1922, Henry Holt & Co.

VITRUVIUS. Text. Krohn, Leipzig, 1912, Teubner.

英译. M. H. Morgan, Cambridge, Mass., 1914, Harvard University Press.

VOLCACIUS SEDIGITUS. Text in *Fragm. Poet. Rom.*

VOPISCUS. Text in *Script. Hist. Aug.*

附录二　年代表

[若给出两个年份,则对应同一行中一位或多位作家的生卒。皇帝的名字用黑体,其对应行内日期代表他的在位时期,而非生卒年份。若只给出一个年份,则这个年份大致代表这位或多位作家的巅峰时期。问号表示无法确定。]

公元前

280	阿庇乌斯·克劳狄乌斯·凯库斯(雄辩家)
270 前—约 204	李维乌斯·安得罗尼库斯
约 269—199	奈乌斯·奈维乌斯
约 254—184	提图斯·马可齐乌斯·普劳图斯
239—169	昆图斯·恩尼乌斯
234—149	马库斯·波西乌斯·加图
约 230	昆图斯·法比乌斯·马克西穆斯·昆克塔托(雄辩家)
220—约 130	马库斯·帕库维乌斯
216	昆图斯·法比乌斯·皮克托
211	阿特拉戏剧诞生
210	卢西乌斯·辛齐乌斯·阿利门图斯
206	昆图斯·凯基利乌斯·梅特卢斯(雄辩家)
200 前—约 165	斯塔提乌斯·凯基利乌斯(喜剧诗人)
198	塞克斯都·埃利乌斯(法学家)
(?)—196	马库斯·科涅利乌斯·克塞古斯(雄辩家)

约 192—152	加图之子（法学家）
191	西庇阿·纳西卡（法学家）
约 190—159	普布利乌斯·特伦提乌斯·阿弗尔（泰伦斯）
185—129	小西庇阿
183	昆图斯·法比乌斯·拉贝奥（法学家）
（？）—183	普布利乌斯·李锡尼·克拉苏（雄辩家），大西庇阿
约 180	卢西乌斯·阿齐利乌斯（法学家）
180（？）—126	盖尤斯·卢齐利乌斯
（？）—174	普布利乌斯·埃利乌斯（法学家）
170—至少 100	卢西乌斯·阿克齐乌斯
163—133	提比略·格拉古（雄辩家）
约 158—约 75	普布利乌斯·鲁提利乌斯·鲁夫斯
154—121	盖尤斯·格拉古（雄辩家）
约 154—100 后	卢西乌斯·埃利乌斯·普雷科宁努斯·斯提洛
约 152—87	昆图斯·卢塔提乌斯·卡图卢斯

公元前

约 150	卢西乌斯·阿弗拉尼乌斯，提提尼乌斯（喜剧诗人），普布利乌斯·科涅利乌斯·西庇阿，奥卢斯·波斯图米乌斯·阿尔比努斯，盖尤斯·阿齐利乌斯
143—87	马库斯·安东尼乌斯（雄辩家）
约 140	卢西乌斯·卡西乌斯·赫米纳，盖尤斯·莱利乌斯
140—91	卢西乌斯·李锡尼·克拉苏（雄辩家）
136	卢西乌斯·弗里乌斯·费卢斯（雄辩家和法学家）
133	普布利乌斯·穆齐乌斯·斯凯沃拉，卢西乌斯·卡尔普尼乌斯·皮索·弗鲁基
131	普布利乌斯·李锡尼·克拉苏·穆齐安努斯（法学家）

约 130	盖尤斯·提丢斯
122	盖尤斯·法尼乌斯(雄辩家和史学家)
119—67	卢西乌斯·科涅利乌斯·锡塞纳
116—27	马库斯·特伦提乌斯·瓦罗
114—50	霍滕西乌斯(雄辩家)
109—32	提图斯·庞培尼乌斯·阿提库斯
106—43	马库斯·图利乌斯·西塞罗
105—43	德齐穆斯·拉贝里乌斯
(?)—103	图庇利乌斯(喜剧诗人)
102(?)—44	盖尤斯·尤利乌斯·恺撒
102—43	昆图斯·西塞罗
2 世纪后半期	奈乌斯·马提乌斯,莱维乌斯·梅利苏斯,霍斯提乌斯,奥卢斯·弗里乌斯,科利乌斯·安提帕特,昆图斯·瓦勒里乌斯·索拉努斯
100 前—30 后	科涅利乌斯·内波斯
约 99—55(?)	提图斯·卢克莱修·卡鲁斯
(?)—至少 91	塞普罗尼乌斯·阿瑟利奥(史学家)
95	昆图斯·穆齐乌斯·斯凯沃拉(法学家)
约 90	卢西乌斯·庞培尼乌斯,诺维乌斯(阿特拉戏剧作家),沃卡西乌斯·塞狄吉图斯
(?)—87	盖尤斯·尤利乌斯·恺撒·斯特拉博(悲剧作家)
87—47	盖尤斯·李锡尼·卡尔乌斯
86—35	盖尤斯·萨卢斯提乌斯·克里斯普斯
1 世纪早期	瓦勒里乌斯·安提亚斯,昆图斯·科尼菲齐乌斯
1 世纪前半期	苏埃乌斯,盖尤斯·赫尔维乌斯·辛那,普布利乌斯·瓦勒里乌斯·加图,盖尤斯·梅米乌斯,提西达斯,奥勒利乌斯·欧庇利乌斯,安东尼乌斯·尼弗,马库斯·庞庇利乌斯·安得罗尼库斯,萨恩特拉,塞尔维乌斯·苏

	尔皮西乌斯·鲁夫斯
约84—约54	盖尤斯·瓦勒里乌斯·卡图卢斯
(?)—至少82	昆图斯·克劳狄乌斯·夸迪伽里乌斯(史学家)
82—37后	瓦罗·阿塔齐努斯
78(?)—42	马库斯·朱尼乌斯·布鲁图
(?)—77	提图斯·昆克提乌斯·阿塔
70—27	科涅利乌斯·加卢斯
70(?)—8	盖尤斯·梅塞纳斯
70—19	普布利乌斯·维吉利乌斯·马洛(维吉尔)
约70—16后	维特鲁维乌斯·波利奥
67—5 A.D.	盖尤斯·阿西尼乌斯·波利奥
65—8	昆图斯·贺拉提乌斯·弗拉库斯(贺拉斯)
约64—约17 A.D.	盖尤斯·尤利乌斯·希吉努斯

公元前

64—8 A.D.	马库斯·瓦勒里乌斯·梅萨拉
63—14 A.D.	盖尤斯·屋大维(恺撒·屋大维努斯·奥古斯都)
63—12 A.D.	马库斯·维普萨尼乌斯·阿格里帕
59—17 A.D.	提图斯·李维乌斯(李维)
约55—约40 A.D.	西尼加(父)
约54—约19	阿尔比乌斯·提布卢斯
约54—约4	图密提乌斯·马苏斯
52—19 A.D.	德齐穆斯·费内斯特拉
约50	普布利留斯·西鲁斯(默剧作家)
约50—约15	塞克斯都·普罗佩提乌斯
(?)—47	马库斯·卡利狄乌斯
47—约30 A.D.	德齐穆斯·瓦勒里乌斯·马克西穆斯

(?)—45	尼吉狄乌斯·菲古卢斯
(?)—44 后	盖尤斯·欧庇乌斯
(?)—43	奥卢斯·希提乌斯
(?)—43 后	马库斯·图利乌斯·提洛
43—(?)	灵格达姆斯
43—18 A. D.	普布利乌斯·奥维狄乌斯·纳索(奥维德)
40—33 A. D.	阿西尼乌斯·加卢斯
约 20	庞培乌斯·特罗古斯
15—19 A. D.	克劳狄乌斯·恺撒·日耳曼尼库斯
14—59 A. D.	图密提乌斯·阿弗尔
12	盖尤斯·瓦尔吉乌斯·鲁夫斯
1 世纪后半期	苏尔皮西亚,阿尔比诺瓦努斯·佩多,本都库斯,马科,格拉提乌斯,拉比里乌斯,科涅利乌斯·西维鲁斯,盖尤斯·梅利苏斯,普里阿佩阿,《献给李维亚的安慰》,提图斯·拉比恩努斯,马库斯·波西乌斯·拉托,盖尤斯·阿尔布齐乌斯·西卢斯,昆图斯·哈特里乌斯,卢西乌斯·朱尼乌斯·加利奥,奥勒利乌斯·弗斯库斯,卢西乌斯·塞斯提乌斯·庇护,马库斯·安提斯提乌斯·拉贝奥,盖尤斯·阿泰乌斯·卡皮托

公元后

1 世纪前半期	马尼利乌斯,《埃特纳》,奥菲狄乌斯·巴苏斯,昆图斯·雷米乌斯·帕莱蒙,凯皮奥,安东尼乌斯·卡斯托尔,尤利乌斯·阿提库斯,卢西乌斯·格拉齐努斯[在原文第 176 页处此人名为尤利乌斯而非卢西乌斯,此处为谬——中译者注],马库斯·阿皮西乌斯,卢西乌斯·阿奈乌斯·科尔努图斯,塞克斯都学派哲人,盖尤

	斯·穆索尼乌斯·鲁夫斯
约1	维里乌斯·弗拉库斯
约1—65	卢西乌斯·阿奈乌斯·西尼加（子）
约3—88	阿斯孔尼乌斯·佩蒂安努斯
14—37	**提比略**
约15—80	斯塔提乌斯之父
16—59	阿格丽品娜
23—79	盖尤斯·普利尼乌斯·塞昆都斯（老普林尼）
（？）—25	克雷姆提乌斯·考铎斯
25—101	西利乌斯·伊塔利库斯
（？）—27	沃提埃努斯·孟塔努斯
30	维利奥斯·帕特库卢斯

公元后

（？）—31	普布利乌斯·维特利乌斯
（？）—32	卡西乌斯·西维鲁斯
（？）—34	马迈库斯·斯考鲁斯
34—62	奥卢斯·佩尔西乌斯·弗拉库斯（佩尔西乌斯）
约35—约100	马库斯·法比乌斯·昆提利安努斯（昆体良）
约35	奥卢斯·科涅利乌斯·塞尔苏斯
37—41	**卡利古拉**
39—65	马库斯·阿奈乌斯·卢卡努斯（卢卡）
约40	费德鲁斯，科卢梅拉，庞培尼乌斯·梅拉
约40—约95	普布利乌斯·帕皮尼乌斯·斯塔提乌斯
约40—约104	马库斯·瓦勒里乌斯·马提亚利斯（马提雅尔）
41—54	**克劳狄乌斯**
约45	盖尤斯·卡西乌斯·朗吉努斯，普罗库卢斯

约 50	庞培尼乌斯·塞昆都斯,昆图斯·库尔提乌斯·鲁夫斯,苏埃托尼乌斯·保利努斯
54—68	**尼禄**
约 55—约 118	科涅利乌斯·塔西陀
55（?）—约 135	德齐穆斯·朱尼乌斯·尤文纳利斯（尤文纳尔）
56	马库斯·瓦勒里乌斯·普罗布斯
约 60	提图斯·卡尔普尼乌斯·西库卢斯
61/62—112/113	盖尤斯·普利尼乌斯·凯基利乌斯·赛昆都斯（小普林尼）
（?）—66	雅鉴主官佩特罗尼乌斯
（?）—67	奈乌斯·图密提乌斯·科布洛
69—79	**韦斯巴芗**
约 70	萨莱乌斯·巴苏斯,库埃提乌斯·马特努斯,塞克斯都·尤利乌斯·弗朗提努斯
约 70/75—约 150	盖尤斯·苏埃托尼乌斯·塔奎卢斯
79—81	**提图斯**
81—96	**图密善**
（?）—约 90	盖尤斯·瓦勒里乌斯·弗拉库斯
96—98	**内尔瓦**
内尔瓦和图拉真时期	希吉努斯,巴尔布斯,西库卢斯·弗拉库斯,若干语法学家等
98—117	**图拉真**
约 100—175	马库斯·科涅利乌斯·弗隆托
约 110—180	盖尤斯
117—138	**哈德良**
哈德良时期	卢西乌斯·阿奈乌斯（不确定）·弗洛鲁斯,马库斯·朱尼安努斯·查士提努斯（查士丁）,萨尔维乌斯·尤利安努斯,昆图斯·特伦提乌斯·斯考鲁斯

约 125—（？）	奥卢斯·格利乌斯
约 125—约 200	阿普列乌斯
138—161	**安东尼努斯·庇护**
安东尼努斯时期	格拉尼乌斯·李锡尼奥努斯，卢西乌斯·安培利乌斯，塞克斯都·庞培尼乌斯
安东尼努斯和马库斯·奥勒利乌斯时期	昆图斯·瑟维狄乌斯·斯凯沃拉
约 160	马库斯·米努齐乌斯·菲利克斯
约 160—约 230	昆图斯·塞普蒂默斯·弗洛伦斯·德尔图利亚努斯（德尔图良）

公元后

161—180	**马库斯·奥勒利乌斯**
约 165—230	马略·马克西穆斯
180—192	**康茂德**
（？）—212	埃米利乌斯·帕皮尼安努斯
200 前	特伦提安努斯·马鲁斯，约拔
193—211	**塞普蒂默斯·西维鲁斯**
2 世纪或 3 世纪	《守夜的维纳斯》
约 200	赫伦尼乌斯·阿克洛，庞培尼乌斯·波菲里奥，昆图斯·萨莫尼库斯·塞伦努斯
3 世纪早期	霍西狄乌斯·盖塔，盖尤斯·尤利乌斯·罗曼努斯，尤利乌斯·保卢斯
3 世纪	《加图二行诗》，科涅利乌斯·拉贝奥，昆图斯·盖吉利乌斯·马提亚利斯，阿奎拉·罗曼努斯，盖尤斯·尤利乌斯·索利努斯
约 200—258	圣西普里安（萨斯齐乌斯·凯基利乌斯·西普里安努斯）

222—235	**亚历山大·西维鲁斯**
(?)—228	图密提乌斯·乌尔比安努斯
238	**戈尔狄安一世**
238	西索里努斯
249	科莫狄亚努斯
约 250	埃利乌斯·尤利乌斯·考铎斯
260—268	**加列努斯**
270—275	**奥勒利安**
275	**塔西陀**
283	马库斯·奥勒利乌斯·奥林匹乌斯·内梅西安努斯
284—305	**戴克里先**
戴克里先时期	埃利乌斯·斯巴提亚努斯,尤利乌斯·卡皮托利努斯,沃卡西乌斯·加利卡努斯,特雷贝利乌斯·波利奥
约 290	阿诺比乌斯
297	欧梅尼乌斯(颂词作家)
3 世纪后期	维斯帕,马略·普洛提乌斯·萨科多斯
3 世纪末期	埃利乌斯·费斯图斯·安菲托尼乌斯
约 300	拉克坦提乌斯·弗米安努斯,雷波西安努斯,格里高利安努斯
4 世纪早期	埃利乌斯·兰普里狄乌斯,弗拉维乌斯·沃庇斯库斯,诺尼乌斯,马克罗比乌斯,奥珀塔提安努斯,尤文库斯
4 世纪	道路手册,坡廷格尔古地图
约 310—约 395	奥索尼乌斯
约 315—367	圣奚拉里
321	纳扎里乌斯(颂词作家)
约 330	赫蒙吉尼安努斯
330—400	阿米安努斯·马塞利努斯
331—420	圣杰罗姆

约340—397	圣安布罗斯
约345—405	西马库斯
348—约410	普鲁登提乌斯
约350	马略·维克托里努斯,埃利乌斯·多纳图斯,查里西乌斯,狄俄墨得斯,帕拉狄乌斯
354(?)	弗米库斯·马特努斯
354	城标
354—430	圣奥古斯丁

公元后

约360	尤利乌斯·奥普塞昆
360	奥勒利乌斯·维克托
362	马梅提努斯(颂词作家)
365	尤特罗庇乌斯
4世纪后半期	克里特的狄克提斯(卢西乌斯·塞普蒂默斯)
4世纪晚期	塞尔维乌斯
369	鲁夫斯·费斯图斯[此处原文为Rufius,应为Rufus之谬——中译者注]
370	(鲁夫斯·费斯图斯·)阿维恩努斯[同上]
约370	《抱怨者》
389	德雷帕尼乌斯(颂词作家)
约400	克劳狄安(克劳狄乌斯·克劳狄安努斯),马提安努斯·卡佩拉,维格提乌斯,阿维安努斯
5世纪早期	苏尔皮西乌斯·西维鲁斯[此处原文Serenus应为Severus之谬——中译者注]
5世纪	达勒斯
416	纳马提安努斯

417	奥罗西乌斯
438	《狄奥多西法典》
约 450	塞杜利乌斯
5 世纪末期	德拉康提乌斯
约 500	普里西安
529	《查士丁尼法典》
533	《法学汇编》和《法学基础》

索　引

[本页码索引包括本书所提及的所有拉丁作者以及一部分历史人物。若干特别主题的所在页码也收录其中。当某一项所标出的页码不止一个时,介绍该作者的主要章节所在页码排在首位。著作的标题以斜体表示。][这份索引也收录了仅出现在原文注释中的人物或主题,标出页码为该注释所插入的原文页码。因原书中这些注释是脚注,而译文中都移到每章结尾成了尾注,故烦请读者留意——中译者注]

Accius（Lucius）阿克齐乌斯（卢西乌斯）,12;13;32;43;53;236

Acilius（Gaius）阿齐利乌斯（盖尤斯）,33;（Lucius）（卢西乌斯）,37

Acro（Helvius）阿克洛（赫尔维乌斯）,grammarian 语法学家,234

AElius Aristides 埃利乌斯·阿里斯提得斯,Greek sophist 希腊诡辩家,240

AElius Julius Cordus 埃利乌斯·尤利乌斯·考铎斯,255

AElius（P.）埃利乌斯（普布利乌斯）,jurist 法学家,37;（Sextus）（塞克斯都）,jurist 法学家,37

AEsop 伊索,172;276

AEsopus 伊索普斯,actor 演员,66

AEtna《埃特纳》,ascribed to Virgil 归于维吉尔名下,141;181;188

Afranius 阿弗拉尼乌斯,comic poet 喜剧诗人,29;43

African school of literature 非洲文学派别,248;257

Agrippa（M. Vipsanius）阿格里帕（马库斯·维普萨尼乌斯）,99

Agrippina 阿格丽品娜,191;177;178

Albinovanus Pedo 阿尔比诺瓦努斯·佩多,137

索 引

Albucius Silus（C.）阿尔布齐乌斯·西卢斯（盖尤斯），165

Alcaeus 阿尔凯奥斯，114；121

Alexander Severus 亚历山大·西维鲁斯，emperor 皇帝，229

Alexandrian literature 亚历山大里亚文学，48；57；58；60；62；64；121；129；136；274；281

Ambrose（St.）安布罗斯（圣），266 f.；258；268

Ammianus Marcellinus 阿米安努斯·马塞利努斯，263 f.

Ampelius（L.）安培利乌斯（卢西乌斯），232

Anacreon 阿那克里翁，114；121

Anastasius 阿纳斯塔修斯，emperor 皇帝，261

Anaxagoras 安纳克萨哥拉，Greek philosopher 希腊哲学家，51

Andronicus（L. Livius）安得罗尼库斯（卢西乌斯·李维乌斯），5；6；12；14；17；18；32；33；115；273；281

Andronicus（M. Pompilius）安得罗尼库斯（马库斯·庞庇利乌斯），see Pompilius 见庞庇利乌斯

Antimachus 安提马科斯，199

Antiochus 安条克，Academic philosopher 学园派哲学家，66

Antonines 安东尼努斯王朝，227；235

Antoninus Pius 安东尼努斯·庇护，emperor 皇帝，227；232；233；235

Antonius Castor 安东尼乌斯·卡斯托尔，176

Antonius（M.）安东尼乌斯（马库斯），orator 雄辩家，45；66；70

Antonius（M.）安东尼乌斯（马库斯），triumvir 三头，68；71；82；93；99；131

Aphthonius（AElius Festus）安菲托尼乌斯（埃利乌斯·费斯图斯），256

Apollodorus 阿波罗多罗斯，Greek comic poet 希腊喜剧诗人，25；26；Greek rhetorician 希腊修辞学家，135

Apollonius of Rhodes 罗德岛的阿波罗尼奥斯，63；107；152；196

Appius Claudius Caecus 阿庇乌斯·克劳狄乌斯·凯库斯，5

Apuleius 阿普列乌斯，237—240；241；243；246；248

Aquila Romanus 阿奎拉·罗曼努斯，256

Aquilius 阿奎利乌斯，comic poet 喜剧诗人，23

Aratus 阿拉托斯，Greek poet on astronomy 希腊天文学诗人，70；173；270

Archias 阿基亚斯, poet 诗人, 66; 70; 75

Archilochus 阿尔基洛科斯, Greek poet 希腊诗人, 119; 120

Arellius Fuscus 奥勒利乌斯·弗斯库斯, 143; 165

Aristotle 亚里士多德, 279; 280

Arnobius 阿诺比乌斯, 250

Arria 阿里亚, wife of Paetus 帕特乌斯之妻, 184; 203

Arulenus Rusticus 阿鲁雷努斯·鲁斯提库斯, Stoic 斯多亚学派, 213

Asconius Pedianus (Q.) 阿斯孔尼乌斯·佩蒂安努斯(昆图斯), 192

Asellio (Sempronius) 阿瑟利奥(塞普罗尼乌斯), 39; 43

Atellan plays 阿特拉戏剧, 30

Atilius 阿提利乌斯, comic poet 喜剧诗人, 23

Atta 阿塔, 29; 138

Attalus 阿塔卢斯, Stoic 斯多亚学派, 177

Atticus (Julius) 阿提库斯(尤利乌斯), 176

Atticus (T. Pomponius) 阿提库斯(提图斯·庞培尼乌斯), 94 f.; 79; 80; 91; 92

Augustine (St.) 奥古斯丁(圣), 268 f.; 78; 248; 252; 258

Augustus 奥古斯都, 98; 14; 97; 99; 100; 101; 102; 103; 104; 105; 106; 107; 111; 116; 125; 126; 127; 129; 131; 135; 138; 142; 144; 147; 148; 149; 153; 154; 155; 157; 163; 165; 168; 169; 170; 171; 172; 173; 174; 176; 177; 183; 216; 231; 261; 282

Aurelian 奥勒利安, emperor 皇帝, 229

Aurelius Victor 奥勒利乌斯·维克托, 261

Ausonius 奥索尼乌斯, 270—272; 258; 273

Avianus 阿维安努斯, 276

Avienus 阿维恩努斯, 270

Bacchylides 巴克基利得斯, Greek poet 希腊诗人, 121

Balbus 巴尔布斯, writer on geometry 几何学著者, 225

Bassus (Aufidius) 巴苏斯(奥菲狄乌斯), historian 史学家, 176; 205

Bassus 巴苏斯, poet 诗人, 138; 143

Bassus (Caesius) 巴苏斯(凯西乌斯), poet 诗人, 184

Bassus (Saleius) 巴苏斯(萨莱乌斯), poet 诗人, 201

Boethius 波伊提乌,258;278—280;281

Brutus（M. Junius）布鲁图(马库斯·朱尼乌斯),95;116;176;186

Burrus（Afranius）布鲁斯(阿弗拉尼乌斯),178

Caecilius（Q.——Metellus）凯基利乌斯(昆图斯·~·梅特卢斯),36

Caecilius（Statius）凯基利乌斯(斯塔提乌斯),23;18

Caesar（C. Julius）恺撒(盖尤斯·尤利乌斯),47;56;57;67;68;71;73;81;82;83—87;88;89;93;95;96;97;99;105;111;116;128;153;157;160;163;165;168;174;186;215;281;283

Caesars 诸恺撒生平,Twelve 十二皇帝,lives by Suetonius 苏埃托尼乌斯所著传记,230

Calidius（M.）卡利狄乌斯(马库斯),95

Caligula 卡利古拉,170;166;172;173;176;177;216

Callimachus 卡利马科斯,Alexandrian poet 亚历山大里亚诗人,59;135;136;149

Calpurnius Piso Frugi（L.）卡尔普尼乌斯·皮索·弗鲁基(卢西乌斯),37;39

Calpurnius Siculus（T.）卡尔普尼乌斯·西库卢斯(提图斯),187 f. ;254

Calvus（Gaius Licinius）卡尔乌斯(盖尤斯·李锡尼),62;95

Cantica 唱白,16

Capella（Martianus）卡佩拉(马提安努斯),260

Capito（C. Ateius）卡皮托(盖尤斯·阿泰乌斯),167;192

Capitolinus（Julius）卡皮托利努斯(尤利乌斯),255

Caracalla 卡拉卡拉,emperor 皇帝,233;247

Carlyle 卡莱尔,compared with Tacitus 同塔西陀作比较,217

Carneades 卡涅阿德斯,Academic philosopher 学园派哲学家,49

Cassius Longinus（C.）卡西乌斯·朗吉努斯(盖尤斯),jurist 法学家,192

Cassius Severus 卡西乌斯·西维鲁斯,165

Castor（Antonius）卡斯托尔(安东尼乌斯),176

Catiline 喀提林,47;67;89;90

Cato（M. Porcius）加图(马库斯·波西乌斯),8;34—36;45;90;92;192;207;236;his son,37

Cato（P. Valerius）加图(普布利乌斯·瓦勒里乌斯),63 f.

Cato（Uticensis）加图(乌提卡斯),186

Catonis disticha《加图二行诗》,254 f.

Catullus 卡图卢斯,46;48;56—62;91;96;120;121;122;128;129;141;145;168;202;281

Catulus (Q. Lutatius) 卡图卢斯(昆图斯·卢塔提乌斯),44

Celsus (A. Cornelius) 塞尔苏斯(奥卢斯·科涅利乌斯),175;173

Censorinus 西索里努斯,256

Cestius Pius (L.) 塞斯提乌斯·庇护(卢西乌斯),165

Cethegus (M. Cornelius) 克塞古斯(马库斯·科涅利乌斯),36

Charisius 查里西乌斯,grammarian 语法学家,176;261

Christian literature 基督教文学,227;243;244—252;258;265—269;270;272 f.;276

Cicero (M. Tullius) 西塞罗(马库斯·图利乌斯),12;30;36;45;46;47;48;64;65—82;83;85;86;89;91;92;95;96;138;156;159;160;164;166;168;170;171;183;192;209;210;212;213;215;219;224;230;237;240;246;248;252;257;260;267;269;270;280;281

Cicero (Q.) 西塞罗(昆图斯),95 f.;64;79

Cincius Alimentus 辛齐乌斯·阿利门图斯,33

Cinna (C. Helvius) 辛那(盖尤斯·赫尔维乌斯),62;167

Ciris《奇丽鸦》,ascribed to Virgil 归于维吉尔名下,141

Claudian 克劳狄安,258;273—275;276

Claudius 克劳狄乌斯,emperor 皇帝,171;173;178;179;183;191;216

Clitomachus 科利托马克,philosopher 哲学家,66

Code of Justinian《查士丁尼法典》,264

Coelius Antipater 科利乌斯·安提帕特,43

Columella 科卢梅拉,191 f.

Comedy 喜剧,6;7;8;14;15;16;17—31;32;its plots and characters 其剧情和角色,19

Commodianus 科莫狄亚努斯,Christian poet 基督教诗人,249 f.

Commodus 康茂德,emperor 皇帝,228;233

Constantine 君士坦丁,emperor 皇帝,251;257;258;264;270;271

Constantinople 君士坦丁堡,226;261;278

Constantius 君士坦提乌斯,emperor 皇帝,261;266

Copa《侍酒女》,ascribed to Virgil 归于维吉尔名下,191

Corbulo (Gnaeus Domitius) 科布洛(奈乌斯·图密提乌斯),191

索　引

Cordus 考铎斯, see AElius Julius 见埃利乌斯·尤利乌斯

Corinna 科里纳, addressed in Ovid's poems 奥维德在诗中倾诉的对象, 145

Cornelia 科涅利亚, mother of the Gracchi 格拉古兄弟之母, 44; 92

Cornelius Nepos 科涅利乌斯·内波斯, see Nepos 见内波斯

Cornificius 科尼菲齐乌斯, 45; 64; 95

Cornutus (L. Annaeus) 科尔努图斯(卢西乌斯·阿奈乌斯), 177; 184; 185

Costumes 服装, theatrical 戏剧, 15

Crassus (L.) 克拉苏(卢西乌斯), 66; 70; 72[原文第45页所提到的卢西乌斯·李锡尼也是此人——中译者注]

Crassus (P. Licinius) 克拉苏(普布利乌斯·李锡尼), 36

Cremutius Cordus 克雷姆提乌斯·考铎斯, historian 史学家, 176

Critolaus 克里托劳斯, Peripatetic philosopher 逍遥学派哲学家, 49

Culex《蚊蚋》, ascribed to Virgil 归于维吉尔名下, 140; 141

Curtius Rufus (Q.) 库尔提乌斯·鲁夫斯(昆图斯), 191

Cynthia 辛西亚, beloved of Propertius 普罗佩提乌斯所爱之人, 135; 136; 145

Cyprian (St.) 西普里安(圣), 248 f.

Dante 但丁, 111; 112; 113

Dares 达勒斯, 265

Decius 德齐乌斯, emperor 皇帝, persecuted Christians 基督徒迫害者, 249

Delia 德利亚, beloved of Tibullus 提布卢斯所爱之人, 132; 134; 145

Demetrius 德米特里, teacher of oratory 雄辩术导师, 66

Democritus 德谟克里特, Greek philosopher 希腊哲学家, 51; 52; 55

Demosthenes 狄摩西尼, 71; 77; 159; 209

Dictys 狄克提斯, 265

Didius Julianus 狄第乌斯·尤利安努斯, emperor 皇帝, 228

Digests《法学汇编》, 264

Dio Cassius 狄奥·卡西乌斯, 255

Dio Chrysostom 狄奥·克莱索斯托, 234; 240

Diocletian 戴克里先, emperor 皇帝, 250; 251; 252; 255; 256; 264

Diodotus 狄奥多托斯, Stoic philosopher 斯多亚学派哲学家, 66

Diogenes 第欧根尼, Stoic philosopher 斯多亚学派哲学家, 49

Diomedes 狄俄墨得斯, grammarian 语法学家, 261;241

Dionysius 狄奥尼修斯, Greek writer 希腊作家, 270

Diphilus 狄菲洛斯, Greek comic poet 希腊喜剧诗人, 17;26

Dirae《愤怒》, poem ascribed to Virgil 归于维吉尔名下的诗歌, 63 f. ;141

Disticha Catonis《加图二行诗》, 254 f.

Diverbia 话白, 16

Domitian 图密善, emperor 皇帝, 195;198;199;201;207;211;212;213;214;216;219;225

Domitius Afer 图密提乌斯·阿弗尔, orator 雄辩家, 176

Domitius Marsus 图密提乌斯·马苏斯, 137

Domitius Ulpianus 图密提乌斯·乌尔比安努斯, 255

Donatus 多纳图斯, 48;260;267

Dracontius 德拉康提乌斯, late poet 晚期诗人, 276

Drepanius 德雷帕尼乌斯, panegyrist 颂词作家, 257

Elegy 挽歌, 128—137

Elocutio novella 新辩论术, 240;241

Emerson (R. W.) 爱默生(拉尔夫·瓦尔多), 183

Empedocles 恩培多克勒, Greek philosopher 希腊哲学家, 51;52;53

Emperors 列帝王, their influence upon literature 他们对文学的影响, 170 f. ;194 f. ;227—229

Ennius (Quintus) 恩尼乌斯(昆图斯), 8—10;11;12;18;33;40;48;53;107;236

Ephorus 埃福罗斯, Greek historian 希腊史学家, 37

Epictetus 爱比克泰德, ethical preacher 伦理布道家, 177

Epicurean doctrines 伊壁鸠鲁学派学说, 49—55;78;182

Epicurus 伊壁鸠鲁学派, 49;50;51;52;54;55

Eumenius 欧梅尼乌斯, panegyrist 颂词作家, 257

Euphorion 欧福里翁, 131

Euripides 欧里庇得斯, 107;121;179;180

Eusebius 尤西比乌斯, 48;262;268

Eutropius 尤特罗庇乌斯, 262

索 引

Fabianus (Papirius) 法比安努斯(帕庇里乌斯),177

Fabius (Q.——Labeo) 法比乌斯(昆图斯·~·拉贝奥),37

Fabius Pictor 法比乌斯·皮克托,33;37;158

Fabius Maximus Cunctator 法比乌斯·马克西穆斯·昆克塔托,36

Fabulae Atellanae 阿特拉戏剧,30

Fabulae palliatae 披衫戏剧,18;29

Fabulae praetextae 紫纹戏剧,7;9;12;13;179;184;188

Fabulae togatae 托加戏剧,18;29;138

Fabulae trabeatae 骑士衫戏剧,138

Fannius (G.) 法尼乌斯(盖尤斯),39;43

Fenestella 费内斯特拉,historian 史学家,164

Fescennine verses 费斯切尼乌姆曲,29

Firmicus Maternus 弗米库斯·马特努斯,260

Festus 费斯图斯,wrote a hand-book of history 一部历史手册的作者,262

Festus (Pompeius) 费斯图斯(庞培乌斯),166;167;234

Flavius 弗拉维乌斯,grammarian 语法学家,251

Florus 弗洛鲁斯,231

Frontinus (Sextus Julius) 弗朗提努斯(塞克斯提·尤利乌斯),206

Fronto 弗隆托,235 f.;228;237;238;240;241;243,246

Fundanus 福达努斯,118

Furius 弗里乌斯,see Philus 见费卢斯

Furius Antias 弗里乌斯·安提阿斯,43

Furius Bibaculus 弗里乌斯·毕巴库卢斯,64;63

Gaius 盖尤斯,jurist 法学家,233

Galba 加尔巴,emperor 皇帝,194;206;215;216

Galerius 加莱里乌斯,252

Gallic oratory 高卢雄辩术,256 f.;264 f.

Gallicanus (Vulcacius) 加利卡努斯(沃卡西乌斯),255

Gallienus 加列努斯,emperor 皇帝,229

Gallio (L. Junius) 加利奥(卢西乌斯·朱尼乌斯),165

Gallus（Cornelius）加卢斯（科涅利乌斯）,100;101;107;129;131

Gallus（C. Asinius）加卢斯（盖尤斯·阿西尼乌斯）,103;171;176

Gargilius Martialis（Q.）盖吉利乌斯·马提亚利斯（昆图斯）,256

Gellius（Aulus）格利乌斯（奥卢斯）,236 f.;7;259;260

Germanicus 日耳曼尼库斯,173;176;178;270

Geta（Hosidius）盖塔（霍西狄乌斯）,254

Gnipho（M. Antonius）尼弗（马库斯·安东尼乌斯）,66;96

Gordian I 戈尔狄安一世,emperor 皇帝,229

Gracchi 格拉古兄弟,36;43;44;45

Gracchinus（Julius）格拉齐努斯（尤利乌斯）,176

Gracchus（Gaius）格拉古（盖尤斯）,43;45;236

Gracchus（Tiberius）格拉古（提比略）,43;45

Grammar 语法,93;96,166;176;225;233 f.;256;260 f.

Granius Licinianus 格拉尼乌斯·李锡尼奥努斯,232

Gratian 格拉提安,emperor 皇帝,265;271

Grattius 格拉提乌斯,137

Greek influence in Roman literature 希腊对罗马文学的影响,1;4;5;17;21;27;32;37;48;128 f.;179;180;226;283;in Roman manners 对罗马习俗的影响,33;128 f.

Gregorianus 格里高利安努斯,264

Hadrian 哈德良,emperor 皇帝,219;225;227;229;231;232;233;235;241;255

Haterius（Q.）哈特里乌斯（昆图斯）,165

Heliogabalus 埃拉加巴卢斯,emperor 皇帝,255

Hemina（L. Cassius）赫米纳（卢西乌斯·卡西乌斯）,37;39

Heraclitus 赫拉克利特,Greek philosopher 希腊哲学家,51

Herennius Priscus 赫伦尼乌斯·普里斯库斯,Stoic 斯多亚学派,213

Herennius 赫伦尼乌斯,treatise addressed to 向他讲述的论文,45;69

Hermogenianus 赫蒙吉尼安努斯,jurist 法学家,264

Herodian 希律,255

Herodotus 希罗多德,219

Herondas 赫隆达斯,Greek poet 希腊诗人,62

索 引

Hesiod 赫西奥德,107

Hieronymus 西耶罗尼姆斯,see Jerome 见杰罗姆

Hilary (St.) 奚拉里(圣),265 f.;258

Hirtius (A.) 希提乌斯(奥卢斯),87 f.

Historia Augusta《罗马帝王纪》,255

History 历史,33;43;88;163 f.;173;176;191;232;255;261 ff.

Homer 荷马,6;62;107;108;109;114;118;149;171;187;197;219

Honorius 洪诺留,emperor 皇帝,273

Horace 贺拉斯,12;41;64;96;98;99;100;114—127;139;168;185;186;188;193;219;231;233;234;282

Hortensius Hortalus 霍滕西乌斯·贺塔卢斯,59;69;77;95

Hosidius Geta 霍西狄乌斯·盖塔,254

Hostius 霍斯提乌斯,43

Hyginus (C. Julius) 希吉努斯(盖尤斯·尤利乌斯),167

Hyginus 希吉努斯,writer on surveying 勘测学作家,225

Institutes of Justinian 查士丁尼的《法学基础》,264

Itineraries 道路手册,261

Jerome (St.) 杰罗姆(圣),48;49;56;193;231;250;251;252;258;261;262;267 f.

Johnson 约翰生,Samuel 萨缪伊尔,221

Josephus 约瑟夫斯,Greek historian 希腊史学家,217;267

Juba 约拨,grammarian 语法学家,234

Julian 尤利安,emperor 皇帝,257,261,263

Julianus (Salvius) 尤利安努斯(萨尔维乌斯),jurist 法学家,233

Julius Obsequens 尤利乌斯·奥普塞昆,262

Julius Paulus 尤利乌斯·保卢斯,jurist 法学家,255

Jurists 法学家,37;44;96;167;192;225;233;255;264

Justin (M. Junianus Justinus) 查士丁(马库斯·朱尼安努斯·查士提努斯),164;232

Justin 查士丁,emperor 皇帝,279

Justinian 查士丁尼,emperor 皇帝,233;264;283

Juvenal 尤文纳尔,202;211;218—222;225;283

Juvencus 尤文库斯,270

Labeo 拉贝奥,see Fabius 见法比乌斯

Labeo(M. Antistius)拉贝奥(马库斯·安提斯提乌斯),167;192

Labeo(Cornelius)拉贝奥(科涅利乌斯),255

Laberius(Decimus)拉贝里乌斯(德齐穆斯),30 f.;62

Labienus(T.)拉比恩努斯(提图斯),165

Lactantius 拉克坦提乌斯,251 f.

Laelius(C.)莱利乌斯(盖尤斯),24;38;39

Lampridius(AElius)兰普里狄乌斯(埃利乌斯),255

Laevius 莱维乌斯,62

Latin language 拉丁语,2;changes in 变迁,237

Latro(M. Porcius)拉托(马库斯·波西乌斯),165

Lesbia 莱斯比亚,57;60;61;145

Licinianus(Granius)李锡尼奥努斯(格拉尼乌斯),232

Licinius Imbrex 李锡尼·因布雷斯,comic poet 喜剧诗人,23

Licinius(L.)李锡尼(卢西乌斯),orator,45[与克拉苏(卢西乌斯)为同一人——中译者注]

Livius Andronicus 李维乌斯·安得罗尼库斯,see Andronicus 见安得罗尼库斯

Livy(T. Livius)李维(提图斯·李维乌斯),156—163;166;168;171;186;191;197;216;231;232;262;270

Lucan(M. Annaeus Lucanus)卢卡(马库斯·阿奈乌斯·卢卡努斯),165;184;185—187;190;201;231

Lucian 卢奇安,Greek writer 希腊作家,240

Lucilius(Gaius)卢齐利乌斯(盖尤斯),39—42;43;45;115;117;118;121;219

Lucilius 卢齐利乌斯,Seneca's writings addressed to 西尼加在作品中所倾谈的对象,181

Lucretius(T.)卢克莱修(提图斯),46;47—55;96;138;139;168;193

Luscius Lanuvinus 卢斯齐乌斯·拉努维努斯,comic poet 喜剧诗人,23

Lycophron 利科夫隆,Alexandrian poet 亚历山大里亚诗人,63

Lygdamus 灵格达姆斯,poet 诗人,132 f.

Macer(Gaius Licinius)马科(盖尤斯·李锡尼),44;158

索　引

Macer 马科,epic poet 史诗诗人,138;143;155

Macrobius 马克罗比乌斯,260

Maecenas（Gaius）梅塞纳斯（盖尤斯）,99;100;101;104;116;118;119;121;124;135;137

Mamertinus 马梅提努斯,panegyrist 颂词作家,257

Manilius 马尼利乌斯,138 f.;156;173

Marcus Aurelius 马库斯·奥勒利乌斯,emperor 皇帝,227 f.;233;234;235;236;237

Marius（Gaius）马略（盖尤斯）,43;83;91;158

Marius Maximus 马略·马克西穆斯,255

Marius Victorinus 马略·维克托里努斯,256

Martial 马提雅尔,140;141;158;201—203;211;219

Martialis（Q. Gargilius）马提亚利斯（昆图斯·盖吉利乌斯）,256

Martianus Capella 马提安努斯·卡佩拉,260

Masks 面具,theatrical 戏剧,15

Maternus（Curiatius）马特努斯（库埃提乌斯）,201;（Firmicus）（弗米库斯）,260

Matius（Gnaeus）马提乌斯（奈乌斯）,43;62

Maximus of Tyre 提尔的马克西穆斯,240

Mela（Pomponius）梅拉（庞培尼乌斯）,191;192

Melissus（Laevius）梅利苏斯（莱维乌斯）,43

Memmius（Gaius）梅米乌斯（盖尤斯）,49;57;64

Menander 米南德,Greek comic poet 希腊喜剧诗人,17;25;26

Menippean satires 迈尼普斯式杂咏诗,93;183;189

Menippus 迈尼普斯,Greek Cynic 希腊犬儒主义者,93

Messalla（M. Valerius）梅萨拉（马库斯·瓦勒里乌斯）,99;131;132;133;134;141;155

Metres 格律,40 f.;6;7;28;121;122;124;129;136;140;144;153

Middle Ages 中世纪,112;243;272;281

Milton 弥尔顿,155;280

Mimes 默剧,30 f.

Mimnermus 米姆奈尔摩斯,Greek poet 希腊诗人,129

Minucius Felix 米努齐乌斯·菲利克斯,245 f.;248;252

Molo 莫洛, Cicero's teacher 西塞罗的导师, 66

Montanus 孟塔努斯, 247

Montanus 孟塔努斯, see Votienus 见沃提埃努斯

Monumentum Ancyranum 安锡拉铭文, 98

Moretum《色拉》, ascribed to Virgil 归于维吉尔名下, 141

Morris (William) 莫里斯(威廉), the *Earthly Paradise*《地上乐园》, 239

Mucianus (P. Licinius Crassus) 穆齐安努斯(普布利乌斯·李锡尼·克拉苏), 44

Musonius Rufus (C.) 穆索尼乌斯·鲁夫斯(盖尤斯), 177; 270

Naevius (Gnaeus) 奈维乌斯(奈乌斯), 6; 7; 8; 9; 18; 53; 107

Namatianus (Rutilius Claudius) 纳马提安努斯(鲁提利乌斯·克劳狄乌斯), 275

Nazarius 纳扎里乌斯, panegyrist 颂词作家, 257

Nemesianus 内梅西安努斯, 254; 188

Nepos (Cornelius) 内波斯(科涅利乌斯), 91 f.; 64; 94; 265

Nero 尼禄, emperor 皇帝, 171; 176; 177; 178; 179; 185; 186; 188; 191—194; 195; 197; 216; 252

Nerva 内尔瓦, emperor 皇帝, 211; 216; 255; 263

Nigidius Figulus (P.) 尼吉狄乌斯·菲古卢斯(普布利乌斯), 96

Nonius 诺尼乌斯, 259; 260

Nonnus 农诺斯, Greek poet 希腊诗人, 274

Notitiac 城标, 261

Novius 诺维乌斯, 30

Numerianus 努梅里安, emperor 皇帝, 255

Obsequens (Julius) 奥普塞昆(尤利乌斯), 262

Opilius (Aurelius) 欧庇利乌斯(奥勒利乌斯), 96

Oppius (Gaius) 欧庇乌斯(盖尤斯), 88

Optatianus 奥珀塔提安努斯, 269 f.

Orators 雄辩家, 5; 34; 45; 95; 164 f.; 175 f.; 225; 256 f.; 264

Orosius 奥罗西乌斯, 263

Otho 奥托, emperor 皇帝, 194; 216

Ovid 奥维德, 14; 64; 130; 132; 134; 135; 136; 137; 138; 140; 142; 143—155; 156; 168, 173;

186;188;197;202;poems ascribed to 归于他名下的诗作,142

 Pacuvius 帕库维乌斯,11;12;18;53

 Paetus Thrasea 帕特乌斯·瑟拉西,184;203

 Palladius 帕拉狄乌斯,261

 Panaetius 帕奈提奥斯,Stoic philosopher 斯多亚学派哲学家,39;49

 Pandects《法学汇编》,264

 Panegyrists 颂词作家,257

 Papinianus 帕皮尼安努斯,jurist 法学家,233

 Papirius Fabianus 帕庀里乌斯·法比安努斯,177

 Parthenius 希腊万神殿,129

 Paul (St.) 保罗(圣),alleged correspondence with Seneca 据称同西尼加往来的书信,183

 Paulus (Julius) 保卢斯(尤利乌斯),255

 Pentadius 佩塔迪乌斯,254

 Perilla 珀瑞拉,Ovid's daughter 奥维德的女儿,154

 Periods of Roman literature 罗马文学的时代划分,3;281 ff.

 Persius (A.——Flaccus) 佩尔西乌斯(奥卢斯·~·弗拉库斯),183—185;177;193;219;234

 Pertinax 佩提纳克斯,emperor 皇帝,228

 Pervigilium Veneris《守夜的维纳斯》,241—243;272

 Petronius (C.——Arbiter) 佩特罗尼乌斯(盖尤斯·~·阿比特)[别名阿比特意为雅鉴主官——中译者注],188—191

 Peutinger Tablet 坡廷格尔古地图,261

 Phaedrus 费德鲁斯,Epicurean 伊壁鸠鲁学派,66

 Phaedrus 费德鲁斯,poet of fables 寓言诗人,172 f.

 Philemon 菲莱蒙,Greek comic poet 希腊喜剧诗人,17

 Philo 斐洛,Jewish-Greek philosopher 犹太-希腊哲学家,66;267

 Philosophy 哲学,49;78;176 f.;181 f.;260

 Philus (L. Furius) 费卢斯(卢西乌斯·弗里乌斯),39

 Piso (L. Calpurnius——Frugi) 皮索(卢西乌斯·卡尔普尼乌斯·~·弗鲁基),37;39

 Piso (Calpurnius) 皮索(卡尔普尼乌斯),conspired against Nero 反对尼禄的密谋者,

172;178;185;186;188

　　Plato 柏拉图,219;239

　　Plautus 普劳图斯,18—23;27;28;29;233;236;270

　　Pliny the elder 老普林尼,195;204—206;215;222;231;253;256

　　Pliny the younger 小普林尼,160;202;204;211;222—225;229;230;244;257;265

　　Plotius 普洛提乌斯,116;Plotius Sacerdos 普洛提乌斯·萨科多斯,see Sacerdos 见萨科多斯

　　Plutarch 普卢塔克,234

　　Pollio (Gaius Asinius) 波利奥(盖尤斯·阿西尼乌斯),99;100;101;102;103;118;122;160;166;167;171;176;(Trebellius)(特雷贝利乌斯),255

　　Polybius 波利比奥斯,Greek historian 希腊史学家,39;92;158

　　Pompeius Trogus 庞培乌斯·特罗古斯,see Trogus 见特罗古斯

　　Pompey 庞培,47;56;67;68;69;81;82;84;93;158;163;186;187

　　Pompilius Andronicus (M.) 庞庇利乌斯·安得罗尼库斯(马库斯),96

　　Pomponius (L.) 庞培尼乌斯(卢西乌斯),30

　　Pomponius Secundus (P.) 庞培尼乌斯·塞昆都斯(普布利乌斯),188;204

　　Pomponius (Sextus) 庞培尼乌斯(塞克斯都),233

　　Ponticus 本都库斯,poet 诗人,138;143

　　Porcius Latro 波西乌斯·拉托,143

　　Porphyrio (Pomponius) 波菲里奥(庞培尼乌斯),grammarian 语法学家,234

　　Posidonius 波塞多尼奥斯,Stoic 斯多亚学派,66

　　Postumius Albinus 波斯图米乌斯·阿尔比努斯,33

　　Priapea 普里阿佩阿,140

　　Priscian 普里西安,261

　　Probus (M. Valerius) 普罗布斯(马库斯·瓦勒里乌斯),193

　　Proculus 普罗库卢斯,jurist 法学家,192

　　Propertius 普罗佩提乌斯,130;131;132;134—137;143;145;146;149;168

　　Prose 散文,Greek influence upon 受希腊的影响,32;progress in 发展进程,46;156

　　Prosper of Aquitania 亚奎丹尼亚的圣普罗斯珀,262

　　Prudentius 普鲁登提乌斯,Christian poet 基督教诗人,272 f.

Publilia 普布利莉亚,Cicero's wife 西塞罗之妻,68

Publilius Syrus 普布利留斯·西鲁斯,30 f.;62

Punic war 布匿战争;first 第一次,6;33;158;second 第二次,33;36;158;third 第三次,38;44

Pythagoras 毕达哥拉斯,doctrine 学说,153

Quadrigarius (Q. Claudius) 夸迪伽里乌斯(昆图斯·克劳狄乌斯),43;158

Quintilian 昆体良,175;182;195;202;206—210;213

Quintus Curtius Rufus 昆图斯·库尔提乌斯·鲁夫斯,191

Rabirius 拉比里乌斯,138

Remmius Palaemon (Q.) 雷米乌斯·帕莱蒙(昆图斯),176;184

Renatus (Flavius Vegetius) 雷纳图斯(弗拉维乌斯·维格提乌斯),261

Reposianus 雷波西安努斯,254

Roman literature 罗马文学;its importance 其重要性,1;284;its practical purpose 其务实性,2 f.;211 f.;its divisions 其时代划分,3;281 ff.;native elements 其本土元素,4;its progress 其发展进程,48;its decay 其衰落,169;226 f.;283;Greek influence 受希腊的影响,1;4;5;17;21;27;32;48;128 f.;226;283;effect of the empire 受皇帝的影响,97

Roman society 罗马社会,47 f.;128 f.

Romance languages 罗曼语言,210;237

Romans practical 罗马人的务实,2

Romans 罗马人,our debt to 给我们的贡献,283

Romanus (C. Julius) 罗曼努斯(盖尤斯·尤利乌斯),256;(Aquila) (阿奎拉),256

Roscius 罗西乌斯,actor 演员,66

Rutilius Claudius Namatianus 鲁提利乌斯·克劳狄乌斯·纳马提安努斯,275

Rutilius Rufus (P.) 鲁提利乌斯·鲁夫斯(普布利乌斯),44

Sabinus 萨宾努斯,poet 诗人,146

Sacerdos (Marius Plotius) 萨科多斯(马略·普洛提乌斯),256

Sallust 萨卢斯特,88;89—91;128;230;236;265

Sammonicus (Serenus) 萨莫尼库斯(塞伦努斯),253 f.

Santra 萨恩特拉,96

Sappho 莎孚,114;121

Satire 杂咏诗,39;40;41;42;93;117 f.;179;183;184;188 f.;219 f.

Saturnian verse 萨图努斯诗体,7;6;9

Scaevola（P.）斯凯沃拉（普布利乌斯）,44;(Mucius)（穆齐乌斯）,44;(Q. Mucius)（昆图斯·穆齐乌斯）,44;66;(the augur)（占卜官）,66;70;(Q. Cervidius)（昆图斯·瑟维狄乌斯）,jurist 法学家,233

Scaurus（Terentius）斯考鲁斯（特伦提乌斯）,233

Scipio（Cn. Cornelius）西庇阿（奈乌斯·科涅利乌斯）,7;Africanus the elder 大阿非利加,36;38;Africanus the younger 小阿非利加,24;38;39;49;P. Cornelius 普布利乌斯·科涅利乌斯,33;Nasica 纳西卡,37

Sedigitus（Volcacius）塞狄吉图斯（沃卡西乌斯）,44

Sedulius 塞杜利乌斯,276

Sempronius（Gaius——Tuditanus）塞普罗尼乌斯（盖尤斯·~·图狄塔努斯）,44

Seneca 西尼加,the elder 老,165 f.;168,170;175;177

Seneca 西尼加,the younger 小,14;165;170;171;177—183;184;185;188;197;201;209;210;219

Septimius（L.）塞普蒂默斯（卢西乌斯）,265

Septimius Severus 塞普蒂默斯·西维鲁斯,emperor 皇帝,228;233;247

Septuagint《七十子希腊文本圣经》,217

Servius Sulpicius Rufus 塞尔维乌斯·苏尔皮西乌斯·鲁夫斯,96

Servius 塞尔维乌斯,commentary on Virgil 对维吉尔进行的评注,261;192

Severus（Cornelius）西维鲁斯（科涅利乌斯）,poet 诗人,138

Sextii 塞克斯都学派哲人,philosophers 哲学家,176;177

Sextus Empiricus 塞克斯都·恩庇里库斯,234

Shakespeare 莎士比亚,21;151;155

Siculus Flaccus 西库卢斯·弗拉库斯,225

Silius Italicus 西利乌斯·伊塔利库斯,197 f.;202

Sisenna（L. Cornelius）锡塞纳（卢西乌斯·科涅利乌斯）,44;88

Socrates 苏格拉底,239

Solinus 索利努斯,256

Solon 梭伦,129

Sophocles 索福克勒斯,107

Soranus（Q. Valerius）索拉努斯(昆图斯·瓦勒里乌斯),44

Sotion 索提翁,philosopher 哲学家,176 f

Spartianus（AElius）斯巴提亚努斯(埃利乌斯),255

Statius 斯塔提乌斯,140;141;195;198—201;202;209;274;his father 他的父亲,198;201

Stella（Arruntius）斯特拉(阿伦提乌斯),201

Stesichorus 斯特斯考鲁斯,Greek poet 希腊诗人,107

Stilicho 斯提利科,general 将军,273;275

Stilo（L. AElius Praeconinus）斯提洛(卢西乌斯·埃利乌斯·普雷科宁努斯),11;44;93

Stoic philosophy 斯多亚学派哲学,49;78;120;124;177;182;228

Strabo（C. Julius Caesar）斯特拉博(盖尤斯·尤利乌斯·恺撒),13

Sueius 苏埃乌斯,62

Suetonius Paulinus 苏埃托尼乌斯·保利努斯,191

Suetonius Tranquillus（C.）苏埃托尼乌斯·塔奎卢斯(盖尤斯),24;227;229—231;243;244;255;256;261;262;267

Sulla 苏拉,44;47;158

Sulpicia 苏尔皮西亚,poetess of elegies 挽歌女诗人,133

Sulpicia 苏尔皮西亚,poetess 女诗人,201

Sulpicius Severus 苏尔皮西乌斯·西维鲁斯,263

Symmachus（Q. Aurelius）西马库斯(昆图斯·奥勒利乌斯),265;279

Tacitus 塔西陀,91;195;206;209;211—218;222;223;225 f.;244;262;263;283

Tacitus 塔西陀,emperor 皇帝,229

Tennyson 丁尼生,242

Terentia 特伦提亚,Cicero's wife 西塞罗之妻,66;68

Terentianus Maurus 特伦提安努斯·马鲁斯,233;241;253

Terentius Scaurus 特伦提乌斯·斯考鲁斯,233

Tertullian 德尔图良,246—248;249;252;258;266

Theatre 剧院,14—16

Theocritus 忒奥克里托斯,Greek poet 希腊诗人,101;107;114;187

Theodoric 狄奥多里克,278;279

Theodorus 狄奥多西,emperor 皇帝,257;266;267;272;273

Theodorus 泰奥多勒斯,of Gadara 加大拉的,170

Theopompus 泰奥彭波斯,Greek writer 希腊作家,92

Thrasea 瑟拉西,see Paetus 见帕特乌斯

Tiberius 提比略,emperor 皇帝,170;124;155;165;166;170;171;172;173;174;175;176;177;216

Tibullus 提布卢斯,124;130;131—134;135;145;146;168;211

Ticidas 提西达斯,poet 诗人,64

Timaeus 提麦奥斯,Greek historian 希腊史学家,37

Tiro 提洛,79;96

Titinius 提提尼乌斯,29;138

Titius 提丢斯,13

Titus 提图斯,emperor 皇帝,194;195;201;205

Trabea 特拉贝亚,comic poet 喜剧诗人,23

Tragedy 悲剧诗人,6;7;8;11;12;14;17;32

Trajan 图拉真,emperor 皇帝,211;212;214;216;219;223;224;225;236;246;257

Trebellius Pollio 特雷贝利乌斯·波利奥,255

Tribonian 特里波尼安,jurist 法学家,264

Trimalchio 特里马基欧,in Petronius's novel 佩特罗尼乌斯小说中的人物,189;190

Triumvirate 三头;first 前,67;84

Trogus 特罗古斯,163 f.;232

Tullia 图利亚,Cicero's daughter 西塞罗的女儿,68

Turpilius 图庇利乌斯,comic poet 喜剧诗人,29

Twelve tables《十二铜表法》,5;37

Tyrtaeus 提尔泰奥斯,129

Ulpian 乌尔比安,255

Valens 瓦林斯,emperor 皇帝,262;263;264;271

Valentinian I 瓦伦提尼安一世,265

Valentinian II 瓦伦提尼安二世,267

Valerian 瓦勒里安,emperor 皇帝,persecuted Christians 基督徒迫害者,249

索 引

Valerius Antias 瓦勒里乌斯·安提阿斯,43;88;158

Valerius Flaccus（C.）瓦勒里乌斯·弗拉库斯(盖尤斯),195—197

Valerius Maximus 瓦勒里乌斯·马克西穆斯,174 f. ;173;219

Valgius Rufus 瓦尔吉乌斯·鲁夫斯,131

Varius 瓦里乌斯,14;116;118

Varro Atacinus 瓦罗·阿塔齐努斯,63;118

Varro（M. Terentius）瓦罗(马库斯·特伦提乌斯),44;92—94;96;99;192;256;260

Varus 瓦鲁斯,101

Vegetius 维格提乌斯,261

Velleius Paterculus 维利奥斯·帕特库卢斯,173 f. ;215

Verrius Flaccus 维里乌斯·弗拉库斯,grammarian 语法学家,149;166;167;234

Verus（L.）维鲁斯(卢西乌斯),228;235;236;237

Vespa 维斯帕,254

Vespasian 韦斯巴芗,emperor 皇帝,194;195;197;201;204;212;216

Victorinus（C. Marius）维克托里努斯(盖尤斯·马略),256;260

Virgil 维吉尔,64;96;98;99;100—113;114;115;116;118;127;131;135;140;141;143;153;161;167;168;171;173;187;188;192;193;196;197;202;209;217;219;232;233;240;241;254;260;261;270;280;282;poems ascribed to 归于他名下的诗作,140;141

Vitellius（P.）维特利乌斯(普布利乌斯),orator 雄辩家,176

Vitellius 维特利乌斯,emperor 皇帝,194;216

Vitruvius 维特鲁维乌斯,167 f.

Volcacius 沃卡西乌斯,see Sedigitus and Gallicanus 见塞狄吉图斯和加利卡努斯

Vopiscus（Flavius）沃庇斯库斯(弗拉维乌斯),255

Votienus Montanus 沃提埃努斯·孟塔努斯,orator 雄辩家,175

Vulcacius 沃卡西乌斯,see Volcacius 见沃卡西乌斯

Whittier 惠蒂尔,272

Wordsworth 华兹华斯,272

Xenophon 色诺芬,Greek writer 希腊作家,92

Zeno 芝诺,Epicurean 伊壁鸠鲁学派,66